KB085036

하프라인

1

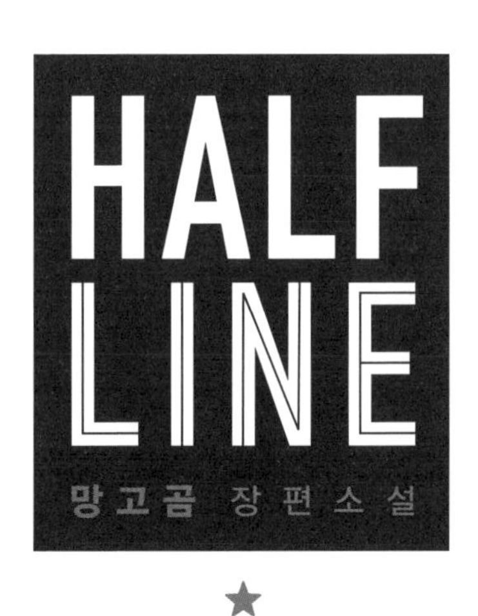

★

곁 BESIDE

차례

01

뻥!

귀에 들리는 소리는 관객들의 함성뿐이었지만 마치 그런 효과음이 더해지는 듯한 장면이었다. 거의 하프라인 부근에서 걷어찬 중거리 슛은 그대로 다른 선수들의 사이와 머리 위를 빛처럼 날아가다 고도를 낮추며 골키퍼의 빠른 방어가 무색하게 골네트를 흔들었다.

호쾌한 슛을 넣는 장면은 한 번으로 끝나지 않고 연속으로 이어졌다. 잔뜩 집중하여 무표정하다 못해 화가 난 듯한 남자가 뻥뻥 골을 차 넣자 그때마다 관객들이 환호했다.

눈매가 날카로운 남자의 얼굴이 문득 클로즈업되고, 화면이 멈추더니 카메라 앵글이 뒤로 훅 물러났다. 스크린 앞에 앉은 두 남녀 앵커가 잠시 정면을 바라보다가 대화를 시작했다.

[아, 언제 봐도 정말 대단한 슈팅력이에요. 보기만 해도 속이 뻥! 뚫리는 것 같습니다.]

[네. 그렇죠. 바로 오늘이 방금 본 주인공, 김무겸 선수의 한국 활동 첫날인데요.]

[요즘 축구 좋아하시는 분들의 가장 큰 관심사였죠. 해외로 이적한 선수가 국내 팀으로 복귀하는 경우는 기량이 떨어지거나 은퇴를 앞두었을 때가 많은데 김무겸 선수는 지금 전성기 아닙니까.]

[네. 한국 선수가 빅 클럽에서 몇 시즌 연속 붙박이 주전 멤버였던 적이 김무겸 선수 이전에는 없었다고 봐야죠.]

화면이 바뀌자 왁자지껄한 분위기 속에 갓 입국한 무겸의 모습이 비쳤다. 사방을 기자들이 둘러싸고 있었지만 체격과 키가 큰 그는 시야를 전혀 방해받지 않는 듯 저벅저벅 걸었다. 전진할 때마다 모여 있던 사람들이 알아서 좌우로 갈라지는 바람에 마치 경주마나 탱크가 나아가는 모습처럼도 보였다.

선글라스를 쓴 그는 기자들의 귀 따가운 질문 공세에도 입을 열지 않고 묵묵히 걷기만 했다. 앵커들이 다시 대화를 이었다.

[복귀라는 말이 정확하지는 않은 게 1년 임대로 왔기 때문에요. 한마디로 선수를 잠깐 빌려준다는 뜻입니다. 재계약을 앞두고 김무겸 선수가 강력히 요청해서 현재 소속 팀인 그린포드에 1년치 연봉을 반납하기로 하고 온 것이라고 해요. 시티서울이 김무겸 선수의 임대 이적료를 감당하기가 어렵고, 소속 팀에서도 썩 원치 않은 임대였으니까 타협을 한 거죠.]

[현 소속 팀에서 받는 연봉만 몇백 억이 되는 걸로 알고 있는데요. 왜 그렇게까지 했을까요?]

[이번에 시티서울의 감독을 맡은 박준성 감독 때문이라고 추측하고 있습니다. 박준성 감독이 중학생 때 김무겸 선수를 발굴해 축구 선수로 키운 사연이 워낙 유명하지 않습니까?]

[아무리 그래도 빅 클럽에서 뛰고 있는 선수가 소속 팀과 협상을 하면

서까지 국내 활동을 고집하는 건 전무후무한 일인데요. 이건 세계적으로도 드문 일 아닌가요?]

[네. 오래전에 덴마크의 라우드럽 선수가 향수병 때문에 연봉을 반납하고 자국 리그로 돌아간 적이 있기는 하지만 이번 사례와는 좀 다른 경우죠. 그래서인지 팬들끼리 이번 임대에 대한 찬반 싸움도 치열했습니다. 김무겸 선수의 국내 복귀를 막아 달라는 국민 청원이 올라갈 정도였다고 해요.]

앵커 한 사람이 진심으로 재미있다는 듯 웃었다.

[김무겸 선수야 늘 전무후무한 이야기 제조기니까요.]

그때 화면이 바뀌었다. 기자 회견 장면이었다. 화면 귀퉁이에 3년 전 월드컵 때의 장면임을 알리는 자막이 떴다.

[김무겸 선수, 우루과이전 패배의 원인이 뭐라고 생각하십니까?]

한 기자가 질문을 던지자 질문자를 바라보는 무겸이 클로즈업되었다. 선 굵은 잘생긴 얼굴이 감정 없이 식어 있었다. 마이크에 가까워진 입술에서 낮은 목소리가 평온하게 흘러나왔다.

[패배의 원인을 왜 나한테 묻는지 모르겠는데.]

그는 한 박자 쉬고 말을 이었다.

[나도 바쁜 시간 쪼개서 오는 거니 불만이면 협회에다 소집하지 말라고 하세요.]

거기서 자료 화면이 멈추었고 앵커들이 다시 정면을 바라보았다.

[네, 여러 가지로 화제를 몰고 다니는 김무겸 선수인데요. 비록 한 시즌 동안이지만, 그 어느 때보다 K리그를 지켜보는 팬이 많아질 것 같습니다.]

[다음 소식입니다.]

화면이 바뀌며 화제도 전환되었다. 팀의 주장이자 골키퍼인 임정규가 리모컨을 들어 채널을 돌리더니 옆에 앉은 무겸의 어깨를 툭 치며 낄낄거렸다. 무겸은 텔레비전에 눈길도 주지 않는 중이었다.

스포츠 전문이 아닌 뉴스 프로그램에서까지 그의 귀국을 보도할 정도로 김무겸은 지금 화제의 중심에 있었다. 하지만 당사자에게는 모두 귀찮은 일일 뿐이다.

"네 저 기자 회견 장면 아직도 방송 탄다."

"백년 천년 우려먹으라고 해."

관심 없다는 듯 대답한 무겸이 양말을 끌어 올리며 훈련 준비를 마무리했다. 몸을 일으켜 깍지 낀 손을 앞으로 쭉 뻗고, 가볍게 스트레칭을 하면서 주변을 가볍게 한번 둘러보았다.

그럴 수밖에 없겠지만 로커 룸의 분위기는 조용하면서도 어딘가 수런수런 어수선했다. 목소리를 높여 이야기하는 사람은 정규를 비롯한 몇몇뿐, 선수 대부분이 평소처럼 말을 하지 못하고 무겸을 힐끔거렸다.

열일곱 살에 잉글랜드 2부 팀에 진출한 것을 시작으로 2년 만에 프리미어 리그 빅 클럽 주전 자리를 꿰찬, 팀을 몇 년째 우승으로 견인하며 차기 발롱도르• 수상자 후보로까지 간간이 거론되는 무겸은 한국 축구계, 아니 아시아 전체 축구계를 통틀어 이제까지 나온 적 없는 말 그대로 전무후무한 존재였다.

같은 선수여도 정규처럼 학생 때 인연을 맺었거나 국가 대표 팀에서

• 축구 선수 개인에게 주어지는 상 중 가장 권위를 인정받는 상으로, 매년 시상한다. 1956년 프랑스 축구 전문지 《프랑스 풋볼》에서 제정되었으며, 2010년에 'FIFA 올해의 선수상'과 통합되었다가 2016년에 다시 분리되었다.

발을 맞춰 본 선수가 아니면 그를 실제로 처음 보는 사람이 수두룩했다. 그러니 한동안은 자신의 존재가 이곳에서 얼마나 외계인 취급을 받을지, 그 정도는 각오해야 했다. 길어 봤자 일이 주 정도일 테지만.

"먼저 나간다."

무겸은 아직 옷을 갈아입는 중인 정규를 뒤로하고 훈련장으로 나와 크게 숨을 들이마셨다. 아직은 팀 사람들과 같이 있는 것보다 혼자 있는 쪽이 편했다.

죄다 어색했다. 사람들도, 구장도, 다시 서울 하늘 아래서 축구를 하게 된 상황도. 열일곱 살 때 영국으로 간 이후로는 국가 대표로 소집될 때가 아니면 한국에서 공을 굴릴 일이 없었으니까.

사람들은 왜 한국에 가냐고 물었다. 그들의 우려나 의문은 무겸도 충분히 이해가 갔다. 본인도 미쳤다고 생각할 만한 결정이었으니까. 하루하루가 다른 운동선수의 몸이고, 지금 같은 전성기의 1년이면 솔직한 말로 변방 리그에서 썩히기에는 아까운 시간이다. 축구는 개인전이 아니기에 경기력도 우수한 팀에서 뛸수록 점점 더 날카로워지는 것이며, 그 반대의 경우는 아무리 혼자 노력해도 하락할 수도 있는 것이다.

'시간 낭비'. 결정을 내린 이후 가장 많이 들은 말이다. 사람들은 모두 무겸의 선택을 이해하지 못하겠다며 앞에서는 걱정했고, 뒤에서는 비난했다.

"바로 훈련 들어갈 수 있겠어?"

하늘을 올려다보며 가벼운 심란함을 다스리고 있던 중, 옆에서 익숙한 목소리가 들려 고개를 돌렸다. 작달막하고 사람 좋아 보이는 중년 남자가 팀의 엠블럼이 박힌 트레이닝복을 입은 채 웃고 있었다. 무겸도 피식 웃으며 대답했다.

"이틀만 지나면 휴일인데 그때 쉬면 되지."

감독인 박준성이었다. 선수로서 전성기의 1년을 날려 버리는 것은 아깝지만, 제자로서 처음으로 프로 정규 리그 감독을 맡은 그에게 1년 정도의 시간을 넘겨주는 것은 아깝지 않았다.

장고 끝에 감독직을 수락한 은사에게 최고의 선물을 주고 싶었다. 박준성 감독 덕분에 김무겸을 데리고 올 수 있었다는 평가, 스타가 된 옛 제자가 새 커리어를 시작한 스승을 위해 달려왔다는 사실만큼 화려한 화환이 있을까? 목적을 다시 한번 상기하자 심란함도 잦아들었다.

"빨리 시작해야 적응도 빨리할 거고."

"그래."

준성이 무겸의 팔을 툭툭 두드렸다.

"고맙다. 미안하고. 정말 이렇게까지 할 필요는 없었는데."

"아저씨야 오지 말라고 했잖아. 내가 오고 싶다고 우겨서 온 거지."

스스로 내린 결정이지만 파격적인 것은 사실이다. TV 속 앵커의 멘트처럼 전무후무한 결정. 걱정이 되지 않는 것은 아니었지만 이미 결정한 일이었다. 무겸은 최대한 긍정적으로 생각하기 위해 노력 중이었다.

코치가 호루라기를 불었다. 감독과 나란히 걷던 무겸은 모여 서기 시작하는 선수들을 향해 달려갔다. 드문드문 흩어져 장난을 치고 있던 선수들이 바삐 집합하자 훈련이 시작되었다.

체력 단련 중심의 오전 훈련을 마치고 선수들은 훈련장 내 식당에 모였다. 정규, 그리고 안면이 있는 선수 두어 명과 함께 식탁에 앉은 무겸

은 식판을 내려놓자마자 눈길로만 주변을 살폈다. 로커 룸에서의 분위기가 더 노골적으로 이어지고 있었다.

'당분간은 밥도 편히 못 먹겠군.'

힐끔대는 시선을 못 본 척 속으로 한숨을 쉬는데, 정규가 손짓을 하며 몇몇 지나가는 선수를 불렀다.

"우진아, 성민아! 이리 와. 같이 먹자."

"앗, 네!"

이제 막 스물 근처가 되어 보이는 앳된 선수들은 화들짝 놀라면서도 마다하지 않고 식판을 들고서 종종걸음으로 달려왔다. 차마 무겸의 옆에는 앉지 못하고 정규의 옆에 나란히 앉아 시선을 교환하며 히죽거린다. 무겸이 피식 웃는 동안 정규는 그들을 타일렀다.

"너희들 말이다. 무겸이가 궁금하면 싹싹하게 굴면서 친한 척을 해야지. 그렇게 멀찍이서 구경하고 있으면 이놈이 먼저 선배 노릇 할 거 같냐? 얘는 그럴 위인이 못 돼."

"사람 앞에 놓고 한다는 말이."

마음에 들지 않는 소개말에 무겸이 미간을 슬쩍 찌푸렸다. 새로 앉은 선수들에게 까딱, 얕은 고갯짓을 하자 둘도 서둘러 얼굴을 깊이 숙여 맞인사를 한다. 한 녀석이 얼른 무겸에게 말을 걸었다.

"형님, 진짜 저희 팀에 1년 계시는 거예요?"

"안 믿겨……."

첫날이라 그렇지, 곧 믿게 될 거다.

무겸은 뒤늦게 수저를 들고 식사를 시작했다. 그래도 매일 제대로 된 밥을 먹을 수 있다는 것 하나는 큰 장점이었다.

그린포드의 식사도 나쁘지는 않았지만 밥, 국, 반찬으로 이루어진 한

식 밥상을 앞에 두자 마음이 깊은 곳에서부터 흡족해지는 것은 어쩔 수 없다. 근 10년을 영국에서 살았지만 어릴 때 각인된 식성이란 쉽게 변하지 않았다. 식사를 이어가던 중, 한 선수가 잊고 있던 일이 생각난 듯 입을 열었다.

"참, 형님들. 하준 형님 소식 들으셨죠? 모레인가 그다음 날부터 저희 팀으로 출근하신대요."

"아, 맞아. 하준이 오겠네. 그러고 보니 벌써 시간이 그렇게 됐구나."

정규를 비롯한 여러 명이 알은척을 했다. 무겸은 눈썹을 슬쩍 들어 올리며 물었다.

"하준이?"

"이하준. 알지? 저번 월드컵에서 같이 뛰었었잖아."

"아."

이하준. 이하준……. 속으로 이름을 되뇌면서 무겸은 대충 고개를 끄덕였다. 사적인 친분 없이 국대 소집 때만 잠깐씩 만나는 선수를 모두 세세히 기억하지는 못하지만 그래도 월드컵 때면 꽤 오래 붙어 있었던 셈인데.

하지만 '그래, 그런 놈이 있었지.' 정도로 생각이 날 뿐, 어쩐지 인상이 흐릿하니 딱 떠오르지를 않았다.

"기억이 날 듯 말 듯한데."

"얼굴 보면 기억날 거다. 그때 어느 경기에서였지? 너한테 어시스트도 했었는데."

"다른 팀에서 이적해 오는 거야?"

정규가 얼굴을 찌푸리며 고개를 저었다.

"아니, 코치로 오는 거야. 사정이 있어서 좀 빨리 은퇴했거든. 은퇴하자마자 바짝 공부해서 자격증 따고, 지난 시즌까지 인턴 겸 유소년 팀에 있다가 이번 시즌부터 여기로 오기로 했대."

"몇 살인데?"

"우리랑 동갑."

스물여섯이면 은퇴하고 코치가 되기에는 확실히 일렀지만… 아예 없는 경우도 아니니까. 이 팀 코치진 중에서는 최연소가 될 것 같다. 무겸은 별생각 없이 고개를 끄덕였다.

"너, 나, 하준이 다 동갑이네. 하준이 오면 셋이 술이나 한잔하자. 너도 오고 하준이도 오고, 각자 사정은 있다지만 난 좋다."

"너랑도 친한가 보지?"

"걔는 뭐 두루두루 다 친해. 성격이 좋아서. 네놈이랑 다르게."

"그럼 네놈과도 다르겠네."

꼭 한마디씩 미운 말을 붙이면서 혼자 성격 좋은 척하는 것이 얄밉다. 무겸은 툭 쏘아붙이고 다시 식사를 시작했다. 그 뒤로 말없이 먹는 데만 집중한 그는 남들보다 빨리 식사를 마치고, 다른 사람들이 먹거나 말거나 아랑곳없이 자리에서 일어섰다. 긴 테이블 사이를 성큼성큼 걸어 빈 식판을 반납대에 놓았다.

"잘 먹었습니다."

"어머, 김무겸 선수! 더 먹어. 더 줄까?"

반납하는 식판을 건네받은 조리사의 눈빛이 마치 군에서 휴가를 받아 나온 친아들이라도 보듯 따스하다. 무겸은 정중하게 대답했다.

"감사하지만 괜찮습니다."

"다음엔 더 먹어. 뭐 좋아해? 말만 해! 우리가 다 만들어 줄게."

숨김없는 호의에 무겸이 말없이 씩 웃어 보이자 애정 공세는 더 길어졌다.

"아니, 어쩜 이렇게 실하고 훤하게 잘생겼어? 딱 우리 딸이랑 붙여 주고 싶네. 생각 있으면 언제든 말해. 요즘 젊은 사람들은 그냥 한번 가볍게 만나 보는 것도 괜찮지 않나?"

"그만해! 이 양반이 첫날부터 왜 이리 주책이야?"

무겸이 뭐라 대답할 틈도 없이 자기들끼리 옥신각신 말이 빨라진다. 작은 소란을 뒤로하고 그는 식당을 나섰다. 밥맛도 괜찮고, 주방 분위기도 맘에 들고. 무겸은 나름 푸근해진 마음으로 다시 훈련장을 향해 걸었다.

오후 훈련 시작까지는 아직 20분 정도가 남아 있었다. 새 훈련장에 적응할 겸 무겸은 산책하듯 잔디 위를 걸었다. 주변을 둘러보자 건너편에 감독인 준성의 모습이 눈에 띄었다. 그는 한 남자와 마주 서서 뭔가 이야기를 나누고 있었다. 무겸은 웃으며 그쪽으로 향했다.

"감독님, 식사는 하셨습니까?"

"어, 무겸이. 밥 다 먹었어?"

"네."

그때 뒷모습만 보이던 남자가 고개를 돌렸다. 무겸과 그의 눈이 마주쳤다.

오전에 함께 훈련했던 코치들 중 한 명일 거라 생각했는데 낯이 설다. 수더분해 보이는 인상의 남자였다. 준성이 마침 잘됐다는 듯 손짓했다.

"미리 인사해 두면 좋지. 들었지? 이번 시즌에 우리 팀에서 뛰기로 한 김무겸."

"네. 모르는 사람이 있겠어요?"

남자가 대답하며 몸을 무겸 쪽으로 완전히 돌렸다. 돌아서서 제대로 얼굴을 마주하니 인상이 조금 달라진다.

검은자위가 비교적 큰, 둥글면서도 그 끝이 살짝 새치름한 눈매가 무겸을 향했다. 유순해 보이는 동시에 어딘가 금세 구겨질 얇은 종이처럼 바스락대는 분위기가 있는 남자였다. 무력하거나 기운이 없어 보이는 느낌과는 달랐는데, 피부가 희고 얼굴 생김새가 섬세해 만들어지는 인상 같기도 했다.

그가 먼저 인사를 건넸다.

"오랜만이네. 반갑다."

누구지? 구면인 듯 알은척하는 게, 어디서 본 적이 있기는 한 것 같은데…….

내심 피어오르는 궁금증을 입 밖으로 꺼내는 대신 무겸은 인사 겸해 손을 내밀었다. 남자는 그 손을 내려다보더니 짧게 잡았다가 곧 놓았다. 준성이 남자를 소개했다.

"우리 팀 신입 피지컬 코치로 오기로 한 이하준. 출근은 며칠 뒤에 할 건데 오늘은 미리 서류 제출할 게 있어서 잠깐 왔어."

"아."

무겸이 저도 모르게 짧은 탄성을 냈다. 식당에서 녀석들이 말한 인물이 이 남자였나 보다.

얼굴을 보면 알 것이라 했던 정규의 말은 틀렸다. 아주 낯익지도, 그렇다고 낯설지도 않은 느낌이다. 본 적이 있기는 한 것 같은데 기억이 뚜렷하지 않은. 그렇게 희미한 인상도 아닌데.

속으로 상대를 가늠하던 무겸은 곧 속으로 쓴웃음을 지었다. 지난 월드컵 때 그는 내내 예민한 상태였고 딱히 사람들과 어울리지도 않았으니 그 무렵 주로 얼굴을 마주했다면 기억에서 지워졌다 해도 무리는 아니었다.

3년 전이다. 그린포드에서 정상급 팀원들과 365일 발을 맞추다가 얼기설기 모여든 국가 대표 선수들과 겨우 한 달 정도 훈련하고, 삐걱대는 팀을 이끌고 꾸역꾸역 경기를 해 나가는 것이 그때만 해도 견디기 어려웠다. 불편함을 숨기는 시늉도 하지 않고 첫 월드컵을 맞아 혼자 의욕만 앞서나가는 바람에 다른 선수들과의 골은 점점 깊어지기만 했다.

언론과 대중의 비난 역시 무겸에게 집중되었다. 해외파 스타랍시고 건방지게 군다는 이유에서였다. 그 바람에 가장 많은 골을 넣고도 '패배의 원인'으로 지목당하지 않았나. 김무겸의 첫 번째 월드컵은 굳이 돌이키고 싶지 않은 월드컵으로 남았고, 그 때문인지 당시에 같이 뛰었던 동료 선수들에 대한 기억도 흐리멍덩했다. 이제는 그때만큼 천지 분간 없이 설치지야 않지만 조금 얌전해진 것뿐이다.

예나 지금이나 무겸은 누군가를 먼저 필요로 할 때가 아니면 사람들에게 적극적으로 다가가지 않았고, 그렇다 해서 사람들이 먼저 쉽게 다가올 수 있도록 틈을 주지도 않았다. 특별히 남들에 비해 성격이 나쁜 편은 아니라고 일단 본인 스스로는 믿었으나, 다소 무뚝뚝하게 생긴 외모와 감정을 그다지 숨기지 않는 직설적인 성격 때문인지 커다란 체격 때문인지 가만히 있기만 해도 사람들은 지레 거리감을 느끼고는 했다.

덕분에 말도 통하지 않는 외국 생활 초반에는 더더욱 고생을 했지만 그런 경험 이후로도 성격을 고쳐 보겠다는 생각은 들지 않았다. 어차피 시간이 해결해 주는 문제들이기도 하니까.

"이놈아. 아는 무슨 아야. 인사를 해야지."

감독의 민망한 듯한 구박이 잠시 딴생각에 빠져 있던 무겸을 현실로 불러왔다. 무겸은 눈앞에 선 하준을 바라보았다. 뭐라고 해야 하지? 짧게 고민하던 그는 무난하게 가기로 했다.

"반갑습니다, 이 코치님."

그러자 준성이 허허 웃으면서 물었다.

"어, 코치라고 존댓말 쓰는 거야? 너희 동갑 아니냐?"

"맞아요. 훈련할 때 아니면 그냥 이름으로 불러."

하준이 답하며 웃었다.

저쪽은 꽤 친분이 있는 것처럼 구는데 기억이 흐릿하니 멋쩍은 노릇이었다. 그때 "어어." 하는 감탄사 비슷한 소리와 함께 뒤쪽에서 다른 사람들의 목소리가 들렸다.

"하준이 형!"

"하준아!"

"며칠 지나야 오신다고 들었는데."

순식간에 주변이 왁자지껄해졌다. 아무래도 이하준은 무겸과는 다른 의미로 스타인 모양이었다. 눈치를 보느라 무겸에게는 가까이 오지도 못하던 선수들이 하준에게는 우르르 달라붙어 반가운 척을 했다. 이하준이라는 남자도 만면에 미소를 지으며 그들의 질문에 이런저런 답을 하고 있었다.

코치라고 하면 그러려니 하겠지만 축구 선수라 하면 조금 의외라는 생각이 들 정도로 다소 맥이 없어 보이는 남자였다. 금방금방 웃어 버리는 눈매도 그렇고 샌님처럼 하얀 얼굴도 그렇고.

하긴 뭐, 선수 같은 얼굴이 따로 있는 건 아니다. 괜히 사람들이 축구 선수 얼굴에 어울리는 다른 직업 따위를 장난삼아 거론하겠냐.

"무겸이랑은 인사했어?"

"응."

정규의 질문에 하준이 웃으면서 대답했다.

"그런데 나 기억 못 하는 것 같아."

"……."

들켰네.

하긴 이름을 듣자마자 "아." 같은 얼빠진 소리를 냈으니 눈치를 못 챌 수가 없는 일이다. 그렇다 아니다 말하기도 뭐해서 듣고도 가만히 있었더니 아니나 다를까, 조금 당황한 기색을 보이던 정규가 알아서 수습을 했다.

"이놈이 원래 기억하는 게 별로 없어. 저밖에 모르는 놈이라. 나도 중학생 때 한 열 번 마주치고 나서 뭐라고 했는지 알아? '너도 축구부였냐', 이랬다니까, 이놈이."

하하. 하준이 소리를 내어 웃었다.

어쨌든 코치로 부임해 오는 건 잘 알았으니, 이제는 잊어버릴 일 없을 것이다. 그럼 됐지.

코치 중 한 명이 오후 훈련 시작을 알렸다. 어린 선수들부터 잽싸게 튀어 가고 정규와 무겸, 하준만 남자 하준도 돌아갈 채비를 하듯 가방을 고쳐 메며 말했다.

"성인 팀 1군 코치는 나도 처음이니까 앞으로 잘 부탁한다."

"그래, 곧 보자. 우리 셋이 동갑이잖아. 앞으로 서로서로 도와 가며 잘해 보자고."

"그래. 반가웠어, 둘 다. 얼른 가 봐."

하준이 어서 훈련을 하러 가라는 듯 손을 팔랑댔다. 정규가 한 번 더 인사한 뒤 무겸도 몸을 돌렸다. 선수들이 훈련장 중앙에 둥글게 모였고, 사람들 사이에 섞여 훈련에 관한 지시를 받던 무겸은 문득 시선을 옮겨 하준이 서 있던 곳을 보았다.

금방이라도 돌아갈 것처럼 굴던 하준은 의외로 돌아가지 않고 그 자리에 그대로 서 있었다.

한국에 입국한 지 나흘째. 무겸은 도착한 당일 하루만 쉬었을 뿐, 바로 다음 날부터 통상 훈련에 참여해 다른 선수들과 똑같이 훈련을 진행하고 이후 휴일 하루를 보냈다.

도착한 지 얼마 되지 않은 만큼 특별한 일은 없었다. 한국에서 1년 동안 지낼 집도 런던에서 계약을 마쳤고 입주 준비나 인테리어도 무겸이 입국하기 전에 에이전시에서 끝내 놓았다. 본인이 직접 출석해야 하는 몇 가지 서류 수속 때문에 공공 기관을 들락거리고, 한국에 오기 전부터 이야기가 오가던 업무 계약 건으로 미팅을 한 차례 가졌다. 그게 전부였다.

"이거 봤냐?"

꿀 같은 휴일이 지난 다음 훈련일, 팀 동료 정규가 만나자마자 얼굴을 굳히고 무겸에게 휴대폰을 홱 들이밀었다. 이제 막 로커 룸에 들어선 무겸은 아직 어깨에 걸친 가방도 내려놓기 전이었다.

너무 눈앞 가까이 내미는 바람에 뭐가 뭔지 제대로 보이지도 않았다. 무겸은 미간을 찌푸리며 손가락으로 휴대폰을 밀었다. 포털 사이트의 댓글 창에 한 줄짜리 댓글들이 일렬종대로 나열되어 있었다.

▶ 인간 LTE ㅇㅈ???

▶ 데뷔전도 하기 전에 다른 골부터ㅋㅋㅋㅋ

▶ 아랫도리 존나 문란 암만 잘해도 정이 안 감

▶ 시티서울 서포터인데 난 이 새끼 안 오길 바랐다

▶ 지랄 서울 서포터인 척ㅋㅋㅋㅋ 운동선수가 운동만 잘하면 되지 사생활 뭔 상관

무슨 기사에 달린 댓글인지 물어볼 필요도 없었다. 무겸은 표정도 변하지 않고 휴대폰을 한 손으로 밀어 치웠다.

"아침부터 이딴 건 뭐하러 들이밀어?"

"오자마자 시작이냐?"

"마지막 댓글 맘에 드네. 운동선수가 운동만 잘하면 됐지."

무겸이 대수롭지 않다는 듯 대답하며 입고 있던 저지와 반팔 티셔츠를 벗었다. 커다란 키를 버티는, 뼈대부터 굵직한 몸에 빼곡히 들어찬 근육이 드러났다. 티셔츠를 벗고 있을 뿐인데 팔이 움직일 때마다 널따란 광배근과 등을 종단하는 근육이 산맥처럼 꿈틀거렸다.

같은 남자가 봐도 위압감과 감탄을 동시에 느낄 수밖에 없는 몸이었다. 정규는 물론 근처 선수들도 잠시 말을 잃고 무겸에게 눈길을 보내다가, 그가 훈련용 유니폼을 머리부터 껴입기 시작하자 눈을 돌렸다.

"흠. 아무리 그래도 그렇지 인마. 이건 팀 품위 문제야. 자중해라. 외국이랑 분위기 다른 거 알잖아."

정규가 헛기침을 하며 소극적이나마 한마디 잔소리를 보탰다. 무겸도 살짝 미간을 찌푸렸다. 설마 첫판부터 사진이 찍힐 줄은 몰랐다.

분명 몇 년 전만 해도 한국에 파파라치가 이렇게까지 횡행하지 않았던 것 같은데 그것도 옛날이야기인 걸까. 세계적으로 악명 높은 영국 황색언론만큼 악질적으로 따라붙지는 않겠지만 귀찮아지는 정도로 따지면 오히려 여기가 더 심할지도 모른다.

정규의 말대로 영국에서와 달리 여기서 무겸은 이방인이 아니었으니까. 그래서 마음 편한 면도 있지만 반대로 불편한 점도 생긴다. 이해는 하지만 불쾌한 것은 불쾌한 것. 무겸은 짐짓 미간을 찌푸리며 항의했다.

"직장에서 사생활 관리까지 받아야 하냐?"

"알면서 왜 그러냐. 국민 감수성이라는 걸 좀 생각해 달라 그 말이지."

무겸은 남들이 알아보지 못할 만큼 작게 한숨을 쉬었다. 무겸이 서울로 임대를 온다는 소식이 알려지자 입국하기 전부터 에이전시를 통해 들어온 일거리가 한두 개가 아니었다.

스포츠와 관련된 일뿐만 아니라 온갖 상품 광고며 인터뷰와 예능, 다큐멘터리 같은 방송 출연 요청이 셀 수도 없이 들어왔다. 이번에 진행하게 된 커피 광고 역시 그때 들어온 일거리 중 하나였다. 과테말라 원두의 향을 그대로 살렸다는 인스턴트커피의 이미지에 야성미가 느껴지는 무겸이 딱 들어맞는다나 뭐라나.

정작 무겸은 평소에 커피를 마시지도 않지만 서로의 니즈가 맞아떨어졌고, 계약이 성사되자마자 사측은 또 다른 광고 모델인 하은우도 참가하는 미팅 자리를 마련했다.

광고 컨셉은 신혼부부의 로맨틱한 휴식이었다. 제품에 대한 발표와 광고 콘티를 숙지하는 것으로 미팅이 마무리되었고, 일 이야기를 끝내자 클라이언트들이 먼저 자리에서 일어났다. 매니저를 돌려보내면서 둘만 남은 무겸과 하은우는 좀 더 길게 이야기를 나누었다.

평소에 축구를 좋아해서 당신의 경기를 즐겨 본다, 커피 광고라니 이런 계기로 만나게 될지는 몰랐다며 운을 뗀 하은우는 멕시코와 과테말라를 여행한 적 있다며 이야기를 이었고, 무겸은 멕시코에 원정 경기를 갔던 경험담으로 답했다. 그렇게 소소한 화제로 대화를 주고받던 둘은 얼마 지나지 않아 무겸의 벤틀리에 함께 합석했다.

그다음은 뭐, 뻔하게 흘러갔다. 이미 포털 사이트에는 하은우의 '일 때문에 만난 동료, 좋은 친구 사이'라는 해명 입장문이 올라와 있었고, 무겸의 에이전시 측 역시 비슷한 해명을 내놓는 중이었다.

"너도 좋은 사람 찾아서 빨리 정착해. 괜히 이 여자 저 여자 건드리지 말고."

벌써 결혼한 지 2년째에 아이까지 있는 정규가 꽤 진심 어린 어조로 말했다. 무겸이 코웃음을 쳤다.

"내가 너야? 뭐가 아쉬워서."

"그렇게 사는 거 피곤하지도 않냐? 정착하면 몸과 마음에 안정이 온다. 진짜야."

운동선수는 국내외를 가리지 않고 빨리 결혼해 가정을 이루는 편이니 그리 어긋난 조언은 아니었다. 망나니처럼 살다가 결혼 이후 멘탈이 안정되어 컨디션이 상승하는 선수의 이야기도 그리 어렵지 않게 들린다. 당장 원 소속 팀인 그린포드에도 그런 놈이 있었다.

그러나 무겸은 이번에야말로 진심으로 정규를 이해할 수 없다는 눈으로 바라보았다.

"그거 재미없잖아."

"뭐가?"

"안정 같은 거 원한 적도 없으니까 잔소리 그만해라. 네가 인생에 대해서 나한테 훈계할 군번이라는 생각은 안 드는데."

"야, 훈계가 아니라."

"그리고 건드렸다는 표현. 성인 남녀가 서로 합의하에 데이트한 거야. 결혼했다고 유세 떠는 거야 그렇다 쳐도 벌써부터 아저씨 같은 소리 하면 추해."

"아, 새끼. 상처 주네. 알았다, 알았어. 잔소리 안 할 테니까 그만해라."

무겸은 민망해하는 정규를 뒤로하고 밖으로 나왔다. 그래도 정규를 제외하면 이런 스캔들을 가지고 저에게 노닥대려는 인간이 없다는 게 그나마 다행이었다. 아직까지는 다들 무겸을 파악하는 중이라 섣불리 말을 걸지 못했으니까.

무겸에게 있어 삶이란 끊임없이 쟁취하고 그 형태를 변화시켜 미래를 향해 나아가는 역동적인 것이었지 어디 한군데 정착해 안정을 누리는 종류의 것이 아니었다. 고인 물은 썩기 마련이며 무엇보다 재미가 없다.

섹스는 게임과 비슷하다. 일대일로 서로 원하는 것을 보일 듯 말 듯 숨긴 채 신호를 은밀히 주고받으며 슈팅을 할지 말지 재 보는 일은 그럭저럭 흥미로웠다. 저와 상대의 의사가 딱 맞아떨어질 때면 보이지 않는 골대에 공을 차 넣은 것처럼 작게나마 성취욕 비슷한 것도 느낄 수 있었다.

축구만큼은 아니지만 인생에 빠뜨릴 수 없는 즐거움 중 하나였고 무엇보다 남아 들끓는 에너지나 경기 전후 스트레스를 조절할 수 있는 좋은 수단이기도 했다. 그러나 딱 거기까지다. 한 사람에게만 매이고 싶지도 않고 타인에게 육체관계 이상의 의미를 부여하고 싶지도 않았다.

사람을 만나다 보면 그 선을 넘으려 드는 이도 간혹 있기는 했지만 상대가 매달리면 매달릴수록 질릴 뿐이었다. 나아가 사랑 따위를 거론하면 그때는 인간적인 정까지 다 떨어지는 기분이었다. 서로의 외모나 관심사나 조건이 적당히 마음에 들어 몇 번 몸을 맞췄다고 사랑한다니? 사람들은 너무 쉽게 그 단어를 입에 담는다.

웃기는 이야기다. 그런 사람인 줄 알았다면 진작 피했겠지만 처음에는 상대의 본심을 알 수가 없다. 시작할 때는 누구나 쿨한 척을 하지만 끝에 가서는 그렇지 못한 경우가 종종 있었고, 그럴 때면 그야말로 지뢰를 밟은 기분이었다. 그러나 모든 게임에는 항상 함정이 있는 법. 무겸은 돌발상황까지도 일종의 규칙으로 이해했다.

못 하면 죽을 것 같아서 돈으로 사람을 사겠다는 것도 아니고, 한창때의 젊은 남녀가 자연스럽게 눈이 맞고 뜻이 맞아 밤을 보내겠다는데 뭐가 잘못인가? 그 빈도가 너무 잦다는 것이 무겸의 탓만도 아니었다. 왜 세상 사람들은 여자의 욕망을 부정하는지 모르겠다.

글쎄. 언젠가는 저도 늙고 지쳐서 누군가의 머리나 쓰다듬는 평화로운 정착 따위를 하고 싶어질지도 모르지만 적어도 아직은 멀었다.

임정규의 잔소리에서 시작된 인생 고찰에 잠시 빠져 있는데 손안의 휴대폰이 짧게 진동했다. 내려다본 액정 화면에는 모르는 번호가 떠올라 있었다. 잠깐 고민하던 무겸은 화면을 통화 모드로 전환했다. 혹시 이번 스캔들에 관련한 연락일지도 몰랐다.

"김무겸입니다."

- 아, 안녕하십니까. 제가 맞게 전화를 걸었군요.

낯선 목소리였다. 무겸이 미간을 가볍게 찌푸렸다.

"누구시죠?"

- 다시 한번 인사드리겠습니다. 조현철 피디라고 합니다. 에이전시 측으로 다큐멘터리 촬영 관해서 몇 번 제안을 드렸었는데요.

"…에이전시가 내 번호 알려줬어요?"

- 아니요, 그게. 알고 지내는 분에게서 전해 들었습니다. 계속 거절 의사만 밝히시기에 한번 직접 말씀드리고 싶어서…….

짙게 뻗은 눈썹 사이의 주름이 깊어졌다.

"에이전시 통해서 이야기하라는 말 무슨 뜻인지 몰라요? 연락처만 알면 아무나 연락해도 돼서 에이전트 두고 있는 줄 아는 겁니까?"

- 네, 그 부분은 정말 죄송합니다. 그런데 제가 꼭 한번…….

"방송한다는 놈 중에서도 내가 제일 싫어하는 게 당신처럼 남 뒤 캐고 다니는 쥐새끼들이야. 뭘 믿고 같이 일을 하자는 건지 모르겠는데, 그럼 원하는 대로 직접 대답해 드리겠습니다. 생각 없으니까 꺼져요."

대답도 듣기 전에 무겸은 통화 종료 버튼을 터치했다. 그렇지 않아도 아침부터 스캔들 때문에 불쾌하던 차였다. 눈치도 없이 이런 타이밍에 알려 준 적도 없는 개인 번호로 전화질이라니.

혀를 차는데 삐익-! 훈련 시작을 알리는 호각이 울렸다. 로커 룸에서 빠져나온 선수들이 훈련장에 이열횡대로 줄을 섰다. 감독과 훈련 코치 옆에 휴일 전까지는 없던 사람이 함께 서 있었다.

팀 엠블럼이 박힌 네이비색 반팔 셔츠와 얇은 저지, 그리고 긴 바지 차림. 목에는 호루라기와 타이머, 한쪽 손에는 노트를 들고 있었다. 신삥 체대생이나 교생 체육 선생이라도 불러 놓은 듯한 모습에 무겸의 입술 끝이 그만 슬쩍 올라갔다.

준성이 헛기침을 한 번 하고 교생 선생의 소개를 했다.

"음, 뭐 다들 이미 알고 있겠지만 이쪽은 오늘부터 피지컬 코치로 오게 된 이하준이다. 알겠지만 예전에는 여러분과 같은 축구 선수였고. 요즘 갈수록 전문적인 피지컬 관리가 중요해지고 있다는 건 말 안 해도 알지? 아주 우수한 코치니까 이 코치 말 잘 듣고. 이 코치도 한마디 인사해."

옆에 서 있던 하준이 꾸벅 고개를 숙였다가 들었다. 만면에 담백한 미소가 가득했다.

"이하준입니다. 앞으로 잘 부탁합니다. 평소에 잘 관리해 주면 다칠 것도 안 다치는 게 몸입니다. 열심히 노력할 테니 여러분도 저 믿고 많이 도와주셨으면 좋겠습니다."

온화하면서도 단단한 말투였다.

그의 인사가 끝나자마자 선수들이 환호하며 박수를 쳤다. 뒷짐을 지고 서 있던 무겸은 하준을 모르는 만큼 환영하는 분위기에도 진심으로 동조할 수가 없어 뒤늦게 건성으로 손을 두드렸다.

훈련은 늘 그렇듯 가벼운 러닝과 스트레칭으로 시작되었다. 그러나 지난 훈련과 비교하면 형태는 좀 달라졌는데, 하준이 투입되며 이제까지의 스트레칭 루틴이 바뀌었기 때문이었다. 그 신선한 변화를 선수들은 즐겁게 받아들이는 분위기였다.

"평소보다 조금 시간이 걸릴 텐데, 첫날이라 개인 몸 상태를 보려고 하는 거니까 협조 부탁합니다."

"네-!"

하준이 웃으며 말하자 선수들은 또 한 번 유치원생처럼 합창을 했다. 시꺼먼 사내놈들끼리 모여서 만드는 영 적응이 되지 않는 아기자기한 분위기에 무겸의 미간이 절로 찌푸려졌다.

하준은 선수들이 넓은 원을 그리도록 대형을 서게 한 다음 스트레칭을 지시하고, 노트를 꺼내 들고 메모를 하면서 한 명 한 명을 꼼꼼하게 살펴 나갔다. 스트레칭 중인 선수의 다리를 이리저리 들어 올리거나 골반 부근이나 꼬리뼈 근처, 허벅지 안쪽 등을 직접 손으로 촉진하고, 모은 다리를 벌리거나 벌렸던 다리를 모아 보며 다양한 동작을 시험하는 옆모습이 꽤 진지했다. 무겸은 피식 웃었다.

'신입 티가 줄줄 나네. 과하게 열정적인 게.'

훈련에 열정적인 코치는 선수로서 언제든 환영이다. 무겸은 지시받은 동작을 성실하게 이행하며 몸을 풀어 나갔다. 그사이 선수들을 하나하나 살피던 하준도 마침내 무겸의 앞에 다가왔다. 그는 무릎을 굽히고 앉아 노트를 제 무릎에 받쳐 놓고, 펜을 든 채 무겸에게 지시했다.

"일단 다리 뻗고 앉아 봐."

무겸은 그렇게 했다.

"음, 몸을 앞으로 쭉 굽혀 볼래? 다리는 붙이고. 응, 좋아. 이번에는 다리 좀 벌려 봐."

무겸이 그 말에 충실히 따라 움직이자 하준은 뭔가를 열심히 기록했다. 요청이 계속해서 이어졌다.

"잠깐 발목 좀 볼게."

하준이 무겸의 발목을 가볍게 잡았다. 양말 위로 지압을 몇 번 하더니 아프지 않냐고 묻는다. 괜찮다고 말하자 고개를 끄덕끄덕하며 또 뭔가를 기록했다.

"엎드려서 오른쪽 다리만 위로 뻗어 봐. 음. 왼쪽도. 조금만 더."

사각사각, 필기하는 소리가 이어졌다. 엎드렸다가, 또 앉아서, 다시 일어서서 좌우를 번갈아 가며 한쪽 다리를 올렸다 내리라거나, 허리나 팔을 굽히라는 등 동작 지시도 계속되었다. 무겸이 동작을 착실히 이행하면 하준은 끄적끄적 기록하기를 수차례.

"좋아, 됐어. 고맙다."

마음에 찰 만큼 살폈는지 하준은 흡족한 듯 말하고 옆으로 자리를 옮겨 다음 선수를 체크하기 시작했다.

'…뭐지?'

개개인을 살피면서도 하준은 계속해서 모든 선수에게 다음 스트레칭을 지시했다. 무겸은 몸을 일으켜 그 지시에 따르면서도 어딘가 위화감을 느꼈다. 뭐라고 해야 할까, 코치 앞에서 스트레칭을 한 선수가 아니라 가축 검사원에게 상태를 검사당한 소나 말이 된 기분이다.

그러나 하준이 이행한 신체검사는 기본적인 것이었고 이런 종류의 테스트는 어디서나 거친다. 스트레칭을 하는 내내 무겸은 다른 선수들을 코칭하는 하준을 시선으로 좇았다. 하지만 특별한 것은 없었다. 다른 선수들에게도 비슷비슷한 동작을 지시하고 상태를 파악한 뒤 기록했다. 딱히 불쾌할 이유가 없었기에 말로 표현할 수도 없는 막연한 불만을 느끼는 사이 스트레칭 시간이 끝났다. 하준이 선수들 앞에 섰다.

"오늘 스트레칭에 평소보다 시간이 두 배는 걸려서 힘들었을 텐데요. 다 개인별 훈련 프로그램을 짜기 위한 거니까 이해 부탁합니다. 오후 훈련까지 관찰하고 내일부터는 개별 프로그램 지시 들어가겠습니다."

"네!"

선수들은 또다시 햇병아리처럼 대답했다. 훈련 내내 분위기는 아주 좋았다. 다만 무겸만이 이유 모를 위화감에 얼굴을 살짝 찌푸리고 가끔씩 하준을 바라볼 뿐이었다.

이하준이 선수들에게 인기가 좋은 이유는 무겸도 얼마 지나지 않아 그리 어렵지 않게 파악할 수 있었다.

한국 체육계라면 어느 분야나 마찬가지겠지만 축구 선수들 역시 초등학생 때부터 엄격한, 정확히는 폭력적이라는 말이 더 걸맞는 교육을 받는다. 우물 안에서 알량한 권력을 휘두르는 사람은 감독이나 코치만이 아니었다. 어떻게 보면 그보다도 더 참기 어려운 것이 선후배 관계다. 실력이나 이력이면 모를까, 짬과 나이를 앞세워 후배를 때리고 닦달하는 경우가 흔하니 그것을 못 견뎌 운동을 그만두는 사람이 부지기수였다.

무겸은 운 좋게 박준성이라는, 교육자로서의 가치관이 확고한 감독을 만났고 일찍부터 해외 생활을 시작했다. 거기에 실력, 성격, 체격, 인상 같은 여러 가지 요소가 맞물려 국내에서는 그다지 텃세를 겪어 본 적이 없었지만 당연히 그것이 얼마만큼의 해악인지는 안다. 방식이나 성격은 달랐지만 텃세라면 무겸 역시 충분히 겪었다. 지금의 무겸에게는 안방이나 다름없는 그린포드의 로커 룸도 그리 평화로운 곳은 아니었으니까.

그런 운동선수들의 세계에서 웃으며 제 이야기를 들어 주는 자상한 사람이 있다면 당연히 기대고 싶어지겠지. 누구라도 그럴 것이다.

"형님, 아니 코치님. 저 잠깐 시간 좀 내주실 수 있으십니까?"

"응, 그래. 휴게실로 갈까?"

벤치에서 노트를 정리하던 하준에게 한 선수가 다가가 말을 거는 광경을 보며 무겸은 물통의 빨대를 쭉 빨았다. 그가 오고 나서부터 이따금씩 보이는 장면이었는데, 분위기를 보아 하니 여러 선수가 하준에게 고민 상담 따위를 하는 것 같았다. 상담이라 해도 별다른 이야기가 아니라 운동에 대한 고민을 나누는 듯했지만 꽤 신기한 일이었다. 무겸이 알기로 축구판에서 코치나 선배에게 고민 상담을 요청하고, 또 그것을 저렇게 선선히 받아 주는 경우는 많지 않기 때문이다.

운동한다는 남자 중 남의 이야기를 귀 기울여 듣고 함께 고민해 주는 사근사근한 인간은 흔치 않다. 들어 준다 해도 태반이 고민에 대한 해결책이랍시고 헛소리를 지껄여 상담을 청한 놈들이 먼저 떨어져 나가게 마련이었다.

그린포드를 비롯해 유럽 여러 팀에는 선수들의 멘탈 관리를 책임지는 스포츠 전문 상담가나 연계 정신과 의사가 있다. 하지만 국내에는 멀리 갈 것 없이, 당장 시티서울만 해도 그런 부분은 완전히 손을 놓고 있는 실정이었다.

'피지컬 코치가 저런 역할까지 해야 하나? 돈을 더 받는 것도 아닐 텐데.'

그런 생각을 하면서도 무겸은 굳이 말을 꺼내지 않았다. 자신이 그의 편의를 위해 애쓸 이유는 없었으니까.

어쨌든 하준이 코치로 출근한 지도 며칠째에 접어들었다. 하준과 무겸은 충돌도 없이, 그렇다고 크게 친밀해지는 일도 없이 데면데면하게 지내는 중이었다.

"안녕하십니까, 무겸 형님."

"음."

몇몇 선수에게 둘러싸여 이야기를 나누고 있던 하준의 옆을 지나치려던 찰나, 한 놈이 빠뜨리지 않고 무겸에게 인사를 건넸다. 특별히 그들의 대화를 방해할 생각은 없었던 무겸은 인사만 받고 옆을 지나가려 했다. 그러나 하준의 퇴장 선언이 더 빨랐다.

"그럼 난 사무실에 들러야 해서 이만 가 볼게. 나중에 또 이야기하자."

"아, 바쁘세요? 네. 가세요, 코치님."

…아니, 데면데면 지내는 것이 아닐지도 모른다.

여럿이 모여 이야기를 나누다가 무겸이 나타나자마자 갑자기 인사를 던지고 사라지는 하준을 보며 무겸은 희미하게 피어오르는 의심을 자제하려고 노력했다.

첫날 느꼈던 위화감은 이후로도 지속되고 있었는데, 딱 집어서 어떻다고 말하기는 어렵지만 하준이 저를 그리 편치 않게 생각하고 있다는 인상을 떨칠 수 없었다. 왜 그렇게 생각하느냐 묻는다면, 그냥 이런 거다.

V 다른 사람들과 이야기를 하다가 김무겸이 오면 이하준은 갑자기 자리를 뜬다.
V 코치 여러 명이 선수들을 동시에 봐주고 있을 때 어쩐지 이하준은 절대 김무겸에게 배정이 되지 않는다.
V 이하준 혼자 선수들을 봐주는 시간이면 다른 선수들과 김무겸을 대할 때, 뭐라 설명할 수 없는 미묘한 차이가 느껴진다.
V 김무겸과 이하준 단둘이 있는 일은 발생하지 않는다.

그러나 무겸이나 하준이나 이 팀에 출근한 지 이제 고작 며칠이 지났고, 모든 것이 우연의 일치이며 기분 탓이라고 넘어갈 수 있을 만한 정도였다.

사실 무겸으로서는 그쪽이 저를 불편하게 여긴다 해도 알 바 아니었다. 원래 어디서나 무겸을 불편하게 생각하는 사람이 무겸을 편하게 여기는 사람보다 많으니 새삼스러울 것도 없는 일이었다.

그러니 알 게 뭐야. 무겸은 속으로 혼잣말처럼 투덜거리고 쉬는 시간 종료를 알리는 호각 소리와 함께 훈련장 한가운데로 달려갔다. 지금부터는 실내 훈련장으로 장소를 옮겨 새로 도입한 훈련을 받을 차례였다.

하준의 의견에 따라 시티서울 선수들은 일주일에 두 번씩 필라테스를 하기로 했다. 그린포드에서는 이미 정규 프로그램으로 필라테스가 채택되어 있었고 선수들의 컨디션에 따라서는 요가도 배우기에 무겸으로서는 지극히 자연스러웠지만, 시티서울 선수들은 대부분이 이 운동이 낯선 듯 실내 훈련장에 모여 하준의 지시에 따라 몸을 삐걱대고 있었다.

무겸은 새로운 프로그램이 마음에 들었다. 그렇지 않아도 시티서울의 기본 체력 훈련은 그린포드와 비교하면 양적으로나 질적으로나 현격히 차이가 났기에 따로 개인 트레이닝을 할 장소를 찾는 중이었다. 새 프로그램 하나가 신설되었다고 해 봐야 이곳에는 수중 훈련 시설도 없고 자쿠지도 없으며 웨이트 트레이닝이나 당장 지금 시작할 필라테스 기구 역시 업그레이드가 되어 있지 않았다. 그래도 아예 하지 않는 것보다는 낫다.

각종 기구와 소도구들 사이에서 어색하게 부유하는 남자들을 코치들이 바삐 돌봐 주고 있었다. 새 프로그램을 도입하자고 주장했다는 사람은 그중에서도 당연히 제일 바빠 보였다.

"다리를 좀 더 왼쪽으로. 좋아. 이 동작은 할 때 골반이 비뚤어지면 안 돼."

"이렇게요?"

"좋아, 훨씬 나아졌다."

"진짜요?"

"그럼."

하준이 한 선수의 허리를 붙잡고 자세를 잡아 주며 함께 시시덕거렸다. 현역 생활을 마친 지 얼마 되지 않은 데다 나이도 그다지 차이 나지 않으니 꼭 상담 따위에 응해 주지 않더라도 선수들이 그를 친근하게 여길 만도 했다. 그 현상은 꼭 어린 선수들에게 한정되지도 않았다. 저보다 나이가 많은 선수들에게도 하준은 곧잘 싹싹하게 굴며 그들이 기분 나빠하지 않도록 지시 사항을 전달했다.

"형님은 척추 측만이 지금 조금 진행 중이에요. 그러니까 이 운동을 하실 때 왼쪽을 더 해 주셔야 합니다. 그래야 균형이 맞아요."

"맞아. 얼마 전에 병원에서 그렇다더라. 가끔 허리 아픈 것도 그래서 그렇겠지?"

"아마도요. 봐요. 여기 누르면 아프죠? 균형이 안 맞으니까 이쪽 근육을 더 쓰게 돼서 경직돼서 그런 거예요. 계속 이렇게 달리시면 몸에 부담 가요."

무겸은 짐볼 위에서 복근 운동을 하며 하준을 지켜보았다. 그는 선수들을 차례차례 지도하면서 점점 무겸에게 가까워지고 있었다. 세라밴드를 이용해 골반 균형을 맞추는 훈련 지시를 하며 한 명, 리포머를 이용한 복근 운동을 지시하며 또 한 명.

그리고 오늘도 드디어 무겸의 차례였다. 하준은 짐볼 위에 누운 무겸을 내려다보더니 들고 있던 노트 쪽으로 곧 시선을 옮겼다.

"너는 크게 문제는 없는데 오른쪽 발목에 더 힘이 들어가는 경향이 있어. 아무래도 디딤발로 오른쪽을 더 많이 쓰니까 그렇겠지. 오른쪽 부담을 줄여 주되 왼쪽 발목 강화를 해서 균형을 맞춰 주는 게 좋을 것 같아. 그래야 킥력도 늘어. 당연히 코어도 강화해야 하고."

"알아."

"이쪽으로 와 봐. 1차로 밴드, 그다음에 리포머야. 자. 그거 발목에 걸어."

하준이 알려 주는 운동은 무겸도 익히 알고 있는 것이었다. 그의 지시에 따라 무겸은 밴드를 발목에 걸어 제자리에서 걷고 다리를 들어 올리거나 리포머에 올라 보드를 한쪽 다리로 미는 동작 등 몇 가지 강화 훈련 동작을 이행했다. 다른 선수들과 달리 익숙한 태도에 하준이 조금 웃었다.

"이 정도는 넌 말 안 해도 다 알지? 강화 운동은 왼쪽을 두 배 횟수로 해 줘."

"어."

"하체와 상체는 사선으로 연결되니까 복근 운동을 할 때는 의식적으로 오른쪽 상체를 더 조이면서 일으키려고 노력해 봐. 꼬리뼈 좀 더 내려 주고."

하준이 웃으며 지나가려 하는데 무겸이 그를 불렀다.

"코치."

"응?"

"이게 다야? 다른 건 없어?"

"다른 거?"

리포머에 올라선 무겸이 하준을 숫제 노려보듯 빤히 내려다보았다. 하준은 눈만 둥글게 뜨고 '왜?'라는 표정을 지으며 무겸을 마주 보고 있었다.

"아니야."

무겸이 손짓하자 하준은 그저 멋쩍은 듯 한번 씩 웃어 보이고 몸을 돌려 다음 선수의 상태를 보러 갔다. 그 선수를 지도하는 하준의 모습을 바라보며 새 피지컬 코치가 온 지도 며칠이 지난 오늘 이 순간, 무겸은 마음 한구석 갉작이던 위화감의 정체를 뚜렷이 깨달았다.

단순히 불편하게 여기는 정도가 아니다. 이하준은 저한테만 손을 대지 않는다.

자세를 교정해 줄 때 하준은 항상 선수들의 몸에 손을 얹고 직접 만지며 지시했다. 꼭 필요해서 그런다기보다는 거의 습관적인 행동 같았다. 근육 촉진도 스스럼없었고 거의 매번 손을 내밀어 선수들의 몸을 만졌으며 지금도 그러고 있다.

물론 그가 무겸에게 아예 손을 대지 않은 것은 아니다. 하지만 의식적으로, 정말 최소한의 접촉만 하려고 애쓰고 있다는 분위기가 물씬 전해져 왔다. 그가 오고 나서 며칠 동안 이 정도로 그의 손을 타지 않은 선수는 지금 이곳에 저뿐이라고 무겸은 확신할 수 있었다.

생긴 것과 다르게 은근히 꽁한 데가 있는 놈 같다. 첫날 만났을 때 저를 기억하지 못해서 빈정이 상한 걸까?

아무리 그래도 이건 아니다. 교정이 필요하면 교정을 해야 하고 촉진이 필요하면 촉진을 해야 한다. 그것이 피지컬 코치의 의무다. 필요가 없다 판단해서 하지 않은 것일 수도 있지만, 저 혼자만 이처럼 손을 타지 않고 있다는 것은 아무리 생각해도 이상하다. 필요에 의한 것이라기보다는 대인 관계적 부분이 원인이라는 추측만 강해졌다.

"코치."

무겸이 제 앞을 지나치는 하준을 다시 불렀다. 하준이 눈을 크게 뜨고 무겸을 보았다.

"응?"

"요즘 허리가 좀 아픈 것 같은데 좀 봐줄 수 있어?"

"뭐? 언제부터? 딱히 그럴 만한 요인이 없어 보였는데."

"글쎄, 한 이틀 정도 된 것 같아."

하준은 고개를 끄덕이면서 황급히 바닥에 매트를 깔았다.

"그럼 급성으로 통증이 생긴 걸 수 있어. 잠깐 여기 엎드려 봐."

무겸은 시키는 대로 따르면서도 속으로는 고개를 갸웃했다. 생각보다 순순하다. 역시 기분 탓이나 착각이었나?

"정 코치님!"

"응? 왜?"

그때 하준이 옆에 있던 다른 코치를 불렀다. 엎드려 있는 무겸의 귀에 그가 다가오는 발소리가 들렸다. 등 뒤에서 둘이 나누는 대화가 이어졌다.

"김무겸 선수가 허리가 아프다고 하는데 촉진 좀 도와주시겠어요? 저보다 잘하시잖아요."

"아, 그래."

정 코치와 하준이 무겸 옆에 무릎을 굽히고 앉았다. 무겸은 고개를 옆으로 돌려 하준을 올려다보았다. 진지한 표정으로 노트를 펼쳐 들고 메모할 준비를 마친 하준이 물었다.

"어느 쪽이 아파?"

"…이제 안 아파."

"어?"

"괜찮습니다, 정 코치님."

무겸이 몸을 일으켜 앉자 정 코치는 별다른 의문을 품지 않고 "그래?"라고 한 번 되묻고는 다시 하던 일을 하러 갔다. 매트를 깔고 앉은 무겸과 그 옆에 무릎을 굽히고 앉은 하준이 서로를 바라보았다. 하준은 당황한 듯 매트를 손으로 가리켰다.

"아프다며. 다시 엎드려 봐. 확실히 보고 넘어가야지."

"그럼 이 코치님이 직접 봐줬으면 좋겠는데."

"뭐?"

"직접. 다른 사람 시키지 말고."

하준은 무겸의 말뜻이 잘 이해가지 않는 듯 눈만 깜박였다. 그가 말없이 앉아 있는 사이 무겸은 대답을 더 기다리지 않고 다시 매트 위로 엎드렸다. 잠시 침묵하던 하준이 무릎걸음으로 제 옆에 가까이 다가오는 기색이 느껴졌다. 그가 들고 있던 노트가 펜과 함께 체육관 바닥에 놓였다.

무겸은 고개를 돌리고 그가 하는 모습을 훔쳐보았다. 하준이 무겸의 허리 쪽만 빤히 내려다보다가 물었다.

"어느 쪽이 아파?"

"왼쪽."

되는 대로 대답하고 무겸은 그의 다음 동작을 기다렸다. 계속해서 무겸의 허리만 내려다보던 하준은 살짝 긴 콧숨을 쉬며 보일 듯 말 듯 미간을 찌푸렸다.

그러고 나서야 손을 움직여 마침내 무겸의 허리 위에 그 손을 얹었다. 꾸욱. 네 손가락의 관절 부분과 엄지손가락 끝부분이 왼쪽 허리를 지그시 눌러 오는 것이 느껴졌다. 그렇게 힘을 주어 허리를 누르던 하준이 조심스레 물었다.

"아파?"

"아니. 조금 더 아래."

"여기?"

하준의 손이 위치를 바꾸어가며 허리를 꾹꾹 눌러 왔다. 손맛이 나쁘지 않다. 등 위를 작은 동물이 꾹꾹 밟으며 돌아다니기라도 하는 기분에 무겸의 기분은 점차 여유로워졌다.

그러나 하준의 상태는 정반대였다. 무겸이 고개를 옆으로 기울여 표정을 살펴보니 처음에는 다소 곤란해 보였지만 진지했던 얼굴에 점점 짙은 난감함과 의문만 땀방울처럼 맺히고 있었다. 당연하다. 실제로 허리는 아주 멀쩡했고 통증이라고는 전혀 없었으니까

하준의 손은 왼쪽으로, 오른쪽으로, 위로, 아래로 계속 오가며 통증의 원인을 찾아내기 위해 무겸의 등 위를 열심히 탐험했다. 허리만 만지다

가 이게 아니다 싶었는지 급기야는 골반과 꼬리뼈 근처, 옆구리, 허벅지 옆쪽과 뒤쪽까지 매만지기 시작했다.

'손이 부드럽네.'

무겸은 턱을 받치고 엎드려 아예 눈을 감고 마사지를 즐기듯 그 손길을 내버려 두었다.

하준의 표정은 무겸의 신체가 완벽하다는 것을 확인하면 할수록 점점 더 심각해졌다. 여기저기를 누르며 촉진을 하던 그는 결국 포기한 듯 지친 한숨을 쉬더니 몸을 일으켰다. 노트를 다시 집어 들어 메모를 하는 목소리는 덤덤한 척하려는 듯했지만 풀 죽어 있었다.

"내가 아직 부족해서 잘 모르겠다. 허리나 복부 근육에 문제가 없는데 통증이 있다면 원인이 다른 곳에 있는 방사통일 가능성이 있어. 하지만 골반이나 다리 쪽도 근육은 크게 문제가 없는 것 같은데……. 의료 팀에서 자세히 검진을 받는 게 좋을 것 같아. 내가 전달해 놓을게."

그렇게 귀찮은 일로 만들 필요까지야. 입단할 때 검진은 이미 다 마쳤으니 마지막 테스트를 받은 지 얼마 지나지도 않았다. 하준을 골리고 싶었을 뿐, 꾀병으로 여러 사람을 헛수고 하게 만들 생각까지는 없었기에 무겸은 대충 둘러대기로 했다.

"이틀 전에."

"음?"

"침대에서 실수로 허리를 걷어차였거든. 그것 때문일 수도 있을까?"

하준이 무슨 말이냐는 표정으로 무겸을 보더니 곧 말뜻을 이해한 듯 아, 하고 입을 살짝 벌렸다.

순간적으로 당황이 어렸던 얼굴에 곧 허무함이 끼어들었고, 하준은 잠시 대답 없이 허탈하게 허공을 바라보다가 고개를 끄덕였다.

"그럴 수도 있지. 그럼 일시적인 걸 거야."

"그렇겠지?"

"혹시라도 계속 아프면 또 말해."

"알았어."

하준이 무릎을 손으로 눌러 지지하며 몸을 일으켰다. 다른 선수를 향해 걷는 그의 뒷모습이 어쩐지 조금 전보다 힘이 없어 보인다. 놀림당한 걸 눈치챈 모양이지만 그렇다 해도 무겸은 그에게 미안하지 않았다. 어쨌든 오해하게 만든 것은 이하준이었고 어쩌면 오해가 아닐지도 모르니까. 자신의 허리를 누르기 전에 하준이 보여 준 표정이 그 의심에 확신을 더했다.

'아무래도 내가 마음에 안 드나 본데.'

하준이 알려 준 발목 강화 운동을 그의 지시에 따라 왼쪽만 두 배 횟수로 진행하며 무겸은 거슬리는 기분을 곱씹었다.

새로 온 팀의 코치와 불화를 일으키는 것은 좋지 않다. 그린포드에서 생긴 일이라면 분명 대놓고 한마디했겠지만 이곳은 준성의 팀이다. 오자마자 잔트러블을 일으켜 감독을 골치 아프게 하고 싶지 않았다. 하지만 이런 식으로 저만 차별 대우를 한다면 무겸으로서도 대책을 마련해야 했다. 일과 관련한 문제였으니까.

아예 이하준을 제 훈련 스케줄에서 빼거나, 아니면 이하준이 태도를 고쳐서 저를 제대로 보게 만들거나.

⚽

갈비찜, 시금치무침, 북엇국, 계란말이.

식판에 놓인 반찬을 보며 무겸은 진심으로 흡족했다. 좋아하는 음식이 있으면 말하라고 하기에 농담 삼아 던져 봤는데 오늘의 점심 메뉴가 정말로 무겸이 먹고 싶다고 말했던 반찬들로 꽉 차 있었다.

"우리도 매번 똑같이 할 순 없는데, 그래도 눈치껏 해 줄 테니 먹고 싶은 거 있으면 언제든 말해."

"감사합니다, 어머님."

"아휴, 싹싹도 해라."

어지간한 데이트 상대를 대할 때보다 친절하고 싶어져 웃으며 인사했더니 조리사들은 기뻐하며 갈비찜을 더 담아 주었다. 몸을 돌려 앉을 자리를 가늠하는데 이미 자리를 잡은 정규가 무겸에게 손을 흔들었다.

이러쿵저러쿵 귀찮게 굴어도 정규 덕분에 사람들과 빨리 가까워지는 건 장점이었다. 무겸이 그쪽으로 다가가 식판을 내려놓았다. 사람들이 식사하며 이야기를 나누고 있었다.

"요즘 식당 밥 맛있어지지 않았어요?"

"여기는 원래도 괜찮았지."

"그래도 요즘 더 잘 나오는 것 같아요. 무겸 형님, 식사 맛있게 하십시오."

"너희도."

선수들도 이제 제법 무겸을 어려워하지 않고 인사를 건넸다. 무겸도 적당히 대답을 하고 숟가락을 드는데, 정규가 또 누군가를 발견한 듯 손을 흔들었다.

"하준, 아니 이 코치님. 이리 와서 먹어!"

무슨 중고등학교 급식소도 아니고 아는 사람마다 근처로 불러 모아 밥을 먹으려는 꼴이 우스웠다. 무겸은 픽 웃으며 고개를 돌렸다. 정규의 부름에 이끌린 하준이 식판을 들고 가까이 다가오다 멈칫, 제자리에 멈춰 서는 모습이 보였다. 무겸과 눈이 마주친 그는 조금 당황한 듯 얼굴을 굳히더니 얼른 미소를 지었다.

"나는 코치님들이랑 같이 먹어야 할 것 같아."

"아, 그래?"

"응. 오후 훈련 때 보자."

"그래, 식사 잘해."

하준은 잽싸게 몸을 돌려 빠른 걸음으로 걸어가더니 저보다 나이 많은 코치진이 모인 식탁에 앉았다. 그 모습을 지켜보던 무겸의 한쪽 눈썹이 살짝 치켜 들렸다. 위화감을 전혀 못 느끼고 식사를 시작한 정규의 옆에서, 혼자 숟가락을 내려놓고 곰곰이 침묵하다가 막 떠오른 척 말했다.

"너 예전에 이 코치랑 셋이 술 한잔하자고 했었잖아."

"그랬지. 너 괜찮으면 날짜 잡아 볼까?"

"잡아 봐. 저쪽이나 나나 새 이적생인데 서로 친목 도모하는 것도 괜찮지."

정규가 물을 마시며 놀랍다는 듯 눈을 크게 떴다.

"친목 도모? 웬일이냐 너? 그런 단어도 알아?"

"네 말만 들으면 내가 무슨 사회 부적응자 같거든?"

"거의 그렇잖아."

그 말에 옆에서 앉아 밥을 먹던 선수들이 웃었다.

"왜 그래요, 정규 형님. 무겸 형님 직접 만나 보니까 좋기만 한데요."

"얼씨구? 웃기지 마라, 이것들아. 그것도 다 내가 있으니까 그런 거야. 아니면 니들 지금 얘 옆에서 시시덕대며 밥 먹을 수 있을 거 같냐? 이놈은 순 저 기분 내키는 대로야."

억울한 측면은 있었지만 아주 틀린 말은 아니었기에 무겸은 그 말에 반박하지는 못하고 수저를 들었다. 음식 맛은 아주 괜찮았다. 방금 하준이 보인 의문스러운 행태만 아니었으면 별다른 생각 없이 식사를 할 수 있었을 텐데 말이다. 코치진 테이블에 자리를 잡은 하준은 뭔가 즐거운 듯 웃으며 사람들과 이야기를 나누는 중이었다.

별것도 아닌 놈이 자꾸 신경을 거스른다. 수석 코치도 아니고 이제 갓 일을 시작한 동갑내기 신입 코치 따위가. 먼 테이블에 시선을 보내고 있던 중 정규가 휴대폰을 들어 올리며 물었다.

"넌 언제 괜찮냐? 술자리."

"내일도 괜찮아. 모레도 괜찮고. 어지간하면 비울게."

"웬일로 적극적이야? 너 이럴 때 얼른 날 잡아야겠다."

정규가 곧장 메시지를 톡톡 쳐 넣었다. 무겸은 북엇국 안의 두부를 쪼개며 멀찍이 앉은 하준을 바라보았다.

메시지를 받았는지 하준이 휴대폰 화면을 들여다본다. 잠시 고개를 갸웃하며 망설이는 표정이 무겸의 눈에 들어왔다. 그는 바로 답을 하지 않고 화면만 들여다보다가 한참 뒤 휴대폰을 집어 들었다.

부르르. 이번에는 정규의 휴대폰이 울렸다. 한창 식사에 몰두 중이던 정규는 느릿느릿 휴대폰을 확인했다. 초조해진 무겸은 결국 먼저 묻고 말았다.

"뭐래?"

"당분간은 힘들다는데. 퇴근 후에 계속 워크숍이 있대. 하긴 이 일이 공부할 게 많긴 할 거야. 나중에 새로 잡아야겠다."

당분간은 힘들어?

이제 갓 일 시작한 스물여섯 신입 코치가 김무겸보다 바쁘다고?

"성격 좋다더니."

"어?"

"아니야."

성격이 좋기는. 속이 좁아도 보통 좁은 놈이 아니었다. 첫날 저를 못 알아봤다고 꽁해져서는 얼굴도 제대로 마주하려 하지 않는 것이 확실했다. 밥이나 술이야 안 먹어도 그만이지만 운동할 때까지 그런 태도는 봐줄 수 없다.

'어딜 감히 신입 코치가 선수를 가려. 그것도 다른 선수도 아닌 나를?'

저를 피하는 걸 알고서도 먼저 기회를 주려 했다. 지금껏 살며 김무겸이 사회적 친목을 위한 술자리 따위를 먼저 청한 적은 다 합쳐도 열 손가락 안쪽으로 꼽을 수 있다. 곰곰이 생각해 보니 정말 몇 번 되지 않았다. 그것도 정규나 준성처럼 원래 가까운 사람에게나 먼저 말을 꺼내지, 누군가와 친분을 쌓기 위해 자리를 만들고 약속을 잡는 짓을 무겸은 어지간해서는 하지 않는다.

백만 사람에게 친절한 인간 행세를 해 봐야 저를 향한 것이 아니면 쓸모없는 법. 무겸은 식판 옆에 놓아두었던 컵을 들어 냉수를 삼켰다.

눈에는 눈, 이에는 이, 밴댕이에는 밴댕이, 쪼잔에는 쪼잔. 그라운드 안에서나 밖에서나 저에게 욕을 하는 인간, 날을 세우는 인간, 폭력을 쓰는 인간에게는 가능한 똑같이 갚아 주는 무겸이었다. 그는 얼마든지 유치해질 준비가 되어 있었다.

⚽

오전 훈련은 체력 단련 중심, 오후 훈련은 주로 테크닉 중심으로 이루어진다. 오후가 되면 피지컬 코치는 밖에 나와 훈련 관찰을 하며 지시를 하기도 하고, 훈련 성격에 따라 사무실에서 다음 날 스케줄을 짜거나 데이터를 정리하기도 했다.

오늘 오후 훈련은 전자였다. 부상을 입은 선수들은 재활 훈련 코스를, 남은 선수들은 패스와 드리블을 비롯한 기본기 훈련을 마친 다음 미니 게임을 가지기로 했다. 훈련장 안에서 미니 게임을 할 때 선수들은 조금 더 과감해진다. 리스크가 높아 실제 경기에서는 시도하기 힘든 오버헤드 킥을 연습해 보거나 평소와 다른 쪽 발을 써 보기도 하며 적극적으로 임한다.

"어어!"

미니 게임이라 해도 게임은 게임. 승부욕 강한 선수들 사이에 불이 붙는 데까지는 5분이면 충분했다. 한 어린 선수가 과하게 흥분해 무겸의 뒤쪽에서 반칙성 태클을 걸었다. 태클을 건 선수와 무겸의 다리가 엉키며 함께 잔디밭 위를 뒹굴고, 골문 앞에 서 있던 정규의 입에서 곧바로 노기 섞인 고함이 터져 나왔다.

"뭐 하는 짓이야, 짜샤! 훈련 중에 그런 태클을 하면 돼, 안 돼!"

"형님, 죄송합니다. 제가 너무 흥분해서……."

"동업자 정신! 몰라?"

다른 사람도 아닌, 월드 클래스 선수이자 몸값만 천 억대인 김무겸에게 연습 경기를 하다가 부상이라도 입혔다가는 수습하기 힘들어진다. 개인과 개인 차원의 문제에서 끝나지 않고 전 세계적으로 몰매를 맞아

멘탈이 박살 날 가능성이 높다. 태클을 한 선수는 사색이 되어 연신 꾸벅꾸벅 고개를 숙이며 무겸에게 사과를 했다.

충돌한 무릎이 우릿하게 아팠다. 잠깐 머물다 사라질 통증이기는 했지만 훈련용 미니 게임에서는 얻을 필요도 없던 통증이다. 당연히 무겸도 순간 화가 났으나 주변에서 이렇게까지 안절부절못해서야 자기가 화를 내기도 뭣해진다. 심정은 알겠지만 이런 식으로 특별 취급을 받고 싶지는 않았다. 크리스털 컵이라도 다루는 것처럼 조심스레 취급해야 하는 축구 선수라니, 제 몸집을 생각하면 꼴이 너무 우습다.

"됐다. 다음부터 조심해."

툭 쏘듯이 그렇게 말하자 좋은 사람을 보는 듯한 눈길이 은근하게 쏟아졌다. 그 또한 어색하긴 마찬가지라 무겸은 훈련장 가장자리로 걸어 나와 잠시 자리를 피했다. 비치되어 있는 물로 목을 축이고 나니 잠깐 쉬고 싶어진다. 벤치에 앉아 훈련 풍경을 지켜보던 중, 누군가 급하게 다가오는 기색이 느껴졌다.

"다리 괜찮아?"

이하준이었다.

무겸은 그런 그와 표정 없이 시선을 맞추고 속으로만 빈정거렸다. 콧대 높고 귀하신 신입 코치님께서 어쩐 일로 미천한 김무겸 앞에 먼저 행차를 하셨나이까.

그래도 피지컬 코치랍시고 다쳤을까 봐 신경이 쓰이기는 하는 모양이었다.

"잠깐 내려와 봐. 다리 좀 보자. 아까 보니까 무릎 부딪힌 것 같던데."

이미 통증은 거의 사라지고 있었지만 무겸은 순순히 그의 말에 따라 무릎을 세우고 바닥에 앉았다. 하준이 한 번 더 일렀다.

"다리 좀 펴 봐."

그러나 무겸은 묵묵부답으로 움직이지 않았다. 마주 앉아 무겸이 자세를 고치기를 기다리던 하준은 의아한 듯 눈길을 마주치더니, 그가 듣지 못했다고 생각했는지 같은 말을 반복했다.

"김무겸, 다리 좀 펴 봐."

그때서야 무겸이 남들에게 들리지 않도록 목소리를 낮춰 대답했다.

"싫은데."

"응?"

하준의 눈이 커지고 입술이 살짝 벌어졌다. 전혀 생각지도 못한 대답에 맞닥뜨려 얼이 빠진 표정이었다. 무겸은 비웃듯 그를 마주 보며 말을 이었다.

"너 말고 정 코치 데려와. 정 코치가 너보다 잘 본다며."

"……."

"네 입으로 너보다 정 코치가 잘한다고 하지 않았냐? 나는 자기 입으로 그렇게 말하는 사람 실력은 못 믿겠으니 정 코치 데려와."

하준이 가늘게 벌어졌던 입을 꾹 다물었다. 눈매가 살짝 떨리는 듯도 했다. 화가 난 것인지 당황한 것인지 표정이 딱딱하게 굳었다.

뭐 이 정도로 저렇게 얼굴을 굳혀. 내내 저를 무시한 주제에 싫은 소리 한번 들었다고 정색하는 것이 우스웠다. 무겸은 손으로 바닥을 받치고 몸을 뒤로 기울여 앉으며 한 번 더 말했다.

"데려와."

흡사 명령조로 지시하는 말투였다.

꿀꺽 목울대를 울린 하준이 결국 몸을 일으켰다. 그는 알았다 좋다 싫다 대답도 없이 주춤 뒤로 물러섰다가, 곧 돌아서서 정말로 무겸이 시킨

대로 정 코치를 향해 걸어갔다.

금세 구겨질 얇은 종이 같던 첫인상. 지금 정 코치를 부르러 걸어가는 이하준의 뒷모습 역시 그때와 같았다. 무겸은 자리에서 일어나 처음처럼 벤치에 걸터앉았다. 하준이 정 코치에게 뭔가 이야기를 건넸고, 둘은 함께 무겸의 곁으로 돌아왔다. 정 코치는 조금 전 하준과 같은 지시를 했다.

"무릎 부딪혔다며? 한번 보자. 다리 좀 펴 봐."

"네? 아닙니다. 아무 문제 없는데요."

"뭐?"

정 코치가 미간을 슬쩍 찌푸렸다. 하준이 불러 무겸을 보러 왔는데 괜찮다는 말을 들은 것이 오늘만 두 번째다. 정 코치가 둘을 번갈아 보며 짐짓 꾸짖듯 말했다.

"두 사람, 나한테 지금 무슨 장난치는 거야?"

무겸과 하준보다 열 살가량 많은 베테랑 코치의 꾸중은 자연스럽게 선수인 무겸보다는 같은 일을 배우는 중인 하준을 겨냥하는 폼이 되었다. 얼굴을 찌푸리고 저를 보는 정 코치의 앞에서 하준은 또다시 어쩔 줄 모르고 고개를 숙이며 사과했다.

"죄송합니다. 저는 좀 더 자세히 봐주셨으면 해서."

"그럼 정 코치님, 오신 김에 한번 봐주시겠습니까?"

무겸이 그렇게 말하며 그제야 바닥에 내려 앉아 다리를 길게 폈다. 정 코치는 기왕 온 김에 점검을 했으나 무겸의 다리는 지극히 멀쩡했다. 그도 그럴 것이 애초에 따로 살필 것도 없는, 잠깐의 충돌로 인한 단발성 통증일 뿐이었으니까.

처음부터 볼 필요도 없는 것을 하준이 확인해 보겠다며 갑자기 어울리지도 않는 오버를 한 것뿐이다. 정 코치까지 부를 일도 아니었는데 무겸이 우기는 바람에 할 수 없이 불려온 꼴이 되고 말았다. 무겸의 무릎을 살핀 정 코치는 아니나 다를까 조금 어이없는 표정이 되어 자리에서 일어섰다.

"이 코치, 이쪽으로 좀 와 봐."

하준은 잘못을 저지른 학생처럼 그의 뒤를 뒤따라갔다. 오늘 하루에만 저 축 처진 뒷모습을 몇 번 보는지 모르겠다. 걸을 때마다 끄트머리가 살짝 나풀대는 머리 위로 처진 강아지 귀라도 달아 주고 싶은 모습이었다.

"이 코치, 이런 일에까지 일일이 날 부르면 안 돼. 김무겸 몸 상태 주의해서 봐야 하는 건 맞는데, 그래도 먼저 상태를 파악한 다음에 협조를 구해야지. 일을 이런 식으로 하면 우리 몸이 몇 개라도 남아나겠어?"

"죄송합니다. 제가 성급했습니다."

두 사람의 낮춘 목소리가 무겸이 앉아 있는 곳까지 들려왔다. 둘이 이야기를 하게 내버려 두고, 무겸은 몸을 일으켜 다시 필드 안으로 들어섰다. 휴식은 이쯤이면 충분했다.

훈련에 합류해서 두 코치의 모습을 살피자니 훈계가 대충 마무리된 듯했다. 하준이 벤치에 내려놓았던 노트와 펜 따위를 챙겨 들고 걸어가고 있었다. 제법 상심했는지 멀찍이서 보기에도 그의 옆모습이 울적해 보였다. 하준은 그대로 사무실로 들어가 버렸다.

'그러게 왜 건방지게 굴어?'

무겸은 속으로 하준을 탓했다. 나름대로 원만하게 해결해 보려 했건만 퇴근 후에 시간이 안 나신다니 근무 중에 제 입장을 보여 줄 수밖에 없지 않냔 말이다.

처음에는 하준이 먼저 굽히고 들어올 때까지 톡톡히 골탕을 먹여 줄 심산이었다. 그러나 축 처진 귀가 보이는 듯한 처량한 뒷모습 때문에 마음이 약해졌다. 상사의 몇 마디에 풀이 죽을 멘탈로 남에게 싫은 티는 왜 내며 뻔댄단 말인가? 뻔뻔한 건지 멍청한 건지 이해가 되지 않는다.

'한 번만 더 기회 준다.'

속 좁은 이하준과 달리 자신은 관대한 사람이니까. 무겸은 스스로를 다독이며 고개를 끄덕였다. 코치에게 잠시만 자리를 비우겠다 말하고 사무실이 모여 있는 건물로 향했다.

아직 훈련 중인 시간이라 사무동 건물은 비교적 조용했다. 창으로 비쳐 들어오는 햇빛을 받아 리놀륨 타일이 깔린 복도 바닥이 절반은 햇빛으로, 절반은 그늘로 나뉘어 마치 두 가지 색을 칠해 놓은 듯 보였다. 바깥에서 선수들이 훈련하는 소리가 아스라하게 멀어졌다.

조용한 복도를 걸어 코치들의 사무실 겸 대기실 문을 똑똑 두드리자 "네."라는 대답과 함께 문이 열렸다. 한창 오후 훈련 진행 중이라 코치들의 대기실은 하준 혼자 지키고 있었다.

"어……."

문을 두드린 인물의 정체가 예상 밖이었는지 하준이 넋 빠진 소리를 냈다. 그 눈에 금세 당황과 더불어, 약간은 겁을 먹은 기색이 맺히는 것을 무겸은 눈치챘다.

생각보다 뻔뻔한 타입은 못 되는 것 같은데. 조금은 의외로운 기분을 느끼며 무겸이 턱짓으로 안을 가리켰다.

"잠깐 들어가지?"

"어, 응."

하준이 뒤로 물러서며 주변을 두리번대다 소파 쪽을 가리켰다.

"누구 찾아왔어? 지금 다들 나가 계신데. 저기 앉아. 뭐 마실 거 줄까?"

"너."

그 말에 하준이 경직된 얼굴로 무겸을 보았다. 무겸은 그 표정부터 맘에 안 들었다. 보아하니 여기저기서 방긋방긋 잘 웃고 사근사근 굴어서 사람들이 좋아하는 거 같던데 왜 자기 앞에선 자꾸 저렇게 정색인지.

물론 지금 당장 저에게 방글방글 웃기를 바라는 것은 아니다. 당장 몇 분 전에 제게 빈정대는 소리를 들은 데다 저 때문에 정 코치에게 꾸지람까지 들었으니까. 이 시점에 무겸 앞에서 웃음이 나온다면 아예 밸이 없거나 오히려 의뭉스러운 놈이라는 뜻이 되지 않겠는가.

무겸의 불만은 이미 며칠분이 쌓였으나 유치하게 구는 놈에게 한번 유치하게 되갚아 줬으면 됐다고 생각을 정리했다. 저에게 가시를 세우거나 화를 내는 분위기면 더 골려 주려 했는데 금세 어깨를 떨어뜨리고 기가 죽는 바람에 계획을 바꿨다. 평화롭고 이성적인 대화를 통해 문제를 해결하기로.

"너."라고 지목당한 하준은 입술에 힘을 슬쩍 주더니 재차 물었다.

"나한테 무슨… 볼일 있어?"

"너 말이야."

쯧, 무겸이 혀를 찼다. 구질구질하게 이런 이야기를 직접 하러 사무실까지 와야 하다니. 조용히 해결하려다 보니 어쩔 수 없다. 요점만 짧게 이야기해야겠다.

"내가 맘에 안 드나 본데 공사는 구분해야지."

"어?"

"훈련할 때 나한테만 손을 거의 안 대던데, 명색이 피지컬 코치가 선수가 맘에 안 든다고 그러면 안 되지. 부상이라도 당하면? 네가 책임질 수 있어?"

하준이 무슨 말인지 모르겠다는 듯 눈만 끔벅이더니 미간을 찡그렸다.

"손이라니, 무슨 손?"

"촉진 말이야. 오전에 허리 아프다고 했을 때도 정 코치 불렀던 거. 네가 직접 손대기 싫어서 그랬던 거 아니냐고."

그 말에 하준이 눈을 크게 뜨고 입을 꾹 다물었다. 어이없는 소리를 들어 황당한 것 같기도, 정곡을 찔려서 당황한 것처럼 보이기도 했다.

무겸은 살며시 미간을 찌푸리고 대답을 기다렸다. 곧 정신을 차린 듯 하준이 단호하게 고개를 저었다.

"촉진은 원래 필요해 보일 때만 해. 너는 몇 가지 동작 테스트만 해 봐도 몸 균형이 잘 맞는 게 확실히 보여서 굳이 필요하지 않았어. 보통은 그렇지 않으니까 하게 되는 거고. 그래서 허리 아프다고 했을 때 이상하다 생각했던 거야. 뭣보다 내가 피지컬 코치지 물리 치료사나 마사지사는 아니잖아."

"오만 사람들 다 주무르던데 나만 필요가 없었다?"

"그만큼 네 피지컬이 완벽하니까. 운동할 때 자세도 좋고."

칭찬 비슷한 말을 한 하준은 곤란한 표정으로 말을 이었다.

"정 코치님 부른 건 나보다 정 코치님이 베테랑이라서야. 내 눈으로 봤을 때 이상이 없었는데 아프다고 하니까. 그럴 때는 내가 더 보는 것보다는 다른 사람이 한 번이라도 더 보는 게 낫잖아. 네가 몸 상태에 신경 많이 쓰는 거 나도 알아. 너 정도 되는 선수 컨디션을 나 같은 초보 코치 혼자 어떻게 함부로 판단해. 오해했다면 미안하다. 그렇게 생각할 줄은 몰랐어."

뭐지, 이 찝찝한 논리 정연함은?

무겸은 얼굴을 찌푸렸다. 그의 대답은 그다지 시비를 걸 구석이 없었다. 그러나 그것은 머리로 하는 생각일 뿐, 꼭 트레이닝을 할 때가 아니더라도 무겸은 분명 그가 자신을 피하고 있다고 느꼈다. 그것도 며칠에 걸쳐서.

그렇다고 여기서 더 따져 들기도 뭣했다. 사적으로 피하든 말든 일만 제대로 해 준다면 그만이기도 하고.

"됐고. 중요한 건 내가 선수로서 그렇게 느꼈다는 거지."

"그건……."

"작은 헬스장 한 군데를 다녀도 트레이너가 나한테만 성의 없다 느껴지면 운동할 맛 떨어져. 한 가지만 해. 나한테도 제대로 성의 보이며 훈련시키든지, 아니면 내 스케줄에서는 완전히 빠져. 정 코치든 누구든 코치진끼리 의논해서 내 전담으로 다른 사람 붙여. 내가 이 팀에 그 정도는 요구할 수 있겠지."

하준은 그 말에 긴장한 듯 얼굴을 굳혔다. 말이 그렇지, 신입 코치가 "김무겸이 나를 훈련 스케줄에서 빼고 싶대요."라고 말할 수 있을 리 만무하다. 그렇지 않아도 방금 전 그런 식으로 혼이 난 이후에는 더더욱. 스스로를 무능력하다고 알리고 싶은 게 아니고서야.

하준이 조금 틈을 두고 입을 열었다.

"알았어. 그러니까… 촉진을 하면 되는 거지? 네 몸에… 손대고?"

짧게 정리하니 듣기에 영 이상했다. 하지만 무겸의 요구 사항은 분명 그것이었다.

"그래."

"알았어."

하준은 그게 뭐 어려운 일이냐는 태도로 순순히 고개를 끄덕였다. 반면 무겸의 찌푸림은 보일 듯 말 듯 더 깊어졌다. 이야기가 다 끝나고 보니 너무 이상한 대화를 나누었다는 생각이 들었다. 그러나 이미 엎질러진 물이었다. 찝찝하기는 하지만 어쨌든 기분에 거슬리던 요소 하나는 없어질 테니 당혹감쯤은 그냥 넘어가기로 했다. 둘 사이에 침묵이 놓였고, 하준이 어색하게 물었다.

"들어온 김에 뭐 좀 마시고 갈래?"

"됐어. 다시 나가 봐야지."

무겸이 더 기다리지 않고 휙 사무실 문을 열었다. 사무실을 나서자 웬 괴상한 최면이나 주술에라도 걸렸다가 풀려난 기분이었다. 요 며칠 동안 이하준이 저를 피하네 마네 그따위 하찮은 문제에 온 촉각을 집중했던 자체부터 잘못되어 있지 않았나, 저 자신을 돌이켜보게 되는.

참 별 같잖은 이유로 사람 스타일 구기게 만드네. 한 번 더 혀를 차고 무겸은 아직 훈련이 한창인 구장 한가운데를 향해 달려갔다.

아니라고 주장하는 사람들도 있지만, K리그는 국내에서도 많이 외면당하는 리그다. 중계도 잘 되지 않고, 한다고 해도 인기 없는 시간대에 녹화 방송으로 틀어 주기 일쑤였다. 요즘처럼 TV 채널이 범람하는 시대에 국내 축구 리그를 제대로 생중계해 주는 방송사가 없다는 사실은 씁쓸한 일이지만 현실이 그랬다.

이번 시즌은 달랐다. 김무겸이 서울로 오며 이제까지 한 번도 그런 적 없던 메이저 스포츠 방송국들이 K리그 중계권을 놓고 다툼을 벌인 덕에 무려 모든 경기 생중계가 확정되었다. 무겸의 첫 출전 경기, 관객석은 만석이었고 티켓은 프리미엄까지 붙어 팔리고 있었다.

"후-."

터널에서 무겸이 짧게 심호흡을 하자 미드필더 중 한 명이 의외라는 듯 물었다.

"형님도 긴장합니까? 솔직히 형님한텐 긴장할 경기도 아닐 거 같은데."

"축군데 당연하지."

열한 명이 하는 스포츠는 한 사람이 아무리 뛰어나다고 해도 승패를 점치기 어렵다. 상대 팀에서 마음먹고 죽기 살기로 마크하고자 하면 아무리 무겸이라 한들 노골로 경기를 마무리할 수도 있는 거다. 한국에 와서 치르는 첫 경기였다. 꼭 골을 넣어 체면치레도 하고 준성의 면도 세워줘야 했다. 그냥 골을 넣는 것만으로는 부족하다. 멋지게 이겨야 했다.

어쨌든 몇 년 만에 돌아온 한국이었고, 나름대로 금의환향한 것이니 경기장까지 와서 저를 보려는 사람들이 기대하는 모습을 한 컷 정도는 무조건 보여 주는 게 맞다. 프로 생활을 일찍 시작해서일까, 무겸에게는 국가 대표 경기보다 프로 리그 쪽이 더 중요하게 느껴졌다.

선수들이 차례차례 그라운드로 나섰다. 마침 홈경기라 김무겸의 이름을 쓴 피켓이며 현수막이 사방에 걸려 있었다. 경기가 시작되기도 전에 팬들이 부르는 응원가가 울려 퍼졌다. 변방 리그라든가, 이제 막 이적해 온 신규 팀이라든가, 그런 사실들을 잊고 사람들의 함성에 무겸은 순수하게 벅차올랐다. 시작이 썩 좋았다.

두 팀이 포메이션을 갖추고 마주 서고, 하프라인에서 첫 패스가 이루어지며 경기가 시작되었다. 김무겸을 중심으로 공격적인 전략을 내세운 서울과 대조적으로 상대 팀은 초반부터 수비 위주로 전략을 짜고 무겸을 필사적으로 마크했다.

공이 페널티 박스• 근처에 오자마자 걷어 내고 패스한다. 기회를 봐서 공을 길게 상대 팀 에어리어로 가져가 곧바로 공격을 노리는 패턴. 하지만 그것도 말이 쉽지, 롱볼 역습 전략은 원래도 성공하기 어렵다.

차라리 무겸이라면 그런 전략에도 맞춰 뛸 수 있다. 하프라인 근처에서도 골을 때려 박는 무겸의 중거리 슛은 유명했으니까. 그라면 다른 선수들이 멀찍이 공을 걷어 내 주기를 기다렸다가 그대로 골문을 향해 질주할 수 있었다.

한쪽은 공격, 한쪽은 방어에 집중하는 경기 양상은 자연히 연못에 갇힌 물고기들처럼 한쪽 공간에서만 선수들을 버글대게 만들었다. 철통 방어에 부딪혀 상대 팀 골문 앞에 머물러야 할 무겸은 점점 라인 아래로 내려오고, 공격이 잘 통하지 않자 수비들은 점점 위로 올라오게 되었다.

시티서울 쪽 필드는 허전해진 반면 상대 팀 골문 앞은 와글와글 복잡해졌다. 멀찍이서 골키퍼이자 주장인 정규가 손뼉을 치며 고래고래 고함을 지르며 지시했다.

"위치! 자꾸 올라가지만 말고! 갔으면 바로바로 돌아올 준비해!"

전반전이 거의 끝날 때까지 어느 쪽 골문도 흔들리지 않았지만 응원은 점점 거세졌다. 아군 응원석에서 함성과 노래가 선수들의 귀를 먹먹할 정도로 울렸다.

"오오오, 서울, 오오오, 서울!"

경기에 몰입한 선수들은 그 어느 때보다 본능적인 존재가 된다. 공기의 흐름, 바람의 각도, 승리를 열망하는 사람들의 목소리가 피처럼 몸속을 흐른다. 몸과 머리가 하나가 되어 생각을 마치기도 전에 다리부터 멋

• 축구에서, 수비를 하는 편의 선수가 반칙을 하였을 때에 공격 측에게 페널티 킥을 허용할 수 있는 구역이다.

대로 움직인다. 그러나 그런 중에도 냉정한 판단력을 잃어서는 안 된다는 것이 축구의 핵심이다.

그때 모여 있는 사람들의 발에 부딪히며 뚝뚝 잘라 먹혀 끊기던 공이 가장자리로 굴러갔다. 필드 왼쪽에서 길게 크로스를 올렸다. 골문 앞에 있던 선수들이 서로 공을 차지하기 위해 얼굴을 치켜들고 공을 쫓았다. 누가 먼저 차지하느냐의 싸움이었다. 아군 적군을 가리지 않고 골문 앞으로 몰려들었다.

수비가 방심한 사이, 골문 앞에서 밀려나 거의 필드 중앙까지 와 있던 무겸이 공을 쫓아 달리기 시작했다. 무겸이 다리를 내딛고 뻗을 때마다 반바지 아래로 허벅지 근육이 불컥불컥 형태를 드러내며 마치 말의 허벅지처럼 단차를 만들었다. 깊은 사선 모양의 굵직한 그림자가 선명했다.

화가 난 사람처럼 보일 정도로 몰두한 표정이 얼굴에 드러나고 사냥감을 노리듯 눈매가 날카로워졌다. 공이 지면을 향해 떨어지기 시작하며 선수들이 너 나 할 것 없이 땅을 박차는데 중원에서 달려온 무겸은 가장 먼저 뛰어오르고 있었다.

가장 높이 날아오른 무겸의 머리에 부딪힌 공이 그대로 골로 빨려 들어가며 골망을 흔들었다. 점프력이 뛰어난 데다 190센티미터가 넘는 무겸의 제공 장악력은 원래가 이름 높았다. 전반전이 다 끝날 때쯤 되어 터진 선제골에 함성이 경기장을 뒤흔들었다.

"김무겸, 김무겸, 김무겸!"

외치는 소리가 우레 같았다.

화난 사람처럼 굳어져 있던 무겸의 얼굴에 금세 기쁨이 들어찼다. 그는 한 골을 올렸다는 뜻으로 팔을 번쩍 들어 검지를 세우고 서포터석 라인을 따라 달렸다. 다른 선수들도 그의 뒤를 쫓았다.

무겸이 씩 웃으며 손가락으로 하트를 만들더니 중계 카메라에 대고 윙크를 했다. 전광판에 그 얼굴이 그대로 비치자 함성은 더 커졌다. 그제야 멈춰 선 무겸을 뒤늦게 달려온 선수들이 끌어안았다. 얼마 지나지 않아 전반전 종료가 선언되었다.

"대박! 실제로 보니까 진짜 빨라요, 진짜!"

"이번 시즌에 우리 클럽 월드컵 나갈 수도 있겠다. 혹시 우승하는 거 아니야?"

전반전이 끝난 하프 타임, 대기실에서 선수들은 흥분해서 마구 떠들고 있었다. 화제의 중심은 물론 팀의 에이스 김무겸. 그러나 무겸은 그들의 수다를 뒤로하고 자신의 앞에 무릎을 굽히고 앉아 있는 남자만 빤히 내려다보았다. 제 다리를 꾹꾹 눌러 가며 발목이며 종아리, 허벅지 근육을 살피는 손을 시선으로 따라가면서.

"괜찮은 것 같다. 아픈 데는 없지?"

"어."

이하준이었다. 열정적인 신입 코치는 하프 타임에도 쉬지 않고 선수들의 몸을 관찰하고 있었다. 피지컬 코치가 메디컬 팀은 아니니 의료진처럼 일일이 살피는 것이 그의 의무는 아니지만 요 며칠 지켜본 하준은 무엇보다 선수들의 몸 상태를 그때그때 파악해 데이터를 모으는 일을 중시하는 것 같았다.

참 우습게도 그는 그저 할 일을 하는 중일 뿐인데 하얀 손이 제 허벅지며 발목 위를 눌러 대는 모습을 보고 있으려니 이상한 흡족감이 일었다. 나름대로 투쟁 끝에 얻어 낸 결과여서일까.

손은 필요할 때만 댄다고 했지만 무겸의 지적을 받은 이후 하준의 태도는 확실히 변했다. 어떤 훈련을 하든 의식적으로 그러는 것처럼 자세를 교정해 줄 때면 꼭 무겸의 몸에 손을 얹었고 근육을 살필 때도 손을 썼다. 불필요해서 손을 쓰지 않은 것이라는 그의 말은 사실인 듯, 그 촉진에서 이상이 발견된 적은 한 번도 없었지만.

다만 하준은 그날 이후 무겸에게 더 데면데면하게 굴었다. 사무실까지 찾아가 윽박지른 게 맘에 안 들었던 걸까. 지금도 하준은 무겸의 다리만 내려다보고 있을 뿐, 이야기를 나누면서도 무겸의 얼굴을 한 번도 바라보지 않았다.

안 그렇게 생겨서 진짜 좀생이 같은 놈일세. 무겸이 속으로 코웃음을 쳤다.

“이 코치님, 나 허벅지가 좀 아픈데요.”

“어, 지금 간다.”

허벅지가 아프면 의료 팀을 부르지 왜 코치를 찾아. 무겸이 속으로 그렇게 투덜대는데 하준은 몸을 일으켜 저를 부른 선수에게로 향했다. 둘이 나누는 이야기가 무겸에게까지 들려왔다.

“코치님, 코치님도 아까 봤죠? 무겸 형님 헤딩. 무슨 공간 이동해서 온 줄 알았잖아요. 나 흥분해서 막 내가 골 넣은 것처럼 소리 질렀네.”

“봤지. 이제 후반에서는 네가 쐐기 골 넣으면 되겠다. 갑자기 힘이 들어가서 조금 경직이 온 것 같은데 혹시 모르니까 마사지 쿨링 하고 테이핑하자. 의료 팀 가서 해 달라고 해.”

“네.”

무겸은 그 이야기를 듣다가 설핏 미간을 찌푸렸다.

상대방이 그렇게까지 흥분하는데 그래 멋지더라, 같은 맞장구 한마디 정도는 쳐도 되지 않나? 기껏 하는 말이 “후반에서는 네가 골을 넣으면 되겠다.”라니.

'그래서 내 헤딩골에 대한 감상은?'

객관적으로 봐도 전반전 자신의 헤딩 골은 어지간해서는 나오기 힘들 정도로 멋진 장면이었다. 이제 제 몸에 착실히 손을 대고 있으니 이러저러한 시비를 걸 명목도 없기는 한데, 하여튼 자잘하게 걸리는 것이 한두 개가 아닌 놈이었다.

감독과 후반전 전략을 논의하고, 물을 마시고, 몸 상태를 확인하고, 땀에 젖은 유니폼을 갈아입고, 잠시 한숨 돌리고 나니 15분의 하프 타임은 눈 깜짝할 사이 끝났다. 선수들은 다시 줄을 맞춰 서서 후반전을 준비했다. 그라운드로 나서기도 전부터 응원의 함성이 터널 입구로 수위를 넘은 파도처럼 밀려 들어오고 있었다.

02

첫 번째 경기는 3 대 0으로 승리했고 그중 두 골이 무겸의 골이었다. 성공적이고 화려한 데뷔전을 마친 무겸은 이후로도 화제가 될 만한 골을 계속해서 터뜨렸다.

강력한 주포를 갖춘 시티서울은 연전연승을 거두었고 '전무후무'하게도 한국 축구 리그는 국내뿐 아니라 국제적으로도 화제가 되었다. 한국 선수가 한국 리그 경기에서 몇 골을 넣는지가 축구계의 중요한 이슈였던 적은 단 한 번도 없었지만 무겸의 골이라면 이야기가 달라진다.

에이전시를 통해 어제 건네받은, 영국의 소녀 팬이 써 보낸 팬레터의 마지막 문장을 읽으며 무겸은 씁쓸하게 웃었다.

킴. 보고 싶어요. 빨리 그린포드로 돌아와 주세요. 당신을 사랑하는 에이미.

본 소속 팀인 그린포드는 요즘 썩 성적이 좋지 못했다. 이는 꼭 무겸의 빈자리 때문은 아니었고 이번 시즌 새로 부임해 온 감독과 선수들의 손발이 맞지 않는 것과 맞물린 일이었는데, 팬들 입장에서는 아무래도 메인 공격수였던 무겸이 빠져서 팀이 돌아가지 않는다는 생각이 드는 모양이었다.

'돌아가야지. 한 시즌만 기다려 줘. 박준성 아저씨 가는 길에 즈려밟을 진달래꽃 한 번만 깔아 주고 그다음에.'

그렇게 생각하며 벤치에 잠깐 앉아 있는데 준성이 옆에 앉더니 두터운 손으로 어깨를 툭툭 두드렸다. 무겸이 소년처럼 웃으며 그런 그를 마주 보았다. 극소수의 사람에게만 보여 주는 경계심이라고는 없는 표정이었다.

"네 덕분에 내가 아주 요즘 어딜 가나 어깨가 으쓱하다."

"나 같은 제자 둔 거 큰 다행으로 여겨야지, 아저씨는."

준성이 맞는 말이라며 맞장구를 치고 웃었다. 말은 그렇게 했지만 무겸이야말로 준성을 만난 것을 늘 진심으로 감사히 여기고 있었다. 준성은 감회가 새롭다는 듯 말을 이었다.

"내가 복권에 투자한 줄 그때는 몰랐는데 말이야."

"그냥 복권인가? 완전 유로밀리언이지."

"유로, 뭐?"

"로또 뻥튀기 같은 거. 아저씨는 이제 아무 걱정할 필요가 없다니까. 어차피 노후 대비도 내가 다 해 줄 테니까 감독 일도 하고 싶을 때까지만 하면 돼."

문득 정규가 어서 결혼하여 정착하라며 잔소리하던 것이 생각났다. 결혼 따위가 뭐라고 세간에서 그것을 영구불변의 결속이라도 되는 것처럼 칭송하는지 모르겠으나 무겸에게 있어 세상에서 가장 분명한 불변의 관계가 있다면 그것은 연인이 아니라 은인 관계였다.

사랑은 모르겠지만 은혜는 반드시 갚는다. 박준성이 있어 지금의 김무겸이 있다. 그것을 생각하면 기나긴 인생의 1년쯤은 전혀 아깝지 않다. 그러나 그런 무겸의 기특한 생각 따위 아랑곳없이 준성까지 잔소리를 시작했다.

"다 좋은데 이제 한국 왔으니까 밤놀이는 자제해. 외국에 있을 때야 내가 뭐라 할 수가 없었지만 이제는 그 꼴 보기 힘들다."

"하, 아저씨까지 왜 그러냐."

무겸이 벤치 등받이에 머리를 젖히며 한숨을 쉬었다. 그놈의 정착 타령, 결혼 타령.

"마, 또 다른 아가씨랑 염문 났던데 언제까지 그럴 거야? 이제 너도 좋은 사람 만나서 알콩달콩 예쁘게 살 생각을 해야지."

"임정규랑 똑같은 소리 하시네. 이건 내 방식이야. 때 되면 좋은 사람 만날 수도 있겠지만 아직은 생각 없어. 결혼 같은 건 생각도 없고. 옛날부터 말했잖아. 난 가족 같은 건 필요 없어."

준성은 뭔가 더 말하고 싶은 듯 입을 열더니 씁쓸한 표정을 스쳐 보내고 화제를 바꾸었다.

"그래도 정규랑 하준이가 있어서 좀 지내기 편하지? 이러니저러니 해도 동갑내기들끼리가 최고 아니냐. 친하게 지내."

"어, 뭐 그렇지."

정규는 몰라도 이하준은 전혀 편한 존재가 아니었지만 적당히 답하고 넘어갔다. 어쨌든 운동을 하는 데 있어 더 이상 거슬리는 부분은 없으니 불편할 것도 없었고, 그가 저를 피하든 말든 솔직히 거기까지는 김무겸이 신경 쓸 일이 아니었으니까.

"나 다시 훈련하러 갑니다."

"그래."

준성의 손바닥이 등을 두드렸다. 중학생 때로 돌아간 기분을 느끼며 무겸은 장난스레 미소 짓고 구장 가운데로 걸어갔다. 정규든 준성이든 빨리 짝 만나 결혼하라는 잔소리 따위만 안 하면 참 좋을 텐데, 그것도 이곳 사람들만의 오지랖이라 생각하니 귀찮기는 하지만 아주 싫지만도 않았다.

그날 오후, 시즌의 훌륭한 스타트를 축하하며 팀은 가볍게 전체 회식을 가지기로 했다. 먹는 양이 적지 않은 선수단 회식이었으므로 구단 측은 큰 가게를 하나 통째로 예약해 넉넉히 음식을 준비했다.

먹성 좋은 청년들의 속도를 맞추느라 고기를 운반하고 구워 주는 서버들이 부산하게 움직였다. 그런 중에도 특히 무겸이 앉은 테이블에는 끝도 없이 번갈아 가며 다른 서버가 방문했고, 그중 몇몇 나이 든 사람들은 넉살 좋게 말을 붙이기도 했다.

"김무겸 선수, 사인 하나만 해 줄 수 있어요? 우리 아들이 팬이라서."

"네, 가기 전에 해 드리겠습니다."

"꼭이에요, 꼭."

한 명이 가고 나면 또 한 사람이 왔다. 무겸이 적당히 네, 네 대답하며 계속 식사를 이어가던 중, 급기야는 사장까지 찾아와 사진을 요청했다.

"김무겸 선수, 가시기 전에 가게에서 저희랑 같이 사진 한 장 찍어 주실 수 없으실까요?"

"사인은 괜찮은데, 사진은 좀 곤란합니다."

아이고, 사장은 탄식까지 하면서 안타까워했지만 딱 잘라 거절하는 무겸 앞에서 더 우기지 못하고 돌아섰다. 정규가 쌈 싼 고기를 입에 넣으며 물었다.

"사진은 왜 안 되냐?"

"말도 없이 가게 홍보용으로 쓰면 어쩌려고. 지단이 자기도 모르는 사이에 한국 병원 광고 사진에 실린 거 모르냐?"

"아, 그렇긴 하다, 참."

정규가 킬킬대며 소주잔을 기울였다. 무겸 앞의 빈 잔에도 술이 채워지고, 둘은 잔을 부딪혀 조용히 건배를 했다. 두 사람이 두런대며 술을 마시는 동안 달리 끼어드는 사람은 없었다.

팀 내에 30대 선수도 있기는 했지만 신생 팀인 시티서울의 선수진은 전반적으로 평균 연령이 낮은 편이었고, 스타플레이어인 무겸과 주장인 정규는 꽤 연장자 대접을 받았다. 무겸이 대답을 하거나 말거나 저 할 소리를 늘어놓던 정규가 문득 생각났다는 듯 말했다.

"맞아. 그러고 보니 따로 시간 내기도 힘들었는데 오늘 하준이랑 술 한잔하자."

"그러든가."

무겸은 건성으로 대답했다. 저를 피해 다니는 이하준의 분위기상 부른다고 올 거라 생각지도 않았기 때문이다.

하준은 코치들이 모인 다른 테이블에서 식사를 하고 있었다. 무겸은 정규가 그쪽 테이블로 다가가 하준과 이야기를 나누는 모습을 별생각 없이 바라보다가, 하준이 몸을 일으켜 저에게 가까이 다가오는 모습을 보고는 내심 놀라 술을 한 모금 홀짝였다. 정규가 자리에 도로 앉으며 투덜댔다.

"동갑 셋이서 술 한잔 마시기도 이렇게 힘들어."

"그러게. 마침 회식이 있어서 잘됐다."

하준이 웃는 낯으로 그 말에 대답하며 정규가 따르는 술을 받았다.

'의외인데.'

무겸은 살짝 눈을 가늘게 뜨고 맞은편에 앉은 하준을 관찰했다. 흰 얼굴에 희미하게 홍조가 떠올라 있었다. 그 뺨에 시선을 고정한 채 무겸이 물었다.

"저쪽에서 술 좀 했어?"

무겸의 질문에 하준이 '어?' 하는 표정으로 그를 보고는, 곧 또 눈꼬리를 휘며 웃었다.

"조금."

그렇게 대답하는 하준을 보고 무겸은 피식 웃고 말았다.

"벌써 취했네."

"좋은 날에 취하면 어떠냐. 개만 안 되면 되지. 건배하자."

정규의 주도 하에 쨍 소리를 내며 소주잔이 부딪혔다. 별말 없이 천천히 술잔을 기울이는 무겸 옆에서 정규와 하준이 이야기를 나누었다.

"참, 하준아. 동훈이 결혼한다는 얘기 들었냐?"

"응. 청첩장 보낼 주소 알려 달라고 전화 왔었어."

"만난 지 석 달 됐다는데 벌써 결혼한다 그래서 깜짝 놀랐잖아."

"소개팅으로 만났다더라. 인연인가 보지."

무겸은 신기한 기분으로 하준을 바라보았다. 뽈뽈 저를 피해 다니며 얼굴도 마주치려 들지 않던 놈이 술이 좀 들어가자 기분이 바뀌었나 보다. 제 앞에서 살살 웃지를 않나, 평소처럼 조곤조곤 떠들지를 않나. 싫은 놈은 술 들어가면 더 싫어지지 않나? 막 패고 싶고.

자신이 더 이상 연애를 못 하는 매인 몸이 되어서인지 남들까지 굳이 저와 같은 연애 불능자로 만들고 싶어 안달이 난 듯한, 정착 전도사 정규가 하준에게도 일관성 있게 귀찮은 질문을 했다.

"너는 결혼 안 하냐?"

그 질문에 하준은 어이없다는 듯 피식 웃을 뿐이었다.

"갑자기 결혼은 무슨. 만나는 사람 있는지부터 물어봐야 맞는 거 아냐?"

"에이, 말을 안 해서 그렇지 여친 있잖아. 솔직히 말해 봐."

"정말 없거든."

"너나 무겸이나 희한하다. 여자들한테 인기도 좋으면서 어째들 그렇게 짝을 안 찾냐."

남의 연애나 결혼 따위에는 일말의 관심도 없다. 청첩장을 돌렸다는 동훈이 누군지도 몰랐고 알고 싶지도 않았다. 다만 하준이 일상적인 대화를 제 앞에서 나누는 모습이 낯설어서일까, 자꾸만 그쪽으로 시선이 끌린다. 무겸은 손등으로 턱을 괴고 살짝 홍조가 오른 얼굴을 빤히 응시했다. 그렇게 보고 있자니 시선을 눈치챘는지 하준은 제 턱이며 뺨 언저리를 쓸어내리면서 무겸을 마주 보았다.

"왜?"

먼저 그렇게 물은 사람은 무겸이었다. 하준은 주눅 든 듯 살짝 작아진 목소리로 대답했다.

"아니, 뭐 묻었나 해서……."

"응? 아냐. 깨끗한데?"

대답은 정규가 했다. 무겸이 빈 잔에 술을 재차 기울이며 물었다.

"이 코치님은 여자들한테 인기가 좋은가 보지?"

"얼굴을 봐라, 짜샤. 인기 안 좋게 생겼나. 얘도 선수 시절에는 소녀 팬들 몰고 다녔어. 너만큼은 아니었지만서도."

빈말은 아닌지 하준은 당사자 대신 얼굴 부심을 부리는 정규의 말을 굳이 부정하지 않았다. 그런가, 생각하며 무겸은 그의 얼굴을 뜯어보았다. 누가 봐도 야외에서 몸 쓰는 일을 할 것이라고 쉽게 짐작할 만한 무겸에 비하면 전체적으로 꽤 얌전하고 곱상한 분위기였다.

그렇다고 마냥 마르고 매가리 없이 예쁘장하기만 한 스타일은 아니다. 이목구비도 뚜렷하고 키도 꽤 크고, 선수 출신이니만큼 체격도 좋다.

따져 보니 잔디밭에서 트레이닝복만 입고 구르기엔 아깝다. 어디 정장 입고 출근하는 일을 해도 어울릴 거다. 무겸이 무심하게 고개를 끄덕이며 맞장구를 쳤다.

"그래, 뭐. 이 코치 정도면 잘생겼지."

"그러니까 말이다. 그런데 말하고 보니 신경 쓰이네. 지금 너희 둘 사이에 앉아서 나 혼자 오징어 되고 있는 거 아니야?"

"그걸 이제 알았냐?"

정규의 농담을 농담으로 받아치며 무겸은 하준에게 질문을 하나 더 했다.

"포지션은 뭐였어?"

"수비. 풀백•."

하준이 짤막하게 대답했다. 어차피 제대로 기억 못 하는 것을 서로 아는 판국에 포지션을 묻는다고 해서 새삼 서운할 일도 없을 것이다. 풀백

• 축구에서, 골키퍼 앞, 좌우 측면 수비를 맡은 선수. 또는 그 수비 위치. 가장 끝에 서 있는 수비진이다.

이라. 중요한 자리지만 고생하는 것에 비해 대접받기는 힘든 자리다. 유럽에서라면 모를까 K리그에서 전업 풀백이었으면 제법 고생이 많았을 것 같다.

그때 왈칵, 술잔이 뒤집어지면서 테이블에 맑은 액체가 흥건하게 퍼졌다. 하준이 눈을 크게 뜨고 제 손을 내려다보았다. 술잔을 들어 올리려다 손이 미끄러진 듯, 그의 손도 젖어서 불빛을 받아 번들거렸다. 쏟아진 술이 테이블 아래로 뚝뚝 떨어졌다.

취기로 붉은 기가 어른거리던 하준의 얼굴이 조금 더 붉어진다. 그는 민망한 듯 웃으며 급하게 티슈를 여러 장 뽑아 손과 테이블을 닦았다.

"미안하다. 실수했네."

술 마시다 잔 엎는 것쯤 대단찮은 실수인데 뭘 저리 부끄러워할까. 무겸은 그냥 묵묵히 그런 하준의 모습을 지켜보았다. 그사이 테이블과 손을 깨끗이 닦은 하준은 넘어진 술잔을 바로 세우며 말했다.

"나 좀 취한 것 같다. 그만 마셔야겠어."

그는 정규의 어깨를 짚고 자리에서 일어섰다. 정규가 물었다.

"어디 가게?"

"바람 좀 쐬러."

"괜찮냐? 같이 나가 줘?"

"그 정도는 아냐. 둘이 마시고 있어."

하준은 테이블 사이사이를 빠져나가 가게 문을 열었다. 그 뒷모습을 바라보던 무겸이 코웃음쳤다. 모처럼 분위기 좋았는데 김이 다 새 버렸다.

'어쩐지.'

웬일로 제 앞에서 노닥댄다 싶었다. 몇 분이나 앉아 있었다고 자리를 피하는 걸 보니 아직도 기분이 풀리려면 먼 모양이다.

알 게 뭐냐. 회식 자린데 나는 우리 감독님한테 술이나 한잔 올려야겠다. 무겸은 속으로 빈정대며 자리에서 일어나 테이블 여기저기를 둘러보았다. 감독이니 코칭 스태프 사이에 앉아 있으려니 했는데 준성은 보이지 않았다. 무겸이 테이블 이곳저곳을 돌아다니며 사람들에게 물었다.

"감독님은?"

"어, 아까 저기 계셨는데."

"화장실 가셨나?"

이미 술이 꽤 오른 선수들은 왁자지껄 수다를 떠느라 바빠 무겸의 질문에 무성의했다. 무겸은 두리번대며 준성을 찾았지만 사방을 둘러봐도 그의 얼굴은 보이지 않았다. 사람들 말대로 화장실에라도 간 것이려니, 무겸은 기다리기로 맘먹고 다시 자리로 돌아가기 위해 몸을 돌렸다.

"뭐?"

그때, 시끌벅적한 식당 안에서도 명확히 들릴 정도로 큰 목소리로 외치면서 정규가 벌떡 일어섰다. 몸집 큰 그가 세차게 일어나는 바람에 의자가 뒤로 넘어졌지만 아랑곳하지 않고 헐레벌떡 테이블 사이를 밀치고 나왔다. 그는 누군가와 통화 중이었다.

"어디라고? 건물 뒤쪽?"

정규의 표정이 심각했다. 예감이 좋지 않았다. 무겸은 뛰쳐나가는 정규 뒤를 뒤따라 식당을 나섰다. 정규는 계속 통화를 이어갔고, 사정을 모르지만 큰일이 났다 싶었는지 몇몇 선수들도 그 뒤를 쫓았다. 서두르던 정규가 얼마 달리지 않아 발을 멈췄다.

"하준아!"

무겸의 눈길도 정규가 향하는 방향으로 돌아갔다. 식당 건물 뒤쪽, 쓰레기 따위를 모아 놓는 후미진 곳 바닥에 하준이 무릎을 대고 앉아 있었다.

무슨 일이야? 왜 저러고 있지? 무겸의 시야에 처음에는 크게 놀란 듯한 흰 얼굴만 잡혔다가, 그다음에야 땅바닥에 누워 있는 남자가 들어왔다. 이번에는 무겸의 표정에도 경악이 떠올랐다.

"아저씨!"

무겸이 외치며 지면으로 달려들다시피 몸을 숙였다. 그러나 그런 그를 누군가의 팔이 재빠르게 막았다. 하준이었다. 무겸이 무슨 짓이냐는 눈빛으로 하준을 보는데, 그가 빠르게 말을 이었다.

"진정해. 함부로 흔들면 안 돼. 119 신고하고 응급 처치하는 중이니까 너희는 구급차 빨리 올 수 있게 해."

"구급차를 빨리? 어떻게?"

"큰길가로 나가 있어! 골목길이라 차가 헤맬 수도 있으니까 보이면 빨리 대원들 이쪽으로 인도해."

하준의 지시에 무겸은 황급히 고개를 끄덕였다. 아니나 다를까 몇 분 후, 사이렌을 울리며 도착한 구급차는 그대로 직진하며 좁은 골목길을 지나치려 들었다.

"여기요, 여기!"

무겸은 서행하는 차를 쫓아가 문을 두드렸다. 구급차가 멈춰 섰다. 들것을 든 구급대원들이 급히 내려서고, 땅에 쓰러져 있던 준성이 묵직한 물건처럼 운반되어 차에 실렸다. 눈을 꾹 감은 준성은 이미 죽은 사람처럼 보였다. 무겸의 등 뒤로 식은땀이 흘렀다. 수송 준비를 마친 대원이 선수들을 향해 물었다.

"병원에 누가 같이 가시겠습니까?"

"제가 가겠습니다. 제가 발견잡니다."

하준이 손을 들며 나섰을 때였다. 들어 올린 손이 다른 이의 손아귀에 덥석 붙잡혔다. 하준이 고개를 돌려 제 손을 잡은 남자를 올려다보았다.

"같이 가."

하준은 바로 뒤에 붙어 서서 저를 내려다보는 무겸과 멍하니 눈을 마주치다가, 서둘러 고개를 끄덕였다. 무겸이 차에 올라타며 정규에게 말했다.

"정규 너는 여기 있어. 사람들한테 설명해야지."

"그, 그래. 알았다."

구급차 문이 닫히자마자 무겸은 입술을 깨물며 휴대폰을 들어 전화를 걸었다. 일단 준성의 가족에게 알려야 했다. 뚜르르, 뚜르르. 신호음이 울리는 동안 무겸의 시선은 마주 앉은 하준을 향했다. 많이 놀랐는지 넋이 빠진 듯 무표정한 얼굴이 창백했다.

뭔가 말을 걸어야겠다 생각하는데 전화 건너편에서 여보세요, 라는 여자 목소리가 들렸다. 무겸은 심호흡을 한번 한 뒤 준성의 실신 소식을 알렸다.

준성의 부인과 아들은 곧바로 병원으로 왔다.

준성의 부인은 만나지 못한 몇 년 사이 나이 든 티가 많이 났다. 마지막으로 만난 것이 지난 월드컵 때 한국에 들어와서였다. 그녀는 비행기 오래 타는 것이 무서워 영국에 통 놀러를 오지 못하겠다고 했다.

준성이 아버지였다면 그의 부인은 무겸에게 어머니 같은 존재였다. 남편이 장차 대단한 선수가 될 거라며 시도 때도 없이 집에 데리고 들락대던, 가족 누구와도 피 한 방울 섞이지 않은 성격 사납고 손버릇 나쁜 사춘기 고아 남자아이가 그녀 입장에서는 거슬리고 싫었을 텐데, 그녀는 내색 한 번 없이 무겸을 먹이고 입히고 재워 주었다. 무겸에게는 그녀 역시 준성과 똑같은 은인이었다.

축구를 좋아해 어릴 때부터 무겸을 잘 따르던 준성의 아들은 그래도 몇 번인가 런던에서 만났지만 그럼에도 불구하고 못 본 사이 훌쩍 자라 있었다. 다른 혈육이 없는 무겸에게는 준성의 식구가 곧 가족이었다. 준성의 아내가 무겸을 보자마자 거의 달리다시피 다가오며 그를 불렀다.

"무겸아!"

"사모."

"어떻게 된 거니, 응? 어떻게 된 거야."

그녀는 무겸의 팔에 매달려 이미 눈물로 범벅이 된 얼굴로 애타게 물었다.

급성 뇌출혈. 준성의 병명이었다. 다행히 빠르게 응급 처치를 받고 병원으로 수송되어 큰 문제는 없을 거라는 조심스러운 낙관을 들었지만 수술 예후를 지켜봐야 했다.

"사모. 일단 수술 동의부터 해. 나는 남이라서 안 된대."

무겸의 말에 그녀가 그게 무슨 소리냐는 표정으로 눈물에 젖은 눈을 크게 떴다가, 천천히 이성을 되찾은 듯 몸을 제대로 일으켜 세우고 고개를 끄덕였다. 준성의 아들이 어머니의 손을 잡고 수속을 하러 가며 말했다.

"고마워, 형."

뭘. 무겸은 그런 표정으로 손을 한 번 들었다 내렸다.

태풍이 지나간 기분이었지만 정작 수술실 안은 지금 한창 바쁠 것이다. 태풍은 아직 머무르고 있었다. 지금은 그 중심에 들어앉아 잠깐의 고요 안에 놓였을 뿐이다.

수술실 앞 의자에 앉아 한숨 돌리는데 갑자기 눈앞에 찰랑대는 물병이 들이밀어졌다. 고개를 들자 하준이 서 있었다.

"물 좀 마셔. 이럴 때 기다리는 사람도 수분 보충해 줘야 돼."

듣고 보니 목이 탔다. 받아 든 생수 뚜껑을 따 한번에 반 정도를 들이켰다. 무겸이 입술을 손등으로 훔치며 남은 반을 내밀었다.

"너는?"

"난 마셨어."

응급 수술 수속을 하고 나니 정신이 빠져 어느새 모습을 감춘 하준이 어디로 사라졌는지 생각하지도 않고 있었다. 하준의 안색은 아직 창백해진 그대로였다.

"어떻게 된 거야?"

이제야 그것을 물을 여유가 생겼다. 무겸의 질문에 하준이 고개를 저었다.

"나도 쓰러지신 이후에 발견한 거라 자세히는 모르겠어. 아마 담배 피우러 나가셨다가 쓰러지신 것 같아. 거기가 그 근처 흡연 구역인 것 같더라."

무겸이 고개를 끄덕였다. 그놈의 담배, 옛적부터 끊으라니까. 준성은 그 문제만큼은 당최 말을 듣지를 않았다.

"식당에선 꽤 뒤쪽이던데 넌 어쩌다 거기까지 갔어?"

"나도 한 대 피우려다가."

무덤덤하게 돌아온 대답에 무겸은 때아니게 놀랐다. 보기에는 담배와 거리가 멀게 생겨 흡연 구역이란 말을 듣고도 연결 지어 생각을 못 했다.

더 할 말도 없어 시계를 보자 벌써 열한 시가 넘어가고 있었다. 문득 하준이 여기 더 있을 필요는 없다는 생각이 들었다. 무겸이야 준성과 그 가족을 혈육처럼 여긴다지만 하준은 아니었다.

"너도 많이 놀랐겠네."

"아니야. …너만 하겠어."

"어쨌든 고맙다. 너 아니었으면 감독님 거기서 돌아가실 뻔한 거니까."

"무서운 소리 하지 마."

그때 준성의 부인이 다시 자리로 돌아왔다. 그녀는 더 이상 울고 있지 않았으며 어느 정도 놀란 마음과 태도를 추스른 모습이었다. 하준을 발견한 그녀가 무겸에게 물었다.

"이쪽 분은?"

하준이 얼른 몸을 굽혀 인사했다.

"이하준이라고 합니다. 박 감독님과 같은 팀 코치입니다."

"아, 코치로 오셨다고 들었는데 진짜였네요."

준성의 아들은 하준을 알아보는 눈치였다. 축구 감독의 부인이지만 축구에 대해 거의 모르는 어머니와는 달리, 그는 축구를 꽤 좋아했으니 현역 시절의 하준을 기억할 것이다.

무겸이 덧붙였다.

"이 코치가 감독님 쓰러진 거 일찍 발견해서 병원에도 빨리 도착한 거야."

"어머나, 그렇구나. 정말, 정말로 감사합니다."

"아닙니다, 사모님."

허리를 굽히는 간곡한 감사에 하준은 어쩔 줄 모르고 당황하며 함께 고개를 숙였다. 무겸이 다시 시계를 보았다. 서로 인사도 했으니 이제 할 일은 다 마쳤다. 준성의 부인과 아들을 의자에 앉히고, 무겸은 여전히 한 자리에 서 있는 하준에게 물었다.

"넌 집에 가 봐야 하지 않아? 벌써 열한 시가 넘었는데."

"그렇긴 한데……."

아무래도 수술실 안의 상황이 신경 쓰이는 듯, 하준은 수술 중임을 알리는 램프가 켜진 문을 바라보았다. 하지만 그런 하준의 얼굴빛도 얼른 드러누워 쉬어야 할 사람처럼 나빴다. 무겸은 단호하게 말했다.

"너도 놀랐을 텐데 들어가서 쉬어. 가족들도 왔고 여기 셋이나 있는데 걱정할 것 없어."

그 말에 하준은 잠시 고민하더니 고개를 한 번 끄덕였다.

"그래. 내가 계속 있으면 가족 분들이 오히려 불편하실 거 같다."

'별로 그런 뜻으로 한 말은 아닌데.'

무겸이 속으로 중얼대는 사이 하준은 준성의 가족에게 다가가 다시 간단하게 인사를 마치고, 무겸의 앞으로 돌아와 목소리를 줄여 일렀다.

"아까 말했지? 사모님은 울기도 많이 우신 거 같으니까 잊지 말고 수분 보충시켜 드려. 너도 마찬가지고. 이럴 때 밤새 대기하다 보면 탈수 올 수 있어. 아닐 것 같아도 새벽엔 추울 테니까 담요 같은 거 달라고 해서 꼭 덮고 있어. 번갈아 가면서 어디 들어가서 쉬든지."

따박따박 당부하는 얼굴에 걱정이 가득하다. 심각한 분위기를 잠깐 잊고 무겸은 그만 웃을 뻔하다가 간신히 참아 냈다.

"알겠습니다, 코치님."

"그리고……."

뭔가를 더 말하려던 하준은 입을 다물었다. '뭔데?' 무겸은 표정으로 물었지만 하준은 의자에 내려놓았던 가방을 어깨에 멨다.

"먼저 갈게. 나중에 보자."

"조심히 가라."

무겸이 한 번 손을 들어 보였고, 하준은 고개를 한 번 까딱하고 몸을 돌렸다. 걸을 때마다 뒤통수의 머리카락이 나풀댔다. 무겸은 잠깐 그 뒷모습을 바라보다가 준성의 가족들에게로 다가갔다. 조금 전 하준이 사 온 새 생수 한 병을 준성의 부인에게 건넸다.

"사모, 물 좀 마셔."

"그래. 고맙다."

"담요도 가져다줄게."

"아니다. 나 지금 더워. 갱년기인가 봐. 왜 이렇게 몸에 열이 나는지 모르겠다. 놀라니까 더하네. 가져와서 너랑 형민이나 덮어."

준성도 사모도 나이가 많이 들었다.

무겸은 어쩐지 먹먹한 기분이 되어 더 이상 말하지 않고 의자에 앉았다. 다른 할일도 없어 병원 벽에 붙은 시계의 숫자가 변하는 것을 무료하게 세기 시작했다. 어느 때보다도 기나긴 밤이 될 것 같았다.

– 무겸아, 너한테 미안해서 어떡하니.

"그런 말 말라니까. 미안하긴 뭐가."

– 애 아빠 때문에 애써서 한국 들어온 거잖아. 일이 이렇게 돼서…….

준성의 부인과 통화를 하던 무겸이 손으로 관자놀이를 눌렀다. 막 병원에서 만났을 때는 상황이 급한 탓에 다른 말을 않더니 준성이 회복되자 무겸에게 한다는 말이 이것이다. 괜히 더 심란해지기만 하는 사과였다.

준성의 수술은 꼬박 여섯 시간이 걸렸고, 끝날 때쯤에는 동이 터 왔다. 준성의 가족과 무겸은 번갈아 가며 졸다가 깨다가 했고, 수술실을 나온 의사도 지쳐 보이는 것은 마찬가지였다. 그러나 표정은 밝았다. 의사는 꽤 힘든 수술이었지만 성공적으로 마쳤으며 다행히 후유증도 없을 것 같다고 낙관적인 결과를 전달했다. 기다리던 모두가 가슴을 쓸어내렸고, 무겸도 그저 뛸 듯이 기뻤다.

하루 지나 의식을 차린 준성은 놀라게 해서 미안하다며 사과부터 했다. 말하는 데도 아무 문제가 없었고, 확인 결과 저린 곳도 없으며 감각이 둔해진 곳도 없었다. 가장 걱정했던 신체 마비가 오지 않았다. 선수들과 스태프들이 몇몇이, 또는 떼를 지어 번갈아 가며 병문안을 왔다 갔고 구단에서도 위문 선물을 보냈다.

그렇게 목숨을 구하고 몸에 다른 이상이 없다는 걸 확인하며 안도와 기쁨을 나누는 순간이 지나자 슬슬 현실적인 문제들이 밀어닥쳤다.

적어도 몇 개월의 회복 기간이 필요하니 그 기간 동안 시티서울의 감독 자리는 공석이었다. 곧 내정된 임시 감독이 오기로 되어 있었지만 승승장구하며 최고조에 올랐던 팀의 분위기는 가라앉았다. 무겸의 기분이야 말할 것도 없이 울적했다. 그는 한숨을 쉬며 전화기 건너편 상대에게 말했다.

"지금 중요한 건 그런 게 아니지. 아저씨 무사히 살아났고 수술도 성공적이라 후유증도 없을 거라는데 그럼 된 거야. 나보다는 아저씨 걱정부터 해. 아저씨도 처음으로 프로 리그 감독 맡아서 결심이 대단했는데 지금 심정이 어떻겠어."

- 애 아빠 걱정은 넌 하나도 할 필요 없다, 얘. 너도 봤잖니. 벌써 쌩쌩해. 복귀도 곧 할 거라고 재활도 열심이야.

다행한 일을 놓고 얄밉다는 듯 투덜대는 목소리에 무겸은 피식 웃었다.

"그럼 됐지 미안할 게 뭐가 있어. 아저씨 복귀만 빨리 되면 나한테도 문제 될 일 하나도 없으니까 우울해하지 말고."

- …그래. 알겠다. 내가 정말 나이가 들었나 봐. 괜히 신세한탄을 하고 싶었나 보네. 네가 제일 답답할 텐데 미안하다.

그럴 수도 있다, 신경 쓰지 마라. 아저씨와 사모 본인이나 챙겨라. 무겸은 그런 말로 적당히 통화를 마무리하고, 전화를 끊고도 한참을 소파에 널브러져 있었다.

하지만 그러고 있는다 해서 해결되는 일은 아무것도 없다. 무겁게 몸을 일으켜 휴게실을 나서 건물 밖까지 나왔다. 오늘따라 훈련을 마치고 나니 비까지 쏟아졌다. 훈련장은 사람들이 북적이던 동안의 열기를 잃고 텅 비어 있었다.

잔디밭 위로 부옇게 물안개가 졌다. 건물들은 온통 칙칙한 회색으로, 평소라면 선명한 연녹색으로 보여야 할 잔디는 흐린 하늘 아래 젖어 짙은 암녹색으로 보였다.

봄비였다. 이 비가 내리고 나면 날씨는 점점 더워지고 나무며 풀들은 짙게 푸르러지리라. 생명력을 머금은 물줄기가 지금의 무겸에게는 울적한 기분을 더 음침하게 만드는 장치에 불과했다.

무겸은 건물에서 주차장으로 곧바로 이어지는 길을 저벅저벅 걷다가 멈춰 섰다. 길 위로도 지붕이 있어 우산 없이도 젖지 않을 수 있었다. 플라스틱으로 만든 간이 지붕 위를 빗줄기가 시끄럽게 두드려 댔다.

"나 참……."

허탈한 혼잣말이 연기처럼 샜다. 훈련 시간이 종료된 지도 꽤 지나 사람들은 모두 돌아간 듯 조용했다. 무겸만이 전화를 받느라 휴게실에 틀어박혀 있다가 통상 퇴근 시간을 넘겨 버린 것이다.

문제도 없고 해답도 없는 답답함이 가슴을 어지럽혔다. 팀에 대한 애정 따위는 솔직히 지금으로서는 전혀 없었다. 어차피 한 시즌 있다가 떠날 팀이다. 빅 클럽 주전 자리를 잠시라지만 내려놓고 한국에 돌아온 것은 오직 준성 때문이었다. 그의 감독 데뷔를 성공적으로 장식해 주고 싶어서. 그리고 프로 리그에서도 그의 선수로 뛰어 보고 싶어서. 단지 그래서였는데.

김무겸을 발굴하고 키워 낸 감독이라는 사실만으로도 준성은 진즉 프로 리그의 감독이 됐어야 할 사람이었다. 그동안 러브콜이 없었던 것도 아니지만 오직 본인의 의지로 중고교 팀의 지도자 자리만을 고집해 왔다. 그런 그가 시티서울의 감독직을 수락하기로 했다는 소식을 들었을 때는 무겸도 놀랐다. 구단주의 길고 정성스러운 설득 덕분이었다는 이야기도 들었다.

준성을 설득한 팀이라면, 그리고 준성이 처음으로 감독을 맡는 팀이라면 1년쯤 시간을 버리고 머물러도 좋다고 생각했다. 지금까지도 그렇게 생각하고 있었다. 이번 한 시즌은 커리어 측면에서는 버리는 시간이라고.

임시 감독으로 누가 오든 무겸으로서는 가장 중요한 모티베이션이 사라진 셈이다. 준성이 완전히 보통 사람처럼 일을 하며 생활할 수 있을 정도의 회복은 빠르면 3개월, 통상 6개월, 늦으면 1년 이상까지도 갈 수 있다고 했다.

그가 다시 감독직에 복귀할 수 있다면 다행이지만, 혹시 그렇지 않다고 하면…….

어떻게 하고 말고도 없이 이미 확정된 계약이었다. 한 시즌은 무조건 한국에서 보내야 했다. 어쩔 수 없는 일이었지만 준성이 없다면 그 보람 없는 1년가량을 당최 어떻게 보내야 할지 막막했다. 이래서야 무겸의 결정은 정말로 시간 낭비가 될 판이었다.

퉁. 퉁. 퉁.

로커 룸으로 돌아가 훈련용 유니폼으로 갈아입고 나선 무겸은 비 오는 잔디밭에서 공을 발끝으로 툭툭 차올렸다. 쏟아지는 물줄기가 그의 머리며 옷과 몸을 흠뻑 적시고 있었지만 개의치 않았다.

젖은 잔디는 미끄러웠고 공 또한 젖어 자꾸만 발끝을 벗어나려 했다. 우천 경기가 힘든 이유도 이 때문이다. 바닷속 해초라도 된 것처럼 모든 게 다 미끌미끌하다. 공은 멋대로 방향을 잃고 굴러가고, 평소처럼 달리다 보면 넘어지고, 빗물이 얼굴 위로 흘러내려 시야는 흐려지고, 유니폼은 온몸에 들러붙고.

그러나 지금은 경기 중이 아니었고 무겸은 이제 막 축구를 배우기 시작한 아이처럼 간단한 트래핑을 계속할 뿐이었다. 발끝으로 차올리던 공이 무릎 위로 올라왔고, 왼쪽 오른쪽 무릎으로 번갈아 가며 튕기던 공이 다시 발끝으로 내려앉았다.

뻥.

가볍게 차올리던 공을 무겸이 빠르게 뻗어 올린 발등으로 강타했다. 공은 빗줄기 사이를 날아가 철썩, 빈 골망을 뒤흔들었다.

패스 기계 같은 것이라도 있으면 속이 풀릴 때까지 공이나 차고 싶은데 웬만한 빅 클럽에도 없는 고가 장비가 이곳에 있을 리 없다. 무겸은 몇 개의 공을 차례차례 차 골 안에 꽂아 넣고, 스스로 발을 옮겨 골망 안에 머무는 공들을 다시 바깥으로 빼냈다. 골반에 손을 얹고 푸르르 입술로 바람을 불며 다시 있던 자리로 돌아가다가 문득 걸음을 멈췄다.

"음?"

무겸이 눈을 크게 뜨고 비 사이로 보이는 그림자를 응시했다. 착각이 아니라면 조금 전 무겸이 서 있던 지붕 아래 사람이 서 있었다. 비 때문에 시야가 어두웠다. 무겸은 고개를 갸웃하며 그가 누구인지 확인하기 위해 걸음을 내디뎠다.

점점 가까워지자 그림자의 얼굴이 제대로 보였다. 무겸이 그의 이름을 불렀다.

"이하준."

"…어."

사람을 마주치자 무겸은 어쩐지 머쓱해졌다. 아무도 없는 줄 알고 텅 빈 훈련장에서 비까지 맞으며 공을 차는 중이었다. 딱히 부끄러울 것도 없지만 엉킨 실처럼 난잡해져 있는 속을 들킨 듯해 그리 마음이 편하지 않았다.

"아직 안 갔어? 다 돌아간 줄 알았는데."

"조금 남은 일이 있어서. 다른 스태프들은 다 돌아갔어."

"그래. 너도 가는 길이지? 조심해서 들어가라."

무겸은 그렇게 인사하고 다시 몸을 돌리려 했다. 아직 속이 풀리려면 공을 몇 백 번은 더 걷어차야 할 것 같았으니까.

"김무겸."

그때 하준이 그를 불러 세웠다. 무겸은 번거롭다는 표정을 숨기지 않고 뒤를 돌아보았다. 이름을 부른 장본인은 잠시 머뭇대다가 말을 이었다.

"패스해 줄까?"

"뭐?"

"공 차고 정리하고 다시 차고. 혼자 하려면 귀찮잖아. 내가 패스해 줄게."

무겸은 바로 대답하지 않고 지붕 아래 서 있는 남자를 응시했다. 하준은 바로 퇴근할 생각으로 나온 것이 분명한 차림이었다. 가방도 메고 있고, 걸친 외투도 사복이다.

피해 다니기 바쁘더니 또 무슨 바람이 불었을까. 그렇게 생각하다 무겸은 그에게 보이지 않을 만큼 옅은 쓴웃음을 지었다.

그날 이하준과 함께 구급차에 올라타고 병원에 도착해 함께 수속을 했다. 생각해 보면 꽤 큰일을 함께 치른 사이가 됐다. 동지 의식이라도 싹튼 건지, 이제 저를 못 알아봤던 괘씸죄를 탕감해 주기로 한 모양이다.

무겸에게도 하준은 꽤 고마운 존재가 되었다. 하준이 그때 술에 취해 바람을 쐬겠다며 식당을 나가지 않았으면 준성의 발견이 얼마만큼 미루어졌을지 알 수 없는 일이다. 뇌출혈은 1초라도 빠르게 병원으로 가는 것이 가장 중요한 대처라고 했다. 혹시 발견이 늦었더라면……. 그런 생각을 하는 것만으로도 가슴이 철렁했다.

"고맙다."

"어?"

"패스해 준다며."

"아, 응."

하준은 가방과 외투를 그 자리에 털썩 내려놓고 서둘러 신발을 갈아신었다. 지붕 아래를 나선 그는 무겸이 있는 곳까지 다다르기도 전에 마찬가지로 흠뻑 젖어 버렸다.

무겸이 하준을 내려다보며 인사치레를 했다.

"비도 오는데 수고롭게."

"아냐."

하준이 골대 앞으로 향했다.

뻥, 하준이 자리를 잡기를 기다리던 무겸이 거듭 공을 찼다. 빈 골망이 휘리릭 뒤로 젖혀지며 흔들렸다. 하준이 땅에 떨어진 공을 빠르게 굴려 무겸에게로 보냈다. 또 한 번 뻥, 무겸이 공을 걷어차면 하준은 그 공을 다시 무겸에게로 패스했다.

둘은 한참을 아무 말도 없이 그렇게 공만 주고받았다. 축구라기보다는 아이들의 공놀이 같은 행위였다. 아이들의 공놀이와 다른 점이 있다면 둘 사이에는 어떤 말이나 웃음도 오가지 않는다는 것뿐. 비 내리는 소리, 일정한 간격으로 공을 걷어차는 소리만이 둘만 남은 훈련장을 울렸다.

비는 멈출 낌새가 없이 점점 더 내렸고, 앞머리가 내려온 하준은 비에 젖은 머리카락이 자꾸만 눈을 가리는지 몇 번씩 손으로 머리를 쓸어 올렸다. 그 모습을 보던 무겸은 제 앞으로 굴러온 공을 발로 멈춰 세웠다.

"그만하자."

무겸이 종료를 알렸다. 하준은 숨을 길게 내쉬고는 팔을 좌우로 돌려 스트레칭을 했다.

"찰 만큼 찼어?"

"그래. 해 지기 전에는 가야지. 오늘은 비가 와서 더 빨리 어두워질 거고."

하준은 남은 공을 챙겨 들고 터덜터덜 무겸에게로 다가오고 있었다. 현역 선수, 그중에서도 체력이 좋기로 소문난 무겸과 은퇴한 하준의 체력이 같을 수는 없다. 빗속에서 한참 패스를 주고받느라 하준은 꽤 지쳐 보였다. 욕심 같아서야 더 차고 싶지만 애먼 사람 몸살 나게 하면서까지 할 만한 일은 아니다.

둘은 빗속에서 함께 공을 정리하고 나란히 로커 룸으로 향했다. 훈련을 마치고 샤워를 마쳤지만 홀딱 젖었으니 다시 씻어야 했다.

"갈아입을 옷은 있고?"

로커 앞에 선 무겸이 젖은 상의를 훌렁 끌어 올리며 물었다. 물에 젖어

질척질척 들러붙던 천 껍데기를 벗겨 내자 한결 몸이 가벼워졌다. 무겸은 빠르게 바지와 속옷까지 벗어 나갔다.

널찍한 어깨와 탄탄하고 두꺼운 상판, 거칠게 조각한 듯한 복근이 새겨진 배, 넓은 광배근과 그 탓에 비교적 잘록해 보이는 허리, 탄탄한 둔부와 음영이 확연한 장골, 성기까지 일시에 드러났다. 엉덩이 아래로 뻗은 허벅지는 마른 여자의 허리 정도는 될 듯 굵었고 그 위로도 근육들이 갈라져 있었다.

젖은 옷을 일단 대충 벤치 위에 던져 놓는데 그때까지도 하준에게서 돌아오는 대답이 없었다. 그는 무겸에게서 조금 떨어진 곳에 서서, 축축해진 티셔츠도 벗지 않고 멀뚱히 서 있었다.

많이 피곤한가? 의아해진 무겸이 다시 말을 걸었다.

"이 코치님."

"…어?"

"갈아입을 옷은 있냐고."

하준이 제정신을 차린 표정으로 고개를 끄덕였다.

"있어. 우리도 예비용 두고 다녀."

"그럼 뭐 해. 얼른 벗어."

"아, 응. 먼저 들어가."

무겸은 피식 웃고 샤워실 문을 향해 걸어가다가 하준의 등짝을 노크하듯 손등으로 툭 쳤다.

"뭐야. 내외하냐?"

피하는 게 아니라 그냥 성격이 내성적인가. 사람들과 어울리는 모습을 보자면 그렇게 느껴지지는 않았지만 또 사람 성격이란 보이는 부분만 놓고 판단하기는 어렵다.

초반에 저를 피해 다닌다 생각했던 것도 오해였을지 모르겠다고, 뒤늦게 생각하며 무겸은 샤워기 아래에 서서 온수를 틀었다. 이제 추위는 다 물러갔다지만 아직 비 오는 날은 쌀쌀하다. 비를 맞느라 차가워진 몸이 달구어지자 날카로워졌던 기분도 녹는 것 같았다.

옆에 붙은 샤워기 아래 사람이 섰다. 한발 늦게 들어온 하준이었다. 그러고 보면 코치들과는 샤워실 쓰는 시간도 다르고, 굳이 훈련장에서 씻지 않는 사람도 많아서 그와 함께 샤워를 하는 것은 처음이었다.

옷을 입었을 때도 그래 보였지만 원래 운동을 했던 데다 어깨가 넓고 기본 뼈대가 있어 그리 호리호리한 몸은 아니었다. 군살이라고는 없이 적당히, 있어야 할 곳에 근육이 붙어 있는 소위 마른 근육 체형이다.

어떻게 보면 여자들이 제일 좋아하는 몸은 이 정도 아닐까. 무겸은 공격수인 데다 근력을 키울수록 확실히 체력과 스피드가 붙는 것을 느껴 근육을 꽤 많이 단련한 편이지만 대중적인 남자의 '예쁜 몸'을 찾자면 옆에 서 있는 하준 정도가 가장 모범적일 듯했다.

얼굴도 그랬지만 몸도 아주 뻐었다. 신발을 벗고 나란히 서 보니 키는 180 조금 넘을까. 무겸보다는 10센티미터쯤 작은 것 같다. 물을 뒤집어쓰며 감은 눈꺼풀 아래 속눈썹이 길게 뻗어 있었다. 젖은 머리칼이 모두 뒤로 넘어가 드러난 이마가 반듯했다. 높고 오뚝한 콧날과 딱 좋을 정도로 짙은, 순해 보이는 눈썹까지 무겸의 시선이 미끄러지듯 그 위를 훑었다.

가만히 바라보고 있자니 잘 그린 그림을 보는 기분을 안기는 옆모습이다. 정규가 한 말이 확실히 와 닿았다. 이 녀석도 분명 여자들한테 인기 세법 있겠다. 무겸이 침묵을 깨고 물었다.

"운동은 계속하고 있어?"

"응?"

"운동 계속하냐고 했어."

"하지. 선수들 페이스 맞춰야 코칭도 하기 쉬우니까."

조용한 샤워실에 둘의 목소리가 조금씩 메아리치며 울렸다. 무겸은 더 이상 묻지 않고 고개를 주억대다 머리를 다 감은 후 먼저 밖으로 나왔다. 이미 한 번 씻었던 몸이라 빗물만 씻어 내면 족했다.

한발 늦게 들어온 하준은 나올 때도 한발 늦었다. 무겸은 이미 마른 옷으로 갈아입고 거울 앞에서 머리를 말리는 중이었다. 거울에 비친 하준은 창피한 양 서둘러 로커 앞에 서서 수건으로 몸을 닦고 부랴부랴 옷을 입는 눈치였다. 무겸은 입술만 끌어 올리며 웃었다.

'남자끼리 옷 좀 벗었다고 부끄러워하기는. 어차피 방금 전까지 같이 씻어 놓고.'

두 사람이 함께 다시 건물을 나섰을 때도 비는 계속 쏟아지고 있었다. 지긋지긋하게 내린다. 무겸이 이번에야말로 주차장 쪽으로 발을 내디디려 하는데 하준의 목소리가 들려왔다.

"김무겸."

"음?"

나란히 선 하준은 그를 불러 놓고도 바로 말을 잇지 않았다. 공을 차기 전에 비해 제법 기분이 느긋해진 무겸은 재촉하지 않고 그의 다음 말을 기다렸다. 그러나 하준은 아까보다도 여유가 없어진 기색으로, 다소 더듬더듬 말을 이었다.

"요즘, 많이 심란한 거 아는데… 기운 내면 좋겠다."

"……."

"네가 감독님 은인으로 모시는 거야 유명하잖아. 쓰러지신 감독님 보고 나도 놀랐는데 너는 말할 것도 없겠지. 이래저래 생각 많을 것 같은데, 그래도 한 시즌 동안은 이 팀에서 뛰기로 한 거니까 너무 복잡하게 생각하지 마."

하준은 아마 무겸을 위로하려는 심산인 것 같았다. 말하면서도 쑥스러운지 그는 잠시 숨을 고르며 아까처럼 머리를 쓸어 올렸다.

무겸은 이미 선수들이 하준에게 고민이나 어려운 일에 대해 상담하고 위로받는 모습을 여러 번 보았다. 그때마다 마음에 무엇 하나 걸리는 것 없는 듯 웃으며 대화에 임하던 이하준이 이처럼 쥐어 짜내듯 힘들여 타인을 위로하는 모습이 생소하다.

손가락에 쓸려 넘어갔던 앞머리가 다시 소리 없이 사르륵 이마 위로 미끄러져 내렸다. 어둑한 중에도 그의 얼굴이 술자리에서처럼 슬쩍 홍조를 띤 게 보였다. 무겸은 고개를 기울이며 물었다.

"내가 감독님 은인으로 모시는 이유는 알아?"

"너 중학생 때 발굴해 주신 분이라 아버지처럼 여기잖아. 너 축구 시작하기 전에 많이 힘들었다며. 그래서 감독님 아니었으면 사람 구실 못했을 거라고 항상."

"축구 시작하기 전에 내가 뭐 했는지는 알고?"

"…그냥 힘들었다고 들었어."

살짝 기어들어 가며 마무리가 흐려지는 하준의 말을 무겸이 끄덕이며 보충했다.

"축구를 안 했으면 난 지금 감방에나 가 있겠지. 부모도 없는 어린놈이 그때 벌써 도둑질에 싸움질에 온갖 잔 짓거리 때문에 경찰서를 두 자릿수로 드나들었거든. 어렸으니까 풀려났지 그대로 자랐으면 소년원 전과 확정이었어. 소년원만 갔을까? 나중에는 일반 교도소도 갔겠지."

무겸이 말한 것은 어디까지나 자신의 이야기였는데 하준은 반박이라도 하는 것처럼 곧바로 치고 들어왔다. 그는 마치 무겸의 변호사라도 된 듯한 어조로 목소리를 높였다.

"알아. 그런데 아니니까 됐잖아. 어릴 때 일이고, 힘들어서 그랬던 건데."

"안다고?"

말을 끊는 반문에 살짝 눈을 내리뜨고 앞만 보던 하준이 고개를 들어 올렸다. 무겸은 미간을 설핏 찌푸리고 하준을 내려다보고 있었다.

"네가 그걸 어떻게 알아."

"……."

하준의 입술과 눈매가 경직되었다. 말실수를 했다고 생각하는 속내가 얼굴에 고스란히 드러났다.

"나한테 관심이 상당한가 봐?"

그러나 이어진 무겸의 말에 하준의 눈은 휘둥그레 커졌다. 닫혔던 입술도 살짝 벌어졌다. 그가 변명하듯 허겁지겁 대답했다.

"이 정도 이야기는 다들 알아. 다 네가 인터뷰에서 말했던 거고 방송도 탔던 이야기라……."

무겸의 낮은 웃음소리가 귓가를 스치자 하준은 추궁당하는 죄인 같은 표정을 지으며 고개를 돌렸다. 못 할 질문을 한 것도 아닌데, 비스듬히 보이는 옆얼굴에는 미처 숨기지 못한 당혹과 부끄러움이 그물처럼 얽혀 있었다.

무겸은 하준에게로 한 걸음 더 가까이 다가가 몸을 숙였다. 제 시선을 피하려 드는 눈 바로 앞까지 얼굴을 바싹 들이밀었다.

"이하준."

"……."

"너 뭐냐?"

무겸은 미간을 찌푸린 채로 입술을 슬쩍 올리며 웃었다. 하준은 무겸이 무슨 생각을 하는지 짐작하지 못하겠다는 듯 난처한 표정으로, 아무 말 없이 힐끔 눈치를 보다가 다시 눈을 내리깔았다. 그는 뭔가 대답할 말을 찾는 것 같았지만 좀처럼 적당한 답을 찾지 못하겠는지 허공 어딘가를 짚으며 불안한 시선을 방황시켰다.

조금 전부터 무겸은 매우 기묘한 생각에 휩싸여 있었다. 그것은 논리적으로 도출된 결과라기보다는 그저 감 같은 것이었다.

바람둥이로서의 감이냐면 그렇다고 말할 수도 있을 것이고, 그때그때 조성되는 즉흥적인 분위기를 빠르게 감지하는 데 익숙해진 남자로서의 감이냐고 묻는다면 그렇다고 말할 수도 있을 것이다. 그라운드에서 단련된 순간 판단력 같은 것일 수도 있겠다.

어쨌든 지금 무겸에게는 하준을 만난 이후 단 한 번도 생각지 못했던 가능성이 강력한 신호처럼 전해지는 중이었다.

"고개 들어 봐."

무겸의 양손이 하준의 턱 아래를 감싸듯 들어 올렸다. 하준은 그 손을 떨쳐 내지 않고 순순히 제 얼굴을 맡겼다. 다시 마주친 눈을 빤히 응시하는데, 날이 어두워져서인지 눈동자 속 표정까지는 파악할 수 없었다. 그래도 무겸은 확신 비슷한 것을 안고 흰 얼굴을 향해 천천히 고개를 숙였다.

흰자위가 깨끗하고 검은자위가 또렷한 하준의 눈동자가 슬쩍 흔들리는 것만큼은 놓치지 않고 볼 수 있었다. 무겸의 입꼬리가 위로 더 지긋하게 휘어졌다.

쪽.

빗소리에 비하면 작디작은 접촉음과 함께, 무겸의 입술이 하준의 입술에 가볍게 맞닿았다가 떨어졌다. 무겸은 곧바로 얼굴을 들어 올리는 대신 맞닿을 듯 떨어질 듯 가까이 맴도는 입술을 다시 한번 슬쩍 상대방의 입술 위로 눌렀다.

무겸은 눈을 감지도 않았다. 그는 하준의 표정 변화를 살피면서 아주 느릿하게 고개를 원위치로 올렸다. 갑작스럽게 입맞춤을 당한 하준은 미동도 없이, 이제는 눈도 깜박이지 않고 경악하듯 무겸을 올려다보고 있었다.

멋대로 입을 맞추고도 무겸은 아무런 변명이나 사죄 한마디 없었다. 그는 단지 하준의 눈을 마주 보며 뻔뻔할 정도로 희미하게 미소 지은 얼굴을 한쪽으로 약간 기울였을 뿐이다.

어떡할래?

그렇게 묻는 듯 작고 느긋한 고갯짓에 그제야 하준이 고개를 숙였다. 표정은 더 이상 보이지 않았고, 허리 아래로 떨궈진 손이 가볍게 떨리더니 꽉 주먹 쥐어지는 것이 보였다.

화났나?

내가 착각했나?

한 대 때리기라도 할 건가?

무겸이 눈을 가늘게 뜨고 마주선 남자의 분위기를 가늠하는 그 순간, 하준이 다시 고개를 홱 들어 올렸다. 방금 전까지 주먹을 꾹 쥐었던 두 손이 무겸의 양 빰을 덥석 감싸 붙잡았다. 부딪치기라도 할 기세로 다가온 입술이 꽉 겹쳐졌다.

아니, 입술뿐 아니라 온몸을 던지다시피 달려든 하준의 기세에 무겸은 한 발 뒷걸음질쳐 벽에 등을 기대야 했다. 무겸을 잡아먹을 듯 덮쳐든 그는 곧 숨이 넘어갈 것처럼 입술을 부볐지만 왜인지 혀는 집어넣지 않고 그저 접촉에 불과한 키스를 애타게 이어 갈 뿐이었다.

무겸은 그런 하준의 뒤통수를 천천히 쓰다듬으며 마구잡이로 겹쳐 오는 입술 사이를 혀로 벌려 들어갔다. 그러자 안쪽에 숨어 있던 뜨겁고 축축한 혀가 다급하게 무겸의 것에 얽혀 들며 침입을 반겼다. 키스를 한다기보다는 먹이를 받아먹는 새끼 새 같은 갈급한 움직임이었다.

"흐으, 응……!"

상대가 조급하게 굴자 괜히 더 여유로워지는 기분을 만끽하며 아주 천천히 혀를 문질러 주었다. 하준의 입에서 금세 열띤 신음이 샌다. 그 열렬한 반응에 무겸은 저도 모르게 소리를 내서 웃을 뻔했다. 하준의 머리를 쓰다듬는 손끝부터 정수리까지 짜릿한 희열이 타고 오른다.

숨은 신호를 캐치하고 슈팅을 해 본다. 골이 들어갈 때처럼 의도가 딱 맞아떨어질 때 느껴지는 만족감. 그것은 이제까지 섹스를 앞둔 사람들과 수없이 주고받아 온 것이지만 지금처럼 환희에 가까운 즐거움을 느낀 적은 단 한 번도 없었다.

이하준의 신호는 그만큼 알기 힘들었으니까. 지금껏 저를 슬슬 피하며 감춰 온 것을 무겸이 건져 낸 것이다. 드러나 있는 것을 취하기보다는 꽁꽁 숨어 있던 것을 찾아냈을 때 사람은 더 큰 성취감과 승리감을 느끼는 법. 본색을 드러낸 남자의 등허리를 팔로 꽉 감아 안으며 무겸은 속으로 고개를 절레절레 저었다.

어이가 없군. 완전히 속을 뻔했잖아.

어쩐지 수비수치고 너무 얌전하다 싶었어.

03

"하읏, 흐으."

혀로 입 안쪽을 쿡쿡 찌르고 열 오른 살덩이를 문지를 때마다 흘러나오는 흐린 신음은 남자가 내뱉는 소리임에도 듣기에 그리 나쁘지 않았다. 일부러 그러는지 무의식중에 그러는지 자꾸만 저에게 들러붙어 오는 몸을 무겸은 기꺼이 팔 안에 가두고 간간이 뒷목이며 머리를 쓸어 주었다. 그때마다 어느샌가 무겸의 옷자락을 틀어쥔 하준의 손에 힘이 들어갔다.

비 내리는 날의 공기는 서늘했고 막 샤워를 마쳐 아직 머리카락이 습한 둘에게는 냉기가 더욱 선명하게 다가왔다. 그러나 하준의 입속은 뜨거웠고 말캉한 혀에 혀를 얽을 때마다 무겸은 자신의 몸이 기분 좋게 달구어지는 것을 분명하게 느꼈다.

먹이를 달라며 재촉하는 혀끝을 엄하게 혼내는 양 툭툭 두드리자 의미를 이해했는지 입 안에 들어 있는 것이 얌전해졌다. 입을 더 벌리라는 뜻으로 입술을 더 짓누르니 알아들은 것인지 본능적인 것인지 겹쳐진 입술이 벌어진다. 그 안에서 저를 기다리는 혀를 빨아올리자 팔 안의 어깨가 부르르 떨린다. 예민한 반응에 무겸은 점점 더 흡족해졌다.

"으읍, 응……."

혀와 입술끼리 맞물리며 만들어지는 습하고 작은 소리가 무겸의 귀에는 땅을 두드리는 빗소리보다 크게 들렸다. 하준의 뒷머리를 잡아당기다시피 해 그의 고개를 젖힌 다음 혀를 입 안 깊이 밀어 넣었다. 입속이 가득 차자 하준의 신음도 흐려지고 뭉개졌다.

"흐, 흐으."

신음 소리가 달아 귀로 설탕물을 마시는 것 같다. 머릿속까지 달큼하게 젖어 드는 기분이다. 시간 가는 줄 모르고 입맞춤에 심취해, 하준의 입속 깊숙한 곳을 몇 번씩 헤집고 있던 무겸은 문득 키스를 너무 오래 하고 있다는 생각이 들었다.

혀로 목구멍 근처부터 입 안 점막을 쓸어 올리자 하준의 벌어진 입술 사이로 들뜬 한숨이 흘렀다. 무겸은 이를 세워 부드럽게 그의 아랫입술을 물어 당기며 키스를 마무리했다. 입술이 물린 남자가 팔 안에서 허리를 움찔거렸다. 드디어 멀어진 얼굴은 정신을 차리지 못하고 멍하게 풀려 있었다.

무겸은 신기한 것을 보듯 제 팔 안에서 넋을 잃은 하준을 내려다보았다. 지금 하준의 얼굴은 늘 다른 사람들 앞에서 보이던 사람 좋아 보이는 웃는 표정도, 제 앞에서 보이던 정색한 표정도 올리고 있지 않았다.

한참을 물고 빨린 탓에 약간 부은 듯 젖어 든 입술이며 무겸을 보고 있음에도 초점이 살짝 흐려진 반쯤 감긴 눈, 기분 탓인지 습한 날씨 탓인지 평소보다 매끄럽고 촉촉하니 부드러워 보이는 흰 살갗까지 기이할 정도로 무겸의 눈길을 끌었다.

헛것을 보듯 무겸을 올려다보던 하준은 말없이 저를 관찰하는 시선에 늦은 민망함을 느꼈는지 서둘러 입을 다물었다. 품에 안긴 몸을 뒤로 물러 바로 서려고 했다. 그의 얼굴에 익숙한 굳은 표정이 돌아오려고 한다. 무겸은 빠져나가려는 허리를 도로 제 쪽으로 끌어당기며 짐짓 심문이라도 하는 듯 다그쳤다.

"모른 척하려고?"

"…어?"

"이제 어쩔 거야? 이렇게 키스까지 해 놓고."

순간 하준의 눈이 티 나게 흔들렸다. 그는 심문에 대한 답을 찾지 못하겠는지 입을 다물고 무겸의 가슴팍 언저리 어딘가를 힘겨운 눈길로 응시했다. 그가 생각에 빠진 사이 무겸 역시 가벼운 고민에 들어갔다.

'나야말로 어쩌지?'

남자와 해 본 적은 없다. 런던, 또는 휴가를 보내기 위해 떠난 유흥 도시나 휴양지에서는 간혹 동료들이나 알고 지내는 유명 인사들이 주선하는 파티가 열렸고 그런 곳에서 늦게까지 놀다 보면 제게 접근하는 남자가 적지 않았다. 그런 경험을 통해 무겸은 자신이 남자에게도 성적 어필이 가능한 존재라는 것을 일찍부터 깨달았다.

취기에 기분이 풀어져 그런 놈들의 애교를 적당히 넘어가 준 적은 있지만 그들과 섹스는커녕 페팅이나 키스 한번 해 본 적 없다. 한마디로 남자에게 끌리는 것은 지금이 처음이었다. 왜 갑자기 이러는지는 모르겠지만 언제는 욕망에 이유 따위를 따졌던가?

"언제부터야?"

"응?"

"언제부터 나랑 이런 짓 하고 싶었어?"

무겸이 이마 위로 흐트러진 하준의 머리카락을 엄지손가락으로 걷어

내며 귀 쪽으로 쓸어 올렸다. 제법 다정한 손길이었다.

"연기력이 대단하신데. 전혀 눈치 못 챘어."

얼굴이 눈에 띄게 붉어진 하준은 말이 없었다. 그는 아까부터 열심히 말을 고르고 있는 것 같았다.

밀어닥친 직감, 갑작스러운 상황, 본색을 드러낸 이하준, 색다른 고민. 이 모든 것이 지금부터 맞출 퍼즐 조각처럼 쏟아져 내려 무겸은 그저 즐거워졌다. 준성이 쓰러진 이후 계속 가라앉았던 기분이 새로운 게임판을 마주했을 때처럼 조금 들떠 올랐다.

"너는?"

하준이 느닷없이 질문을 던졌다. 의미를 이해 못한 무겸이 되물었다.

"뭘?"

"너는 왜 나한테."

"왜 너한테 뽀뽀했냐고?"

그 말에 하준의 뺨이 더 붉어졌고 표정은 더 초조해졌다. 무겸이 하준의 허리를 놓지 않은 채로 어깨를 으쓱했다.

"너 떠보려고."

"……."

하준은 말문이 막힌 듯 입을 꾹 다물고 이제 시선도 제대로 맞추지 못했다. 방금 전 그렇게 저돌적으로 달려들던 모습이 거짓말 같았다.

안 된다. 여기서 없었던 일처럼 굴면서 발을 빼 버리면 재미없다. 무겸은 모처럼 마주친 이 흥미로운 상황을 쉽게 무산시키고 싶지 않았다. 어떻게 할지를 고민했던 마음은 진심이었기에 무겸은 좀 더 생각에 잠겼다. 키스를 하기 직전 무겸을 휩싼 직감은 한 가지였다.

'이 녀석이 나한테 마음이 있나?'

그렇게 피하는 것처럼 굴더니 그런 것 치고는 저에 대한 관심이 꽤 많지 않나. 남들에게도 다 하던 덕담 같은 것을 늘어놓으면서 유독 얼굴을 붉히고 어색해하는 분위기도 그렇고.

모순을 파악하자 호기심이 발동했고, 흥미는 행동으로 옮겨졌으며 시험은 성공적으로 끝났다. 제게 마음이 있냐고 직설적으로 물을 생각은 없었다. 감당 못할 질문이었다. 혹시라도 예스라는 대답이 나오면 앞으로 대처하기가 곤란해질 테니까.

그러나 지금, 무겸의 내면에서는 왜인지 이 상황을 더 이끌어 가고 싶은 욕망이 앞으로의 상황에 대한 우려보다 더 커졌다. 휴우, 그는 어처구니없다는 듯 한숨을 과장되게 내쉬고 질책하는 말투로 물었다.

"이하준."

"응."

"너 나한테 다른 마음 있어?"

이제는 불쌍할 정도로 당혹감과 초조함이 들어찬 얼굴이 무겸을 힐끔 살폈다. 어렴풋이 미간을 찌푸리고 저를 내려다보는 표정과 맞닥뜨린 하준은 천천히, 고개를 저었다.

"그럼 왜?"

계속 제대로 말을 꺼내지 못하는 하준에게 무겸은 질문만 던졌다. 이것저것 생각할 필요 없이 예, 아니오로만 대답할 수 있도록.

"원래 남자 좋아해서?"

"…어."

"마음은 없어도 흑심은 있었나 본데. 아니야?"

하준은 긍정도 부정도 하지 않았다. 흥분으로 달아올랐던 얼굴이 이제는 조금 지쳐 보였다.

예스인지 노인지, 답을 기다리는데 하준은 답을 하는 대신 되물어 왔다.

"어떻게 하면 돼?"

"뭘?"

"어떻게 해야 네 기분이 안 나쁠지만 말해 줘……. 그렇게 할게."

어느새 하준은 잘못이라도 저지른 사람처럼 먹구름 낀 안색이었다. 무겸은 희미한 웃음을 지우지 못하고 고개를 조금 숙여 얼굴을 가까이 했다.

"기분 나쁘다고 한 적 없잖아."

"……."

"그냥 좀 고민이 된다."

"무슨… 고민?"

처음 하준의 속내를 미루어 짐작했을 때만 해도 하준의 그 '마음'이 플라토닉한 것인지, 아니면 저와 그렇고 그런 일을 하고 싶은 음욕인지는 알 수 없었다. 그러나 시험 삼아 해 본 열렬한 키스를 통해 충분히 알았다. 그 마음 안에 성욕도 확실히 존재한다는 걸.

"아까까지 좀 울적해서 오늘은 속 풀릴 때까지 공 좀 차고 돌아가서 혼자 잠이나 자려 했거든."

"그런데……?"

"원래는 그랬는데, 기분이 바뀌었어."

무겸이 하준과 시선을 맞췄다.

"니랑 할래?"

"…뭘?"

하준은 말뜻을 바로 알아듣지 못한 듯 망연한 눈으로 무겸을 보았다.

실컷 물고 빨아 놓고 새삼 모른 척은. 무겸은 눈매를 찌푸리며 예의상 부가 설명을 했다.

"섹스. 할 생각 있냐고."

"……."

"부담 갖지는 마. 꼭 너 아니면 안 되는 건 아니니까."

알아듣기 쉽도록 설명했건만 하준은 바로 대답하지 않았다. 그는 뭔가 혼란스러운 것처럼 아래쪽을 향한 눈동자를 천천히 굴렸고, 마른침을 삼킨 듯 목울대가 살짝 위아래로 울렁였다.

침묵은 생각보다 길었다. 그러나 무겸이 알기로 그런 키스는 다음 단계도 고려했을 때나 하는 것이다. 성적 접점이 없던 사이라면 더욱. 이하준 나름의 내숭 같기도 해서 무겸은 재촉하지 않고 기다려 주었다.

마침내 하준이 천천히 고개를 끄덕였다. 무겸의 예상대로였다. 대화를 따라오지 못하는 듯 초조하고 멍하던 분위기도 어느새 사라졌다.

"생각 있어."

그는 또렷하게 대답했다. 이렇게 되면 무겸도 더 고민할 필요가 없어진다. 서로서로 원하는 바가 일치하니 됐다.

왜인지 이유까지야 알 바 아니었고, 어쨌든 오늘은 눈앞의 이하준에게 끌리는 날이었다. 이제까지 남자와는 안 된다고 생각했는데 취향이 변했거나 안 될 것도 없었나 보다. 세상에 즐거움은 하나라도 늘어나는 것이 줄어드는 것보다 나으니 잘된 일이다.

"그럼 갈까?"

남자와 하는 것은 새로운 시도여서인지 유난히 설레는 것도 같았다. 이런 설렘을 느껴 본 지도 정말 오래되었다. 역시 삶이란 끊임없이 변할 때 즐거운 법. 새로운 시도란 늘 하는 쪽이 하지 않는 쪽보다 낫다.

하준의 어깨에 팔을 걸치며 발걸음을 옮기자 그도 순순히 무겸의 팔을 어깨에 얹은 채로 나란히 걷기 시작했다. 그런 하준의 옆모습은 조금 전 키스를 할 때의 열정적인 태도나 제 팔 안에서 눈길을 피하던 때에 비하면 무심해 보여, 이런 일에 꽤 익숙한 것이 아닌가 하는 데 문득 생각이 미쳤다. 무겸이 고개를 살짝 숙이며 속삭였다.

"너 이런 식으로 하는 거 처음 아니지?"

하준은 그 질문에 무겸 쪽으로 고개를 돌리더니, 잠시 틈을 두었다가 고개를 끄덕였다.

"응."

흠. 무겸은 납득하며 고개를 끄덕였다.

"잘됐네."

"뭐가?"

"나는 남자 처음이거든. 베테랑이실 테니 많은 가르침 부탁해, 코치님."

하준은 그 말에 힘없이 피식 웃더니 "그래."라고 짧게 대답했다. 능글맞게 굴었지만 무겸은 속으로 꽤 놀라는 중이었다. 아까 전 저를 덮칠 기세로 키스를 해 오던 모습도 그랬지만 이런 갑작스러운 원나잇에 익숙해 보이는 것은 더더욱 놀라웠다.

다른 사람들 앞에서 싹싹하게 웃을 때나 제 앞에서 때때로 정색할 때나, 작게 부딪친 적이 있었다지만 전체적으로는 모나고 튀는 곳 없이 얌전한 타입으로만 봤는데 부뚜막에는 제일 먼저 올라가 있었다. 역시 사람 겉만 봐서는 모른다.

"차는?"

주차장에 도착해 묻자 하준은 고개를 저었다.

"자차 없어. 버스 타고 다녀."

"그럼 옆에 타."

조수석 문을 여는 하준의 모습에 무겸의 기분은 묘해졌다. 보통 훈련장에 출퇴근을 할 때는 아우디 같은, 눈에 너무 띄지 않는 승용차를 주로 몰았지만 오늘은 별 이유도 없이 람보르기니를 끌고 온 참이었다. 기분이 좀 울적해서 밝은색 차를 타고 싶었던 건지 일이 이렇게 되려고 그랬던 건지. 조수석에 올라탄 하준에게 말했다.

"그 자리에 남자 앉히는 것도 처음이다."

"…영광이라고 해야 하나?"

"좋을 대로."

무겸이 웃으며 시동을 걸었다. 차가 빗속으로 천천히 나아가다 곧 속력을 높였다.

무겸의 집은 연예인을 비롯한 유명인이 많이 산다는 고가의 프리미엄 빌라였다. 보안이 좋아 사생활 보호가 그나마 잘 이루어지는 편이라 선택했다. 어차피 1년만 살 곳, 혼자 살기에는 이만큼 편한 곳도 없다기에 별 고민 없이 정한 집이었다.

엘리베이터에서 내려서자 고급스러운 조명이 비추는 대리석 복도가 바로 보였다. 복도만 해도 상당히 넓었음에도 벽에 보이는 것이라고는 무겸의 집 문 하나뿐이었다. 무겸이 앞장서 집 안으로 들어갔다. 현관에서 거실로 들어서는 입구도 보통 집들에 비해 훨씬 길었다.

집은 구석구석 세심하고 모던하게 꾸며져 있었는데, 이는 귀찮아서 매니저와 업자에게 백 프로 맡겨 인테리어를 한 것이라 정작 무겸이 스스로 고른 물건은 그다지 없었다. 런던에서 쓰던 물건은 차 몇 대와 옷가지 몇 벌을 제외하면 와서 새로 장만할 생각으로 거의 관리를 맡겨 두고 왔다.

"씻고 바로 왔으니까 또 씻을 필요까진 없겠지?"

그렇게 말하며 무겸이 하준을 바라보았다. 그는 못 올 곳에 온 불청객처럼 딱딱하게 서 있었다. 반면 무겸은 아까부터 자꾸만 피식피식 웃음이 났다.

"뭐 해. 이리 와."

이제 와서 내숭 떨지 말고 얼른 부뚜막에 올라오라고.

응접실 소파 가까이서 손을 내밀자 하준이 다가와 천천히 그것을 맞잡았다. 무겸은 그대로 소파 위로 그를 끌어당겨 하준을 무릎 위에 앉혔다. 제법 커다란 남자를 위에 올려놓았으나 무겸의 탄탄한 허벅지는 무게를 느끼지도 못하는 듯 단단했다.

얼굴이 가까이 마주 놓였다. 불시에 눈도 마주쳤으나 하준은 얼른 시선을 떨구며 각도를 흩뜨렸다. 무겸은 손으로 하준의 뺨을 쓸기 시작해 매끈한 뒷목까지 쓰다듬으며 물었다.

"집은 맘에 들어?"

"엄청… 넓네."

"손님이니 집 구경도 시켜 줘야 하는 건데, 지금 내 사정이 그럴 때가 아니라서."

조금 전 한참을 물고 있어서인지 하준의 입술은 아직도 평소보다 불그레하니 살짝 부어 보였다. 훈련장에서의 키스를 이어 나가듯 아랫입술을 지그시 깨물자 하준의 손이 주춤대더니 살며시 무겸의 어깨를 잡아왔다.

부끄럼 타는 애새끼나 목석처럼 빳빳하게 굴다가도 시작하면 적당히 앵기며 빼지 않아서 마음에 든다. 입술을 문 채로 고개를 느리고 작게 좌우로 흔들며 이로 긁자 으응, 앓는 소리를 내며 팔에 힘을 주어 무겸을 더 끌어당겼다. 그 작은 동작에 어쩐지 마음이 동해 곧바로 입 안을 파고들어 혀를 깊은 안쪽까지 밀어 넣었다. 하준은 놀란 듯 짧게 신음했다.

"흐."

하준의 머리를 받치고 상체를 기울여 소파에 앉아 있던 몸을 비뚜름하게 눕혔다. 무릎 위에 앉아 있던 하준은 자연스럽게 등을 대고 누우며 무겸의 아래로 오게 되었다.

혀끝으로 입천장을 문질러 주자 숨을 몰아쉬며 어쩔 줄을 몰라 하는 것이, 아까도 생각했지만 입 안이 꽤 예민한 것 같다. 아무래도 잘 느끼면 섹스가 더 재미있지. 이런 점도 마음에 들었다.

"으으, 흐읍!"

혀를 천천히 넣었다 빼며 입 안을 살살 쑤시다가 목구멍 쪽으로 깊이 밀어 넣자 신음이 커지며 몸을 바르르 떨기까지 한다.

여기가 좋은가. 고개를 움직여 가며 점막 저 안쪽으로 혀를 계속 미끄러뜨렸다. 소파에 누운 하준은 어쩔 줄 몰라 하며 자꾸만 무겸을 끌어당겼다.

"아, 아흐, 으."

무겸은 키스를 멈췄다. 웃으면서 손끝으로 하준의 뺨을 톡톡 두드렸다.

"코치님, 정신 좀 차려 보세요."

"하아, 읏."

"정신 놓고 있지 말고 내 것도 빨아야지."

그 말에 눈을 감고 신음하던 하준이 눈을 떴다. 무겸이 혀를 슬쩍 내밀자 하준은 말뜻을 잘 알아들은 듯 입을 좀 더 크게 벌리며 얼굴을 가까이 가져왔다. 내밀어진 무겸의 혀를 입술로 잡더니 촉촉 소리가 나도록 빨아들이기 시작했는데, 그 느낌이 뭔가 간질간질해서 무겸은 왜인지 자꾸만 소리 없는 웃음이 나왔다.

요령 없이 계속 제 혀를 빠는 것이 아까 전 먹이를 받아먹는 새끼 새 같던 키스와 비슷했다. 키스를 좋아하기는 하나 본데 별로 잘하지는 못하는 것 같다. 무겸은 고개를 들어 저를 물고 있는 입술에서 벗어났다.

"이 코치, 키스 실력은 그냥 그러네."

"…미안하다."

낮은 평가를 받은 하준의 얼굴이 조금 샐쭉하게 붉어졌다. 그 와중에도 키스가 모자란지 입을 살짝 벌리고 먹이를 뺏긴 것처럼 무겸을 본다. 무겸은 웃음을 참고, 다시 고개를 숙여 사악 입술을 핥아 주었다.

그랬더니 하준은 신 것을 먹은 사람처럼 눈가를 찌푸리고 혀를 날름거리며 제 입술을 핥았다. 무겸도 이번에는 웃음을 참지 못했다.

"간지러워?"

대답을 기다리지 않고 얼굴을 하준의 목 옆으로 숙였다. 상아색이 조금 섞인 흰 도자기 같은 피부는 눈으로 보며 짐작하던 감촉처럼 매끄럽고 부드러웠고, 열이 오른 지금은 따끈따끈했다.

무겸의 손은 습관에 가깝도록 빠르게 움직였다. 목덜미를 은근히 혀와 입술로 훑으며 손을 티셔츠 안쪽으로 밀어 넣었다. 잽싸게 들어서기는 했지만 그의 손은 잠시 멈칫거렸다.

'남자도 가슴을 만지면 느끼나?'

솔직히 말하자면 무겸은 전희를 그리 진심으로 즐기는 타입은 아니었다. 그러나 섹스를 할 때 전희를 하지 않으면 삽입이 힘들고 서로 고생스러워지며, 일단은 매너라 생각하므로 그냥 넘긴 적은 없다. 무겸에게 섹스란 게임이었고, 그 게임에서의 성취 포인트는 상대방의 만족 여하에도 달려 있는 것이었으니까. 하지만 남자는 이런다고 아래가 젖는 것도 아닐 텐데, 그렇다면 굳이 이런 과정이 필요할까.

그러나 기왕 셔츠 안으로 넣은 손이었다. 저와 똑같이 판판한 가슴에는 손안에 잡고 주무를 만한 둔덕은 없었으므로 무겸은 손가락으로 작게 솟은 유두를 문질렀다. 그러자 하준의 몸이 움찔 굳어 들었다.

“응, 아으.”

“…하.”

무겸의 입에서 웃음 섞인 탄성이 나왔다. 유두로도 충분히 느끼는 것 같다. 무겸의 손이 곧바로 하준의 티셔츠를 가슴 위까지 거칠게 걷어 올렸고, 목덜미에 묻고 있던 얼굴을 내려 손가락으로 문지르던 유두를 입술로 잡아챘다.

곧장 쪽 소리가 나도록 빨아올리자 놀란 몸이 파닥 뛰었다. 재미있다. 무겸은 작은 콩알 같은 그것을 빨다가 혀로 뭉개듯이 핥고, 또 혀끝으로 톡톡 건드리듯 두드리며 장난감처럼 이리저리 굴려 보았다. 그때마다 하준의 몸이 작게 들썩였다.

“하, 하아. 아아, 응, 으!”

목소리를 높이던 하준은 자기 목소리에 스스로 당황한 듯 어느 순간 입을 꾹 다물고 끙끙거렸다. 무겸의 얼굴이 찌푸려졌다. 그는 리액션이 큰 타입을 좋아했다. 평소에 얌전 떠는 것이 연기건 성격이건 할 때 빼는 타입은 아닌 것 같아 마음에 들었는데 이러면 곤란하다.

“소리 참지 마.”

"어, 어?"

"목소리. 참지 마."

그렇게 말하며 불쑥 손을 바지 속으로 넣었다. 같은 남자의 것을 만져 본 적이 이제까지 한 번도 없었는데 불만스러운 김에 한 행동이라 그런지 전혀 거부감 없이 자연스럽게 이루어졌다.

축구 팀 훈련장에서 일하는 하준의 출퇴근 옷차림은 간편했다. 스트링 팬츠 아래 겹쳐진 드로어즈 안쪽까지 무겸의 손은 손쉽게 미끄러졌다. 손가락이 부드러운 피부 위를 스쳤고, 흥분한 기색이 역력한 성기가 손에 곧바로 잡혔다.

다른 건 몰라도 같은 남자끼리니 이걸 어떻게 만져야 하는지는 잘 안다. 그사이 프리컴이 살짝 배어 나온 귀두를 엄지 끝으로 비비며 손 전체로 잡고 쳐올리듯 만지자 하준의 몸이 다시 크게 들썩였다.

"으, 하으, 흐."

같은 남자에게 입맞춤을 받고 젖꼭지를 빨리면서 이만큼 세웠다는 게 진심으로 신기했다. 갑자기 흥분이 확 올라오는데, 어떻게 해야 할지 헷갈려 곧바로 진행할 수가 없었다. 무겸이 하준의 귓가로 얼굴을 가져가 귀에 혀끝을 꽂아 넣었다.

하준이 피하려는 듯 고개를 돌리는 바람에 무겸은 그의 뺨을 잡아당겨 다시 제 쪽을 바라보게 만들었다. 꼼짝없이 머리를 붙잡힌 채로 하준이 정신없이 소리를 질렀다.

"으응, 그, 앗, 아!"

뚫린 데마다 뭐가 이렇게 민감해.

귓구멍 좀 쑤셔 줬다고 난리가 나는 걸 보니 본게임은 더하지 않을까. 무겸은 그런 생각을 하며 귓가에 대고 속삭였다.

"어떻게 해야 돼?"

"흐, 으응……."

"이하준, 어떻게 해야 되냐니까."

"하으, 뭘, 뭐를."

무겸이 귓바퀴를 꽉 깨물었다. 하준의 어깨와 고개가 동시에 움츠러졌다.

"네 안에 넣으려면 어떻게 해야 하냐고. 처음이라고 했잖아."

"읏, 그, 그냥. 그냥 해."

그냥 넣으라고?

그럴 리가 있나. 아무리 남자와의 경험이 없다지만 그냥 넣으면 안 된다는 상식쯤은 무겸도 알았다.

벌써부터 느끼느라 맛이 갔나? 아니면… 워낙 많이 해서 막 갖다 쑤셔도 들어갈 정도로 허벌인가? 무겸은 미간을 찌푸리고, 허덕이는 하준의 뺨을 손바닥으로 툭툭 두드렸다.

"진짜 그냥 한다?"

"어, 응."

"…대단한데, 이 코치. 평소 성생활이 너무 과격한 거 아냐?"

그냥 해 본 말인데 정말로 허가가 떨어질 줄이야. 결국 무겸 혼자 내심 혀를 내두르며 알아서 준비를 하게 되었다.

아무리 그래도 뒤로 넣는 건데 윤활제 정도는 필요할 것이다. 무겸은 마침 출퇴근용 보스턴백에 들어 있던 젤을 꺼냈다. 운동선수니 젤쯤이야 늘 상비하고 있다. 다른 사람들은 어떨지 모르지만 콘돔 역시.

넣을 생각을 하니 몸이 뜨거워졌다. 더워진 무겸이 셔츠를 벗어 던지고 바지와 속옷을 내리자 팽창한 성기가 배를 향해 올라붙으며 우뚝 일어섰다. 하준을 애무하는 동안 제 물건이 문제없이 섰다는 것도 신기한 노릇이었다. 저를 보는 하준의 눈이 살짝 커지는 것을 보고 무겸이 씩 웃었다.

"왜?"

"어?"

"마음에 안 들어?"

"아, 아니."

하준이 고개를 젓더니 당황한 듯 넋 빠진 말투로 대답했다.

"너무, 커서……."

"네 것도 그 정도면 작진 않은데."

무겸은 젤을 묻힌 손으로 제 것을 잡고 치덕치덕 문지르며 웃었다.

"이거 지금 너 때문에 선 거다."

하준이 그 말에 입을 살짝 벌리더니 부끄러운 듯 눈을 내리깔고 고개를 끄덕였다. 발랑 까진 것 같다가 수줍은 척을 하다가 일관성 없이 왔다 갔다 하는 꼴이 우습다. 무겸이 세웠던 몸을 숙여 들었다.

"옷 벗어 봐."

하준은 변함없이 최면에라도 걸린 멍한 분위기로 움직이는 인형처럼 고개를 끄덕였다. 다리를 굽혀 올리더니 아직 허벅지 근처에 머물러 있던 바지 허릿단을 제 손으로 끌어 내린다. 엎드린 무겸의 상체 아래에서, 하얀 다리가 바지에서 빠져나오느라 바빴다.

티셔츠까지 마저 벗기 위해 소리 없이 허둥대는 하준을 흐뭇하게 내려다보던 시선이 문득 그의 오른쪽 골반께에 멈췄다. 웃음 띠고 있던 무겸의 미간이 좁아졌다.

"여기 왜 이래?"

무겸이 곧바로 손을 뻗어 그 위를 쓸었다. 하준의 몸이 급작스럽게 굳었다. 잊고 있던 일이 생각난 사람처럼 눈을 커다랗게 뜨더니 얼른 티셔츠를 끌어 내린다.

그러나 허리부터 시작해 골반 가장자리까지 이어지는 검붉은 반점은 허벅지 윗부분까지 내려와 꽤 기장이 긴 티셔츠로도 다 가려지지 않았다. 샤워실에서는 미처 보지 못한 것이었다.

"다쳤어?"

"몇 년 전 거야. 한참 됐어. 그냥 흉터."

무겸이 하준의 손안에서 티셔츠 자락을 빼앗아 다시 맨살을 들췄다. 피부가 곱고 흰 탓에 그 흉터는 유독 더 눈에 띄었다. 피부 표면까지 얽은 부정형의 붉은 반점. 그 옆으로는 꿰맨 자국이 길게 내려와 거의 하나의 흉터가 되어 있었다. 무겸은 그가 왜 이른 은퇴를 했는지 묻지 않고도 짐작하게 되었다.

흉터 부위를 내려다보는 무겸의 이맛살은 한번 찌푸려지더니 풀리지 않았다. 하준의 얼굴이 굳어 들었다. 그는 무겸의 손에 들린 옷자락을 도로 끌어 내리며 말했다.

"보기 싫지. 미안하다. 다 안 벗으면 잘 안 보여."

무겸은 그제야 찌푸린 미간을 풀고 눈썹을 슬쩍 치켜세웠다.

"상관없어. 하는 데 지장 있는 것도 아닌데."

사내놈에게 흉터 한두 개쯤 있으나 없으나 아무래도 좋다. 하지만 본인이 내켜하지 않는 것 같아 무겸은 굳이 티셔츠를 벗기지는 않고 몸 중심부를 가린 속옷을 끌어 내렸다. 속옷 안에 묻혀 있던 속살과 성기가 드러나고, 옷에 끊어졌던 흉터까지도 온전하게 이어졌다.

양쪽 무릎을 잡아 허벅지를 넓게 벌렸다. 그러고 나서 손을 내려 엉덩이 양쪽 살을 천천히 잡아 벌려 보았다. 한 번도 넣어 본 적 없는 타인의 입구가 그곳에 있었다.

뒤쪽이라 그냥 누운 자세로는 힘들 것 같다. 손으로 허벅지 뒤를 밀어 종아리를 제 어깨 위에 걸치자 엉덩이가 딸려 올라오며 입구의 위치도 좀 더 높아졌다.

많다 싶게 젤을 바른 성기를 붙잡고 끝부분부터 쿡 찔러 보았다. 입구는 굳게 닫혔으며, 젖지도 않고 열려 있지도 않았다. 무겸은 가벼운 난감함을 느꼈다. 이 좁은 곳에 정말로 들어갈 수 있을까? 가능하니까 남들도 다 하고 사는 거겠지만…….

무겸은 섹스를 좋아했지만 그것은 어디까지나 잠시간의 흥미와 스트레스 해소를 위한 수단이었을 뿐, 섹스 그 자체에 천착하며 보다 큰 쾌감이나 새로운 방식을 찾아 탐구하는 타입은 아니었다. 뒤를 쓰는 삽입이 꼭 남자와의 관계에 국한된 것은 아니지만, 그런 성향 탓에 이제껏 애널 섹스를 시도해 본 적도 없었다.

"넣는다."

"으, 응."

무겸은 한 손으로는 볼기를 잡아 벌리고 한 손으로 제 성기를 잡은 채로 허리를 천천히 밀어 보았다. 영 불가능할 것 같았는데 윤활제를 잔뜩 발라서인지 거의 점처럼 보이던 꽉 닫힌 입구 사이로 성기가 느리게 진입해 들어갔다. 귀두 끝에 점막의 뜨끈하고 매끄러운 감촉이 느껴진다.

'기분 이상한데.'

좋다 나쁘다 어떻다를 이야기하기 전에 그저 신기했다. 무겸은 시선을 내리고 제 물건이 하준의 엉덩이 사이로 조금씩 먹혀드는 것을 빤히 지켜보았다.

자신이 하는 섹스가 아니라 타인의 결합 장면을 찍은 영상을 보는 기분이었다. 그러나 커다란 성기를 받아들이는 하준에게 그것은 남의 일이 아닌 듯, 막 밀어 넣기 시작했음에도 엉덩이와 허리를 움찔대며 신음했다.

"아, 아……."

무겸에게도 남의 일인 듯한 감각은 잠깐이었다. 움푹, 빨려 드는 느낌으로 귀두가 다 들어가자 감각은 순식간에 예민해졌다.

입구는 물론이고 안쪽도 엄청나게 좁아서, 넣자마자 단단하게 조여드는 것이 이대로 계속 넣어도 될지 의문스러울 정도였다. 콘돔을 해서 망정이지 그냥 했다가는 껍질이 벗겨지지 않을까 생각이 들 정도로 빡빡했다.

그만큼 쾌감은 대단했다. 하준의 몸을 훑으면서도 긴가민가하던 무겸은 본격적으로 이 섹스에 흥미를 느끼며 천천히 허리를 앞으로 밀었다.

"너 안 엄청 좁아."

"읏, 으, 으으."

"괜찮은데."

"으, 하."

마음이 급해졌다. 빨리 제대로 움직이고 싶은데 안이 워낙 좁은 탓에 다 들어가는 데도 한참이 걸릴 것 같았다. 가장 두꺼운 귀두 부분이 들어갔다지만 하준의 몸은 생각처럼 매끄럽게 열리지 않고, 무겸을 도로 뱉어 내려는 듯 자꾸만 오므라들며 닫히려 들었다.

처음에는 느리게 허리를 밀었지만 무겸의 인내심은 금방 바닥났다. 피차 즐기자고 하는 건데 언제까지 시작에만 뜸을 들일 순 없지 않은가.

입술을 가볍게 깨물고 일시에 허리를 치면서 강하게 박아 넣었다. 도대체 틈이라고는 없이 꽉 다물린 안쪽을 강제로 찢듯이 길을 만들며 성기가 밀려 들어갔다. 하준이 고개를 젖히며 놀란 듯 목소리를 높였다.

"아윽, 흐아!"

갑자기 쳐올리는 바람에 위로 밀려 올라간 허리를 손으로 잡아 끌어내렸다. 하준의 손이 무겸의 팔목을 덥석 붙잡아 왔다.

하준의 손에는 꽤 힘이 들어가 있었고 소파 위에 누운 몸은 파들파들 떨렸다. 눈물이 옅게 고인 눈은 살짝 충혈되었고 입은 반쯤 멍하게 벌어져 가쁜 숨을 바삐 내쉬는 중이었다. 다리에도 힘을 주며 무릎을 모으려 들었지만 사이에 무겸의 목과 얼굴이 있어 그마저도 여의치 않았다.

안쪽도 더 조여들기만 한다. 힘겹기는 삽입 중인 무겸도 마찬가지였다. 헉, 흐윽. 하준은 숨넘어가는 소리를 내며 헐떡거렸다. 가슴이 급하게 오르내리는 모습이 무겸의 눈에 선명하게 들어왔다. 그렇게 꽂아 넣었는데도 아직 다 들어가지 못한 남은 기둥을 이를 악물고 밀어 넣으며 무겸이 물었다.

"혹시 아파?"

아무리 그래도 너무 급하게 박았나. 들어가서 넣은 거긴 한데. 하지만 그냥 넣으라고 할 정도로 터프한 성생활을 즐겨 왔다면 이 정도는 괜찮을 것 같았다. 역시나 하준은 고개를 저었다.

"아, 아으으… 아니. 아니……."

"괜찮으면 움직인다."

여전히 숨을 몰아쉬면서도 하준은 고개를 끄덕였다. 무겸은 씩 웃은 다음 기운 내라는 듯 하준의 뺨을 툭툭 쳤다. 가능한 끝까지 밀어붙였던 허리를 슬슬 뒤로 뺐다.

"으응, 으, 아으읏."

"하……."

무겸도 신음 섞인 한숨을 쉬었다. 틈새 없이 성기를 죄던 속살이 이제는 쩍쩍 들러붙으며 기둥을 붙잡았다. 들어올 때는 좁아터져서 제대로 꽂기도 힘들더니 빠져나가려고 하니 또 꽉꽉 물며 잡아당긴다. 결국 반쯤 빼내다가 짜증이라도 풀듯 도로 푹 밀어 넣자 하준의 몸이 또 한 번 들썩였다.

"아악!"

"이하준, 네가 놔줘야 뺄 거 아니야. 끊어 먹겠어."

"하아, 하, 나, 흑, 아무것도, 안 했어."

"빨판도 아니고. 힘 좀 빼."

무겸은 끙, 목 안에서 앓는 소리를 내고 몸을 물렸다. 하준의 안쪽은 변함없이 성기를 진득하게 감아 당겼지만 이번에는 무시하고 끝까지 허리를 물렸다.

굵고 기다란 기둥이 내벽을 빠져나오는 동안 하준의 몸은 연신 움찔거렸지만 계속 반응만 살피고 있을 수는 없다. 귀두만 입구에 걸칠 정도로 끝까지 빼낸 다음, 무겸은 짧게 숨을 내쉬고 이번에는 단숨에 끝까지 박아 넣었다.

"흐아, 아아!"

급하게 밀어붙이자 하준은 거의 울음 같은 비명을 지르며 고개를 좌우로 흔들어 젓혔다. 빡빡하게 조이는 것을 감안하고, 무겸은 허리를 마구잡이로 거칠게 흔들어 추삽질을 했다. 그러는 사이 거실은 온통 하준의 신음 섞인 비명으로 가득 찼고, 몇 번인지 모르게 구멍을 파고든 끝에 어느 순간부터 찌걱이는 듯 습한 접촉음도 섞여 들기 시작했다.

저절로 젖지는 않더라도 여러 번 찔러 들자 어느 정도 느슨해지는 감은 있었다. 그러자 움직이기가 수월해지며 느낌도 더 나아졌다. 무겸이 만족스럽게 웃으며 몸을 숙였다.

"이제 좀 움직일 만하네. 괜찮아?"

흰 이마가 땀에 젖은 하준은 색색대듯 신음하며 무겸의 말에 대답도 하지 않았다. 무겸도 굳이 대답을 요구하지 않고 여유롭게 내벽의 감촉을 즐기며 허리를 움직였다. 넣을 때는 무른 과일처럼 푹 찔러 들기 좋은 느낌으로 제 것을 받다가 빠져나올 때는 타이밍 좋게 조여 오는 느낌이 기대 이상으로 괜찮았다. 정말로 나쁘지 않다.

"이하준, 네 안 조이는 거 너도 느껴져? 너는 입보다 뒤로 더 잘 빠는 것 같다."

"으응, 읏, 하윽……."

"그런데 너는 별로인가 보네."

"아, 아니야. 읏… 좋아, 나도… 좋아."

소리를 지른 탓인지 하준의 목소리는 평소보다 허스키해져 있었다. 하지만 막상 하준의 물건은 입과는 영 다른 말을 하고 있었다. 무겸은 흐음, 아리송하다는 듯 침음하며 애무할 때에 비해 도리어 수그러든 하준의 성기를 좌우로 잡아 흔들었다.

"이게 죽었잖아."

"아으, 으."

"혼자 재미 보는 취미는 없는데……."

하긴 아무리 그래도 남잔데 뒤만 쑤셔 준다고 끝까지 가지는 못하겠지? 평소에는 관심도 없던 동성과의 섹스였다. 갑자기 하려니 뭐가 뭔지 사전 지식이 전혀 없었다.

무겸은 옆에 대충 던져 놓았던 젤을 다시 한번 손에 쭉 짜 내려 그대로 하준의 성기를 붙잡았다.

"흣, 아… 아, 아!"

허리를 쳐올리는 동시에 앞에서 흔들리는 성기도 손으로 잡아 위로 탁탁 쳐 주니 목소리의 열감부터 달라진다. 다시금 흥미로워진 무겸이 하준을 똑바로 내려다보며 움직임을 빨리했다.

검은 눈이 축축했다. 흰 얼굴이 발갛게 달아올라 미간을 찌푸리고 목을 저으며 신음하고 있는데, 평소의 얼굴을 생각하면 상상할 수 없을 정도로 무너진 표정이었다. 점점 흐트러지는 얼굴을 바로 눈앞에 두고 있자니 마음 깊숙한 곳에서부터 꿀처럼 달콤한 만족감이 번졌다.

손안에서 다시 일어선 하준의 성기가 곧 사정할 것처럼 경련했다. 하준이 고개를 더 세게 저으며 무겸의 손을 치우려 들었다.

"으흑, 으, 흐으읏."

"싸고 싶으면 싸."

"손, 흐으, 손 치워."

"그냥 내 손에 싸. 나도 네 안에 쌀 거니까."

물론 콘돔을 꼈으니 그래 봤자겠지만.

"아흐, 아!"

그 말이 끝나자마자 하준의 성기가 크게 울컥이고, 곧 뜨끈한 액체가 손 위로 흘러내리기 시작했다. 무겸의 손바닥이 하준이 내보낸 정액으로 축축해졌다. 사춘기 중고딩 때도 대딸 같은 건 쳐 본 적이 없는데 설마 이 나이가 돼서 하게 될 줄이야.

생각보다 아무렇지 않았다. 다른 남자의 정액 따위, 살짝 튀기만 해도 더럽게 느껴질 줄 알았는데. 손에 묻은 정액을 하준의 배에 대충 문질러 닦았다.

"너 갔으니까 이제 내 차례. 공평하지?"

"흐, 으응, 아! 아아!"

손으로 만져 주는 사이 잠깐 속도가 느려졌던 허리를 다시 콱콱 쳐올렸다. 하준의 몸이 아래에서 치받는 힘을 이기지 못하고 흔들리며 구겨졌다. 사정을 해서 그런지 안쪽이 아까보다 더 조이는 느낌이었다. 안쪽은 꽉꽉 제 것을 물어 오는데 쳐올릴 때마다 몸이 자꾸만 위로 밀려 올라가 삽입이 얕아지자 가벼운 갈증이 났다.

무겸은 입술을 살짝 깨물고 몸을 깊이 숙여 하준의 어깨를 끌어안았다. 삑삑대는 마찰음을 내며 가죽 소파 위에서 흔들리는 몸을 아래로 끌어 내렸다. 무겸이 몸을 숙이는 바람에 어깨에 걸쳐졌던 다리가 더 밀려 올라가고, 체중이 실린 성기가 푹 찔러 들며 삽입이 대뜸 깊어졌다. 하준은 거의 비명을 지르며 몸부림을 쳤다.

"아아악! 하아윽, 흐아, 아!"

품 안의 몸이 벗어나려는 듯 파닥대는데도 무겸은 팔의 힘을 풀지 않았다. 오히려 더 강하게 하준을 옥죄어 안았다. 등 근육이 길게 꿈틀 흔들리고 강건한 어깨가 부풀었다. 굵은 팔의 힘줄이 더 곤두섰다.

손끝에 느껴지는 부드럽고 탄력 있는 살성이 좋았다. 아직도 미처 열리지 않고 있던 점막이 조금씩 뭉개지고 갈라지며, 막 생겨난 끈적한 틈새가 밀어내듯 빨아들이듯 귀두 부분을 감싸며 오물오물 물어 대는 것이 느껴졌다.

"야, 이하준. 하, 진짜, 좋아……."

그냥 하는 말이 아니라 진심이었다. 좋다는 말에 반응하듯 하준의 안쪽이 더 짙게 꿈틀거렸다. 뜨거운 내벽이 움찔대는 감각을 즐기고 싶어 무겸은 가능한 깊이 처박은 채로 허리를 돌렸다. 하준은 이제 소리를 지르는 대신 윽윽대는 낮은 신음만 내며 무겸의 팔뚝을 힘주어 잡아 왔다.

뺨은 발갛게 달아올랐는데 이마는 희었고 땀이 흥건했다. 평소의 반듯한 형태가 온데간데없이 사라진 일그러진 단정한 눈썹 아래 눈동자는 혼이 나간 듯 초점이 흐려져 있었다. 벌어진 입술 사이로 흰 이와 붉은 혓바닥이 무심코 들여다보였다.

그 얼굴을 하나하나 유심히 응시하며 무겸이 허리를 뒤로 길게 뺐다. 다시 피스톤질을 시작할 것임을 알았는지 하준의 손에 더 힘이 들어갔다.

"하아, 하, 기, 김무겸."

"음?"

몸부림을 치다 지친 듯 어깨만 떨던 하준이 갑자기 무겸을 불렀다. 막 안쪽을 파고 들려던 무겸이 그 부름에 대답하자, 팔뚝에 매달려 있던 하준의 손이 급하게 기어올라 무겸의 어깨를 잡았다.

"키스… 키스해 줘."

어려울 것 있나.

"흐으으……."

무겸은 그가 원하는 대로 입술을 겹쳐 주며 동시에 허리를 깊숙이 밀었다. 물러진 신음이 귓가를 흐르고, 턱 끝과 입술이 바들바들 떨리는 것이 전해져 왔다.

입술만 비벼 대던 처음과 달리 하준도 이제는 열심히 무겸의 입속으로 혀를 건넸다. 무겸은 말캉한 살덩이를 느리게 빨다가, 하준이 좋아하던 대로 혀를 목구멍 근처까지 밀어 넣어 쑤셔 주기도 했다. 절정을 막 지난 입속은 녹아내릴 듯 뜨거웠고 단내가 났다.

"응, 으, 흐읍, 읏."

입천장 깊은 곳을 혀끝으로 건드릴 때마다 성기를 문 내벽도 움찔거리며 조여 왔다. 위를 건드리면 아래가 조이는 것이 재미있어 무겸은 혀로 입속 점막 여기저기를 핥아댔고, 그때마다 하준의 억눌린 신음이 밭아졌다.

그런 장난도 쾌감이 극치에 가까워지며 수그러들고, 무겸의 입가에 맺혔던 웃음도 사라졌다. 무겸의 허릿짓이 점점 빨라졌다. 부서져라 엉덩이를 쳐올리는 단단한 골반과 탄력 있는 볼기가 부딪혀 철썩대는 소리가 났다. 반동을 받은 하준의 몸이 위아래로 크게 흔들렸다. 추삽질에 몰두하던 무겸도 거친 숨을 쉬며 어느 순간 토정의 순간을 맞았다.

"하윽, 아흐으, 읏, 아!"

허덕대던 하준이 일순 날카로운 신음을 흘렸다. 입속을 헤집던 무겸의 혀가 쑥 빠져나가더니 아랫입술을 콱 깨문 것이다. 부드럽게 물고 살살 긁던 조금 전과는 달랐다. 입술을 물어뜯기라도 할 듯한 힘에 하준의 몸이 굳어 들었다.

하지만 힘이 들어갔던 무겸의 턱은 곧 느슨하게 풀어졌고, 잇자국이 선명하게 생긴 여린 입술 안쪽을 약이라도 바르듯 할짝거렸다. 그러고는 하준의 쇄골 언저리에 얼굴을 묻고 코끝을 비비며 긴 숨을 쉬었다.

"하……."

불뚝대는 성기가 정액을 오랫동안 토해 냈다. 막 섹스를 해서인지 기분 탓인지 달짝지근한 향이 나는 것도 같았다. 사내놈 체취가 이래도 되나. 이쯤 되면 마지막까지도 아주 훌륭하다. 무겸은 목덜미에 코를 박고 한참 동안 숨을 들이마셨다.

놀랍게도 이하준의 몸 안에서 끝까지 갔다. 시작할 때만 해도 과연 끝까지 할 수 있을까 싶은 섹스였는데 진심으로 기대 이상이었다. 둘은 뜨거워진 몸을 서로 맞댄 채 가빠진 숨만 골랐다. 조용한 실내에 퍼지는 소리라고는 짐승처럼 헉헉대는 숨소리뿐이었다.

먼저 숨을 고르고 몸을 일으킨 것은 무겸이었다. 콘돔 끝부분을 잡고 천천히 몸을 뒤로 물렸다. 하준의 안쪽에 푹 박혀 있던 번들대는 성기는 사정을 마치고도 여전히 단단하게 발기를 유지하고 있었다. 단단한 살기둥이 둥근 엉덩이 사이를 매끄럽게 빠져나왔다.

귀두까지 다 빼내고도 무겸은 하준의 다리를 벌려 든 채 볼기 사이를 가만히 내려다보았다. 막 굵은 것을 뱉어 내 미처 다물리지 않고 벌어져 뻐끔대는 붉은 구멍을 눈앞에 두니 어쩐지 다시 처박고 싶다는 욕망이 물씬 피어올랐다.

“끝난, 거지……?”

하지만 엉망이 된 하반신을 죄다 드러내고 티셔츠 한 장 차림으로 소파에 널브러진 하준의 상태를 보고는 일어나던 충동을 접었다. 끝났냐고 물어보는 목소리도 힘이 다 빠져 있었다. 생각해 보면 빗속에서 패스를 주고받다가 피곤해 보여 슬슬 돌아가기로 한 참이었는데, 방금의 섹스도 하준에게 있어서 별로 수월해 보이진 않았다.

“왜? 더 하고 싶어서?”

하준이 놀란 듯 고개를 저었다. 무겸은 픽 웃고 고개를 끄덕였다. 저도 이쯤이면 오늘 하루치 놀이로는 충분했다. 괜히 너무 괴롭혔다가 뒷말 듣기도 싫고.

“몸은 괜찮아?”

땀에 젖은 머리카락을 손가락으로 헤집듯 흐트러뜨리자 하준은 묵묵히 무겸을 마주보며 고개를 끄덕였다. 무겸은 하준의 뺨을 가볍게 툭툭 친 뒤 소파에서 아주 일어섰다.

"난 씻으러 간다. 욕실 따로 쓸 수 있으니까 너도 편하게 씻어. 저기 오른쪽 문 보이지? 욕실이니까 쓰면 돼."

"어."

하준도 비틀대며 소파에서 몸을 일으켰다. 그러나 곧바로 일어서지는 않고 등받이에 비스듬히 기대 숨을 골랐다. 땀에 젖은 얼굴은 섹스를 막 마친 사람이라기보다는 병원에서 힘든 치료라도 받고 나온 사람처럼 힘이 없고 창백했다.

무겸은 그가 몸을 일으키는 모습까지만 보고 욕실로 들어섰다. 방금 전 잠시 치밀었던 충동 때문인지 사정을 하고도 잔열이 몸에 남은 기분이 들었지만 머리 위로 물을 끼얹자 그것도 차츰 다스려졌다. 몸을 씻다가 아직 경도가 완전히 죽지 않은 성기를 내려다보고 무겸은 쓴웃음을 지었다. 같은 팀 남자 코치와 섹스를 하다니. 살다 보니 별일이 다 있다.

훈련장에서 그랬던 것처럼 하준은 무겸보다 늦게 욕실에서 나왔다. 어차피 볼 장 다 본 사이에 편하게 나오면 될 것을 옷을 모두 챙겨 입은 채였다. 끝나고 나니 이제 완전히 저녁이었다.

할 때는 욕구에 쫓겨 달아오르기만 했는데 끝나고 나자 머쓱한 기분이 들었다. 데이트를 하다가 이렇게 된 것도 아니고, 차후로도 관계를 발전시킬 예정은 없으니 식사를 같이 하자거나 술이나 한잔 더 하자는 말 따위를 건네기도 여의치 않았다.

'호텔로 갈 걸, 왜 앞뒤 생각 없이 집으로 왔지?'

무겸은 후회했다. 다른 이와 밤을 보낼 때면 그는 보통 호텔을 이용했고, 그것도 아니면 차라리 상대방의 집에 가는 등 가능한 외부 장소에서 관계를 가지는 쪽을 택했다. 그러면 매너를 해치지 않는 선에서 먼저 빠져나오기가 쉬우니까. 무겸은 섹스 상대를 집에 재우지 않았다. 그러나 제 손으로 무턱대고 집으로 데려온 바람에 나가라고 하기도 뭣해졌다.

"슬슬 가 봐야겠어. 어머니가 기다리셔서."

이제 가 보라는 말을 어떻게 꺼낼까 고민하던 찰나 하준이 먼저 입을 열었다. 생각지 못한 말에 무겸은 눈을 살짝 크게 뜨고 물었다.

"부모님과 같이 사나 보지?"

"응. 미리 말씀을 안 드려서 더 늦으면 걱정하실 거야."

나가라고 말하기 전에 먼저 그래 주면 감사하지. 무겸은 반가운 마음에 고개를 끄덕이며 일어서서, 가방 속에 넣어 놓았던 지갑을 꺼내 들었다.

"이걸로 차비 해."

"어?"

지갑 안에서 신용 카드를 하나 꺼내 내밀자 하준의 눈이 커졌다.

"택시 타고 가라고. 비도 오는데. 지금 현금 없으니까 이걸로 써."

"…됐어. 이제 많이 오는 것 같지도 않은데 뭘."

"고집부려도 안 바래다줘. 줄 때 받아."

"됐다니까."

고집스러워지는 말투에 무겸이 속으로 혀를 찼다. 할 때는 앵기는 맛이 좋더니 금세 이 뻣뻣해진 태도는 뭔지.

"싫으면 관둬."

더 권하지 않고 카드를 도로 넣었다. 조금 전까지 거실을 가득 채우던 열기는 옛날이야기가 된 것처럼 분위기가 싸하게 식었다. 하준은 말없이 현관으로 나가 신발을 신고, 무겸은 그런 그를 벽에 기대선 채 바라보았다.

그냥 나가려는 듯하던 하준이 고개를 돌리고, 기가 막힌다는 말투로 투덜댔다.

"카드 같은 걸 그렇게 남한테 덥석덥석 주면 어떡하냐?"

"어차피 내일 또 볼 건데 무슨 상관이야."

"내가 아무 데나 막 쓰면 어쩌려고?"

"카드는 분실 신고, 너는 경찰에 신고. 뭐 대수라고."

어이없는 듯 짧은 한숨을 쉬었지만 하준은 더 이상 말싸움할 생각은 없어 보였다. 무뚝뚝한 인사가 이어졌다.

"간다. 내일 봐."

"그래."

하고 나니까 더럽게 어색하네. 이래서 사내 원나잇 같은 건 하면 안 되는 건가.

얼굴을 굳히고 문을 나서는 하준을 보며 무겸은 뒤늦게 현실적인 후회를 했지만 그나마도 그가 아예 모습을 감추고 나서는 금세 털어 버렸다.

"오빠, 오빠! 안 일어나?"

낭랑한 목소리가 쨍하니 의식을 일으킨다. 오늘따라 1톤쯤은 되는 듯 올라가지 않는 눈꺼풀을 하준은 힘겹게 들어 올렸다. 비몽사몽간에는 무슨 소리를 들어도 의미가 와 닿지 않더니 정신이 살짝 드는 순간 늦잠을 잤다는 위기감이 찬물처럼 쏟아졌다.

놀란 하준은 벌떡 몸을 일으켰지만 악 소리도 내지 못하고 곧바로 다시 쓰러지듯 드러누웠다. 하준을 깨우러 들어온 여동생 민경이 채근했다.

"벌써 일곱 시 사십 분이야."

"어, 응. 일어날 거야."

"난 깨웠다? 빨리 와서 아침 먹어."

민경이 나가자 남동생 하경이 수건으로 젖은 얼굴을 닦으며 문 사이로 얼굴을 비쳤다.

"형, 엄마가 얼른 밥 먹으래."

"응. 갈 거야."

쌍둥이 동생이 저들끼리 티격태격 떠드는 소리가 들렸다. 소란한 아침이 시작되었음에도 하준은 침대에 누워 천장만 쳐다보았다.

'지각하겠다.'

그렇게 생각하면서도 바로 몸을 일으킬 수가 없었다. 몸을 뒤집으려다가 그마저도 쉽지 않아 베개로 얼굴 위를 덮고 한참을 그렇게 있었다.

허리가 너무 아팠다. 엉덩이도. 그뿐만이 아니다. 배 속의 딱 어디라고 꼬집을 수도 없는 어딘가가 두들겨 맞아 멍이라도 든 것처럼 욱신욱신 아파 왔다.

김무겸 앞에서는 간신히 멀쩡한 척을 유지하며 그의 집을 나와 건물부터 단지 입구까지, 보통 빌라나 아파트 단지보다 훨씬 길게 조성된 길을 정신없이 걸었다. 원래는 버스나 지하철을 타려고 했지만 결국 무겸의 말대로 택시를 잡아야 했다.

뼈아픈 이만 원가량의 차비를 들여 집까지 도착해, 식사를 하라는 어머니의 채근을 뒤로 하고 몸이 안 좋아 바로 자야겠다며 오자마자 제 방으로 기어들어 쓰러졌다. 그러고도 통증 때문에 바로 자지도 못하다가 진통제를 하나 먹고 겨우 잠이 들었다.

너무 아팠다……. 아플 거라고 예상했지만 생각보다도 더. 무겸이 갑자기 치고 들어왔을 때는 정말 기절하는 줄 알았다. 그렇게까지 클 건 뭐람. 제 몸에 그 커다란 것이 들어왔었다는 사실이 모든 것이 다 끝난 지금까지도 쉽사리 믿기지 않았다.

그래도 무겸과 몸을 합치고 있다는 사실에 취해 아픔쯤은 얼마든지 견딜 수 있었다. 마지막에 무겸이 아래를 만져 주고 키스를 해 주었을 때는 아픈 중에 또 좋기도 했고…….

무엇보다 무겸이 저와의 섹스가 기분 좋다고 말해 주었을 때, 그때는 살짝 아찔한 기분도 들었다.

그러나 집에 돌아왔을 때쯤에는 이런저런 기분은 거의 휘발되고, 술이 깼을 때처럼 허전한 마음과 몸의 아픔만 남았다. 둔탁하게 몸을 쑤시는 통증은 최근 무겸을 볼 때마다 느끼던 가슴의 아픔과도 조금 비슷해서 그다지 몸에 설지도 않은 기분이었다.

"…그래도 후회 없다."

하준은 저 자신에게 말을 걸듯 작게 혼잣말을 했다. 이 정도 통증이면 싼값이다. 이보다 몇 배 더 아프다 해도 하준은 어제와 똑같은 선택을 했을 것이다.

함께 공을 주고받다 샤워를 하고, 건물을 나서 그가 입을 맞춰 온 순간부터 시작된 모든 사건들이 지금까지도 있을 수 없는 일이 벌어진 듯한 비현실감으로 그득했다. 몸에 남은 아픔이 아니었다면 꿈이라 여겼을 것이다.

그런 일이 있었다고 해서 어떤 기대를 하는 것은 아니다. 무겸이 이 여자 저 여자를 대중없이 그때그때 만나며 밤을 즐기는 것은 그에게 조금만 관심이 있는 사람이라면 모두 아는 사실이었다.

어제는 무슨 조화인지 자기가 그 역할을 맡게 된 거다. 남자는 처음이라고 했다. 왜 갑자기 저와 하고 싶어졌는지는 모르겠지만, 갑작스럽게 하게 된 섹스가 무섭기도 했지만 다시는 오지 않을 기회가 분명해 놓칠

수가 없었다.

손톱만큼도 후회되지 않았다. 오늘 얼굴을 마주하기가 조금 힘들겠지만 그거야 늘 그랬으니 시간이 해결해 줄 것이다.

무거운 몸을 일으켜 거실로 향했다. 좁다란 거실 겸 주방, 그 한쪽 벽에 붙은 식탁에 가족들이 옹기종기 모여 아침을 먹고 있었다.

"안녕히 주무셨어요."

"오빠 일어났어? 얼른 밥 먹어."

밥을 먹던 민경이 의자를 끌어내며 재촉했다. 하준은 식탁 앞에 앉아 서둘러 숟가락을 들었다.

"피곤한 것 같던데 몸 안 좋으면 하루 얘기하고 쉬면 안 되니?"

맞은편에 앉아 있는 하준의 어머니, 세영이 걱정스러운 듯 물었다. 마음이야 절실히 그러고 싶지만 다른 날도 아니고 오늘 일을 빠지면 김무겸의 눈에 그 부재가 어떻게 비칠지. 하준은 웃으며 대답했다.

"아냐, 괜찮아. 어제는 비가 와서 좀 피곤했나 봐. 어쩌다 늦잠 잔 거야."

"새로운 팀에서 일하려니 많이 힘들지?"

"아니라니까. 다들 잘해 주고 얼마나 편한데."

"아니긴. 입술이 다 부르텄어, 얘."

콜록콜록. 하준이 기침을 하자 그녀가 얼른 물 잔을 내밀었다. 하준은 물을 마시면서도 고개를 제대로 들지 못했다.

어쩐지 나쁜 짓을 한 기분이 들어 그녀의 얼굴을 똑바로 볼 수가 없었다. 아주 어릴 때 이후로는 엄마 앞에서 이런 찔리는 기분을 거의 느껴 본 적이 없는데. 밥을 먹던 하경이 갑자기 생각났다는 듯 물어 왔다.

"맞다, 형. 김무겸이랑 요즘 같은 팀에 있는 거잖아? 좀 친해졌겠네?

형 김무겸 좋아하잖아."

"뭐? 뭘 또 좋아한다고까지 하고 그래."

하경의 말에 지레 깜짝 놀라 되묻자 이번에는 민경이 뭘 새삼스러운 소리냐는 듯한 표정을 지었다.

"김무겸 자료 스크랩한 파일만 몇 권씩 모시고 살면서 그럼 안 좋아해?"

"그건 선수 분석 자료용이지. 오빠 직업이 코치인 거 잊었어?"

"그럼 다른 선수들도 다 똑같이 분석해야지. 코치가 그렇게 선수를 편애해도 되나? 그리고 코치 되기 한참 전부터 그랬으면서."

날카로운 지적에 하준이 어물대자 민경은 흥, 작게 코웃음을 치며 제 나름대로의 선수 분석을 펼쳤다.

"난 김무겸 별로야. 아무리 공격수라도 그렇지, 그래야 할 상황에서도 수비 가담을 너무 안 해. 그러니까 수비수들이 힘들어지잖아."

그 말에 하준은 웃으며 민경의 머리를 검지로 밉지 않게 살짝 밀었다. 도도하게 선수 비평을 하던 민경은 투덜대며 제 오빠를 올려다보았다.

"왜?"

"오빠가 수비수였다고 편드냐? 그래도 공격수는 필요할 때 골 잘 넣는 게 최고야. 그러려면 90분 동안 체력 분배를 잘해야 해서 수비도 덜 하게 되는 거야."

"나한테는 오빠가 최고야."

민경이 톡 쏘았다. 은퇴한 지도 3년 남짓이 지났지만 아직도 동생들에게는 국가 대표로 월드컵도 나갔던 대단한 오빠고 형이었다. 나름대로 유망했던 시절에서 그리 오래 지나지도 않았으니 가족들이 그 당시를 쉽게 놓지 못하는 것은 당연했다. 그것이 기쁘기도 하고 부담스럽기도 했다.

가족들과의 아침 식탁에서 김무겸이 화제에 오르자 하준의 기분은 복잡 미묘해졌다. 나이 스물여섯. 아무도 믿지 않겠지만 이제까지 섹스는 커녕 키스도 제대로 해 보지 않았다. 키스라고 해 봤자 열정적인 팬들이 반강제로 뺨에 해 주던 뽀뽀가 전부. 그랬는데 밀린 숙제를 몰아 해치우듯 두 가지를 한꺼번에 해결해 버렸다. 그것도 김무겸과.

생각만 해도 귀가 뜨거워지는 것 같아 하준은 수저를 몇 번 움직이다가 자리에서 일어나 버렸다.

"왜? 더 안 먹고?"

"늦을 거 같아서. 남겨서 미안."

아직도 허리며 배며 여기저기가 아파 식욕도 나지 않았다.

어머니는 뭔가 더 얘기하려는 듯했으나 "엄마, 오뎅볶음 더 있어?"라고 묻는 하경의 물음에 대화는 끊어졌다. 하준은 그 틈에 서둘러 욕실로 향해, 세수를 하다가 고개를 들어 거울에 비친 자신의 얼굴을 마주했다.

첫 경험을 했다. 약 10년 동안 혼자 좋아하던 상대와.

그러나 거울에 비친 이하준의 얼굴은 어제와 똑같았다. 조금 피로한 듯 눈 밑이 어두울 뿐. 하준은 거울을 쓱쓱 문질렀다.

무겸이 이렇게 하는 것이 처음은 아니지 않냐고 물었을 때 하준은 재빨리 머리를 굴려야 했다. 저를 떠보기 위해 입을 맞췄다는 김무겸이 아무 의도 없이 질문했을 리 없었다.

이하준은 김무겸을 잘 안다. 그는 가벼운 하룻밤을 원하고 있었다. 제게 다른 마음이 있느냐고 물어보는 말투에는 명백히 그러지 않기를 바라는 확인 절차임이 묻어났다.

그런 방식의 원나잇으로 첫 경험을 치르는 사람이 세상에 몇이나 될까? 처음이라는 솔직한 대꾸는 오답이었다. 무겸은 부담을 느끼거나 상황에 대한 흥미를 잃어버리고 그만두자고 할지도 몰랐다.

하준은 그렇게 결론을 내리고 무겸이 원한다고 추측되는 대답을 해 주었다. 다행히도 하준의 생각이 들어맞은 듯, 무겸은 제 어깨에 팔을 걸치며 만족스러워했다. 불행히도 그가 기대한 '많은 가르침'은 섹스 자체가 처음인 하준이 줄 수 없었지만.

아침 식사를 마친 식구들은 등교며 출근 준비를 하느라 바빴고 어머니 혼자 부엌에서 뒷정리를 하고 있었다. 마음이 쓰였지만 뒷정리를 도울 시간까지는 없다. 하준은 목소리를 낮춰 물었다.

"엄마, 병원은 또 언제 가?"

"다음 주 목요일에. 넌 신경 안 써도 돼. 엄마 알아서 갈게."

"그래도 언제 가는지 정도는 알아야지."

"가기 전에 이야기할게. 걱정하지 마."

"봐서 시간 괜찮으면 반차라도 낼게."

"됐다니까 그런다."

바삐 출근 준비를 마치고 현관으로 나서자 민경이 어정쩡하게 서서 등을 푹 숙이고 있었다. 하준이 신발을 신으려다 물었다.

"뭐 해?"

"신발 끈 풀려서."

하준이 가방을 뒤로 메고 여동생 앞에 무릎을 굽혀 앉았다. 민경이 그런 그를 만류했다.

"오빠, 괜찮아. 내가 할게."

"네가 묶으면 자꾸 풀리잖아."

"히, 그렇긴 해. 난 왜 꽉 묶어도 자꾸 풀리지? 오빠가 묶어 주면 되게 오래 가는데."

하준이 피식 웃으며 제 것과 비교하면 한참 작은 운동화의 끈을 단단히 묶었다. 마디마디가 살짝 튀어나온 길고 매끈한 손가락 안에서 단정한 나비 모양 매듭이 만들어졌다.

"됐다."

몸을 일으키는데 마침 현관으로 나오던 하경이 얼굴을 찌푸렸다.

"너는 신발 끈 하나 제대로 못 묶어서 바쁜 형한테 시키냐?"

"아, 내가 시킨 거 아니라고. 오빠가 해 준다고 한 거거든? 너나 잘하셔."

금세 분위기가 험악해지며 싸울 기세였다. 하준은 얼른 문을 열었다. 다 큰 쌍둥이와 저까지 셋이 모여 서 있기에 집의 현관은 너무 좁았다.

"너희도 그러다가 지각한다. 얼른 나가."

"다녀오겠습니다!"

같은 무늬의 교복을 입은 동생들이 동시에 인사를 하고 문에서 뿜어지듯 뛰쳐나갔다. 복도를 나란히 걸으면서도 계속 서로 툴툴대는 뒷모습을 지켜보며 하준은 그냥 웃기만 했다.

"오빠, 다녀와!"

"형, 이따 봐!"

"차 조심해. 가는 길에 싸우지 말고."

남매와는 아파트 입구에서 헤어져, 하준은 동생들의 등굣길과 반대쪽에 자리한 버스 정류장으로 향했다. 평소보다 조금 늦기는 했지만 그래도 아슬아슬하게 세이프였다. 승객이 많은 노선의 버스가 아니라 출퇴근 때마다 항상 빈자리가 있다는 것이 사소한 다행이었다.

하준은 무거운 몸을 의자에 앉히고 나서야 가볍게 한숨을 쉬었다. 마침내 혼자가 되었다는 안도감이 찾아왔다. 오늘 같은 날은 사랑하는 가족들의 목소리도 마음에 조금 버겁다.

유리창에 머리를 기대고 천천히 흘러가는 바깥 풍경을 응시했다. 늘 보는 간판들을 지나치다 보면 때때로 익숙한 이름이 사라지고 완전히 다른 새 이름표가 붙어 있기도 하다. 반짝이는 새 간판을 마주치면 원래 그 자리에 무엇이 있었는지를 자연스럽게 떠올려 보고는 했는데, 매일 보던 정경임에도 도저히 생각이 나지 않을 때면 하준은 잠깐이나마 울적해졌다. 사라지는 것들은 얼마나 빨리 잊혀지는지.

가로수는 푸릇푸릇했고 사람들의 옷도 얇아졌다. 완연한 봄이다. 지금부터 6월 중순쯤이 축구를 하기에 제일 좋은 계절이다. 늘 내리는 버스 정류장에서 내려 10분 정도를 걸으면 훈련장이었다.

시간이 늦었으니 평소보다 빨리 걸어야 하는데 허리와 배가 아파서 그러기가 힘들었다. 겨우 사무실에 도착했을 때는 식은땀이 조금 배어 나왔을 정도였다. 그래도 안으로 들어서며 하준은 밝게 인사했다.

"안녕하세요."

"왔어?"

"조금 늦었어요. 죄송합니다."

"뭘. 딱 맞춰 왔는데. 우리 먼저 나갈게."

하준은 서둘러 책상에 가방을 내려놓고 훈련 준비를 했다. 선수들의 신체 컨디션을 체크하고 훈련 스케줄을 정리하느라 항상 들고 다니는 노트도 어느새 권 수를 바꿨다. 노트, 펜, 호루라기, 타이머. 하나하나 준비물을 챙긴 뒤 사무실을 나섰다. 훈련장으로 향하는 문을 열기 직전, 하준은 잠시 멈춰 서서 긴 심호흡을 했다.

'이하준, 알지? 변한 건 없어. 아무것도. 평소처럼 해. 평소처럼.'

문을 열자 잔디밭의 선명한 녹색이 눈을 찔렀다. 평소와 똑같은 그 풍경이 하준에게 아무것도 변한 게 없다는 사실을 알려 주는 듯했다. 선수들은 이미 훈련장에 집합해 있었다. 하준은 오늘 부임한 임시 감독 옆으로 바삐 다가가 섰다.

"안녕하십니까."

감독 앞에 가로로 줄을 맞춰 선 선수들을 한 명 한 명 눈으로 세던 하준의 시선이 무겸과 마주쳤다. 무겸은 표정 하나 흐트러뜨리지 않고 하준을 잠깐 마주 보다가 옆 사람이 말을 걸자 곧바로 눈을 돌렸다. 하준 역시 시선을 옮겼다.

아무 일도 없었다는 듯한 무심한 표정. 기대하지도 않았지만 역시 그랬다. 살짝 쓴웃음이 나오려고 해 하준은 입꼬리를 의식적으로 내렸다.

…어제 그가 입을 맞춰 왔을 때는 마음을 들켰다고 생각했다. 그렇게 생각하니 참을 수가 없어서, 몇 년간 혼자 품어 왔던 마음을 그만 다 꺼내 보여 주고 말았다.

아니, 보여 줬다는 건 혼자만의 착각이었다. 무겸은 그저 원나잇 상대를 구했고 짧은 입맞춤으로 제 뜻을 가늠해 보려 했을 뿐이다. 멋모르고 감정을 주체하지 못해 그에게 달려들었던 순간을 떠올리니 새삼스럽게 창피해졌다. 무겸이 그 키스를 그저 하룻밤 제안에 대한 동의 정도로 받아들여서 얼마나 다행인지 모른다.

하준은 손뼉을 몇 번 쳐 선수들의 주의를 모은 다음 여느 때처럼 훈련을 지시했다.

"오전 훈련 시작합니다. 러닝부터 시작하고, 지금 이름 부르는 사람들은 특별 훈련이 필요하니까 뛰지 말고 남으세요."

"네!"

어제와 같은 하루가 시작되었다. 지난밤의 일이 꿈이 아니라고 알려 주는 것은 몸에 남은 통증뿐. 서운하지 않다고 하면 거짓말이겠지만 하준은 어제 일을 갑작스러운 행운 정도로 정리해 마음속의 서랍에 넣어 놓기로 했다.

비록 그 끝이 조금 서글프고 괴로웠다고 해도 행운이라고밖에 설명할 수 없는 깜짝 선물 같은 일이었다. 하준은 무겸의 변덕에 감사하고 싶었다. 허리며 배 안쪽이 욱신대는 데다 몸 안쪽이 죄다 쓸린 듯 따끔거리는 와중에 이리저리 움직이며 일을 하려니 평소보다 힘은 들었지만 그래도 이 아픔이 너무 빨리 사라지지 않기를 바랐다.

무겸은 훈련하는 내내 지난밤의 일에 대해 한마디도 입에 올리지 않았고 훈련이 끝나고서도 마찬가지였다. 혹시나 저를 부르거나 알은척을 하지 않을까 내심 기다려 보았지만 무겸은 평소보다도 사무적인 태도로 저를 대했다.

덕분에 하준도 그를 너무 의식하지 않고 훈련을 진행할 수 있었다. 스케줄 종료 후, 일언반구도 없이 돌아가는 무겸을 보며 하준은 그가 하고 싶은 말을 충분히 이해했다.

그렇게 평소와 변함없는 며칠이 지나갔다. 점점 빠지는 멍처럼 몸의 아픔은 속절없이 흐려졌고, 그것이 거의 다 사라졌을 때쯤 무겸의 새로운 스캔들이 터졌다. 하준과의 섹스는 역시 지나가는 하룻밤 불장난일 뿐이었다는 가장 명료한 증거였다.

처음부터 없다고 생각했지만 아주 조금쯤은 남아 있었는지, 하준의 가슴속에 숨죽이고 있던 작은 기대감도 잘린 도마뱀 꼬리처럼 파닥대다가 완전히 숨이 끊어진 듯 사라져 버렸다.

정규의 표정이 딱딱했다. 무겸도 마찬가지였다. 둘은 오늘 빈 회의실에서 문을 걸어 잠그고 서로 마주 보고 있었다. 정규가 한숨을 쉬며 고개를 저었다.

"작작하라고, 팀 품위 문제라고 했지."

"임정규. 나도 피해자야."

무겸이 미간을 찌푸리고 둘 사이에 놓인 휴대폰 화면을 내려다보았다. 오늘 '김무겸'이라는 이름 세 글자는 포털 사이트 검색어 1위에 랭크되어 내려올 생각을 하지 않는 중이었다. 축구와 관련된 이슈 때문은 아니었다.

원래 섹스 후에 그 자리에서 잠드는 경우가 거의 없는데 무겸도 사람인지라 아주 가끔 바로 눈을 붙이게 될 때가 있다. 한국에 온 지 얼마 되지 않았던 어느 하루, 피곤했는지 30분 정도 잠이 든 적이 있었는데 그 사이 상대가 사진을 찍었나 보다. 아마도 장난이었겠지.

고의였는지 실수였는지, 무겸이 상반신을 모두 탈의하고 하반신의 중요 부분 정도를 흰 이불로 아슬아슬하게 가린 채 침대 위에서 자는 사진이 오늘 새벽 온라인에 유출되어 버렸다.

▶ 또 한판 했나 보네

▶ 진짜 욕 나오게 잘생기긴 했다 내가 여자라도 넘어갈 듯

▶ 보기만 좋은데ㅋㅋㅋ 감상들이나 하세요 특히 남자들은 손가락만 움직이면서 열폭하지 말고 운동이나 하든가

▶ 같이 잔 여자 대체 누구지ㅋㅋㅋㅋ

조각 같은 나신이 그대로 드러난, 누가 봐도 섹스 직후에 찍은 것이라 생각할 만한 사진이었다. 다만 모델이 김무겸이었기에 자칫 흉측할 수도 있는 장면은 한 폭의 명화처럼 찍혀 나왔다.

사진이 인터넷에 뜨자마자 사람들은 행위에 대한 비난, 눈을 감고 각진 턱을 살짝 기울인 얄미울 정도로 잘생긴 얼굴과 완벽한 몸에 대한 감탄, 상대 여성이 누구냐는 유추 따위를 거론하느라 바빴다.

휴대폰 카메라로 몰래 찍은 사진이지만 화보라고 해도 믿을 만했다. 그 때문에 노이즈 마케팅이 아니냐는 의심을 산 것도 모자라 무겸의 나체를 감싼 침구마저도 연출로 보이는지 '김무겸 이불', '김무겸 침구' 같은 키워드까지도 실시간 검색어 리스트에 올라 있었다.

세상은 떠들썩해졌지만 막상 무겸은 최근 들어 오히려 잠잠하게 지내는 축에 속했다. 얼마 전 이하준과 한 뒤로는 다른 사람과 하지도 않고 있었는데 한참 예전 일 때문에 이런 비난을 받아야 하다니 억울했다. 무엇보다 자신은 몰래 사진을 찍히고 유출까지 당한 엄연한 피해자였다.

누가 널 피해자라 하겠냐? 정규는 그렇게 묻고 싶은 표정으로 무겸을 삐딱하게 흘겼지만, 기분이야 어쨌든 그의 의사와 무관하게 게재된 사진임은 사실이었으므로 더는 비난하지 못하고 대화를 마무리 지었다.

"너 진짜 차후에 이런 일 또 일으키면 안 된다? 팀 사기도 생각을 좀 해 줘라. 자꾸 이러면 다 같이 욕먹어."

"알았어. 이번엔 진짜 알아들었으니까, 걱정 마."

"이건 뭐, 어쩔 거야? 누가 유출했는지 넌 알 거 아냐."

"놔두면 잠잠해지겠지."

한국에 와서 섹스를 하고 깜박 잠든 적은 딱 한 번이니 범인이 누구인지는 뻔했고 따지려면 못 따질 것도 없었다. 손해 배상 따위를 요구해도 그쪽에서 할 말은 없겠으나 일을 더 키우고 싶지는 않았다.

이곳에 온 이래 무겸의 상대는 하준과의 하룻밤을 제외하면 항상 연예인이나 그에 준하는 유명인들이었다. 무겸이라고 해서 처음부터 유명인하고만 밤을 보내지는 않았지만 잃을 것이 많은 사람과 엮일 때가 끝이 깔끔하다는 걸 깨우친 이후로는 그 선택지를 고수해 왔다.

일이 커지면 곤란해지는 것은 무겸보다 상대방 쪽이다. 고의로 유출했다면 본인도 이득을 얻는 부분이 있어야 할 텐데 아무 연락도, 언론 노출도 없이 잠잠한 것을 보면 모르긴 해도 실수일 것이다. 그렇다면 지금쯤 속이 타들어 가고 있지 않을까. 거기까지 생각하면 야박하게 굴고 싶지는 않았다.

"보고 싶으면 많이들 보라고 해. 그래 봤자 웃통밖에 더 나왔나?"

번거롭다는 듯 말하며 무겸이 자리에서 일어섰다.

"인마, 밑통까지 나왔으면… 썅, 차라리 그게 나았겠다! 그럼 떡하니 신문에 실리지는 않았을 거 아냐."

"뭣 모르는 소리하고 있네. 그래도 모자이크해서 다 나와."

자중하라는 정규의 말을 앞으로는 귀담아들을 생각이었다. 스캔들은 귀찮다. 한국에서의 스캔들은 더 그렇다. 이런 식의 사생활 침해와 잡음은 무겸도 원치 않았다.

주장과의 면담 형태를 띤 짧은 대화를 마치고 무겸은 회의실을 나와 로커 룸으로 향했다. 선수들 몇몇이 호기심이 가득한 눈으로 그를 힐끔거렸지만 차마 자세한 이야기를 묻지는 못하고 입을 다무는 분위기였다.

녀석들이 궁금한 건 상대 여자가 누구냐는 것이겠지. 그런 추저분한 기대에 응해 줄 생각은 추호도 없었기에 무겸은 말없이 옷만 갈아입었다.

막 짐을 정리하고 로커 룸을 나서려는데 휴대폰이 진동했다. 그냥 나가려다 혹시나 해서 사람들이 없는 복도로 나왔다. 저장되지 않은 번호로 걸려 온 전화를 받아 들자 짐작한 내용의 말소리가 들려왔다.

- 무겸 씨, 미안해.

잔뜩 긴장한 듯 단호하게 사과부터 건네 오는 여자 목소리. 그날 밤 그랬듯 친근한 말투로 그를 부르지만 둘은 그저 하룻밤을 같이 보냈을 뿐이었다. 무겸은 소리 없이 쓴웃음 지었다.

- 일부러 그런 거 아냐. 정말 실수였어.

"사진은 왜 찍었어?"

- 미안해. 처음부터 그랬으면 안 되는 건데……. 그냥 나 혼자만 보려고 한 거야.

"잘 나왔던데. 원래 꽁꽁 싸매고 다니던 몸도 아니고, 혹시 당신이 그랬다는 이야기 떠벌리고 다닐까 봐 걱정하는 거면 그런 걱정은 안 해도 돼."

- …정말 고맙고 미안해. 다음에 내가 어떻게든 보답할게.

"아니. 다시 만날 일은 없을 테니까 그럴 필요 없어."

통화를 마친 무겸은 휴대폰을 다시 로커에 넣었다.

오늘은 실내 훈련 일정이 잡혔다. 체육관에는 코치들이 여기저기 흩어져 각자의 역할을 다하고 있었다. 무겸의 시선이 자연스럽게 그들 사이에서 노트를 들여다보며 이야기를 나누는 하준에게로 향했다.

그런 일이 있었으니 다음 날 뭔가 한마디 언급이라도 하거나 별일이 있었던 낌새라도 풍길 줄 알았다. 그러나 하준은 며칠이 지나도록 평소와 똑같이 굴었다. 어떻게 나오는지 보려고 일부러 그를 무시하는 척했던 무겸은 속으로 감탄했다.

이 정도면 쿨하다 못해 프로페셔널하다고 칭찬해야 할 정도 아닌가? 그날 끝마무리가 어색하고 멋쩍었던 만큼 다음 날 출근길에 조금 우려를 했다. 왜 같은 팀 사람을 건드렸을까, 하는 후회가 뒤늦게 밀려들었고 혹시나 무슨 일이 있었다는 티를 내거나 하룻밤 이상의 관계를 바라는 듯 굴면 어떻게 잘라 내야 할지 고민도 됐다.

그도 그럴 것이, 하준에게 먼저 입을 맞췄던 날 불현듯 찾아들었던 직감은 꽤 뚜렷하고 단단했던 것이다. 제게 한 번도 살갑게 군 적 없던 하준이 위로라도 하려는 듯 길게 늘어놓는 말에는 구석구석 위화감이 숨어 있었다.

이 구단에서 가장 무겸에게 관심이 없어 보였던 그는 생각보다 무겸에 대해 여러 가지를 알고 있었다. 꼭 그 때문이 아니더라도 평소와 다른 하준의 분위기나 표정 같은 다양한 요소들이 무겸으로 하여금 의문을 품게 했다. 제게 맘이 있는 것 아닌가 하는.

…하지만 시간이 지나 냉정해진 머리로 생각해 보니 하준이 그때 했던 말은 그의 말대로 대부분 무겸이 인터뷰나 방송에서 했던 말이었다. 제게 큰 관심이 없더라도 축구 코치라면 기본적으로 숙지할 만한 내용.

그가 열정적인 신입 코치라는 것쯤은 무겸도 알고 있다. 지금 저렇게 눈썹을 모으고 뚫어져라 노트를 들여다보며 곰곰이 생각에 잠긴 표정만 봐도 모를 수가 없다.

며칠 전 저를 벽으로 밀어붙이다시피 하며 퍼붓던 새끼 새 같은 키스는 그의 코칭보다도 열 배 정도 열정적이었다. 그저 남자를 좋아하는 성향 때문에 그런 키스를 했다고 하기에는, 글쎄. 정말 다른 방향의 호감을 조금쯤 품고 있었을지도 모르지만…….

그렇다 해도 알은척할 생각은 없었다. 찰나의 욕구 때문에 일어난 일탈로 해 두는 쪽이 서로에게 있어 제일 낫다.

"지난 시간에 지시했던 대로 각자 훈련 포지션 잡으세요. 제가 보면서 확인하겠습니다."

"네!"

그룹 스트레칭, 러닝, 밸런스 훈련, 스피드 훈련 등을 차례로 마치고 선수들은 각자 지시받은 개인 훈련을 진행하기 위해 흩어졌다. 무겸은 하준이 지시한 발목 및 코어 강화 훈련을 하기 위해 리포머로 향했다.

하준은 무겸의 발목 불균형이 꽤 신경 쓰이는 듯 매 훈련 시간마다 꼬박꼬박 체크했다. 영국에 있을 때도 몇 번 지적은 받았지만 이렇게까지 여기에 집중하는 코치는 없었다. 축구는 전신 운동이지만 주로 한쪽 발을 주력으로 사용하는 만큼 의식하지 않으면 점점 신체 균형이 흐트러질 수 있다. 무겸도 숙지하고 있기 때문에 늘 주의하는 편이었다.

"아픈 데는 없지?"

"그래."

무겸은 보드 위에 누워 발에 스트랩을 걸고 하준의 지시에 따라 오른쪽 왼쪽 다리를 번갈아 가며 내뻗었다. 하준이 유심히 그 동작을 지켜보더니 "잠깐만." 작게 뇌까리며 오른쪽 무릎 위에 손을 뻗었다.

하준은 무겸의 종아리를 아예 허리에 끼우다시피 하더니 허벅지 안쪽을 손으로 힘주어 누르며 쓸어내렸다. 하준의 표정은 진지했지만 살갗을 간지럽히는 손짓에 무겸은 그만 웃을 뻔했다.

"여기 괜찮아? 이렇게 해도 안 아파?"

"조금 결리는 것 같기도 한데."

"요근 쪽에 마사지를 좀 하는 게 좋겠다. 따로 다니는 물리치료실 있지? 내가 의견서 써 줄 테니까 가져가서 마사지 받아."

최근 하준을 지켜본 며칠을 근거로 무겸은 충분히 판단을 내렸다. 그는 질척대며 자신을 귀찮게 하지 않을 것이다.

사람의 심리란 참 이상하다. 그가 선을 넘을까 봐 걱정을 할 때는 언제고, 그렇게 결론을 내리고 나니 칼같이 사무적으로 구는 하준의 태도에 천천히 반항심이 피어오르니 말이다.

'어차피 서로 즐겼는데 두 번 하는 게 안 될 이유는 없잖아?'

하준이 덤덤하게 굴어 주어 다행이라고 안도했던 얼마 전의 자신이 무색한 생각이었다. 하지만 본래 욕구란 흔들리는 갈대처럼 어제와 오늘이 다르게 변하는 법이다. 무겸은 입을 열었다.

"네가 해 주면 안 되냐?"

"뭐?"

무겸은 좀 더 정중하게 표현했다.

"이 코치님이 해 주시면 안 되겠습니까?"

"…나도 할 수는 있는데 마사지는 전문가한테 받는 게 나아."

"그러지 말고, 저희 집에라도 한번 방문하셔서 해 주시죠."

하준이 고개를 돌려 무겸을 보았다. 무겸은 웃는 얼굴로 몸을 일으켜 하준의 귓가에 입술을 가까이 했다.

"이제 와서 시침 뗄 필요 있어?"

몸을 떨어뜨리며 반응을 살피자 무겸을 보는 하준의 표정에 작은 경악이 맺혔다. 흔들리는 눈동자는 그저 놀란 것 같기도 했고 '미쳤어?'라고 힐난하는 듯도 보였다. 단순히 놀라지만은 않았는지 흰 눈가 근처가 차츰 붉어졌다.

'얼굴색이 변하는 걸 보니 기억은 하고 있네.'

하도 무덤덤하게 나오길래 완전히 잊어버리기라도 한 줄 알았지. 무겸은 씩 웃으면서 한마디 더 던지려 했다.

"아!"

그러나 다음 순간 무겸은 짧은 비명을 질렀다. 마사지를 받는 게 좋겠다던 하준의 손이 허리와 배꼽 사이 어딘가를 콱 눌러 온 것이다. 제대로 뭉친 자리였는지 얼굴이 절로 찌푸려질 정도로 아팠다. 하준이 같은 자리를 계속 꾹꾹 누르며 이를 악문 목소리로 말했다.

"여기가 이를테면 네 근육 풀어 주는 급소 같은 곳이야. 의견서 써 줄 테니 물리 치료 받으러 가서 여기 많이 풀어 달라고 해. 알겠냐?"

"거짓말 마. 사람 죽이는 급소 같은데."

"엄살떨지 말고 하던 거 좌우로 스무 개씩 세 세트 하고 왼쪽만 스무 개 두 세트 더 해. 그다음에 지난주에 알려 줬던 거 계속하고. 또 체크하러 올 거니까."

"알겠습니다, 코치."

순순히 대답하고 스트랩을 감은 다리를 묵묵히 오르내리자 하준은 몸을 획 돌려 다른 선수를 보러 가 버렸다. 무겸은 천장을 올려다보며 방금 머릿속을 스친 생각을 천천히 정리해 나갔다.

방금 했던 행동이야 충동적인 장난질이었지만 곰곰이 생각해 보니 정말 괜찮은 아이디어였다.

정규의 말대로 앞으로 밤놀이는 자제할 생각이었다. 잔소리를 듣는 것도 지겹고 시답잖은 스캔들이나 구설수에 휘말리는 것도 귀찮다. 런던에서도 귀찮은 일은 있었지만 지에 대한 주목도가 높은 서울에서 느끼는 번잡함은 그 몇 배였다.

그렇다고 인생의 즐거움 하나를 맥없이 포기하고 싶지는 않다. 그랬다가 경기력이라도 떨어지면 어떡하려고? 보통 사람에게도 갑작스러운 변화가 생기면 적응하기가 쉽지 않을 텐데 운동선수들에게 일상의 나사란 그렇게 갑자기 끼웠다 뺐다 할 수 있는 성질의 것이 아니다.

'그냥 이하준이랑 합의하고 한동안만이라도 저 녀석하고만 하면 어떨까?'

집에 데리고 들락거려도 의심할 사람은 별로 없을 것이다. 같은 남자에 팀 동료다. 누가 둘이 섹스를 할 거라 의심할까?

임정규에게도 환영할 만한 일이리라. 하준이 무겸을 피하는 것까지는 눈치채지 못한 것 같았지만 생각처럼 하준과 저의 사이가 가까워지지 않으니 중간에 껴서 불편해하는 낌새였다. 주장 체질 아니랄까 봐 어릴 때부터 사람들 사이에 불화가 생기면 본인이 가시방석에 앉은 듯 구는 놈이니까. 그런 성격 때문에 저까지 귀찮아질 때도 많았지만 그 오지랖에 덕을 본 적도 많으므로 탓할 생각은 없다.

남자한테는 취미가 없었는데 한 번 더 하고 싶다는 생각이 들 줄이야.

다른 코치들과 이야기를 나누는 하준의 모습이 눈에 들어왔다. 노트를 뒤적대는 것이 그동안의 기록을 보며 뭔가 논의 중인 듯했다.

딱히 꾸미지 않아도 생김새 자체가 또렷하고 단정하다. 성격도 밝고 어떤 일이든 열심히 하는 성실하고 부지런한 타입이다. 그런데도 왜인지 어딘가를 툭 잘못 건드리면 와르르 무너질 것만 같은 인상이 있다. 무겸은 저만 그런 느낌을 받는 것인지, 남들도 똑같이 느끼는지 궁금해졌다. 침대, 정확히는 소파에서 허물어진 모습을 본 다음이라 그런 상상을 하게 되는지도 모르겠다.

현역 시절에는 어땠는지 모르겠지만 지금은 머리를 염색하거나 모양을 내서 커트하지도 않아 헤어스타일도 수수했다. 벗겨 본 바로는 흔히들

하는 타투도 없었다. 타투보다 더 인상 깊은 흉터가 남아 있기는 했지만.

생김새가 그래서인지 아무 표정 없이 있거나 진지하게 뭘 들여다볼 때면 살짝 금욕적인 분위기마저 풍기는데, 아래에 깔려 엉망으로 흐트러진 모습을 한 번 보고 나니 강렬한 꿈의 잔상처럼 그때가 자꾸만 생각이 났다. 월드컵까지 같이 나갔다는데 기억이 나지 않다니 믿기지 않았다.

"이 코치님, 식사 같이하시죠."

점심시간, 식판을 들고 언제나처럼 코치진 자리로 가려는 하준을 무겸이 불러 세웠다. 옆에 앉아 있던 정규가 웬일이냐는 듯 눈을 크게 떴다. 또 피하려나 했는데 하준은 멈칫 멈춰 서더니 금방 방향을 틀어 무겸이 앉은 테이블로 다가왔다.

로커 룸에서는 나오지 않던 화제가 무겸을 중심으로 앉은 식탁에서는 조용조용히 농담 삼아 오가는 중이었다. 그래도 좀 친해진 놈들이라고 호기심을 못 누르는 눈치다. 한 놈이 하준에게 운을 띄웠다.

"코치님도 그거 보셨죠?"

"뭘?"

"무겸 형님 사진 뜬 거요."

하준이 미간을 찌푸렸다.

"본인 앞에서 그런 얘기를 왜 해."

"왜요, 뭐 어때요. 형님이야 뭐 부끄러울 거 있나. 워낙 잘났다 보니 그런 일도 있는 거지."

싱글대는 놈들 사이에서 하준은 난감한 표정으로 무겸의 눈치를 한 번 힐끗 보고 대답 없이 숟가락질을 했다. 무겸은 고개를 설레설레 저었다.

"오늘 많이 혼나서 이제 그런 일 없도록 할 거야."

"내가 뭐라고 좀 했다고 그러냐? 누가 들으면 네가 남의 말 들어 먹는 놈인 줄 알겠다."

"조리사님들이 오늘 나한테 말도 안 걸어. 여기 와서 이런 적 처음이다."

"내 말이 아니라 그게 맘에 걸렸구나?"

정규가 킬킬거렸다. 무겸이 약하게 찌푸렸다.

"이번엔 나도 놀랐어. 사진이 유출되다니, 어디 보통 일이야?"

"누구예요? 진짜 간도 크다."

"그건 알 거 없고."

무겸이 딱 잘라 대답하자 은근슬쩍 물어본 녀석이 입을 다물었다.

"어쨌든 나도 좀 사는 방식을 바꿀 생각이야. 정규 네 말마따나… 정착 같은 게 필요한가 싶기도 해."

"뭐?"

늘 짝 찾아라, 정착하라 뚜쟁이처럼 잔소리하던 정규는 막상 무겸이 그렇게 말하자 화들짝 놀라며 불신의 눈빛을 보냈다. 하준도 놀란 눈을 크게 뜨고 무겸을 보았다. 무겸은 물컵을 기울이며 진지하게 말을 이었다.

"잡음도 싫지만 독수공방하기도 싫거든. 이 기회에 괜찮은 상대 찾는 것도 나쁘지 않지."

"그래, 잘 생각했다. 너는 자꾸 재미 타령하는데 그것도 하루 이틀이지 점점 피곤해진다니까. 좋아하는 사람이랑 있을 때 느끼는 편안함이 얼마나 좋은 줄 알아?"

“정규 형님은 형수님과 금슬 진짜 좋으신가 봐요.”

정규가 결혼과 안정적인 사랑의 장점에 대해 떠벌리는 동안 무겸은 하준을 살폈다. 그는 그다지 이 대화에 관심이 없는 듯 말없이 식사를 계속하는 중이었다. 정규가 어깨를 부딪치며 무겸에게 치댔다.

“염두에 둔 사람은 있냐? 아니면 괜찮은 사람 소개해 줘?”

“있어.”

“뭐야? 와, 언제부터? 자식, 그런 사람이 있으면 형님한테 먼저 이야기를 해야지.”

“아직 그 사람이랑 얘기를 안 해 봤거든. 나 혼자 염두에 둔 거라서.”

“형님, 진짜예요? 언제부터 만났는데요? 영국 살아요? 아니면 한국 여자예요?”

식탁이 웅성웅성 소란스러워지자 다른 테이블의 시선까지 한데 모였다. 그때, 말 한마디 없이 식사를 하던 하준이 들뜬 분위기를 싹둑 자르듯 의자를 밀며 몸을 일으켰다.

“잘 먹었다. 오후 훈련 때 보자.”

“어, 어. 그래, 하준아.”

정규가 허둥지둥 인사를 하는 사이 하준의 모습이 멀어졌다. 하준의 옆에 앉아 있던 녀석이 목소리를 낮췄다.

“하준 형님, 아니 코치님은 이런 얘기 싫어하시나 봐요.”

“남 얘기 즐기는 타입은 아니지. 너희도 하준이 앞에선 입조심해라. 특히 뒷담 같은 거.”

하준의 뒷모습을 보며 무겸은 점점 더 만족스러워졌다. 입도 무겁고 남 얘기 싫어하고.

그러니 둘 사이에 무슨 일이 생기든 밖으로 새어 나갈 일은 없을 것이다. 사진이 유출되는 사고 따위는 절대로 있을 수 없겠지. 하준과 장기적인 관계를 맺는 것은 생각할수록 완벽한 아이디어였다.

오후 훈련이 시작된 뒤로도 무겸은 성실하게 훈련에 임했다. 선수들은 줄을 서 시작 지점에서 목표 지점까지 오가는 단거리 질주를 하고, 장애물을 지그재그로 통과하며 드리블을 하고 곧바로 패스를 주고받는 훈련을 했다. 무겸을 포함한 공격수들은 스피드 훈련을 별도로 진행했고, 마지막에는 팀을 짜서 연습 경기를 했다. 그러는 동안 하준은 기록을 하거나 지시를 하며 끝까지 훈련에 함께했다.

"코치."

훈련이 끝나자 선수들은 뿔뿔이 흩어져 퇴근을 서둘렀고 하준은 검토할 일이 남은 듯 노트를 들고 한 자리에 서 있었다. 무겸이 다가서자 그는 표정 없이 고개를 돌렸다.

"왜?"

"아까 드리블 훈련 하고부터 발목이 좀 안 좋아."

무겸이 짐짓 얼굴을 찌푸리며 말하자 하준의 눈이 둥그레졌다.

"뭐?"

"좀 봐줄 수 있어?"

"봐야지. 아니, 아니야, 잠깐. 내가 볼 게 아니라 의무 팀에."

"먼저 좀 봐줘. 내 발목은 네가 제일 잘 알잖아."

그 말에 하준이 당황을 추스르더니 고개를 끄덕였다.

"앉아 봐."

무겸은 잔디밭 위에 다리를 뻗고 주저앉았다. 하준은 이제 별 망설임도 없이 무겸의 다리에 손을 얹었다. 흰 손이 조심스럽게 발목 근처를 만지고 누르기 시작하자 무겸은 일전에도 맛보았던 흡족함을 다시금 느꼈다.

"코치."

"응."

하준은 하는 일에 집중했는지 불러도 얼굴 한 번 돌리지 않고 기계적으로 대답했다. 부르기만 하고 말을 잇지 않는데도 신경 쓰지 않는 듯했다. 무겸의 눈매가 가늘어졌다.

"무릎이 문젠가……."

하준이 혼잣말하며 정강이의 긴 근육과 무릎까지 꾹꾹 눌러 왔다. 이상이 있건 없건 언제 눌러도 아픈 곳이었다. 무겸의 얼굴이 약하게 일그러졌다. 무릎에 손이 닿고 엄지손가락이 허벅지 안쪽을 슬쩍 누른다. 다리를 살피느라 약간 숙인 얼굴 위로 촘촘하게 뻗은 속눈썹이 소리 없이 오르내렸다.

코치가 하는 단순한 촉진이 이렇게 야하게 느껴질 일인가.

"사람이 부르면 얼굴 좀 보지?"

"응?"

하준이 그제야 고개를 돌려 눈을 마주쳤다. 그러더니 무겸이 뭔가 말을 꺼내기도 전에 그가 꾀병을 부리고 있다는 사실을 갑작스레 눈치챈 것 같았다.

하준이 눈을 부라리며 무겸의 허벅지를 철썩 때렸다. 무겸의 입에서 낮은 비명이 터져 나왔다.

"아!"

"순 꾀병쟁이. 자꾸 이따위로 사람 놀릴래?"

"이렇게 안 하면 네가 자꾸 나를 피하잖아."

하준이 어이없다는 표정을 짓고 반문했다.

"내가 너를 왜 피해?"

"내가 묻고 싶은데."

"아까 점심도 같이 먹었잖아."

"대놓고 피하면 티가 날 것 같으니까 가까이 와서 피했어. 일종의 위장 전술이지."

"지금도 네 옆에 있거든."

"이건 아프다고 하니까 피지컬 코치로서 피할 명분이 없어서 그런 거고."

하준은 질렸다는 듯 한숨을 쉬고 앞머리를 쓸어 올렸다.

"너 말이야. 처음부터 내가 너한테만 손을 안 댄다질 않나……. 피해의식이 심하다."

"그날 일 때문에 그래?"

고개를 숙였던 하준이 시선만 들어 무겸을 보았다. 아까와 비슷하게 힐난하는 듯한 눈초리. 무겸은 개의치 않고 말을 이었다.

"이렇게까지 없었던 일처럼 굴 필요 없어. 더 어색하니까."

"어쩌자는 건데, 그럼. 지금 굳이 그 이야기를 다시 할 필요는 뭐가 있어?"

하준은 성이 난 듯 자리에서 벌떡 일어나 걷기 시작했다. 무겸도 서둘러 뒤를 쫓았다.

"내가 아까 한 이야기 들었지?"

"뭘."

"이제 슬슬 정착하고 싶다고 한 거."

"그래. 좋은 생각이야. 이번 기사 같은 거 계속 나면 팀에도 폐 끼치는 거다."

무겸이 하준의 앞을 가로막고 서자, 하준은 귀찮다는 표정을 감추지도 않고 시선을 허공으로 돌리며 작게 한숨을 쉬었다. 무겸은 아랑곳하지 않고 질문했다.

"염두에 둔 사람 있다는 말도?"

"귀 달려 있어서 듣기는 들었는데, 그 얘기는 왜 자꾸 꺼내?"

"너도 아는 사람이라서."

그 말에 하준이 겨우 무겸과 눈을 마주쳤다. 눈동자에 숨기지 못한 호기심이 맺혔지만 찰나였다. 그는 곧 미간을 찌푸리고 웃기지 말라는 듯 비딱한 표정이 됐다.

"우리 같이 알고 지내는 여자 없는 걸로 아는데."

"여자 아니야."

무겸의 짧은 답에 하준의 눈이 커지며 살짝 충격 받은 표정이 스쳤다. 그는 무의식적인 듯 입술을 한 번 핥고, 그러고도 잠시 말이 없다가 물었다.

"…우리 팀 사람이야?"

"그래."

"너 남자는……."

남자는 내가 처음이랬잖아. 하준이 하려다 만 말이 무겸에게도 들리는 것 같았다.

이만하면 알아들을 법도 한데 그는 아직도 무겸이 가리키는 사람이 자기 자신이라는 생각을 못 하는 분위기였다. 조금 전까지 무겸의 말을 믿지 않는 기색으로 찌푸렸던 얼굴은 어느새 어딘가 울적해 보이는 무표정으로 변했다. 무겸은 이제 답답해졌다.

"안 궁금하냐?"

"뭐가."

"누군지 안 궁금해?"

"…관심 없어. 소개해 달라 하고 싶으면 정규한테 말해. 정규가 그런 거 잘하잖아."

무겸이 재차 걸음을 옮기는 하준의 곁에 붙어 섰다.

"둔한 거야, 내숭이야?"

"뭐가?"

"네가 아는 같은 팀 놈들 중에 내가 염두에 둘 만한 사람이 누가 있는지 생각을 좀 해 봐."

"전혀 모르겠는데."

이런 거짓말쟁이를 봤나. 며칠 전에 저와 그런 짓을 해 놓고 어떻게 전혀 모를 수가 있어?

무겸은 조금 화가 치밀어 급하게 눈앞의 남자를 불러 세웠다.

"이하준."

"왜."

"너야."

"뭐가?"

"적당히 좀 알아들어. 그 사람이 너라니까."

그 말에 하준의 걸음이 우뚝 멈췄다. 무겸도 함께 멈춰 섰다.

선수와 코치들 모두가 이미 건물 안으로 들어가 한창 퇴근 준비를 하고 있을 것이다. 빈 잔디밭에는 둘뿐이었다. 그렇다 해도 대낮이라 여기저기서 잡음이 들려와야 마땅한데 사방이 온통 적막해진 듯 느껴졌다.

어떻게 반응할지 궁금했는데 하준은 앞만 보고 서 있다가 다시 걷기 시작했다. 당황한 사람은 오히려 무겸이었다. 그는 하준을 쫓아가며 채근했다.

"왜 대답이 없어?"

하준은 걸음만 더 빨리했다.

"따라오지 마."

"이 코치 피해 의식이 심하네. 나도 이쪽으로 가야 돼."

둘은 묵묵히 경쟁이라도 하듯 나아갔고 건물 안으로 들어가서도 복도를 나란히 걸었다. 얼마 가지 않아 코치 사무실 앞에서 하준이 발을 멈췄다. 로커 룸에 가려면 더 걸어 들어가야 했다.

하준은 잽싸게 문손잡이를 잡으려 했지만 무겸이 더 빨랐다. 무겸의 손이 하준의 손목을 잡아챘고, 하준은 반대쪽으로 힘을 주며 문고리로 다시 손을 뻗었다. 그래도 운동하던 놈이라고 생각처럼 순순히 끌려오지 않는다. 무겸은 훽 팔을 잡아당기며 목소리를 낮췄다.

"봐줄 때 따라와. 너 이러다 다쳐."

"너야말로 다치기 전에 놔."

"누가 뭐 어쩐댔어? 얘기 좀 하자는 건데 왜 이렇게 튕겨."

두 사람의 숨소리가 점점 거칠어졌다. 자존심 싸움이라도 벌이듯 문고리 하나를 놓고 손 하나는 그것을 붙잡으려 하고, 다른 한 손은 저지하던 그때였다.

"…너희 뭐 하냐?"

허무하게도 안쪽에서 문이 열렸다. 무겸과 하준은 어느새 서로의 손을 맞잡고 허공에서 팔씨름 비슷한 짓을 벌이고 있었다. 문을 연 코치는 그 모습을 보더니 코웃음을 쳤다.

"동갑내기라 많이 친해진 건 알겠는데 무슨 애들도 아니고……. 복도에서 장난치지 말고 얼른들 들어가."

"네, 코치님도 조심히 들어가세요."

하준이 얼른 손을 뿌리치고 꾸벅 인사를 했다. 그러고는 문이 열린 틈을 놓치지 않고 사무실 안으로 몸을 들이밀었다.

"이하준!"

무겸이 소리쳤을 때는 이미 문이 닫힌 뒤였다. 바로 눈앞에서 목표물을 놓친 무겸은 얼굴을 잔뜩 찌푸리고 목 안쪽으로 앓는 소리를 내며 로커 룸으로 향했다. 어쨌든 옷은 갈아입어야 했으니까.

사무실에 들어선 하준은 바로 제자리를 찾아가지 않고 문에 가만히 기대어 섰다. 아직 남아 있던 정 코치가 그런 하준에게 의아한 듯 물었다.

"이 코치, 얼굴이 왜 그래?"

"네?"

"한여름도 아닌데 얼굴이 벌겋게 익었네. 하긴 날씨가 이제 제법 더워졌어."

"아, 네. 가끔 이러더라고요."

하준이 서둘러 발걸음을 옮겨 제자리로 돌아왔다. 퇴근하기 위해 가방을 열어 노트와 파일, 펜, 기타 물건들을 챙기는데 정신이 들고 보니 책상 위에 있는 물건이란 물건은 죄다 가방 안에 쓸어 넣고 있었다.

고개를 부르르 젓고 잘못 넣은 물건들을 주섬주섬 꺼내면서도 하준은 몇 번씩 복식 심호흡을 했다. 마음을 다스리는 데 있어 호흡은 중요하다. 코칭 수업을 받고 스스로의 재활과 차후의 교육을 위해 여러 클래스를 쫓아다니면서 배운 것이었다. 선수든 나 자신이든 진정할 필요가 있을 때는 숨부터 제대로 쉬어라.

…농담이거나 뭔가 다른 뜻으로 하는 말일 것이다. 당장 오늘 여자와 스캔들이 떴는데 저에게 정착한다니. 앞뒤가 전혀 안 맞았다.

그날 한 번 잔 이후로 아무 말도 없다가 오늘에서야 갑자기. 말이 안 된다.

"뜬금없이 뭐야."

"응?"

"아, 아뇨. 아닙니다."

하준은 가방을 챙기고도 사무실을 바로 나설 생각을 못 하고 자리에 앉아 괜히 시간을 때웠다. 밖에 나가면 무겸이 저를 기다리고 있을까 봐 겁이 났다.

요즘 제 상태를 봐서는 그의 의도가 무엇이건 이야기를 듣고 나면 무조건 오케이를 하고 말 것 같은데, 처음 키스했을 때처럼 혼자 착각해서 부끄러운 꼴을 보일까 봐 신경이 쓰였다. 농담으로 한 말에 혼자 진지하게 반응해서 바보처럼 굴기는 싫었다. 한 번은 눈치채이지 않고 넘어갔다 해도 두 번째가 되면…….

'되면 어떤데?'

문득 하준의 머릿속에 그런 질문이 반짝, 전광판처럼 떠올랐다.

하준은 이미 시간이 꽤 지나 버린 그날의 키스를 떠올렸다. 평소에 살갗을 스쳐 본 적조차 그리 많지 않아 상상하기도 힘들었던 무겸의 입맞춤은 생각보다 부드럽고 다정했다.

몸에서 사라진 통증은 잊힌 꿈처럼 멀어졌고, 무겸의 키스와 손길에서 느꼈던 다디단 쾌감만이 뇌리에서 몇 번이고 되살아났다. 기억은 농축된 감각의 집결체가 되어 그날 이후로도 하준의 마음을 시시때때로 어지럽혔다.

박준성 감독이 쓰러지고부터 내내 그에게 한마디 정도는 응원을 건네고 싶었다. 그가 박 감독을 얼마나 각별하게 생각하는지는 그에게 관심이 조금만 있다면 모를 수 없으니까.

위로하고 응원하고 싶었을 뿐이었다. 그뿐이었는데 그 말에서 도대체 무슨 티가 난 걸까. 어디서 마음이 새서 무겸이 저를 재 보게 만든 걸까. 그냥 위로하는 데서 그렇게까지 속내가 드러났다면, 더 가까워지게 되면 제 진짜 마음을 들키는 건 시간문제 아닐까. 무슨 말을 어떻게 해도 아무 소용없지 않을까.

선수 시절부터 늘 그를 피하기만 했다. 얼굴을 보면 가슴이 뛰었고, 가까이 있다가는 떨리는 마음에 실수를 저지를 것 같아 나름대로 필사적으로 거리를 두었다. 로커 룸에 들어가는 순간부터 숙소에 머무르는 시간, 식사 시간 할 것 없이 그를 피했다.

훈련장에서도 자유 시간에는 다른 선수들과만 어울리며 무겸과 가장 먼 곳에 있기를 택했다. 돌고 돌아 결국 한 팀에서 만나게 되었음을 알았던 날에는, 훈련장에 방문하기 3일 전부터 평범하게 인사를 하는 연습까지 했을 정도였다.

길어 봤자 몇 주, 바쁘면 고작 며칠 정도 발을 맞추고 바로 경기에 투입되는 국가 대표 팀에서 끈끈한 팀워크를 만들기란 생각보다 어렵다. 그런 대표 팀에서 김무겸은 빠뜨릴 수 없는 에이스인 동시에 모두에게 껄끄러운 존재였다. 실력을 인정하는 것과 거만한 태도를 받아들이는 것은 별개의 일이다.

영입 초반의 그린포드는 큰 대회가 아니면 무겸을 좀처럼 대표 팀 경기에 내보내려 하지 않았고, 오래 기다린 만큼 무겸은 자신의 첫 번째 월드컵 데뷔에 기대가 컸다. 하지만 현실이 그의 이상을 따라 주지 못하자 무겸은 대표 팀 동료들에게 너희 때문에 내가 발목을 잡힌다는 뉘앙스의 불만을 숨기지 않고 표출했다. 선후배의 서열 따위도 알 게 뭐냐는 태도였다. 비교 대상이 없을 정도로 뛰어난 선수임에도 소집 자체에 대한 논란까지 발생한 데는 당연히 이유가 있었다.

이미 서로 사이에 가시가 돋친 데다 자신이 인정하지 않은 사람들과 한 운동장에서 뛰던 무겸이 동료들에 대해 기억하는 정보라고 해 봤자 전술에 맞춘 기능적인 움직임을 위한 말 그대로의 '개인 정보'일 뿐. 특히 나이가 있는 선수들은 젊은 에이스에게 장기 말 취급을 당하는 불쾌함을 공개적으로 드러냈다. '운동선수가 운동만 잘하면 되지 무슨 상관'이라는 말도 동업자들 사이에서는 통하지 않는다.

그랬으니 그가 저를 제대로 기억하지 못하는 것도 무리는 아니었다. 게다가 하준은 매번 출전을 하는 멤버도 아니었으니까. 물론 정말로 기억도 못할 거라고는 생각하지 못했지만…….

하준도 처음부터 무겸을 피하기만 했던 것은 아니다. 용기를 내 볼까 생각한 적도 있었다. 스무 살이 되기 직전 소집된 아시안컵에서였다. 실물로는 제법 오랜만에 보는 그의 모습에 새삼스레 가슴이 뛰었던 기분을 아직 기억한다.

그렇지 않아도 키가 컸던 무겸은 눈에 띄게 더 자랐고 얼굴도 더 어른스러워졌다. 정규는 그때부터 무겸의 바로 옆에 붙어 앉아 허물없이 뭔가를 이야기하고 있었는데 그것이 얼마나 부러웠는지 모른다.

인사를 해 보자. 혹시 나 기억하느냐고 그렇게 물어보면 되겠지.

그렇게 다짐하며 근처를 잠시 맴도는데 둘의 대화가 들려왔다.

"뭐? 진짜? 남자들이 너한테?"

"그럼 가짜겠냐. 이딴 농담을 왜 해."

"외국이라 그런 것도 개방적인가 보다. 그래서 어떻게 했냐?"

"뭘 어떡해, 거절했지. 속으로는 소름 돋는데 씨발, 연회나 파티에서 그런 인간들 싫은 티 내지 말라고 에이전트가 100번쯤 잔소리했어."

두 사람은 무겸이 런던에서 남자에게 대시를 받았던 일에 대해 이야기하고 있었다. 하준은 그들에게서 등을 돌리고 벤치에 앉아 둘의 대화에 잠시 귀를 기울였다.

오래 들을 필요도 없었다. 무겸은 남자가 저에게 성적으로 다가오는 것을 소름 끼친다고 느꼈으며 욕이 나오도록 싫었지만, 에이전트의 당부에 따라 너무 티를 내지 않으려고 노력하며 그럭저럭 무난하게 거절했다는 이야기였다.

뭐가 그리 큰 문제일까? 그는 하준에 대해 이야기하고 있는 것이 아니었다.

당장 그에게 뭔가를 고백할 생각도 아니었고, 자신이 무겸에게 품은 호감이 동갑내기 천재 소년에 대한 동경인지 좋아하는 사람을 향한 연심인지 정확히 구분하지도 못하던 시기였다.

그러나 무겸과 정규의 대화를 엿들은 그날 하준은 제 마음의 정체를 확인하고야 말았다. 그를 향한 마음이 그저 동경이었다면, 동경하는 선수와 가까워지고 싶은 선망이 전부였다면 그 대화를 듣고 두려움을 느끼거나 죄는 듯한 가슴 아픔을 맛보지도 않았을 테니까. 하준은 그대로 벤치에서 일어나 다른 선수들이 모여 있는 곳으로 향했다.

그의 가까이에 머물면서도 마음을 들키지 않을 자신이 없었다. 하준은 무겸을 좋아하는 만큼 그의 성격, 플레이 스타일에 대해서도 속속들이 알고 있었다. 주변에 한없이 무관심한 것 같다가도 마음먹고 경기장 위에 나설 때는 상대의 생각을 다 꿰뚫어 보는 듯 움직이는 김무겸.

도저히 그가 제 어설픈 연기에 속을 것 같지 않았다. 혹시라도 그를 바라보는 남다른 시선을 들켜 그에게 소름 끼치는 존재가 되느니, 어쩌다 한 번씩 마주치는 존재감 없는 동료로 남는 편이 나았다.

열여섯 살, 처음 소집된 청소년 국가 대표 팀에서 처음 경기를 치렀던 날. 그날부터 하준은 저주에라도 걸린 듯 저를 볼 리 없는 남자에게 영혼을 저당 잡혀 버렸다. 그 뒤로 10년이 흐르도록 한 번도 다른 사람에게 마음을 빼앗겨 보지 못했다.

보답 없을 마음을 간직하고자 노력한 적도 없다. 아니, 가능하면 아무도 주문하지 않은 자발적인 속박에서 벗어나 남들처럼 연인을 만들고 평범하고 당당하게 사랑을 속삭이며 마음을 주고받고 싶었다. 단지 누구에게도 무겸을 보며 느꼈던 벅참은커녕 비슷한 두근거림과 떨림도 느껴 보지 못했고, 그러는 사이 어느새 10년이 흘렀을 뿐.

되면 어때. 들키면 어때.

진지한 뜻으로 한 말 아니면 어때…….

머릿속에서 또 하나의 자신이 위험한 유혹을 속살거렸다. 무겸과 이야기를 해 보기도 전에 어쩐지 저부터 스스로를 절벽으로 모는 기분이 되었다. 좋아하는 대상을 바로 눈앞에 둔 짝사랑이란 하루에도 몇 번씩 혼자 북 치고 장구 치는 원맨쇼를 벌이게 만든다. 다른 사람의 눈에는 보이지 않겠지만 하준의 마음속은 이 팀에 오고 나서부터 늘 풍랑 주의보 상태였다.

"이 코치, 안 가요?"

"갑니다."

마지막까지 남아 있던 직원의 물음에 하준은 일어나서 문을 나섰다. 로커 룸 쪽을 한 번 돌아보고 괜스레 발소리를 죽여 복도를 걸었다.

"내일 봅시다."

"네, 안녕히 가세요."

인사를 마친 하준은 걸음을 재촉해 훈련장을 빠져나왔다. 훈련장 안에서는 결국 무겸을 한 번도 마주치지 않았다. 돌아갔을 것이다. 훈련장을 완전히 나오고서야 하준은 가볍게 한숨을 쉬고 걸음을 조금 늦춰 버스 정류장으로 향했다. 어쨌든 오늘은 이렇게 무사히 무겸을 피할 수 있을 것 같다.

내일은 내일의 태양이 뜬다고 했다. 내일이 되면 변덕스러운 무겸의 생각도 바뀔 것이다. 그날 이후 아무 일도 없는 것처럼 굴었듯이 내일이 되면 오늘의 이 대화가 없었던 것처럼 굴지도 모른다.

아무렇지도 않다고, 굴러온 행운을 잡은 거라고 열심히 스스로에게 되뇌었지만 그날 이후 무겸의 아무 일도 없었다는 듯한 태도는 아무래도 조금 서운하긴 했던 것 같다. 저도 장단 맞춰 그런 척을 했지만 쉽지만은 않았다.

결론이 어떻게 나건 내일이 되면 돌변할지 모르는 남자의 충동적인 농담에 혼자 널뛰는 것만은 피하고 싶었다. 원맨쇼는 마음속에서 하루에 열두 번은 공연하고 있었고, 그것만으로도 충분히 창피하다. 적어도 이번에는 처음 키스했을 때 같은 민망한 실수만은 절대…….

빵-

그때 클랙슨 소리가 들렸다. 생각에 잠겨 어느새 땅만 보고 걷던 하준은 반사적으로 고개를 들었다. 하준만이 아니라 도보를 걷던 사람들 모두 소리가 들린 쪽으로 고개를 돌렸다.

정류장으로 향하는 갓길에 기억에 선명한 오렌지색 스포츠카가 비상등을 켜고 서 있었다. 하준의 눈이 커졌다. 얼른 고개를 정면으로 홱 돌리고 걸음을 빨리했다. 그러자 차가 슬슬 움직이며 나란히 그를 따라왔다.

빵빵!

항의하듯 클랙슨이 두 번 더 울렸다. 하준이 못 들은 척 걸음을 더 빨리하자 클랙슨 소리도 덩달아 길어졌다.

빠아아아아아아아아--

"아, 뭐야."

"돌았나 봐. 신고할까?"

"저런 놈들 비싼 차만 몰면 뭐해. 머리가 비었는데."

귀를 먹먹하게 만드는 의도적인 소음 공해를 지나가던 사람들이 한마디씩 욕했다. 그 비난의 목소리를 들은 하준은 결국 한숨 쉬며 걸음을 멈췄다. 옆으로 몸을 틀자 그제야 클랙슨 소리가 끊어졌고, 하준이 조수석 옆에 서자 차창이 내려갔다.

당연하게도 안에는 사복으로 갈아입은 무겸이 운전대를 잡고 있었다. 아주 옅은 웃음을 얹은, 네가 그래 봐야 어쩌겠느냐는 듯한 얄미운 표정으로.

"타."

하준이 벌컥 문을 열고 올라타며 쏘아붙였다.

"창문 닫아."

"왜? 나랑 밀폐 공간에 있고 싶어서?"

"지금 밖에서 사람들이 다 너 욕해. 사진이라도 찍혀서 또 욕먹기 싫으면 빨리 닫아."

무겸은 고개를 끄덕이며 창문을 올렸다. 갓길을 비스듬히 빠져나간 차가 도로에 제대로 진입해 달리기 시작했다.

"그러게 얘기 좀 하자니까 왜 자꾸 도망을 가. 누가 잡아먹나?"

"네가 갑자기 그런 말 꺼내면 나는 무조건 예, 하고 들어야 돼?"

무겸은 그 말에 어이없다는 듯 픽 웃었다.

"얌전해 보이더니 은근 성깔 있네. 예상은 했지만."

하준은 대답하지 않고 창밖만 보았다. 남자는 처음 태워 본다던 람보르기니 조수석. 여기 두 번이나 앉게 될 줄은 몰랐는데.

"나쁜 이야기 하려는 거 아니야. 아까도 말했지만 이번 사진 일도 있고 해서 이제 잘 모르는 사람이랑 일회성으로 자는 건 그만두려고 해."

"……."

"한 사람과 고정적으로 길게 만나 본 적은 없지만 우리 정도면 나쁠 거 없지. 어차피 팀에서 매일 보는 사이고 같은 남자끼리니까 남들 눈에 어색할 것도 없고. 너도 어차피 상대는 필요할 거 아냐."

공중에 높이 매달린 신호등에 노란빛이 들어왔다. 나란히 달리던 차들이 차츰 서행을 시작했다. 무겸은 생각지 못했던 가능성이 방금 떠오른 듯 물었다.

"혹시 사귀는 사람이라도 있어? 내가 외도 상대가 된 거야?"

"아니."

"그럼 어때. 나랑 스테디하게 지내 보는 건."

제안을 받고도 하준은 말이 없었다. 조용해진 사이 빨간불이 들어와 차가 완전히 멈췄다. 핸들을 쥔 무겸은 고개 돌려 옆에 앉은 사람을 응시했다. 하준의 입이 한참 있다 벌어졌다.

"…그거 말하는 거지?"

"그거?"

"섹스……."

"그럼 연애라도 하자는 줄 알았어? 그런 건 너도 귀찮잖아."

입술을 끌어 올리며 대답하자 하준은 그제야 눈을 마주쳤다. 무겸이 다시 한번 농을 쳤다.

"왜? 나랑 연애하고 싶어?"

그러나 하준은 그 질문을 무시하고 되물었다.

"언제부터?"

"뭘?"

"언제부터 하자는 거야?"

"그야 하기 나름이지. 나는 지금 당장도 상관없어."

"오늘은 안 돼."

하준은 단호했다.

"그럼?"

"이번 원정 경기 전까지… 생각해 볼게."

"그렇게 해."

어차피 한 번 갈 데까지 간 사이에 뭘 또 생각해 본다는 건지. 불만스러웠지만 무겸은 신경 쓰지 않는 척 대답했다. 첫날부터 그랬지만 이하준은 보기보다 치고 빠지기를 즐기는, 조금 내숭이 있는 스타일 같았다. 좋다. 한 번 더 장단 맞춰 주자고 무겸은 속으로만 웃었다.

녹색 불이 들어오자 차가 움직이기 시작했다. 그러고 보니 이 차는 어디로 가는 거지. 목적지도 모르고 올라탄 차에서 이제야 하준은 그런 생각을 했다. 속마음을 읽기라도 한 듯 무겸이 물었다.

"기왕 탔으니 바래다줄게. 집으로 가?"

"어."

"주소 찍어."

무겸이 턱으로 내비게이션을 가리켰다. 하준은 거절하지 않고 내비게이션 자판을 손가락으로 똑똑 누르며 무척 묘한 기분에 잠겼다. 무겸의 차에 자신의 흔적을 남기고 있었다.

멈추지 않고 달린 차는 지은 지 40년이 되어 가는 낡은 주공 아파트 단지 앞에서 속도를 줄였다. 단지 입구로 들어서려는 무겸을 하준이 말렸다.

"여기서 내릴게. 안까지 들어갈 필요 없어."

"집 좋아 보이네."

진심인지 비꼬는 말인지 구분도 되지 않는 감상이었다. 주민들의 재력이야 제각각이었지만 어쨌든 장기 거주자가 많고 대단지가 아닌 만큼 아파트치고는 사람들의 교류가 적지 않은 편이었다.

이런 스포츠카가 들어섰다가는 여러 이웃의 눈길을 끌 것이다. 아직도 저를 보면 현역 선수를 만난 듯 인사를 건네는 사람도 있는지라 이 차에서 내리는 모습을 그다지 남들에게 보이고 싶지 않았다.

무겸이 길게 들숨을 쉬더니 혼잣말처럼 말했다.

"꽃향기가 나는데."

"단지에 라일락 나무가 많아."

하준의 답에 무겸은 뭔가 만족스러운 표정으로 전경을 살피며 고개를 끄덕였다. 보기 드물게 부드러운 미소를 띤 얼굴을 하준은 저도 모르게 멍하니 바라보았다.

"그래? 마음에 드네. 내가 제일 좋아하는 꽃인데."

웬일로 취향이 비슷한 부분도 있다. 내심 반가우면서도 하준은 툴툴거리듯 물었다.

"좋아하는 꽃 같은 것도 있었냐?"

"그럼. 내가 얼마나 로맨틱한 사람인데."

수긍하려니 우습고 아니라고 하려니 그런 것 같기도 하다. 하준이 대답을 망설이는 사이 무겸은 농담이었던 듯 바로 인사를 건넸다.

"잘 가라. 내일 보자."

하준은 저를 내려놓고 멀어지는 차의 뒷모습을 보다가 작게 한숨을 쉬었다. 무슨 제안이든 결국 자신이 승낙하리라는 건 진작부터 알았다. 선택의 순간을 미룬 것은 저의 최선이었다. 정말로 그의 말대로 하기 위해서는 몸도 마음도 준비가 필요했으니까.

정착. 염두에 둔 사람.

몇 가지 단어 때문에 또 멋대로 기대를 품은 것이 진저리나게 바보 같았다. 참 이상하게도 분명히 머리로는 기대하지 않는데 마음은 또 따로 논다. 자신이 기대한 말이 아닐 거라고, 다른 뜻으로 한 말일 거라고 하준은 당연히 짐작하고 있었다. 그런데 막상 무겸의 말이 정말 육체관계에 한정되었다는 걸 확인하고 나자 기운이 빠지는 이유는 뭘까.

"뭘 바래. 당연하잖아."

하준은 스스로를 타이르듯 혼잣말을 했다. 무겸이 저를 그런 의미로 좋아할 이유가 없다. 숱하게 그를 스쳐 갔을 매력적인 여자들을 생각했다. 당장 최근에 스캔들로 엮였던 하은우만 해도 여신이라는 수식어가 일상적으로 붙는 배우였다. 무겸에 대한 정보가 많은 만큼 그의 여성 편력에 대해서도, 어떤 여자를 좋아하는지도 하준은 불필요할 정도로 잘 알았다.

정규 말마따나 하준에게는 현역 시절 여성 팬도 많았고, 그 팬 중 일부는 이하준을 좋아한다고 하면 축구를 좋아하는 게 아니라 잘생긴 축구 선수를 좋아하는 '얼빠' 아니냐는 조롱을 듣는다며 투덜대기도 했었다. 거울을 볼 때도 딱히 외모 때문에 불만을 느낀 적은 없다. 하지만 그것도 어디까지나 남자로서다. 머리부터 발끝까지 어디를 살펴도 무겸에게 어필할 만한 요소는 전혀 없었다.

"하준이 오니?"

"응."

집에 들어서자 거실에 있던 어머니가 몸을 일으켜 아들을 맞았다. 때로는 부담스럽지만 이렇게 지치고 너덜너덜해진 기분일 때면 다정한 모친의 목소리가 위안이 된다. 하준은 웃으며 거실로 들어서 그녀를 오랜만에 끌어안았다.

"엄마, 사랑해."

"어머, 오자마자 왜 이래? 우리 아들 밖에서 무슨 좋은 일 있었어?"

그 말에 그만 허탈한 웃음이 나왔다. 좋은 일이라. 그래, 그렇게 생각하자.

"응. 회사에서."

"그럼, 그럼. 우리 잘난 장남 무슨 일인들 못하겠어? 다 잘될 거다."

'맞아. 그렇겠지? 나 잘못하는 거 아니지? 잘하고 있는 거지?'

엄마가 저녁 메뉴를 상의해 왔고 하준은 그런 그녀의 질문에 대답하며 쌍둥이들이 좋아할 만한 음식을 함께 고심했다. 두 녀석 모두 고3이라 그 어느 때보다 각별하게 돌봐야 할 때였다. 평범한 일상이 심란해졌던 마음을 서서히 달랬다.

04

열두 살 겨울, 아빠가 차에서 자살했다.

방학이나 휴가 때면 늘 가족 모두 올라타 바다로 산으로 여행을 떠나던 그 차 안에서.

아빠는 공장을 운영하던 사장님이었다. 항상 그럭저럭 부족함 없이 살았고 앞으로도 그렇게 살 줄 알았다. 그런데 세상을 떠나고 나서 알게 된 아빠는 부도 직전의 사업체를 간신히 유지하고 있던, 그저 이름뿐인 사장님이었다.

압류, 변제, 담보, 경매 같은 말을 그때 처음 배웠고, 그 단어들의 의미를 알게 되자마자 쫓겨나다시피 살던 집을 비워 줘야 했다. 사모님 소리를 들으며 살다가 한순간에 모든 걸 잃어버린 엄마, 아직 초등학교도 들어가지 않은 쌍둥이 동생 둘과 손에 손을 잡고 밖으로 내몰렸다. 가진 것을 죄다 채권자들에게 넘긴 뒤, 얼마 되지 않는 남은 찌꺼기를 그러모아 반지하 셋방에서 네 식구가 살게 됐다.

엄마는 우울과 공황에 빠져 술과 약을 번갈아 먹으며 시간을 보냈다. 그 와중에도 누군가는 일을 해야 했으므로 낮에는 약을 먹고 출근했고 밤에 돌아오면 술을 마셨다. 그런 행동이 위험하다는 것을 그녀는 알고 있었을 것이고, 하준도 엄마가 그러는 것이 싫었지만 그녀를 말릴 수가 없었다.

동네의 작은 놀이방에서 호의를 베풀어 엄마가 일을 하는 동안 동생들을 맡아 주기로 했다. 하준은 학교를 마치자마자 곧바로 동생들을 데려와서 돌봤다. 아빠가 잠시 먼 곳으로 여행을 간 줄 아는, 무슨 일이 일어났는지 잘 알지 못하는 다섯 살 어린아이들도 집안이 엉망이 되었다는 것쯤은 본능적으로 눈치챘다. 두 동생은 또래 아이 같지 않게 어두워졌다.

어렸던 하준은 저의 더 어렸던 시절을 생각했다. 자신은 동생들과 같은 나이 때 마냥 행복하고 즐거운 아이였다. 동생들은 저와 같은 유년기를 보내지 못한다는 것이 안타까웠다. 하지만 할 수 있는 일은 거의 없어서, 그저 아이들과 있을 때면 애써 웃어 보이며 즐거운 시간을 만들어 주려고 노력했다.

그럴 때면 동생들도 곧 또 예전처럼 돌아와 천진하게 웃어 주었다. 다행스럽게도 오빠와 형으로서 아이들과 놀아 주는 데는 시간과 노력만 필요했지 돈이 필요하지는 않았다.

엄마는 쌍둥이 남매가 잠들었을 때면 시시때때로 하준을 품에 안고 울었다. 아직 어린 쌍둥이들 앞에서는 간신히 감정을 자제하던 그녀도 맏아들인 하준 앞에서는 그러지를 못했다. 엄마가 우는데 저까지 울면 안 될 것 같아서, 하준은 저도 눈물이 나오는 걸 꾹 참고 "엄마 울지 마." 따위의 정해진 위로를 하며 그녀가 울음을 그칠 때까지 기다렸다. 때때로 작은 손으로 엄마의 등을 두드리기도 했다.

좀 더 나이가 들었다면 그 시기를 맨정신으로 보내기 힘들었을 것이다. 하준은 가끔 그때를 돌이켜 보며, 본격적인 사춘기에 들어서기 전이라 슬픔에 빠지는 대신 오히려 어떻게든 버텨낸 것 같다고 생각하고는 했다. 어린아이들은 반쯤 야생 동물과 같아서 자신을 불쌍히 여기는 법을 잘 알지 못한다.

"이하준 너, 공 차는 센스가 있는 것 같은데 축구부 들어올 생각 없냐?"

중학교에 입학한 열네 살, 체육 교사가 갑자기 체육 준비실로 오라며 하준을 불렀다. 뭘 잘못했나 걱정을 하며 찾아갔는데, 축구부 고문이자 축구 마니아였던 그는 전혀 예상치 못한 제안을 했다.

하준은 잘못 들었나 싶어 잠깐 눈만 깜박이다가 부끄러움을 숨기고 태연한 척 대답했다.

"저희 집이 좀 어려워서 운동부는 힘들 것 같아요."

"그래. 나도 대충 들었는데, 그럼 더더욱 해야 돼. 우리 학교 축구부 유명하잖냐. 지원도 빵빵해서 따로 네가 준비할 게 없어. 유니폼도 나올 거고. 축구화, 그건 네가 한다고 하면 내가 사이즈 맞는 걸로 하나 준비해줄게. 담임 선생님한테 들으니 그, 기초 생활 수급자라고 하던데 맞아?"

"네."

"몰랐나 본데 그럼 부 활동 하는 게 낫다 너. 선생님이 적게라도 지원금 받을 수 있게 해 볼게. 혹시 유망 선수로 뽑히면 학교랑 구에서 장학금도 받을 수 있어."

"…어차피 잘 못할 텐데……."

"훈련 중에 간식도 나오거든? 하여튼 네가 손해 볼 건 하나도 없을 거다."

생각해 보겠다고 말하고 그날 집에 돌아와 하룻밤 고민했다. 지원금, 간식, 운 좋으면 장학금. 조건이 나쁘지 않았다. 일단 해 보고 아니다 싶으면 그만둬도 될 것 같았다.

운동을 하려면 돈이 많이 든다고 생각해서 운동부는 꿈도 꾸지 않았는데 운이 좋았는지 하준은 오히려 축구를 하면서 적게나마 돈을 받게 되었다.

초등학생 때도 친구들과 자주 축구를 했지만 제게 재능이 있다거나 이 공놀이를 특별히 좋아한다고 생각해 본 적은 없었다. 그래서 재능이 있는 것 같다는 말에 놀랐고, 2학기에 유망 선수로 뽑혀 교내 장학금을 받았을 때는 더 놀랐다.

제대로 훈련을 받아 보니 정말 재능이 좀 있는 것 같기도 했다. 어린 시절 친구들과 하는 막축구에서야 그저 발 빠르게 달려 골을 넣는 아이만 잘한다는 소리를 들었지만, 축구부에서 하는 축구는 어떻게 상대 팀의 공격을 막고 전술에 따라 공을 놓치지 않으며 잘 운반하고 전달하느냐도 골을 넣는 것만큼 중요했다.

감독의 말에 따르면 하준은 전술 이해도와 축구 지능이 높았다. 주목받기보다는 백업이 성향에 맞고, 인내심이 강하고 성격이 끈질기며 전체적인 경기 흐름을 잘 읽는 사람이 수비수가 되어야 한다고 했다. 그래서 하준은 수비수, 그중에서도 좌측 수비를 맡는 레프트백 역할을 주로 맡게 되었다.

열여섯 살, 중3 때 처음으로 청소년 국가 대표 팀에 소집이 됐을 때는 믿을 수가 없었다. 기쁘기도 하고 무섭기도 했다. 그저 밥이 아쉽고 돈이 궁해서 시작한 축구였다. 정말로 자신이 이런 자리에서 뛸 자격이 있을까?

일이 너무 커졌다는 생각이 들었다. 아무래도 큰 무대에 나가면 제 밑천이 다 드러나 원래 받던 지원까지 끊어질 것만 같았다.

모여든 청대 팀에 중학생은 몇 명 없었고 거의 고등학생이었다. 중학생은 대다수가 로테이션을 위해 뽑힌 후보였고, 괜스레 선배에게 찍히기 싫어 군말 없이 훈련에 따르는 데만 충실했다. 기쁨보다는 불안이 더 컸던 하준 역시 꾸역꾸역 훈련을 따라갔다.

대표 팀 훈련을 받으면서도 엄마에게도 동생들에게도 소집됐다는 말조차 꺼내지 못했다. 훈련 프로그램에는 당연히 약 보름에 걸친 장기 합숙도 포함되어 있었지만, 사정을 이야기하고 합숙은 마지막 2박 정도만 참여하기로 했다. 감독은 못마땅해 했지만 하준을 굳이 명단에서 제외하지는 않았다.

그때쯤 엄마의 상태는 처음보다 많이 나아졌다. 그러나 여전히 순간순간 치미는 우울과 감정 기복에 시달리며 일상생활을 영위하기 힘들어했다. 동생들은 아직도 너무 어려서 자신이 청소년 국가 대표에 소집됐다는 말이 무슨 뜻인지 이해하지도 못할 것이었다. 엄마는 기뻐하기야 했겠지만, 그때의 하준은 엄마가 지나치게 기뻐하느라 평정이 흔들릴까 그마저도 무서웠다.

합숙 훈련은 팀워크를 다지기 위해, 숨은 말로 하자면 어리고 거친 선수들을 효과적으로 통제하고 통솔하기 위해 진행되었다. 감독이 비교적 순순히 하준을 합숙에서 빼 준 것은 그가 다른 누구보다도 고분고분 훈련을 잘 따랐기 때문이었다. 어차피 후보였고 아직 어려 주전 선수들 앞에서는 함부로 눈도 올려 뜨지 못하는 아이 중 하나였으니 그 정도만 참가해도 만족스러웠을 것이다.

실제로 합숙에 참여하면서도 팀워크라고는 전혀 모르겠다는 듯 행동하는 문제아도 있었으니 하준의 요청 정도는 감독 입장에서 신경 쓸 문제가 아니기도 했다.

거의 끝물에 참여한 2박 3일의 합숙에서 하준은 몇 번인가 '그 녀석'

을 보았는데 훈련 시간이 아니면 다른 사람들에게는 아무 관심이 없다는 듯이 혼자 귀에 이어폰을 꽂고 먼 산을 보거나 눈을 굳게 감고 잠만 잤다.

특별히 가시를 세우는 분위기도 아니었건만 워낙 유명한 데다 건드리지 말라는 무언의 압박이 느껴져 또래 아이들도 함부로 다가가지 못했다. 하준 역시 마찬가지였다.

다만 자유 시간에 집에 전화를 하러 나왔다가 우연히 녀석과 통화 시간이 겹친 적이 있다. 누구와 통화를 하는 중인지 답지 않게 웃으며 장난스러운 분위기였는데, 그 모습이 신기해서 잠깐 쳐다보다가 괜히 눈이라도 마주칠까 얼른 자리를 떴다.

그렇게 처음 참가하는 U-17 월드컵 예선 경기가 다가왔다. 긴장이 되어 숨을 몰아쉬었다. 주전도 아니면서 왜 이렇게 긴장을 하느냐고, 그렇게 스스로를 비난했지만 떨림은 마음대로 조절할 수 있는 것이 아니었다.

하준은 시간이 난 사이 아무도 없는 조용한 곳에 가서 숨었다. 마음을 다잡고 싶어 축구화 끈을 새로 묶기 위해 전부 풀어 헤쳤는데 손이 자꾸만 떨려서 다시 제대로 묶을 수가 없었다.

어떡하지? 경기장 건물 뒤쪽 공터, 재활용을 위해 정리해 놓은 듯한 플라스틱 박스 위에 앉아 약한 패닉에 빠진 채로 발끝만 보고 있는데 그때 누군가 말을 걸었다.

"여기서 뭐 하냐?"

하준이 고개를 들었다. 거기에는 제 또래의 잘생긴 소년이 서 있었다. 늘 음악을 듣거나 잠만 자던 그 아이였다. 중학생 중 유일하게 선발 멤버인 동갑내기 소년.

국대에 소집되어서도 가끔 제 기분이 틀어지면 마음대로 훈련을 빠져 감독이 불같이 화를 내는 장면을 몇 번이나 보게 했던 녀석.

어쩌려고 저러나 싶어 하준은 가끔 멀찍이서 그 장면을 지켜보았지만 그 애는 단 한 번도 혼이 나며 주눅 드는 표정을 지은 적이 없었다. 그렇게 잔소리를 들으면서도 끝까지 국대 선발 자리에서 밀려나지 않았으니 그 뻔뻔함이 이해는 갔다. 훈련에 불참하고도 막상 연습 경기나 정식 훈련에 들어가면 흠잡을 데 없는 컨디션을 보여 줘 혼낸 사람을 머쓱해지게 만드는 놈이었으니까.

그렇게 이탈을 하고서는 원래 자신이 축구를 배운 박준성 선생에게 돌아가, 한바탕 혼쭐이 나고 기초 훈련량을 채운 다음 합숙소에 돌아온 것이었음은 나중에야 알았다.

그쪽은 저를 모르겠지만 하준은 소집되기 전부터 그 애를 알고 있었다. 김무겸은 국내 중고교 선수 중에서는 원톱으로 유명했다. 축구 팬들이 벌써부터 그가 좀 더 나이가 들어 여러모로 성숙한 선수가 되기만을 기다리고 있을 정도였으니까.

함께 국대에 소집되었다고 해도 하준과 무겸은 1군, 2군으로 나뉜 것이나 다름없어 실제로 이야기를 나누거나 한 프로그램에서 훈련을 한 적이 거의 없었다. 쓰는 방 역시 달라 가까이서 직접 보는 것은 처음이었다.

눈앞에서 보자 같은 중학생이라고 해도 저보다 몸이 훨씬 크다는 것이 실감이 났다. 고등학생 형들 앞에 있어도 하나도 주눅들 일이 없을 것 같았다. 표정부터 저와는 달랐다. 긴장하기는커녕 여유가 넘치는, 거만해 보이기까지 하는 눈빛과 입매.

대답하지 못하고 얼굴만 올려다보는 사이, 무겸이 걸치고 있던 저지에서 뭔가를 꺼내 입에 물었다. 하준의 눈이 커다래지고, 꽉 막혔던 목이

트이며 목소리가 나왔다.

"피우지 마."

"…왜?"

"왜냐니. 좀 있으면 경긴데. 아니, 아니더라도 원래 운동하면서 담배는 피우면 안 되잖아."

무겸이 어이없다는 듯 한쪽 입꼬리를 비죽 올렸다. 그는 비웃는 눈초리로 하준을 내려다보았다.

"요한 크루이프, 지네딘 지단, 웨인 루니, 애슐리 콜, 올리버 칸."

"……."

"다 담배 피워."

무겸은 라이터까지 꺼내 들어 칙 불을 붙였고, 급기야 한 모금을 빨아들여 연기를 내뱉었다. 흰 연기가 하늘을 향해 너울너울 올라가자 하준은 초조해졌다. 누가 보면 어쩌려고 저러지? 혼자 안절부절못하다가 말을 보탰다.

"요한 크루이프 그래서 폐암 걸려 죽었잖아."

"……."

"요한 크루이프가, 뭐더라, 그런 말도 했어. 축구는 나에게 모든 것을 주었고 담배는 모든 것을 빼앗았다."

비장한 말에 무겸은 곁눈으로 힐끔 하준을 보더니 피식 웃었다.

"그건 몰랐는데."

"빨리 꺼. 네가 말한 선수들은 다 어른이잖아. 우린 아직 중학생이고. 걸리면 너 지금 당장 짐 싸서 돌아가야 할지도 몰라."

"그러라고 해. 돌려보내려면 보내시든가."

여유롭게 대꾸한 소년은, 그러나 내심 그 말이 신경 쓰였는지 아니면 심경에 변화가 일었는지 한두 모금 정도만 빨고 아직 새것이나 다름없는 장초를 껐다. 그러고는 하준을 내려다보았다.

"그러는 너는 볼일도 없어 보이는데 왜 여기서 이러고 있냐?"

손이 떨려서 신발 끈을 못 묶겠다고 말할 수도 없어 하준은 저를 향해 내리깐 눈길을 피해 고개만 가볍게 떨궜다. 그러나 소년은 하준의 모습을 살피더니 이유를 눈치챈 것 같았다.

그때였다. 소년이 몇 걸음 다가온다 싶더니 갑자기 하준의 앞에 한쪽 무릎을 세우고 앉았다. 왜 그러냐고 하준이 묻기도 전에 잽싸게 손을 뻗어 하준의 풀린 신발 끈을 묶기 시작했다. 너절하게 풀어져 있던 끈이 단단히 묶이면서 발볼이 펴졌던 신발이 발을 딱 좋게 죄며 감쌌다.

하준은 갑작스러운 상황에 아무 말도 못 하고 제 앞에서 몸을 숙인 소년의 정수리, 그리고 제 발등 위로 빠르고 야무지게 움직이는 그의 손을 보고만 있었다.

"손에 힘 빠졌어? 존나 긴장했나 보다?"

동갑내기한테 얕보인 것 같아 부끄럽기도 했고, 오늘 처음 대화를 나눈 미래의 스타가 제 앞에서 무릎을 굽히고 앉아 신발 끈을 묶어 주었다는 의외의 상황에 싱숭생숭하기도 했다. 얼떨떨해 아무 말도 못 하는 사이 다시 몸을 일으킨 그의 손이 툭, 제 어깨를 가볍게 쳤다.

"뭘 쫄아. 다 똑같지. 여기 잔디밭이라고 금박 씌운 것도 아니잖아."

그러고서 그는 먼저 자리를 떠나 버렸다. 피우다 만 담배꽁초만 바닥에 멀거니 남기고.

하준은 한참을 멍청하게 앉아 있다가 그것을 재빨리 주워 들어 쓰레기통을 찾아 버렸다. 범죄 증거를 인멸하는 공범이 된 기분이었다.

툭툭. 발끝과 뒤꿈치로 땅을 가볍게 두드려 신발 상태를 확인하고 하준은 그제야 다시 사람들이 있는 곳으로 돌아갔다. 사람들은 하준이 잠시 모습을 감췄었다는 걸 눈치채지 못한 듯 제각기 바빴다. 다행히 늦지 않게 도착해 전체 소집을 하기 전에 무리에 합류할 수 있었다.

선발 명단이 떴다. 선수들끼리는 이미 숙지하고 있던 리스트를 하준은 한 번 더 확인했다. 하준은 후보였고, 무겸은 당연히 선발이었다.

보던 대로 듣던 대로 건방지다. 잠깐 겪은, 명불허전이었던 거만함을 곱씹으며 하준은 벤치에 앉아 경기를 관람하기 시작했다. 얼마나 잘하길래. 살짝 심술 맞은 호기심도 삐죽 솟았다.

그때까지 하준은 축구 선수로 뛰고 있음에도 불구하고 다른 사람의 경기를 찾아볼 정도로 축구 자체를 좋아하고 즐기지는 않았다. 사람들은 축구 선수라면 당연히 경기 관람도 좋아할 거라 생각하지만, 보는 것만 좋아하고 직접 뛰는 데는 흥미가 없는 사람들이 있듯 반대도 당연히 존재한다.

경기가 시작됐다. 상대 팀은 독일 청소년 국가 대표였다. 소년들의 축구는 어른들의 게임보다 더 거칠고 야성적이었지만 그럼에도 수준 차이는 명확했다. 유럽에서 온 소년들은 한국 팀보다 훨씬 완성된 축구를 하고 있었다.

일단 기세부터 달랐다. 아직 국제 경기 경험이 별로 없는 소년들은 축구 강국에서 온 아이들에게 쉽게 겁을 먹고 말았다. 몸과 몸으로 부딪히는 경기장에서 두려움은 빠르게 간파 당했다.

처음부터 승기가 기울어진 분위기였지만 그나마 다행인 것은 그들도 경험이 부족하기 때문인지, 지나치게 흥분하여 골 앞에서 서두른다는 점이었다. 중원에서는 한국 수비들을 우왕좌왕시키며 패스를 주고받아 공을 잘 돌리면서도 막상 골 근처에서 지나치게 서둘러 슈팅을 하거나 결정적인 순간에까지 패스를 하며 한 방을 뽑아내지 못했다.

허둥지둥하는 팀 안에서도 무겸은 비교적 자신이 있을 곳을 빠릿빠릿 찾아 뛰고 있었다. 팀에서 제일 어린 선수였음에도 가장 사납게 달리며 먹이를 쫓는 사냥꾼처럼 공을 쫓고 있었는데, 장신이 많은 독일 팀 사이에서도 체격적으로 밀리는 느낌을 전혀 주지 않았다.

질주는 난폭했지만 공을 다루는 기술은 눈에 띄게 노련하고 세련된 편이었다. 공을 잡으면 그는 오히려 침착해지는 것 같았고, 집착적으로 공을 쫓다가도 전진할 것처럼 수비수를 속인 다음 불시에 패스를 해 상대 선수들을 당황시키기도 했다.

문제는 그 패스를 적절하게 받아 주는 선수가 없다는 것이었다. 반대로 적절한 곳에 위치를 잡고 공을 기다려도 패스가 미흡해 공이 잘려 무겸에게까지 도착하지 못하고는 했다.

벤치에서도 몇 번이나 아, 아휴, 하는 탄식이 흘렀다. 출전도 하지 못하면서 누구보다 긴장했던 하준은 차마 그런 한숨조차 내쉴 수가 없어 어깨를 잔뜩 옹송그리고 경기에 집중했다. 몇 번째인가 그렇게 길목이 막히자 결국 무겸이 화가 난 듯 팔을 휙 들어 올렸다 뿌리쳤다.

"아, 씨발!"

무겸의 입에서 내뱉어진 거친 욕설이 벤치에까지 커다랗게 들려왔다. 그가 슬슬 열을 받기 시작하는 것이 하준에게도 느껴졌다.

전반 33분경, 독일의 코너킥 찬스였다. 전력 차가 명확한데도 생각 외로 골이 쉽게 터지지 않아 독일 선수들 사이에서도 상대를 얕보는 건들건들한 분위기가 사라졌다. 성급함이 사라지고 긴장은 어느 정도 풀린, 한국 팀에게는 아까보다도 불리한 분위기가 조성되었다.

길게 차올린 코너킥은 다행히 한국 수비의 머리에 맞고 골에서 멀리 벗어났다. 역습 찬스였지만 그 공은 한국의 것이 되지 못했다. 다시금 중원에서 빼앗긴 공이 독일 우측 윙어에게 넘어갔고, 드디어 한국 팀의 골 근처에서 간담이 서늘해지는 독일의 슈팅이 내질러졌다.

그러나 구사일생으로 공이 골대를 맞고 튕겨 나왔다. 빠른 속도로 쏘아졌던 구체는 저항에 부딪혀 예상치 못한 각도로 날아가 잠깐 동안 주인 없이 필드를 굴렀고, 그때 무겸이 빠르게 달려 공을 차지했다.

결국 혼자서 해결하기로 마음먹은 듯 무겸은 그때부터 상대 팀 골문을 향해 전력으로 질주했다. 모두 한국 팀 골문 앞에 몰려 있던 상황이라 독일 쪽 필드는 키퍼를 제외하면 거의 텅 비어 있었다. 수비수들이 곧바로 제자리를 찾아 달리기 시작했지만 그들보다 뒤쪽에 있던 무겸이 앞서 나가는 것이 더 빨랐다.

사람들을 제치고 패스 한 번 없이 드리블만으로 공을 차며 달리는 무겸을 독일 선수들이 뒤쫓았다. 그는 정말 빨랐다. 뒤에서 쫓는 선수들도 필사적이었지만 앞선 무겸과 쫓는 선수들 사이의 거리는 무겸이 골키퍼와 1대 1 상황이 될 때까지 좁혀지지 않았다.

오프사이드 룰도 신경 쓸 필요 없는 상황, 짧은 제동 한 번 걸지 않고 무겸이 공을 날카롭게 걷어찼다.

첫 골이었다. 아무도 한국 팀이 선제골을 터뜨리리라 기대하지 않았기에 경기장의 분위기는 일시에 변하고 말았다.

"저 새끼 천재 맞다니까?"

벤치에 앉아 있던 누군가가 감탄 섞어 중얼거리는 목소리가 들렸다. 무겸이 맹수처럼 포효하며 그라운드를 달렸다. 소년들이 뒤따라 달려 무겸에게 들러붙었고, 나중에는 서로서로 끌어안고 골을 축하했다. 상대 팀 스태프들과 여기저기서 관람을 왔을 스카우터들이 감탄하며 그들끼리 뭔가 이야기를 나누는 모습도 보였다.

30분이 조금 넘는 시간.

벤치에 앉아 무겸을 눈으로 좇던 하준의 혼이 그에게 사로잡히기까지 걸린 시간은 고작 그 정도였다.

이어폰을 귀에 꽂고 음악을 듣던 무뚝뚝한 옆모습, 누군가와 통화를 하며 장난스레 웃던 얼굴, 눈앞에서 포효하는 어린 야수 같은 모습.

빈정대는 듯 저를 내려다보던 비소기 섞인 건방진 눈매, 입술 사이에서 빠져나와 너울대던 하얀 연기, 대뜸 무릎을 굽히고 앉아 제 신발 끈을 묶은 다음 어깨를 가볍게 치고 가던 손의 무게.

그 모든 것이 번갈아 가며 하준의 영혼을 소용돌이처럼 어딘가 깊은 곳으로 빨아들였다. 그날 이후 10년, 한 번 빼앗긴 영혼은 주인에게로 돌아올 생각을 하지 않았다.

김무겸, 김무겸, 김무겸!

경기장에 한 사람의 이름을 부르는 환호가 가득 찼고 이어 팀을 응원하는 노래가 뒤덮였다. 하준은 벤치에서 그 환호를 들으며 후반 마무리를 향해 가고 있는 경기를 눈도 제대로 깜박이지 않고 지켜보고 있었다. 종료까지 1분 정도가 남은 상황에서 파울을 얻어 내며 프리 킥 찬스가 주어졌다. 이 프리 킥이 들어가면 그대로 경기가 종료될 것이다.

프리 키커는 무겸이었다. 표시된 지점에 공을 내려놓고 무겸이 뒤로 몇 발짝 물러섰다. 늘 먼 외국 땅에서만 이루어지던, 영상으로만 보던 그의 프리 킥을 맨눈으로 지켜보게 된 관중석에서는 응원가와 환호가 사

그라들더니 오히려 놀라울 정도로 조용해졌다.

초인적인 감이라고 표현하기도 하지만 하준은 무겸이 그만의 메커니즘을 가지고 프리 킥을 찬다는 것을 알고 있었다. 허리에 손을 얹고 서서 거리와 각도를 가늠하고 몇 발짝의 도움닫기 후 둥근 구체 위, 자신이 원하는 지점을 정확히 타격한다.

뛰어오르는 수비벽을 넘어 공이 낮은 아치를 그리며 날아갔다. 골키퍼가 나름대로 방향을 정확히 예측하고 뛰어올랐으나 힘 있게 날아간 공을 막기에는 한발 늦었다.

와!

사람들의 환호가 더 커졌다. 방금의 프리 킥 골로 인해 오늘 무겸은 해트 트릭•을 완수하며 대승을 거두었다. 오늘도 관객석은 만석이었고 준성의 공석으로 인해 침울해졌던 팀 분위기도 슬슬 다시 올라오고 있었다. 종료 휘슬이 울리는 순간 하준도 노트를 덮었다.

"고생하셨습니다!"

"수고하셨습니다!"

기분 좋게 승리를 거둔 선수들의 표정은 환했고, 서로에게 인사를 건네는 목소리도 밝았다. 시즌 초중반에 이르도록 시티서울은 무패 행진을 이어 가는 중이었다. 이번 리그 우승은 물론 예전에 누군가가 말했던 것처럼 클럽 월드컵에서도 좋은 성적을 노려 볼만 했다.

"축하한다, 김무겸!"

"축하드립니다, 형."

• 축구나 하키 따위의 경기에서, 한 선수가 한 경기에 세 골 이상을 넣는 일을 말한다.

해트 트릭의 주역에게 쏟아지는 축하에 무겸은 별일 아니라는 듯 픽 웃기만 했다.

"그래, 인마. 너한테 해트 트릭 같은 건 아무것도 아니지?"

정규의 핀잔, 사람들의 축하에 덤덤한 척하면서도 무겸은 야무지게 이곳 리그에서의 첫 해트 트릭 기념구를 챙겼다.

김무겸이라면 K리그에서 매번 세 골, 네 골을 넣을 것 같지만 그렇지도 않았다. 축구는 한 선수의 재량만으로 돌아가는 스포츠가 아니다. 뛰어난 선수 한 명을 데리고 있다 해서 무차별 격파가 가능하다면 월드컵의 이변 따위는 없을 것이다. 그리고 무겸은 어떤 경기에서든, 어떤 리그에서든 승리 이후에는 똑같은 기쁨을 느끼는 선수였다.

오늘이 하준이 말한 '이번 원정 경기'였다. 경기 직후, 특히 승리 직후면 늘 성취감과 성욕으로 뒤섞인 흥분이 몸을 끓게 만들었다. 이기든 지든 무겸은 경기 전보다는 경기를 마친 후에 섹스가 필요했다. 오늘은 다시 한번 신입 코치의 의사를 확인해 볼 필요가 있었다.

"이 코치님."

하준은 오늘 경기에서 태클을 당해 한 번 거하게 굴렀던 선수의 몸을 의료진과 함께 살피는 중이었다. 무겸이 다가가자 그는 무상한 표정으로 돌아보았다.

"지난번에 이야기했던 일에 관해서 오늘 논의 좀 하고 싶습니다."

"응. 조금 이따가 결정하자."

일을 하며 무표정하게 답하는 얼굴을 보고 무겸은 보일 듯 말 듯 씩 웃고, 그대로 샤워실로 향했다.

경기장에 딸린 공용 샤워실에서는 이미 여러 선수가 홀딱 벗은 채로 몸을 씻는 중이었는데, 무겸은 의식적으로 그들 한 사람 한 사람을 보며 벗은 남체에서 감흥을 느끼려고 해 보았다. 그러나 뭔가가 느껴지기는 커녕 도리어 기분만 나빠졌다.

"잠깐 나 좀 봐."

"네?"

그나마 팀 선수 중 예쁘장하고 잘생긴 축에 드는 녀석의 어깨를 툭 쳐서 저를 향해 돌아서게 만들었다. 왜 그러냐는 표정으로 저를 보는 놈을 가만히 주시하다 무겸은 다시 손짓을 했다.

"됐어. 돌아서."

"네……."

무겸은 머쓱하게 돌아서는 그를 지나쳐 빈 샤워기 아래에 섰다. 아무 남자한테나 다 꼴리지는 않는 것 같다. 하긴 여자를 봐도 그런데 남자가 상대라도 마찬가지겠지.

땀을 씻어 내며 곧 있을 하준과의 섹스를 떠올리자 방금 전까지의 무감흥이 거짓말처럼 벌써부터 몸에 은근히 열이 오르려고 했다. 무겸은 머리를 감으면서 제게만 들릴 정도로 작게 콧노래를 흥얼거렸다. 남들이 본다면 해트 트릭의 주역이 기분이 좋아 저런다고 생각할 만한 장면이었다.

로커 룸에서 옷을 갈아입은 선수들은 차례차례 서울로 돌아가는 버스에 올랐다. 스태프들은 이미 짝을 맞추어 나란히 착석하고 있었는데 하준은 혼자 창가 자리에 앉아 있었다. 오늘 경기를 보면서도 뭔가를 계속 메모하더니 그 기록을 또 정리하는 듯, 노트와 태블릿 피시를 동시에 무릎에 놓고 바쁘게 일하는 중이었다. 무겸은 망설이지 않고 그의 옆에 자리를 잡았다.

하준은 제 옆에 앉은 사람을 확인하더니 경계하는 눈초리를 한번 보낸 다음 별말 없이 다시 노트로 눈을 돌렸다. 무겸이 귓가에 얼굴을 가까이 하고 목소리를 낮추어 물었다.

"결정은 했어?"

"응. 내일 하자."

"오늘."

"…그래."

정말 일 이야기라도 하듯 평온한 어조였지만 듣던 중 반가운 소리였다. 무겸은 입꼬리를 슬쩍 끌어 올려 웃고 자세를 바로 고쳐 앉았다. 하준은 무겸에게 대답을 하면서도 그저 노트와 태블릿을 들여다보며 정리에 집중하고 있었다.

너무 성실한 거 아냐? 무겸은 그렇게 생각하며 등받이에 머리를 기대고 눈을 감았다. 승리감에 들뜬 선수들은 버스에 타고서도 시끌시끌했고 부르릉, 진동과 함께 차가 출발했다.

잠시 잠이 들었던 무겸은 문득 눈을 떴다. 다들 피곤했는지 출발할 때만 해도 시끄럽던 차 안은 쥐 죽은 듯 조용했다. 앉은 채로 자느라 뻣뻣해진 목을 좌우로 돌리다 보니 옆자리 승객의 상태가 눈에 들어왔다. 하준도 무릎 위에 노트를 얹어 놓은 채로 잠들어 있었다.

무겸은 손을 뻗어 하준이 매일같이 끌어안고 사는 노트를 펼쳐 들었다. 자신이나 그나 팀에 들어온 지 아직 얼마 되지 않았지만 지금 쓰는 노트가 이미 두 권째인 듯 책등에 '2'자를 쓴 라벨이 붙어 있었다.

여러 페이지에 색색의 테이프가 빼곡했다. 선수별로 어디가 문제이고 어디를 보강해야 하며 어떤 훈련을 지시해야 할지가 단정한 얼굴에 비하면 다소 거친 글씨체로, 그러나 보기 좋게 정리돼 있었다.

내용은 무척 세세했다. 어떤 선수는 오늘 안색이 좋지 않아 훈련량을 줄였다고 쓰여 있기도 했고, 식단이나 수면 시간을 체크한 내용도 있었다. 무겸은 제게도 생활 리듬에 대한 질문을 종종 던지던 하준을 떠올렸다. 각 선수의 타입을 분류해 지구력이 좋은지 순간 스피드가 좋은지 파워가 장점인지, 피로 회복은 빠른지 느린지 따위도 모두 기록해 놓았다.

그것을 천천히 읽어 나가던 무겸은 페이지를 후루룩 넘겨 제 이름을 찾아보았다. 앞부분이 그날그날의 기록장이라면 뒷부분은 선수들을 등번호순으로 정리해 놓아 무겸의 이름 세 글자는 초중반쯤 나왔다. 자신이 몸으로 실행 중이니 익히 알고 있는 훈련 프로그램 기록을 건너뛰자 그 아래로 별표를 쳐 메모를 해 놓은 부분에 눈이 갔다. 그곳에는 하준 스스로 코칭을 하며 주의해야 할 사항이 쓰여 있었다.

☆ 발목 불균형 계속 주시. 확실히 교정 않으면 무릎까지 무리 갈 수 있음.

☆ 코어 강화 더불어 상체 근육은 조금 줄이는 게 나을까? 지켜보고 지시할 것.

☆ 휴식 체크. 쉬는 시간을 꽉 채워 쉬도록 할 것. 수면 시간도 수시 체크.

왜 저래???

큽. 정갈한 훈련 관련 메모 사이에 갑자기 날려쓴 글씨로 마음의 소리가 튀어나와 있었다. 무겸은 소리 내어 웃을 뻔하다가 입을 꽉 다물고 참았다.

"음……."

하준이 잠꼬대를 하며 고개를 움직였다. 무겸은 얼른 노트를 다시 하준의 무릎에 올려놓은 뒤 팔짱을 끼고 정면을 바라보았다. 다행히 하준은 깨어나지 않고 고개를 살짝 창문 쪽으로 젖혔다. 계속 눈을 감고 고른 숨을 내쉬었다.

무겸은 팔짱을 낀 채 몸을 옆으로 약간 기울여 그 얼굴을 내려다보다가 소리 없이 웃으며 바로 앉았다. 하여튼 은근히 웃기는 녀석이다.

두 시간 정도를 달려 버스가 훈련장에 도착했다. 차례차례 하차한 선수들은 장거리 승차로 찌뿌둥해진 몸을 풀기 위해 하준의 지시에 따라 간단한 마무리 스트레칭을 했다. 그가 박수를 치며 인사를 건넸다.

"오늘 정말 수고 많았습니다. 푹 쉬고 내일 오후에 봅시다. 내일은 통상 훈련 없이 피로 회복 프로그램만 진행하겠습니다."

"수고하셨습니다!"

종료 인사를 한 선수들은 바삐 주차장으로 향했다. 하준은 어떻게 할지를 망설이며 제자리에 서 서성였다. 지난번에야 보는 눈이 없었다지만 오늘은 사람이 많다. 여기서부터 무겸의 차를 타고 가기에는 남들 눈이 의식됐다. 그때 휴대폰으로 메시지가 왔다.

정류장으로 와

하준은 그 메시지를 한참 들여다보았다. 제 휴대폰에 김무겸이 보낸 메시지가 떠올라 있다는 사실이 못내 이상했다.

하준이야 코치로서 비상 연락망이 필요하므로 시티서울에 소속된 모든 선수의 번호를 저장해 놓았지만 무겸이 제 번호를 알고 있는 상황은 어색하다. 선수와 코치들의 연락처는 모두 내부자용 인트라넷에 올라가 공유되어 있으니 당연히 알 수 있는 것이기는 했지만.

하준은 정류장으로 향했고, 오렌지색 람보르기니 대신 은회색 마세라티가 지난번과 같은 자리에 있는 것을 발견했다. 이미 이야기를 마쳐 놓고도 어쩐지 발걸음이 바로 떨어지지 않아 잠시 서 있기만 하던 하준은,

심호흡을 한번 하고 성큼성큼 빠르게 다가가 인사도 없이 털썩 조수석에 앉았다.

"스파이 작전이라도 펼치는 것 같지 않아?"

무겸이 농담을 했지만 하준은 대답할 기분이 아니었다. 불쾌해서도, 후회해서도 아니라 그저 긴장해서였다. 무겸은 하준의 굳은 표정을 보고는 슬쩍 어깨를 으쓱했을 뿐 더 말을 걸지 않고 차를 출발시켰다.

섹스를 하러 가는 두 사람이 탄 차라고는 생각할 수 없을 만큼 조용한 분위기에서, 차가 밤의 도로 사이로 빨려 들어갔다.

이번에도 도착한 곳은 무겸의 집이었다. 거실로 들어선 무겸이 옷을 벗으며 물었다.

"씻을래?"

"응."

하준은 이전과 같은 욕실에 들어섰다. 아파서 빈 욕조에 앉아 한참 물만 맞았던 지난번과는 다르게 거품을 내 구석구석 꼼꼼하게 몸을 씻었다. 관계를 가진 후와 하기 전은 아무래도 신경 쓰이는 정도가 다르다.

무겸이 자주 사용하는 욕실은 아닌 것 같은데 욕조가 딸려 있는 넓은 욕실은 타일에 티끌 하나 없이 말끔했다. 욕조와 세면대, 벽에 달린 거울까지도 하준이 상상하는 가정용 욕실의 규모를 가뿐히 넘어섰다. 선반에 단정히 놓인 몇 가지 욕실 용품조차 생활감이 느껴지지 않아 물을 튀기는 것이 송구스러워질 지경이었다.

씻고 나서는 옷을 입고 나가야 하나, 벗고 나가야 하나. 어차피 벗을 건데 굳이 입어야 하나. 고민 끝에 하준은 옷을 도로 다 껴입었다.

문을 열고 나가자 무겸 역시 이제 막 수건으로 머리를 말리며 나오고 있었다. 옷을 모두 챙겨 입은 하준과 대조적으로 그는 맨몸에 가운 한 장만 걸친 채였다. 고급스러워 보이는 짙은 회색 가운이 듬직한 몸을 감싼 모습은 생소한 동시에 지금까지 본 적 없는 어른스러운 매력을 풍겼다.

하준은 잠시 아무 생각도 못 하고 그를 바라보았다. 무겸이 저를 보며 슬쩍 웃기 전까지.

"어차피 벗을 건데 꼼꼼하게도 챙겨 입었어."

"…벗고 돌아다니는 거 별로 익숙하지 않아."

"그러고 보니 가족들이랑 산다고 했었나?"

무겸이 사용한 수건을 던져 치우고 하준에게로 가까이 왔다.

"상관없어. 벗기는 것도 재미니까."

쪽, 말이 끝나자마자 귓불 바로 아래 턱선에 입을 맞춘다. 하준은 벌써부터 어지러웠다.

"그날은 내가 좀 급해서 소파에서 했는데."

다시 조금 더 아래에 입술이 스쳤다. 제 피부가 이렇게 남의 접촉에 예민한지 하준은 최근 무겸을 통해 처음 알았다. 장난처럼 입술이 찍히고 미끄러질 때마다 다리에 힘이 풀리려고 했다. 어느새 무겸의 팔이 하준의 등을 감아 오고 있었다.

"아, 흐……."

"알았어, 알았어. 우리 이 코치님도 급한 것 같네요."

무겸이 목덜미에 묻었던 고개를 들어 하준을 내려다보았다. 그의 눈에는 욕정이라기보단 장난기에 가까운 빛이 어려 있어, 하준은 혼자 안절부절못하는 제 기분이 좀 억울해졌다.

“어쨌든 오늘은 느긋하게, 침대에서 하자.”

하준은 무겸에게 끌려가다시피 발을 옮겼다. 등 뒤로 문이 열리고 하준은 어느 순간 침대 위에 눕혀졌다.

널따란 침대에 누운 하준은 얼른 방을 둘러보았다. 넓고 심플한 방이었다. 침대맡에는 작은 협탁, 거울, 한 칸짜리 옷장 정도가 놓였다. 벽에는 꽤 큰 창문이 있어 밖으로는 나무들이 비치고 있었다. 분명 층고가 꽤 높은 건물의 3층이었던 것 같은데 창밖에 우거진 나뭇잎이 보이는 것이 신기해 하준은 잠시 그곳을 바라보다가 시선을 돌렸다.

남자 혼자 쓰는 방이라 생각하면 충분하다 싶다가도 의외로 소박하고 평범하다는 생각도 들었다. 어쩐지 사람이 생활하는 곳이라는 느낌이 들지 않았다. 방 자체는 춥지 않았음에도 살짝 서늘한 공기가 돌았다.

입술이 몸 여기저기를 누르는 동안에도 열심히 눈을 굴리자 무겸은 얼굴을 찌푸리고 고개를 들어 올렸다.

“집중 안 하고 뭘 그렇게 두리번대?”

“아냐. 그냥.”

방을 보느라 눈을 굴리는 사이 바지는 이미 벗겨져 나갔다. 무겸의 손이 티셔츠의 허릿단을 잡아 올렸고, 하준은 팔을 들어 그가 제 옷을 벗기도록 도왔다.

처음에는 옷을 다 벗지 않고 했었다. 완전히 나체가 되자 흉터가 신경 쓰인다. 하준이 손으로 흉터 위를 덮자 무겸은 방해하지 말라는 듯 손을 치웠다. 어쩐지 부끄러워져 하준은 고개를 슬쩍 옆으로 돌렸다.

침대에 깔린 시트와 이불이 네이비 계열의 짙은 색인 탓에 하준의 흰 피부가 그 위에서 더 도드라졌다. 무겸은 그 모습을 내려다보며 포획물을 바라보는 사냥꾼처럼 만족스러운 기분이 되어 입꼬리를 올렸다. 본인에게 이런 말을 하면 불쾌해할지도 모르겠으나 흉터마저도 티 없는 피부를 돋보이게 해 주는 무늬 같았다.

익히 본 적 있는 하준의 몸은 죄다 벗겨 눕혀 놓자, 미끈하게 근육이 잡혀 과하지도 모자라지도 않은 최적의 밸런스가 느껴졌다. 목선에서 직각으로 떨어지는 어깨선이나, 그 어깨 끝에서 팔로 이어지는 단단한 선, 작은 유두가 솟아 있는 탄탄한 가슴, 그 아래 직선을 그리고 있는 제법 단단한 복근까지.

곡선이라고는 없는 데다가 가늘지 않은 남자의 몸인데도 전체적으로 섬세하게 빚어진 듯한 분위기는 타고난 것일까. 무겸의 몸이 거칠게 터치된 유화라면 하준의 몸은 선으로만 이루어진 펜화였다.

턱선과 그 아래에서 쇄골까지 이어지는 사선 모양의 근육, 일자로 반듯이 놓인 쇄골까지 손가락을 세워 쓰다듬어 보았다. 하준은 그때마다 움찔거리며 입술을 꾹 다물었다. 소리가 나오면 참지 말라고 말을 했는데 또 참는 것 같았다.

그럼 못 참게 해 줄까. 무겸은 덥석 몸을 숙여 목에 이를 세웠다. 힘을 넣지 않고 살살 긁듯이 씹으며 손가락으로 유두를 비비자 역시나 하준의 노력은 금세 무색해졌다.

“아, 하으.”

오늘 샤워실과 로커 룸에서 둘러보며 새삼 느꼈지만 사내놈들, 그것도 운동하는 녀석들 피부가 이렇게 좋기 힘든데 하준의 피부는 그저 희기만 한 것이 아니라 매끈하고 부들부들하니 결이 고왔다.

이러니 만지기만 해도 앙앙대는 거겠지. 새삼 즐거운 기분이 된 무겸은 목에 묻고 있던 입술을 슬슬 미끄러뜨려 손가락으로 반시고 있던 반대쪽 유두로 가져왔다. 물방울처럼 맺힌 돌기를 쪽, 소리가 나도록 빨아

당기자 허리가 약하게 들썩였다. 그 움직임에 충동적으로 유두를 콱 깨물어 버렸다.

"아, 아파!"

하준의 목소리가 대번에 높아졌다. 그는 얼굴을 찌푸리고 불만스러운 듯 무겸을 바라보았다. 무겸은 그런 하준과 눈을 마주치며 혀를 낼름 내밀고, 방금 깨문 유두를 달래듯이 핥았다. 혀가 돌기 위를 길게 쓰다듬자 그는 따지는 걸 포기한 듯 눈을 감아 버렸다.

유두가 처음보다 부어올라 살짝 붉게 부푼 모습이 시선을 끈다. 이번에는 가슴 중앙 흉추 위를 혀로 쓸어내렸다. 혀끝이 명치에 닿고, 빈손으로 골반 근처를 지분거리자 어디를 느끼는지도 모르게 몸을 움찔대며 신음이 터져 나왔다.

"으응, 으, 흣, 아."

재미있다.

무겸은 왜 하준과의 섹스가 계속 생각났는지 이유를 알 것 같았다. 삽입했을 때의 느낌도 좋았지만 일단 하준과의 섹스는 저에게 있어 꽤 재미있는 일이었다.

같은 팀, 같은 훈련장에서 일하던 동료를 침대 위에 깔아 눕힌다는 것 자체가 자극적이었고, 일할 때는 단정하게만 보이는 얼굴이 제 아래에서 쾌감에 일그러지는 것을 보는 것도 즐거웠다. 아무 데나 툭툭 건드려도 예민하게 느끼는 몸은 더욱 흥미로웠다.

이 재미가 얼마나 갈지는 저로서도 장담할 수 없지만 적어도 두 번으로 질릴 만한 몸은 아닌 것 같다. 먼저 제안을 한 보람이 있을 듯해 다행이다.

"아, 하아, 으!"

브리프를 끌어내려 드러난 성기 옆, 허벅지 깊은 곳에 입술을 누르자 엉덩이가 가볍게 떴다. 하준은 애무를 피하려는 듯 옆으로 돌아누우려 했지만 무겸의 손이 다리를 넓게 벌리며 그를 제지했다. 부드럽게 살갗을 오가던 입술이 허벅지 안쪽을 강하게 빨아올렸다. 하준이 몸을 들썩였지만 무겸의 손에 눌린 다리는 쉽게 빠져나가지 못했다.

"아, 아으, 거기, 간지러워, 하윽!"

"간지러우면 웃어야지. 지금 이게 간지러운 거야?"

"아, 아, 하아……!"

허벅지 여기저기를 물고 빨자 손안에 갇힌 다리에 힘이 들어가는 것이 느껴졌다. 은퇴한 지 몇 년 됐다지만 근육이 살아 있는 허벅지는 꽤 단단하고 탄력이 있었다. 속절없이 신음하는 목소리를 음악처럼 귀에 담으면서, 무겸은 한참 전부터 일어선 제 성기를 감지하고 고개를 들어 올렸다.

거부해도 소용없이 이어지는 애무에 하준은 울상이 되었다. 저런 표정도 맘에 든다. 무겸이 하준의 브리프를 완전히 벗기고 제 속옷도 벗어 침대 옆으로 던졌다. 협탁 서랍을 열어 젤과 콘돔을 꺼내 들자 하준이 긴장한 듯 몸을 움츠리는 게 느껴졌다.

"손."

무겸의 말에 하준이 주춤주춤 손을 내밀었다.

약간 오므라진 모양으로 다가온 흰 손바닥에 무겸은 다른 설명 없이 젤을 쭉 짰다. 하준은 제 손바닥을 보고는 어떻게 하라는 말인지 모르겠다는 듯 눈치를 살폈다. 무겸은 고개를 까닥 숙여 제 아래를 가리켰다.

"오늘은 너도 내 것 좀 만져 봐. 나만 주무르라는 법 있어?"

하준의 시선이 무겸의 턱짓을 따라 내려가 제대로 발기한 성기에 닿았다. 하준의 시선이 두툼하게 일어선 성기 끝부터 시작해 울퉁불퉁 돋은 핏줄까지 따라 그리며 내려가 고환까지 닿는다. 그가 마른침을 삼키는 모습이 무겸에게도 보였다.

하준이 긴장할수록 어쩐지 무겸은 점점 여유로워졌다. 느긋하게 자리에 앉자 하준은 누워 있던 몸을 일으켜 무릎걸음으로 가까이 다가왔다. 그 모습에 무겸은 또 한 번 속으로 웃었다. 숙맥인 건지 밝히는 건지 알쏭달쏭 구분이 안 갈 때가 있는데, 이럴 때 보면 확실히 후자 쪽이 맞는 것 같다. 전에도 그러더니 제 좆만 보면 눈을 반짝인다.

어차피 똑같은 물건이 달린 주제에 하준은 신기한 것이라도 보는 표정으로 조심스럽게 무겸의 성기를 잡았다. 피아노 건반이라도 치는 것처럼 손가락이 차례차례 기둥 위를 감쌌고, 손안에 무겸의 것을 완전히 틀어쥔 그가 혼잣말처럼 작게 감탄했다.

"뜨겁다."

"좆 처음 만져 보는 것처럼 왜 그래?"

하준이 살 기둥을 감싸 쥔 손을 주욱 위로 밀어 올렸다. 젤을 바른 부드러운 손바닥이 성기를 쓰는 감촉이 또 각별했다. 나른해지는 기분에 무겸은 살짝 한숨을 내쉬면서 제 앞에 등을 굽히고 앉은 하준을 내려다보았다. 그는 입을 꾹 다물고 무겸의 성기를 열중해서 들여다보며 손을 움직이고 있었다.

손은 열심히 위아래로 움직이고 성기 표면과 손바닥이 맞닿은 부위에서는 쩍쩍대는 마찰음이 나고 있는데, 하준의 표정에 야한 분위기라고는 일절 없다. 훈련장에서 노트를 읽을 때보다 더 심각했다. 숫제 좆이 아니라 훈련장에서 제 발목을 관찰할 때 표정 아닌가. 무겸은 이번에야말로 못 참고 소리 내서 웃어 버렸다.

"왜?"

갑자기 킥킥대는 무겸을 하준은 황망한 눈으로 쳐다보았다. 내가 뭐 잘못했나? 그런 속마음이 도사린 표정이었다. 무겸은 얼른 고개를 저었다.

"아니야."

무겸이 앞으로 몸을 숙이자 하준은 그의 성기를 놓고 주춤대다 다시 아래쪽에 누웠다. 하준의 손안에서 크기를 더 키운 무겸의 물건은 완전히 준비를 마친 상태였다.

무겸이 콘돔 포장지를 입에 물고 찢었다. 그러자 하준이 화들짝 놀라며 무겸의 팔을 잡는다.

"자, 잠깐만."

"음?"

"하기 전에 잠깐만."

잠깐만 뭘? 무겸이 미간을 찌푸리는 사이, 하준은 던져 놓았던 젤을 허둥지둥 주워 들더니 제 손에 거듭 쭉쭉 짜 내렸다.

뭘 하려는 거지. 아래는 빨리 눈앞에 있는 남자의 뒤를 쑤시고 싶다고 외치는 중이었지만 무겸은 저를 다독이며 기다렸다. 이하준이 무슨 짓을 할지 궁금했으니까. 곧이어 무겸의 눈이 커다랗게 벌어졌다.

"흣……."

하준은 젤을 잔뜩 바른 손을 무겸의 성기로도, 제 성기로도 가져가지 않았다. 대뜸 다리를 벌리더니 자신의 엉덩이 사이로 집어넣는다. 젖은 손가락 중지를 갑자기 제 몸속에 집어넣는 행위에 전혀 거리낌이 없었다.

거기서 끝이 아니었다. 그는 손가락을 밀어 넣은 제 아래를 내려다보더니, 넣는 것도 모자라서 손목을 움직이기 시작했다. 입구를 넓히려는 듯 삽입한 손을 둥글게 돌리는 장면을 무겸은 할 말을 잃고 응시했다. 손가락 하나를 넣고도 거북한지 하준은 얼굴을 살짝 찌푸리고 작게 신음하고 있었다.

"후, 아."

이건 뭐지?

서비스로 보여 주는 건가?

두 번째라서? 두 번째에는 시각 서비스를 해 준다는 개인적인 방침이라도 있나?

경험치라면 어지간해서는 뒤지지 않을 자신이 있는 무겸이었지만 시작도 하기 전에 대뜸 눈앞에서 자위부터 하는 상대는 만나 본 적 없었다. 더군다나 그것이 제 뒤를 헤집는 남자라면 더욱이.

침대 위에서 늘 리드만 해 봤지 어떻게 해야 할지 방향을 잃어 보는 것은 처음이라 당황스러웠다. 어쨌든 그 놀라운 장면에 아래쪽은 한층 열이 차올랐다. 멍청하게 눈앞의 사태를 구경만 하고 있자니 무겸의 침묵이 불편한지 하준이 입을 열었다.

"잠깐만 기다려. 금방 할게."

얼굴이 슬쩍 붉어진 하준은 가쁜 숨을 쉬며 손을 꿈질거리더니 이미 들어가 있는 중지 옆으로 약지까지 밀어 넣으려 했다. 그제야 무겸이 바짝 다가가 손목을 붙잡았다. 무겸의 눈매가 저도 모르게 설핏 가늘어졌다.

"서비스도 좋은데 계속 구경만 하는 건 내 취향 아니야."

"서비스?"

자극적이기는 했다. 이미 한계까지 흥분했다고 생각했던 성기가 더 우뚝 솟아올랐으니까. 손목을 끌어 내리자 안쪽에 들어가 있던 손가락이 주욱 빠져나왔다. 들어가 있을 때만큼 빠져나오는 장면 또한 흥분을 부추겼다.

엉거주춤 앉아 있는 남자를 밀어 도로 드러눕혔다. 단단해진 물건을 입구에 곧 넣을 것처럼 비벼 대자 하준이 다급하게 말을 이었다.

"저기, 조금만 더."

"왜? 됐다니까."

"먼저 이렇게 안 하면 아프대, 아니, 아파서."

그 말에 무겸이 눈살을 찌푸렸다.

"왜? 지난번에는 그냥 하랬잖아."

"그때는……."

짧은 침묵이 지났다. 하준이 목울대를 울리더니 대답했다.

"급했어."

"뭐?"

무겸의 입에서 어이없다는 듯 헛웃음이 나왔다. 하준의 얼굴이 조금 더 벌게졌다.

그러게 처음부터 어떻게 해야 하는지 알려 달라고 말했건만 사람 엿 먹이는 것도 아니고……. 제가 급할 때는 그냥 하라고 하더니 오늘은 또 그렇게 하면 아프다고?

머릿속에 무시하고 지금 당장 쑤셔 박으라고 외치는 목소리와, 아프다는데 어쩌겠냐고 토닥이는 목소리가 공존했다. 내면의 싸움을 마친 무겸은 가볍게 한숨을 쉬고, 볼기 사이에 문지르고 있던 성기를 물린 다음 하준의 옆에 비스듬히 누워 버렸다. 그리고 제 손에 젤을 바르며 투덜거렸다.

"그럼 처음부터 말을 할 것이지, 왜 시위를 해?"

"어? 아냐. 그러려고 한 게 아니라."

"입 닥쳐."

홧김에 좀 많다 싶게 젤을 펴 바른 손가락 두 개를 곧바로 하준의 다리 사이로 콱 밀어 넣었다. 손바닥이 엉덩이와 부딪히며 찰싹 소리가 났다. 하준이 몸을 들썩이며 짧게 비명을 질렀다.

"아!"

"흐물흐물하게 조져 달라 이거 아니야?"

"흑, 아윽!"

무겸은 성기를 박아 넣듯 손가락으로 안쪽을 퍽퍽 빠르게 쑤셔 올렸다. 앗, 아. 아픈 건지 좋은 건지 하준이 몸을 떨며 신음했다.

막상 손가락을 집어넣자 뜨겁고 축축한 내벽이 손가락을 감아 오는 감촉이 나쁘지 않았다. 삽입의 쾌감을 빨리 맛보고 싶은 충동 위로 새로운 흥미가 고개를 내밀었다. 화가 난 듯 거칠게 쑤셔 들던 처음과는 달리 손가락이 뒤를 드나드는 속도가 차츰 느려지고, 그저 일직선으로 움직이던 궤적도 달라지기 시작했다. 하준의 호흡도 그 궤적에 맞추어 가빠졌다.

"하아, 아, 으읏……."

손목을 둥글게 돌리며 내벽을 문지르는 움직임이 조금씩 끈적해졌다. 무겸은 느리고 깊게 손가락을 집어넣고, 체온으로 데운 윤활제를 안쪽에 펴 바르며 위와 옆, 아래 내벽을 꼼꼼히 더듬어 보았다.

지난번에 할 때는 콘돔도 끼고 있는 데다 빠른 속도로 피스톤질만 해서 미처 느끼지 못했는데 부드럽고 질척하게 손가락에 엉겨 붙는 속살의 촉감은 만지는 재미가 있었다. 손가락 두 개도 넣기 버거운 좁은 곳을 파고들고 있자니 지난번에 제 물건을 어떻게 이곳에 한 번에 꽂아 넣었나 신기하기도 했다.

조금 더 깊이 밀어 넣어 손가락 관절을 굽혔을 때였다.

"흑!"

갑자기 하준의 허리가 크게 튀었다. 동시에 손가락을 감고 있던 내벽이 요동하는 게 느껴졌다. 단순히 조이기만 하는 게 아니라 꿈틀대는 느낌.

무겸은 미간을 희미하게 찌푸리고 다시 한번 같은 곳을 느릿하게 쓸었다. 탐색하는 듯한 손놀림에 하준이 허리를 뒤로 빼며 몸을 움츠렸다. 하준의 표정은 미묘하게 굳어 있었다.

"아, 잠깐만."

"왜?"

무겸의 입가에 희미하게 웃음이 번졌다. 도망치려는 하준을 끌어당겨 제 팔을 베고 눕게 만들었다.

그 상태에서 손끝을 한 지점에 붙이다시피 하고 강하게 문지르기 시작했다. 그러자 하준은 몸을 붙잡힌 와중에도 엉덩이를 뒤로 빼며 자꾸만 손길을 피하려 들었다.

"잠, 아, 아으, 응, 아!"

"여기가 좋아?"

"흐, 흐으, 아, 니, 아니야, 안 좋, 아아, 아!"

"빼지 말고 솔직하게 말해. 좋으면 좋다, 싫으면 싫다."

내벽의 한 점만을 집요하게 괴롭히던 손가락이 갑자기 주룩 빠져나오더니, 커다란 손이 쫙 소리가 나도록 하준의 엉덩이를 내리쳤다.

"아흑!"

갑작스러운 매질에 뒤로 빠지던 엉덩이가 다시 무겸 쪽으로 바짝 들러붙었다. 무겸은 손가락을 다시 우악스럽게 밀어 넣었다.

"아, 악!"

"할 때 내숭 떠는 거 질색이니까 적당히 해."

재차 비집고 들어갈 때는 손가락을 하나 늘려 세 개를 넣어 보았다. 이미 한번 벌어진 구멍은 조금 힘겹게, 그러나 큰 저항 없이 굵고 긴 손가락 세 개를 집어삼켰다.

처음에는 빠듯하게 조여만 오던 것이 꿈틀대며 제 손가락을 물어 대는 감촉이 꽤 재미있었다. 한껏 문질러 댔던 지점이 처음보다 많이 부어올라 있어 다시 그 부분을 찾는 것은 어렵지 않았다.

피스톤질 하듯 손가락을 뺐다 꽂으며 그곳을 비벼 대고, 그것이 지루해지면 손목을 빠르게 흔들며 진동이라도 주듯 자극했다. 그때마다 몸을 움찔대고 끙끙대며 신음하던 하준은 어느 순간, 더 이상 참기 힘든지 고개를 마구 흔들며 애원했다.

"아아, 앗, 아! 김무겸, 그만, 그만……!"

"좋아 죽으면서 왜?"

"아, 아……!"

"하나 더 넣어도 들어갈 것 같은데."

무겸은 제 품에 얼굴을 묻다시피 안겨 온몸을 떠는 하준을 저도 모르는 사이 싱글싱글 웃으며 내려다보고 있었다. 좁은 구멍에는 검지와 중지, 약지까지 깊이 틀어박혔다. 남은 새끼손가락까지 입구 근처에 가져다 붙이고 슬슬 문지르자 하준은 겁먹은 듯 어깨를 움츠렸다. 무겸의 손가락 네 개면 어지간한 보통 사람의 손 전체 너비나 다름없었다.

그러나 이것 보라지. 싫은 척하지만 역시나 내숭인지 하지 말라는 말은 끝까지 나오지 않는다.

무겸은 입술을 한 번 핥고 결국 새끼손가락까지 찔러 넣었다. 손가락 세 개를 삼켰을 때도 찢어질 듯 팽팽해졌던 입구는, 막상 새로 침범해 들어가자 또 한 번 벌어지며 남은 새끼손가락까지 빨아들이려 했다.

도대체 얼마나 늘어나는 거지? 호기심이 일어난 무겸이 하준을 안고 있던 몸을 일으켜 입구를 눈으로 살폈다. 머리카락 하나 들어갈 만한 틈새 없이 꽉 닫혀 있던 곳이 둥글게 벌어져, 그 사이로 굵고 긴 손가락 네 개가 체액과 젤에 젖어 오가는 모습에 무겸은 마른침을 삼켰다. 아랫배가 뻐근해질 정도로 성기가 팽팽해지고 있었다.

솔직히 말해 손가락을 죄다 안에 넣고 쑤셔 대는, 이런 짓은 지금껏 누구와도 해 본 적 없다. 무겸에게도 경험 밖의 자극적인 행위는 숱하게 남아 있었다. 손가락을 안쪽으로 밀어 넣었다 빼기를 반복하며 무겸은 낮게 웃었다.

“잘 벌어지는데? 이렇게 계속하다 보면 손이 다 들어갈 수도 있겠어.”

“흐으, 악! 하, 아! 응, 으읏……!”

하준이 허리를 떨며 제 팔로 얼굴을 가렸다. 손가락이 드나드는 속도가 빨라졌고, 내벽을 문지르는 힘은 점점 거세졌다. 허억, 헉. 하준은 좋은 것인지 힘든 것인지 크게 숨을 몰아쉬며 비명인지 신음인지 숨소리인지 모를 형태 없는 소리만을 내뱉었다.

계속 문지르기만 하는 것도 조금 지루해져 문지르던 곳을 꾸욱, 힘주어 눌렀을 때였다. 하준이 허리를 들썩이더니 다시 한번 고개를 도리질 치며 젖혔다. 무겸의 손목을 다급하게 붙잡았다. 그 바람에 팔에 가려졌던 얼굴이 무겸의 시야에 들어왔다.

“이상해, 흐윽… 아, 이상해, 제발, 제발! 아, 아아!”

씨발.

무겸이 입속으로 욕을 하며 손가락을 단번에 빼냈다. 끈적해진 내벽이 손가락을 붙잡으려는 듯 마지막까지 빨아 당겼다.

으응, 한참을 괴롭힘 당하던 몸이 마침내 해방되자 하준은 작게 신음하며 몸을 웅크렸다. 그러나 휴식은 잠시였다. 옆으로 웅크린 몸이 바로 눕혔다. 커다란 손이 그대로 허벅지를 열어 벌리고는 종아리 양쪽을 어깨 위로 올렸다.

"아읏, 아-!"

넣겠다는 예고 한마디 없이, 손을 빼내자마자 무겸은 귀두를 입구에 욱여넣고 단번에 밀고 들어갔다.

한참 동안 손가락 네 개를 물고 있던 안쪽은 지난번보다 훨씬 매끄럽게 성기를 빨아들였지만 그렇다 해서 커다란 살 기둥을 마냥 쉽게 품을 수 있는 것은 아니었다. 손가락보다 훨씬 긴 성기가 깊은 곳까지 들어가 배 속을 압박하자 하준은 호흡이 벅찬 사람처럼 얕은 숨을 헐떡였다. 하. 무겸이 자신의 귀에만 들릴 정도로 조용히 한숨을 쉬었다.

바로 눕힌 자세로 넣자 얼굴이 아주 잘 보였다. 눈동자까지 떨리는 위태로운 표정.

고통스러운 것인지 기분이 좋아 그러는 것인지 어찌 됐든 강렬한 감각에 시달려 평소의 반듯한 선이란 선은 모조리 무너졌다. 벌어진 입술은 타액으로 촉촉하고 초점 흐려진 눈동자를 감싼 눈가는 슬쩍 젖어 보이기까지 했다.

조금 전 까지는 천둥 치는 날 개처럼 품속에서 부들부들 떠는 하준의 반응이 재미있기만 했는데 이제는 웃음이 나오지 않았다. 남자가 느끼는 표정이 왜 이렇게까지 자극적인지는 모르겠지만 보기만 해도 배 속이 저릿저릿한 것이 아무 생각 없이 처박고 싶었다. 저 얼굴을 더 보고 싶었다.

"흐으, 잠깐, 잠깐만… 하아으."

계속 허리를 밀어붙여 치골과 엉덩이가 부딪혀 비벼질 때까지, 뿌리도 보이지 않을 정도로 깊이 들어가자 귀두를 감싸던 내벽이 어느 지점에선가 급격히 좁아졌다. 처음 했던 때보다 확실히 더 많이 들어간 것 같은데, 그때처럼 닫힌 걸 억지로 비틀어 여는 느낌이 들지는 않았다. 그날 그렇게 넣은 게 좀 무리한 짓이긴 했던 걸까.

움쭉 좁아드는 부분을 귀두로 꾸욱 누르며 벌린 다음 톡톡 짧게 쳐올리자 하준의 허리가 튀더니 배가 바르르 경련하듯 떨렸다.

"아, 아! 흐윽, 제, 발… 잠깐만, 잠깐, 아아!"

"하아, 후."

그러고 보니 콘돔 끼는 걸 잊었다. 아까 포장은 찢어 놨는데.

그렇게 생각하면서도 넣은 것을 다시 빼고 싶지 않았다. 남자끼리 하는 섹스에 임신할 걱정은 없으니 필요 없지 않나.

열이 찬 머리로 무심히 합리화하며 무겸은 말없이 짧은 피스톤질에만 집중하다가, 허리를 뒤로 물러 깊숙이 처박았던 것을 길게 빼냈다. 빼내야만 다시 넣을 수 있으니까.

몸속에 한참을 머물다 빠져나가는 성기를 내벽의 살이 차지게 물며 붙잡았다. 성기 모양대로 좁아 드는 뜨겁고 매끄러운 점막 때문에 이제까지 제대로 의식해 본 적도 없는 자신의 물건 모양이 무겸 자신에게까지 느껴지는 것만 같았다. 잡아끊을 것처럼 단단하게 조이기만 하던 지난번과는 확실히 다르다. 남자와의 섹스에서도 전희가 중요하다는 것을 잘 알겠다.

"흐아……."

그렇게 성기를 뒤로 빼는데 하준이 탄식처럼 작게 신음하며 허리를 들썩였다. 허벅지 안쪽에 힘이 들어가며 다리 전체가 무겸의 어깨 위에서 움찔대는 것이 느껴졌다.

무겸이 또 한 번 낮게 웃고는 얼굴 옆에 놓인 무릎을 혀로 진득하게 핥았다. 핥은 쪽 다리가 뭔가를 걷어차기라도 할 것처럼 위아래로 요동쳤지만 무겸의 손안에 갇혀 허무한 저항에 그쳤다.

"넣을 때, 뺄 때. 언제가 더 좋아?"

그렇게 물으며 길게 빠져나왔던 것을 한번에 푹 꽂아 넣자 하준이 고개를 젖히며 허리를 비틀었다.

"아아! 하윽, 하아, 아……."

"둘 다?"

그리고 다시 느릿하게 빼냈다. 하준도 그 속도만큼이나 힘이 빠진, 길고 흐느끼는 듯한 신음을 흘려 댔다.

"흐읏, 응, 으흐으읏……."

거의 끝까지 빼낸 다음 세게 박아 넣고, 툭 튀어나온 귀두갓이나 성기의 요철이 내벽을 툭툭 긁는 것을 잘 느낄 수 있도록 슬슬 빠져나왔다가 다시 강하게 쳐올리고.

완전히 다 빠져나왔다가 두드려 올리기도 하고, 절반쯤, 또는 그보다 조금만 더 빠져나왔다가 들어가기도 하니 진입하는 순간을 짐작하지 못하고 긴장하고 있던 하준의 몸이 파드득 튀었다. 그때마다 울음소리 같은 신음이 터지며 엉덩이를 얻어맞기라도 한 듯 불시에 힘이 들어가 성기를 꽉꽉 조여 왔다.

그 감각에 취해 지치지도 않고 추삽질을 반복했더니 하준이 조금 전 손가락으로 안쪽을 문지를 때처럼 고개를 저었다. 무겸의 어깨를 붙잡고 또 한 번 애원한다.

"아, 아, 읏, 잠깐……. 제발, 기다려, 줘… 하아!"

"왜? 힘들어?"

"흐읏, 으응, 응!"

하준이 마구 고개를 끄덕였다. 눈빛이 제법 절박하다. 붉게 달아오른 뺨을 무겸의 손이 툭툭 가볍게 쳤다.

"괜찮아. 할 수 있어."

엄살은.

무겸이 어깨 위로 올렸던 다리를 제 허리에 감게 했다. 혼이라도 내는 것처럼 더 강하고 빠르게 성기를 두드려 넣자 포기한 듯 비명을 닮은 신음이 터지고 흰 손이 시트를 확 구겨 잡았다.

무겸은 허릿짓을 멈추지 않고 하준의 골반을 붙잡았다. 깊이 박혀 들 때마다 이미 품고 있는 성기를 피하고 싶기라도 한 것처럼 자꾸만 좌우로 비트는 허리를 고정하기 위해서였다.

완급 조절을 완전히 그만두고 무겸은 무릎을 굽히고 앉은 자세로 퍽퍽 허리를 쳐올렸다. 무겸의 치골과 허벅지에 엉덩이를 부딪힐 때마다 하준의 몸이 마구잡이로 흔들렸다.

"흐아, 아, 아아, 아아!"

소리 높여 신음하던 하준이 팔을 뻗었다. 시트를 부여잡고 있던 손이 머리 위, 나무 창살 모양으로 생긴 침대 헤드를 붙든다. 몸이 너무 흔들려 스스로 고정하려는 것인가 했는데, 하준은 발로 시트를 밀며 자꾸만 몸을 위로 끌어 올리려 들었다.

어딜. 도망치려는 허리를 무겸의 손이 재차 덥석 잡아 끌어내렸다. 그 바람에 삽입이 깊어지자 하준은 무겸의 팔목을 붙잡고 몸서리를 쳤다.

"악! 아, 아, 나, 조금, 조금만……!"

"빼지 말라고 했지. 하기 싫어?"

무겸이 화가 난 척 목소리를 깔고는 다그치며 길게 찔러 올리자 그 말에는 또 세차게 고개를 흔들었다.

"싫은, 싫은 거, 아냐. 아닌! 하아……! 아윽, 흐, 으……."

다급하던 말끝이 흐려지더니 반쯤 뜨인 까만 눈에서 갑자기 눈물이 주륵 흘러내렸다.

순간 무겸도 내심 놀라 허릿짓을 멈췄다. 너무 몰아세운 걸까. 그러나 놀라운 일은 그다음에 시작되었다. 무겸이 허리를 멈추고 기다리는 사이 하준의 허리부터 다리까지가 경련하듯 덜덜 떨리기 시작한 것이다.

"아, 아, 아……."

연신 신음하더니 무겸은 움직이지도 않고 있는데 혼자 허리를 이리저리 비틀며 어찌할 바를 몰라 했다. 고개를 젖힌 채 옆으로 기울인, 연푸른 핏줄이 비치는 목줄기의 연한 뼈와 잔근육이 꿈틀거렸다.

사람 몸이 이렇게 떨릴 수가 있나 싶을 정도로 파르르 전신을 떠는데, 성기를 문 엉덩이부터 시트를 밀던 발끝까지 힘이 들어가더니 허리가 살짝 휘듯 시트 위로 떴다. 어느새 흰 몸 여기저기 번진 연한 붉은색 반점이 선정적이었다.

미끌미끌하면서도 부드럽게 요철이 있는 안쪽 점막이 구불대며 성기를 물어 온다. 이제까지보다 큰 자극에 무겸도 얼굴을 찌푸리고 이를 악물었다. 그리고 동시에,

"흐으, 으, 아, 아!"

발기한 채로 흔들리던 하준의 성기에서 순식간에 흰 정액이 뚝뚝 흘러내렸다. 무겸의 눈이 커졌다. 사출된 정액이 하준의 배 위는 물론 무겸의 치골과 배 언저리에까지 튀었다.

"하아, 하……! 으읏, 응, 하아……."

숨을 몇 번씩 몰아쉬며 사정을 하고 나서야 하준의 경련은 조금씩 잦

아들었다. 잔뜩 붉어진 얼굴을 손등으로 가리고 숨을 고르는 하준을 무겸은 진기한 것을 보는 눈으로 바라보았다.

지난번에도 사정이야 했다지만 그때는 좆을 손으로 쳐 줬었다. 뒤로만, 삽입만으로 갈 수가 있다니.

남자와 남자의 관계에서는 뒤쪽을 쓴다는 것 정도만 알고 있었을 뿐, 지난번의 하준이 그랬듯 삽입만으로는 절정에 달할 수 없다고 생각했던 무겸에게 지금의 장면은 어이가 없을 정도로 신기하고 자극적이었다.

"와."

저도 모르게 웃음 섞인 감탄사가 나왔다. 정액을 흘리는 성기를 손가락으로 툭툭 건드리자 그것만으로도 느끼는 듯 흐윽, 윽 울음 섞인 신음이 입술 사이로 흘렀다. 무겸이 몸을 숙여 귓가에 대고 놀리듯이 속삭였다.

"이 코치, 진짜 뒤로 한두 번 해 본 게 아닌가 봐."

"하으, 우읏……."

"그렇다고 이렇게 말도 없이 마음대로 싸면 돼?"

신기해서 놀려 본 것뿐이었는데 하준의 어깨가 움츠러들었다. 손등으로 가린 얼굴이 더 붉어지는 것이 보였다.

"미… 안."

'미안할 것까지야. 나오는 걸 어쩌겠어?'

무겸은 속으로는 그렇게 대답하며 웃었지만 하준의 부끄러워하는 모습이 마음에 들어 굳이 입 밖으로 말해 주지는 않았다.

여태껏 뿌리까지 밀어 넣고 있던 성기를 천천히 빼냈다. 사정을 한 하준과는 달리 절정을 맛보지 못한 무겸의 것은 여전히 단단하게 솟구쳐 배출을 기다리고 있었다. 성기의 지름만큼 늘어나 주름 하나 없이 매끈해진 입구가 회음부를 타고 흘러내린 하준의 정액과 윤활제로 젖어 번

들거렸다.

더럽게 야한 장면이었다. 팽팽해진 입구 사이로 제 귀두가 끝까지 빠져나오는 모습을 무겸은 가만히 응시했다. 성기를 뱉어내자 벌어진 구멍은 바로 다물리지 않고 입술처럼 오물거렸다.

무겸은 하준의 허리를 밀어 누운 몸을 엎드리게 했다. 아직도 멍하니 헐떡이던 하준은 왜 그러는지 묻지도 않고 순순히 자세를 고쳤다.

하준의 등과 엉덩이가 한눈에 들어왔다. 가슴과 복근만큼이나 견갑골이며 기립근도 미끈하게 자리 잡고 있었다. 꼬리뼈 양옆으로 살짝 파인 보조개도 귀엽다. 지금까지 누워서만 하느라 박고 있는 엉덩이를 제대로 본 적이 없었는데 엎어 놓고 보니 하얗고 소담하게 위로 솟아올라 있는 모양이 마음에 든다.

"김무겸……?"

뭘 하려는지 모르겠다는 듯 제 이름을 부르는 목소리에 대답하는 대신, 무겸은 손으로 볼기를 잡아 벌려 그 사이 닫힌 구멍을 넓혔다. 시트 위에 엎드린 몸 위로 제 몸을 겹치고, 무겸은 성기 끝을 입구에 맞춘 뒤 수직으로 꽂아 넣었다.

"흐아, 아아아, 아!"

곧바로 비명이 터져 나왔다. 하준의 몸이 무겸의 아래에 짓뭉개진 채 감전이라도 당한 듯 다시금 푸르르 떨렸다.

체중으로 깔아뭉갠 것도 모자라 무겸은 제 팔뚝을 하준의 어깨 앞으로 밀어 넣었다. 결박하다시피 뒤로 잡아당겨 아까처럼 도망치지 못하게 했다.

"너는 갔어도 나는 아직이야."

"으, 흐으, 흐읏!"

"둘 다 끝나야 끝나는 거지."

무겸이 허리를 움직이기 시작했다. 얼굴이 보이지 않는 것이 조금 아쉽기는 했지만 뒤에서 박으니 누워서 할 때보다 확실히 깊은 곳까지 들어간다는 느낌이 들었다.

한번 풀어진 구멍에서 찔꺽대는 물소리가 났다. 이제 뿌리까지도 쉽게 삼키는 내벽을 조금이라도 더 맛보고 싶어 짓이기듯 허리를 밀어 문지르면 하준은 엎드린 채로도 목을 젖히며 울었다.

조금만 고개를 숙이면 하준의 귀가 그곳에 있었다. 무겸이 귀를 통째로 핥아 대며 말했다.

"네 배 속 말이야."

"하아, 아, 아아."

"넣다 보면, 하, 거의 끝부분에, 갑자기 좁아지는, 부분이, 있거든? 거기에 닿으면, 씨발, 네가 날 아주, 꽉꽉 물어."

무겸은 어깨를 붙들고 있던 팔에서 힘을 풀고 손을 아래로 내렸다. 가슴을 슬슬 문지르며 미끄러진 손이 시트와 딱 맞붙은 아랫배 사이에 마구잡이로 끼어들었다. 어디쯤일까. 제 귀두가 닿고 있을 만한 지점을 찾아 무겸의 손끝이 하준의 배 위를 쓰다듬었다.

"이쯤?"

배꼽 언저리 어딘가, 기분 탓인지 정말로 뱃가죽이 살짝 튀어나온 듯한 부분 위를 무겸의 손이 꾹 눌렀다. 안쪽이 한 번 더 쑥 좁아지며 하준이 깔린 채로 몸부림을 쳤다.

"아으윽!"

"맞혔나 보네."

배에 손을 얹은 채로 허리를 앞뒤로 거세게 놀리자 추삽질의 진동이 손끝에 닿는 것만 같았다. 정말로 하준의 배 속을 꿰뚫고 있다는 실감이 나 무겸은 그만 낮게 소리 내서 웃었다. 겹쳐 엎드린 자세, 하준의 귓가에 대고 웃음을 흘리자 너무 가까웠는지 하준이 어깨를 움츠리며 몸을 떨었다. 그때마다 안쪽이 꿈틀거리며 점막이 좆을 주물러댔다.

다시 어깨를 붙들고 허리를 흔들었다. 신경을 자극하는 육체적 쾌감, 이하준이라는 남자를 죄다 지배하고 있는 듯한 정신적 쾌감이 섞여 전신을 관통하듯 꿰뚫었다.

괜찮은 정도도, 나쁘지 않은 정도도 아니다. 좋다는 말로도 부족하다.

이하준과의 섹스는 최고다. 이렇게 재미있는 섹스는 해 본 적이 없다.

진심으로 그렇게 감탄하며 무겸은 반쯤 무아지경에 빠진 채 더 이상 다른 생각을 않고 허리를 내질렀다. 울먹임이 섞이다 못해 흐느낌에 가까워진 신음 소리도 달콤한 배경 음악 정도로 들릴 뿐. 상대를 배려해야겠다는 인지조차도 하지 못하고 속도 조절 따위도 잊고서 좌우로 위아래로, 각도를 마구잡이로 바꿔 가며 강하게 안쪽을 때리는 피스톤질을 반복했다.

"아아! 아! 흐, 김, 무겸, 헉… 김무겸……!"

무겸의 양팔에 구속당하듯 붙잡혀 얼굴을 숙인 채로 필사적으로 제 이름을 부르는 하준의 목소리에 무겸은 겨우 이성을 찾았다. 하준은 신음 사이사이 애원하듯 그에게 청하고 있었다.

"흐읏, 흑, 빨리… 아, 제발 빨리……."

"빨리? 하아, 더, 빨리, 후우, 박아 줘?"

"아니! 하으, 아, 니, 아, 아, 아! 빨리, 빨리, 싸 줘!"

거세게 박아 넣을 때마다 비명을 지르다가 갑작스레 쏟아 내는 음담에 무겸의 성감이 훅 고조되었다. 지금껏 섹스를 하며 느껴 본 적 없는,

어떤 폭력적인 충동이 전신을 뜨겁게 지배해 몸이 증기가 되어 버리는 기분이었다.

무겸은 고개를 더 깊이 숙여 붉게 달아오른 하준의 귓바퀴를 물었다. 껌이라도 씹는 것처럼 이로 잘근잘근 씹으며 아무 말 없이, 하준의 소원대로 사정을 위한 강하고 빠른 추삽질로 엉덩이를 철썩철썩 내리찍었다.

"아, 후으, 하."

"으으응, 으, 으, 흐으으으, 아……!"

반동으로 몸이 흔들리자 그에 따라 신음에도 굴곡이 생긴다. 잔뜩 달뜬 목소리가 견디지 못하겠다는 듯 길게 이어져 나왔다. 하준의 신음에 온통 갇히는 기분을 느끼면서, 뜨겁게 저를 죄어드는 안쪽에 성기를 깊이 묻은 채로 무겸은 폭발하듯 사정해 버렸다.

안에 싸도 되는지 한번 묻지도 않고, 직전에 성기를 빼낼 생각도 없이 정액을 몸 안쪽에 꿀럭꿀럭 흘려보냈다. 토정 중인 것을 느끼기라도 하는지 하준은 다리를 허우적대며 아까보다도 더 몸을 꿈틀거렸다.

"후우, 하."

거친 숨이 소리가 되어 나왔다. 뜨거운 안쪽에 정액이 사출되는 것을 생생히 느끼면서도 무겸은 사정이 끝날 때까지 제 것을 파묻고 있었다. 보통 때는 이렇게까지 하지 않는데, 어쩐지 하준은 상관하지 않을 것 같았다.

섹스를 스트레스 해소 수단으로 쓴다면 성적 자극과 쾌감이 극치에 이르게 만들어 다른 잡념을 떨쳐 낸다는 뜻이리라. 그렇게 따지면 지금 하준과 한 섹스야말로 바로 그런 것이었다. 이렇게까지 행위에만 집중하게 만드는 섹스는 숱한 경험을 해 온 무겸으로서도 처음이었다.

마지막 한 방울까지 다 빠져나왔다는 느낌을 받고서야 무겸은 천천히 몸을 일으켰다. 하나처럼 끈적하게 달라붙어 있던 두 사람의 몸 사이에 틈이 생긴다. 무겸은 제 아래 짓눌려 있던 몸을 내려다보았다.

엎드린 자세로 사정을 받은 덕분에 하준의 엉덩이는 안쪽에 쏘아 낸 것을 제대로 담고 있었다. 흘러내린 정액도 거의 없어 시작할 때처럼 깨끗한 모습이 마음에 들었다.

"끝, 났어?"

힘이 다 빠진 작은 목소리가 반쯤 시트에 먹혀 코맹맹이 소리 같았다. 침대 위에 납작하게 엎드린 뒷모습을 내려다보던 무겸은 하준의 골반 앞쪽으로 손을 넣어 허리를 끌어당겼다.

무릎을 굽히고 다리가 서면서 엉덩이가 치켜 들렸다. 방금 전까지 무겸의 것을 담고 있던 입구가 벌어지는 모양이 무척 잘 보였다.

"앗……."

엉덩이만 높이 든 자세가 부끄러운지 하준은 서둘러 팔을 세우고 비틀비틀 상체를 함께 들어 올렸다. 하지만 자세를 완전히 바로 잡기도 전에 무겸은 다시 구멍에 귀두를 맞추고 여전히 단단한 성기를 그대로 끝까지 쑤셔 넣었다.

"으, 아, 아아!"

내벽이 곧바로 무겸의 것을 착 감싸며 조여 왔다. 엎드린 자세로도 하준의 허리가 아치 모양으로 굽고 어깨 부근이 움찔움찔 떨리는 것이 보였다.

끝났냐는 질문이 끝을 원해서 물은 것인지 끝이 아쉬워 물은 것인지는 모르겠지만 끝을 내고 싶었다면 빨리 싸 달라는, 그런 말은 하면 안 됐다.

뒤에서 퍽퍽, 온몸이 울리도록 처박자 그 박자에 맞춰 흔들리던 하준의 상체가 버티지 못하고 점점 침대 위로 무너졌다. 결국 엉덩이만 높이 든 자세로 만든 다음, 무겸은 떨리는 골반을 단단히 붙들고 깊숙이 찔러 들어갔다. 그대로 동작을 멈추고 내벽이 멋대로 움찔대며 제 것을 물어 대는 느낌을 만끽했다.

"아……."

"하앗…, 아아, 하, 으……."

차진 감촉을 마지막까지 느끼고 싶어 일부러 느리게 빠져나오자, 달아오른 내벽은 나가지 말라는 듯 성기를 꽉꽉 붙든다. 하준이 시트 위로 얼굴을 비비다시피 버둥대는 모양새가 고스란히 내려다보이자 흥분은 더 커졌다.

깊이 찔러 들어 그대로 빠르게 몇 번 피스톤질을 한 다음 다시 동작을 멈췄다. 멈출 때면 오히려 쾌감의 여운이 커지는지 하준의 내벽이 꽉꽉 오므라들었다. 몸을 지지한 다리까지 덜덜 떨리는 것이 손바닥을 타고 전해졌다.

"아, 아… 아앗, 그, 만, 이제……!"

밤새도록이라도, 몇 번이라도 할 수 있을 것 같다. 멈췄던 허리를 세차게 움직이기 시작하자 하준은 숨을 헐떡이며 더듬더듬 말을 이었다.

"하윽, 그만, 한다고… 아, 너 끝나면, 흑! 그만한, 다고……!"

"그렇게, 말한 적은, 없지."

저까지 끝나야 끝나는 것이라 했지 한 번 사정하면 끝이라는 말을 한 적은 없다. 예상 밖의 대답에 하준은 어쩔 줄 모르고 울먹이며 신음할 뿐이었다. 무겸은 몸을 숙여 하준의 귓가에 속삭였다.

"그럼 끝내 줄 테니까 이번엔 같이 쌀까?"

무겸이 손을 앞으로 더듬어 하준의 성기를 찾았다. 이미 한 번 사정한 뒤라 어떨까 했는데 후배위로도 제대로 느끼고 있는 듯 하준의 것 역시 다시 발기해 있었다. 무겸은 가볍게 웃고, 체액으로 미끌미끌한 성기를 손아귀에 꽉 잡아 문지르며 퍽퍽 뒤를 쑤셔 들었다. 하준이 고개를 저으며 소리쳤다.

"아으읏, 하아! 아! 아, 살, 살려, 줘, 흐아, 아!"

"왜 그래. 누가, 하아, 죽인댔어?"

어차피 빠져나가지도 못할 텐데 하준은 허리를 뒤채며 사뭇 간절하게 신음했다. 손으로 감싸 몇 번씩 훑어 올린 성기가 단단해지며 꿈틀거린다. 하준의 입에서 애원에 가까운 말이 나왔다.

"김무겸, 나, 나 나올 것, 같아. 나와, 하아, 흣."

"조금만, 더, 참아 봐. 흡, 같이, 싸자니까."

"모, 못 참, 겠… 흐으으, 아… 아, 아아!"

무겸의 손안이 순식간에 뜨거워졌다. 참아 보라는 말이 무색하게 하준이 사정했다는 것을 깨달은 순간, 무겸에게도 비교적 빠르게 두 번째 절정이 닥쳐왔다.

무겸이 잇새로 숨을 들이마시며 하준을 온몸으로 뒤덮었다. 높이 들려 올렸던 허리가 다시 가라앉으며 무겸의 아래에 납작하게 깔려, 울컥대는 성기를 그 몸 안에 가두었다.

"헉… 흐, 으윽, 아앗, 아……."

무겸은 숨이 꼴딱 넘어갈 것처럼 헐떡대는 몸을 바로 놓아주지 않고 사정을 하면서도 느릿느릿 허릿짓을 했다. 성기가 뜨거운 체액을 쏟아내며 내벽을 긁는 내내 하준은 벌벌 떨다가 흠칫거리기를 반복했다.

두 번째 사정이 끝나기까지도 꽤 긴 시간이 걸렸다. 절정이 어느 정도 수그러든 다음에야 무겸은 천천히 허리를 물려 흰 엉덩이 사이에서 여전히 굵기를 유지하고 있는 것을 빼냈다.

무겸이 비켜난 다음에도 하준은 바로 몸을 추스르지 못하고 숨만 몰아쉬며 그대로 엎드려 있었다. 긴 시간 박혀 다물리지 않는 입구를 보는 것도, 제 그림자를 그늘처럼 드리운 희고 늘씬한 등을 내려다보는 기분도 썩 괜찮았다. 팔을 괴고 옆으로 누운 무겸이 그 모습을 감상하다가 피식 웃으며 엉덩이를 가볍게 쳤다.

"이제 끝났으니까 시위 그만해라."

짧게 선고하자 하준은 그제야 천천히 손으로 시트를 짚더니 엎드린 자세 그대로 얼굴만 옆으로 돌렸다. 눈물이 번진 얼굴이 붉게 쓸려 있었다.

엎드려 있다고 이렇게 요령 없이 얼굴을 푹 파묻고 있을 건 뭐람? 무겸은 눈가에 묻은 눈물을 손끝으로 닦으며 투덜거렸다.

"마음 같아선 더 하고 싶은데……."

그 말에 하준의 눈동자가 불안하게 흔들렸다. 무겸이 구박조로 물었다.

"원래 이렇게 한두 번 하면 끝나는 편이야?"

하준은 당황한 듯 어물대다 변명처럼 대답했다.

"…항상 그렇진 않은데… 오늘은 좀 피곤해서……."

"어쨌든 오늘은 됐다. 나 씻으러 갈 건데."

그 말에 하준이 팔로 지지하며 엉거주춤 몸을 일으켰다.

"나도……."

"지난번 욕실에서 씻어."

무겸이 일어서자 하준도 고개를 끄덕이며 침대에서 내려섰다. 그때였다. 순간 다리에 힘이 풀렸는지 하준이 휘청, 몸을 숙였다. 다행히 곧바로 침대 헤드를 붙잡고 비틀대며 제대로 섰지만. 넘어지는 줄 알고 내심 놀라 황급히 다가갈 뻔했던 무겸은 속으로 안도의 한숨을 쉬었다. 안심하고 나자 이번에는 황당해졌다.

'참 나……. 왜 섹스를 하고 나서 갓 태어난 망아지나 송아지를 보는 기분을 맛봐야 하지?'

마지막까지 신선하다고 해야 할지. 기가 막혀 속으로만 웃는데, 그렇게 바로 서고서도 하준은 걸음을 옮기지 않고 한 자리에 가만히 서 있었다.

"뭐 해?"

"…어."

답이 되지 않는 답을 하는 하준은 어찌할 바를 모르겠는 사람처럼 눈을 빠르게 깜박였다. 얼굴이 붉게 달아올라 있었다. 섹스를 할 때보다도 더 벌게진 듯한 얼굴. 영문을 알 수 없어 무겸은 눈썹을 찌푸리고 가까이 다가갔다.

"왜 그래? 못 걷겠어?"

하준의 벗은 몸을 훑어내리던 무겸의 시선이 살짝 벌어진 다리 사이로 향했다. 불투명한 흰 액체가 볼기 사이를 타고 흘러내려 바닥 위로 뚝뚝 떨어지고 있었다.

콘돔도 없이 안에 쌌으니 흘러내릴 수밖에. 당연한 일인데도 부끄러운지 하준은 굳은 표정으로 당황한 기색을 숨기지 못하고 있었다. 이러면 놀리고 싶잖아. 자꾸만 웃음이 나오려 했지만 무겸은 짐짓 심각하게 하준을 을렀다.

"빨리 싸 달라고 조르더니 죄다 흘리고, 어떡하려고?"

하준은 대답도 제대로 하지 못하고 새빨개진 얼굴로 머리카락을 넘기며 허둥지둥 대답했다.

"미안. 내가 닦을게. 청소 도구 어디 있는지만 가르쳐……."

"됐으니까 빨리 씻기나 해. 더 흘리지나 말고."

욕실로 가라며 하준의 등을 떠밀자 그는 욕실 안으로 들어서며 한마디를 더 남겼다.

"미안해. 다음에는 안 그럴게."

안에 싸지른 사람은 따로 있는데 제가 민망해하는 꼴이 우습다. 무겸은 그제야 킥킥 웃으면서 하준이 서 있던 바닥과 침대 시트를 정리했다.

'아니, 대체 뭘 어떻게 안 그러겠다는 거야?'

시트 정리 같은 것을 스스로 할 일도 요즘은 거의 없었는데. 축축해진 시트를 세탁실에 가져다 놓고 나니 바들바들 떨며 첫 기립을 하는 갓 난 송아지처럼 서 있던 하준이 생각나 또 한 번 입매가 올라갔다.

별로 말이 많은 편은 아닌데 하여간 지루하지는 않은 놈이다. 무겸은 부디 이 재미가 너무 짧지 않게 지속되어 새로운 제안이 보람 있는 시도가 되기를 바라며 자신도 욕실로 향했다.

무겸이 샤워를 하고 나왔을 때, 먼저 몸을 씻은 하준은 어느새 옷을 다 챙겨 입고 소파에 앉아 졸고 있었다. 다가간 무겸이 하준의 어깨를 짚었다.

"졸리면 잠깐 자."

"아냐……. 집에 가야 돼. 인사하고 가려고 기다린 거야……."

시계를 보니 거의 밤 열한 시가 가까웠다. 두 시간 거리의 원정 경기를 다녀오자마자 꽤 긴 시간을 뒹굴기까지 했으니 무겸 정도의 체력이 아니라면 충분히 졸릴 시간이었다.

"이렇게 졸면서 어떻게 가려고. 눈 좀 붙여."

"아냐, 가야 돼……."

무겸은 눈도 제대로 뜨지도 못하는 하준의 양손을 잡고 일으켜 세웠다. 가야 된다고 중얼대면서도 졸음에 취한 하준은 무겸이 걷는 대로 따라왔다. 갓 난 망아지의 걸음마를 도와 새 시트를 깐 침대에 눕히고 이불까지 덮어 주자 하준은 "그럼 10분만이야."라고 웅얼대더니 곧 곯아떨어져 버렸다.

지금까지는 섹스 상대는 물론 타인 자체를 집에 재운 적이 거의 없었지만 이하준은 여태껏 만났던 사람들과는 달랐다. 무겸으로서도 장기적인 섹스 파트너 관계를 맺어 보는 것은 이번이 처음이었으니까.

그런 관계를 맺게 되면 아무래도 자고 갈 일도 생길 것 같고 하준만의 공간도 필요할 것 같아서 급하게나마 따로 사람 한 명이 쓸 만한 방을 꾸며 놓았다. 그 방을 첫날부터 쓸모 있게 활용하게 되어 만족스러웠다.

무겸은 조명을 완전히 끄고 방을 나왔다가 다시 돌아가 침대맡의 무드 등을 켰다. 곤히 잠든 남자의 흰 뺨을 손가락으로 한 번 톡, 건드린 다음에야 거실로 나왔다.

그러고는 소파에 앉아 휴대폰으로 오늘 경기에 대한 기사를 빠짐없이 훑었다. 남의 말이나 평판에 전혀 관심이 없는 척 굴지만 사실 그는 저에 대한 평가에 제법 예민한 편이었다. 사생활이나 성격에 관련한 잡담들이야 아무래도 좋지만 축구에 관한 것은 흘려들을 수 없다. 어차피 나중에 매니저가 요점을 정리해 전달해 줄 만한 기사도 제 눈으로 직접 봐야 직성이 풀렸다.

호평 일색인 반응에 흡족함을 느끼고 슬슬 잠자리에 들기 위해 휴대폰을 끄던 그때, 벌컥 문 열리는 소리가 들렸다. 무겸이 소리가 난 쪽을 돌아보았다. 많이 당황한 듯한 하준이 잠이 덜 깬 표정으로 황망하게 서 있었다. 무겸이 무심하게 물었다.

"깼어?"

하준은 허둥지둥 거실로 나서더니 무겸을 제대로 보지도 않고 인사했다. 시간은 이제 열두 시가 되어 가고 있었다.

"나 지금 갈게. 밤중에 미안. 잘 자."

"늦었는데 그냥 자고 가지 그래."

"안 돼. 집에 미리 연락을 못 해서."

그 말에 무겸이 약간의 비웃음을 담아 물었다.

"애야? 부모님한테 허락받아야 외박할 수 있게?"

"그게 아니라……."

"지금이라도 전화해. 걱정하는 중이면 깨어 계시겠지."

무겸의 말이 맞다. 자고 가든 돌아가든 연락부터 하는 게 먼저였다. 하준은 정신을 차리기 위해 고개를 몇 번 흔들고, 거실에 두었던 가방에서 다급히 휴대폰을 꺼내 전화를 걸었다.

"엄마. 나야."

통화가 연결되자마자 휴대폰 건너편의 목소리가 무겸의 귀에까지 들려왔다. 울먹이는 듯 커다란 음성이 심상치 않았다. 예상치 못한 심각한 분위기에 우습다는 듯 입꼬리 한쪽을 올리고 있던 무겸의 표정도 조금 뻣뻣해졌다. 하준은 안절부절못하며 열심히 사과를 하고 있었다.

"미안해요. 같은 팀 동료 집에 왔다가 잠깐 잠이 들었어. 응, 응. 정말 미안해."

그러는 동안 팔짱을 끼고 하준을 빤히 응시하던 무겸이 갑자기 휙, 전화기를 빼앗아 들었다. 하준은 눈을 휘둥그렇게 뜨며 도로 휴대폰을 되찾으려 했지만 무겸은 하준을 손으로 밀어내며 꿋꿋이 통화를 이어 갔다.

"안녕하십니까, 어머님. 이 코치님과 같은 팀에 있는 선수 김무겸이라고 합니다."

뭐 하는 거야! 이리 내놔! 속삭임으로 외치며 휴대폰을 빼앗으려는 하준의 힘도 그를 밀어내는 무겸만큼이나 만만치 않았다. 그러고 보니 이 놈도 선수였지. 게다가 수비수는 대체로 몸싸움에 능한 포지션이다. 무겸은 새삼 그의 전직을 떠올리며 아무렇지도 않게 대화를 이어 나갔다.

"예, 맞습니다. 오늘 원정 경기 끝나고 서울 올라와서, 같이 이야기 나눌 게 있어 저희 집에 들렀다가 조금 늦어졌습니다. 어머님 괜찮으시면 오늘은 여기서 자고 내일 돌아가는 게 좋겠는데요. 네. 네. 걱정 마십시오. 안녕히 주무시고요."

뚝.

멋대로 전화를 끊고 휴대폰을 내밀자 하준은 무겸이 언젠가 보았던 말없이 경악하는 표정을 짓고 있었다. 탓하는 듯 쏘아보는 듯 크게 뜬 눈으로 무겸을 마주본다.

"허락받았다."

무겸의 말에 하준은 그제야 황당하다는 말투로 따져 물었다.

"멋대로 뭐 하는 거야? 누가 자고 간대?"

"스물여섯이나 먹고 언제까지 그러려고? 어머니한테도 익숙해질 기회를 좀 줘. 오늘 아니라도 외박 많은 일인데 매번 이렇게 힘들게 해?"

"미리 말하면 괜찮은데 늦게까지 연락을 못 해서 그래……."

하준의 표정이 변했다. 역시나 예전에도 한 번 보았던, 정곡을 찔린 듯 당황한 듯 두 가지 심정이 겹쳐진 얼굴. 무겸은 자신이 어느새 이하준이 보여 주는 여러 가지 표정에 조금 익숙해졌음을 알았다.

하준은 뭔가 더 말하려는 듯 입을 벌렸다가, 곧 포기했는지 작게 한숨을 쉬며 제 가방을 어깨에 멨다.

"아까 그 방에서 자면 돼?"

"그래. 어차피 손님방으로 준비해 놓은 곳이니까 편하게 써. 뭐 필요한 거 있어?"

옷이라든가, 칫솔이라든가. 그러나 원정 경기를 떠났다 돌아온 직후였으므로 웬만한 것은 하준의 가방에 들어 있었다. 하준이 고개를 젓자 무겸이 먼저 굿나잇 인사를 건넸다.

"나는 이제 잘 거니까 잘 자라."

"어."

짙은 회색 가운 차림의 무겸이 손을 한 번 건성으로 흔들고 거실 한쪽에 있던 계단을 올라갔다. 그의 침실은 아마 2층인 모양이었다.

어쩐지. 하준은 속으로 고개를 끄덕였다. 김무겸의 침실이라기에는 너무 소박하다 싶었다. 사람이 늘 자는 방이라기에는 묘하게 썰렁하던 공기도 이해가 갔다. 하준은 무겸의 방인지 궁금해 바쁘게 눈을 굴려 둘러보았던 몇 시간 전의 행동이 조금 창피해졌다.

그는 방으로 돌아가 가방을 내려놓았다. 쑥스러운 듯 서 있던 것도 잠시. 가방에 들어 있던 실내복으로 갈아입고 침대 속으로 꾸물꾸물 기어 들어갔다. 빠져나온 지 얼마 되지 않은 침대는 아직 제 체온이 그대로 남아 있었다. 집에 있는 제 침대와 몸을 감싸 받치는 느낌이 천지 차이였다. 비싼 침대를 쓰면 이렇게 차이가 나는구나. 하준은 오른쪽 왼쪽으로 뒹굴어 보며 푹신한 매트리스의 감촉을 즐겼다.

'자고 가라고 말할 줄은 몰랐는데.'

손님방까지 따로 마련해 둔 것을 보면 무겸에게는 특별한 일이 아닐 수도 있겠지만 하준의 가슴은 마냥 둥실거렸다. 많이 고민했지만 역시 하자고 할 때 하기를 잘했다. 몸뿐이면 어떤가?

아니다. '몸뿐이면 어때'가 아니었다. 김무겸이랑 그것도 하고 이렇게 김무겸네 집에서 잠도 잘 수 있는데, 이 정도면 하준에게는 깜짝 선물 수준이었다.

무겸이 제 전화기를 빼앗아 엄마에게 외박 알리바이의 증인이 되어 줄 때는 학창 시절에도 하지 못했던 '친구 집에서 하룻밤 자기'에 성공한 것만 같아 이곳이 꼭 김무겸의 집이라는 사실을 떠나 가슴이 조금 뛰었다. 하준의 어머니는 맏아들이 집을 떠나 있는 것을 좋아하지 않았다. 하지만 선수 시절이나 지금이나 합숙이나 원정 경기, 지방 교육이 적지 않은 탓에 떠나기 전에는 꼬박꼬박 미리 이야기를 하고, 도착해서도 매일 전화를 해야 했다.

그러다 보니 일이나 교육 때문이 아닌 외박은 이제까지 거의 꿈도 꿔 보지 못했다. 신고식을 한답시고 말술을 돌리던 신인 시절에도 집에 돌아가야 한다는 생각 때문에 제대로 한번 취해 본 적도 없는 하준이었다.

이런저런 것을 생각하다 보니 오늘은 한 번도 키스를 하지 않았다는 사실에 생각이 미쳤다. 지난번에는 키스를 해 줬었는데. 그것도 몇 번씩.

'이제 키스는 안 해 주는 건가……? 내가 먼저 하는 것도 이상하겠지?'

먼저 입맞춤을 했다가 창피를 당한 기억이 남아서인지 조심스러워진다. 잠시 고민에 빠졌던 하준은 궁금해해 봤자 소용없는 일은 나중에 생각하기로 했다.

생소하고 위험해 보였던 제안에 과감히 오케이 사인을 보낸 자기 자신을 칭찬하며 베개와 시트에 얼굴을 묻고 킁킁 냄새를 맡아 보았다. 그러나 완전히 깨끗한 새 시트로 교체해 무겸의 냄새는 전혀 남아 있지 않았다.

조금 아쉬운 마음으로 누워 있던 하준은 가방을 열어 노트와 태블릿 피씨를 꺼냈다. 짧은 숙면과 무겸과의 실랑이로 잠이 다 깨 버렸으니 버스에서 하던 정리를 마저 끝낼 생각이었다. 원래는 집에 돌아가 오늘 경기를 복기하고 분석을 마무리한 후에 자려고 했는데 계획이 조금 틀어졌다. 그러나 자료만 있다면 어디서나 할 수 있는 일이다. 기억이 조금이라도 생생할 때 기록을 남기고 싶었다.

선수들에게는 항상 바른 자세를 강조하는, 프로 축구 팀 FC시티서울 피지컬 코치 이하준은 침대에 엎드린 채 경기 촬영 영상을 재생하며 필기를 해 나갔다. 선수 한 명 한 명의 움직임을 좇는 눈빛이 한밤중 같지 않게 또렷했다.

누군가 어깨를 흔들었다. 하준은 옆으로 몸을 돌리고 베개에 얼굴을 파묻으며 중얼거렸다.

"응, 일어날게."

하지만 손은 기다려 주지 않고 한 번 더 하준을 흔들었다. 하준은 제 어깨 위에 놓인 손등을 손바닥으로 토닥이며 잠결에 웅얼웅얼 대답했다.

"오빠 오늘 오후 출근이야. 괜찮아."

"…여자도 만나냐?"

항상 저를 깨우던 발랄하고 맑은 목소리가 아니라 굵고 낮은 목소리가 귀를 스쳤다. 정신이 번쩍 든 하준이 후다닥 몸을 일으켰다. 그 바람에 손을 뿌리쳐진 무겸이 가늘게 미간을 좁히고 침대 옆에 서 있었다.

잠이 깨고 나서야 어제 김무겸의 집에서 자고 가기로 했던 것이 생각났다. 언제 잠들었는지도 모르겠나. 침대 위에 노트와 태블릿 피씨, 펜 같은 것들이 그대로 널브러져 있었다. 무겸이 그 모습을 쓱 훑어보더니 물었다.

"일하다 잤어?"

"정리 마저 하려다가… 그대로 잠들었나 보다."

"경기 있는 날에는 휴식이 중요하다고 우리한테는 그렇게 잔소리를 하더니."

"나야 선수가 아니잖아."

민망해져 변명하는데 무겸은 문가로 걸어가며 하준을 불렀다.

"나와. 아침 먹게."

하준이 휴대폰을 힐끔거려 시간을 확인했다. 아직 오전 아홉 시밖에 안 됐다. 오늘은 원정 경기 다음 날이라 오후 두 시까지만 출근하면 돼서 늦잠을 자도 상관없는데 일찍부터 저를 깨우는 것이 조금 원망스러웠다. 집이었다면 열두 시까지는 잤을 텐데.

직접 경기를 뛴 것도 아니니 몸속의 둔통은 제외하더라도, 전신을 휘감은 나른한 피로와 근육통 역시 원정 경기 때문만은 아닐 것이다. 첫 번째보다 훨씬 격하고 길었던, 정신이 나가 버릴 것만 같았던 행위의 여파가 분명했다.

무겸의 것이 불이라도 붙일 듯 제 안쪽을 빠르게 드나들던 감각, 그때마다 두드려 맞은 몸 안쪽부터 시작해 전신을 떨리게 만들던 묵직한 진동, 눈앞이 하얘지며 기절할 것처럼 덮치던 생경한 절정.

아무리 해도 끝나지 않을 것만 같아 나중에는 쾌감인지 고통인지 구분이 되지 않던 갈증과 작열감, 무겸이 사정해야 끝나는 것이라고 하기에 빨리 싸 달라고 애원했던 지난밤의 기억이 아직도 생생해 얼굴이 살짝 뜨거워졌다.

무겸의 말로 미루어 짐작했을 때 서너 번은 하는 것이 보통인가 본데 아직 경험이 적어서인지 하준은 두 번만으로도 힘들었다. 하다 보면 괜찮아지려나? 뭐든 초반에는 힘든 법이니까…….

그래도 인터넷에서 찾아본 대로 삽입 전에 손가락으로 풀어서인지 몸 속에 묵직한 둔통은 있어도 지난번처럼 안이 헐어 버린 듯 쓰라린 아픔은 크지 않아 다행스러웠다. 문밖을 나서자 무겸은 하준을 기다리는지 멀지 않은 곳에 서 있었다. 얼른 뒤따라 붙자 말없이 걸어 다이닝룸으로 향했다.

식탁 위에는 닭고기가 들어간 샐러드와 과일, 우유 같은 것들이 차려져 있었다. 간단하지만 알찬 식단이다. 집이 멋져서인지 차려 놓은 식탁도 화보의 한 장면 같았다. 2인분이 준비되어 있는 것을 본 하준의 가슴이 조금 두근거렸다. 의자에 앉으며 무겸에게 물었다.

"아침 항상 이렇게 먹어?"

"제대로 안 먹으면 훈련에 지장 있으니까."

"…네가 만들었어?"

"아니. 선수 식단으로 준비해서 가져다주는 곳 있어."

하준은 가족들과 살고 있다 보니 현역일 때도 이런 음식은 별로 먹어본 적이 없었다. 어쩐지 세련되어진 기분을 느끼며 샐러드를 한 포크 찍어 먹었다. 닭가슴살이 전혀 퍽퍽하지 않고 부드러웠다.

"맛있다."

"많이 먹어."

혼잣말로 내뱉은 감탄사에 돌아오는 대답까지도 말랑했다. 그러나 그 온화한 대답 때문에 하준은 오히려 목이 메었다. 샐러드도 과일도 맛있었고 평범한 우유마저도 평소보다 더 고소하게 느껴졌지만 왠지 집에서처럼 음식이 쑥쑥 넘어가지를 않았다. 무겸이 자신의 아침을 준비해주었다는 사실에 심장이 너무 빨리 뛰었다.

그렇대도 남길 생각은 전혀 없었다. 어제 몸을 혹사시켜서인지 배도 고팠고, 남기면 무겸이 언짢아할 것 같다. 열심히 샐러드를 씹던 중 내내 묵묵히 식사를 하던 무겸이 그를 불렀다.

"이하준."

"어."

"너 아까 물어본 거 대답 안 했는데."

"물어? 뭘?"

"너 여자도 만나?"

하준이 그 말에 사레가 들 뻔해 콜록거렸다. 언제 그런 걸 물어봤는지 기억에도 없었다. 뭐라고 대답해야 하지? 저를 보는 무겸과 시선만 맞댄 채 작게 기침했다.

만날 수 있는지 없는지 모른다. 시도를 해 보지 않았으니까. 예쁜 여자를 보면 눈길이 갈 때도 있지만 연애 감정을 느낀 적은 없다.

하지만 그것은 남자를 상대로도 마찬가지였다. 열여섯 살 그날 이후로, 하준의 심장이 반응하는 사람은 바보 같을 정도로 오직 김무겸뿐이었던 것이다.

"그런 건 알아서 뭐 하게."

결국 마음에도 없이 반발하는 듯한 대답이 나갔다. 솔직하게 말하는 것이 어렵지는 않았지만 적합한 대답을 알 수 없어 둘러댈 수밖에 없다. 이미 거짓을 섞어 시작한 관계다. 이런 질문을 받을 때면 무겸이 원하는, 무겸의 마음에 들 만한 대답을 찾아야 했는데 지금은 답을 알 수 없었다.

다행히 무겸은 더 꼬치꼬치 캐묻지 않았고, 둘은 다시 말없이 식사를 계속했다. 그렇지 않아도 수월하게 넘어가지 않던 음식이 더 목에 메었다.

"내가 치울게."

"됐어."

어찌어찌 식사를 다 마쳤다. 공짜 아침을 얻어먹은 대신 뒷정리라도 하려고 했더니 무겸은 딱 잘라 거절했다. 하긴 집이 너무 호화로워 기물을 함부로 정리하기도 겁날 정도였으므로 하준은 고집부리지 않고 얌전히 했던 말을 거두었다. 식탁을 정리하려던 무겸이 문득 생각났다는 듯 물었다.

"커피 마셔?"

"응? 가끔."

"이거 코치들 사무실에 가져다 놓고 마시든지. 너도 필요 없으면 버리고."

무겸이 선반 위에 있던 커피 박스를 하준에게 내밀었다. 다정해 보이는 하은우와 김무겸이 패키지에 함께 인쇄되어 있었다. 무겸은 커피를 마시지 않는다. 이런 인스턴트커피는 더더욱. 하준도 썩 즐기는 편은 아니었지만 얼른 그것을 받아 들었다.

"고맙다."

"나는 오전부터 나가 있으려 하는데, 너는?"

무겸은 지치지도 않는지 정해진 훈련 시간 전부터 나갈 생각인 듯했다. 하준이 미간을 좁히며 반박했다.

"왜? 쉬는 것도 중요해. 무리해서 훈련하려고 하지 마."

"기존 페이스 지키는 것도 중요하지. 나가서 간단히 러닝이라도 하는 게 나한테는 맞아. 알잖아. 일반론도 중요하지만 각기 차이도 중요해."

할 말이 없었다. 무겸 정도 되는 선수면 자기 몸 상태를 잘 안다. 무겸의 집에 혼자 남아 있을 수도 없고 집에 들렀다 가기에는 시간이 애매했다. 하준은 별 수 없이 수긍했다.

"알았어. 그럼 나도 갈게."

"그럼 씻고 준비해."

샤워와 양치질을 하고 옷을 입는 것으로 하준의 준비는 끝났다. 비교적 빨리 외출 준비를 마친 하준은 소파에 앉아 아직 샤워 중인 무겸을 기다렸다. 어제와 마찬가지로 가운 차림으로 욕실을 나선 무겸은 젖은 머리를 툭툭 털어 말리며 하준의 앞을 지나쳐 어디론가 들어갔다.

얼마 지나지 않아 머리를 말리는 듯 드라이기 소리가 나고, 다시 거실로 나온 무겸은 바지만 입고 상체를 다 드러낸 모습이었다. 그는 옷걸이에 걸린 셔츠 두 벌을 들고 있었다.

"이하준."

"어?"

"어느 게 낫냐?"

무겸은 녹색과 푸른색, 두 가지 셔츠가 걸린 옷걸이를 양손에 하나씩 들어 올리며 물었다. 하준은 나오려는 딸꾹질을 삼키고 두근대는 가슴을 간신히 부여잡으며 녹색 셔츠를 가리켰다.

사실 무겸에게는 무엇이든 어울렸기에 별로 신중하게 고르지는 못했다. 셔츠를 가리키는 손끝의 떨림을 들키지 않으려면 빨리 골라야 했다.

"음."

무겸은 그렇게 짧게 수긍하더니 다시 드레스룸으로 들어갔고, 잠시 후 정말로 하준이 고른 녹색 셔츠를 입고 나왔다.

외출 준비를 위해 거실을 이리저리 오가는 무겸을 하준은 무의식중에 눈으로 좇았다. 집이 멋있어서인지 사람이 잘생겨서인지 거실에 서 있을 뿐인데도 화보 같았다. 무겸이 왼쪽으로 가면 왼쪽, 오른쪽으로 가면 오른쪽. 소파에 앉아 눈을 굴리고 있는데 무겸은 갑자기 우뚝 제자리에

서더니 손을 들어 올렸다.

'뭐지?'

무겸이 손을 왼쪽으로 뻗었다. 하준의 시선이 왼쪽으로 따라갔다. 그 다음에는 손이 오른쪽으로 뻗었다. 하준도 오른쪽을 보았다. 그 다음에는 지휘자처럼 허공에 그림이라도 그리듯 아무렇게나 팔을 커다랗게 움직인다. 하준도 고개를 조금씩 돌리며 눈을 빙글빙글 굴려야 했다.

그러자 큭큭대는 웃음소리가 들렸다. 번뜩 정신이 들어 무겸의 얼굴을 보았더니 그가 이를 드러내고 웃고 있었다.

"감시 카메라냐? 뭘 그렇게 계속 따라다니면서 쳐다봐."

"…눈앞에서 정신 사납게 구니까 그렇지."

부끄러움이 확 밀려들어 얼른 고개를 숙이고 휴대폰으로 시선을 낮췄다. 가슴이 미친 듯이 뛰었다. 그 뒤로 무겸이 외출 준비를 마칠 때까지 하준은 휴대폰에 얼굴을 박고 인터넷만 했다.

얼마 지나지 않아 둘은 나란히 집에서 나왔다. 엘리베이터를 타고 내려와 주차장에 도착하자 무겸이 또 한 번 아리송한 질문을 대뜸 던졌다.

"어느 게 좋아?"

"응?"

"뭐 타고 갈래?"

하준은 무겸이 턱짓으로 가리키는 방향으로 눈길을 던졌다가 그가 주차되어 있는 차들을 놓고 질문했다는 걸 알았다. 이번에야말로 얼굴이 붉어지는 걸 막을 수가 없어 괜히 고개를 어정쩡하게 돌리며 말했다.

"아무거나 상관없어."

"타 보고 싶었던 거 없어?"

"차 잘 몰라."

자가용을 몰고 다닐 형편도 안 되고 남들처럼 차종에 대한 관심도 없어서 몇몇 유명한 차가 아니면 잘 모른다. 물론 무겸이 몰고 다니는 차는 어느 정도 파악하고 있었지만 이름 정도나 알고 있을 뿐 그 외의 지식은 없다.

일이 잘 풀렸다면 저도 저런 차 한두 대쯤 몰았을지도 모르지만 어쨌든 지금의 이하준의 경제 사정은 그야말로 소시민 20대 청년다운 규모였다. 그것도 평범한 청년이 아닌 청년 가장. 요즘은 피지컬 코치의 몸값이 많이 높아졌다지만 그것도 이름과 경력이 있는 사람들의 경우일 뿐, 이제 막 제대로 일을 시작한 하준에게는 남의 이야기였다.

무겸은 더 묻지 않고 걸었고 하준은 뒤따랐다. 무겸이 고른 차는 차체가 높은 SUV 차량이었다. 가끔 스포츠카를 가져올 때를 빼면 주로 비교적 평범해 보이는 중형차를 모는데 오늘은 좀 달랐다.

나란히 차에 오르자 무겸은 느긋하게 핸들을 돌리며 운전을 시작했다. 주차장을 빠져나가자 늦은 봄 햇살이 화창하게 하준을 반겼다. 그는 저도 모르게 눈을 가늘게 찌푸렸다. 하얀 정적이 지나가고 나서야 바깥 풍경이 제대로 눈에 들어왔다. 무겸도 눈살을 찡그리며 선글라스를 꺼내 썼다.

아무 말도 못 하고 묵묵히 조수석에 앉아 있는 하준의 머릿속에 이제까지 풍문으로 들어온 무겸의 행적이 밟혔다. 길지 않은 일회성 만남, 하루 이틀 정도의 밤, 사랑을 나누고도 아침이 되기 전에 자리를 떠나는 김무겸.

그건 헛소문이었을까?

다른 사람들도 무겸이 차려 준 아침을 먹고 그의 옷을 골라 주었을까.

이렇게 나란히 차에 올라 햇볕을 쬐었을까.

특별히 저만 대접받고 싶은 것은 아니지만 처음으로 김무겸의 가벼움에 대한 소문이 진실이기를, 그가 만나 왔을 다른 사람들에게 미안한 기분과 더불어 조심스럽게 바라게 되었다.

"무슨 생각을 그렇게 해?"

"…별로."

귀신같이 물어 오는 무겸에게 거짓말을 하고 하준은 창밖으로 시선을 돌렸다.

경기에서 이겼다. 무겸과 잤다. 무겸의 집에서 잤다.

그가 아침을 차려 주었다. 입을 옷도 골라 달라고 했다. 영영 볼 수 있을 거라 꿈도 꾼 적 없는 그의 사적이고 일상적인 모습들을 보았다. 커피도 받았다. 타고 갈 차도 고르라고 했다.

날씨가 좋다. 하늘이 파랗다. 꽃이 피었다. 새가 날아가고 있다. 거리의 카페에서는 사람들이 웃으며 차를 마시고 있고 저는 지금 그와 함께 한 차를 타고 같은 훈련장으로 향하고 있다.

죽어도 좋을 것 같다. 당장 무겸이 변덕을 부려 하기로 했던 걸 죄다 무르자고 해도 하준은 웃으며 그러자고 할 수 있을 것 같았다.

그에게 영혼을 빼앗긴 이래 최고의 봄날이었다.

훈련장에서 걸어서 10분, 늘 다니는 정류장 표지판이 보였다. 하준이 가방을 챙겨 들었다.

"여기서 내릴게."

무겸은 다른 말 없이 차를 갓길에 세웠다. 훈련 시작까지는 시간이 많이 남아 있었고 훈련장에서 어느 정도 떨어진 곳임에도 하준은 두리번대며 사방을 살피고서야 차에서 내렸다. 누가 보면 불륜이라도 하는 줄 알겠네. 무겸은 속으로만 빈정거렸다.

"이따 봐."

하준은 목소리까지 낮춰 속삭이더니 보도 위를 탁탁 빠르게 걸어갔다. 무겸은 곧바로 핸들을 돌려 차도에 진입했다. 차창 밖으로 저 뒤에 밀려나는 하준의 모습이 보였다.

둘 중 먼저 훈련장에 나온 사람은 하준이었다. 의외로 많은 선수가 조기 출근을 단행한 참이었다. 연전연승이니 게으름을 피울 법도 한데 오히려 그래서 다들 의욕이 넘치는 것 같았다.

"안녕하세요, 코치님! 일찍 나오셨네요."

"쉬는 것도 중요하다고 그렇게 말했는데 내 말 하나도 안 듣지?"

꾸중하듯 그렇게 말했지만 그래도 의욕적인 모습은 보기 싫지 않았다. 전날의 영향으로 여전히 나른하고 피곤했지만 선수들의 씩씩한 모습에 하준도 기운이 났다. 몸을 좀 더 움직이면 근육통도 풀리겠지. 심기일전해서 선수들 사이를 파고들며 말했다.

"무리는 하지 말고. 일찍 온 사람들끼리 미리 짝지어서 스트레칭이라도 할까? 나랑 할 사람."

"어, 저요!"

"저요, 저요."

몸만 컸지 아직 고교생 신분을 벗어난 지 얼마 되지 않은 선수들이 서로 하겠다며 손을 치켜들었다. 허벅지 통증이 곧잘 생겨 주시 중인 미드필더 한 사람과 먼저 짝을 짓기로 했다. 둘씩 짝을 지은 선수들이 원형으로 둘러서고 나서야 하준이 지시했다.

"누워서 한쪽 다리는 바깥쪽으로 굽히고 한쪽은 쭉 뻗고. 그래. 한 명은 굽힌 다리 무릎 잡고 밖으로 눌러 줘. 뻗은 쪽은 안 딸려 가게 고정해 주는 게 제일 중요해."

어린 선수들이 햇빛 아래 말려지는 개구리 같다며 키득거렸다. 하준도 함께 웃으며 아래에 누운 선수의 무릎을 눌러 다리를 벌렸다. 허벅지 안쪽과 골반의 유연성을 높여 고관절 근육 부상이 잦은 축구 선수들에게 특히 좋은 동작이었다.

"바꿔서."

하준이 잔디밭 위에 누웠다. 이제 슬슬 더워지기 시작하는 늦봄, 하준도 코칭을 할 때 더 이상 긴 바지를 입지 않았다. 그는 무릎까지 오는 다소 긴 반바지를 입고 있었으나 상대방의 손이 무릎을 바깥쪽으로 누르자 바짓단이 딸려 올라갔다.

푸른 하늘, 레몬즙처럼 눈부신 햇살 아래 하준의 흰 허벅지가 녹색 잔디 위로 넓게 벌어졌다. 몸을 굽힌 선수의 손이 양쪽 무릎을 꾹 눌러 다리를 더 벌렸다. 허벅지 안쪽 근육이 늘어나는 느낌이 꽤 시원해 눈이 슬쩍 감겼다.

"비켜."

그런 화창한 날씨에 전혀 어울리지 않는 낮고 써늘한 목소리가 끼어들었다. 막 스트레칭을 돕기 시작했던 선수가 깜짝 놀라 뒤를 돌아보았다. 커다란 남자가 둘을 내려다보고 있었다.

"안녕하세요, 무겸 형님."

"다른 사람이랑 해."

"네, 알겠습니다."

앞뒤 없이 치고 들어오는 무겸의 말투에 익숙해진 탓인지 동갑내기 선수와 코치 사이가 가깝다고 생각해서인지 그는 별로 불쾌해하지도 않고 자리를 옮겼다. 무겸은 누워 있는 하준의 앞으로 성큼성큼 다가와 앉더니 조금 전 다른 이가 만지고 있던 무릎 위에 커다란 손을 얹었다.

나머지 한 손은 반대쪽 다리의 허벅지를 붙잡고 천천히 하준의 무릎을 눌러 다리를 벌렸다. 한계까지 벌어진 골반 안쪽이 당기며 뭉근하게 아파 왔다. 하준이 저도 모르게 얼굴을 설핏 찡그리며 작게 신음했다.

"아."

무겸은 그런 하준을 가만히 내려다보더니 펴져 있던 다리를 굽히고 굽혀져 있던 다리를 쭉 폈다. 반대쪽 다리를 아까처럼 눌러 벌린 무겸은 몸을 슬쩍 굽히고 목소리를 낮춰 속삭였다.

"퇴근할 때 내 차 타고 가."

"뭐? 아냐. 버스 타고 갈게."

"타고 가."

더 이상 말할 여지를 주지 않고 말을 자른 무겸이 하준의 손을 잡아 몸을 일으켰다. 이번에는 위치를 바꿔 무겸이 잔디밭 위에 눕고, 하준은 무겸의 다리 사이에 무릎을 굽혀 앉았다. 햇볕에 타 가무잡잡한, 그저 누워만 있을 뿐인데도 잔근육이 양각 지도처럼 그려진 허벅지 위에 하얀 손이 닿았다.

하준이 마른침을 삼켰다. 기분이 이상했다. 다른 선수의 다리에 손을 얹고 눌러 댔을 때는 전혀 느껴지지 않던 간질거림이 맞닿은 손바닥에서 피어올랐다.

무겸의 허벅지와 짧아진 바짓단 사이가 살짝 뜨며 가늘고 검은 공간이 생겨났다. 저 안쪽에 어젯밤 저를 그토록 괴롭혀 댔던 크고 뜨거운 것이 숨어 있었다. 무겸의 벗은 몸을 본 것이 어제가 처음도 아닌데 모든 게 이전과는 다르게 느껴졌다.

왜 이런 생각을 하는 걸까. 살면서 지금까지 사람의 옷 너머 몸 따위를 상상한 적은 한 번도 없었다. 더군다나 스트레칭을 하는 중에. 변태가 된 기분에 머리가 뜨거워졌다. 그런 하준의 얼굴을 마주 올려다보던 무겸이 물었다.

"얼굴이 빨간데."

"어? 날씨가 더워서……."

무겸이 잠시 침묵하다가 서론도 깔지 않고 정곡을 찔러 왔다.

"너 야한 생각 하지?"

"뭐라는 거야?"

당황한 하준이 잡고 있던 허벅지를 콱 힘주어 눌렀다. 무겸이 피식대는 비웃음 소리가 들려 눈 둘 곳을 찾을 수가 없었다.

"예민하시긴. 찔렸나 봐."

하여튼 눈치가 너무 빠르다.

스트레칭으로 몸을 풀고 집합 지시가 떨어진 뒤에도 하준은 어쩐지 계속 붕 뜬 기분으로 훈련을 이어 나갔다. 그나마 단축 훈련을 하는 날이라 다행이었다. 체력 강화보다는 경기의 피로를 풀기 위한 회복 훈련 위주로 코칭을 진행하던 하준은 마침내 오늘의 일정을 다 마쳤을 때 저도 모르게 안도의 한숨까지 쉬었다.

사무실에서 기록을 정리하고 건물을 나와 정류장까지 걸었다. 무겸이 했던 제안을 잊은 척 버스를 탈까 고민하는데, 오전에 타고 나선 무겸의 차가 버스보다 먼저 갓길에 섰다. 한숨을 내쉰 하준은 어쩔 수 없이 차에 올랐다. 또 클랙슨이라도 빵빵 울려대면 곤란하니까.

무겸은 하준이 골라 준 녹색 셔츠 차림으로 돌아와 있었다. 또다시 가슴이 두근거려 하준은 아무 말도 못 하고 얌전히 조수석에 앉았다. 저 혼자만 그럴 테지만 침묵에 긴장이 된다. 하준은 혀로 입술을 축이다가, 적막을 깨기 위해 오전부터 궁금했던 것을 기어코 물어보았다.

"원래 자고 나면… 이렇게 집에도 바래다주고 그래?"

"아니."

"그런데 왜?"

무겸이 눈썹을 슬쩍 으쓱 올렸다가 내렸다.

"한 사람과 장기적으로 관계를 갖기로 한 건 처음이기도 하고."

"……."

"그리고 우린 그냥 섹스 파트너랑 다르지. 한 팀이잖아."

팀워크 따위는 개나 주라는 듯 행동하던 몇 년 전을 생각하면 격세지감이었다. 어쩌다 한 번씩 모이는 국가 대표 팀과 1년 내내 함께할, 자신이 입단을 선택한 프로 팀에 대한 태도의 차이일 수도 있을 것이다. 김무겸도 소속 팀인 그린포드에서는 불화를 일으키는 선수가 아니었으니까.

하준에게 축구란 열정의 대상이라기보다는 '어쩌다 보니' 하게 되었고 '하다 보니' 그럭저럭 재능이 있어서, 지원금이 나오고 차후에 먹고 살 길이 되어 줄 것 같아 선택했던 진로에 가까웠다. 열여섯 살 무겸의 경기를 눈앞에서 보기 전까지는. 그는 하준의 영혼을 사로잡았을 뿐 아니라 그라운드를 꿈을 꾸는 장소로 변하게 만들었다.

그 뒤로도 대표팀 소집은 꾸준히 되었지만 운이 따르는 편은 아니었다. 감독의 전술에 딱 들어맞지 않거나 비슷한 역할을 해 줄 만한 선배들에게 밀려 늘 후보 신세를 면하지 못하던 하준의 목표는 언젠가 주전으로 무겸과 함께 뛰는 것이 되었다. 3년 전에야 마침내 국가 대표 주전 멤버로 뽑혀 꿈을 이룰 수 있게 되었지만 아쉽게도 무겸은 그때의 대표 팀을 자신의 팀으로 인정하지 않았다. 적은 횟수지만 함께 뛰었던 자신을 제대로 기억도 하지 못할 정도로.

그래서 하준은 무겸의 입에서 '팀'이라는 단어가 나오는 것이 낯설었고, 그마저도 이 화제에 얽혀 나오기에는 괴상했다. 그런데도 기쁜 마음에 웃음이 나올 것 같아 하준은 얼른 턱을 괴는 척 입가를 가리고 차창을 향해 고개를 돌렸다. 입술에 경련이 일 것만 같았다.

그렇게 다른 생각을 하지 못하고 무겸만 의식하며 창밖을 내다보던 하준은 한참 달리고 나서야 차가 제 집으로 가고 있지 않다는 사실을 알았다. 그렇다고 무겸의 집으로 가는 길도 아니었다.

"어디 가?"

저녁이라도 먹으려는 걸까? 하지만 저녁을 먹기에는 조금 이른 시간이었고, 어제 외박을 했으니 가능하면 오늘 저녁은 가족과 함께하고 싶었다. 무겸은 애매한 대답을 했다.

"좋은 곳."

"나 오늘은 일찍 들어가야 하는데."

"오래 안 걸려."

어디로 간다 구체적인 얘기도 없이 무겸은 계속 도로를 달리다가, 어느 한적한 주차장에 차를 세웠다. 건물 안도 아닌 야외 주차장이라 도대체 어디를 가겠다는 것인지 알 수 없었다. 하준이 눈을 끔벅이는 사이 무겸은 곧바로 몸을 굽혀 하준의 안전벨트를 풀고 목덜미에 이를 세웠다.

갑작스러운 접촉에 놀라서 몸이 다 움찔거렸다. 무겸이 깨물었던 자리를 입술로 부드럽게 쓸며 드디어 목적을 털어놓았다.

"여기서 하자."

"어?"

"또 집까지 가서 각 잡고 하기는 귀찮고. 한 번 하고 데려다줄게."

하자니, 뭘?

설마 자신이 생각하는 그거? 하준은 쉽사리 믿기지가 않아 무겸이 쪽쪽 소리를 내며 제 목덜미를 빨아 대는 것을 말리지도 못하고 내버려 두다가, 그의 손이 셔츠 아래를 파고들어 가슴을 더듬기 시작하고서야 의도를 확신하고 무겸을 밀어냈다.

"왜 이래?"

무겸이 얼굴을 찌푸렸다. 쿵덕대는 가슴을 간신히 누르면서 하준이 입을 열었다.

"누가 보면 어쩌려고? 말도 안 되는 소리 하지 마."

"밖에서 안 보여. 누가 본다고."

"아는 사람이 보면 네 차인 거 다 알아."

평범한 차나 타고 다니면 모를까 국내에서는 찾아보기도 힘들다는 외제차만 몰고 다니는 주제에 왜 이렇게 남의 시선에 무감각한 것인지. 그가 수시로 언론의 먹잇감이 되는 이유가 단순히 인기 때문만은 아닐 것이다. 김무겸은 조심성이 별로 없다.

"일부러 큰 차 몰고 나왔는데 서운하게 이러기야?"

"……."

"너도 훈련할 때부터 생각하고 있었잖아."

"내가 너야? 안 했어."

야한 생각을 한 것은 사실이지만 맹세코 차에서 이럴 생각은 안 했다. 그러나 기분이 상한 듯 투덜대는 무겸의 옆에서 하준은 말없이 저 혼자 몰래 목울대를 울렸다. 어쩐지 평소에 잘 안 타고 다니는 차를 가지고 나온다 싶었는데 그때부터 이런 행위를 염두에 두고 있었다니.

누가 볼까 봐도 걱정되었지만 그게 아니더라도 이틀 연속은 상상하기 어려웠다. 아직도 어제 파헤쳐진 몸 중심부가 욱신거리고 온몸 여기저기가 뻐근했다. 지난번처럼 몸 안쪽이 헐어 버린 듯한 아픔은 아니지만 그렇다고 아프지 않은 것은 아니다. 오늘 또 했다가는 지난번보다도 더 후폭풍이 클 것 같았다.

무겸은 핸들을 손가락으로 툭툭 치며 하준의 대답을 기다리는 듯 침묵했다. 하지만 해도 좋다는 말은 차마 떨어지지 않았다. 그때 무겸이 침묵을 깨뜨렸다.

"너 입은 좀 써?"

처음에는 그의 말을 바로 알아들을 수가 없다가, 천천히 그가 가리키는 행위가 무엇인지 이해가 되었다.

글쎄. 써 본 적이 없으니 잘하는지 아닌지도 알 수 없다. 같은 이유로 자신도 없었다. 대답을 미루고 있자 무겸은 웃으며 하준의 뒷목에 손을 얹었다. 아래에서 위로 쓸어 올리는 손길에 소름이 오스스 돋았다.

"입으로 하는 것 정도야 들킬 일 없겠지."

무겸이 하준의 목덜미에 얹은 손에 힘을 주고 은근히 얼굴을 잡아당겼다. 하준은 무겸의 허벅지를 짚으며 몸을 숙였다. 바지 지퍼가 열리고 브리프 안의 것이 모습을 드러냈다. 어제 젤을 바른 손으로 몇 번씩 문지르며 관찰했던 성기는 이미 발기해 일어서 있었다.

아직 아무것도 안 했는데. 저와 섹스하겠다는 생각만으로 일어선 걸까?

그렇게 생각하자 하준은 묘하게 기쁘기도 했고, 무겸의 요구를 들어주지 못하는 것이 미안하게도 느껴졌다. 무겸이 자신을 상대로 성적으로 흥분한다는 것은 몇 번씩 확인해도 신기한 일이었다.

해 본 적은 없지만 무엇에든 처음은 있다. 키스도 섹스도 무겸과 하기 전에는 해 본 적 없는 일이었다. 하준은 아무 말 없이 눈앞의 살 기둥을 더듬어 붙잡았다. 꽤 큰 남자의 손으로도 쉽게 잡히지 않는 굵은 것은 저를 붙든 손바닥 위로도 그 길이를 한참 드러냈다.

힐끔 무겸의 얼굴을 올려다보았다. 무겸은 이래라저래라 말하지도, 재촉하지도 않고 여유로운 표정으로 네 마음대로 해 보라는 듯 하준을 내려다보고 있었다. 조금 망설이다가 몸을 굽혀 귀두를 입술에 머금었다.

"음."

무겸이 짧은 침음을 냈다. 마음에 들었는지 흡족한 음색이었다.

잠시 그대로 멈춰 있던 하준은 어색하게 고개를 오르내리며 두툼한 귀두와 그 아래로 이어지는 기둥을 빨았다. 워낙 커서 입을 크게 벌리고 삼키자 그것만으로도 빠듯했다. 물고서 움직이기가 쉽지 않았다.

어떻게든 얼굴을 움직여 가며 한참을 빨다 보니 입과 턱이 뻐근해졌다. 벌어진 입에서 흐른 타액이 턱과 무겸의 성기를 모두 축축하게 적셨지만 무겸의 것은 여전히 빳빳하게 일어선 채로 사정의 기미가 도저히 보이지 않았다. 조수석에서 운전석 쪽으로 비스듬히 굽힌 등과 허리가 저려 와 하준은 조금 막막해졌다. 차라리 누워서 그를 받는 쪽이 편할지도 모르겠다.

"이렇게 해서 언제 끝내려고."

비슷한 생각을 했는지 무겸의 웃음기 섞인 목소리가 머리 위에서 들려왔다. 하아. 하준이 숨을 내쉬며 물고 있던 것을 잠시 뱉어 냈다. 타액으로 젖은 성기가 하준의 뺨에 부딪혔다. 무겸은 제 물건을 하준의 뺨 위와 그사이 부은 입술 위를 번갈아 문지르며 놀렸다.

"키스를 못해서 예상은 했지만 좆 빠는 실력도 그저 그러네. 말했었지. 입보다 뒤로 더 잘 빠는 것 같다고."

혹평과 희롱을 동시에 날린 무겸이 나머지 한 손으로 하준의 뒤통수를 쓰다듬었다.

키스를 못해서 안 해 주는 거였나? 어젯밤 궁금했던 일에 대한 답을 얻은 하준은 내심 깨달음을 재고했지만 생각할 시간은 별로 없었다. 제 머리를 지그시 아래로 누르는 힘에 다시 성기를 물어야 했으니까. 실력이 별로라며 구박하는 무겸의 목소리에는 그래도 꽤 흐뭇함이 배어 있었다.

"오늘은 내가 도와줄 테니까 다음에는 향상된 실력 보여 줘, 이 코치. 코치님이잖아."

"흡……."

무겸은 말을 끝내면서 하준의 뒤통수를 눌렀다. 굵고 긴 성기가 입천장을 긁으며 목구멍 바로 앞쪽까지 그득 밀려들었다. 그저 입에 물고 사탕처럼 쪽쪽 빠는 것 이상을 생각지 못하고 있던 하준은 힘들기보다는 놀라서 눈을 커다랗게 떴다.

무겸이 손에 힘을 풀면 하준은 고개를 들어 올리며 성기를 빨아올렸고, 그러면 무겸의 손이 다시 뒷머리를 눌러 성기를 깊이까지 삼키게 했다.

"으흑, 읍, 윽."

하준은 그저 입을 더 벌리고 목구멍까지 찔러 들어오는 묵직한 살덩어리를 조금이라도 더 삼키려고 허덕거렸다. 반사적으로 눈물이 고이고 정상적으로 호흡하기가 힘들어 얼굴이 금세 붉게 달아올랐다.

입속을 채운 것이 아래로 받을 때보다도 훨씬 육중하게 느껴졌다. 기둥 위로 튀어나온 핏줄이 혀와 입천장, 점막을 긁어 대며 어제 있었던 정사를 떠올리게 했다. 누가 핀잔을 준 것도 아니건만 그런 상상을 한다는 사실 자체에 하준은 저 혼자 부끄러워졌다.

그러는 사이에도 굵은 성기는 질척질척 습한 소리를 내며 입 안을 계속해서 오갔고, 처음에는 목젖 있는 곳을 턱턱 때리던 귀두가 조금씩 목구멍 깊은 곳까지 미끄러져 들어왔다 빠져나갔다. 뒤로 성기가 드나들 때도 그랬지만 식도 근처에서 굵고 긴 것이 오가는 감각은 음식을 삼키거나 토해 낼 때와는 완전히 다른, 무척이나 기묘한 느낌이었다. 위에서 약간 감탄하는 듯한 무겸의 목소리가 들려왔다.

"그래도 금방 배우는데?"

그런가? 제대로 하고 있는 건가?

그러잖아도 궁금했는데 뒤통수에 얹힌 손이 칭찬하듯 머리를 토닥였다. 그것도 잠시, 곧 성기가 젖은 입속을 드나드는 속도가 빨라지고 하준의 끝이 틀어 막힌 신음 소리와 숨소리도 가빠졌다.

"흐, 읍··· 으음, 흡!"

빨거나 핥는 것은 생각도 할 수 없고, 살 기둥이 안으로 쑥쑥 들어올 때마다 구역질이 나지 않도록 입을 크게 벌리고 혀를 납작하게 누르며 목구멍 안쪽을 열기 위해 애썼다. 깊이, 더 깊이. 입 안을 찔러 들어오는 것을 삼켜야 한다는 생각으로 머리가 꽉 찼다.

"하."

짧게 내쉬는 숨소리와 함께 하준의 입 안에 뜨거운 액체가 확 퍼져 들었다. 동시에 크게 벌린 채로 입 안의 굵은 것을 조이느라 잔뜩 힘이 들어가 있던 하준의 목과 턱에서도 힘이 빠졌다.

사정은 그리 짧은 시간 안에 끝나지 않았다. 하준은 울컥대는 성기에서 입을 뗄 생각도 못하고 얌전히 그가 사정을 마치기를 기다렸다. 실제로 차에서 구음을 시작하고서 지난 시간은 몇 분일 텐데 몇 시간이 지난 것처럼 느껴졌다.

마침내 입속의 꿈틀거림이 멈추자 하준은 완전히 진이 빠져 무겸의 허벅지 위로 얼굴을 떨어뜨렸다. 성기가 입술 사이로 미끄러져 나왔다. 입 안에 가둔다고 가두었는데도 귀두에 남아 고여 있던 정액이 하준의 뺨 위에 묻어 흘러내렸다.

저도 남자니 정액 냄새를 처음 맡아 보는 것은 아니었지만 입에 머금은 느낌은 역시 완전히 달랐다. 하준이 그것을 꿀꺽 삼키자 무겸은 화들짝 놀라며 하준의 턱을 들어 올려 눈을 마주쳤다.

"삼켰어?"

"…어."

삼키면 안 되는 거였나?

실수를 했나 싶어 당황스러운 마음에 하준은 얼굴을 커다란 손안에 맡긴 채로 눈만 끔벅였다. 하지만 무겸은 그다지 불쾌한 기색은 아니었다. 황당하다는 듯 웃는 낯으로 혼잣말을 했을 뿐이다.

"이럴 때는 노련하다고 해야 돼, 쿨하다고 해야 돼?"

잘은 모르겠지만 먹으면 안 됐나 보다. 하준은 조금 긴장이 되어 꼼짝 못하고 무표정하게 무겸을 올려다만 보았다.

"가만히 있어 봐."

무겸은 글러브 박스를 뒤적여 뭔가를 꺼냈다. 새것처럼 보이는 손수건이었다. 그것을 접어들어 하준의 뺨을 부드럽게 닦는다. 척 봐도 고급스러운, 부들부들한 재질의 손수건이어서 정액 따위를 닦아도 되는 것인지 신경이 쓰였지만 궁상맞아 보일 것 같아 하준은 굳이 말하지 않았다.

뺨을 깨끗이 닦은 무겸은 하준의 몸 아래로 손을 집어넣고는 여전히 엎드려 있는 하준을 일으켜 의자에 바로 앉혔다. 몸과 몸이 맞닿은 부분에서 무겸의 단단한 팔이 느껴졌다. 현역 때에 비하면 좀 더 마르기는 했지만 하준의 몸은 많이 변하지 않았다. 선수 시절부터 체력 단련이라면 누구보다 부지런히 했지만 무겸과는 타고난 근질이 달랐다. 무겸과 같은 팔은 자신이 아무리 노력해도 가질 수 없는 것이었다.

"맛은 어때?"

"…수영장 물 냄새 나."

솔직한 감상을 말했을 뿐인데 무겸은 소리를 내서 웃었다. 하준은 웃는 옆모습을 멍하니 바라보았다. 이를 드러내고 웃는 무겸의 얼굴은 정말 말도 안 되게 멋있었다. 오늘 벌써 저런 얼굴을 두 번이나 보았다.

무표정할 때도 늘 조금 화가 난 듯 단단하고 공을 쫓을 때는 사나운 맹수처럼 변하는 인상이 남성미를 전혀 잃지 않으면서도 부드럽게 풀어지며 각진 턱선 옆으로 입술 끝이 휘어졌다. 매번 저로 인해 저렇게 웃어준다면 입술이 따끔거리고 턱이 뻐근한 것쯤이야.

"갈까?"

"어."

차가 출발했다. 예상치 못한 행위를 마치자 큰 관문을 통과한 것처럼 힘이 빠진다. 하준은 어쩐지 멍한 기분으로 차창 밖만 내다보았다.

외진 길목을 달리기 시작한 차는 곧 큰 도로로 진입했고, 점차 하준이 아는 길로 들어서며 언젠가와 같이 하준이 사는 주공 아파트 단지 앞에 멈춰 섰다. 무겸은 갓길에 정차를 한 이후 말이 없었다. 하준은 왠지 내릴 타이밍을 잡지 못하고 머뭇대다가 인사를 건넸다.

"내일 봐."

"그래."

평범하게 인사를 받은 무겸에게 손을 한 번 흔들어 보이고 차 문을 열었다. 그때 갑자기 외침이 들려왔다.

"오빠!"

하준은 미처 차문을 닫을 생각도 못 하고 저를 부르며 달려오는 소녀를 바라보았다. 누가 전직 축구 선수의 혈육 아니랄까 봐 또래에 비해 무척 발이 빠른 민경은 금세 하준의 옆에 붙어 서서 생글생글 웃었다. 하준은 밀회의 현장이라도 들킨 듯 당황스러운 기분을 급히 추스르며 물었다.

"학교 빨리 끝났네?"

"오늘 선생님들 행사 있어서 단축 수업 했어."

대답을 하면서도 민경은 아직 떠나지 않고 있는 차 쪽으로 얼굴을 돌렸고, 운전석에 앉아 있는 무겸과 시선을 마주쳤다. 눈이 커다래진 민경이 그에게 손가락질까지 하며 소리쳤다.

"어, 김무겸!"

'선수'나 '씨' 자 하나 붙이지 않은 날것의 호칭에 하준이 확 민경의 손을 잡아 내렸다. 다행히 무겸은 인상 한 번 찌푸리지 않고 핸들에 팔을 기댄 채 손을 흔들어 응대했다.

"안녕."

"아, 안녕하세요."

"오빠랑 인사 마저 해야 할 것 같은데, 먼저 들어가 줄 수 있을까?"

"아, 네네! 그럴게요!"

민경은 시원스레 대답했지만 바로 발을 떼지 않고 눈을 깜박였다. 경기장도 방송국도 아닌 제집 앞에서 특급 스타를 눈앞에서 만난 상황이 신기한 표정이었다. 제아무리 오빠가 축구 선수였다고 하지만 그 인기가 김무겸의 유명세와는 비교가 되지 않았으니 어쩔 수 없다. 하지만 민경은 곧 고개를 꾸벅 숙이며 인사를 했다.

"안녕히 가시고, 열심히 하세요! 시티서울! 그린포드! 대한민국! 화이팅!"

민경이 손을 흔들며 이번에는 아파트 정문을 향해 달려갔다. 태풍처럼 나타나 정신없이 분위기를 뒤흔들고 사라지는 소녀의 뒷모습을 보며 무겸은 그저 낮게 웃었다.

"씩씩하네."

"응. 공부도 잘해."

"사이도 좋아 보이고."

"아무래도. 나이 차이가 많이 나서 그런지."

무겸이 하준의 얼굴을 빤히 응시하다가 물었다.

"아침에 동생이 주로 깨워 줘?"

뜬금없는 질문이었다. 신기한 마음에 하준은 눈을 크게 뜨고 되물었다.

"어떻게 알았어? 거의 내 기상 담당이야."

무겸이 그럴 줄 알았다는 듯 고개를 끄덕였다. 하준은 그의 얼굴에 묘한 만족감이 스치는 것을 알아보았지만 이유를 파악할 수는 없었다. 무겸이 몸을 바로 일으키며 인사했다.

"간다. 내일 보자."

"어, 응. 태워다 줘서 고맙다."

문을 닫자 차는 곧바로 출발했다. 잠시 그 뒷모습을 보며 서 있던 하준도 몸을 돌려 아파트 단지로 들어섰다. 혼자가 되자 이제야 온전히 제 것인 감정들이 서서히 얼굴을 내밀었다.

갑작스레 하게 된 차에서의 오럴 섹스가 안겨 준 강렬함, 역시 갑자기 나타난 민경 때문에 느낀 놀람이 저들끼리 섞여 들며 혼란인지 현기증인지 알 수 없는 감각으로 하준의 눈앞을 어지럽혔다. 슬슬 더워지려 하는 날씨 때문인지도 몰랐다.

집을 향해 가던 하준은 걸음을 멈추고 단지 내의 공용 벤치에 앉았다. 정신을 좀 차리고 집에 들어가야 할 성싶었다. 단지 정원에 심어진 라일락의 향기가 풍겨 왔다. 이제 라일락도 끝물이었다.

어릴 적 아빠가 살아 있던 때, 가족 모두 함께 살던 단독 주택의 정원에는 오래되고 커다란 라일락 나무가 몇 그루씩 있었다. 아빠는 정원 가꾸기를 좋아해서 그가 살아 있던 시절에는 마당이 없는 아파트로 이사를 하게 되리라고는 생각지도 못했다. 라일락은 지금도 하준이 가장 좋아하는 꽃이었다.

선수 생활을 하며 어느 정도 목돈을 모아 마침내 지긋지긋한 단칸방 생활을 벗어나던 때, 이 낡은 아파트를 가족이 함께 살 새집으로 정한 이유는 적당한 가격 때문이기도 했지만 가장 결정적인 계기는 단지 내에 있는 여러 그루의 라일락 나무들이었다.

울렁대는 듯 두근대는 듯 엉켰던 마음이 짙은 봄꽃 향기에 침전되며 달콤한 설렘의 껍질을 입었다.

'좋아서 그런가 봐.'

하준은 그렇게 결론을 내렸다.

05

경기 막판에 태클을 당하고 잘못 넘어져 절뚝일 때부터 불안하더라니 시즌 첫 번째 장기 부상자가 발생했다. 피지컬 코치의 가장 중요한 업무는 경기력 향상을 위한 선수들의 체력 관리와 컨디셔닝, 그를 통한 부상 방지와 회복 트레이닝이었다.

코치 중에서도 또 각자의 타입이 조금씩 갈라져 근력이나 주력을 중심으로 훈련시키는 코치, 전체적인 밸런스와 컨디셔닝을 중시하는 코치, 테크닉과 전술을 접목한 체력 강화를 중시하는 코치, 재활과 부상 회복 단계에 많은 신경을 쓰는 코치, 그 외 여러 방향으로 나뉘었다. 축구에 있어 무엇이 가장 중요한지에 대한 생각은 각자 다르기 마련이므로 자연스러운 현상이었다.

하준은 최대한 여러 가지를 균형 있게 돌보고자 노력하는 편이었다. 근력은 충분하지만 밸런스가 부족한 선수가 있고 그 반대도 있다. 선수들 한 명 한 명의 상태를 파악하는 데 특히 신경을 썼다. 한 명의 코치가 여러 선수를 코칭하므로 자칫하면 선수 개개인에게 부적합한 훈련을 시켜 버릴 수도 있기 때문이다.

그리고 하준은 가장 마지막, 부상 회복과 재활에 특히 많은 주의를 기울였다. 자신이 부상으로 은퇴를 한 데 대한 보상 심리인지 아무래도 선수들이 다치면 마음이 쓰였다. 어떻게 보면 의료 팀의 업무에 가까운, 굳이 자신이 할 필요 없는 영역의 일까지 신경을 쓰는 것은 그런 이유였다.

"그래, 조금만 더 빨리! 좋아, 2분 휴식. 앉지 말고 천천히 걸으면서 웜업 상태 유지하자."

오늘은 선배인 정 코치에게 다른 선수들의 코칭을 맡기고, 하준은 4주 아웃 판정을 받았다가 복귀한 선수 한 명에게 붙어 회복 강화를 위한 특별 훈련을 진행 중이었다. 잠시 휴식 시간을 가지고 한숨 돌리는데 멀찍이서 사람들의 목소리가 들려왔다.

"여기서 주춤거리면 안 됐어. 바로 쏘거나 돌렸어야지."

"동선이 더 몸에 더 익어야 돼."

훈련과 훈련 사이에 난 빈 시간, 선수 여럿이 모여 지난 경기 영상을 틀어 놓고 리뷰를 하고 있었다. 승리로 끝난 경기이긴 했지만 그 안에도 실수와 허점은 존재했고, 복기는 늘 필요했다.

"패스가 아직 많이 미흡해. 이 정도로 공간이 있는데 바로바로 이어져야지. 내가 받으러 가 있어도 공이 안 오면 아무 소용없어."

무겸의 지적에 이어서 "네, 네." 대답하는 선수들의 목소리가 들렸다. 어차피 나중에 감독이 회의실에 선수들을 모아 놓고 진행하겠지만 선수들은 스스로 학습에 열심인 분위기는 바람직했다. 하준은 그들의 목소리를 배경 음악처럼 들으며 제 업무에 집중했다. 그때, 코칭 중이던 하준의 휴대폰으로 메시지가 도착했다.

오늘 어때

무심코 곧바로 휴대폰을 확인한 하준은 저도 모르게 입을 슬쩍 벌렸다. 무겸은 마치 다른 사람에게 메시지를 보낸 척 하준을 쳐다보지도 않고 정규, 그리고 경기 리뷰를 하는 몇몇 선수 사이에 섞여 시침을 떼고 있었다.

하준이 되물었다.

오늘?

왜. 다른 약속 있어?

약속은 없었지만 문득 궁금해졌다. 김무겸의 섹스는 어느 정도의 주기를 가지고 이루어지는 걸까? 아니, 보통 사람들은 얼마만 한 간격을 두고 관계를 가질까?

연애도 섹스도 해 본 적이 없으니 보통 사람들의 페이스를 전혀 모르겠다. 하지만 세상 사람들이 무겸을 향해 밝힌다거나 바람둥이라는 비난을 하는 것을 보면 그의 페이스는 남들에 비해 빠르면 빠르지 결코 느리지는 않을 것이다.

"코치, 횟수만큼 다 했습니다."

"아. 이번에는 컬로 바꾸자. 엎드려 봐."

"네."

레그 익스텐션을 마친 선수에게 후면 운동을 지시했다. 하나, 둘, 셋. 눈앞의 선수가 다리 뒤에 걸린 중량 바를 올릴 때마다 입으로 횟수를 세면서 망설이던 손으로 천천히 키패드를 두드렸다.

한 지 이틀밖에 안 됐는데

잠시 답이 없다가 또 징, 휴대폰이 울렸다.

그저께 밥 먹었으면 오늘은 안 먹나? 무슨 상관이야

느닷없이 식탁에 차려진 음식이 된 기분과 함께, 하준은 잠시간 대답할 말을 찾지 못하고 휴대폰 위 허공을 손가락으로 더듬었다. 되다 만 말들이 입력창에 쓰였다 지워졌다.

아직 좀 힘들 것 같아.

이렇게 답했다가는 그렇지 않아도 변덕스럽게 시작한 이 '장기적인 관계'가 한순간에 끝날까 봐 전송 버튼을 누르지 못했다.

장기적인 관계. 말은 좋지만 무겸에게 있어 꼭 그 관계를 맺을 사람이 이하준일 이유는 그리 많지 않을 것이다. 가까이 있어서, 남들 눈에 들키지 않을 것 같아서, 어쩌면 만만해서. 따져 봐야 그 정도이리라. 그러니 언제든 다른 적당한 사람으로 교체될 수도 있을 테고. 막 시작된 이 관계에서 벌써부터 탈락하고 싶지는 않았다.

왜 힘드냐는 질문이라도 받으면 뭐라고 답해야 할까. 다른 일정이 있다고 거짓말을 해야 하나? 아직 몸이 좀 불편하다고 솔직하게 말한다면? 그랬다가 무슨 상관이냐는 답변을 받으면 아무래도 조금 속이 상할 것 같다. 긁어 부스럼을 만들기는 싫다.

고민 끝에 하준은 결국 이렇게 답을 보냈다.

알았어

무겸에게서 답신은 다시 오지 않았다.

그렇게, 하준은 마음 한구석에 조그만 고민을 안고 훈련을 진행했다. 스스로 선택한 일이고 그 결정에 흡족하고 기뻤던 것이 불과 이틀 전이었지만 오늘은 훈련을 마치고 찾아올 시간을 떠올리니 걱정이 슬쩍 앞섰다.

예정에 없던 첫 경험을 치른 뒤 며칠을 품고 있던 통증은 다시는 느낄 일이 없으리라 여겼기에 사라지는 것이 아쉬울 정도로 소중했다. 하지만 그런 식의 아픔이 일상이 되어 버리는 것은 조금 다른 문제였고, 앞선 고통이 채 사라지기도 전에 또 겪어야 한다는 것은 해결책을 고민할 필요가 있는 문제였다.

하루 종일 앉아서 일하는 사무직이면 모를까 하준은 선수들을 쫓아다니며 그들과 함께 몸을 움직여야 하는 축구 코치였다. 이틀 전 무겸과 보낸 밤은 정신이 흐려질 정도로 기분 좋은 순간이 몇 번씩 찾아왔지만 그렇다고 끝난 후에 꼬리처럼 따라붙는 아픔이 없어지는 것은 아니었다.

그러나 하준의 불안 따위는 그야말로 무슨 상관이냐는 듯 시간은 쏜살같이 흘렀고, 하루 일정을 마친 하준은 사람들과 인사를 나눈 뒤 터덜터덜 정류장 쪽으로 향했다. 오늘도 저를 기다리는 은회색의 중형차가 보였다.

누가 볼세라 차에 올라타자 무겸은 별말도 없이 곧바로 차를 출발시켰다. 그러고 싶지 않은데, 다가올 섹스가 하준은 역시 조금 두려웠다.

'내가 이렇게 근성이 부족했나?'

아름다운 봄날이라며 첫 경험을 자축한 지 얼마나 지났다고. 그런 자신이 마음에 들지 않아서 하준은 괜스레 화가 난 사람처럼 입을 꾹 다물고 있었다.

⚽

"뭐 해, 안 들어오고."

주저하는 마음이 겉으로도 나타났는지 하준은 타박을 한 번 듣고 나서야 집 안에 들어섰다. 처음에는 방문했다는 것만으로도 기뻐서 말이 나오지 않던 김무겸의 집인데 고작 두어 번 만에 들어서기를 망설이다니 자신이 간사하게 느껴진다. 하준은 단호하게 가방을 어깨에서 내려들며 기합이라도 넣듯 먼저 물었다.

"짐, 어제 그 방에 놔둬도 되지?"

"말했잖아. 편하게 쓰라고."

하다 보면 익숙해지겠지. 뭐든 그렇다. 운동을 시작했을 때도 처음에는 온몸이 쑤시고 아팠지만 하다 보니 습관이 됐다. 몸이 아픈 것도, 이런 기분이 드는 것도 다 처음이라 그럴 것이다.

하준은 저 자신을 그렇게 설득하며 손님방이라 했던 곳의 문을 열었다.

"……."

하지만 기세 좋게 문을 연 하준은 그 앞에 우뚝 서 있기만 했다. 현관에서도 그러더니 또 한 번 동작을 멈춘 하준을 무겸이 이해할 수 없다는 듯 지켜보다가 가까이 다가섰다.

"오늘 왜 이렇게 자꾸 넋이 빠져? 뭐 해?"

"아, 아니."

하준은 조금 놀란 눈으로 무겸을 보았고, 다시 방 안쪽으로 고개를 돌렸다. 무겸도 하준의 시선을 따라가, 어제까지 없던 물건에 눈길이 닿았다.

"아."

무겸이 생각났다는 듯 짧게 목소리를 내더니 그제야 하준에게 타이르듯 일렀다.

“앞으로 남은 일 있으면 저기서 해. 침대에 엎드려서 하지 말고.”

“…새로 샀어?”

무겸이 무슨 당연한 걸 묻느냐는 듯 빈정대는 어투로 말했다.

“그야 주워 온 건 아니지.”

“나… 쓰라고?”

“내 집인데 하나쯤 두면 누가 써도 쓰지 않겠어?”

방에는 그제까지 없던 심플한 원목 책상이 놓여 있었다. 하준은 약간 어안이 벙벙한 기분으로 천천히 방 안으로 걸어 들어가 그 위에 조심스레 가방을 내려놓았다. 매끈하게 다듬어진 상판을 손바닥으로 살짝 쓸어 보았다. 심플하고 작은 책꽂이가 달려 있을 뿐 쓸데없는 장식이 붙어 있지 않은 고급스러운 디자인이 마음에 들었다.

무겸의 말마따나 저에게 준 것이 아니라 무겸의 집에 속한 가구라는 것을 알면서도 얼굴에 자꾸 열이 오르려 했다.

“설마 지금 일하려는 건 아니겠지?”

무겸의 핀잔에 하준은 고개를 저었다. 마음 같아서는 어쨌든 저를 위해 장만해 준 이 책상에 당장 앉아 뭐라도 해 보고 싶었지만 채근하는 이유를 잘 아니 나중으로 미루는 수밖에. 문가에 기대어 서서 하준이 하는 양을 지켜보고 있던 무겸이 몸을 비켜서며 말했다.

“씻을 거면 얼른 씻어.”

“응.”

더워지기 시작하는 계절, 훈련을 마치면 땀투성이가 될 수밖에 없으므로 늘 샤워를 하고 귀가하는 무겸과 달리 비교적 움직임이 적은 하준은 가능하면 집에 돌아가 몸을 씻는 편이었다. 아무도 주목하지 않는다는 것은 알고 있지만 그래도 흉터가 신경 쓰였기 때문이다.

차라리 저를 모르는 사람들이라면 모를까, 사정을 모두 알고 있는 사람들 앞에서 옷을 벗고 그 흉터를 보여 주고 싶지는 않았다. 이런 마음이 자격지심임은 알지만 사람들이 신경 쓰지 않아도 괜스레 불편했다. 그런 점에 있어 무겸은 저에 대해 잘 몰랐으며, 이런 관계가 되고 나서도 일관적으로 제게 관심이 없어 차라리 마음이 편했다.

선물이라고 하기는 좀 힘들겠지만 갑작스럽게 등장한 책상 때문에 긴장이 조금 풀어졌다. 책상이 생겼다고 해서 지금부터 할 섹스가 덜 고될리야 없지만 그래도 한결 편안해진 마음으로 욕실에 들어섰다가, 또 한 번 걸음을 멈췄다.

하준이 우물쭈물하다가 문을 다시 열고 고개만 내밀어 아직 거실에 있는 무겸을 목소리 높여 불렀다.

“김무겸!”

“또 왜?”

“욕실에 있는 칫솔 써도 돼?”

“뭘 일일이 물어?”

그래. 하준은 저만 들을 수 있을 정도로 작게 대답하고 문을 닫았다.

지난번에 왔을 때는 원정 경기 직후여서 자신이 가져온 여행용 칫솔로 이를 닦았는데 오늘 욕실에 들어서자 새것으로 보이는 양치질 세트가 세면대 옆 선반에 놓여 있었다. 스킨로션 세트도. 몸을 씻을 욕실 용품이야 처음부터 준비돼 있었지만 이런 개인적인 소품들은 지난번에는 없던 것이다.

이를 닦고 따뜻한 물로 몸을 씻는 내내 묘하게 기분이 둥실거렸다. 하준은 가방 속에 들어 있던 새 옷으로 갈아입고 문을 나섰다. 무겸은 응접실 소파에 앉아 뭔가를 읽고 있었다. 집중한 옆모습에 잠시 망설이다 말을 걸었다.

"김무겸. 다 씻었어."

무겸은 곧바로 돌아보더니 하준을 위아래로 훑어보고, 소파에서 일어서서 하준을 지나쳐 걸으며 손짓했다.

"이리 와."

하준은 머뭇머뭇 그의 뒤를 따랐다. 손님방에 들어서기에 곧바로 침대로 향할 줄 알았는데 무겸은 찾는 물건이 있는지 여기저기를 살피다가 결국 옷장 문까지 열어젖혔다. 어이없다는 듯 혼잣말이 나왔다.

"찾기 힘들게 뭘 여기에 넣어 놨어."

그러더니 안에서 뭔가를 꺼내 내민다.

"…이게 뭐야?"

"샤워하고 나서 입어. 매번 옷 다 껴입고 나오기 귀찮지도 않냐? 여벌 더 있으니까 갈아입어야 하면 꺼내 입고."

손안이 간지러울 정도로 부드러운 감촉으로 꽉 찼다. 처음에는 무엇인지 알 수 없었으나 조금 멀찍이 들고서 보니, 그것은 하얀 가운이었다.

기분 탓이 아니라면 무겸이 입었던 회색 가운과 같은 원단에 같은 디자인이다. 색만 다를 뿐.

이번에야말로 완전히 얼떨떨해져 입을 다물고 있었더니 무겸이 턱으로 까딱, 하준의 손을 가리키며 말했다.

"갈아입어 봐."

"어?"

"잘 맞는지 봐야지."

딱히 사이즈를 맞춰 입어야 하는 옷은 아닌 것 같은데.

그렇게 생각하면서도 하준은 당황을 무표정 뒤에 숨기고 하나씩 옷을 벗어 나갔다. 서로 알몸을 보이며 부끄러워할 사이도 아니고, 실제로 저를 보는 무겸에게 수줍은 기색 따위는 전혀 없었다.

하지만 하준은 달랐다. 저를 빤히 응시하는 그 앞에서 옷을 벗어 나가려니 함께 침대나 소파에서 뒹굴며 옷을 벗을 때와는 다르게 속이 화끈거렸다. 속옷만 남긴 채로 가운을 걸치려는데 말없이 보고만 있던 무겸이 입을 열었다.

"팬티도 벗어. 어차피 벗을 건데 뭘 남겨 둬?"

미치도록 부끄러웠다. 그러나 부끄러워하는 것처럼 보이고 싶지 않았다. 하준은 아무렇지도 않은 척 팬티까지 벗었다. 이제 막 샤워를 마쳐 김이 채 식지 않은 보송하고 흰 몸이 완전히 드러나고, 그 몸을 흰 가운이 소리 없이 한 겹 서둘러 감쌌다. 허리끈까지 묶고 힐끔 무겸을 보자 그가 슬쩍 입꼬리를 올리고 썩 흡족한 표정을 짓고 있었다.

"잘 맞네."

하준은 바로 말이 나오지 않았다. 책상과 마찬가지로 손님용 가운일 뿐이지, 하준에게 주는 것이 아니었다. 그러니 고맙다는 인사를 하기에도 상황이 묘했다.

'커플 룩 같다.'

그저 자꾸만 드는 미친 생각을 혼자 머릿속에서 몰아내며 민망해할 뿐. 그러나 그것은 하준의 머리 안에서만 벌어지는 원맨쇼였으며 실제 하준은 입을 다물고 별다른 표정 없이 무겸 앞에 마주 서 있었다.

무겸이 하준의 손목을 잡아 침대로 이끌었다. 가운을 입은 모습이 마음에 드는지 기분이 좋아 보인다. 다리를 뻗고 앉은 무겸이 하준을 제 허벅지 위에 앉혔다. 가운 밑자락을 들추더니 커다란 손이 곧바로 엉덩이를 틀어쥐었다. 볼기를 잡아 오는 강한 힘에 하준은 이어질 거친 행위를 떠올리고 저도 모르게 무겸의 어깨에 얼굴을 기댔다.

이대로 휘몰아칠 행위에 대한 기대와 불안, 기분 좋은 듯 웃고 있는 김무겸의 얼굴, 선물 아닌 선물을 받은 설렘이 색색의 물감들처럼 섞여 들었고, 어딘지 모르게 둥둥 떠 버린 마음이 그만 하준의 입을 열어 부탁을 내뱉게 하고 말았다.

"김무겸, 조금만 살살 해 줘……."

그 말의 어디가 우스운지 무겸이 소리 없이 작게 웃는 기색이 느껴졌다. 위기감을 못 견디고 멋대로 나가 버린 약한 소리가 비웃음까지 사자 더 부끄러워져 버렸다. 하준은 열이 돌기 시작한 얼굴을 들지 못하고 가만히 있었다.

"봐서."

무겸이 웃음기를 감추지도 않고 말했다.

"살살 하고 싶으면 먼저 한 번 가라앉혀 봐."

"…어떻게."

"또 모르는 척."

무겸이 하준의 손을 잡아 제 샅에 갖다 댔다. 옷 안에서 불룩하게 솟은 것의 중량감이 바로 전달되어 왔다. 무겸의 표정을 살피며 하준은 그에게 붙였던 몸을 떨어뜨렸다. 흰 손이 천천히 무겸의 바지 앞섶을 풀어 속옷까지 함께 끌어 내렸다.

깜짝 상자 속 인형처럼 기다렸다는 듯이 튀어나온 것은 몇 번을 봐도 낯설 정도로 컸다. 하준은 마른침을 삼켰다. 불뚝 솟은 기둥을 두 손으로 감싼 뒤 천천히, 고개를 깊이 숙이며 눈을 감았다. 어제 배운 것을 마치 새로 익힌 기술을 복기하듯이 감각으로 떠올렸다.

"음."

낮게 흘러나오는 목소리는 분명 만족을 담고 있었다. 하준이 안도하며 고개를 위아래로 움직였다.

"살살 해 줄게. 배운 대로 잘하면."

그 말과 함께 침대 헤드에 기대어 앉은 무겸이 하준의 머리를 쓰다듬다가 손에 무게를 실어 눌러 왔다. 구역질과 기침이 섞인 듯한 소리가 두어 번 작게 울렸지만 곧 뭔가를 빨아들이는 듯 젖은 소리가 방을 채웠다.

검고 숱 많은 머리카락을 손에 틀어쥐며 무겸은 썩 순종적으로까지 느껴지는 구음을 여유로운 기분으로 즐겼다. 머리를 써서 잔재주를 부리는 것인지 천성인지는 모르겠으나 이하준은 사람을 정말 동하게 만들었다. 살면서 처음 있는 일이었다.

그는 확실히 섹스를 좋아했지만 행위 자체보다는 서로를 밀고 당기다가 지점이 딱 맞아떨어지며 골인할 때의 쾌감, 쌓인 스트레스와 성욕을 내보내는 해방감을 좋아하는 것에 가까웠다. 특정한 상대방을 성적으로 탐닉해 본 기억은 없다. 따라서 무겸에게 이 새로운 섹스 파트너는 무척 즐겁고 색다른 존재였다.

왜 사람들이 갖가지 섹스 방식이나 온갖 플레이 따위에 눈이 돌아가는지 이제는 좀 알 것도 같았다. 무겸도 하준에게라면 다른 것, 또 다른 것을 자꾸만 해 보고 싶어질 것 같았으니까. 아닌 척 요망을 떠는 코치 덕분에 오늘도 지루할 틈 없는 섹스를 할 수 있을 것 같았다.

주름이 팽팽해지도록 벌어진 뒤쪽 입구로 성기가 드나드는 모습도 자극적이었지만 한껏 벌어진 입술 사이로 출입하는 광경도 자극적이긴 마찬가지였다. 차에서는 위에서 내려다보았기 때문에 머리를 숙인 뒷모습밖에 보이지 않았다.

하지만 지금, 무겸은 침대 헤드에 비스듬히 기대어 앉아 있었기에 다리 사이에 무릎을 꿇고 몸을 굽혀 제 것을 물고 있는 하준의 얼굴이 아주 잘 보였다. 카섹스를 대신하기 위해 오럴 섹스를 시켰을 때와는 또 다른 쾌감에 무겸은 미소 지었다. 지배욕이나 정복욕 따위의 단어가 어울릴 법한 성취감이 서서히 가슴속을 채웠다.

이하준. 늘 성실하고 열심이고 성격도 밝아서 팀 여기저기에서 인기 좋은 신입 코치.

그런 놈이 사실은 남자를 좋아한다. 제 좆을 입에 물고, 뒤로 박히면서 싼다.

따지고 보면 그의 그런 모습을 본 것이 자신이 처음은 아니겠지만 적어도 이 팀 안에서는 저밖에 없으리라. 그렇게 생각하면 어지간한 작업에서 느껴 보지 못한 만족감이 마음을 꽉 채워, 그것만으로도 이 행위가 두 배는 즐거워졌다.

"흡, 읏……."

이제 잠깐 길만 잡아 주면 머리를 굳이 누르지 않아도 알아서 숨을 조절하며 목구멍 안쪽까지 성기를 집어삼킨다. 섹스도 몸 쓰는 일이라 그런지 하준에게는 잘 모르는 듯하던 행위도 금방금방 익히는 센스가 있었다.

아니면 뭐, 모르는 척했던 걸 수도 있겠지. 어느 쪽이든 즐거우면 그만이니 무겸으로서는 꼬치꼬치 알고 싶은 생각이 없었다. 귀두가 입천장의 오톨도톨한 요철 위로 미끄러지다가 깊고 좁은 목구멍 안쪽에 쑥 박혔다.

"아……."

기분이 좋아 저도 모르게 탄식하며 까만 머리카락을 헤집자, 그게 무슨 뜻이 있는 제스처라 생각했는지 하준이 고개를 움직이는 속도를 좀 더 빨리했다.

"빨면서 고개 좌우로 돌려 봐."

조언이라도 되는 양 말을 던지자 곧바로 잘 알아들었다. 빨아 대면서 고개를 이리저리 돌리자 입속 점막 구석구석까지 성기가 빠짐없이 스쳤다. 매끄럽고 고른 이 안쪽의 요철까지 느껴져 무겸은 거친 한숨을 쉬며 계속 하준의 머리를 쓰다듬었다.

"흐, 으. 으읍……."

그러다가 무겸은 문득 성기에 반쯤 틀어 막힌 하준의 신음이 조금 달라졌음을 눈치챘다. 처음에는 그저 숨이 막혀 읍읍대던 음성이 살짝 흐려지며 그 안에 은밀하게 열이 섞여들고 있었다.

기분 탓이 아니다. 무겸은 하준의 머리에 손을 얹은 채로 유심히 그가 하는 모습을 지켜보았다. 귀두 근처까지 입술 가까이 빼내어 숨을 한 번 마신 하준이 그것을 매끄럽게 빨아들이며 깊숙이 삼켰다.

"으, 후으……."

입천장 가운데부터 목젖을 넘어 목구멍 안쪽까지. 그 근처 어딘가를 귀두로 문질러질 때 명확히 신음 소리가 달아진다.

이것 봐라? 무겸은 성기를 빠느라 정신없는 하준의 얼굴을 보일 듯 말 듯 웃으며 빤히 지켜보다가, 일부러 슬쩍 허리를 짧게 쳐올렸다. 성기가 갑작스럽게 목구멍 안쪽으로 쑥 미끄러져 들었다.

"흐으! 으읏, 읍."

그러자 하준은 매너 없다며 화를 내기는커녕 몸을 움찔 짧게 떨었고 신음은 오히려 너 달떠졌다.

언젠가의 술자리에서 동료 선수 중 한 놈이 취해 그런 음담패설을 지

꼍인 적이 있다. 딥스롯을 하다가 느끼는 사람이 있다고. 아래쪽 구멍같이 목구멍도 성기처럼 쓰는 인간들이 있다고 말이다.

그때 무겸은 그가 포르노를 너무 많이 봐서 헛소리를 한다고 생각했고 다른 녀석들도 대체로 비슷하게 반응했다. 꿈 깨고 현실로 돌아오라, 누군가 그런 구박을 하기도 했었다. 그런데 연기가 아니라면, 지금 헛소리로 치부했던 이야기가 눈앞에서 벌어지고 있는 것 같다.

자연스레 아래쪽이 더 뜨거워지고, 성기가 꿈틀대며 한층 불뚝 일어섰다. 당연히 하준도 그것을 느꼈는지 당황한 표정으로 고개를 살짝 들어 시선을 무겸에게로 맞췄다. 눈이 마주치는 순간, 무겸은 더 참기가 힘들어졌다.

"빼 봐."

"어……."

길쭉하고 굵은 것이 하준의 입가를 주르르 빠져나왔다. 하준은 왜 그러냐 묻지도 않고 살 기둥을 붙든 채 이유가 궁금한 듯 멀뚱히 보고만 있었다. 그 와중에도 좆은 손으로 잡고 있는 것이 우습다. 진짜 좆을 좋아하나 보다.

조금 더워져서 무겸은 그때까지 입고 있던 옷을 벗어 던졌다. 그제야 하준이 머뭇대며 묻는다.

"…잘 못했어?"

그러고 보니 잘하면 살살 해 주겠다고 했던가? 채점을 기다리는 학생 같은 숙연하고 성실한 분위기에 피식 웃음이 났다.

"아니. 좋았어. 혼자만 좋으려니 미안하네."

"어? 아냐. 나도 좋아."

그 말에 무겸이 피식 웃었다. 웃는 이유를 모르겠는지 하준의 얼굴이 조금 붉어졌다. 그래 네 말대로 좋아 보였다고, 그렇게 말해 주려다가 관뒀다.

"이리 와 봐."

손짓해도 멀뚱히 앉아만 있다. 얼마나 어떻게, 가까이 오는 방법조차 모르겠다는 듯한 그 모습에 무겸은 웃음을 눌러 참고 제 쪽에서 몸을 일으켜 하준의 팔을 끌어당겼다. 엉거주춤 끌려온 몸이 무겸의 다리 사이에 마주 앉았다. 다리와 다리가 교차한다. 가운 자락에 간신히 가려진 성기가 무겸의 것과 맞닿을 것만 같았다.

"아, 해."

"아……?"

하준이 머뭇대며 천천히 입을 벌렸다. 무겸은 치과 의사라도 된 것처럼 그 안을 빤히 들여다보고는 갑자기 검지와 중지, 손가락 두 개를 집어넣었다. 하준은 입을 벌린 채로 눈만 끔벅였다.

"빨아."

아래도 아니고, 손을…?

하준은 그런 의문을 담은 표정으로 무겸을 보았지만 곧 시키는 대로 촉촉 소리를 내며 입 안에 들어온 손가락을 빨았다. 젖은 입술이 온순하게 제 손가락을 빠는 것을 지켜보던 무겸이 천천히 입 안에서 손가락을 움직이기 시작했다. 긴 손가락이 입 안에서 움직이는 감각이 묘한지 하준이 보일락 말락 미간을 찡그렸다.

너무 깊이까지 넣으면 구역질이 날 것이다. 서서히 손가락을 돌려 무겸은 천천히 하준의 말캉한 혀를 문질러 보았고, 그다음에는 양쪽 옆의 점막을, 이어서 딱딱하면서도 요철이 있는 입천장을 긁어 보았다.

"흐……."

낮은 신음이 샜다. 무겸의 입 끝이 슬쩍 올라갔다. 손가락을 물고 있는 바람에 제대로 삼키지 못한 타액이 무겸의 손가락을 흠뻑 적시고 입술 아래로까지 흘렀다.

하준은 도대체 뭘 하는지 모르겠다는 표정으로, 그러나 명백히 성감이 밴 얼굴로 무겸을 응시하고 있었다. 눈에 언제까지 이래야 하냐는 질문이 담겼다. 무겸은 한 번 더, 이번에는 손끝 뭉툭한 부분으로 더 깊은 안쪽 입천장을 세게 문질렀다.

"으, 응."

하준이 반사적으로 눈을 감으며 신음했다. 무겸의 미소가 더 짙어졌다. 입 안에 물렸던 손가락을 빼내자 하준이 천천히 눈을 떴다.

"이하준."

"으응."

"입 안에 박아 봐도 돼?"

"어, 응."

아무렇지 않은 얼굴로 고개를 끄덕이는데 또 웃음이 터질 뻔했다. 뭐든 오케이. 진짜 대단한 놈이었다. 앉아 있던 하준의 머리 뒤에 베개를 고여 목을 살짝 젖히고, 침대 헤드에 기대 비스듬히 눕게 했다.

"입 크게 벌려."

이번에도 순순히 입을 벌린다. 타액으로 축축해진 입술 사이에 깊은 구멍이 생겼다. 펠라티오라면 숱하게 해 봤지만 이런 식으로 사람의 입에 대고 성기에 박는 듯 해 본 적은, 당연히 없었다.

한 손으로 침대 헤드를 잡고 무릎을 세워 앉아 사타구니를 하준의 얼굴 근처까지 가져갔다. 그리고 여전히 불뚝 일어서 있는 성기를 벌어진 입술 사이로 미끄러뜨렸다. 그제야 무겸의 말뜻을 정확히 이해한 듯 하준의 눈이 살짝 커졌다가 다시 돌아왔다.

서두르지 않고 천천히 입속으로 제 것을 밀어 넣었다. 얌전히 입 아래에 깔려 있는 부드러운 혀와 여린 점막이 성기 전체를 주르르 쓸고 지나가는 감촉이 하준이 빨아 줄 때와는 또 다르게 말초신경을 자극한다. 두툼한 귀두가 점점 좁아지는 입속 동굴로 들어가 목젖 근처를 지났고, 따뜻하고 좁은 목구멍 안쪽까지 슬쩍 밀려 들어갔다.

"흐으, 읍……."

그 지점을 지날 때 아래쪽에서 하준의 신음이 들려왔다. 숨이 막혀 그러는지 침이라도 삼키려는 듯 꼴깍대자 목구멍이 꿀렁대며 귀두를 부드럽게 조였다.

"하."

무겸의 입에서 감탄을 담은 짧은 웃음이 샜다. 이거야, 정말로 펠라티오가 아니라 일반적인 삽입을 하는 기분이다. 그런데 넣고 있는 곳이 다른 곳도 아니라 입이라는 데서 묘한 배덕감이 있었다.

무겸은 목구멍에 성기를 밀어 넣고 약하게 앞뒤로 허리를 흔들며 여리고 탄력 있는 살과 근육이 좆을 조이는 감각을 여유롭게 즐겼다. 아래쪽에 박을 때와는 느낌이 전혀 달랐다.

"흑, 그흑, 읍."

꽉 막힌, 작은 신음이 계속해서 흐른다. 좀 더 이 묘한 쾌감을 즐기고 싶지만 숨이라도 막히면 큰일이니까. 무겸은 너무 욕심 부리지 않고 슬슬 성기를 빼냈다.

아니나 다를까 반쯤 나왔을 때부터 콜록대며 급하게 호흡하려 드는 하준의 숨결이 느껴졌다. 색색대는 더운 숨결이 성기에 내뿜어진다. 무겸은 그가 잠시 숨을 쉬도록 내버려 두다가 다시 입 안에 찔러 넣었다.

이번에도 쑥, 안쪽까지 들어갔다.

아까보다 숨이 찬지 하준은 더 빠르게 목을 꿀떡이며 호흡을 찾으려 들었다. 그럴수록 귀두를 자극하는 쾌감은 더 커질 뿐이다. 생리적인 반동으로 하준의 눈에 눈물이 금세 고여 들었다. 미간을 찌푸리고 제 입을 범하는 남근을 내려다보는 표정이 무겸의 욕구를 자극했다.

한 번, 두 번, 세 번. 밀어 넣을 때마다 옴쭉대며 좁아지는 목구멍을 느끼는 사이 무겸은 좀 더 대담해졌다. 입 안으로 성기가 드나드는 속도가 빨라졌다.

"으, 읍, 흐읍!"

너무 강하지는 않게, 그러나 깊숙한 곳까지 성기를 넣었다가 빼내고, 그리고 다시 집어넣고.

처음에는 입 아래에 가만히 깔려 있던 혀가 이제는 자꾸만 위로 솟아오르려 들었다. 입 안으로 불쑥불쑥 들어오는 굵은 것을 밀어내려 드는 본능적인 행위 같았다. 그러나 그럴 때마다 무겸은 부드러운 혀가 성기를 핥아 올리는 듯한 느낌만 받았다. 입천장과 혀 사이가 좁아지며 삽입할 때의 쾌감이 더 커진다.

"흐으으… 으흑, 읍, 후읍!"

"하아, 이거 맛들이겠는데……."

귀두가 목구멍으로 넘어가기 직전, 말랑하고 야들야들한 점막을 찌를 때면 하준은 숨이 막히는 듯 움찔대면서도 열이 스민 신음을 냈다. 그 목소리가 무겸으로 하여금 좀처럼 허리를 멈추지 못하게 했다.

천천히, 그러나 끊임없이 허리가 앞으로 나아가고 성기가 입 안으로 뿌리까지 사라진다. 새빨갛게 달아오른 하준의 얼굴이 괴로운 듯 일그러졌다.

"후아, 아! 흐아."

결국 무겸이 허리를 무른 사이 하준은 더 견디지 못하고 옆으로 고개를 돌렸다. 입 안에 밀려들려다 만 성기가 하준의 뺨 위로 미끄러졌다.

"헉, 콜록, 흐읏, 하아, 이제, 모… 못 하겠어, 흑……."

헐떡이는 하준을 무겸은 여전히 무릎을 세우고 앉아 내려다보았다. 얼굴은 물론 옷깃 사이로 보이는 목까지 발갛게 익었다. 무겸이 몸을 낮춰 하준의 얼굴 가까이로 제 얼굴을 가져갔다. 허덕이는 하준의 입은 여전히 벌어진 채였다.

한참을 강제로 벌어져 있던 입술은 물론 턱 아래까지 타액으로 축축했다. 굵은 것을 깊이 물고 아랫구멍처럼 박히던 입이 야해 보인다. 젖은 입술 위를 엄지손가락으로 천천히 문지르자 하준은 저도 모르게 그러는 듯 혀를 살짝 내밀었다.

무겸이 내밀어진 혀까지 손으로 간지럽히자 한숨이 새며 하준의 턱과 입술이 가늘게 떨렸다. 눈물로 젖은 눈이 뭔가를 원하는 듯 무겸을 올려다보고 있었다.

그 표정에 무겸은 저도 모르게 고개를 숙였다. 입술과 입술이 곧 겹쳐질 듯 가까워졌다. 하준이 얼핏 눈을 감으려 하던 때, 무겸이 옅게 웃으며 물었다.

"왜? 갑자기 비니까 입이 허전해?"

하준은 대답 없이 얼굴을 붉히고 고개만 저었다.

키스를 할까 했지만 방금 전까지 자기 것이 들어가 있던 곳에 입을 맞추려니 내키지 않았다. 무겸은 다시 몸을 들어 올렸다.

재미있는 경험이었다. 조금씩 연습시켜서 나중에는 입에 박는 걸로만 끝까지 가는 것도 나쁘지 않을 것 같았다. 하지만 당장 오늘 거기까지 가기는 힘들겠지. 무겸은 이제 그만 본론에 들어가기로 하고 침대 위에 제대로 앉았다.

하준도 무겸과 눈높이가 맞을 정도로 몸을 일으키며, 이제 뭘 해야 할지 모르겠다는 표정으로 무겸을 보았다.

"뒤돌아 봐."

"…뒤?"

"엎드려. 엉덩이 내 쪽으로 돌리고. '69' 몰라?"

"윽……."

하준의 목울대가 가볍게 꿀렁였다. 무겸이 말하는 바를 알았는지 얼굴이 새롭게 붉어진다.

"살살 해 달라며. 나 아직 한 번도 안 쌌다?"

하준은 고개를 천천히 끄덕이고 잠시 헤매는 듯 허둥대다가 제대로 자리를 잡았다. 팔로 몸을 지탱해 후배위를 할 때처럼 엎드렸다. 이제 몸을 낮춰 머리를 무겸의 성기 있는 곳으로 가져가고, 엉덩이를 무겸의 얼굴까지 내밀어야 하는데 하준은 그 상태로 움직이지를 못하고 우물쭈물했다.

엉덩이를 가린 가운 자락을 무겸이 휙 들춰 올렸다. 탱탱하게 올라붙은 둥근 볼기는 양쪽이 잘 맞붙어 있어 지금 자세로는 무겸의 눈에 엉덩이 사이의 구멍이 제대로 보이지도 않았다.

"허리 내려."

"어, 응."

"얼른."

재촉해도 선뜻 몸을 낮추지 않는다. 무겸은 미간을 찌푸리고 손을 휘둘러 눈앞에 있는 엉덩이를 철썩 내리쳤다.

"아!"

"빨리 내려. 입에만 쑤셨다고 끝 아니니까."

"아, 알았, 아!"

찰싹 소리가 나도록 한 대를 더 맞고 나서야 하준이 부들대며 허리를 낮추기 시작했다. 하준이 허리를 낮추는 속도에 맞춰 무겸도 천천히 침대 위에 누웠다. 흰 엉덩이가 얼굴 앞에 내밀어지고 그 위로 달린 성기도 그제야 무겸의 눈에 들어왔다.

역시. 무겸은 씩 웃었다.

하준의 성기는 제대로 일어서 있었다. 기가 막히게도. 같은 남자의 좆을 넣은 것도 아니고 빨다가, 정확히는 입속에 박히다가 발기한 것이다.

세상은 저같이 감추지 않는 사람에게만 바람둥이다 밝힘증이다 손가락질을 해 대는데, 원래 진짜는 조용한 법이다. 이하준 같은 놈이 바로 진짜지. 정말 장난이 아니었다.

"다시 빨아 봐."

"으, 응."

하준의 손가락이 기둥을 다시 조심스레 휘감았다. 젖은 입속이 성기 전체를 감싸며 물어 오는 감각이 이어졌다. 무겸은 그 따스하고 아늑한 쾌감에 얕게 한숨을 쉬고, 테이블을 더듬어 젤을 꺼내 손가락 전체에 치덕치덕 발랐다. 하준의 입구에도 젤을 뿌리다시피 잔뜩 발라 주었다. 투명한 점액이 묻은 엉덩이 사이가 번들거렸다.

엄밀히 따지자면 저도 하준의 것을 입으로 빨아 주어야 공평하겠지만 같은 남자의 것을 입에 물고 싶은 마음은 추호도 없다. 뒤에 박는 것과 좆을 빠는 건 완전히 다르다. 만지는 것까지는 예상외로 괜찮았으나 입에 넣는 건, 글쎄.

무겸은 손가락에 젤을 바르며 눈앞에 내밀어진 입구를 눈으로 찬찬히 관찰했다. 엉덩이를 내밀고 있음에도 꼭 다물린 구멍은 몇 번을 들여다봐도 제 것만 한 굵기를 삼킬 수 있을 것 같지 않았다. 그러나 무겸은 이미 이것이 얼마만큼 벌어지는지 목격한 바 있었다.

"흐읍!"

젤을 바른 검지로 구멍 위를 긁듯이 쓸어내리자 허리가 풀썩 뛰었다.

"얌전히 있어."

"으, 으읏."

갑작스러운 자극에 입구가 움찔거린다. 무겸은 눈을 살짝 가늘게 뜨고, 검지부터 천천히 밀어 넣었다. 손가락이 안쪽 깊이 밀려들수록 하준의 신음이 밭아졌다.

"흐, 읍, 으으!"

지난번과 달리 힘이 좀처럼 빠지지 않는다. 불안하기라도 한 듯 허리도 뻣뻣했다. 이 체위에는 별로 익숙하지 않은 걸까.

"입."

무겸의 성기를 빨던 하준의 입이 멈춘 채로 움직이지 않아 한마디 했더니 하준은 번뜩 정신이 든 듯 다시 무겸의 것을 허겁지겁 빨아올렸다. 아까보다 성의는 좀 없어진 느낌이다. 뭐, 어쩔 수 없다. 아무래도 이런 상황이면 집중하기가 좀 힘들긴 할 거다.

하지만 이건 다 이하준을 위한 것이다. 기왕에 목구멍으로도 느끼는 희귀 체질 아닌가. 뚫린 곳마다 느끼는 녀석이니 위로도 박히고 아래로도 박히면, 모르긴 해도 아주 기분 좋지 않을까?

"제대로 삼켜. 목구멍까지."

지시라도 하듯 말하고 밀어 넣은 손가락으로 안쪽을 휘저었다. 성기의 면적만큼 늘어나던 안쪽은, 지금은 검지 하나를 물고도 더 넓어질 수 없다고 주장하는 것처럼 손가락을 꼭 조이고 있었다. 그것이 이하준의 내숭 그 자체인 것만 같아 무겸은 피식 웃음이 나왔다.

지난번 그곳이 어디였더라. 무겸은 내벽을 더듬어 하준이 허리를 비틀어 대며 느끼던 부분을 찾았다. 무겸이 파악하기로 하준은 내벽의 그 지점과, 손가락으로는 닿을 수 없는 깊은 안쪽의 좁아지는 곳을 가장 좋아했다.

"으, 흐으, 흑… 읏!"

한번 찾았던 곳을 다시 찾는 건 그리 어렵지 않았다. 살짝 부풀어 오른 전립선 위를 손가락으로 문지르자 하준이 허리를 떨며 놀란 듯 신음을 토했다.

"이 세우지 마."

"아, 김무겸, 거기……."

멋대로 성기를 뱉어내고 뭔가 말하려 드는 하준의 뒤쪽으로 중지까지 밀어 넣었다. 젤이 묻어 미끌미끌해진 입구는 침입을 막지 못하고 버거워하면서도 손가락을 저항 없이 빨아들였다. 그대로 손가락 끝으로 느끼는 지점을 누르고, 손목까지 이용해 진동을 주듯 세게 찍어 누르자 하준이 참지 못하고 소리를 질렀다.

"아흑! 흣, 아! 아……!"

"잘해야 살살 해 준다고 했는데."

"앗, 아, 아!"

"멋대루 하다 말면 안 봐줘."

하으, 으. 하준이 신음과 한숨이 섞인 호흡을 성기에 쏟아 냈다.

하준의 떨리는 입술이 재갈이라도 물듯 꾸역꾸역 제 성기를 삼킬 때까지 기다린 다음에야 무겸은 구멍을 늘리듯, 쾌락을 길어 내듯 안을 빙글빙글 휘젓고 전립선 위를 찍어 누르기를 반복했다. 그러다가 예고도 없이 손가락을 하나 더 늘려 약지까지 넣었고, 마침내는 지난번과 똑같이 손가락 네 개를 모두 집어넣었다.

"아으, 아……."

도저히 안 되겠는지 하준은 다시 성기를 뱉어 내고, 굵은 기둥을 그저 손으로만 붙든 채 나오는 대로 신음을 흘리고 있었다.

손가락 네 개를 먹은 허리와 엉덩이가 흠칫흠칫 떨리고 그때마다 볼기에 힘이 들어갔다 풀렸다. 벌어진 입구가 멋대로 조였다 풀어지는 모습이 촉감뿐 아니라 눈으로도 보였다. 지난번에는 갑자기 본게임으로 들어가는 바람에 손으로는 충분히 즐기지를 못해서 아쉬웠다.

"이하준, 입."

무겸이 재차 지적하자 사타구니에 얼굴을 묻고 있다시피 하던 하준이 비틀대며 고개를 들어 다시 입으로 성기를 감쌌다. 하지만 힘이 풀린 입안은 제대로 성기를 빨아들이지 못했다.

무겸은 손가락 네 개를 손바닥과 손가락이 이어지는 관절 부분, 가장 두꺼운 곳까지 주욱 밀어 넣었다. 널찍한 손바닥 면적만큼이나 구멍도 늘어난다. 손가락을 문 내벽이 오물대며 손끝을 간지럽혔다.

"으으웅, 흐으, 으."

전립선 위를 꾹 누르며 손가락이 주르륵 밖으로 미끄러져 나온다. 다시 넣고, 느끼는 부분을 문지르다가 또 빼고. 그 짓을 몇 번씩 반복했다.

"흐으으, 흐! 흐! 으으읏……."

손가락이 축축하고 뜨거운 내벽을 누르며 들어가고 빠질 때마다 이제 그저 성기를 물고만 있을 뿐인 입에서 신음이 줄줄 샜다. 타액이 기둥을 타고 흐르는 것이 느껴졌다. 하준이 신음할 때마다, 그 음성이 가져오는 작은 진동이 입속에 들어가 있는 물건을 자극하는 느낌도 나쁘지 않았다.

성기를 조일 때와 같은 즉각적인 쾌감은 아니지만 이 짓도 꽤 재미가 있었다. 사람은 원래 말캉하고 부드러운 것을 만지면 기분이 좋아진다고 하지 않던가. 하준이 자신의 발목이나 무릎 따위를 만질 때처럼 내벽 안쪽을 촉진이라도 하듯이 더듬다가 어느 순간 빠르게 손목을 흔들어 안을 콱콱 찍었다.

"아앗! 앗, 아아, 아아, 아!"

목소리가 커지며 하준의 허리가 위아래로 제법 크게 들썩였다. 엉덩이에 힘이 꽉 들어가며 들어가 있는 손을 움직이기도 힘들게 조여 댄다.

"후으, 아, 아……! 그만, 그만! 아, 나올 것, 같, 아! 흐아……!"

"내 건 빨다 말고 먼저 싸겠다고?"

"소, 손 빼면, 참을, 하으으… 으, 아!"

"어디 한번 싸 봐. 응? 어떻게 되는지 보게."

성기를 찔러 넣을 때처럼 출입을 빨리했다. 거의 물속에 손을 뺐다 넣을 때처럼 철벅철벅 젖은 소리가 났다.

바로 누운 무겸과 차마 허리를 다 내리지 못하겠는지 엉거주춤하게 엉덩이를 들어 올린 하준의 몸과 몸 사이에는 틈새가 있었다. 그 틈새로, 비스듬히 발기한 하준의 성기가 꺼덕이는 것이 모두 보였다. 허리와 허벅지 안쪽, 골반이 벌벌 떨리는 모습도. 꿈틀대는 잔근육의 움직임도.

이렇게 밑에서 올려다보는 것도 나쁘지 않다.

"아, 흐윽, 안 돼, 안… 으, 흣!"

귀로는 질척대는 소리가 들리고, 눈에는 하준의 발끝이 움찔대며 핏기 없이 하얗게 곱아드는 것이 보였다. 발가락을 콱 깨물고 싶다.

"- 아, 아, 하으으… 읏! 아, 앗……!"

꺼덕대던 성기 끝에서 마침내 버티지 못하고 희고 불투명한 액체가 후드득 넘쳐흘렀다. 엎드려 있던 하준의 정액이 무겸의 탄탄한 가슴에서 복근이 새겨진 배 위에까지 뚝뚝 흘러내렸다.

절정의 충격을 이기지 못하겠는지 하준은 전신을 바들바들 떨다가 끝까지 올려 들고 버티던 허리를 결국 풀썩 떨어뜨리며 몸을 쭉 뻗어 버렸다. 그렇게 하반신을 무겸의 상체에 찰싹 붙이더니 그것도 모자란지 정액에 젖어 미끈거리는 무겸의 명치와 배 부근에 제 아래를 문질러 댔다.

"흣, 으응, 하아."

"하."

무겸의 입에서 헛웃음이 나왔다. 부끄러운 척은 다 하더니 기분이 좋은지 작게 신음까지 앓으며 제 위에서 정신없이 꿈틀대는 모습이라니. 그의 복근을 보고 빨래판이나 초콜릿 같다는 수식어를 붙인 사람은 여러 명 있었지만 그 빨래판을 좆 문지르는 자위도구 용도로 쓰는 놈이 생길 거라고는 살면서 단 한 번도 상상해 본 적 없었다.

"미치겠네."

더 못 참고 무겸이 몸을 들썩이며 웃자 하준은 그제야 정신이 든 듯 고개를 번쩍 들더니 비틀대며 허리를 다시 들어 올렸다.

"하으, 읏, 미, 미안."

"먼저 한 번 가라앉혀 보랬더니 나는 그대로 놔두고 혼자 싸고, 좆까지 문질러 대?"

누워 있던 무겸도 몸을 일으켰다. 하준은 그대로 엎드린 자세였다. 무겸은 엉망이 된 제 상체 앞판을 우스운 기분으로 내려다보고, 잘못에 대한 체벌이라도 기다리는 것처럼 얌전히 엎드려 있는 하준도 기꺼운 기분으로 내려다보았다.

지금 표정은 어떨까. 이제 슬슬 얼굴을 보고 싶었다. 무겸은 엎드린 하준의 어깨를 당겨 그가 저를 보게 했다. 그대로 시트 위에 드러눕게 한 다음 하준의 모습을 천천히 감상했다.

울고 있지는 않지만 흥분 때문인지 붉게 물든 눈가도, 성기를 물고 빠느라 살짝 붓고 젖은 입술도, 성감과 수치심, 당황 때문에 가볍게 울상이 되어 저를 올려다보다 시선을 내리까는 표정도… 오늘도 모두 마음에 쏙 든다.

처음에는 단정하게 여몄던 가운 앞섶이 흐트러져 흰 가슴팍과 작은 유두가 모두 드러났다. 정액 때문에 앞쪽 옷깃 여기저기가 축축해져 살갗에 달라붙은 모습이 보기 좋았다. 아직 완전히 풀리지 않은 헐거운 허리띠 아래 갈라진 옷깃 사이로, 방금 사정해 젖은 성기와 흰 허벅지 사이가 다 보였다.

좋네. 다 벗은 것보다 덜 벗은 게 더 섹시하다더니.

"어울린다."

"뭐, 뭐가……?"

"흰색."

대충 대답하며 다리를 잡아 벌려, 젤과 번진 정액으로 젖은 입구에 귀두를 쿡 찔러 맞췄다. 이번에는 콘돔 따위는 처음부터 꺼내 들지도 않았다. 무겸은 한참을 물리고 빨려 타액으로 축축한 성기를 그대로 안쪽으로 찔러 넣었다.

"하아아, 아-!"

하준이 목을 젖히며 소리를 지르는 사이, 성기가 안쪽으로 쭉 빨려 들듯 한 번에 깊은 곳까지 들어갔다.

입구는 손가락 네 개를 물고 있느라 딱 알맞게 풀어진 데다 이제 막 사정한 안쪽은 물결처럼 빠르게 떨리고 있었다. 넣자마자 저를 꽉꽉 물며 짜내려는 듯 조이는 내벽의 감촉이 짜릿하다. 무겸은 짧은 숨을 토했다.

지난번보다 느낌이 더 좋다. 무겸은 허리를 강하게 쳐올려 내벽의 가장 안쪽, 하준이 좋아하는 좁아지는 지점까지 다다랐다. 짧고 빠르게 그곳을 집중적으로 찔러 올리자 하준이 고개를 느리게 저으며 신음했다.

"아, 하읏, 그, 흐으, 앗, 아! 거기, 흑, 이, 이상해…!"

"하아… 이상한 게, 아니라, 좋은, 거겠지."

"하, 으흣, 아, 아……!"

지난번처럼 손으로 배를 더듬어 추삽질을 할 때마다 불룩 튀어나오는 듯한 지점을 꾹 누르자 하준은 사시나무처럼 몸을 떨며 무겸의 손을 붙잡았다. 누르지 말라고 애원이라도 하는 것 같은 그 동작에 무겸은 옅게 웃고, 몸을 숙여 귓가까지 얼굴을 가져가 물었다.

"너무 깊어? 빼 줘?"

"흐읏, 으응!"

신음인지 대답인지 애매한 목소리를 정신없이 흘린다.

"그래, 알았어."

무겸은 순순히 대답하며 귓바퀴를 물었다. 귀를 잘근거리다가 혀로 귓구멍 안쪽을 핥자 흐으으, 우는 소리를 내며 안쪽이 한층 좁아진다. 그때를 노려 허리를 천천히 뒤로 뺐다. 뜨거운 내벽이 성기 위로 풀이라도 바른 듯 바짝 오므라들었다.

두툼하게 불거진 귀두와 성기 위의 울퉁불퉁한 핏줄이 내벽을 긁으면서 느릿느릿 빠져나가자 무겸의 손을 붙든 하준의 손에도 매달리듯 힘이 들어갔다.

"아으, 으, 흐으으읏, 흐아아……!"

느리게 빠져나가는 성기만큼이나 꼬리가 길게 흘러나오는 신음 소리가 달콤했다. 뺄 때마다 이렇게 야단이 나면서 빼 달라는 말은 참 쉽게도 한다.

달뜬 신음을 여유롭게 귀로 맛본 무겸은 하준의 무릎 뒤, 오금을 손으로 밀어 올리며 몸을 다시 곧추세웠다. 두 다리가 무겸의 어깨 위로 올라간다. 엉덩이까지 위로 들려 올린 하준을 가만히 내려다보며, 이번에는 위에서 아래로 찍어 누르듯 체중을 실어 안쪽 깊이까지 파고들었다.

"아흐윽! 앗, 아, 아!"

처음보다 도리어 삽입이 깊어지자 하준은 허덕이며 버르적댔다. 그때마다 빠르게 오르내리는 흰 가슴팍이며 가운 옷깃 사이로 숨었다 드러나는 유두, 한쪽 소매가 다 미끄러져 내려가 훤히 드러난 쇄골과 어깨, 모두가 무겸의 눈을 즐겁게 했다.

끝까지 밀어 넣었던 것을 빼내려 하자 가지 말라고 붙잡는 것처럼 내벽의 점막이 성기에 착착 달라붙는다. 무겸이 키득대며 빼던 것을 도로 퍽 처넣으며 물었다.

"흐아!"

"좆이 그렇게 좋아?"

"으, 으, 흐으!"

"잠깐도, 빼는 걸, 하아, 못 참네."

"아, 아니, 아, 아으읏……!"

"왜, 아니라고, 해. 좋으면, 좋다고, 응? 하라니까."

이런저런 장난질을 그만두고 못질하듯 허리를 퍽퍽 찍어 마구잡이로 안쪽을 들이쳤다. 하준은 어쩔 줄 모르고 시트를 긁어 댔지만 커다란 손에 다리를 붙잡혀 조금도 도망칠 구석이 없었다. 엉덩이와 치골이 부딪힐 때마다 몸이 크게 들썩이고 그때마다 어깨 위의 다리가 함께 흔들렸다.

"아, 아아! 조금, 흐윽, 조금만 천천, 히……! 아! 아! 제발……!"

무겸은 대답하는 대신 양손으로 볼기를 꽉 쥐어 벌렸다. 굵은 성기를 물고 주름 하나 없이 팽팽해진 입구가 또 조금 늘어난다.

무겸은 말없이 그 위를 손가락으로 덧그리다가 손가락 끝을 슬쩍 안으로 밀어 넣어 보았다. 굵은 성기로 꽉 찬 안쪽은 열심히 조이기까지 해 빈틈이라고는 없었다. 하지만 무겸은 이 구멍이 꽤 신축성이 좋고 탄력이 있다는 것을 알고 있었다. 하준은 더럭 겁을 먹었는지 뭘 하기도 전부터 무겸을 말렸다.

"흑, 아, 아! 안, 안 돼, 안……!"

"봐서, 살살해 준다고, 후우, 했는데."

"아으윽! 흐윽, 아!"

"빨다 말고, 먼저 싸고, 응? 혼자 재미 보면 다야?"

"흐윽… 잘못, 잘못, 했어, 아아!"

말은 이렇게 추궁하듯 하지만 솔직히 이하준이 잘못한 건 없다. 빨기 싫으면 안 빠는 거고, 싸고 싶으면 싸는 거지 뭐.

그렇지만 이 정도는 침대 위에서 분위기 띄우려고 부리는 심술 아닌가? 이하준도 거기에 장단을 맞춰주는 것일 테고. 무겸은 손가락을 밀어 넣은 채로 턱턱 허리를 쳐 댔다. 손가락 한 마디 정도기는 하지만 뭔가 더 집어넣자 그 때문인지 내벽이 더 강하게 꽉 죄어들었다.

"힘 빼."

"아, 아……!"

"이하준. 손가락 넣어 보고 싶어."

무겸이 갑작스레 태도를 바꿔 부탁이라도 하는 양 물었다.

"넣어도 되지?"

그사이 두 번째 관절까지 들어간 손가락을 슬금슬금 더 밀어 넣자 하준은 된다 안 된다 대답 없이 헉헉대며 숨만 몰아쉬었다.

"응? 이렇게 눌러 주면서 넣으면 너도 더 좋을걸."

단단한 기둥과 팽팽해진 입구 사이를 간신히 파고든 손가락이 성기에 깔린 전립선 위를 한 번 더 콱 짓누르자 하준의 눈이 커지더니 눈동자와 눈가가 파르르 떨렸다. 벌어진 입이 소리 없는 비명처럼 짧은 숨을 몇 번씩 토해 낸다. 가슴과 허리가 들썩이듯 떨리며 안쪽이 물건을 끊어먹을 듯이 꽈악 물었다.

손가락과 성기가 번갈아 가며 밀렸다 빠져나오도록, 무겸은 허리와 손목을 천천히 앞뒤로 움직이며 내벽을 문질렀다. 하준의 골반 위 근육이 멋대로 움찔대는 것이 훤히 보인다. 발개진 얼굴과 목을 젖히고 고개를 저으며 미치려 든다. 참지 않고 있는데도 벌어진 입 밖으로 소리가 제대로 나오지를 않는 것 같았다.

고통이 아니라 쾌락을 감당하지 못하는 게 분명한 모습이다. 안쪽에 파묻은 것이 더 단단해지는 기분을 느끼며 무겸이 한 번 더 물었다.

"안 돼?"

안 되냐고 묻는 동안에도 그 짓을 멈추지 않았다. 허락을 기다리듯 하준을 내려다보자 가쁜 숨을 간신히 내쉬던 입술이 몇 번을 달싹거리더니 살짝 허스키해진 목소리가 흘러나왔다.

"하윽, 돼… 흐으, 윽, 돼……."

무겸은 미소 지으며 몸을 숙였다. 우습게도, 된다고 하자 굳이 안 해도 될 것 같은 기분이 드는 이유는 뭘까? 어차피 허락이 떨어졌을 때쯤에는 손가락 하나를 다 집어넣고 추삽질까지 해 본 뒤였다. 끝까지 집어넣었던 손가락을 빼내고 거의 다 흘러내려 어깨가 드러난 가운 옷깃을 완전히 젖혔다. 양쪽 유두를 약하게 꼬집듯이 비틀었다.

"아아!"

이제야 목소리가 나오는지 하준의 교성이 더 커졌다. 빠져나간 손가락의 빈 공간을 지우려는 듯 안쪽이 좁디좁게 오므라들었다.

그 몸을 꽉 끌어안고 손으로 괴롭히던 유두에 이를 슬쩍 세워 갉듯이 애무했다. 그러다가 혀로 진득하니 핥아 올리고, 또 빨아 당기기를 반복하자 하준은 등을 뒤로 젖히고 발로 시트를 밀며 몸을 부들부들 떨었다. 무겸이 하준의 팔까지 품에 넣은 채 등과 허리를 단단히 안고 있어 그렇게 해도 그의 품을 벗어날 수는 없었지만.

"아으으, 흐으, 흐, 흐아, 아……."

살살은커녕 오늘은 지난번보다 오래 걸릴 것 같았다.

이렇게 재미있어서야 할 때마다 섹스에 들어가는 시간이 점점 더 길어지지 않을까.

무겸은 그렇게 생각하며 잠시 느릿해졌던 허리를 다시 세차게 쳐올리며 하준을 몰아갔다. 품 안의 몸, 하준의 체취, 목소리, 그리고 저를 빨아들이는 진득한 안쪽. 모든 게 무겸의 쾌감을 극치까지 끌어 올렸다.

"흐읏, 제발! 흐으윽! 제발, 제발… 천천, 히……! 앗, 아! 아! 아!"

"하아, 후우, 아……."

스퍼트를 올리며 더 빠르고 세게 허리를 치자 사정감이 급속히 밀려왔다. 무겸은 하준을 더 강하게 끌어안으며 깊은 안쪽까지 박아 넣은 채로 토정하기 시작했다.

시간은 많았고, 이제 겨우 첫 번째 절정이었다.

무겸이 몸을 일으킨 것은 한밤이 되어서였다.

입고 시작했던 가운은 허리끈이고 옷이고 모조리 침대 밑에 떨어져 굴러다니고 있었다. 살살 해 달라는 하준의 부탁은 결국 끝까지 완벽하게 묵살되고 말았다. 지킬 수가 없었다고 해 두자.

얼굴에 달린 입은 천천히 해 달라며 울먹였지만 또 하나의 입은 도대체 다른 소리를 하니, 어느 쪽 말을 들을지는 무겸이 선택할 몫이었고 무겸은 내키는 대로 했다.

잠이 든, 좀 더 정확히는 기절한 것에 가까운 하준은 가장자리가 붉게 짓무른 눈을 감고 의식을 잃고도 울먹이는 듯 조금 가쁜 숨을 내쉬었다. 그때까지도 무겸은 하준의 안에 머무른 채로 천천히 허리를 움직이고 있었다. 잠결에도 안쪽을 문지르는 감각을 느끼는지 안은 몸이 작게 움찔거렸다. 무겸은 그를 깨워서 더 할지 말지를 잠시 고민하다가 허리를 물렀다.

'좀 쉬지 뭐.'

자면서도 안쪽이 허전해진 것을 알았는지 하준이 설핏 얼굴을 찌푸리며 몸을 옆으로 돌려 누웠다. 무겸은 소리 없이 웃으며 제 벗은 몸을 일으켰다. 열 시에 가까워진 시계를 확인한 무겸은 그대로 나서려다가 하준의 휴대폰을 손에 들었다.

맨몸에 가운만 걸친 무겸은 앞을 제대로 여미지도 않고 발코니로 향하는 문을 열었다. 말이 발코니지, 최상층인 무겸의 집은 웬만한 주택의 정원이나 다름없는 규모의 넓은 프라이빗 공간을 가지고 있었다.

가장자리에는 꽤 큰 나무들을 심어 보기 좋은 전경을 만듦과 동시에 혹시 모를 사생활 침해까지 막았다. 마음만 먹으면 꽃이든 뭐든 심어서 가꿀 수도 있겠으나 그렇게까지 공들여 관리할 생각은 없었다. 어차피 1년 남짓 살다 떠날 임시 거처였다.

무겸은 거의 누울 수 있게 만들어진 긴 휴식용 의자에 다리를 뻗고 앉았다. 이제 밤에 옷을 벗고 나와 있어도 춥기는커녕 쌀쌀하지조차 않았다. 숨 가쁜 행위 후 후덥지근하게까지 느껴지던 방을 나서니 여전히 몸 안에 남아 있던 욕구의 잔열이 조금 빠지는 것도 같았다.

징---

그때 몸 위에 올려놓았던 하준의 휴대폰이 진동했다. 혹시나 해서 들고 나왔는데 역시나다. 화면에 '엄마'라는 글자가 떠올라 있었다. 일할 때는 똘망똘망하면서 이런 부분에는 학습 능력이 부족한 것 같다. 진작 자고 갈 거라고 이야기를 했어야지. 무겸이 전화를 받았다.

"네. 김무겸입니다."

- …어, 어머? 죄송합니다. 전화 잘못 걸었습니다.

"아닙니다, 어머님. 이하준 코치님 휴대폰 맞습니다."

무겸이 머리 뒤로 팔을 받치고 느긋하게 누웠다.

"오늘 회의가 있어서 저희 집으로 왔는데 너무 늦어져서 이 코치님이 잠이 들었습니다. 죄송한데 오늘도 저희 집에서 자고 가는 게 좋을 것 같습니다."

- 아, 그랬군요. 얘는 왜 미리 연락을 해 주질 않고……. 걱정이 돼서 전화해 봤어요.

"요즘 저희 팀이 잘나가고 있는 데다 코치님이 워낙 유능하다 보니 업무가 많으시네요. 앞으로도 가끔 이럴 수 있을 것 같으니 미리 이해 부탁드립니다."

- 아휴, 네. 알겠습니다. 우리 이 코치 잘 부탁드려요. 어쩐 일이야. 아들 덕분에 김무겸 선수와 이렇게 통화를 다 해 보네요.

하준의 어머니가 부끄러운 듯 웃었다. 대부분의 여성이 그렇듯 그녀 역시 무겸에게 호의적이었다.

걱정 말라, 안녕히 주무시라. 예의 바르게 인사를 주고받은 무겸은 전화를 끊고 검게 변한 휴대폰 화면을 응시했다. 통화를 마치고 화면을 터치해 봤지만 역시 암호가 걸려 있어 걸려온 전화를 받는 것 말고는 다른 기능을 사용할 수 없었다.

공부도 잘한다던 발랄하고 씩씩해 보이는 여동생, 아들에게 의존하는 경향은 있어 보이지만 말투와 목소리에서 오랜 세월 쌓인 우아함과 자애로움이 느껴지는 어머니. 화목한 가족 같다.

무겸은 처음 만났을 때의 이하준을 떠올렸다. 훤칠하고 반듯하지만 약간만 힘을 주면 금방 구겨질 듯한 종이 같던 흰 얼굴. 어쩐지 이 밝고 화목한 가족의 일원이라기에는 조금 어색한 인상이다. 인상은 인상일 뿐, 그것이 뭔가를 대변해 주는 것은 아니지만.

"…김무겸?"

그때 살짝 열어 놓은 문틈으로 희미한 목소리가 들렸다. 하준이 깨어났나 보다. 무겸은 몸을 일으켜 문을 열고 실내로 들어섰다.

하준은 불을 켜지 않아 어슴푸레한 거실 한가운데 길 잃은 산토끼처럼 서 있었다. 작지도 않은 남자에게 우스운 비유 같지만 모습이 딱 그랬다. 흰 가운을 걸친 비스듬한 옆모습이 희푸릇한, 유령처럼 창백하고 어두운 인광을 내고 있었다. 무겸은 그만 말을 잃고 그를 바라보고만 있다가 뒤늦게 입을 열었다.

"깼냐?"

하준이 흠칫 뒷걸음질을 치며 무겸 쪽으로 몸을 돌렸다. 거실에 없던 무겸이 갑자기 튀어나오자 놀란 모양이었다.

"발코니에 있었다."

"아……."

무겸이 하준의 전화기를 들어 올려 보였다. 하준의 눈이 한 번 더 커졌다.

"집에서 전화 왔길래 자고 갈 거라 얘기해 뒀어."

하준은 그의 손에 들린 휴대폰을 멍하니 보다가 고개를 끄덕였다.

"응……. 고마워."

자다 깨서인지 분위기가 묘하게 흐리멍덩했다. 무겸은 눈썹을 슬쩍 오르내리고 하준에게로 다가갔다. 아직 몸을 씻기 전이어서인지 눈물이 묻은 눈가는 여전히 조금 붉었고, 가까이 다가가자 체액 냄새가 났다.

정사의 흔적이 진하게 묻어 나오는 모습과 체취에 다시 몸에 은근한 열이 돌았지만, 어쩐지 지금 이 상태의 하준을 깔아뭉개고 싶지는 않아 일단 참기로 했다.

"바람이라도 쐬지 그래."

"바람?"

"발코니."

일할 때와 달리 한 템포씩 이해가 늦는 둔한 느낌에 슬쩍 웃음이 나왔다. 하준이 고개를 끄덕였고, 무겸은 앞서 걸어 문을 열어젖혔다.

푸른 정원수가 발코니로 나온 둘을 반겼다. 상쾌한 바깥 공기와 그 풍경이 하준의 흐릿했던 정신을 깨운 것 같다. 조금 크게 열린 그의 눈에 빛이 돌더니 무겸을 돌아보며 신기한 듯 말했다.

"3층인데 창문으로 나무가 보여서 왜 그런가 했어."

"음. 그 방 창밖까지 이어져."

"대단하다……. 완전히 마당 같네. 이런 건물에도 이렇게 정원이 있을 수 있구나."

그러더니 이어서 중얼거렸다.

"나도 어릴 때는 정원 있는 집에서 살았는데……."

"정원 있는 곳이 좋으면 이사를 가지 그래?"

"안 그래도 이사 가려고 돈 모으고 있어."

그 대답이 별스럽게 순진하게 느껴진다. 무겸은 웃으면서 다시 긴 의자에 몸을 뉘었다.

"이리 와."

손짓하자 하준이 머뭇거렸다. 표정은 없으나 까만 눈동자를 감싼 눈가에 얼핏 경계심이 스치는 것이 보였다. 그야 살살 해 달라는 부탁을 받고 잘 빨면 그렇게 해 주겠다고 구슬려 놓고서는 전혀 들어주지 않았으니 저럴 만도 했다. 무겸이 양손을 어깨까지 올리며 항복 의사를 밝혔다.

"안 건드린다."

"…누가 뭐랬나. 아직 안 씻어서 의자 더러워질까 봐 그래."

"그딴 거 네가 신경 쓸 필요 없어. 너한테 정리하라고 안 할 테니까."

잔뜩 경계하는 표정으로 눈치를 봐 놓고서는 자존심을 세우며 가까이 다가온다. 의자 근처까지 다가왔을 때, 무겸은 하준의 팔을 잡아당겨 앉혔다.

"좀."

거친 행동에 얼굴을 찌푸리는 것을 나 몰라라 하고 빨리 누우라고 손으로 의자를 탁탁 치자 들릴락 말락 한숨을 쉬고 의자 위에 천천히 몸을 눕혔다. 등받이가 비스듬히 넘어간 휴식용 의자는 남자 둘이 누워도 충분할 정도로 넓었다.

길고 거칠었던 섹스 후, 둘 모두 몸도 씻지 않고 밤하늘을 보며 누워 곧 다가올 여름을 알리는 미지근한 바람을 쐬는 기분이 괴상하고, 그러면서도 나쁘지 않아 무겸은 소리 없이 옅게 웃었다. 이 옆에 풀이라도 하나 있다면 그대로 뛰어들어 자맥질을 해도 좋을 것 같았다.

"엄마랑 통화했다고?"

이제야 신경이 쓰이는지 하준이 물어왔다.

"어."

"뭐라고 했어? 별 얘기 없었어?"

"김무겸이랑 통화를 다 해 보신다고 좋아하시던데."

"식당 조리사님들하고도 잘 지내더니 너 어머님들한테 인기 좋구나……."

그렇게 말하는 하준의 얼굴은 덤덤하니 표정이 없었다. 처음부터 그랬지만 하준은 무겸의 앞에서는 참 웃지를 않았다. 팀에서 일을 할 때는 미소가 기본 표정이라도 되는 것처럼 늘 웃으며 사람들을 대하는 녀석이 무겸의 앞에서는 항상 이렇게 살짝 우울해 보이기까지 하는 무표정이었다.

그야 뭐, 사람이 늘 웃고만 있는 것도 피곤한 일일 테지. 감정 노동이란 말이 괜히 있는 게 아니잖아. 일터에서 만난 사람과 침대 위에서 만나는 사람을 똑같이 대하면 그게 더 이상한 거고.

처음에는 저를 슬슬 피해 다니며 얼굴을 굳히는 것이 코치로서의 차별 대우나 의무 방기 같아 거슬렸지만 어떤 방향으로든 저를 의식해서 그랬다는 걸 알게 된 지금은 그 표정 없는 얼굴도 꽤 달가웠다. 팀에서 자주 보이는 웃는 얼굴이나 지금 이 무심해 보이는 얼굴이나 둘 모두 침대 위에서 보여 주는 표정과는 완전히 다르다는 점을 생각하면 더더욱.

그 생각을 하니 또 아래쪽이 뭉근해졌다.

"아."

하준이 놀란 목소리를 냈다.

"아, 안, 건드린다며."

앞이 다 벌어진 가운은 손을 밀어 넣기 아주 간편하다. 손가락으로 지분대자 아까 한껏 괴롭힘 당했던 작은 돌기가 금세 일어서며 꼿꼿해졌다.

"이 코치, 보기보다 사람을 잘 믿네."

몇 시간 전에 침대에서 이미 한 번 배신당한 일을 잊은 듯 말하는 게 우스워 귓전에 속삭이자 하준은 간지러운지 어깨를 오스스 떨며 움츠렸다. 하기 싫거나 못 할 것 같으면 그렇다고 하면 될 텐데 하준은 곤란한 듯 굴면서도 거절하지는 않았다. 그러니 괜스레 튕기는 걸로만 보일 수밖에.

무겸이 제 몸으로 하준의 몸 절반 정도를 덮었다. 손이 허벅지 뒤쪽을 파고들고 입술이 가슴에 닿자 하준은 이렇게 말할 뿐이었다.

"흣, 김무겸, 여기 밖이잖아……."

"아니지. 여기까지 집 안이야."

그때 옆에 내려놓았던 하준의 휴대폰이 징, 짧게 울렸다. 이 늦은 시간에 무슨 소식일까. 무겸은 놀고 있던 나머지 손으로 하준보다 먼저 휴대폰을 들어 올렸다. 화면에 메시지 미리 보기가 떠올라 있었다.

> 아들~ 요즘 일하느라 수고가 많네~~~♡♡ 그래도 앞으로는 늦어지면 꼭 먼저 전화해줬으면 좋겠다~^^ ♡♡♡ 힘내고 내일 보자 ♡♡

하준이 휴대폰을 탁 낚아채 갔다.

"왜 남의 폰을 멋대로 봐."

무겸은 대답하지 않았다. 가운 속으로 밀어 넣었던 손이 그대로 멈췄다. "우리 이 코치 잘 부탁드려요."라며 걱정스레 부탁하던 중년 여성의 상냥한 목소리가 귓속에 되살아나더니 어쩌다 한 번씩 존재감을 어필하는 양심이 슬슬 모습을 드러냈다.

"…들어가자. 슬슬 샤워도 하고."

"응? 어……."

무겸이 몸을 일으켰다. 갑자기 돌변한 분위기가 이해되지 않는 듯, 하지만 다행이라는 느낌으로 하준도 얼른 일어나 거실로 들어섰다.

각자 샤워를 마친 뒤 무겸은 더 치대지 않고 깔끔하게 2층 자신의 침실로 올라갔다. 하준도 손님방으로 들어갔다. 지난번과 마찬가지로 하준이 씻는 사이 침대는 정리되어 있었고, 하준은 보송한 새 시트 위에서 금세 잠이 들었다.

다음 날 아침은 지난번보다 조금 바빴다. 오후 훈련이 아니었기 때문이다. 빠르게 식사를 마치고 외출 준비를 끝낸 둘은 함께 주차장으로 내려왔다. 이번에도 차를 골라 보라는 무겸의 제의에 하준은 이번에는 거절하지 않고 보통 출퇴근용으로 쓰는 아우디 승용차를 골랐다.

"카섹스가 그렇게 싫냐?"

"뭔 소리야. 그냥 무난한 거 고른 거야."

투덜대는 무겸과 반박하는 하준을 나란히 실은 차가 출발했고, 하준은 운전을 하는 무겸을 들키지 않게 조금씩 힐끔댔다.

첫날에는 제게 아침을 차려 주고, 옷을 골라 달라고, 차를 골라 보라고 하더니. 어제는 방에 책상을 놔주고, 제가 쓸 칫솔을 가져다 놓고, 입을 가운을 가져다 놓고……. 엄마와 통화를 하고, 둘 다 상태가 지저분하기는 했지만 같이 누워 밤하늘을 올려다보고.

'잘 모르지만… 섹스만 하는 사이라는 게 보통 이런 건가……?'

무겸이 정말 저를 특별 대우하는 중인지 별것도 아닌 일에 의미를 부여하는 건지, 연애 비슷한 경험도 없는 하준으로서는 알 수가 없었다. 제 의지와 관계없이 자꾸만 심장 있는 곳까지 뛰어오르려는 소소한 기쁨과 기대, 예상과 다르게 흘러가는 양상 사이에서 말 못 할 혼란에 시달리고 있는데 무겸의 휴대폰과 연결된 자동차 핸즈프리 장치로 전화가 걸려 왔다. 그는 발신자를 힐끔 확인하더니 쉿, 하준과 눈을 마주치고 검지를 입술 위에 한 번 가져간 다음 통화를 연결했다.

"어."

– 무겸 씨, 나야.

차 내부에 여자 목소리가 낭랑하게 울렸다.

"지금 운전 중이야."

– 아, 그랬어? 미안해. 나중에 다시 전화할게.

"그래."

대화는 짧게 끝났지만 분위기만으로도 무슨 사이인지 알기에는 충분했다. 전화를 끊은 무겸이 쓴웃음을 지으며 말했다.

"보통은 혼자 타다 보니 스피커로 설정을 해 놨다."

"네 차인데 네 맘이지."

창밖을 바라보며 무심하게 답한 하준은 그래도 조금 우스워져 핀잔을 줬다.

"이제 여자 안 만날 거라더니."

"언제? 자는 건 당분간 그만두겠다는 거지. 연락해 오는 것까지 굳이 막을 필요야 있나."

"하긴 그러네."

하준은 맞장구를 치며 웃었다. 그 말이 맞다. 또 언제 그녀들과 인연을 맺게 될지 모르는데 연락까지 모두 끊어 낼 필요는 없을 것이다.

생각해 보니 당연했다. 무겸은 다른 사람들과도 디자인이 같은 가운을 입은 채 한 침대에 눕고, 발코니의 긴 의자에 누워 밤하늘을 올려다보고, 한 식탁에서 아침 식사를 하고, 옷을 골라 달라거나 차를 골라 보라고도 했을 것이다. 자신이 모르는 더 많은 일도 했을 테고.

왜 아닐까? 이제껏 애인 한 번 사귀어 본 적 없는 저에게나 이런 모든 사소한 일들이 특별할 뿐, 늘 누군가와 함께 있기를 즐기는 사람에게는 자연스러운 수순이겠지.

무겸은 원래가 자상한 사람이다. 그때그때 기분대로 행동하고 관심 없는 사람에게는 무뚝뚝하며 상대와 때와 장소를 가리지 않고 도발적인 말을 해 인심을 잃지만 하준은 그것을 안다. 하준은 무겸의 친절을 직접 겪어본 당사자였으니까.

그가 정말로 세간의 말처럼 싸가지 없는 인간 말종이라면 비록 1년이지만 어떻게 프리미어 리그에서의 활약을 포기하고 이 변방 리그로, 단지 은사와 함께하고 싶다는 이유만으로 큰 손해를 감수해 가며 돌아올 수 있었을까. 그 결단 역시 극단적인 기분파의 행동이라고 해석하는 사람들도 있었지만 하준은 그렇게 생각하지 않았다.

그가 말한 '당분간'이 저에게 주어진 시간이고, 그동안 무겸의 성욕을 달래 주는 것이 자신이 맡은 역할이다. 잠시 느꼈던 혼란에서 벗어나자 오히려 마음이 차분해졌다.

06

쿵쿵쿵쿵. 응원용 막대 풍선이 부딪히는 소리가 그라운드를 울렸다. 생중계가 편성된 경기, 해설들의 목소리도 기운이 넘쳤다.

[팽팽하네요. 용인FC가 오늘 아주 좋은 수비를 보여 주고 있습니다.]

[전반전 내내 서울이 위력적인 슈팅을 한 번 못 때리고 있어요. 김무겸 선수가 있는데도 말입니다.]

[하하, 김무겸 선수의 호쾌한 골을 기대하고 오신 관객들은 좀 지루하실 수도 있겠습니다. 축구란 게 큰 룰은 단순하거든요. 상대 팀의 골문에 공을 더 많이 넣으면 이기고, 그러니까 반대로 방어 일변도로 나가는 전술도 존재하고요.]

[축구의 장점이 룰이 복잡하지 않다는 것 아니겠습니까? 덕분에 모르고 봐도 즐길 수 있고, 가족들끼리 와서 응원하기도 좋고 말입니다.]

[그런데도 알고 보면 참 복잡다단하다는 것도 매력적이죠. 아, 용인FC 이용재 선수가 움직였습니다!]

오늘 서울의 경기 상대인 용인은 무겸을 압박하기 위해 철저한 수비 위주의 전술을 실천 중이었다. 수비를 펼치면서 빈틈을 파고들어 역습만을 집중적으로 노리는 전략. 큰 승점 차로 리그 1위를 지키고 있는 시티서울과 맞붙어 무실점 무승부로만 끝내도 다행이라는 결의 같은 것이 느껴졌다.

수비수들은 물론 미드필더들까지 수비 위주로 움직여 용인의 골문 앞은 철통 방벽 수준이었다. 앞이 틀어 막혔으니 패스를 아무리 주고받고 전진을 해도 번번이 흐름이 끊기며 공은 헛돌기만 했다.

승리 확률을 높이고 출혈을 최소화하기 위한 전술이라고는 하지만 수비 위주의 축구는 필연적으로 지루함을 가져온다. 전반전이 거의 끝나가는데도 이렇다 할 만한 장면이 나오지 않자 기대를 안고 직관을 온 사람들도 열기를 잃어 응원석은 비교적 조용했다. 양 팀의 서포터석에서만 노래와 응원이 끊이지 않고 흘러나왔다.

무조건 이기는 축구가 좋은 축구라고 하지만 무겸의 취향은 좀 더 까다롭다.

전반의 끝이 가까워질 무렵, 시티서울은 센터백•의 터치에서 시작해 다시 공격을 전개했다. 지금까지 방어에 성공해 온 상대 팀 수비의 경계심이 슬쩍 무뎌질 시점이었다. 그때 골문을 향해 달려오는 아군을 바라보던 무겸은 상대 팀의 수비진을 넘어 골문 근처로 시선을 보냈다. 어떻게 공을 꽂아 넣을지 공간을 가늠하는 시선이었다.

그 시선이 시작이었다. 무겸이 공간을 재고 있음을 깨달은 수비수 한 사람이 반사적으로 그를 가까이서 마크하기 위해 원래 있던 자리를 벗어난 것이다. 경기 초반의 날카로운 집중력과 긴장을 유지했다면 자리

• 중앙 수비수를 말한다.

를 이탈하지 않았을지도 모르지만 체력적, 정신적으로 지친 상대 팀 선수는 순간적으로 오판을 했다. 그렇게 진형이 흔들린 수비진 사이에 만들어진 빈틈으로 무겸이 지체 없이 뛰쳐 들어갔다.

[아! 이용재 선수, 너무 성급하게 움직였어요.]

정작 공은 무겸이 이미 수비를 부순 다음에야 무겸의 앞에 도착했다. 갑작스레 필드에 펼쳐진 드라마틱한 전개에 관객석도 새롭게 달아올랐다.

[빠릅니다! 빨라요!]

[볼 터치가 이거, 너무 간결해서 예술이라고 표현해도 될 것 같습니다.]

골문 앞에는 아직 최후방 수비수들이 버티고 있었지만 무겸은 그들에게 공을 빼앗을 여유를 주지 않았다. 빠르게, 그러면서도 여유롭고 정확하게 두 번의 터치로 수비수를 따돌리며 걷어찬 공이 직선에 가까운 궤적을 그리며 골문으로 꽂혀 들어갔다.

[김무겸 선수, 골--!]

[네! 또 이렇게 흥미로운 경기를 김무겸 선수가, 만듭니다!]

캐스터의 목소리가 높아지고, 관객석 또한 열기가 언제 식었냐는 듯 순식간에 열기를 띠었다. 서울은 물론 용인의 관객들조차 여럿이 박수를 치며 흥분하고 있었다.

[멋진 장면이 나왔습니다. 김무겸 선수가 수비진을 무너뜨리는 게 이렇게 한순간이거든요. 김무겸 선수를 상대할 때 수비들은 단 한 순간도 방심을 하면 안 됩니다. 이런 것이 바로 알고 봐야 보이는 장면이죠. 김무겸 선수가 공을 받을 준비를 하는 것만으로도 수비는 김 선수를 밀착해서 막기 위해 움직이게 되거든요. 집중하지 않으면 이탈하지 않고 자리를 지키는 것이 무척 힘들어집니다.]

[맞습니다. 지난번 천안 경기에서도 비슷한 일이 있었죠. 순간 방심해서 김무겸 선수를 자유롭게 놔뒀거든요. 아마 골을 넣기에는 너무 먼 거리라고 판단을 했던 것 같은데 김무겸 선수는 잠깐 자유롭게 두면 어디서든 골을 넣는 게 가능한 선수입니다. 잠시만 풀어놔도 목을 물어뜯는다, 그렇게 생각해야 해요.]

[보통 '창의적인 축구'라는 말을 많이 쓰는데 김무겸 선수는 그 모범이에요. 한국 축구에 많이 부족한 점이기도 한데, 앞으로는 점점 나아지지 않을까 기대해 봅니다.]

공을 가지고 있지 않을 때도 무겸은 위협적인 존재다. 공을 노리는 듯 전진하여 수비수들이 그를 막기 위해 모두 앞으로 몰려온다 싶으면 갑자기 뒤로 빠져 멀찍이서 공을 받아 수비가 다시 올라오기도 전에 그곳에서 바로 골을 때려 넣는다.

공을 가지고 질주하다가도 앞이 막힌다 싶으면 패스에 망설임이 없다. 공을 받은 선수에게로 수비가 정신이 팔린 사이, 패스를 받은 이가 다시 저에게 공을 건네줄 수 있도록 그는 벌써 골문 앞에 달려가 자리를 잡고 있다.

김무겸은 재능과 신체 조건이 뛰어난 선수이기도 했지만 타고난 승부사 기질을 가졌다. 속고 속이고, 상대방을 간파하고, 허를 찌르는 것을 좋아한다. 그리고 이긴다. 그의 축구는 그런 축구였고, 사람들이 무겸에게 열광하는 이유이기도 했다.

"수고하셨습니다!"

서로에게 소리쳐 인사를 마친 시티서울의 로커 룸은 오늘도 흥분으로 달아올라 있었다. 전반의 부진을 완전히 지워 낸 무겸의 한 골, 그리고 후반전 다른 미드필더의 추가 골로 2 대 0이라는 승리를 거둔 참이었다.

서울 선수들과 무겸이 발을 맞춘 지도 그럭저럭 시간이 지났다. 무겸을 중심으로 운영되는 전술과 그 전술에 맞춘 훈련도 몸에 익어 이제 선수들은 실전에서도 점점 망설임 없이 매끄럽게 패스를 주고받았다.

시즌이 진행되며 드물게 동점으로 끝나는 경기나 패하는 경기도 생겼지만 승점은 요지부동으로 1위를 달리고 있는 데다 정규의 실점률도 지난 시즌보다 현저히 낮아져 팀의 분위기는 한창 화기애애했다. 전반 시즌도 막바지, 오늘이 여름 휴식기 이전 마지막 경기였다.

한편 시즌이 중반에 들어서며 크고 작은 부상자가 늘어나 하준은 점점 바빠졌다. 그는 오늘도 선수 한 사람 한 사람을 주시하며 컨디션 체크 중이었다.

선수들을 차례대로 세심하게 살피던 하준은 무겸의 앞에 섰다. 무겸은 벤치에 앉아 유니폼 티셔츠를 벗고 상체를 다 드러낸 채 물을 마시고 있었다. 창과 방패를 한꺼번에 두른 듯한 몸은 변함없이 크고 탄탄하다. 오늘도 즐거운 승리를 맛본 눈빛이 지글지글 끓었다.

하준은 그 눈빛의 의미를 알고 있었다. 설렘과 긴장이 매듭지은 밧줄처럼 동시에 몸을 타고 올랐다. 목울대를 짧게 울리고 무겸의 앞에 앉아 그의 무릎과 발목을 살폈다. 무겸이 몸을 굽혀 하준의 귀에 속삭였다.

"오늘 와."

하준이 희미하게 고개를 끄덕였다. 아무도 듣지 못했을 것이고, 들었다 해도 그 뜻을 알지 못할 것이다.

둘의 '장기적' 관계는 순탄하게 진행 중이었다. 후덥지근한 바람이 불 때쯤 시작해 틈나는 대로 바삐 몸을 겹치는 사이 계절은 어느새 완연한 여름이 되었다. 시즌도 절정에 다다랐다. 어느 정도 암묵적인 사이클도 만들어졌다. 관계는 짧게는 이틀에 한 번, 길게는 일주일에 한 번.

매일은 안 된다. 하준이 이틀 연속으로 집에 늦게 돌아가기를 꺼려했을 뿐더러, 무겸이 몇 번 우겨서 이틀을 연달아 했더니 다음 날 졸린 바람에 일에 집중하기가 힘들었던 것이다. 몸이 좀 불편한 정도라면 참으면 그만이지만 선수들의 컨디션을 봐야 할 코치가 자신의 컨디션 불량으로 일에 집중하지 못하는 것은 말이 안 된다고 하준은 못 박았다. 무겸은 불만스러웠지만 당장 그도 하준의 코칭을 받는 선수였으므로 그 부분은 하준에게 맞출 수밖에 없었다.

그리고 하늘이 두 쪽이 나도 경기가 끝난 날에는 꼭.

장소는 매번 무겸의 집이었다. 코치가 선수의 집에 들락거린다 해서 의심할 이는 없겠지만 둘은 여전히 남들 몰래 퇴근했다. 다른 선수들, 특히 정규의 눈에 걸리기라도 하면 의심을 사지 않더라도 다른 방향으로 귀찮아질 수 있기 때문이다. 둘은 그럭저럭 잘 지내는 코치와 선수, 그 정도로 보이는 것이 가장 좋았다.

집에 들어서자마자 무겸이 하준을 끌어안고 덮치듯 목덜미에 얼굴을 묻었다. 신발도 제대로 벗기 전이었다. 하준은 갑자기 달려드는 거구에 밀려 잠깐 균형을 잃고 비틀거렸지만 무겸이 빠르게 팔로 하준의 허리를 받쳤다.

"좀, 들어가서."

하준이 타이르듯 중얼댔지만 무겸은 대답도 하지 않았다. 목덜미를 깨무는 것인지 냄새를 맡는 것인지 이를 세우고 얼굴을 박은 채 움직이지 않는다. 하준은 무겸을 밀어내며 부탁하다시피 말했다.

"나 좀 씻고."

"있어 봐."

그 자세로 어쨌든 신발을 벗고 실내로 올라섰다. 축구를 해도 될 만큼 넓은 집에서 비좁은 공간에 갇힌 사람들처럼 딱 붙어 걷는 모습은 우스꽝스러울 지경이었다. 거의 현관 복도 중간쯤 들어와서야 무겸이 얼굴을 들어 올리며 말했다.

"골 넣고 나서 하프 타임부터 너한테 박을 생각밖에 안 났어."

"자랑이야? 경기할 때는 집중해야지."

냉정한 척 대답하지만 얼굴은 붉게 달아올랐다. 무겸이 그렇게까지 저를 원했다는 사실에 벌써부터 하준의 몸 안에도 열이 차려고 했다.

무겸이 빙긋 웃으며 답했다.

"이겼잖아요, 코치님."

무겸은 그러고는 대뜸 팔을 끌어당겨 침대가 있는 방으로 향했다. 발정한 개처럼 곧바로 저를 깔아뭉개고 옷을 벗기려 드는 남자를 하준이 몇 번씩 밀어냈다.

"잠깐 비켜. 샤워 좀 하고 하자니까."

"먼저 한 번 하고 씻어."

"무슨 말도 안 되는 소리야?"

이런 실랑이에도 익숙해졌다.

특별한 일은 없었다. 처음부터 지금까지 둘은 때로는 자주 때로는 가끔, 그렇게 시간을 맞춰 함께 퇴근하고 무겸의 집에서 관계를 가졌다.

하준은 오늘은 안 된다며 서둘러 집에 돌아가기도 했고, 섹스 후의 노곤함을 이기지 못하고 무겸의 집에서 잠드는 날도 있었다. 무겸의 집에서 잔 다음 날이면 함께 아침을 먹고 같은 차를 타고 출근했다. 훈련장에서 걸어서 10분 정도 떨어진 곳에 하준만 먼저 내리는 것도 늘 같았다.

관계가 길어지면 서로의 니즈가 달라질 수도 있다. 무겸은 그런 경험을 이미 여러 번 해 왔다. 시작할 때는 냉정을 유지하는 척하지만 만남이 반복되면 사랑 따위를 입에 담으며 구차하고 번거롭게 구는 인간들.

그런 사람들과 달리 하준은 시간이 지나도 자신이 있어야 할 자리를 벗어나지 않았다. 하준의 마음을 가늠해 보며 시작한 관계인만큼 무겸은 하준 역시 조만간 비슷한 소리를 하며 산통을 깨지 않을까 우려했다. 하지만 이하준은 과연 처음부터 그랬듯 쿨하고 프로페셔널했다. 속마음이야 어떻든 질척대는 행동은 일절 하지 않았다.

지금처럼 적당히 튕겨 주며 입맛을 돋우다가도 막상 본게임에 들어가면 이제까지 다른 사람과 섹스할 때는 생각해 본 적 없을 정도로 무리한 요구까지 다 받아 낸다. 관대한 것인지 노련한 것인지 무겸은 아직까지도 정확하게 판단하기 힘들었고 그래서 더욱 이하준과의 행위가 흥미로웠다.

무겸은 자신의 훌륭한 선택에 속으로 박수를 치고 싶었다. 장기적이고 안정적인 관계. 끝내주는 섹스.

이것을 정규가 말하는 '정착'이라고 할 수야 없겠지만 무겸은 제법 길어진 이 관계에 처음부터 지금까지 변함없이 만족하는 중이었다. 단점이라고는 무엇 하나 찾을 수 없는 선택이었다.

찌걱대는 물소리와 턱턱 몸과 몸이 부딪히는 둔탁한 소리에 공기가 진동하듯 흔들렸다. 무겸은 침대 위에 엎드려 시트를 꽉 붙든 하준의 뒷모습을 감상하듯 내려다보며 허리를 치고 있었다.

커다란 손이 볼기 위, 부드러운 피부를 맛보듯 느리게 쓰다듬었다. 단단하게 곧추선 성기가 흰 엉덩이 사이를 드나드는 모습이 고스란히 내려다보였다.

"흣, 으읏, 읏."

또다.

분명 크게 느끼는 듯, 얌전히 침대에 붙어 있어야 할 정강이까지 쾌락을 못 이기고 시트에서 띄우며 몸을 떠는 것이 뻔히 보이는데 하준은 어느 순간부터 목소리를 누르려 들었다. 무겸이 몸을 숙여 손으로 유두를 약하게 꼬집었다.

"하, 으읏!"

"하아… 코치, 오늘따라 왜 자꾸 소리를 참아?"

"아으, 으, 흑."

"응? 내가 참지 말라고 했는데."

손가락으로 유두를 굴리며 목덜미에 이를 세웠다. 하준은 하지 말라는 듯 고개를 저었지만, 잠시 허릿짓을 멈추고 손장난을 치는 사이 눅진하게 들러붙는 내벽은 그가 보여 주는 의사와는 반대로 무겸을 재촉하듯 성기를 주물러 왔다.

그 움직임에 무겸이 소리 없이 입술만 올려 웃었다. 이럴 때 천천히 빼주면 또 자지러지지. 무겸은 이제 하준의 몸에 대해 처음보다 훨씬 많은 것을 알고 있었다.

"아아! 하아, 으응……!"

유두를 지분대던 손으로 상체를 슬슬 쓸어내리며 몸을 느리게 뒤로 물리자 아니나 다를까, 하준은 시트를 더 힘주어 쥐며 숫제 도망이라도 치고 싶은 듯 허리를 들썩이며 비틀어 댔다. 이제 그렇게 허리를 움직이면 자신이 더 자극받는다는 걸 알 만도 한데. 무겸은 속으로 그렇게 생각하며 허리를 빼는 속도를 더 느리게 줄였다.

"흐, 하으으……. 아, 아……! 그거, 그, 만!"

"뭘 그만해. 빼야 넣을 거 아냐."

"아, 너, 이, 일부러, 흐으읏!"

"일부러?"

퍽 찔러 넣으며 귓가에 대고 속삭였다.

"아!"

"일부러 뭐. 징징대지 말고 제대로 말해 봐."

물론 하준은 대답하지 못했다. 유두며 목덜미 같은 곳을 괴롭혀 내벽이 좁아지는 사이 느릿느릿 안쪽을 긁으며 빼내면 그가 자지러지는 걸 알아서 일부러 무겸이 그렇게 한다고는. 일부러. 맞다. 하준을 감질나게 만들고 싶어 일부러 그랬고, 대답하지 못 할 걸 알면서 일부러 물었다.

"말 안 해?"

"흐아, 아아, 앗, 아……!"

귀두가 빠져나올락 말락 길게 미끄러져 나온 것을 매라도 때리듯 단번에 끝까지 쑤셔 넣자 한 번 나왔다 들어갔을 뿐인데 신음이 연거푸 터져 나왔다. 두툼한 귀두가 내벽 끝에 닿고 엉덩이에 허벅지와 치골이 부딪히는데도 무겸은 한 번 더 짓누르듯 체중을 실어 허리를 느직하게 돌렸다.

간신히 몸을 지탱하던 하준의 팔과 등이 부들부들 흔들리더니 결국 무너지며 시트 위에 완전히 엎드리고 만다. 무너지는 하준의 몸 위로 무겸도 함께 몸을 낮춰 치골을 깊숙이 내리눌렀다. 정말 뭔가에 꿰뚫린 사람처럼 하준의 전신이 떨렸다. 점점 가쁜 숨을 내쉬고, 성기를 문 몸속은 빠른 호흡만큼이나 급하게 조였다 풀어지기를 진동처럼 반복했다.

"하아, 아, 학, 아흣……."

저도 모르는 듯 위아래로 흔들리는 허리와 급하게 힘이 들어가는 엉덩이, 경련하는 내벽의 움직임 덕분에, 엎드려 있어 앞쪽이 보이지 않음에도 무겸은 하준이 절정을 맞았다는 것을 알 수 있었다.

그가 절정에 이를 때면 자주 그러듯 내벽 저 안쪽에 닿은 귀두를 짧게 툭툭 쳐올렸다. 하준이 고개를 마구 내저으며 애원했다.

"흐아……! 흑, 제발, 하지, 마… 그거, 하지 마……. 아아, 아!"

"전부 그거라고만 하면 뭔지 내가 어떻게 알아."

"으읏, 흐으읏."

"또, 또 소리 참지."

엎드린 채 파들거리는 몸을 옆으로 돌려 다리 한쪽을 어깨 위로 걸쳤다. 성기가 깊이 삽입된 채로 체위가 변하자 내벽을 강하게 자극받았는지 하준이 입술을 깨물며 허리를 비틀었다. 한참을 엎드려 있던 하준의 붉어진 얼굴과 거듭된 사정 때문에 엉망으로 젖어 든 앞쪽이 적나라하게 보였다.

무겸은 그의 얼굴을 잠시 가만히 내려다보고는 뭔가 불만족스러운 듯 슬쩍 미간을 찌푸렸다가, 다시 허리를 세차게 움직여 피스톤질을 시작했다.

"하아, 아, 아, 아!"

옆으로 누워 다리를 넓게 벌린 자세가 된 하준이 땀에 젖어 미끈한 목을 젖히고 소리를 지른다. 잠시간 쳐올리는 대로 소리를 지르며 흔들리던 그는 다시 끙끙 목소리를 죽이더니 종래는 제 손등을 물려고 했다. 무겸이 바로 몸을 숙여 손목을 붙잡았다.

"으, 흐, 으읏."

"왜 자꾸 참으려고 해?"

몇 번째 소리를 왜 참느냐고 묻고 있는데 하준은 대답을 하지 않고 있었다. 무겸이 조금 짜증스레 한숨을 쉬고 손을 휘둘러 철썩, 엉덩이를 한 대 때렸다.

"아!"

추삽질도 하지 않고 있는데 안쪽이 꽉 조여들며 하준의 허리가 짧게 들썩였다. 무겸이 곧바로 안을 퍽퍽 찔러 올리며 다그쳤다.

"하기 싫으면, 싫다고 하라고, 흣, 말했다."

"악, 아, 아, 냐, 하기, 싫은 게, 아니라!"

하준이 뒷말을 잇지 못하자 결국 무겸은 몸을 숙여 얼굴을 가까이 했다. 뺨을 톡톡 손끝으로 치며 달래듯이 물었다.

"말을 안 하면 모른다니까. 오늘따라 왜 자꾸 소리를 참아. 목소리 듣고 싶다고, 참지 말라고 항상 말하는데."

짐짓 상냥한 태도에 하준이 숨을 몰아쉬면서도 검은 눈동자를 무겸을 향한 채 깜박였다. 쾌감이 오르고 시트에 쓸려 잔뜩 붉어진 얼굴로 하준이 입을 달싹대더니 더듬대며 말했다.

"…수, 흑, 숨 쉬기, 힘들어, 서……."

숨? 예상하지 못한 답에 무겸이 눈을 살짝 크게 떴다가 피식피식 웃으며 허리를 천천히 돌렸다.

"아……. 너무 소리 질러서 숨이 차? 그래서 참는 게 편해?"

"하으, 으응……."

놀리려고 한 말이었는데 하준이 신음을 토하면서도 고개를 끄덕끄덕 주억댔다. 그 모습에 무겸은 또 웃음이 나왔다. 그러니까 체력 보전 차원이라는 이야기였다. 그야, 소리를 지르는 데도 당연히 힘이 들어가겠지.

"나는, 또 뭐, 문제, 있는 줄, 알았네."

"아! 아! 아! 아!"

별일 아니라는 결론을 내린 무겸이 그나마 조절하던 힘을 마저 실어 콱콱 처박자 하준은 더 이상 참지 못하겠다는 듯 비명을 내질렀다.

"이 정도로, 숨이, 차면, 어떡하냐. 후우, 그래도, 선수였던, 사람이."

더는 질문도 말도 없이 무겸은 절정을 향해 빠르게 허리를 움직였다. 매끄러운 점막이 성기에 착착 들러붙으며 조이는 감각에만 집중하자 쾌감은 금방 치솟았다. 안쪽을 세게 푹푹 찍을 때마다 이미 안을 채우고 있던 정액이 흘러넘쳐 구멍 아래로, 회음과 불기 위로 느리게 흘러내린다.

그 광경에 무겸이 저도 모르게 입술을 핥았다. 더 참지 않고 하준의 허벅지를 훽 감아 끌어당기며 저를 깊이 묻은 채로 사정했다.

"아으윽, 흐, 하아……!"

이제 세 번째 사정을 받아 내는 하준의 몸이 무겸의 커다란 몸 아래에 누운 채 천천히 시트 위에서 바르작댔다. 사정까지 이르는 시간이 긴 무겸과 몇 번씩 연달아 몸을 겹치는 일은 언제나 마지막에는 숨이 넘어갈 것처럼 하준을 헐떡거리게 만들었다.

원래도 거친 편인 무겸의 섹스는 경기에서 승리한 날이면 더 격렬해졌다. 초반 실랑이에서 승리한 하준은 몸을 다 씻자마자 방으로 끌려오다시피 해 침대에 엎드린 자세로 놓였다. 뒤만 대충 푼 다음 곧바로 박아넣어 비교적 빠르게 첫 번째 사정을 하고 나서 무겸도 원래의 제 페이스를 찾았다. 그 이후로는 피라도 빨듯 오랫동안 공을 들여 하준의 몸을 즐기는 중이었다.

세 번의 절정에 이르는 동안 한 번도 빠뜨리지 않고 하준의 몸속에 토정한 무겸은 어깨 위의 다리를 내려놓더니 이번에는 하준을 팔 안에 붙들어 안고 팽팽하게 젖혀져 푸른 핏줄이 비치는 흰 목줄기를 혀로 진득하게 핥았다. 목에 혀가 미끄러질 때마다 내벽이 움찔움찔 떨리며 성기를 조이는 느낌에 중독될 것 같았다.

축축하고 미지근한 살덩이가 잔뜩 예민해진 피부를 지치지도 않고 쓸어 올리는 느낌을 견디지 못하고 하준은 목을 이리저리 돌리며 혀를 피해 보려 했다. 그러나 몸이 거의 구속당하듯 안겨 있는 상태라 쉽지 않았다.

"아, 읏, 그만해……."

슷제 목이 화끈거리는 것만 같아 하준이 결국 참지 못하고 스톱 사인을 날렸다. 무겸이 힐끔 눈길만 들어 하준의 얼굴을 보더니 천천히 몸을 뒤로 물렸다. 긴 사정이 그제야 다 끝난 듯 그가 성기를 빼냈다.

몸속을 몽둥이처럼 찧어 대던 것이 빠져나가자 하준이 열기와 어릿한 아픔이 남은 배를 감싸고 신음했다. 땀에 젖은 흰 몸에는 여기저기 붉은 흔적이 남아 있었다. 무겸이 함부로 빨아 대서 붉게 물든 부분도 있었고, 몸이 뜨거워지며 저절로 피어난 열꽃도 보였다. 그런 하준을 내려다보던 무겸은 아직 발라 먹을 살점이 많이 남아 있는 음식을 보듯 짧게 입술을 핥았다.

무겸은 원래 소위 '화끈'하고 리액션이 크며, 말 그대로 섹스를 잘하는 사람을 좋아했다. 섹스를 하려고 만난 사이에 쓸데없는 얌전이나 수치심 따위는 필요 없다. 서로의 속을 재 보는 것은 골을 넣기 전에 즐기는 게임이지, 일단 판을 벌이고 나면 그때부터는 좀 더 본능적으로 행동하고 싶었다. 처음 하준에게 입을 맞추고 집으로 데려올 때는 그 역시 그런 타입이라 생각했는데 반복해 몸을 겹치며 무겸은 하준이 생각보다 여러 가지에 서투르다는 것을 알았다.

첫날 급하다는 이유로 전희 하나 없이 바로 박으라고 요청했던 것, 두 번째에 자신이 뻔히 보는 앞에서 뒤를 쑤시며 자위를 하던 모습을 생각하면……. 그리고 어지간한 요구에 모두 오케이를 날리는 관대함을 떠올리자면 그 사실은 조금 의외였다.

'도대체 어떤 놈들만 만났길래 남들이 다 아는 건 모르고 별난 것만 배웠는지.'

서툰 거야 배워 나가면 되니 괜찮다. 다만 부뚜막 위에 올라온 얌전한 송아지가 본색을 자꾸 숨기려만 들지 말고 조금만 더 마음대로 까불어 주면 좋겠다. 하준이 제게 먼저 달려들며 키스했을 때의 기세를 무겸은 분명히 기억하고 있었다.

무겸이 침대 위에 늘어져 숨을 고르는 하준의 등허리 뒤로 팔을 감아 일으켰다. 왜 그러냐는 눈빛으로 자신을 보는 하준을 제 허벅지 위에 앉히자 검은 눈동자 안에 살짝 겁먹은 기색이 내비쳤다.

또 봐. 이러지 말고 좀 기뻐해 보란 말이야. 무겸이 속으로 투덜대며 말했다.

"박히기 힘들면 네가 올라와."

"…올라와?"

"위에서 해 보라고. 허리 흔드는 실력 좀 보여 줘."

하준은 무슨 말인지 모르겠다는 듯 눈만 끔벅였다. 끝까지 순진한 척을 하는 게 솔직히 좀 귀엽기도 한데, 오늘은 안 봐주고 싶었다. 세 번으로는 모자라다.

무겸은 하준의 허리를 잡아 올렸다. 금세 다시 빳빳해진 제 성기를 정액으로 젖은 질척한 입구에 맞췄다. 그제야 무겸의 말뜻을 알아들었는지, 하준은 어쩔 줄 모르고 피하려는 듯 허리를 빼며 물었다.

"또?"

"오랜만에 하는 건데 세 번 만에 못 끝내."

동생들이 방학을 맞이했다고 했다. 보충 수업이 시작되면 학기 때보다 얼굴 보기가 더 힘들어져서, 온전히 쉴 수 있을 때 시간을 같이 보내야 한다며 하준은 최근 일주일 넘게 칼퇴근을 했다.

그 바람에 둘은 비교적 오랜만에 관계를 가지게 되었다. 쌓인 욕구와 오늘의 승리가 가져다준 흥분감은 두세 번의 사정으로 풀리기엔 너무 컸다.

"으응……."

그리고 하준은 포기가 빨랐다. 무겸은 그 점도 무척 마음에 들었다.

처음에 저를 피해 다니며 튕기던 모습을 생각하면, 죽는 시늉을 하다가도 금세 요구에 응하며 무겸의 성기 위에 엉덩이를 맞추고 스스로 허리를 내리는 지금 같은 모습에 쾌감을 느끼지 않을 수 없다.

역시 빼는 척하는 건 이런 정신적 쾌감을 위한 이하준의 노림수일지도 모른다. 연기인지 진짜인지는 모르겠지만 이것저것 가르치는 흉내를 내며 즐기는 것도 나쁘지 않았다. 아니, 솔직히 말하자면 나쁘지 않은 정도가 아니었다. 오히려 그런 순간순간을 마주할 때마다 무겸은 그에게 처음 입을 맞출 때 느꼈던 짜릿한 희열을 맛보고 있었으니까.

"하, 하아, 아."

하준의 입술 사이에서 가쁜 숨소리가 샜다. 성난 성기가 젖은 구멍 사이로 새로 진입해 들어가고 있었다.

여러 번 꿰뚫렸다 해도 일단 전부 빠져나가고 나면 오므라든다. 그사이 좁아져 버린 입구를 긁고 두툼한 귀두가 처음부터 다시 가르고 들어오자 눈앞이 핑 돌며 하준의 등에 오싹오싹 소름이 돋았다.

하준에게는 눕거나 엎드려 있을 때보다 깊이 들어오는 이 체위가 항상 버거웠다. 무겸이 저더러 움직여 보라고 한 것은 처음이지만 위에 앉히는 것은 처음이 아니었다. 침대나 소파에 걸터앉아 저를 허벅지에 앉히고 밑에서 콱콱 찔러 올릴 때면 손끝 발끝이 다 곱아들어 무겸의 등을 안고 있기도 힘에 부쳤다. 차라리 자신이 위에서 움직이면 그렇게 처박히지는 않을 테니 덜 힘들지도 모르겠다.

긴 시간 거칠게 추삽질을 당한 하준의 안은 뜨겁게 부어올라 좁아지고 민감해져 있었다. 그 사이로 굵은 기둥이 밀고 들어오며 도드라진 귀두와 핏줄이 내벽을 긁어 댔다.

"하으……."

저 자신의 체중이 실려 아래에서 위로 밀어 올리는 중량감이 위에서 아래로 꽂힐 때와는 또 달랐다. 허리를 끝까지 내려야 하는데 속도를 내지 못하고 하준은 끙끙대며 신음했다. 예민해진 안쪽을 비집고 입구부터 재차 거슬러 올라오는 성기가 정말이지 흉기처럼 느껴졌다.

무겸은 하준이 스스로 자신을 모두 삼키기를 기다렸으나 곧 인내심이 바닥났다. 가볍게 한숨을 쉰 그가 하준의 골반을 붙잡아 뿌리까지 박히도록 단숨에 아래로 확 끌어 내렸다. 엉덩이가 푹 주저앉혀지며 갑작스레 이루어진 깊은 삽입에 곧바로 하준의 등이 뒤로 휘며 입에서 비명이 터졌다.

"아아! 하아, 악!"

"날 새겠어."

무겸이 불만스러운 듯 툭 던졌다.

"아으, 으."

하준은 배 속을 다시 파고든 묵직한 이물감에 적응하기 위해 잠시 움직임을 멈추었다. 무겸의 탄탄한 가슴을 손으로 짚은 채로 숨을 몰아쉬었다. 허리를 잡아 내린 무겸은 하준을 바라볼 뿐, 이제 머리 뒤에 팔베개를 베고 침대에 몸을 비스듬히 기대 누워 구경이라도 하듯 얌전했다.

움직여야 한다. 이런 걸 시킬 줄 알았으면 뭔가 참고할 만한 것이라도 보고 왔을 텐데……. 갑자기라 준비가 되어 있지 않았다.

하준이 허리를 다시 위로 들어 올렸다. 안쪽을 긁는 울퉁불퉁한 핏줄 때문에 저도 모르게 허리가 가볍게 비틀리며 엉덩이에 힘이 들어갔다. 내 천川 자로 쭉 뻗은 복근에도 힘이 실리며 땀과 체액으로 젖은 배가 꿈틀거렸다. 무겸의 눈길이 그곳을 훑고는 입술 끝을 끌어 올렸다.

흡족해하는 무겸의 표정을 보며 하준은 그래도 조금 자신감을 얻었다. 좀 더 적극적으로 허리를 오르내리며 움직이기 시작했다.

"흐으, 으응."

무겸과 섹스를 반복하며 하준은 스스로도 자신의 몸속 스위치를 인지할 수 있게 됐다. 긴 자극으로 충혈된 내벽이 끊임없이 갈라지는 감각에는 괴로움이 수반될 수밖에 없었지만 관계에 익숙해진 몸은 고통보다 더 큰 쾌감을 느낄 수 있게 되었다.

하준은 저도 모르게 자신이 가장 느끼는 부분에 무겸의 성기 끝을 맞추고 허리를 움직이고 있었다. 기둥에서 귀두로 이어지는, 성기의 가장 도드라지는 요철이 이미 몇 번이고 마찰되어 부어오른 전립선 위를 찌르고 문질렀다.

"앗, 아, 으읏, 하아……."

스스로 길어 올린 쾌락이라 해서 참기 쉬운 것은 아니다.

하준은 다시금 무겸의 가슴을 눌러 체중을 지탱하고 허리를 멈춘 채로 몸을 떨었다. 어느 순간 온몸으로 퍼져 나가 전신을 마비시키는 농도 짙은 쾌감을 감당할 수 없었다. 아무 생각도 하지 못하게끔 머리가 멍해지고 눈앞이 빙글빙글 돌았다.

퍽. 그때 더 못 기다리겠다는 듯 무겸이 허리를 쳐올렸다. 하준의 몸이 위로 살짝 떠올랐다가 다시 주저앉았다. 하준이 고개를 젖히며 비명을 터뜨렸다.

"아!"

"몇 번 움직였다고 쉬어."

"앗, 앗, 아!"

하준의 몸이 무겸이 쳐올리는 대로 끈 떨어진 인형처럼 흔들렸다. 아래에서 위로, 깊이까지 푹푹 찍어 올리는 성기가 배 속을 울리며 정수리까지 저릿하게 흔드는 충격 같은 쾌감을 쉴 새 없이 전달했다. 견디지 못한 하준이 허겁지겁 몸을 일으켜 달아나려고 했다.

그러나 무겸이 먼저 손을 뻗어 하준의 손목을 붙들었다. 커다란 손이 수갑처럼 손목을 휘감았다. 팔이 아래로 홱 끌어당겨진 하준은 옴쭉달싹하지 못하고, 앉은 자세로 구속당한 듯 무겸 위에 주저앉아 흐느끼듯 신음하기 시작했다. 무겸이 허리를 치는 속도가 더 빨라졌다.

"흑, 아읏, 아, 윽, 흐……!"

몸을 턱턱 빠르게 쳐올려지자 제대로 소리도 지르지 못하고 흘리는 신음이 마구 엉겼다. 무겸이 팔을 끌어당기자 하준의 몸이 비스듬히 누워 있는 무겸의 상체 위로 쓰러지며 서로의 가슴과 배가 맞닿았다.

무겸이 손목을 붙든 채로 하준의 허리를 안았다. 그러자 팔도 함께 허리 뒤로 돌아가며 하준은 마치 등 뒤로 손목이 묶인 듯한 모습이 되었다. 그러는 중에도 무겸은 움직임을 멈추지 않아서, 하준의 배 안쪽으로 쿵쿵 울리는 쾌감이 고통스러울 만큼 무자비하게 밀려들었다. 하준은 무겸의 목덜미와 어깨쯤에 얼굴을 묻고 이마를 비볐다.

"하아, 아, 앗, 응!"

"그동안 이런 거, 아무도, 안 가르쳐 줬어?"

무겸이 우습다는 듯 물었다. 이런 게 뭘까. 뭘 말하는지 알 수가 없다. 하준은 멍해진 머리로 고개를 저었다.

"제대로 허리 흔들 줄도 모르고. 대체 어떤 덜떨어진 놈들만 만난 거야?"

"읏, 아윽, 흐, 미안, 해……."

추궁하는 말투에 반사적으로 사과하자 무겸은 또 한 번 웃는 듯 몸을 살짝 들썩였다. 대답이 이상했던 걸까? 하준이 입을 다물고 저도 모르게 신음까지 참는 사이 무겸이 손을 풀어 주었다.

하아, 하아. 하준은 숨을 몰아쉬며 급하게 무겸의 어깨를 붙잡았다. 체중을 조금이라도 덜어 내 삽입을 얕게 만들고자 하는 본능적인 움직임이었는데, 무겸의 손이 이번에는 하준의 골반께를 붙잡았다.

"이렇게 앞뒤로 흔들기도 하고."

무겸이 붙잡은 골반을 잡아 흔들었다. 몸 안을 꽉 채운 두꺼운 성기가 이상한 각도로 내벽을 찌르며 새로운 쾌감을 만들어 냈다. 하준은 소리도 내지 못했다. 얼굴을 무겸의 어깨에 묻은 채로 입만 벌려 조용한 비명을 질렀다.

무겸은 제 어깨에 묻힌 머리 아래 목덜미가 움찔움찔 떨리는 모습을 내려다보았다. 움직임을 바꾸어 자신을 타고 앉은 하준의 엉덩이를 원형으로 돌렸다.

"이렇게 돌리기도 하고. 이렇게 하는 거야."

"-하, 아윽, 흐… 아흐읏!"

"그것 봐. 너도 기분 좋지?"

"응, 으, 흑! 으응, 좋아."

귀두가 아주 깊은 곳에 박혀 들어 몸속을 휘젓는다. 온몸의 안팎으로 들러붙는 쾌감을 어떻게 해도 떨칠 수가 없다. 하준은 정신없이 대답하며 고개를 끄덕였다. 무겸의 크고 힘센 손이 하준의 허리를 앞뒤로, 좌우로 마음대로 움직인다. 하준의 입에서 연신 열 어린 신음이 흘렀다.

그러는 사이 탄탄한 기립근이 잡힌, 강하면서도 유연한 허리는 금세 새로운 동작의 요령을 익혔다. 무겸은 점차 허리를 붙든 제 손이 없이도 하준이 의도대로 움직이고 있음을 눈치챘다.

자전거를 가르쳐 주다가 승차자가 모르는 사이 손을 뗄 때처럼 무겸은 허리를 잡고 있던 손을 천천히 미끄러뜨렸다. 제 위에서 흔들리는 엉덩이를 쥐었다. 하준은 이제 도망치는 대신 무겸의 목 뒤에 팔을 감고 허리를 위아래로 짓찧거나 돌리며 제 내벽을 스스로 휘저었다.

"하, 하아, 아, 앗!"

"이제 잘하네, 이 코치."

칭찬이라도 하듯 엉덩이를 툭툭 두드리자 얼마 지나지 않아 하준의 몸이 바르르 떨리더니, 벌써 몇 번이나 사정하는 바람에 묽어진 정액을 주르륵 흘렸다. 온전히 위에서 스스로 허리를 움직이다가 절정에 달한 것이다.

벌써 몇 번째 절정인지 세어 보려다 무겸은 관뒀다. 몸이 민감해진 탓인지 하준이 오르가슴에 이르는 간격이 점점 짧아지고 있었다. 무겸은 그 모습에 흡족하게 미소 짓다가 하준과 눈이 마주쳤다. 일부러인지 무의식적인 것인지, 하준은 뭔가 할 말이 있는 사람처럼 입을 살짝 벌리고 저를 보았다.

첫날부터 보여 주었던, 키스를 하고 싶어 하는 표정이다.

입 맞춰 주는 것이 어려운 일은 아니지만… 이렇게 말없이 안달하는 모습을 보면 어쩐지 심술을 부리고 싶어진다. 무겸은 마치 입을 맞출 것처럼 천천히 고개를 숙였다가, 키스를 해 주는 대신 안쪽에 깊이 박혀 있는 성기를 빼내지도 않고 하준을 다시 침대 위에 드러눕혔다.

"앗, 잠깐… 나 아직……."

보나마나 못하겠다 아니면 기다려 달라는 말을 꺼내는 중일 하준의 입술 위로, 무겸은 그제야 입술을 겹치며 나오려던 말을 먹어 치웠다. 폭신한 입술을 짓누르며 혀로 혀를 간지럽히고, 하준이 좋아하는 목구멍 근처까지 미끄러지듯 파고들자 무겸을 밀어내려 들던 몸의 힘이 빠졌다. 무겸을 감싼 내벽이 성감을 더 크게 느끼는 듯 요동을 치며 조여들었다.

키스만으로도 안쪽을 조이는 몸은 타고난 걸까. 찔러 넣었던 혀를 거두며 입천장을 스윽 긁어 주자 핥은 곳이 입이 아니라 뒷구멍이라도 되는 것처럼 아래쪽을 움찔거린다.

몇 번을 해도 늘 똑같은, 아니, 점점 더 좋아지는 하준의 감도가 무겸은 정말 마음에 들었다. 그나마 살짝 잔잔해졌던 욕구가 다시 맥동한다. 하준이 위에서 애쓰는 동안, 원래 크게 소모되지도 않았던 에너지가 완전히 충전되기라도 한 듯 무겸은 난폭하게 허리를 움직여 저를 감싼 몸속을 푹푹 쑤셨다. 키스에 틀어 막힌 하준의 비명이 제대로 흘러나오지도 못하고 도로 삼켜졌다.

그렇게 내쳐 박다가 아래에 깔린 몸이 덜덜 떨리기 시작할 때쯤에야 허릿짓을 약하게 바꿔 전립선 위를 귀두로 슥슥 문질렀다. 스스로 허리를 찧을 때는 멈출 수라도 있었다지만 지금 하준이 할 수 있는 것은 아무것도 없었다.

"으, 으읍, 흐… 읏!"

하준이 무겸의 아래에서 빠져나가고 싶은 듯 몸부림을 쳤지만 힘이

다 빠진 몸은 약하게 버둥대는 데서 반항을 그쳤다. 그제야 입술을 놓아 주자 울먹이다시피 애원한다. 이럴 때 듣는 하준의 목소리야말로 요즘 무겸이 경기 이후에 마시는 가장 달콤한 승리주였다.

"아, 아… 이제, 그, 하읏… 제발 그만… 흐, 으, 흐으윽!"

귀를 녹이는 신음을 즐기다가 예고 없이 깊은 안쪽, 내벽이 좁아지는 지점까지 단번에 때려 넣기를 반복했다. 하준이 목을 젖히며 열띤 비명을 지르기 시작한다.

"아, 흐아! 하악, 아!"

손끝이 시트 위를 긁고 탄력 있는 흰 허벅지 안쪽에 발끈발끈 힘이 들어갔다 풀렸다. 다리와 골반부터 시작해 전신이 고장 난 듯 덜덜 떨리고 얌전하게 내려놓은 두 다리가 멋대로 시트 위를 미끄러지며 들썩였다. 엉덩이가 바짝 조여들며 허리가 자꾸만 시트 위로 뜬다.

퍽 소리가 나도록 강하게 마지막 삽입을 한 무겸은 그대로 허리를 멈춘 채 하준의 골반을 단단히 붙들어 그가 도망치지 못하도록 고정했다. 이쯤 되면 깊이 박아 넣은 상태로 더 이상 움직이지 않아도 하준은 쾌감을 견디지 못한다.

팽팽하게 젖혀진 채 한쪽으로 기우는 목선의 연골이 꿈틀거렸다. 살며시 벌어진 입술도 떨리기는 마찬가지였다. 목이라도 졸리는 듯 혀까지 살짝 내밀고 있다.

"아… 아……! 흐으, 으……!"

온몸으로 쾌락의 극치를 느끼고 있음을 보여 주지만 그의 성기는 오히려 발기가 죽어 이제 무엇 하나 배출하지도 않는다. 무겸이 씩 웃었다. 같은 남자의 몸이 이런 식으로 느끼는 모습, 저로 인해 이렇게 절정의 한계에 내몰리는 모습은 여러 번 봐도 질리지 않았다.

허리를 붙잡혀 제자리에서 바들대던 하준이 시트를 쥐어뜯던 손을 들어 얼굴을 가렸다. 천천히 허리를 돌려 안을 휘저으면서, 무겸은 하준이 마음껏 느끼도록 내버려 두었다.

"아아… 아, 하, 앗! 아으, 흐으읏, 흑, 흐아, 아……!"

"하아……."

안쪽이 멋대로 조였다 풀어지면서 진동이라도 하듯 성기를 위아래로 훑어 내리고 꽉꽉 물어 댔다. 물결치는 야들야들한 내벽을 무겸은 만끽했다. 허리를 치며 피스톤질을 할 때의 쾌감과 멈춘 채로 느긋하게 하준의 몸을 즐기는 쾌감은 각각 다른 맛이 있었다.

"흐으윽, 흑, 흐읏……."

이미 몇 번씩 뒤로만 달해 사정의 여운이 겹겹이 쌓여 있는 몸이었다. 거기에 더해 막 덮친 절정이 가시기도 전에 예민해진 점막을 들쑤셔진 감각을 더 버티지 못하고 하준은 결국 눈물을 흘리며 흐느꼈다.

우는 얼굴을 내려다보고, 그의 전신이 만들어 내는 떨림을 맞댄 몸을 통해 충분히 느낀 무겸은 이제야 만족스럽기라도 한 듯 웃는 얼굴로 입을 열었다. 지금까지 여러 사람과 하면서도 생전 묻지 않았던 것을 하준에게는 섹스를 처음 배운 어린애라도 된 것처럼 자꾸만 묻게 된다. 하준의 얼굴을 가린 손을 치우고, 땀에 젖은 머리카락을 흰 이마가 드러나도록 쓸어 올렸다.

"이하준, 좋아?"

"아읏, 흑, 응, 좋아… 하아, 좋아……."

그렇게 대답할 때의 하준은 눈물을 흘리면서도 꼭 그래야만 하는 것처럼 무겸과 흐려진 시선을 맞추었다. 그 표정이 좋아서 섹스를 할 때면 꼭 한 번은 울리고, 그렇게 울리고 나면 확인하고 싶어지는 것 같다.

처음에는 두어 번만 해도 눈물을 보이더니 이제는 제법 길게 버텼다. 차라리 빨리 울면 조금 덜 괴롭힐지도 모르는데. 무겸은 얼굴을 숙여 하준의 눈물을 핥고 젖은 눈가에 입술을 비볐다. 그러자 눈물은 그치기는 커녕 더 많이 흐르며 무겸의 입을 적셔 주었다.

무겸의 손가락이 시트에 아무렇게나 놓인 하준의 손목을 더듬어 올라갔다. 손목 가운데의 가느다란 뼈 모양으로 갈라진 근육을 엄지로 살짝 누르고 손바닥 위까지 손가락으로 쓸어 올렸다. 손을 맞물리게 겹치고 손가락을 깍지 끼자 하준이 손가락을 떨며 손을 맞잡아 왔다.

"아… 아아아! 흐아, 아!"

그렇게 손을 꽉 붙잡은 채 다시 허리를 움직여 아직도 꿈틀대는 안쪽을 미끄러지기 시작하자 축축한 살끼리 부딪히는 척척대는 소리와 함께 이제는 완연히 울음소리가 된 교성이 귓가를 울렸다. 하지만 무겸은 멈추지 않았다.

기어코 하준의 몸 안에 한 번 더 사정을 마친 무겸은 땅에 올라온 물고기처럼 헐떡이는 남자를 내려다보았다. 정액을 잔뜩 받아먹은 아래쪽 구멍은 제대로 그것을 담고 있지 못하고 도로 흘리고 있었다. 무겸은 이 미끈한 배가 빵빵해질 때까지 안에 사정해 보고 싶다는 비현실적인 생각을 하며 안쪽 깊이 틀어박은 성기를 빼내고 몸을 일으켰다.

땀과 체액으로 축축해진 구릿빛 근육질 몸이 조도 낮은 주홍색 조명을 받아 부분부분 빛났다. 할 때 더 하더라도 한 번 씻고 싶었다. 무겸은 누워 있는 하준에게 말했다.

"땀 좀 씻어야겠다. 너도 씻고 싶으면 가서 씻든가 좀 더 쉬든가. 마음대로 해."

"응……."

하준이 누운 채로 약하게 고개를 끄덕이는 사이 무겸은 방을 나섰다. 열렸다 닫히는 문을 보며 옆으로 누워 있던 하준은 잠시 눈을 감았다.

작은 조명 하나만 밝힌 방은 어둡고 조용했다. 물소리처럼 찰박대는 교합음, 저와 무겸의 신음이나 침대 프레임이 삐걱대는 소리 같은 것들로 시끄럽던 방은 제 숨소리를 제외하면 아무것도 없는 것처럼 적막해졌다. 무겸이 돌아오기 전에 얼른 씻고 싶었다. 하준은 몸을 일으키기 위해 침대를 손으로 짚었다.

"흣……."

하지만 몇 번씩 몸 안쪽을 뒤집듯이 쓸고 지나간 성감 때문에 아직도 전신이 간헐적으로 떨렸다. 팔다리에 힘이 제대로 들어가지 않았고 피부는 시트만 스쳐도 시릴 정도로 민감해져 있었다. 현역일 때도 이런 식으로 녹초가 된 적은 없었는데… 신기한 일이었다.

하준은 포기하고 좀 더 누워 있기로 했다. 섹스가 끝나고 나서 혼자 남아 있는 것이 별로 기분 좋은 일이 아님을 깨달은 지는 좀 됐지만 어쩔 수 없다.

그것을 처음 알게 된 것은 아마도 세 번째 섹스에서였던 것 같다. 하다가 의식을 잃다시피 잠이 들었는데 눈을 뜨자 무겸이 없었다. 창밖으로 가는 빛만 들어오는 깜깜한 방에 혼자 누워 있었다.

순간적으로 의식을 잃기 전의 기억마저도 끊어진 것처럼 희미해져 막막하고 무서워졌다. 바닥에 떨어진 가운을 허둥지둥 걸쳐 입고 방을 나섰다. 하지만 그렇게 나선 거실 역시 깜깜하기는 마찬가지였고 그도 보이지 않았다. 하릴없이 멍청하게 서서는 무겸의 이름을 중얼거렸다. 그랬더니 갑자기 발코니에서 무겸이 들어오는 바람에 깜짝 놀랐었다. 그래도 함께 누워 밤하늘을 올려다봤던 기억은 다시 떠올려도 좋아서, 그때를 생각하자 슬쩍 웃음이 샜다.

하준은 창밖으로 보이는 나뭇잎 그림자를 세었다. 하나, 둘, 셋, 넷, 다섯. 나무는 처음 왔을 때보다 잎이 커지고 그 색도 한층 짙어졌다. 어릴 때 엄마가 저를 끌어안고 울거나 대상 없는 하소연을 할 때면 하준은 이렇게 벽지 무늬를 세고는 했었다. 그러면 그 시간이 끝나기를 기다리는 것이 조금 쉬워졌고, 무엇보다 엄마를 따라 눈물이 날 것만 같은 기분을 참기에도 좋았다.

열, 열하나, 열둘.

그러나 오늘따라 나뭇잎을 세는 단순한 행위도 조금 피곤해졌다. 하준은 천장으로 시선을 돌렸다.

…살다 보면 처음에는 괜찮던 것들, 처음에는 기뻤던 것들이 점차 마음의 짐이 되기도 하는데 요즘 들어 무겸과 보내는 시간이 하준에게는 조금 그런 존재가 되었다.

싫은 것은 아니다. 그와의 섹스는 조금 힘들기는 하지만 정말 기분 좋다. 꼭 육체적 쾌감 때문이 아니더라도, 일분일초라도 함께 있는 시간을 늘리고 싶을 정도로 당연히 좋았다.

다만 불같던 행위가 끝난 다음 혼자 있을 때면, 몸을 태우고 지나간 쾌락에 딸려오는 재처럼 헛헛함이 따라왔다. 처음에는 그러려니 하는 그때그때의 찰나적인 기분에 불과했는데, 티끌 모아 태산이라더니 감정의 부스러기도 쌓이는 모양이다. 무겸과 섹스를 마치고 나면 늘 한 겹 벗겨진 듯 몸이 예민해진다. 껍질이 벗겨지면 무엇이든 잘 무르듯이 예민해진 몸이 마음에도 영향을 미쳐 평소라면 별것 아닐 일들을 따가워했다.

늘 바라만 보던 남자와 밤을 함께 보낸다. 사귀는 사이는 아니라지만 명백히 연인들끼리나 할 만한 행위를 지속적으로 나누고 있었다. 처음에는 아프기만 했던 섹스도 이제는 완전히 몸에 익어, 하준 역시 무겸과 밤을 보낼 때면 몇 번씩 절정에 올라 넋을 잃고 쾌락에 시달렸다.

무겸의 집에서 처음 잠들었던 날, 함께 차를 타고 나서며 느꼈던 뿌듯함을 하준은 여전히 기억했다. 그가 베풀어 준 소소한 친절에 기쁨을 느꼈던 순간도. 그때부터 변한 것은 아무것도 없는데 언젠가부터 관계가 끝난 뒤 무겸이 먼저 자리를 뜨고 나면 자꾸만 무겸이 저의 존재를 제대로 알지도 못할 때, 홀로 무겸을 그릴 때나 느꼈던 답답함과 저릿함을 닮은 기분이 문득문득 밀려왔다. 하준은 그럴 때면 조금 당황스러웠다.

"아직 안 씻었어?"

마침 그때 무겸이 타월로 머리를 닦으며 방으로 들어왔다. 그사이 조금 기운이 돌아온 하준은 대답 없이 몸을 일으켰다.

자괴감 비슷한 이 감정에는 당연히 여러 가지 이유가 있겠지만 자신이 무겸을 완벽하게 만족시키지 못한다는 데서도 오는 것 아닐까? 오늘도 남들은 다 할 줄 아는 걸 제대로 못한다며 놀림을 받지 않았나.

하준이 알고 있는 범위 내에서만 살펴봐도 무겸이 만나 왔던 여자들은 아름답고 섹시했다. 자신의 매력을 잘 알고 여유로운 미소를 지으며 사람들을 상대하며 자신의 분야에서 높은 평가를 받는 자신감 넘치고 성숙한 사람들. 마치 무겸과 비슷한. 아마 침대 위에서도 같았겠지.

그런 사람들에 비해 자신은 정말 모든 것이 서툴고 밋밋하다. 보나마나 섹스도 마찬가지일 것이다. 무겸에게 있어 하준과의 섹스는 스캔들을 피하면서 성욕을 풀기 위한 차선책이니 원래 그가 하던 것에 비하면 지루하고 재미없는 것일지도 모른다.

이럴 줄 알았으면 연애도 하고 섹스도 하고, 내키지 않더라도 다른 사람들이 하는 만큼은 따라가려고 노력이라도 해 볼걸 그랬다. 그랬다면 무겸과의 밤도 좀 더 능숙하고 즐겁게 보낼 수 있었을 텐데. 이래서 사람들이 남들이 하는 건 다 해 봐야 한다고 하나 보다.

살짝 구멍이 난 자신감을 보완하고 싶어진 하준은 침대에 걸터앉은 채 무겸을 불렀다.

"김무겸."

"응?"

"입으로 해 줄까?"

하준의 갑작스러운 제안에 수건 아래 그늘진 무겸의 눈이 커지더니 곧 킥킥거렸다.

"왜? 가만히 놔뒀더니 입이 근질근질해졌어?"

"싫으면 관둬."

"누가 싫댔나. 나야 고맙지."

무겸은 침대 위에 나란히 붙어 앉아 하준의 뺨을 한 번 툭 쳤다. 나름대로 더 잘해 주고 싶어서 꺼낸 말인데 무겸은 뭐가 우스운지 영 장난스러운 기색이었다.

하준은 침대 아래로 내려가 무겸의 다리 사이에 무릎을 꿇고 앉았다. 엉덩이 사이로 무겸의 정액이 자꾸 흘러내려 발목을 고여 엉덩이를 지지했다.

기둥을 혀로 살살 핥으며 입술을 조여 무겸의 성기를 삼켜 들어갔다. 길고 굵은 무겸의 성기는 입 안을 가득 채우다 못해 전부 삼키면 매번 목구멍 안쪽까지 찔러 들어온다. 처음에는 구역질도 좀 났지만 이제는 요렁이 생겨 전부 입 안에 가둘 수 있게 됐다.

목 안쪽을 열었다 조이며 귀두를 자극하고 고개를 좌우로 돌리며 성기를 빨아올렸다 내리기를 반복했다. 귀두에 입천장과 안쪽 점막이 쓸릴 때, 하준 역시 묘하게 피어오르는 열은 쾌감을 느끼며 무겸의 허벅지에 얹은 손가락 끝에 조금씩 힘을 주었다.

"후……."

머리 위에서 기분 좋은 듯한 한숨이 샜다. 하준이 잘하고 있다는 증거였다. 무겸의 손이 하준의 머리를 쓰다듬었다.

"이제 진짜 잘하는데. 나한테 가르치는 재능도 좀 있나 봐. 나도 나중에 은퇴하면 코치 할까?"

처음에는 키스도 펠라티오도 못한다고 핀잔을 주던 무겸이 이제는 칭찬을 했다. 하준의 마음이 우유 거품처럼 몽글몽글해지며, 역시나 조금 전 혼자일 때 느꼈던 어두운 감정도 떠밀려 흐려져 갔다.

나중에는 위에서도 좀 더 잘할 수 있겠지? 기쁜 마음으로 좀 더 열심히 고개를 움직이는데 어디서 희미하게 웅웅대는 진동 소리가 들렸다.

두리번대던 무겸이 침대맡에 두었던 전화기를 들더니 잠시 화면을 응시한다. 받을지 말지 고민하는 듯하다가 그것을 귓가로 가져갔다.

"어, 형."

통화에 방해가 될까 봐 하준은 물고 있던 성기를 뱉어 냈다. 무겸이 힐끔 아래를 보더니 하준의 뒤통수를 제 쪽으로 지그시 당겼다. 무겸이 하려는 말을 눈치챈 하준이 다시 깊이 성기를 입 안에 물고 하던 일을 계속했다.

"지금? 나 바빠."

무겸이 귀찮다는 말투로 대꾸했다. 상대방이 뭐라 뭐라 말하는 소리가 하준에게까지 희미하게 들려왔다. 내용은 파악되지 않았지만 뭔지 몰라도 부탁을 하는 낌새였다.

"글쎄. 무슨 재미있는 일이라도 있어야지."

무겸의 긴 손가락이 빗처럼 하준의 머리를 살살 긁으며 쓰다듬었다. 잘한다고 칭찬하는 느낌이 물씬 묻어나는 손짓이었다. 고양된 하준이 귀두와 기둥이 이어지는 부분을 혀로 진득하게 문지르자 전화를 하는 무겸의 목소리가 조금 늘어지며 나른해졌다.

"아… 기억해. 으음…, 지난번에 잠깐 인사는 했어."

그 목소리가 섹시하게 느껴진다. 하준은 잠시 움직임을 멈추었다가 천천히 고개를 움직였다. 상대방이 또 한참 말을 이었다. 저도 모르게 귀를 쫑긋 세우고 엿들으려 들었지만 무슨 내용인지까지는 들리지 않았다.

"…알았어. 내일 쉬는 날이기도 하고."

무겸은 나중에 보자며 전화를 끊었다. 휴대폰을 내려놓은 손으로 아쉬운 듯 하준의 머리를 토닥였다.

"볼일 생겨서 나가 봐야 할 것 같다."

그렇게 말하고는 팔을 내밀어 하준을 일으키려고 했다. 하준이 입에 물고 있던 것을 빼냈다. 미간이 찌푸려지고 저도 모르게 불만스러운 말투가 나왔다.

"끝까지 할래."

단호한 통보에 무겸은 눈을 슬쩍 크게 뜨더니 또 뭐가 우스운지 난처한 얼굴로 피식대며 웃었다. 왜 무슨 말만 하면 자꾸 웃는 걸까? 단둘이 있을 때면 무겸은 곧잘 저런 반응을 보이는데, 하준은 그가 왜 웃는지 아직 영문을 몰랐다. 하지만 모르는 티를 내고 싶지도 않아서 이유를 굳이 따져 물은 적은 없었다.

“역시 이하준 코치님이세요.”

“…그건 또 무슨 소린데.”

“성실하다는 뜻.”

하준은 무겸의 성기를 다시 입에 물었다. 볼을 더 조이고 얼굴을 앞뒤로 더 빨리 움직였다. 한참을 그렇게 빨았더니 무겸의 복근 아래쪽이 꿈틀대는 것이 눈에 들어왔다. 사정이 가까워지면 보이는 그의 생리 현상이나 버릇 같은 것이었다.

“아.”

짧고 낮은 신음 소리. 섹스를 할 때만 들을 수 있는, 열이 스민 그 목소리를 듣는 것만으로도 가슴이 뛰어 하준은 눈을 감아 버렸다. 커다란 손아귀가 하준의 머리를 가볍게 쥔다.

침대에 앉아 있던 무겸이 몸을 일으켰다. 갑자기 일어서는 바람에 물고 있는 성기가 입 안에서 미끄러지려 했다. 서둘러 쫓아가 함께 무릎을 세우는데, 푹, 입 안쪽까지 성기가 밀고 들어왔다. 후읍. 하준의 입술에서 숨소리와 신음이 섞인 목소리가 났다.

“하아, 내가 움직일 테니까 물고 있어.”

하준이 작게 고개를 끄덕였다.

스스로 빨 때는 이제 제법 기교라 할 만한 것도 부릴 수 있게 됐지만 무겸이 입에 넣고 움직일 때는 아니었다. 목을 조이고 푸는 타이밍이나 숨을 조절하는 페이스를 바로바로 따라가기 어려워 그저 무겸이 사정할 때까지 성기를 머금는 데만 집중할 수밖에 없다.

그러니 하준의 생각에는 자기가 빨아 주는 게 더 기분이 좋을 것 같은데, 무겸은 뭐가 좋은지 가끔 지금처럼 입에 박고 자신이 허리를 움직이려 했다. 입술의 힘이 풀릴까 봐 계속 조이도록 뺨에 힘을 주는 동안 무겸의 것이 입술에서 시작해 입 전체를 관통하듯 들어와 목 안쪽까지 미끄러져 들었다.

"읍… 우, 흐읍, 으."

싫지는 않았다. 입 양옆의 점막과 혀 위를 고르지 않은 성기 기둥이 문지르고 귀두가 입천장을 긁으며 들어와 목구멍까지 미끄러지기를 반복하면 간지러운 듯, 귓가가 저릿해지는 묘한 쾌감이 매번 정신을 흐릿하게 한다. 하지만 역시 숨 쉬기가 조금 불편하다.

꽉 막힌 신음과 입술 사이로 성기가 진입하며 나는 젖은 소리가 점점 커지던 어느 순간, 하준의 입 안에서 무겸의 성기가 꿈틀거렸다. 토정의 순간이 왔음을 알고 삼킬 준비를 하는데 무겸의 성기가 쑥 빠져나갔다.

그 바람에 입 안에 쏟아지려다 만 정액이 마찰당해 평소보다 부은 입술 위로 흘러내렸다. 갑작스레 피부에 쏟아진 체액의 열기와 한참 동안 헤집어진 입속에서 스며 나온 쾌감에 꿇어앉아 있던 몸이 가늘게 떨렸다. 무겸은 정액을 쏟아 내는 굵직한 성기를 붙들고 하준의 얼굴에 문질렀고, 뺨과 입가 여기저기에 불투명한 흰 액체가 묻었다. 하준은 눈을 감고 그가 마음껏 제 얼굴을 체액으로 칠하도록 내버려 두었다.

긴 시간 사정하며 하준의 얼굴에 성기를 비비던 무겸은 드디어 마지막에 달했는지 짧은 한숨을 쉬며 성기를 쥔 손을 놓았다. 그러고는 여전히 바닥에 앉은 채인 하준의 겨드랑이 아래 팔을 넣어 안아 일으켜 세웠다. 하준을 침대에 고이 눕혀 놓고 시선으로 몸을 훑더니, 또 뭔가 우스운 듯 킥킥대며 말했다.

"위아래로 다 흘리는 게 걸작인데."

지금껏 덤덤하던 하준의 얼굴도 이번에는 확 붉어졌다. 손등으로 얼굴의 정액을 닦아 내며 벌떡 일어서자 한참을 꿇고 있던 다리가 저렸다.

"이제 씻을 거야."

"보기 좋아서 그런 건데 왜 화를 내."

농담이랍시고 얄미운 소리를 하는 무겸을 뒤로하고 하준은 항상 몸을 씻는 욕실에 들어섰다.

자신이 자주 사용하고 있음에도 불구하고 들어설 때마다 욕실 용품의 사용량이 약간씩 줄어드는 것을 제외하면 여전히 생활감이라고는 일절 없는 호텔 같은 욕실이었다. 샤워기 물을 틀고 그 아래에 섰다.

쏴아아, 빗소리 같은 것을 내며 가늘고 수압이 센 물줄기가 하준의 머리 위로 떨어졌다. 물을 맞으며 양치질을 하던 하준은 입을 벌려 물을 받아 몇 번씩 입 안을 헹구어 냈다. 얼굴에 묻은 액체를 거품을 내 닦고 머리도 감았다. 샤워젤을 짜서 몸도 씻었다.

매달려 있던 샤워기를 들고 다리와 엉덩이에 묻은 체액도 문질렀다. 정액은 꼼꼼히 씻지 않으면 잘 지워지지 않는다. 그리고 마지막 차례, 다리 한쪽을 욕조 가장자리에 올리고 천천히 손가락을 엉덩이 사이로 집어넣었다.

처음 한두 번은 괜찮아서 몰랐고, 나중에서야 잘못 먹은 것도 없이 배가 아파서 열심히 원인을 생각하다 보니 꼭 무겸과 섹스를 한 날에만 배가 아프다는 사실을 깨달았다. 알고 보니 안에 사정을 하면 그럴 수도 있다기에 그 뒤로는 씻을 때 꼭 안쪽까지 씻어 냈다.

안쪽을 조심조심 손가락으로 긁어내고 바로 서는데 울컥, 무르고 작은 덩어리 같은 것이 가슴께로 밀려 올라오는 것 같았다. 아까만 해도 무겸에게 칭찬을 받으며 데운 우유처럼 온화해졌던 마음이 지금은 너무 가열해 끓어 넘치려는 냄비처럼 어수선해졌다. 하준은 서둘러 얼굴 위로 다시 샤워기를 들어 올렸다.

'대체 요즘 왜 이래?'

하준은 한참 동안 물을 맞으며 서 있었다.

몸을 다 씻은 하준은 가운을 입은 채로 욕실을 나섰다. 무겸이 사다 놓은, 잠깐이나마 커플 룩 같다는 생각을 하며 받아 들었던 그 가운이었다. 무겸은 드레스 룸에서 외출 준비를 하는 중인 것 같았다. 하준도 벗어 놓았던 옷을 입고, 휴대폰과 가방을 챙긴 다음 책상 의자에 앉아 무겸이 준비를 마치기를 기다렸다.

하준의 시선이 멍하니 책상 위로 떨어지고, 손바닥으로 매끈한 나무판을 쓸다가 천천히 몸을 굽혀 학창 시절 잠을 잘 때나 그랬듯이 그 위로 머리를 고이고 엎드렸다. 오랜만이라 격하긴 했는지 오늘따라 유독 피곤했다.

하지만 곧 똑똑, 문 두드리는 소리가 들렸다. 엎드렸던 하준은 얼른 몸을 일으켰다.

"피곤하면 자고 가지?"

머리를 만지고 옷을 차려입은 무겸이 문가에 서서 그렇게 말했다. 하준은 고개를 저으며 의자에서 일어섰다.

"아냐. 빈집에 혼자 있으면 뭐해. 나도 갈래."

"그럼 얼른 나와."

무겸이 손짓했고 하준은 가방을 어깨에 메고 따라나섰다. 말없이 엘리베이터에 올라 주차장으로, 그리고 차에 오를 때까지도 하준은 조용했다.

처음에는 택시를 타고 가라며 신용 카드를 내밀더니 요즘은 거의 항상 차로 집까지 바래다준다. 엄마 때문에 자주 그럴 수는 없었지만 자고 간 적도 이미 여러 번이다. 최근에는 어느 모로 보나 서운해할 일이 전혀 없는데 왜 자꾸 이런 울적한 기분이 되는 걸까. 이유도 없이 기분이 가라앉아 투정 부리고 싶어지는 것은 어린애들에게나 허락되는 일인데. 하준은 그런 자신이 점점 싫어지려 했다.

"어디 가?"

그래서 입 밖으로 그런 질문이 나왔을 때는 묻고도 당황했다. 코치로서 선수를 대할 때와 섹스를 할 때를 제외하면 무겸의 사생활까지 간섭할 생각은 없었기 때문이다. 그러나 무겸은 다행히 별로 불쾌해하는 기색 없이 대답했다.

"에이전시 대표 동생이 사업해. 오늘 호텔 오픈 파티 한다고 좀 와 달라고 부탁해서."

"이렇게 갑자기?"

"진작 얘기했는데 내가 잊고 있었지."

무심하게 대답하는 목소리를 들으며 고개를 끄덕였지만 하준은 솔직히 말해서 다른 일이 궁금했다.

아직 기억하고 있다고 말한, 지난번에 잠깐 인사만 했다는 사람이 누구인지. 여자인지. 그렇다면 그 여자 때문에 그곳에 가는 것인지. 그 사람을 만나고 싶어서 받고 있던 구음도 중간에 마다하고, 저와 하던 섹스가 끝나자마자 새롭게 몸단장을 하고 그곳에 가는 것인지. 그런 것들이 궁금했다.

하지만 자신이 무슨 자격으로 그것까지 궁금해하며, 궁금한들 어떻게 물을 수 있을까?

무겸의 집에서 하준의 집까지 거리는 지도상으로는 그리 가깝지 않은데도 항상 놀랄 정도로 짧게 느껴졌다. 늘 내리는 아파트 단지 근처에 무겸의 차가 멈춰 섰다. 조수석에서 내려서며 하준은 괜한 잔소리를 했다.

"쉰다고 너무 늦게까지 놀지 마. 과음하지 말고."

"우리 코치님이 자기 관리의 김무겸이라고 들어 봤는지 모르겠다."

무겸이 핸들에 비스듬히 몸을 기대고 느긋한 미소를 지으며 대꾸했다. 알고말고. 사생활이야 잔소리할 만한 구석이 한두 개가 아니지만 운동선수로서의 관리 하나는 철저한 것으로 유명했다.

신기한 일이었다. 처음 무겸을 만났을 때 그는 어른들 몰래 담배를 피우고 있었는데 정작 지금 와서 보니 무겸은 담배를 입에도 대지 않고 하준 자신만 가끔 흡연을 즐기는 사람이 되어 있었다. 부상을 당하고 은퇴를 결심하며 심란함이 극에 달했던 때, 처음으로 담배를 입에 물며 떠올렸던 사람은 다름 아닌 열여섯 살 그때의 김무겸이었는데.

그 역전이 우습고, 또 그만큼 세월이 흘렀다는 것이 실감 나 저도 모르게 희미한 웃음이 나왔다.

"태워 줘서 고맙다. 잘 가."

짧게 인사하며 문을 닫았다. 무겸의 차가 떠나는 뒷모습을 잠시 지켜보다가 하준은 서둘러 몸을 돌렸다. 마음 같아서는 늘 그의 차가 보이지 않을 때까지 지켜보고 싶었지만 무겸이 백미러로 그러는 저의 모습을 보고 유난스럽다고 생각할까 봐 신경이 쓰였다.

'한 대만 피우고 들어가자.'

하준은 주머니에서 담배를 하나 꺼내 물었다. 빨갛게 타들어 가는 작고 둥근 불빛이 점멸하면서 하얗고 가는 연기가 밤하늘 사이로 섞여 사라졌다.

…모든 불은 결국 꺼진다.

축구를 시작할 때는 재능이 있다는 말을 들은 것만으로도 놀랍고 신기했다. 유망 선수로 뽑혀 장학금을 받았을 때는 재능이 있다는 말을 들었을 때처럼 새롭게 놀랐다. 그러나 청소년 국가 대표에 소집될 때쯤에는 더 이상 재능이 있다는 칭찬이나 교내 장학금 같은 것에 놀라지 않았다.

처음 국가 대표에 소집되었을 때는 손이 떨려 신발 끈도 묶지 못할 정도로 긴장했지만 나중에는 소집 자체에는 익숙해져 교체 멤버라도 좋으니 제대로 경기에 나가 보고 싶었다. 후보로 경기에 나서 보자 나중에는 주전이 되고 싶었다.

고등학생 때 한번은 그런 자신이 우스워 팀 동료에게 나도 생각보다 욕심이 많은 것 같다고 지나가는 말을 한 적이 있다. 그러자 하준의 옆 로커를 쓰던 친구는 "그 정도 욕심도 없이 어떻게 운동을 하냐."라고 웃으며 대답했었다.

선수 생활을 포기하며 이런 것도 저런 것도 모두 지나간 일이 되었지만.

어쩐지 하준은 요즘 그때 생각이 가끔 났다.

무겸의 지인이 소유한 호텔은 좋은 시기에 문을 열었다. 장마철이 지난 여름, 사람들은 자극적이고 유쾌한 경험을 찾아 헤매고 있었다. 유행에 맞춰 꾸며진 루프톱에서 열린 파티는 한창 무르익었다. VIP 손님들은 무한으로 제공되는 칵테일과 와인, 맥주를 즐기며 달아오른 파티 분위기 속에 녹아들었다.

취한 사람들이 야외 수영장에 들어가 물을 튀기며 노는 장면을 무겸은 여유로운 기분으로 구경하며 천천히 칵테일을 맛보았다. 이미 몇 명이 무겸의 곁을 맴돌았지만 무겸에게는 목표가 있었으므로 적당히 물리쳤다.

"김무겸 씨?"

편안한 의자에 앉아 야경과 시원한 루프톱의 공기를 즐기던 중 누군가 무겸을 불렀다. 무겸은 일부러 곧바로 알은척하지 않고 그 목소리가 자신을 한 번 더 부르기를 기다렸다.

"무겸 씨."

무겸은 술잔을 손에 든 채 고개를 돌렸다. 그러고는 "아!" 이제야 상대를 본 척을 하며 몸을 일으켰다. 그곳에는 반짝이는 블랙 미니 드레스를 입은 고혹적인 여성이 서 있었다.

"유시은 씨, 오랜만입니다."

"저도요. 오늘 오실지도 모른다고 들었는데 정말 계셨네요."

그녀는 언젠가의 업무 미팅에서 인사만 하며 스친 모델이었다. 외모가 꽤 취향이었고, 그때 인사만 주고받으면서도 은근한 눈빛을 교환한 기억이 있었다.

달성한 목표보다는 끝내지 못한 미션이 마음에 남는 것이 인지상정. 아직 여자와 일회성 섹스를 하지 않기로 한 '당분간'을 깰 생각은 없었지만 상대방의 의향을 한 번 더 확인하고 싶기는 했다. 웨이터가 칵테일 여러 잔을 서빙하며 돌아다니고 있었고, 무겸은 쟁반 위에서 푸른 술이 담긴 유리잔을 하나 들어 올려 시은에게 내밀었다.

"앉으시죠."

무겸의 제안에 그녀가 웃으며 맞은편에 앉았다. 부담스럽지 않게 불어오는 여름밤 바람이 둘의 머리카락을 쓸었다.

약 20분 후, 무겸은 조금 난감한 기분으로 아무도 없는 비상구 계단 위에 홀로 서 있었다.

유시은은 예상대로 유쾌한 여자였다. 말도 잘 통했고 섹시한 마스크와 키가 크고 늘씬한 몸매, 우아하면서도 자신의 장점을 잘 살려 주는 보디콘 드레스 차림새까지 완벽했다. 그러나 무겸은 어쩐지 대화에 집중할 수가 없었다. 예전 같으면 한창 즐겁게 상대의 속을 떠보고 어떤 방식으로 골인을 할 것인가 궁리했을 시간이 지루하게만 느껴졌다.

유시은이 아니라 자신 쪽에 문제가 있다는 것은 자각하고 있었다. 그러나 그 이유를 알 수가 없어서, 잠깐 급한 전화를 하고 오겠다는 핑계를 대고 비상구로 나온 참이었다.

…아니, 아주 짚이는 데가 없는 건 아니다.

무겸은 아까부터 떠오르는 한 사람을 지우려는 듯 미간을 찌푸리고 얼굴을 손으로 한 번 쓸어 올렸다.

본게임에 돌입하기 전 서로를 가늠하는 과정을 즐기던 무겸이다. 공을 주고받고 뜻이 일치하는지 확인하고, 그러다가 딱 맞아떨어질 때 골인하는 것이 여자를 만날 때의 재미였는데 그런 과정을 통째로 생략하고도 제 욕망을 모조리 받아 주는 사람이 생겼으니.

"…버릇이 나빠졌군."

무겸은 자책하듯 그렇게 중얼대며 벽에 기댔던 몸을 일으켰다. 물론 꼭 그 이유가 아니더라도 사람이 살다 보면 늘 즐기던 것이 지루해지기도 한다. 그래도 모처럼 나선 기분 전환에 실패한 것이 조금 불만스러워 무겸은 속으로 투덜거리며 계단을 내려갔다.

풀 파티 중인 루프톱 아래, 꼭대기 층에 마련된 라운지 바에서는 또 한바탕 파티가 진행 중이었다. 비교적 조용한 옥상과는 달리 음악과 춤, 목소리들이 가득 찬 실내가 무겸을 반겼다. 칵테일에도 질린 무겸은 맥주를 한 병 받아 들고 사람들 사이를 거슬러 올라갔다.

머리 하나가 우뚝 솟아 있으니 얼굴을 감추기도 힘들었다. 사람들이 그를 알아보고 힐끔거렸으나 무겸은 무시했다. 춤을 출 기분은 아니었으므로 적당히 즐길 만한 것이 있나 둘러볼 참이었다.

"무겸아!"

그때 누군가 무겸의 어깨를 툭 쳤다. 돌아보니 오늘 무겸을 불러낸 호텔의 오너가 서 있었다.

"왔어? 왔으면 왔다고 연락을 하지. 언제 왔어?"

"위에 있다가 방금."

"유시은은? 옥상에 있는 것 같던데."

"지금도 있어."

그가 의외라는 표정이 되었다.

"잘 안 됐어?"

"흥이 안 나서 잠깐 기다리라고 하고 내려왔어. 좀 쉬고 올라가야지."

"살펴봐. 꼭 유시은 아니더라도 오늘 물 괜찮을 거야."

건성으로 이야기를 나누던 무겸은 문득 시선을 끄는 풍경을 발견하고 그쪽을 턱으로 가리켰다.

"게임?"

"아, 상품 걸고 하는 중인데. 너도 할래?"

바 한편에 다트 게임이 마련되어 있었다. 오픈 파티 이벤트로 상품을 걸고 진행 중인 듯했다. 게임이나 내기를 좋아하는 무겸은 상품 목록을 훑어보았다. 1등 상품이 시가 천만 원 정도의 명품 가방이었고, 그 아래로 협찬품으로 보이는 물건들이 리스트 업 되어 있었다. 무겸이 피식 웃었다.

“상품이 너무 짠데.”

“자식, 다트 게임 상품이 이 정도면 됐지. 이것 말고도 상품 걸린 이벤트 많아서 적당히 해야 돼.”

무심하게 리스트를 읽어 내리던 시선이 갑자기 멈췄다.

“이것도 상품이야?”

무겸이 상품 목록 중 하나를 손으로 가리키자 호텔 주인은 웃으며 고개를 끄덕였다.

“클럽 파티 상품에 웬 인형인가 싶지? 요즘 이게 품절 대란이라 웃돈 주고도 못 구한단다. 그 누구야, 아이돌 멤버가 리얼리티 쇼에서 침대에 장식해 놓은 게 방송 타는 바람에. 피피엘도 아니었다는데 대박 났지. 그런데 다 수작업으로 하는 거라 생산 속도가 못 따라간대. 우리도 운 좋게 몇 개 간신히 구해서 상품으로 건 거야.”

요즘 수면 친구라며 인기가 있는 길쭉한 고양이 인형이었다. 무겸이 이 인형을 알고 있는 이유는 하준 때문이었다.

여동생이 이 고양이 인형을 갖고 싶어 해서 사 주고 싶은데 아무리 뒤져 봐도 파는 곳이 없다며 정규와 이야기하는 것을 들은 기억이 있었던 것이다. 정규도 아이 선물로 사 주고 싶은데 어디에도 없다며 둘은 함께 한탄을 나누었다.

“몽땅 품절이야. 재고 있다고 해서 찾아가면 그새 다른 사람이 채 가고 없다니까.”

“난 동생 주고 싶어서. 고등학생들 사이에서도 인기가 엄청 좋은가 봐. 좋은 오빠 노릇 한 번 하려 하는데 쉽지가 않네.”

“얀마, 너는 그런 선물 안 해도 좋은 오빠 노릇, 형 노릇 넘치게 하고 있거든?”

그때는 무슨 애들 인형 따위를 놓고 다 큰 남자 둘이 머리를 맞대고 투덜대나 싶어 코웃음을 쳤는데 마침 눈에 띄자 잘됐다 싶었다. 다트 게임은 원래 좋아하기도 하고, 돈 드는 것도 아니니 이쯤이야.

“이거 나도 참가할게.”

“어 정말? 야, 네가 해 주면 고맙지.”

무겸이 참가 의사를 밝히자 조용조용하던 다트 게임 코너가 갑자기 달아올랐다. 행사를 진행하던 사회자가 “스타 축구 선수 김무겸이 다트 게임 주자로 나섭니다!”라고 안내하자 사람들이 몰려들어 구경을 시작했다.

무겸은 남은 맥주를 한번에 다 비우고 핀을 들었다. 다트라면 자신 있었다. 그린포드의 로커 룸에는 아예 다트 판이 있어서 툭하면 별의별 시시한 내기를 걸고 핀을 던져 대고는 했으니까. 저에 대한 악랄한 기사를 냈던 기자의 사진을 오려 3일 정도 다트 판에 붙여 놓고 연습을 한 적도 있었다.

승부욕 강한 운동선수들끼리 내기를 하다가 자존심 싸움으로 번진 적도 한두 번이 아니다. 한번은 늘 하던 다트 게임을 하다가 주장과 사소한 시비가 붙어 일주일 정도 분위기가 싸해진 적이 있었는데, 타블로이드는 그것을 ‘그린포드 드레싱 룸의 왕좌 싸움’ 따위의 헤드라인을 걸고 무슨 대단한 정치적 갈등이라도 있는 것처럼 포장해 보도하기도 했다.

셔츠 소매 아래로 드러난 길고 단단한 팔이 뒤로 슬쩍 젖혀졌다가 쭉 앞으로 뻗어졌다. 망설이지도 않고 휙, 날아간 다트 핀이 쇠고 득점 바로 아래의 트리플 링 부분에 꽂혔다. 사람들이 와! 하고 짧게 환성을 보내 주었다.

내기용 다트 아니랄까 봐 분할을 아주 좆같이 해 놨다. 일부러 영역을 촘촘하게 만들어 명중도를 그만큼 떨어지게 해 놓았다. 대신 일반 다트 판과 달리 좁은 영역에 잘 꽂아 넣기만 하면 보통은 내지 못할 고득점이 가능했다. 무겸은 침착하게 순차적으로 높은 점수의 트리플 링 코너를 노렸다.

사람들이 쳐다보고 있으면 조금쯤 긴장할 법도 한데 무겸은 여유롭게 긴 팔을 휙휙 뻗었다. 툭, 툭, 바늘꽂이에 바늘 꽂듯 아무렇지도 않게 노린 자리에 꽂히는 핀을 보며 사람들이 웅성대며 환호했다. "김무겸 멋있다!"라고 외치는 목소리도 섞였다.

"네, 김무겸 선수! 지금까지 1등입니다. 아, 이건 뭐 이 다트로 낼 수 있는 최고 득점인데요. 시간 내로 넘어서는 사람이 없으면 이대로 우승, 동점자가 나오면 결승전이 시작됩니다."

사회자의 목소리에 무겸이 손목을 털며 씩 웃었다. 1등 상품인 가방이야 필요 없다. 다트 이벤트가 끝나려면 아직 시간이 좀 남아 있었고, 무겸은 술 한 병을 더 받아 들고 음악을 들으며 최종 순위가 결정되기를 기다렸다.

순위가 결정되면 4등 상품인 인형을 받을 사람에게 상품을 바꾸자고 할 생각이었다. 집에 잘 모셔 놨다가 내일모레 훈련장에서 이하준에게 전달하면 끝이었다.

♪♬♩

한창 단잠에 빠져 있던 하준은 멀찍이서 들리는 듯한 전화벨 소리에 문득 눈을 떴다.

멍하니 눈을 끔벅이던 하준은 그 벨 소리가 기분 탓이나 꿈에서 들은 게 아니라 진짜 자신의 전화기에서 나는 소리라는 것을 서서히 깨달았다. 미간을 찌푸리고 머리맡의 시계부터 확인했다. 새벽 세 시.

팀에 무슨 일이라도 생겼나? 장난 전화? 그도 아니면 어떤 제정신 아닌 인간이 새벽 세 시에 전화를 걸지? 온갖 생각을 하며 휴대폰을 손에 든 하준은 발신인을 확인하자마자 깜짝 놀라 얼른 전화를 받았다.

"김무겸?"

- 어, 이하준.

새벽 세 시에 어울리지 않는, 졸음기 하나 느껴지지 않는 김무겸의 목소리가 들렸다. 아직도 밖에 있나? 하준은 뻑뻑하니 잘 뜨이지 않는 눈을 비비며 물었다.

"무슨 일이야, 이 시간에."

- 이하준, 잠깐 나와 봐.

"…뭐?"

- 나 너희 집 앞이다. 잠깐만 나와. 오래 안 걸려.

하준은 바로 답을 못 하고 어둠 속에 앉은 채로 얼떨떨하게 눈을 깜박였다.

그러나 곧 무겸이 '오래 안 걸린다'라는 말을 할 때의 패턴을 기억해냈다. 무겸은 주로 곤란한 상황에 섹스를 하고 싶을 때 그 말을 했다. 처음 차에서 하자는 말을 꺼냈을 때도 그랬고, 매번은 아니었지만 이후로도 종종 그 말로 저를 달래 섹스든 펠라티오든 결국은 해낼 때가 있었다.

여자 만나러 간 것 아니었나……? 거기서 안 했나……? 아니, 안 했을 수도 있지만 가기 전에 집에서 몇 번을 하고 갔는데 설마 또……?

- 왜 대답이 없어.

"아, 미안. 알았어. 잠깐만 기다려. 나갈게."

하준은 잽싸게 몸을 일으켜 대충 옷을 갈아입고 방문을 열었다. 발소리는 물론 숨소리도 죽이고 살금살금 거실을 가로질렀다. 가족 모두가 자고 있을 시간이었다. 하경의 방에서 도롱도롱 작게 코 고는 소리가 들려왔다.

도둑이라도 된 기분으로 소리 없이 현관문을 여닫은 하준은 엘리베이터를 타고 내려가는 내내 어쩐지 초조했다. 새벽 세 시에 저를 찾아온 김무겸이라니. 무슨 일인지는 모르겠지만 너무 급작스럽고, 너무 별스럽고, 그래서 무엇 때문이든 난감한 상황이 저를 기다리고 있을 것만 같아서였다.

엘리베이터는 초조함을 채 다스리기도 전에 하준을 1층에 내려놓았고, 하준은 자동 잠금 시설 따위 없이 24시간 열려 있는 아파트 현관을 빠져나갔다. 밤인데도 날씨가 후끈했다. 불안감을 닮은 더운 습기가 피부를 감싸는 것이 찝찝해 얼굴을 한 번 쓸었다.

낡은 아파트 단지는 최신 LED 램프 대신 여전히 구식 주홍색 백열등을 가로등으로 쓰고 있었다. 어둑어둑한 그림자가 드리워진 보도를 걷는데, 가까운 벤치에 주머니에 손을 꽂고 앉아 있는 커다란 남자의 옆모습이 보였다.

하준은 놀라 발걸음을 멈추었다. 집 앞이라고 해도 단지 앞이나 차 안에서 기다리고 있을 줄 알았지 정말로 자신이 사는 동 건물 앞까지 와 있을 줄은 몰랐다. 왠지 그를 바로 부르지 못하고 까만 나무 그늘 아래 멈춰 선 채 걸음을 멈추고 그 모습을 보았다.

도대체 왜 이 시간에 저를 찾아온 걸까.

표정만 봐서는 그리 기분이 나빠 보이거나 경기 직후에 그렇듯 몸이 달아 보이지는 않았다. 와중에 벤치 앞으로 아무렇게나 뻗은 긴 다리나 가로등 아래 그림자 진 이목구비는 몇 시간 전에 헤어졌지만 다시 봐도 여전히 멋있었다.

"김무겸."

몇 걸음 다가가 이름을 부르자 무겸이 고개를 돌리더니 하준을 보고 몸을 일으켰다. 190센티미터가 넘는 체격 큰 남자가 한밤중 가로등 밑에 서 있으니 모르고 보면 영락없이 위협적일 풍경이었다.

그에게 점점 가까워질수록 하준의 미간은 서서히 찌푸려졌다. 마주 서자 곧바로 잔소리가 나갔다.

"술 왜 이렇게 많이 마셨어?"

"아닌데."

뭐가 즐거운지 무겸이 킥킥거렸다.

"아니긴. 술 냄새 엄청 나. 너 전반기 끝났다고 이렇게까지 마시면 안 돼."

"얼마 안 마셨어."

"차는?"

"단지 입구에."

"…너 설마 운전한 건 아니지?"

"기사 불렀지. 대기 시켜 놨어."

무겸은 가벼운 웃음을 담은 얼굴로 하준을 내려다보고 있었다. 무슨 말을 하려고 술에 취해서 이 시간에 여기까지 왔을까. 하준은 결국 잔소리도 멈추고 낌새를 살필 수밖에 없었다.

"나 너한테 줄 거 있어서 왔다."

그러나 무겸의 입에서 튀어나온 말은 하준이 전혀 예상하지 못한 것이었다. 하준은 말뜻을 파악하지도 못하고 무겸을 마주 보기만 했다.

"줄 거?"

"자."

그러더니 벤치에 올려 두었던 꾸러미를 들어 내밀었다. 포장지에 리본까지 묶여 있는 선물용 박스였다. 점점 사태를 파악하기 힘들었다. 일단 받아 들기는 했지만 어떻게 해야 할지 몰라 멀뚱히 서 있자 무겸이 미간을 찌푸리며 재촉했다.

"뭐 해? 풀어 봐."

"어? 응."

무겸을 힐끔대며 빨간 리본을 풀자 포장지는 쉽게 벗겨졌다. 박스 뚜껑을 열어 본 하준의 눈이 커졌다. 박스 속 내용물을 보고 놀란 눈을 그대로 들어 무겸을 보았다. 무겸과 그것을 번갈아 가며 보던 하준이 먼저 입을 열었다.

"나 주는 거라고?"

"그래."

"어, 어디서 났어? 요즘 이거 아무 데서도 안 팔아. 구하기 힘든데."

"김무겸이 못 구하는 게 어딨냐."

무겸이 픽 웃으며 대꾸했다. 박스 안에는 요즘 폭발적인 인기로 인한 품절 대란으로 어떤 쇼핑몰이나 가게에서도 구할 수가 없는 고양이 인형이 들어 있었다.

민경이 워낙 가지고 싶어 해서 선물로 주고 싶었지만 백방으로 알아봐도 구할 수 없었고 언제 재입고 된다는 기약도 없었다. 아기를 키우는 정규도 사정이 마찬가지라 둘이 얼마 전에 함께 인형 이야기를 나누며 투덜댔었다. 하준은 그때 근처에 무겸이 서성이고 있던 것을 기억해 냈다.

'설마 그 얘기를 들었나? 호텔 파티에 간다더니 한밤중에 인형은 대체 어디서 어떻게 사 온 거지?'

갖가지 의문이 머릿속에서 꼬여 들자 어떻게 반응을 해야 할지 알 수가 없어져 하준은 우물쭈물 서 있었다. 고맙다고 해야 할 것 같은데 상황 파악이 잘 되지 않자 그런 뻔한 인사조차도 쉽게 나오지 않았다. 예의가 없다거나 인사성이 부족하다는 말은 태어나서 한 번도 들은 적 없는데도.

"필요 없어?"

아무 반응이 없자 무겸이 눈썹을 찡그리며 물었다. 하준은 얼른 고개를 저었다.

"아니야! 아냐. 나 이거 엄청 갖고 싶었어. 그냥, 좀 놀라서……."

하준이 제 입술을 감쳐물었다가 뒤늦게 인사했다.

"고마워."

그 말에 무겸이 입을 길게 벌리며 이를 드러내고 웃었다. 가끔씩 보여주는, 놀리거나 비꼴 때가 아니라 아무런 속내 없이 웃을 때의 표정이었다. 10대 소년 같은 인상이 되어 버리는, 하준이 너무나 좋아하지만 그리 자주 볼 수는 없는 얼굴.

집에 돌아올 때만 해도 물때나 그을음이 낀 것처럼 지저분하고 어수선했던 마음이 다시 하얀 뭉게구름처럼 변했다. 하준에게 김무겸은 초능력자나 다름없었다. 하루에도 열두 번씩 제 마음을 들었다 놨다 하는 능력을 가진. 분위기가 부드러워지자 하준은 아까는 묻지 못한 것을 물을 수 있을 것만 같아졌다.

"호텔 파티 간다더니 안 갔어?"

"갔지."

"재미있었어?"

"겁나게 재미없었어. 너랑 더 놀걸 그랬다."

그 말에 하릴없이 얼굴이 붉어지고 목이 메었다. 저절로 목소리가 줄어들어 나왔다.

"가서 만날 사람 있는 것 같더니."

"아."

그러자 무겸이 미간을 찌푸리며 머리를 쓸어 올렸다. 난감한 듯 목 뒤에 손을 얹고 사선으로 시선을 보내더니 투덜거렸다.

"아… 잊어버렸다. 기다리라고 했는데."

"……."

"됐다. 뭐 얼마나 기다렸겠어. 어차피 다시 볼 사이도 아닌데 욕 좀 먹고 마는 거지."

"어쩌냐. 잘 안 됐나 보네."

자포자기하듯 혼잣말로 투덜대는 남자를 두고, 뭐라고 대답해야 할지 몰라 대충 장단을 맞췄더니 무겸은 비스듬히 숙였던 얼굴을 힐끔 들어 하준을 째려보았다.

"할 말이 그게 다냐?"

"음? 아니면 내가 그 사람이랑 너 사이 일에 무슨 할 말이 있어."

왜 갑자기 저를 노려보나 싶어 하준은 그만 입을 다물고 시선을 피하다가 곧 얼굴을 찌푸렸다.

"아, 따거."

짝. 하준이 따끔한 감각을 느끼고 손바닥으로 제 팔을 때렸다. 여름밤, 바깥에 한참을 서 있었더니 모기의 먹잇감이 되고 말았다. 그러자 하준을 세모꼴 눈으로 바라보던 무겸이 피식 웃으며 고개를 제대로 세웠다.

"들어가라. 더 뜯기기 전에."

"…진짜 이거 주러만 왔어?"

"그렇다니까."

무겸은 그렇게 말하고 얼른 들어가라는 듯 손짓했다. 하지만 하준은 발걸음이 떨어지지 않았다.

뭔가 잘못된 것 같았다. 정말 다른 볼일 없이, 저한테 인형을 주러 새벽 세 시에 집 앞까지 왔다고? 어물어물하던 하준은 박스를 든 손에 힘을 주며 간신히 말을 꺼냈다.

"김무겸, 나 잠깐이면 할 수 있는데……."

"해? 뭘?"

뭐냐니. 그것까지 얘기해야 하나. 하준의 목소리가 좀 더 기어 들어갔다.

"뭐든지……."

그 말에 무겸은 정말 알아듣지 못하겠다는 듯 슬쩍 찌푸린 얼굴로 물끄러미 하준을 보다가, 뒤늦게 말뜻을 이해했는지 "아." 하고 짧은 탄성을 뱉었다. 진짜 못 알아들어 저러는 것인지 또 저를 놀리려는 심산인지 분간이 가지 않아 하준은 얼굴만 붉히고 서 있었다. 곧이어 무겸이 큭큭 웃기 시작했다.

"하여튼 우리 코치님은 너무 밝혀서 탈이다."

"-누가……!"

"아까 그렇게 하고도 모자라?"

"야, 그건 아니지. 네가 양심이 있으면 그따위로 말할 수 있어?"

억울해서 얼굴이 더 붉어지며 도로 목소리가 커졌다. 매번 몇 시간씩 사람을 깔아뭉개 곧바로 일어서지도 못하게 만드는 게 누군데 저한테 밝힌다는 말을 하다니.

무겸은 그런 하준을 마주보며 짐짓 달래는 듯한 말투로 말을 이었다.

"지금은 안 돼, 이하준."

"……."

"너무 늦었어. 지금은 잘 시간이지. 너는 나보다 체력도 약하잖아."

언제부터 그런 사정을 봐줬다고…….

어처구니가 없고 기가 막히는 배려였다. 하준은 입만 살짝 벌리고 아무 대꾸를 하지 못했다. 그때 무겸의 커다란 손이 얼굴 옆으로 다가오더니 슬쩍, 아프지 않을 정도로만 뺨을 꼬집었다.

"아무 때나 귀엽기는."

"……."

"나 간다. 잘 자라."

손을 뗀 무겸이 정말로 등을 돌리더니 걸어갔다.

방금 벌어진 일을 믿을 수가 없었다. 하준은 무겸이 꼬집은 뺨 위에 손을 얹고 멍청하게 서 있다가 곧 걸음을 떼 그의 바로 옆까지 쫓아갔다. 집에 들어가지 않고 제 옆에 따라붙은 하준을 무겸이 내려다보며 물었다.

"왜?"

"아니, 여기까지 왔는데 그냥 보내기가 그래서. 차까지 바래다줄게."

"차? 여기서 단지 입구까지 얼마나 된다고."

"그래도."

아니라고 우기지만 분명 술에 취했다. 김무겸이 저한테 이런 식으로 대해 주는 시간은 보나 마나 지금뿐일 듯해 하준은 기왕이면 1초라도 더 이 순간을 연장하고 싶었다. 본인이 동할 때는 딱 죽기 직전까지 저를 몰아가는 주제에 더 함께 있고 싶은 지금은 자꾸 들어가라고만 하는 무겸이 조금 원망스러웠다. 무겸이 투덜댔다.

"네가 나 차까지 바래다주면, 그럼 나는 또 차에서 너 혼자 들어가는 거 봐야 하잖아."

"……."

취한 게 아니라 미쳤나?

김무겸의 변모에 이제 거의 머리가 아플 지경이다. 좋은지 아닌지 구분이 잘 되지 않는 기분으로, 하준은 제가 술을 마시기라도 한 듯 알딸딸해져 허탈한 웃음이 다 나왔다. 무겸이 비죽 물었다.

"왜 웃어."

"갑자기 선물 받으니까 기분 좋아서 그런다."

투덜대는 남자를 데리고 나오니 정말로 단지 앞에 무겸의 차가 서 있었다. 길어진 대기 시간이 무료한 듯 밖에서 바람을 쐬던 대리 기사가 고개를 꾸벅하며 알은척을 했다. 일분일초가 아쉬울 대리운전 기사가 불평 없이 기다리고 있는 것을 보니 팁을 꽤 두둑이 받은 기미였다.

"타, 얼른."

문을 열어 무겸을 태우려 하자 무겸이 버티며 말했다.

"이하준, 너도 타."

"내가 아니라 네가 타야지."

"집에 같이 가."

"나 지금은 못 가."

"왜?"

왜냐니…….

취기가 점점 오르는지 무겸이 횡설수설했다. 그 모습을 보니 대리 기사가 집까지 바래다준다고 해도 그 뒤가 걱정되었다. 기사야 주차장까지만 바래다주고 돌아가 버릴 텐데 집에 제대로 올라가기는 하려나. 차에서 잠들면 그나마 다행이지만 술김에 주차장 바닥이나 현관 앞 같은 곳에서 뻗기라도 하면 어쩌지.

하준은 곰곰이 생각에 잠겼다. 주머니를 뒤지자 다행히 지갑이 들어 있었다. 지금은 새벽이니 택시를 타고 서두르면 귀가는 평소의 절반 시간 정도로 컷이 가능할 것 같았다.

"알았어, 같이 갈게. 얼른 타."

하준이 무겸을 차에 태우고 옆에 탔다. 기사가 출발을 알렸다.

"출발합니다."

"네."

백미러로 기사가 둘의 모습을 힐끔대다 말을 걸었다.

"김무겸 선수가 술도 많이 하나 봐요. 운동선수라 안 그럴 줄 알았는데."

"원래는 이렇게 안 마시는데 이제 한동안 휴식기라서요."

"아이고, 아닙니다. 좀 마시면 어때요. 운동만 열심히 잘하면 되지. 아, 아까 사인도 해 주시고, 듣던 것보다 아주 성격이 좋으시더라고요!"

괜한 뒷말이 나올까 얼른 변명조로 설명했는데 기사는 호의적이었다. 술에 취한 무겸이 기사에게도 꽤 후한 대접을 해 준 모양이다. 술주정 한번 곱게도 부린다.

뒷좌석에 앉자마자 무겸은 그 큰 덩치를 기울여 하준의 어깨에 얼굴을 기대더니 알코올 냄새가 풍기는 숨을 색색 내쉬며 잠을 자기 시작했다. 기가 막히면서도 또 바보처럼 가슴이 두근거렸다. 진정하려 했지만 불가항력이었다.

집에 도착했을 때쯤, 무겸은 정말로 깊이 잠이 들어 있었다. 하준은 겨우겨우 그를 부축해 차에서 내리게 했다. 그나마 운동선수였던 저이기에 망정이지, 평범한 사람이라면 여자가 아니라 남자였어도 혼자서 끌고 가기는 무리였을 것이다. 키도 크고 무게도 무거운 그를 이고 지다시피 해 하준은 간신히 무겸의 집 문 앞에 다다랐다.

"김무겸, 김무겸! 잠깐 정신 좀 차려 봐. 키 어딨어?"

"으음. 뭐?"

"문 여는 키."

무겸이 흐릿한 눈을 뜨고 하준을 보더니 더듬더듬 주머니로 손을 뻗었다. 무겸이 꺼내기 전에 하준이 먼저 무겸의 지갑을 빼 들고 카드 키처럼 생긴 것을 찾아 도어록에 가져다 댔더니 문이 열렸다. 낑낑 소리를 내며 무겸을 끌고 들어왔다.

2층 침실까지는 너무 힘들다. 무엇보다 하준은 아직 무겸의 침실에 들어가 본 적이 없어서 자신이 그의 침실에 들어가도 되는지 알 수 없었다. 하준은 비틀비틀 걸어 넓은 응접실을 가로지르고 소파로 무겸을 끌어가, 소파가 보이자마자 무겸을 그곳에 팽개치다시피 앉혔다.

"하……."

이게 웬 달밤에 막노동이야.

무겸은 소파에 삐딱하게 기대어 앉아 여전히 잠들어 있었다. 하준은 그를 내려다보며 소파 아래에 주저앉아 버렸다. 몰래 집을 빠져나와 조금만 있다가 들어가려 한 것인데 일이 커졌다.

그래도 따라와 보기를 잘했다. 혼자였으면 대리 운전기사가 집까지 데려다주지는 않았을 테니. 차에서 하룻밤쯤 보낸다고 어떻게 되는 건 아니겠지만 술에 취한 데다 기왕 모처럼의 휴일인데 편하게 푹 쉬었으면 좋겠다.

"으음."

체온이 올라 더워서인지 무겸은 얼굴을 찌푸리며 목 언저리를 손으로 더듬었다. 하준이 끙, 앓는 소리를 내며 몸을 일으켰다. 셔츠를 벗기기 위해 그의 팔을 위로 끌어 올리자 무겸이 반짝 눈을 떠 하준과 시선을 마주친다. 잘됐다 싶어 말을 걸었다.

"덥지? 옷 좀 벗어."

무겸은 순순히 옷을 훌렁훌렁 벗어 던졌다. 아닌 밤중에 근육질 몸이 훤히 드러났다. 잠시 고민하다가 하준은 무겸이 자주 사용하는 욕실로 향했다. 침실과 마찬가지로 이제까지 한 번도 들어가 본 적 없는 곳이었으나 오늘은 비상시였다.

욕실은 하준이 사용하는 손님용 욕실보다 면적과 욕조가 더 넓어 보일 뿐 큰 차이는 없었다. 하준은 선반에서 칫솔을 찾아 치약을 짜 들고 다시 무겸에게로 갔다. 다행히 그는 아직 눈을 뜨고 있었다.

"술 마시고 그냥 자면 이 썩는다. 양치질해."

무겸은 멍하니 하준을 바라볼 뿐 손도 까딱하지 않았다. 하준이 한숨을 쉬며 손에 칫솔을 들려주고 입 안까지 칫솔을 가져가자, 그제야 기계적으로 칫솔질을 시작했다.

어찌어찌 욕실로 다시 그를 끌고 가 입을 헹구게 한 다음 손발을 씻겼다. 짧게 갈등했지만 집에 돌아가야 하는 상황에서 도저히 술 취한 거구를 샤워까지 시킬 엄두는 나지 않아 그쯤에서 마치고 주로 섹스를 할 때 사용하는 손님방 침실로 그를 끌어갔다.

침대를 보자 무겸은 이제 하준이 굳이 뭐라고 하지 않아도 알아서 드러눕더니 길게 한숨을 쉬었다. 어슴푸레한 방, 매트리스 가장자리에 걸터앉아 그 모습을 내려다보던 하준은 저도 모르게 웃으며 물었다.

"살 만해?"

"어."

"무슨 일 있었냐? 왜 그렇게 많이 마셨어."

"길어지고 열도 받고 어쩌다 보니……."

"길어져? 뭐가? 왜 열을 받았는데?"

무겸은 대답 대신 하준의 팔을 끌어당겼다. 불시에 당한 습격에 대처하지 못하고 하준은 그대로 무겸의 몸 위에 쓰러졌다. 술을 마셔 평소보다 더 강하고 빠르게 뛰는, 그의 박동이 맞닿은 가슴으로 전해져 왔다.

"음……."

무겸의 손이 곧바로 하준의 헐렁한 셔츠 속으로 들어오며 등을 쓰다듬었다. 술기운이 스민 손끝이 평소보다 뜨거웠다. 실내가 시원해서일까, 무겸을 부축해 올라오느라 후끈해진 몸에도 그 손끝의 열기는 싫지 않았다. 남은 한 손이 머리부터 목덜미까지 쓸어내리기를 반복했다.

그에게 박히며 곧 죽을 듯 거듭 절정을 맞은 것이 고작 몇 시간 전이었다. 사나운 행위의 여파는 아직 사라지지 않고 몸속에 남아 있었다. 컨디션을 생각한다면 입이나 손으로 마쳐야 하겠지만 지금 하준은 무겸이 원한다면 얼마든지 응하고 싶었다. 또 언제 이런 순간이 다시 올까. 어차피 내일은 휴일이기도 하고.

술 취한 무겸은 키스도 금방 베풀었다. 알코올 향과 치약 향이 함께 나는 입술이 겹쳐지자 머릿속에 아지랑이가 피어오르는 듯 눈앞이 어찔해졌다.

취한 그의 키스는 평소와 달랐다. 대뜸 혀로 깊이 파고 들어오는 대신 입술부터 비벼 댔다. 부드러운 입술이 입술을 깃털처럼 좌우로 간질이는 감각을 참지 못하고 얼굴을 살짝 들어 올리고 웃었다. 무겸은 가만히 하준을 마주 보더니 목을 천천히 끌어당겼다.

그대로 얼굴을 숙이려던 하준은 문득 궁금한 것이 생겼다. 바로 입을 맞추지 않고 목에 힘을 주고 버티며 무겸을 내려다보자, 왜? 그가 슬쩍 불만을 띄운 표정으로 그렇게 물어 와 하준은 입을 열었다.

"김무겸. 나 누군지 알아?"

"이하준이잖아. 우리 부지런한 코치님."

무겸은 바보 같은 질문을 들었다는 듯 퉁명스레 답하고 다시 하준의 목을 끌어당겼다. 이번에는 하준도 순순히 몸을 숙였다.

아는구나.

평소와 너무 달라서 혹시 술김에 다른 사람으로 착각하나 했지.

처음은 키스로 시작했다지만 만나다 보니 무겸은 키스에 박한 남자였다. 몇 시간에 걸쳐 뒤를 괴롭히면서도 입만큼은 쉽게 내어 주지 않다가, 자기 기분이 내킬 때나 행위가 모두 끝날 때쯤 되어서야 마지막 사례라도 하는 것처럼 어쩌다 한 번씩 키스를 해 주었다.

그럴 때면 하준은 격한 행위 때문에 느끼던 어릿한 고통이나 버티기 힘들 정도로 지나치게 날카로워진 감각을 촉촉한 물로 적셔 달래듯 그 입술에 전신을 내맡겼다.

보통은 술에 취하면 더 난폭해질 텐데 김무겸은 술에 취하면 상냥해지는 타입인 것 같다. 그렇다 한들 코치가 돼서 그가 자주 술을 마셔 취하기를 바랄 수야 없다. 다만 그와 처음 밤을 보냈던 날 그랬던 것처럼 갑자기 주어진 행운을 조금이라도 더 오랫동안 붙잡아 놓고 싶었다. 그의 몸에서 은은하게 풍기는 알코올 냄새에 저마저도 취하는 기분이었다.

"응, 으……."

입술을 간질이다 짙게 입 맞춘 무겸이 마침내 입 안쪽을 침범해 들어왔다. 혀끝과 그 뒤쪽을 더듬고 여린 점막 여기저기를 쓰다듬는 단단하면서도 부드러운 혀의 감촉에 저절로 몸이 떨리며 참으려 해도 신음이 샜다. 그의 키스는 늘 삽입이라도 하듯 거칠고 깊이 밀어 넣는 키스였는데 지금은 마치 혀로 저를 쓰다듬는 것만 같았다.

조금, 조금만 더.

좀처럼 주어지지 않는 낯선 쾌감에 하준은 간절해졌다. 가쁜 숨을 쉬며 무겸에게 몸을 더 가까이 붙였다. 그러자 입 안쪽을 헤집던 무겸은 하준의 양 뺨을 손으로 감싸 살짝 밀어내더니, 그다음부터는 입술로 입술을 물어 댔다. 키스라기보다는 마치 맛있는 것을 먹기라도 하는 사람처럼.

"흐… 읏."

강하게 깨물 필요조차 없이 입술만 대도 뭉그러지는 소프트아이스크림 따위를 먹을 때처럼, 그렇게 무겸의 입술이 하준의 아랫입술과 윗입술을, 그리고 때로는 위아래 전부를 번갈아 가며 머금었다 약하게 빨아당기기를 반복했다.

부드럽게, 너무나 부드럽게……. 몇 번이고 그렇게 입술을 물리자 저 자신이 정말로 그의 입에서 서서히 뭉개지는 크림 같은 것이 된 듯한 착각이 어지럼증처럼 일었다. 키스라기보다는 숫제 애무 같다. 하준의 머릿속이 뿌옇게 혼미해졌다.

매번 채찍처럼 내리쳐지며 저를 몰아가던 강렬한 쾌감과는 달랐다. 느리게 흘러든 따스한 물이 한 자리에 고여 들듯 몸 안쪽 낮은 곳이 뭉근하게 달아오른다.

"하읏, 아……."

저를 세우고 있던 보이지 않는 심지 같은 것이 몸의 중심부부터 허물어져 내리는 것만 같은 기분을 느끼며 하준은 매달리듯 무겸의 목을 끌어안았다. 하준의 목 뒤와 허리 뒤에 얹은 무겸의 손에도 조금 힘이 들어갔다.

그렇게 녹을 듯 부드럽게 입술을 빨리다가, 어느 순간 벌어진 입 사이로 혀가 소리 없이 밀고 들어왔다. 혀 아래를, 끝을, 옆을 눅진하게 포개어 핥고 문지르다가 하준이 그 폭신한 쾌감을 참지 못하고 몸을 떨며 가쁜 신음을 내뱉으면 다시 토닥이듯 입술과 입술이 마주쳤다.

얼굴의 각도를 바꾸며 입술이 몇 번씩 새로 겹쳤고, 그때마다 나는 촉촉대는 작은 소리가 조용한 방에서 하준의 마음에 가늘게 내리는 빗물처럼 스며들었다.

"음……."

그러나 한순간.

서서히 하준의 허리를 감은 손의 힘이 풀리고 입술을 감싸던 감촉과 온기가 스륵 멀어졌다. 한껏 키스에 빠져들어 있던 하준은 그것을 느꼈으면서도 잠시 그대로 머무르다가 천천히 눈을 뜨고 몸을 살짝 들어 올렸다.

무겸은 단단히 눈을 감고 고른 숨을 쉬며 잠들어 있었다. 마침내 취기가 그의 몸을 완전히 장악한 모양이었다. 그의 얼굴을 빤히 들여다보던 하준은 조용하고 작은 미소를 짓고 몸을 일으켜 무겸의 몸에서 내려왔다.

짧은 이벤트의 끝이었다. 집에 빨리 돌아갈 수 있게 되어 다행이라고 해야 할까.

하준은 침대 옆에 무릎을 굽히고 앉아 잠든 무겸의 옆모습을 한참 들여다보았다. 매일같이 봐도 질리지 않는 잘생긴 얼굴이 그곳에 있었다. 어느 한 구석도 함부로 만들어진 곳이 없는 얼굴. 살짝 위로 올라가 고집스러워 보이는 짙은 눈썹에 높게 솟아 쭉 뻗은 코, 날렵하면서도 보기 좋게 각진 턱.

그리고 두껍지도 얇지도 않은, 방금 저를 황홀하게 만들어 준 입술. 지금은 꾹 다물려 있지만 웃을 때면 때때로 천진한 얼굴을 만드는.

"나니까 망정이지 너 다른 사람한테 술 먹고 이러면 오해 사고 욕먹는다."

하준이 그 얼굴을 향해 밉지 않게 투덜댔다.

"인형 고맙다."

잠든 무겸을 향해 하준이 재차 작은 목소리로 인사했다.

"키스도."

하준은 무겸의 집까지 들고 온 인형을 다시 챙겨 들었다. 이럭저럭 한 시간이 넘게 흘러 네 시가 넘어서고 있었다. 가족들이 눈치채지 않게 다시 집에 돌아가야 했다.

무겸의 집에서 나서자 처음 제집에서 나설 때와 마찬가지로 더운 습기가 얼굴을 감쌌다. 아까는 불안의 서막처럼 느껴지던 그 공기가 지금은 다른 세상의 마중처럼 신비롭고 온화하게만 느껴졌다. 새벽안개가 낀, 조용히 가로등만 비추는 뿌옇고 깜깜한 도로는 정말 다른 세상처럼 차 한 대 지나가지 않았다.

그런데도 조급한 마음 없이 멍하니 여름의 밤공기에 젖어 서 있던 하준은 마침내 멀찍이서 등을 켜고 달려오는 택시를 보고 손을 들었다. 마법의 시간이 끝남을 알리고 저를 현실 세계로 데려다줄 통로.

차에 몸을 싣자 기사가 틀어 놓은 라디오에서 시기 지난 유행곡이 흘러나왔다. 하준은 들뜬 한숨을 쉬며 시트 위로 머리를 기댔다.

이렇게 또 오늘도 하루에 몇 번씩 김무겸으로 인해 롤러코스터를 탔다. 그래도 오늘은 정말 좋은 마무리였다.

"오빠, 엄마가 점심은 먹고 자래."

하준이 눈을 떴을 때는 열두 시가 다 되어 갔다. 어제 새벽 무겸 때문에 잠을 설쳐서다.

예전에는 일일이 누가 깨워 주지 않아도 아침에 일찍 일어나는 것이 힘들지 않았다. 잠을 못 자는 것이 걱정이면 걱정이었지 일어날 일을 걱정한 적은 없었고 지각 따위와도 거리가 멀었으며 가족 중에서도 항상 일등으로 깨어났는데 부상 치료 이후 아침잠이 많아졌다.

보충 수업을 한다더니 오늘은 오후에나 등교를 하는지 점심나절인데도 민경이 하준을 깨웠다. 하준은 몸을 비척거리며 비몽사몽 대꾸했다.

"응, 나갈게."

"어, 오빠! 이거 뭐야?"

그때, 갑작스레 한 옥타브 올라간 민경의 목소리가 하준의 남은 잠을 번쩍 깨웠다.

벌떡 몸을 일으키자 이미 침대맡에서 떨어져 선 민경이 고양이 인형을 손에 들고 잔뜩 놀란 표정으로 하준을 바라보고 있었다. 눈을 커다랗게 뜨고는 다급하게 물었다.

"오빠가 샀어? 요즘 얘 구하기 힘든데."

"아… 응."

'우리 민경이 선물해 주고 싶어서 오빠가 힘들게 장만했지.'

'실은 전에 봤던 김무겸 선수 있잖아. 걔가 너 전해 주라고 줬어.'

그런 말이 바로 튀어나와야 하는데 하준의 입 안에서만 맴돌았다. 몸과 마음이 따로 놀아 손안에 땀이 다 배어 나오는 것 같았다. 저는 전혀 흥미가 없던, 동생이 가지고 싶어 해서 열심히 발품을 팔며 판매처를 알아보던 인형이었다.

운 좋게 손에 넣었으니 기쁜 마음으로 선물해 줘야 했다. 애초에 그러려고 일부러 상자에서 꺼내지도 않고 책상 위에 고스란히 올려놓았다.

"너무 귀엽다! 오빠, 얘… 혹시 내 거야?"

민경이 애교스럽게 인형의 팔을 위아래로 잡고 흔들며 물었다.

'당연하지. 그럼 우리 민경이 아니면 누구 거겠어?'

머릿속에서는 정해진 대사처럼 답할 말이 떠올랐으나 하준은 입 밖으로 대답을 못 하고 난처한 심정으로 민경을 보았다. 태어나서 이런 마음이 드는 것은 처음이었다.

왜? 무겸이 저에게 준 것이라서? 하지만 무겸도 하준을 위한 선물로 인형을 가져다준 것은 아니었다. 하준과 정규의 대화, 즉 민경에게 인형을 선물해 주고 싶다는 하준의 이야기를 들었기 때문에 인형을 구해 준 것이다.

그러니 저 고양이 인형은 처음부터 민경의 것이었다. 민경이 가지고 싶어 했고, 민경에게 선물해 주고 싶어 자신도 백방 알아보던 물건. 설령 욕심이 난다 해도 당연히 양보해야 했다. 스물여섯 살 남자 방에 인형이라니, 어울리지도 않고 꼴불견이다.

"…오빠 이거 선물 받았어?"

대답을 못 하고 어물거리자 민경이 눈치 빠르게 물었다. 하준은 그 질문에도 바로 대답을 못 했다. 민경이 터덜터덜 다가와 인형을 하준에게 들려 주며 투덜거렸다.

"그런가 보네. 어휴, 그럼 말을 하지 왜 그렇게 불쌍한 표정만 짓고 있어. 내가 뺏어 갈까 봐?"

"아니야, 민경아. 민경이 주려고 가져온 거 맞아. 자."

그제야 정신을 차리고 몸을 일으켜 민경에게 인형을 내밀자 민경이 얼굴을 찌푸렸다.

"됐네요. 다른 사람 선물 받은 거 눈치 없이 뺏는 사람 되기 싫거든."

"아니래도. 민경이 선물로 준비한 거야."

"괜찮다니까. 가끔 필요하면 오빠 방에 와서 빌려 갈게. 그럼 되지?"

쾌활하게 답하고 방을 나가려던 민경은 잊고 있던 것이 생각난 듯 말했다.

"점심 먹으러 와!"

작은 발소리가 곧바로 거실로 향했다. 하준은 제 손에 들린 길쭉한 베개 같은 고양이 인형을 가만히 내려다보다가 한숨을 쉬었다. 뾰족하게 끝이 올라간 세모꼴 눈. 심술 맞은 인상이 꼭 인형을 준 사람을 닮았다.

유치하게, 나이 먹고 이런 거 하나 동생한테 양보를 못 하고…….

"나 너한테 줄 거 있어서 왔다."

하지만 어제 새벽, 잠든 저를 불러내 그렇게 말하며 상자를 내밀던 무겸의 얼굴이 떠오르자 도저히 쿨해질 수가 없었다.

…한 번쯤은 나잇값 못 하는 욕심 부려도 되겠지?

김무겸은 일어났을까? 숙취는 없을까? 알아서 잘하겠지만…….

어제 일을 기억은 할까? 아니면 다 잊어버렸을까?

하준은 휴대폰을 들고 잠시 망설였다. 둘은 섹스를 하기 위해 시간 약속을 할 때 외에는 거의 연락을 하지 않았다. 오히려 다른 선수들과는 사담도 나누고 컨디션 체크를 위한 메시지도 보내는데 의식이 되어서인지 무겸과는 자연스럽게 연락하기가 힘들었다.

무겸이 워낙 자기 관리를 잘해 일일이 체크할 필요가 없었던 것도 사실이다. 처음 그가 팀에 왔을 때 왜 제게만 손을 안 대냐며 화를 냈던 것처럼 이 부분도 마찬가지였다.

하준은 붙임성이 좋은 편이었고 여타 축구 선수들처럼 별 의미 없는 스킨십에도 익숙했다. 그때도 무겸을 의식이야 했지만 특별히 그의 몸에 손대기를 피했던 것은 아니다. 다른 선수들과는 불필요한 접촉도 했고, 무겸과는 필요한 접촉만 했다. 차이였다면 그뿐.

마법 같던 밤이 지나고 햇빛이 비치는 낮이 되자, 하지 않으려고 애쓰던 생각이 결국은 머리 한가운데까지 비집고 들어왔다.

도대체 왜 그랬을까? 그 새벽에 굳이, 왜?

장기적인 관계라서? 한 팀이라서? 그냥 그런 거겠지?

어제 술 많이 마신 것 같던데 속은 좀 괜찮아?

어느새 그렇게 입력한 메시지 창을 바라보며 하준은 차마 전송 버튼을 누르지 못하다가, 결국 포기하고 인형을 끌어안은 채 다시 침대 위에 털썩 드러누웠다. 그러다가 "오빠, 얼른!"이라고 재촉하는 민경의 목소리에 곧 후다닥 거실로 나갔다. 민경이 걱정스러운 눈으로 보며 말했다.

"오빠 많이 피곤한가 보다. 오늘따라 못 일어나네."

"여러 번 부르게 해서 미안. 하경이는?"

"농구 한 게임 뛴다고 먼저 나갔어. 또 땀 냄새 풍기면서 교실 들어오려고."

민경이 투덜거리며 텔레비전 채널을 돌렸다. 화면에 요즘 인기리에 방영되는 연애 상담 프로그램이 떴다. 연예인 패널들이 고민 상담 코너에 들어온 사연을 심각한 표정으로 듣고 있었다.

[평소에는 그냥 보통 친구들과 똑같거든요. 특별히 저한테 더 잘해 주는 것도 아니고 무슨 썸씽이 있냐면 그것도 아니에요. 그런데 술만 마시면 자꾸 저한테 호감이 있는 것처럼 구는 거예요. 엠티 가서 다 같이 술 마시는데 사람들이 다 잠든 사이에 키스를 한 적도 있어요. 그래서 처음에는 저도 기대를 했는데 다음 날 술이 깨더니 기억을 못 하는 건지 모르는 척을 하는 건지 아무 말이 없더라고요. 얘 혹시 절 좋아하는데 말을 안 하는 걸까요?]

민경이 시금치나물을 한 젓가락 집어 들며 말했다.

“술 취해서 하는 짓을 진지하게 보면 안 되지. 바보네.”

괜히 꾸지람이라도 듣는 듯한 기분에 하준은 조용히 밥술만 뜨다가 말했다.

“술 마셔 본 사람처럼 그래.”

“나야 안 마셔 봤어도 마시는 애들도 있잖아. 술 마시고 갑자기 영화 찍는 애가 얼마나 많은데. 우리 반에 학교에서 쌤들 몰래 술 마시다가 소주 한 병 다 까고 복도에서 대성통곡한 애도 있어.”

“대성통곡? 왜?”

“몇 반 누구 불러오라고 아니면 자기 죽는다고. 근데 술 깨고 나서는 창피한지 서로 쌩까는 거야. 대박 웃기더라.”

“…너는 정말 안 마신 거 맞지?”

“어, 그럼 당연하지…….”

그때 남매의 어머니가 식탁에 앉으며 물었다.

“뭘 마셔?”

"으응. 아무것도 아냐."

말끝을 흐리며 식사에 집중하는 민경을 하준은 의심스러운 눈초리로 바라보다가 살짝 한숨을 쉬고 젓가락질을 이어 나갔다.

그린포드와 시티서울의 에이스 공격수이자 잉글랜드 프리미어 리그와 아시아 축구의 별, 월드 스타 김무겸은 아침부터 기분이 좋지 않았다.

애초에 주량을 넘긴 음주 자체가 무겸에게는 불쾌한 일이었다. 술에 취해 의도하지 않은 행동을 한 것은 스물한 살 언저리쯤이 마지막이다.

성인이 된 지 얼마 되지 않아 파티니 뭐니 초대받아 다니며 흥청대는 것에 한창 재미가 붙었을 때쯤, 주량을 넘기고 시시한 문제로 시비가 붙어 싸움질을 하고 뉴스까지 타는 바람에 국제 전화까지 걸어온 준성에게 한참을 혼이 났다. 꼭 준성에게 혼이 났기 때문이 아니더라도 영국까지 왔는데 그런 식으로 문제를 일으켜 하락세를 타고 싶지는 않았기에 그 뒤로는 어지간해서는 취할 때까지 술을 마시지 않았다.

그런데 어제.

무겸이 냉수를 한 컵 벌컥벌컥 한 번에 들이켠 뒤 아무도 듣지 않는 욕을 했다.

"이런 씨발……."

다트 경기가 생각보다 길어진 것부터가 문제였다. 무난하게 1등을 차지할 줄 알았는데 무겸만큼이나 다트를 잘 던지는 라이벌이 등장한 것이다.

어차피 인형을 노리고 있었으니 굳이 1등을 할 필요도 없었는데 그놈의 승부욕이 사달을 냈다. 이미 모여 있는 사람들이 김무겸이 참전한 것을 다 아는 상황이었다. 비록 파티의 심심풀이 다트 대회라고는 하지만, 아니 그렇기 때문에 더더욱 1등이 아닌 저는 결코 상상할 수 없었다.

둘은 계속 동점을 기록했고 구경꾼들의 긴장감도 점점 달아올랐다. 파티의 적당한 여흥으로 마련된 다트 게임 코너는 이글이글 불타는 배틀의 장으로 변했고, 적당히 가위바위보 따위를 종용하여 이벤트를 종결시킬 수도 있었을 사회자도 분위기가 팽팽해지자 침을 삼키며 둘의 혈전을 지켜보았다. 좀처럼 결판이 나지 않자 열이 받은 무겸은 자기 차례를 기다리는 내내 한 잔 두 잔 술잔을 연달아 비웠다.

좆같은 다트를 열두 번은 던진 것 같다. 그리고 마침내 그놈이 손이 미끄러졌는지 실수를 하며 잘못된 과녁에 핀을 꽂았을 때……!

진정 그곳이 그라운드였다면 무겸은 관객들에게 키스를 날리며 달리는 골 세리머니라도 펼쳤을 것이다. 사람들이 환호했고 취기와 승리에 도취된 무겸은 바 안의 모든 사람에게 위스키를 한 잔씩 돌렸다. 그때 사람들의 열광적인 반응이라니.

그리고 게임의 4등을 한 사람을 찾아 천만 원짜리 명품 백과 인형을 바꾼 다음, 모든 목표를 달성하고 나자 흥에 겨워 술을 더 마신 것이다.

전반기 마지막 경기를 성공적으로 치른 데다 짧게나마 휴식기를 맞이하게 됐다는 생각에 조금 기분이 풀어지기도 했다. 그러고는 취했고, 그리고.

"아, 미친! 개같은!"

무겸이 꽝! 컵을 부서져라 테이블에 내려놓았다.

차라리 필름이라도 뚝 끊겼다면 좋았을 것을 무겸은 어젯밤의 일을 기억하고 있었다. 비록 온전치는 못했지만 하준의 집 앞에 찾아가 그를 불러냈던 것은 똑똑히 기억했다.

무겸은 그저 인형을 받아 와 오늘 하루 제집에 잘 놔뒀다가 내일 출근하면 아는 사람에게 얻었다고 말하며 특별한 일 아니라는 듯 하준에게 건넬 생각이었다. 무슨 헤어진 애인처럼 새벽에 찾아가 그를 불러내 그것을 줄 생각은 일말도, 정말이지 손톱의 반달 부분만큼도 없었다.

황당하다는 표정으로 저를 바라보던 하준이 떠올랐다. 제가 한 바보 같은 짓거리도. 뭐가 그렇게 급해서 그 시간에 집까지 찾아가서, 좋다고 멍청이처럼 실실대며 이하준에게 그걸 주고, 뭐 대단한 것이라도 준 것처럼 거기서 풀어 보라고 하고, 별로냐며 툴툴대고.

녀석을 보고 귀엽다고도 했던가? 내가? 그 언저리부터는 기억이 흐릿했다.

물론 이하준에게는 귀여운 구석이 있다. 하지만 그런 상황에, 그런 행동과 더불어 나갈 멘트는 아니었다. 진심으로 쪽팔렸다.

대체 왜 그랬냐, 김무겸.

쪽팔리는 것도 쪽팔리는 건데, 오해라도 하면 어쩌려고?

뭐 특별한 대우라도 받은 줄 알고 되도 않는 착각이라도 하면 어쩌려고?

무겸은 지금 하준과의 적당한 스릴과 거리감이 공존하는 섹스 파트너 관계에 아주 만족하고 있었다. 그걸 제 손으로 다 망치게 생겼다.

그는 소파 위에 털썩 앉았다. 숙취는 없었지만 다른 이유로 머리가 아팠다. 머리를 싸쥐고 몸을 굽혔던 무겸은, 그러나 곧 좋은 생각이 떠오른 듯 서둘러 휴대폰으로 손을 뻗었다.

신호음이 울리는 동안 무겸은 입술을 씹으며 상대방이 전화를 받길 기다렸다. 꽤 긴 시간 동안 전화를 받지 않아 성질을 내며 전화를 내팽개치기 일보 직전, 어제 파티를 주관한 호스트의 목소리가 들렸다.

- 어, 무겸아. 어제 잘 들어갔어?

"형. 나 부탁 하나만 하자."

- 부탁? 뭐? 뭐든 말해. 어제 파티 와 준 거 진짜 고맙다.

조금 마음이 편해진 무겸이 소파 위에 아예 드러누우며 통화를 이어갔다.

"어제 그 인형. 다트 상품으로 걸었던 거."

- 아, 그래. 네가 1등 상품 그걸로 바꿔 갔다며? 아니, 그럴 거면서 뭘 그렇게 죽자 사자 달려들었어?

"남은 거 없어? 하나 정도는 더 구해 줄 수 있지?"

- 없는데.

"있어야 돼. 나 그거 꼭 필요하니까 없으면 만들어서라도 가져와."

- 나도 우리 애 주려고 하나 간신히 빼놨어. 이건 안 돼.

"나중에 공짜로 행사라도 한번 뛰어 줄게. 넘겨."

상대방이 잠시 침묵했다. 인형 하나쯤 그냥 넘기면 될 것을, 돈도 많은 인간이 왜 이렇게 매사에 계산적이고 쪼잔한가.

- 뭐에 쓰려고 이렇게 절박해?

"아니다. 나한테 넘길 거 없고 주소 찍어 줄 테니 내 이름으로 포장 제대로 해서 선물로 퀵 좀 보내. 해 줄 거지?"

- …너 행사 약속 지켜야 된다.

"내가 약속 안 지키는 거 봤어? 김무겸한테서 의리 빼면 남는 게 없어."

그는 알았으니 주소나 빨리 보내라며 전화를 끊었다. 무겸은 구단 관계자 전용 인트라넷에 접속해 찾은 주소를 문자 메시지로 찍어 보냈다.

다음 날, 훈련장에 도착한 무겸은 표정을 단속하고 로커 룸에 들어섰다. 웬만해서는 훈련 시간에 늦지 않지만 오늘은 일부러 조금 늦게 도착했다. 덕분에 옷을 갈아입으러 왔을 때는 이미 다른 선수들이 모두 나간 뒤였다.

한산한 로커 룸에서 빠르게 훈련복으로 갈아입고 복도를 걸으며 창밖으로 잔디밭의 형편을 기웃기웃 살폈다. 하준은 물론 선수들도 이미 모두 자리를 잡고 몸을 움직이는 중이었다. 무겸은 흠, 헛기침을 한 번 하고 아무것도 기억 못 하는 척, 별일 없었던 척 문을 열고 걸어 나갔다.

"김무겸!"

예상대로 임정규가 가장 먼저 알은척을 했다. 무겸은 느긋하게 다가갔다.

"너 미쳤냐?"

그러나 대뜸 들이밀어진 인신공격에 평온하던 미간은 곧바로 찌푸려졌다. 그는 가까이 다가온 정규의 얼굴을 손바닥으로 밀어 치웠다.

"그게 인사냐?"

"미치지 않고서야 네가 이런 짓을 할 리가 없잖아. 우리 희망이 사진도 안 보려고 하는 네가 어쩐 일이냐고. 나 어제 뜯어보기 전까지 한참 고민했어. 혹시 테러 우편물 같은 건가 하고."

무겸은 일부러 대답하지 않고 하준의 앞까지 걸어갔다. 정규가 따라오며 계속 주절거렸다.

"너 연수 씨가 그 인형 갖고 싶어 하는 건 어떻게 알고 딱. 네가 애들 장난감에 관심이 있었을 거 같진 않은데 어떻게 알았냐. 나 진짜 감동했다. 너 내가 알던 김무겸 맞아?"

"얼마 전에 너랑 이 코치 얘기하는 게 들렸어."

"어? 그럼 하준이 너도?"

아까부터 눈을 둥글게 뜨고 둘을 바라보고 있던 하준은 대화 내용을 파악하려는 듯 잠시 멀뚱해하다가 곧 고개를 끄덕이며 급하게 웃었다.

"아, 응."

"김무겸. 죽을 때가 되면 사람이 변한다던데 너 무슨 일 있는 건 아니지?"

상황을 모면하고자 급하게 선물을 보낸 것이기는 하지만 해 주고도 좋은 소리를 못 들으니 무겸은 어이가 없었다. 두 번 다시 임정규에게는 불개미 다리만 한 호의도 베풀지 않으리라.

"해 줘도 지랄이냐?"

"아니, 너무 기뻐서 그래. 진짜 고맙습니다, 갓무겸 님."

"아는 사람 파티에 갔는데 그 인형이 이벤트 상품으로 나와 있었어. 그래서 얻어온 거야. 별거 아니라, 마침 며칠 전에 너희 둘이 이야기하던 게 생각이 나서."

돈 주고 산 것도 아니고, 힘들게 구한 것도 아니고, 이하준 너에게만 준 것은 더더욱 아니다.

무겸이 제가 강조하려 했던 말을 마치고 하준을 힐끔 보았다. 정규가 워낙 신이 나 떠드는 바람에 하준은 그저 웃으면서 그와 얘기를 나누고 있었다.

"역시 능력 있는 친구는 두고 볼 일이다. 갑자기 이렇게 구하게 될 줄 누가 알았어?"

"그러게. 희망이가 진짜 좋아하겠다."

"희망이야 아직 어려서 아무거나 다 좋아해. 이맘때 애들 장난감이야 다 부모 취향이지. 연수 씨가 그 인형 꼭 희망이 사 주고 싶어 했거든. 연수 씨가 좋아하는 거 보니까 어찌나 좋던지."

정규는 사랑하는 부인을 떠올리기만 해도 행복한 듯 헤실헤실 웃고 있었다. 하준도 진심으로 흐뭇한 듯 함께 웃었다.

"임정규! 잠깐 와 봐."

"아, 네!"

수다는 거기서 끊어졌다. 감독의 부름에 정규가 급하게 뛰어가며 셋이 있던 자리에는 무겸과 하준 둘만 남았다. 얄팍한 수작을 부린 사람이 으레 그렇듯 무겸은 괜히 긴장이 됐다. 지금까지는 정규가 나불거려 준 덕분에 괜찮았지만 하준의 반응이 과연 어떨지 무겸으로서도 쉽게 짐작이 가지 않았던 것이다.

하준은 무겸을 마주보더니 정규와 이야기하는 동안 내내 짓고 있던 미소를 지우지 않고 말했다.

"나도 제대로 인사해야지. 고마워, 김무겸."

무겸은 바로 대답하지 않고 잠시 그 얼굴을 마주 보았다.

…뭐 그냥, 이러고 끝인가? 혼자 야단 떨었던 것이 머쓱해질 정도로 담백한 반응이었다.

"좀 마신 것 같던데 숙취는 없었어?"

"…어."

"그럼 슬슬 움직이자. 너 오늘 좀 늦어서 빨리 움직여야 돼. 다른 사람들은 벌써 간단하게 몸 풀었어."

그렇게 말하고 노트를 고쳐 들더니 고개를 돌려 먼저 앞서 걸어가기 시작했다. 잘 마무리됐으니 입 다물고 넘어가면 그만인데 어쩐지 뒷맛이 찝찝했다. 뒤따라가던 무겸이 결국 먼저 입을 열었다.

"동생은 뭐라고 해?"

아무리 둘 모두에게 줬다고는 해도 그렇지, 새벽에 찾아가 선물을 전해 준 사람한테 너무 반응이 미적지근한 거 아니냔 말이다. 평소의 하준과 비교해서도 오히려 사무적인 태도였다. 동생의 반응을 묻자 하준의 얼굴에 조금 당황한 기색이 비쳤지만 그는 곧 웃는 얼굴로 돌아왔다.

"미안해. 아직 못 줬어. 잘 전해 줄게."

"아직 안 줬어?"

"동생이 고3이야. 어쩌다 보니 엇갈려서 오늘 퇴근하고 주려고. 엄청 좋아할 거야. 네가 준 거라고 꼭 얘기할게. 정말 고맙다."

씩씩한 소녀의 모습이 생각났다. 아마 온몸으로 기쁨을 표현하겠지. 물건이 갖고 싶어 하던 사람을 찾아갔으니 잘된 일이다. 무겸은 우려했던 데 비해 무척이나 담백한 하준의 반응에 조금 허무함을 느꼈으나 합리적으로 생각하기 위해 노력했다.

"집에는 잘 들어갔어?"

괜한 허무함과 홀로 싸우고 있는데 갑작스레 하준이 물어 왔다. 무겸은 어깨를 살짝 으쓱했다. 사실 이하준에게 귀엽다는 둥 지껄이며 빰을 꼬집은 이후부터는 기억이 드문드문 끊겨 거의 떠오르지 않았다. 주량을 넘겨 마시는 짓 따위를 이제 와서 하게 될 줄은.

눈을 떠 보니 옷을 다 벗은 채 하준이 쓰는 방 침대에서 뻗어 잠들어 있던데, 술김에 2층까지 올라가기 귀찮아 거기서 잠든 것이 뻔했다. 지금 제게 물어볼 말이 귀가 확인뿐이라니. 술김에 유난하게 굴어 하준이 헛된 생각을 할까 봐 걱정이었는데 그는 역시나 오늘도 쿨하다.

춥다, 추워. 딴생각 안 했으면 다행이지. 그래, 뭐. 믿음직하고 좋다 이거야.

"어. 눈 뜨니까 집이더라."

짧게 대답하자 하준은 고개를 끄덕이며 여전히 웃고 있었다. 무겸이 슬며시 얼굴을 찡그렸다.

고맙다는 인사를 하는 중이고 훈련 중이라 그런 것이겠지만, 오늘따라 하준이 남들한테나 그러듯이 싱글거리는 것이 어쩐지 마음에 들지 않았다.

쿨한 건 좋은데 오늘 좀 이상하다. 이하준은 내 앞에선 이렇게 안 웃는데. 동생한테 인형을 줄 수 있게 돼서 그렇게 기쁜가?

"말로만 그러지 말고 고마우면 오늘 집에 와서 보답 좀 하지 그래?"

흐릿한 기억 속에는 하준이 어젯밤, '김무겸, 나 잠깐이면 할 수 있는데…….'라며 저를 유혹하려 들었던 장면이 남아 있었다. 약간 빈정대는 마음이 되어 물었지만 머뭇거리던 하준은 미안하다는 듯 웃으며 고개를 저었다.

"오늘은 좀. 엄마 병원 다녀오는 날이라 일찍 들어가 봐야 돼."

뭔가 한마디 더 하고 싶어 입을 열려던 차에 한 녀석이 하준을 불렀다.

"코치님!"

"어, 그래."

하준이 얼른 녀석에게 달려갔다. 무겸은 뒤에 서서 그 모습을 보고만 있었다.

"저 어제부터 허벅지가 계속 땅기는데요. 가르쳐 주신 테이핑이나 마사지해도 계속 좀 그래서요."

"그래? 검사해도 이상이 없는 걸 보면 결국 근육 문제일 텐데……. 여기 앉아 봐. 아무래도 프로그램을 바꿔 봐야겠다."

그러더니 무겸에게 고개를 돌리고는 말한다.

"김무겸, 오늘은 다른 코치님하고 몸 풀어야겠다."

어려울 것은 없지만 마음에 들지 않는 전개였다.

왜? 저놈이 다른 코치한테 코칭받으면 안 되나? 무겸은 팀에 왔을 당시, 하준이 은근슬쩍 저를 피하던 분위기를 오랜만에 느꼈다. 기분 탓이겠지만 어쩐지 그때의 분위기가 돌아온 듯한 짧은 기시감이 느껴진다.

"알았어."

하지만 무겸은 더 질질 끌지 않고 몸을 돌렸다. 하준은 잠시 그의 등을 바라보다가, 시선을 오래 보내는 게 잘못이기라도 한 것처럼 얼른 고개를 돌려 선수를 살피는 데 집중했다.

곧 감독이 선수들을 소집했다. 하준은 코치진의 자리로, 무겸은 선수들이 모인 곳으로 각자 제자리를 찾아갔다. 감독이 전체 훈련 전에 공지 사항을 전달했다.

"다음 주에 가는 하계 전지훈련의 상세한 내용이 나왔다. 인터넷 접속해서 공지 사항 빠짐없이 확인해. 특별한 사항은 없지만 혹시 따로 얘기해야 할 것이 있으면 나한테 하도록 하고."

"네!"

휴일 이후 새로 시작되는 일주일, 선수들은 기운차게 트랙부터 달리기 시작했다. 전반기 경기는 끝났지만 컨디션을 유지하기 위해 곧바로 훈련을 끝내지는 않는다. 선수들이 휴가를 받기까지는 아직 조금 시간이 남아 있었다.

막간 쉬는 시간, 다른 선수들이 있을 때는 기운을 북돋는 말만 하던 주장 정규가 곁에 하준과 무겸만이 남자 그제야 툴툴거렸다.

"전지훈련은 그냥 겨울에 한 번만 가면 안 되나."

하준이 대답했다.

"어쩔 수 없지 뭐. 스폰서는 중요하잖아."

"우리 스폰서는 왜 한여름에 리조트는 열고 그런대."

"그럼 바닷가에 있는 리조트를 한겨울에 오픈하겠어?"

무겸이 구박했다. 시티서울의 가장 큰 스폰서이자 건설사를 보유하고 있는 기업 백산그룹이 동해 쪽에 새 리조트를 열었으며 선수들의 여름 전지훈련지를 제공하겠다는 협조 공문을 보내왔다.

말이 협조고 제공이지 얼굴을 비추라는 소리였다. 유럽처럼 추춘제로 운영되지 않고 봄부터 시작해 겨울에 종료되는 K리그 팀들은 시즌 중간인 여름은 건너뛰고 겨울에만 전지훈련을 실시하는 경우도 있으니 정규가 투덜대는 것도 이해할 만했다. 시티서울 역시 올해는 하계 전지훈련을 생략하려다가 갑작스레 날아온 협조 공문 때문에 급히 전지훈련을 잡은지라 선수들의 불만은 더 컸다.

말이 휴식기지, 올해는 9월부터 한동안 A매치 일정도 잡혀 있어 휴식기에도 훈련으로 바쁠 예정이었다. 진짜 휴가는 일주일이나 될락 말락. 아마도 가족과 좀 더 긴 휴가를 보내고 싶었을 정규는 그래도 곧 상황을 받아들인 듯 고개를 끄덕였다.

"그래, 여름에 바다 보는 거 나쁘지 않지."

"바다 참 오랜만에 간다."

하준이 옅게 웃는 얼굴로 잔디밭 먼 곳을 바라보며 말했다. 무겸이 그 옆모습을 물끄러미 보는 사이 정규가 대답했다.

"애들이 고등학생이라 어디 가기 힘들겠다."

"응. 올해는 또 둘 다 고3이잖아."

"야, 그렇다고 너까지 안 갈 건 또 뭐냐? 빨리 애인 만들어. 애인이랑 산도 가고 바다도 가고 해외여행도 가고 그래야지 인마. 걔들 대학 가 봐라. 언제 오빠, 형 그랬나 싶게 너 놔두고 싸돌아다니느라 바쁠 거다."

하준은 그냥 웃기만 했다. 정규가 무겸을 향해 거들라는 듯 굴었다.

“꼭 이러면 말도 안 하고 실실 웃더라. 쟤 아무래도 애인 있는 거 같아. 그렇지 않냐?”

“넌 축구는 취미고 오지랖 떠는 게 본업이지?”

무겸은 정규를 구박하며 속으로 피식거렸다.

애인은 무슨. 요즘 시간만 나면 밤마다 저에게 깔리느라 따로 연애할 시간도 없다는 것을 무겸이 제일 잘 알았다. 하준이 조금 전처럼 무겸의 초대를 거절할 때는 어머니 아니면 동생에게 일이 있을 때뿐이라 한눈을 팔 틈새는 전혀 없었다. 무겸이 속으로 정규를 비웃는 동안 하준이 말했다.

“그래. 나도 그러고 싶다.”

정규의 타박에 늘 말없이 웃고 넘어가던 하준이 오늘따라 장단 맞추는 답을 했다. 아니나 다를까 정규가 득달같이 달려들었다.

“하준아. 내가 소개팅해 줄까? 너 만나고 싶다는 사람 많아. 줄 섰어.”

“됐네. 난 그렇게 누가 짝지어 주는 건 별로다. 마음이 끌려야지.”

“답답한 소리 한다. 아, 만나 봐야 마음이 끌리는지 아닌지를 알지!”

두 녀석의 대화를 들으며 무겸은 저도 모르게 미간을 찌푸렸다. 그런 낌새는 없더니 애인을 만들고 싶기는 한 모양이다.

뭐라 한마디 더 할 새도 없이 다시 훈련이 재개되었다. 여름이 무르익으며 무겸의 ‘시간 낭비’도 이제 절반가량이 지나가고 있었다.

07

찜통처럼 푹푹 찌던 열기와 매캐하던 공기가 서울을 벗어난 것만으로도 한결 서늘하고 맑아졌다. 전지훈련 귀찮다, 쉬고 싶다, 여행 가고 싶다며 몰래몰래 투덜대던 선수들은 막상 버스에서 내려 상쾌한 공기를 마시자 또 금세 들떠 자기들끼리 장난을 치며 낄낄거렸다.

무겸은 버스에서 제일 마지막에 내려서서 주변을 둘러보았다. 새로 지어 이제 막 오픈했다는 리조트는 신축답게 깨끗하고 호화로웠다. 파란 하늘 아래 서 있는, 아직 낡거나 때가 탄 구석이 전혀 없는 번쩍번쩍한 큰 건물은 보는 것만으로도 기분을 상쾌하게 만드는 구석이 있었다.

"장난 그만들 치고 어른스럽게들 굴어 봐."

감독이 농담조로 선수들을 꾸중하며 집합시켰다. 준성이 재활하는 동안 부임한 임시 감독을 무겸은 처음에는 썩 반기지 않았으나 그가 준성이 신임하는 후배로, 한 시민 구단을 이끌던 와중에 구단 경영 비리에 맞서다가 강제로 물러나게 된 사람임을 알고 나서는 나름대로 깍듯이 대하는 중이었다.

"감독님이 말씀하시잖아."

무겸이 낮은 목소리에 힘을 실어 말하자 시끌시끌하던 어린 선수들이 다소 수그러들며 얌전해졌고, 몇몇 수다쟁이가 입을 다물자 팀 전체가 조용해졌다.

그린포드에서 무겸은 딱 중간 연령대에 속하는 선수였으나 젊은 선수들 위주로 팀을 꾸린 시티서울에서는 아니었다. 원로 선수 몇 명을 제외하면 무겸은 누구에게든 형님 소리를 들었고, 무겸은 이 팀에서 그 점이 꽤 마음에 들었다. 감독이 헛기침을 한 번 하고 이야기를 이었다.

"오늘은 첫날이니까 짐 풀고, 간단하게 몸풀기만 진행하자. 세 시까지 훈련장으로 모이도록 해. 로비에서 시티서울이라고 팀 이름부터 대고, 각자 이름 얘기하고 키 받으면 된다."

"네!"

선수들이 우르르 로비로 향해 갔다. 무겸은 어깨에 가방을 고쳐 메고 느긋하게 걸었다. 저의 룸메이트는 임정규이니 서두르지 않아도 알아서 키를 찾아 놓을 것이다.

무겸은 눈만 움직여 하준을 찾았다. 하준은 코치진들 사이에 섞여 오늘도 웃으며 뭔가 이야기를 나누는 중이었다. 무슨 농담이라도 했는지 그중 한 사람이 하준의 머리를 흐트러뜨리듯 마구 쓰다듬었다. 하준이 소리를 내서 웃는 모습이 눈에 들어온다.

'하여튼… 야무진 맛이 없어.'

쯧, 혀를 차고 무겸은 휙 몸을 돌려 성큼성큼 걸어갔다.

시티서울이 아니더라도 여러 국내외 스포츠 팀의 전지훈련 장소로 유치할 생각인 듯, 리조트는 일반적인 실내 체육관 외에도 골프장, 축구장, 야구장, 볼링장 등 다양한 레저 스포츠 시설을 갖추고 있었다. 선수들은 연습 구장의 잔디 질도 확인할 겸 간단한 러닝과 트래핑, 패스 훈련 등을 진행하기 위해 축구장으로 향했다.

선수들이 리조트 안을 지나다닐 때마다 사람들이 힐끔거리며 그들을 구경했다. 시티서울은 축구를 잘 모르는 사람도 얼굴을 보면 알 만한 유명 선수들을 제법 보유하고 있었으며 무엇보다 김무겸이 있었으니 어디를 가도 주목받았다.

"김무겸 선수, 안녕하세요."

"안녕하십니까."

용기를 내어 인사를 건넨 한 여성 팬에게 무겸이 씩 웃으며 대답하자 저들끼리 신이 나 떠드는 소리가 뒤로 들려왔다. 정규가 무겸에게 어깨동무를 걸쳐 오며 농담을 했다.

"그래도 네가 팬서비스 하나는 잘해서 참 다행이야."

"그것만 잘하는 것처럼 지껄이지 말지?"

코치진은 이미 훈련장에 도착해 준비를 하고 있었다. 전지훈련 첫날임을 알기라도 하는 것처럼 날씨가 유난히 맑았다. 새파란 하늘 아래, 녹색 잔디밭 위에서 옷깃이 흰 티셔츠를 입고 서 있는 하준은 평소보다도 더 희고 환해 보였다.

저놈은 타지도 않나. 무겸은 잠시 그곳에 눈길을 보냈다가 곧 고개를 돌렸다. 선수들이 가로로 줄을 서고, 감독과 코치진 역시 줄 맞춰 섰을 때였다. 감독이 누군가를 찾는 듯 두리번거렸다.

"아직 안 왔나?"

"곧 온대요. 차가 좀 밀린다고 문자 왔습니다. 먼저 시작하죠."

감독의 혼잣말 같은 말에 하준이 대답했다. 누구를 말하는 건가 싶어 선수들끼리도 의문을 품은 표정으로 눈치를 보는데, 그때 마침 훈련장 문이 열렸다. 열린 문 사이로 한 남자가 인사를 하며 들어섰다.

"안녕하세요! 늦어서 죄송합니다."

그가 급한 걸음으로 선수들에게 가까워졌다. 무겸의 눈도 그쪽을 향했다. 막 훈련장으로 들어서는 남자는 무겸으로서는 전혀 본 적이 없는 사람이었다. 이 팀에 온 지도 몇 달이 지났으니 이제 스태프는 물론 훈련장 관리인이나 식당 조리사들의 얼굴도 모두 외웠는데 아무리 머릿속을 뒤져 봐도 기억에 없었다.

얼굴과 체격이 훤칠하고 표정이 밝았다. 입고 있는 옷은 운동용 저지 셔츠긴 했으나 시티서울에서 지급한 스태프용 셔츠가 아니라 사복이었다. 감독이 그를 반기며 이쪽으로 오라고 손짓했다.

"안녕하십니까, 감독님. 안녕하십니까, 코치님들."

"그래도 시작하기 전에 왔네. 자리 잡고 서요."

감독의 권유에 남자는 고개를 꾸벅 숙이며 웃더니, 당연히 그곳이 제 자리라는 듯 하준의 바로 옆에 섰다. 키는 하준보다는 컸지만 무겸보다는 작아 보였다.

그가 자리를 잡고 서자 하준은 진심으로 반갑다는 듯 맑게 웃는 낯으로 그를 올려다보더니 손을 올려 어깨 높이쯤에 내밀었다. 그러자 남자 역시 웃는 얼굴로 하준을 마주 보고는 손을 뻗는 것이었다.

둘은 한두 번이 아닌지 아주 익숙하다는 듯 가볍고 작은 하이 파이브를 한 뒤 나란히 뒷짐을 지고 선수들을 향해 섰는데, 그러는 동안 무겸의 미간은 저도 모르게 깊은 주름을 새기고 있었다.

무겸이 고개를 살짝 기울여 옆에 선 정규에게 물었다.

"누구냐, 저 자식?"

"아, 저 형은."

그러나 정규가 대답하기도 전에 감독이 그를 소개했다.

"이번 전지훈련에서 코칭을 도와주기로 한 윤채훈 코치를 소개한다. 워낙 유명해서 아는 사람도 있을 텐데 J리그에서 일하다가 하반기부터 국내 복귀했다. 세계적으로도 이름 있는 다카하시 코치와 함께 일하다 와서 앞으로 우리가 배울 점, 도움을 받을 점이 많을 거야. 아쉽게도 따로 계획이 있어 우리 팀과 계속 함께할 수는 없지만 이번 전지훈련에서는 자기 팀처럼 생각하고 도와주기로 했다."

윤채훈이라는 남자가 인사를 했다.

"오랜만에 한국 돌아오니까 정말 반갑고 좋습니다. 최근 시티서울이 승승장구하고 있다는 소식은 일본에 있을 때부터 들었는데 이렇게 함께하게 돼서 영광입니다. 짧은 일정이지만 함께 힘내 봅시다!"

잘 부탁합니다! 호쾌한 말투와 서글서글한 남자의 인상에 선수들도 그를 환영하듯 목소리를 높였다. 무겸만이 마땅찮은 기분으로 입을 열지 않았다.

곧 훈련이 시작되었고 여섯 명씩 짝을 지어 패스 연습을 진행했다. 무겸은 패스 대신 프리 킥 연습을 하겠다고 자청해 정규와 둘이 짝을 지어 다른 무리들과 조금 떨어진 골대로 향했다. 공을 주고받는 사이사이에 둘은 대화를 나누었다.

"윤채훈이라는 인간, 너도 아는 사이야?"

"어. 나 처음 프로 팀 들어갔을 때 같이 있었거든."

뻥. 걷어찬 공이 아슬아슬하게 정규의 손을 빗나가 골망에 박혔다. 에이, 정규가 아쉬운 듯 혀를 찼다. 그렇게 한동안 말없이 무겸은 벽을 세워 놓고 공을 차고, 정규는 그것을 막았다. 간간이 정규가 막아 내는 공이 생길 때면 무겸이 눈살을 찌푸렸다.

"잠깐 쉬자."

한참 동안 무겸의 공을 막던 정규가 먼저 쉬는 시간을 제안했다. 둘은 벤치로 향해 물을 들이켰다. 무겸은 한숨 돌리며 훈련장 풍경을 둘러보았다.

선수들은 변함없이 공을 주고받고 있었고, 하준은 여느 때처럼 선수들 사이를 돌아다녔다. 평소와 다른 점이 있다면 그 옆에 윤채훈이라는 남자도 붙어 서 있다는 것. 아니, 정확히 말하자면 선수들 사이를 오가는 윤채훈의 경로를 하준이 엄마 닭을 쫓는 병아리처럼 졸졸 따라다닌다고 해야 할 것 같았다.

그러는 동안에도 둘은 계속 뭔가 수다를 떠는 듯 이야기를 주고받고 자주 웃었다. 목젖이 드러나겠다 싶을 정도로 입을 크게 벌리고 소리를 내 웃는 하준을 보고 무겸은 얼굴을 찌푸렸다.

"이 코치랑 친해 보이는데."

"누가?"

"윤 뭐라는 인간."

"응. 엄청 친하지. 하준이 은퇴하고 어떻게 살까 고민할 때 많이 도와줬어. 코치직 권한 것도 저 형이야. 스터디도 같이하고 하준이가 채훈이 형한테 많이 배웠지. 너한테 있어서 박 감독님 비슷한 사람이라 생각하면 될 거 같다."

그렇다면 굉장히 각별한 사이다. 박 감독에 비유하는 말을 듣자 유별나게 돈독한 것도 납득이 간다고 생각하려 애쓰는 사이, 채훈이 하준의 머리카락 사이를 헤집으며 장난을 치고 있었다.

하준은 그런 그의 손을 떨쳐 내기는커녕 하하하 웃고는 숫제 술래잡기라도 하는 양 장난을 쳐 댔다. 그러더니 결국 붙잡혀서는 윤채훈의 품에 폭 안겨 깔깔대는 것 아닌가.

"너는 눈이 없냐?"

"왜? 내가 뭐?"

갑작스레 돌아온 구박에 정규는 의아한 눈을 크게 떴다. 하지만 무겸은 설명하는 대신 채훈과 하준이 하는 꼴을 계속 노려보기만 했다.

저게 어디를 봐서 저와 박 감독 같은 사이인가? 아무리 봐도 썸을 타도 백 번은 타고 있는데.

아니, 이미 그 단계는 진작 끝나 섹스까지 했을지도 모르겠다. 하준이 얼마나 진도를 빠르게 빼는지는 무겸 자신이 체험해 봐서 잘 알고 있었다. 임정규는 하준이 남자를 좋아한다는 사실을 모르니 그것을 알아보지 못하는 것뿐이다. 자고로 모든 일은 아는 만큼 보이는 법.

"선수 출신이야?"

"아니. 원래 트레이너 하다가 우연히 축구 선수들 몸 봐주게 되면서 아예 이쪽으로 전향한 거야. 잘했지 뭐. 하준이도 선수 시절에 알게 돼서 계속 친하게 지내는 거 같더라."

"그럼 알고 지낸 지 꽤 오래됐겠는데?"

"어. 못해도 한 5년은 됐지?"

강원도 공기가 갑자기 후텁지근하게 느껴진다. 속을 풀 겸 다시 뻥뻥 공을 차는데 문득 인기척이 느껴졌다. 또 한 템포 쉬어 갈 시간이었다. 정규가 손을 들어 멈출 것을 신호하고 무겸의 뒤쪽을 보며 인사했다.

"오랜만입니다, 채훈이 형!"

"안녕, 정규야. 오랜만이다."

무겸의 등 뒤쪽에서 채훈이 걸어오고 있었다. 호랑이도 제 말 하면 온다더니……. 그는 정규에게 인사를 하면서도 정규보다는 무겸에게 관심이 있는 듯, 무겸을 바라보며 고개를 끄덕 기울였다. 마음에는 안 들었지만 무겸도 별 수 없이 함께 고개를 까닥이자, 정규가 공을 들고 둘에게 가까이 다가왔다.

"김무겸입니다. 월드 스타. 우리 팀 에이스."

"와. 실제로 보니까 진짜 잘생기셨네요. 사실 김무겸 선수 보고 싶어서 이번 전지훈련에 끼워 달라고 했습니다."

'그럼 훈련 참가 여부는 나한테 허락을 받아야 하지 않았을까?'

무겸이 속으로 한껏 비꼬며 그를 내려다보는데, 싸늘한 태도를 빠르게 감지한 듯 정규는 무겸이 뭐라 말을 꺼내기도 전에 얼른 대화를 이어 나갔다.

"형수님도 같이 들어오신 거죠? 나림이도 많이 컸겠다."

"응. 같이 들어왔지. 희망이도 이제 두 살쯤 됐지?"

"네. 사진 보여 드릴까요?"

결혼과 정착의 행복을 설파하는 것에 더불어 딸 사진을 자랑하는 것이 취미인 정규였다. 그는 기회를 놓치지 않고 휴대폰을 꺼내 채훈에게 내밀었다. 두 남자가 꺅꺅 서로의 휴대폰을 들여다보며 자식 자랑을 하는 모습은 평소라면 무겸이 질색할 만한 것이었으나 지금의 무겸은 눈에 힘을 풀고 그 모습을 지켜볼 수 있었다.

'뭐야, 유부남이었나?'

갑자기 마음이 편안해지며 여름 공기가 사뭇 상쾌하게 느껴진다.

"형님은 누구랑 방 같이 쓰세요?"

"하준이."

"잘됐네요. 둘이 워낙 친하니까 그렇게 배정했나 봐요."

"하준이 덕분에 훈련에도 낄 수 있게 된 거지 뭐."

"어휴, 그런 말씀 마세요. 저희가 모셔 온 건데."

그러나 바람을 피우거나 세상에 당당히 말 못 할 짓을 하는 유부남들이 넘쳐 나는 세상이다. 부인이 없는 동해의 리조트에서 며칠간 외박을 할 테니 저 뻔뻔한 얼굴로 무슨 짓인들 못 할까?

무겸은 저쪽에서 선수들과 훈련 중인 하준에게 힐끔 시선을 돌렸다. 그는 늘 들고 다니는 노트를 보면서 서 있었다. 뭔가를 또 열심히 기록 중인 듯, 입을 살짝 벌리고 뭔가를 써넣는 옆모습이 진지했다.

그 뒤로 선수 몇이 살금살금 다가가는 모습이 보였다. 잔디밭에 태평하게 서 있는 양이나 염소를 뒤에서 덮치려 드는 한 무리의 늑대를 떠올리지 않을 수가 없었다. 뭣들 하는 짓인가 싶어 미간을 구기고 지켜보는데, 급기야는 그 늑대 떼가 갑자기 하준을 뒤에서 덮쳐 저들 쪽으로 끌어당기더니 잔디밭에 쓰러뜨리고 말았다.

그러더니 자기들끼리 한 몸이 되어 데굴데굴 구르는 것이었다. 놀라서 와악, 소리 지르는 하준의 비명 소리에 이어 "깜짝이야!" 외치는 목소리, 자기들끼리 뭐가 웃긴지 깔깔대며 웃는 소리까지 들렸다. 물론 하준 역시 신이 나서 웃고 있었다.

도대체 훈련 중에 저게 뭐 하는 짓인지, 새파랗게 어린놈들이 선수 시절에는 선배였던 연상의 코치를 깔아 눕히고 장난질을 친다는 게 말이 되는 짓인지, 하준은 왜 저런 장난을 매번 받아 주는지 무겸은 진심으로 이해할 수가 없었다.

지금까지 심각하게 생각해 본 적 없는데 유심히 살펴보니 당장 팀 안에서 하는 행동 하나하나가 헤프기 이루 말할 수가 없다!

이 팀에서 이하준과 자 본 남자는 저 하나일 거라 생각했는데 아닐지도 모른다는 생각이 급격히 치밀기 시작했다.

아니야. 아무리 그래도 그럴 시간은 없지 않았나? 저놈이나 나나 비슷한 시기에 팀에 왔으니까……. 수식도 없는 계산으로 복잡해진 머릿속이 바글바글 끓어 정신이 없는데 옆에서 윤채훈이 물어 왔다.

"어때요, 김무겸 선수? 10년 만에 한국에서 뛰는 기분이?"

"더럽습니다."

"네?"

뻥. 무겸이 빈 골을 향해 공을 걷어찼다.

"야! 왜 그래?"

정규가 물었으나 무겸은 성큼성큼 걸어 출구를 향하더니 그대로 훈련장을 빠져나가 버렸다. 정규는 공을 옆구리에 끼고 멍하니 입만 벌리고 있다가 탄식했다.

"저 새끼 저거 왜 저래? 한동안 안 저러더니. 형, 죄송합니다."

"어, 아냐. 뭐 그럴 수도 있지."

당황한 채훈을 뒤로하고 정규가 급히 무겸을 뒤따라 달려갔다. 무겸이 갑자기 훈련장을 이탈해 버린 것을 깨달은 몇몇이 무슨 일이 있는지 살피는 듯 서로서로 시선을 교환하며 눈치를 보았다.

잔디밭을 구르며 선수들과 장난을 치다 뒤늦게 몸을 일으킨 하준 역시 눈만 깜박이며, 출구를 빠져나가는 정규의 뒷모습을 얼떨떨한 표정으로 바라보았다.

"김무겸! 야, 김무겸!"

정규가 아무리 불러도 직진만 하는 전차처럼 걸어가던 무겸은, 훈련장에서 어느 정도 멀어져 둘만 남게 되자 그제야 걸음을 멈추고 획 몸을 돌렸다.

"방 바꿔."

"뭐?"

"내가 이하준이랑 한방 쓸 테니까 네가 그 윤 뭐랑 한방 써라."

정규가 미간을 찡그렸다.

"방 배정 선수는 선수끼리, 스태프는 스태프끼린 거 몰라? 갑자기 왜?"

"꼭 그래야 한다고 법으로 정해져 있어?"

"얌마. 친한 사람들끼리 오랜만에 만나서 회포 좀 풀겠다는데 왜 방해야? 뭐 때문에 심사가 꼬여서 또 이 난리냐?"

무겸이 대답 없이 얼굴만 굳히고 있자 정규가 한숨을 쉬었다.

"알았다. 그럼 하준이한테 물어볼게. 네가 방 바꾸자 했는데 괜찮냐고."

"안 돼. 물어보지 마. 이하준한테 입도 벙긋하지 마."

계속되는 억지에 사람 좋은 정규도 급기야는 목소리가 높아졌다.

"아, 어쩌라고! 매사 네놈 맘대로만 하면 다냐? 하준이 생각도 물어봐야지!"

"씨팔, 그럼 됐으니까 집어치워!"

양쪽 다 190센티미터가 넘는 체격 좋은 남자다. 서로 목소리를 높이는 험악한 모습은 주변 사람들의 시선을 끌었다. 맞소리를 지른 무겸이 다시 몸을 휙 돌려 로비를 향해 걸어갔다. 정규는 무어라 더 말하지도 못하고 허리에 손을 얹은 채 황당함이 도를 넘은 사람의 헛웃음을 허허 쳤다.

"아오, 저 상전 새끼. 하여튼 변덕 맞춰 주기 어려워서."

훈련은 정해진 시간만큼 정상적으로 진행되었다. 무단이탈한 무겸만이 그대로 방에 돌아가 옷을 갈아입은 다음 외출을 해 버렸고, 저녁 식사 시간이 한참 지난 다음에야 숙소로 복귀했다. 감독이 그를 불러 뭔가 타이르는 척했지만 형식적이었다. 이 팀에서 김무겸을 엄하게 다룰 수 있는 사람은 박준성 감독뿐이었는데 지금 그는 이곳에 없었다.

임대 입단 이후 무겸의 그럭저럭 온화한 모습만 보아 왔던 시티서울의 선수들은, 왜 김무겸에게 어릴 때부터 악동이나 문제아, 또라이 등의 별칭이 따라붙었는지 새삼스레 실감하며 그저 자리에 없는 박 감독을 그리워해야 했다.

무겸이 그렇게 훈련장을 이탈한 뒤 종일 안절부절못하고 있던 하준은 정규를 불러내 물었다.

"김무겸은?"

"들어오자마자 드러누워서 자."

정규가 목덜미를 긁적였다.

"왜 저러는지 모르겠다. 출발할 때만 해도 기분 괜찮아 보였는데. 너는 뭐 아는 거 없냐?"

하준이 난처한 얼굴로 고개를 저었다. 정규는 하준에게 방 이야기를 꺼내려다가 입도 벙긋하지 말라며 서슬 퍼렇던 무겸을 떠올리고 입을 다물었다. 그렇잖아도 돌발 행동을 한 녀석을 괜히 자극할 필요는 없었다.

"발목 균형에 조금 더 신경을 써야겠는데."

훈련 둘째 날, 윤채훈의 말에 무겸은 얼굴을 구겼다.

오늘 팀은 리조트의 실내 체력 단련장을 몇 시간 동안 전세 냈다. 감독은 채훈이라는 남자가 원래 재활 트레이너였고 몸을 보는 데 있어 특히 우수한 코치라며 모든 선수가 그에게 컨디션 체크를 받도록 했다. 무겸도 예외는 아니었다.

물론 발목 이야기는 그린포드에서도 여러 번 들었고 한쪽 발을 주로 쓰는 공격수라면 누구나 주의하는 문제였다. 그러나 그 문제에 그렇게까지 신경을 쓰는 사람은 무겸의 선수 생활 전체를 통틀어 하준이 처음이었다.

스스로도 방금 깨달은 것이지만 아무래도 무겸은 그 점이 내심 마음에 들었던 모양이다. 하준이 제 발목에 주의를 기울이는 이유가 이 남자에게서 뭔가를 배운 영향일 수도 있다 생각하니 그마저도 영 불쾌해졌으니까.

"좀 만져 봐도 될까?"

인사는 마쳤다 이건가. 몇 살이나 많다고 반말이야.

"아뇨."

"어?"

"내 발목은 내가 잘 아니까 굳이 안 봐줘도 됩니다. J리그 코칭이 한국보다는 나은 점이 있을지 모르지만 EPL만큼은 아닐 거고."

채훈의 얼굴이 굳고, 그 옆에 서 있던 하준은 눈을 휘둥그레 뜨고 입까지 헉, 살짝 벌린 채 경악하는 표정이 되었다. 무겸은 그 얼굴을 향해 눈썹을 슬쩍 들어 올렸다.

왜? 뭐가 그렇게 좆 같은데?

무겸은 더 이상 첨언하지 않고 채훈을 마주 보기만 했다. 안경 뒤의 눈이 깜박임도 없이 무겸을 보다가 곧 난처한 웃음을 지었다.

"내가 손대기엔 너무 비싼 몸인가?"

"말해야 압니까?"

'너 왜 그래?' 하준이 채훈의 한발짝 뒤에서 표정과 입 모양으로만 물어 왔다. 근방의 선수들도 어색한 표정과 몸놀림을 기계적으로 유지하며, 귀만 쫑긋 열어 놓고 영문 모를 살얼음판 위를 함께 걷고 있었다.

"오케이. 그럼 다음 기회에."

팀의 정식 코치라면 무겸의 이런 태도는 상당히 문제가 되었겠지만 어차피 객원이었다. 채훈은 일을 키우는 대신 고개를 끄덕이며 일어서서 다음 선수에게로 향했다. 하준은 어이가 없다는 듯 또는 믿을 수가 없다는 듯 놀란 눈을 뜨고 무겸을 바라보다가 얼른 채훈의 뒤를 따라가 버렸다. 새 새끼처럼 바삐 그를 종종종 따라가는 모습을 보고 있자니 무겸은 눈꼴이 시어 미칠 것 같았다.

그렇잖아도 어제 무단이탈을 해 들어서기 멋쩍던 훈련장이다. 심호흡을 하고 문을 열어젖히자마자 눈에 들어온 장면은 끔찍했다. 윤채훈과 하준은 떨어지면 큰일 나는 사람들처럼 들러붙어 있었는데, 무엇보다 봐주기 힘든 것은 하준이 그를 바라보는 표정과 눈빛이었다.

원래부터 툭하면 봄바람처럼 잘 웃는 놈이지만 팀의 다른 놈들에게 웃어 줄 때와는 달랐다. 목장의 울타리를 모두 거둬들인 듯 경계심이라고는 일절 없는… 제 주인이라도 보는 듯한 얼굴.

'씨발……. 저런 불륜 관계를 신성한 전지훈련장에서 봐야 하다니.'

아무도 모를 부정한 관계를 혼자만 의심하려니 속에 열이 끓었다. 사람 좋은 척하는 저 인간이 이하준과 한방을 쓰면서 도대체 무슨 짓을 했는지 알 게 뭔가? 당장 어제 둘이서 무슨 일을 저질렀는지 알 게 뭐냔 말이다. 웃는 꼴을 보아하니 어젯밤이 무척이나 만족스러우셨던 것 같다.

저와 한바탕 키스를 나눈 뒤 다음 단계로 나아가기 위해 주차장으로 향하던 하준의 덤덤한 얼굴이 어제 일처럼 떠올랐다. 한솥밥을 먹은 지 얼마 되지 않았던 저랑도 그렇게 시작해 지금 같은 관계를 끌고 왔으니, 자신을 코치직으로 이끌었으며 함께 공부도 했다는 남자와는 진작 만리장성을 쌓고도 남은 건축 자재로 궁궐 두세 채는 더 지었으리라 생각하는 것이 자연스러웠다. 어제 하룻밤 정도야 아무것도 아닐 정도로 숱하게 떡을 쳤을지도 모르는 일이다.

누군가 자신의 머릿속을 들여다본다면 이렇게 물을지도 모른다. 이하준이 누구와 자든 뭐가 문제냐고.

그야 한쪽이 유부남이기 때문이다!

아무리 섹스를 좋아한대도 지켜야 할 선이 있는 법이다. 도덕적 마지노선을 무너뜨리는 건 잘못된 거다.

오늘도 날씨는 화창했지만 감정을 숨길 생각도 없는 에이스가 뿜어내는 불만의 기운에, 전지훈련장의 분위기는 소나기를 품은 먹구름 낀 듯 칙칙했다. 어린 선수들은 대선배의 눈치를 보느라 함부로 장난을 치거나 목소리도 못 높이고 훈련에만 집중했다. 덕분에 훈련 태도가 빠릿해지며 여름 전지훈련답지 않은 엄격한 분위기가 감돌게 된 것이 순작용이라면 순작용일까.

"나 좀 봐."

무겸이 벤치에 누워 역기를 들어 올리고 있는데 어느새 하준이 옆에 섰다. 표정과 말투, 목소리 모든 것이 냉랭하기 짝이 없었다. 마침내 윤채훈의 곁을 떠나 저를 찾아왔다는 사실이 조금 기꺼웠으나 무겸은 당연히 바로 따라나서지 않았다. 대답 없이 남은 세트를 다 마치고 나서야 느릿하게 몸을 일으켰다.

"왜?"

"나가서 얘기하자."

여유 있는 척을 했을 뿐, 따라나서지 않으려고 시간을 끈 것은 아니었기에 무겸은 군말 없이 벤치에서 일어섰다.

하준이 앞장서서 실내 훈련장을 빠져나갔다. 둘은 한참을 걸어 인적 없는 비상구 근처 복도에 다다랐고, 먼저 멈춰 선 하준이 한숨을 길게 내쉬었다.

"너 왜 그래?"

"뭐가."

하준이 화를 참는 듯 입을 꾹 다물고 머리카락을 쓸어 올렸다.

"몰라서 물어? 형한테 왜 그래. 우리 팀 생각해서 전속도 아닌데 시간 내서 와 준 사람한테."

얼굴을 딱딱하게 굳힌 채 대놓고 윤채훈 편을 드는 이하준의 모습이 오늘은 부뚜막에 올라간 송아지가 아니라 여우 같아 보였다. 순진한 얼굴을 하고서는 뒤로 놀아나는, 꼬리가 아홉 개쯤 달린 백여우.

무겸은 조금 기가 막혀 실소를 흘리며 팔짱을 꼈다.

"봉사 활동이라도 왔어? 돈 받고 일하러 왔을 거 아냐."

"그 형 돈 아쉬워서 일 구할 필요 없는 사람이야."

하준이 피곤하다는 표정으로 무겸을 본다. 좀 더 정확히는 한심하다는 표정 같기도 했다.

"너 혹시 이러는 게 취미냐?"

"취미? 무슨 취미?"

"나한테도 처음에 이딴 식으로 굴었잖아. 코치진 중에 한 사람 찍어 놓고 틱틱대는 게 네 취미냐고."

뭐? 무겸은 황당해져 미간만 설핏 찌푸린 채 하준을 내려다보았다. 지금 그러니까, 이하준 자신과 윤채훈이 김무겸에게 있어 동일 선상에 놓인 존재냐고 물어본 건가?

소름 끼치게 누가 누구를. 말도 안 된다. 무겸이 어이없어하는 사이 하준은 계속 말을 이어 나갔다.

"네가 대단한 선수인 건 알아. 이 팀에서 뛰어 주는 거 감사해야 하는 것도 알고. 그거 부정할 사람은 없지. 아무리 그래도."

감정이 격해졌는지 말이 빨라지고 있었다. 그는 속도를 죽이려는 듯 입을 다물고 숨을 한 번 몰아쉬었다. 무겸은 여전히 할 말을 잃은 기분으로 그런 하준을 내려다만 보았다. 아마 하준에게는 어디 한번 지껄여 보라는 태도 정도로 보일 것이다. 하준의 목소리가 다시 차분하게 낮아졌다.

"조금만 더 스태프들을 존중해 주면 좋겠다. 어쨌든 이번 시즌 동안에는 네 팀이잖아. 아무도 한국 오라고 강요 안 했어. 네가 선택한 거야."

"그 인간은 내 팀 아냐."

억울해져 곧바로 항변이 나갔다. 시티서울의 스태프들을 존중하지 않은 적 없다. 이곳에 왔던 초반, 하준에게 장난 아닌 장난을 쳤던 이유는 명백히 하준이 저를 피하는 듯 굴어서였다.

"형 어디가 그렇게 마음에 안 들어서 그래?"

그렇게 묻는 하준의 눈빛이 꽤 절실했다.

와. 무겸은 이제 웃음이 다 나올 것 같았다. 이게 대체 무슨 상황이지? 이렇게 절박한 눈빛을 하고 지금 이하준이 지껄이는 이야기는 왜 그렇게 윤채훈에게 심술을 부리느냐, 그 내용이었다.

신성한 전훈지에 팀원도 아닌 웬 이물질 유부남이 끼어들어서 부정행위를 하고 있는데 충분히 불쾌할 수 있지. 무겸은 속으로 날짜를 꼽아 보았다. 마지막으로 하준과 섹스를 한 것이 벌써 일주일도 넘었다. 술에 취해 새벽에 이하준의 집을 찾아가 삽질을 했던 그날 이후 하준에게 계속 일이 생겨 나중, 또 나중으로 미루어 왔던 것이다.

그래 놓고서 어제 윤채훈과는 붙어 먹었으려나?

일본에 있다가 한국에 돌아온 인간 같던데, 그럼 그 일주일간 그 인간을 만나느라 저와 자는 걸 미뤘던 것은 아닌가?

그렇게까지 생각하자 정말 위장에 산이라도 들이부은 듯 속이 타들어 갔다.

“생긴 게 마음에 안 들어.”

“뭐?”

“못생겼잖아. 눈, 코, 입 다 간신 같다.”

나오는 대로 지껄인 대답에 하준이 얼굴을 확 찌푸렸다.

“형이 어때서? 저 정도면 미남이지.”

요즘은 TV에서도 아무한테나 미남이라고 하긴 하더라.

“지금 그 인간 편드냐? 너는 그 인간이 아니라 나랑 한 팀이야.”

“아니, 대체 무슨 소리야. 이런 일에 네 편 내 편이 어딨어? 그리고 훈이 형 정도면 진짜 잘생겼거든?”

“하!”

무겸이 크게 비웃음을 날렸다. 하준이 정말 어처구니가 없다는 듯 눈을 둥글게 떴다.

“훈이 형? 애칭도 있나 봐?”

“애칭은 무슨 애칭이야. 그냥 이름 부르는 거잖아.”

“네 눈에는 정말 그 정도면 잘생긴 거냐? 눈높이가 그것밖에 안 돼?”

하긴 이제까지 하는 꼴을 보면 제대로 된 놈들을 만났을 것 같지는 않았다. 그래도 그렇지, 나름 김무겸의 스테디 섹스 파트너인데 이렇게까지 눈이 낮아서야.

“나 아니라도 형 정도면 다 잘생겼다고 해.”

“나보다는 못생겼지.”

“너하고 비교하면 어떡해? 네가 너무 잘생긴 거지…….”

그렇게 말하더니 말이 헛 나왔다 생각하는지 얼른 입을 다물고 얼굴을 찌푸리며 무겸을 힐끔 노려봤다.

그런가. 이하준 눈에 나는 너무 잘생겼구나.

하긴 그러니까 그렇게 달려들어 키스도 했었겠지.

다행히 눈은 정상인 것 같다. 어쩌다 보니 매번, 불과 조금 전까지도 이하준과 대화를 할 때면 묘하게 말려드는 기분을 느꼈었기 때문인지 그에게서 솔직한 말을 끌어낸 것이 왠지 좀 통쾌했다. 조금 마음이 풀어진 무겸이 궁금했던 것을 물었다.

"그 인간한테 왜 그렇게 신경 써? 너랑 무슨 상관이라고."

"상관있어. 서로 친하고 나한테는 고마운 사람이야. 내가 부탁해서 도와주러 와 준 건데 형이 왜 기껏 와서 그런 소리 들어야 돼?"

부탁씩이나 하셨다니, 뭐 대단한 인간이라고 그렇게까지. 아니, 아니다. 모처럼 서울을 떠나 멀리 올 수 있는 구실이 생겼으니 불러내서 밀회라도 즐기고 싶었을 수도 있겠다.

하준이 평소에는 가족들을 신경 쓰느라 외박을 꺼린다는 것은 잘 알고 있었다. 그나마 무겸의 집에서 자고 가는 것 정도만 이제 익숙해졌을 뿐.

하준은 그러고도 뭔가 할 말이 남은 듯 눈을 이리저리 굴리며 안절부절못했다. 하고 싶은 말이 있지만 쉽게 꺼내지 못하는 분위기. 또 무슨 얘기가 남아서 저러는지 무겸은 한껏 퉁명스러워진 기분으로 기다렸다. 하준이 마른침을 삼키더니 어렵사리 말한다는 투로 입을 열었다.

"형한테 안 그랬으면 좋겠어."

그리고 결국 나온 것이 고작 그 말이라는 사실에 열이 올랐다. 지금 하준에게 김무겸은 악역, 윤채훈은 주인공인 모양이다.

열부 났다. 김무겸은 탐관오리, 윤채훈은 탐관오리에게 핍박당하는 선비, 이하준은 그 선비와 부정한 관계를 맺고 있으면서도 순정을 바치느라 탐관오리에게 호소를 하러 온 내연의 연인 정도를 맡고 있는 것 같다. 그는 이런 이야기 속에서 제일 바보 같은 역할을 자처하고 있었다.

이 바보야, 네가 아무리 그래 봤자 그 인간은 유부남이야! 무겸은 속으로 닦달하며 하준을 가만히 노려보았다.

"형이……."

하준은 그러고도 할 말이 남았는지 다시 입을 달싹이다가 다물었다. 무겸은 재촉하는 대신 하준을 노려보기만 했다. 잠시 망설이던 하준이 다소 더듬더듬 말을 이어 나갔다.

"형이, 워낙 컨디션을 잘 봐. 네 눈에는 별거 아닐 수 있겠지만 정말 능력 있는 사람이야. 그래서 너 한번 체크받게 하고 싶어서… 바쁜 거 알지만 와 달라고 부탁했는데……."

"……."

"그런데 네가 그러니까 내가 형한테… 내 입장이 너무……."

말끝을 흐린 하준의 얼굴이 서서히 연하게 붉어졌다. 무겸은 그 모습을 가만히 응시했다.

씨발. 속으로 욕이 불쑥 튀어나왔다. 이건 또 무슨 전개야? 그러니까 종합하자면, 열부는 열부인데 김무겸을 위한 열부였다는 얘기 같다. 김무겸 신체의 안녕과 건강을 위해 바쁜 사람을 불러들였다고.

뭐 얼마나 대단한 놈이기에? 얼마나 어떻게 부탁을 했길래. 몸 로비라도 했나? 이게 어디서 또 아닌 척 요망을 떨어.

"일주일 넘었다."

"…어?"

"안 한 지."

아직 투덜대는 속과 달리 입에서 나온 목소리와 말투는 한층 누그러져 있었다. 하준은 무겸의 말을 바로 알아듣지 못한 듯 멍해 있다가 뒤늦게 깨달았는지 눈동자를 굴렸다.

"오늘 한 번 하면 태도 개선 고려해 보고."

"오늘? 김무겸, 여기 다 같이 훈련 온 곳이야."

하준이 말도 안 되는 소리 말라는 듯 질색했다. 둘의 섹스는 늘 무겸의 집에서만 이루어졌다. 주로 손님방의 침대에서, 응접실의 소파에서. 발코니에서는 그때 한 번 실패한 이후로 재시도하지 못했다. 어쨌든 무겸은 한 번으로 끝나는 일이 없었고 행위가 끝날 때쯤이면 하준은 제대로 몸을 못 가눌 정도로 지치기 때문에 침대에서 하는 것이 결국은 가장 편했다.

침대야 여기도 있는데 문 잠그고 하면 남들이 알 게 뭐라고. 돼먹지 못하게 저한테만 빼는 척을 하는 것 같아 아니꼽다. 할 때마다 뒤로 박히면서 질질 싸며 정신을 못 차리는 놈이 담백한 척을 한다.

섹스는 저만 밝히기라도 한단 말인가? 모로 보고 뒤집어 봐도 섹스 좋아하기로는 이하준도 저 못지않다. 다른 놈 좆이라도 꽂았으니 혼자 이렇게 평온한 것 아닐까.

"윤채훈이랑 잤냐?"

결국은 제일 묻고 싶었던 것이 입 밖으로 튀어 나갔다. 하준의 눈이 또 한 번 커다랗게 뜨였다. 내용이 머리에 입력이 안 되는 표정으로 무겸을 마주 본다.

"뭐?"

그렇게 되물은 하준은 번뜩 정신이 든 듯 사방을 둘러보았다. 어쨌든 이곳은 누구나 드나들 수 있는 곳이었고 이런 대화를 나누기에 적절한 장소가 아니었다. 하준이 목소리를 낮추어 속삭이듯 따졌다.
“미쳤어? 갑자기 무슨 정신 나간 소리야?”
어안이 벙벙한 표정을 비딱하게 바라보던 무겸이 픽 실소했다. 내숭도 봐 가면서 떨어라. 피차 이제 와서 뭘 아닌 척은.
“같은 방도 쓰겠다. 어제 한바탕 뒹굴고도 남았겠지. 아냐?”
“너 무슨 소리를 하는 거야? 형이랑 나 그런 사이 아냐.”
“이하준.”
이름을 부르자 하준은 무겸의 다음 말이 궁금한지 빠르게 쏟아 내던 말을 멈췄다.
“네가 나면 그 말을 믿겠어?”
당황해 어쩔 줄 몰라 하던 하준의 표정이 순간 딱딱하게 굳었다.
그 정색하는 표정에 무겸은 속으로 비웃음을 날렸다. 상대를 가려 가며 연기도 하고, 내숭도 떨고, 빼기도 하고 그래야 할 것 아닌가.
가벼운 뽀뽀 한 번에 저를 밀어붙이다시피 달려들어 키스를 하던 이하준이다. 그날 곧바로 제 차에 올라타 재빠르게 섹스를 했다. 박히는 것이 급해 전희도 필요 없다던 모습, 저의 제안에 생각 있다며 이런 식으로 자는 게 처음도 아니라고 고개를 끄덕이던 무표정한 얼굴이 아직도 눈에 선한데, 저 정도로 좋아 죽는 게 눈에 보이는 남자와 아직 안 했다고?
하준은 굳어 버린 채로 말이 없었다. 무겸은 더 따지지 않고 기다렸다. 과연 뭐라고 대답할지 궁금하기도 했다.
“내가…….”
그렇게 운을 떼고도 잠깐 동안 멍하니 침묵하던 하준이 고개를 짧게 흔들고 무겸과 시선을 똑바로 맞추었다.
“내가 누구랑 자든 네가 무슨 상관이야.”

정론으로 들어온 반격에 이번에는 무겸이 미간을 찌푸렸다.

"당연히 네가 누구와 붙어먹든 알 바 아니지. 그런데 가정 있는 남자는 좀 그렇지 않냐? 그래서 그 인간 마음에 안 든다고. 하는 짓이 더러워서. 어디 유부남이 밖에서 사람을 건드려. 내가 그렇게 여자를 많이 만났어도 유부녀랑은 얽힌 적 없어."

"아니라고 했어."

하준이 거듭 단호하게 말했다. 무겸이 입을 다물었다. 당황하거나 피곤할 때면 자주 그러듯 하준이 머리를 한번 쓸어 올렸다. 찔리는지 손끝이 조금 떨리는 것도 같았지만 무겸은 못 본 척했다.

"네 말대로 유부남과는 안 해."

"……."

"그리고 형은 몰라."

"…뭘?"

"내가 남자 좋아하는 거… 모른다고."

무겸의 눈매가 조금 가늘어졌다. 그렇게 된 거였나.

"그러니까 형한테 그러지 마. 형은 아무것도 모르니까."

무겸은 저를 슬슬 피하며 신경을 건드리던 무렵의 하준을 생각했다. 저한테 성적으로 호감이 있나 싶어 한번 떠봤더니 대뜸 온몸을 던지다시피 달려들던 녀석.

그건 아마 상대가 김무겸이기에 가능한 전개였을 것이다. 보통 사내자식들이야 적당히 피해 다니다 보면 초반의 자신이 그랬듯이 저 자식은 내가 싫구나 생각하고 같이 불쾌해하다가 멀어지거나, 친해지려고 노력을 해서 거리감을 줄이거나, 이도 저도 아니면 그냥 그러려니 하고 넘어가거나. 뭐 그런 흐지부지한 결과들이 나온다.

이하준이 흑심을 품었던 남자가 김무겸 하나만은 아니겠지. 하지만 윤채훈이란 인간에게 하준이 무슨 마음을 품었든 잘 안 된 거다. 그쪽에게 가정이 있어서든, 남자와 남자의 관계를 상상도 못 하는 꽉 막힌 타입이어서든 어쨌든 간에.

그렇게 좋은 형 동생으로 남아 지금처럼 지내고 있는 것이다. 그러니 다른 낌새를 눈치채이고 싶지 않을 테고. 무겸은 지금까지의 상황을 대충 그렇게 정리했다.

"너는 무슨."

그렇게 생각하자 조금 기가 막혀 무겸은 짧은 한숨을 쉬었다. 하준이 이만큼 하고도 아직 무슨 할 말이 남았냐는, 살짝 부은 표정으로 무겸을 보았다.

"그런다고 누가 알아줘? 나 같으면 그냥 나한테 막말 듣게 내버려 두겠어. 뭐 예쁘다고."

"…그건 또 무슨 소리야?"

"됐다. 그만 얘기해."

구질구질하니까. 무겸은 그 말까지는 차마 꺼내지 못하고 입속으로 삼켰다. 불륜이란 단어에서 으레 떠오르는 음락한 웃음이라도 지었다면 차라리 속이 덜 끓을 텐데 윤채훈 옆에 서 있는 하준의 낯이 너무 희고 맑아서 더 화가 났다.

사정을 알고 나니 윤채훈이 더 싫어진다. 별것도 아닌 놈이 남의 팀 소중한 코치에게 맘고생을 시키고 말이다. 반면 이제 우울한 표정을 미처 숨기지도 못하고 있는 하준에게는 조금 안쓰러운 마음이 일면서도 좆같은 기분이 함께 들었다.

섹스 파트너의 과거 따위 세상에서 가장 알 필요 없는 정보다. 불쌍해 보이거나, 안쓰러워 보이거나, 인간 대 인간으로 연민이 생기거나. 그러면 곤란해진다. 관심을 꺼야 한다.

씨발, 그딴 새끼가 뭐 좋다고. 대단히 잘생겼기를 해, 몸이 엄청 좋기를 해, 돈을 펑펑 벌기를 해. 왜 좋고 어디가 좋았는데? 그렇게 잘해 줬어?

…이처럼 모순된 두 가지 생각이 한 가슴에서 두더지 잡기 게임처럼 차례로 불쑥불쑥 머리를 들이밀었다.

"이하준."

그러나 오해는 오해. 무겸은 자신의 실수를 인정했다.

"그, 잘 모르고 말한 건 미안하다."

"…됐어. 너 경솔하고 입 험한 거 세상 사람들 다 아는데 새삼."

잔뜩 가시 세운 분위기면서 별일 아니라는 듯 얼버무린다. 가시가 돋쳐 봤자 고슴도치는커녕 뿔난 송아지 정도로밖에 안 보인다는 것이 이하준의 문제지만.

"오해 풀렸으면 전훈하는 동안 협조 좀 해. 별로 길지도 않잖아. 너한테도 좋은 일이라니까?"

결론은 다시 하나였다. 윤채훈에게 날 세우며 분위기 망치지 말라는 것. 사람의 아픈 곳을 찌르는 잘못을 저지르는 바람에 할 말이 없어진 무겸은 대답 대신 고개만 보일 듯 말 듯 한두 번 까딱했다. 하준이 한숨을 쉬었다.

"가자, 다시."

훈련장으로 돌아가자며 손짓하는 하준에게 무겸이 물었다.

"그래서, 여기서는 안 한다고?"

"서울 가서 바로 할게. 됐지?"

스폰서의 요청으로 갑자기 잡힌 4박 5일짜리 전지훈련이라 통상

1, 2주를 잡는 전훈에 비하면 짧은 기간이었지만 그래도 아직 며칠이 남았다. 이렇게 오래 금욕을 시키다니.

합의하에 몸을 나누는 섹스 파트너가 아니라 헥헥대며 구걸해야 한 번 대줄락 말락 하는 비싼 몸인 척 구는 것이 가소로웠다. 박기 시작하면 울며불며 정신을 못 차리는 게 누군데.

그러나 전지훈련지에서의 섹스가 위험하다는 하준의 말은 일리가 있었고, 무겸은 못 이기는 척 따르기로 하고 몸을 일으켰다. 서울에 가기만 해봐라. 다음 날 일어서지도 못하게 만들어 줄 테니까. 그렇게 다짐하며 나란히 걷는데 갑자기 하준이 불퉁하게 뭉쳐진 목소리로 말을 툭 던져왔다.

"그리고 너 유부녀랑 스캔들 난 적 있잖아."

"뭐? 없어."

"있었잖아. 중국 철강 사업가 부인."

무겸이 눈을 두어 번 깜박이다가 미간을 모았다. 아니, 언제 적 실수를 이제 와서 들추고 이러지? 그가 말하는 스캔들은 벌써 2년 전쯤의 일이었다.

"맹세하는데 유부녀인 거 몰랐어. 그건 빼 줘야지. 입술도 제대로 안 스쳤는데 사진이 그렇게 찍힌 거다."

억울함 가득히 항변하는 무겸을 보며 하준은 어이없다는 듯 피식 웃었다. 툴툴대던 무겸의 안에서 불만보다 신기함이 더 커졌다.

"이 코치, 정말 별걸 다 알아."

"…선수들 정보는 가능하면 자세하게 파악하는 편이야. 너야 자료를 찾다 보면 널린 게 그런 기사니까 눈에 들어올 수밖에."

별일 아니라는 식으로 말하는 무표정한 옆모습을 가늘게 뜬 눈으로 살피는 사이, 벌써 실내 체육관 문 앞에 도착했다. 문을 열기 전, 할 말이 남아 있던 무겸이 하준을 불렀다.

"코치."

"또 뭐."

"선수들이 코치님을 너무 만만하게 보는 것 같아. 친구처럼 지내는 것도 좋지만 그래도 코친데 선수들 통솔도 좀 할 수 있어야지. 장난 거는 거 다 받아 주고 그러지 마라."

"네가 할 말이냐? 우리 팀 선수 중에 나 제일 만만하게 보는 건 너거든?"

코웃음과 함께 뼈를 때리는 지적이 돌아왔다. 반박할 말을 찾기도 전에 하준이 문을 열어젖혔다.

얌전히 기다리라는 동갑내기 코치의 지시에 따라 무겸은 벤치에 앉아서 하준이 윤채훈에게 뭔가를 열심히 이야기하는 모습을 지켜보았다. 웃고 있다지만 다소 저자세로 부탁하듯 꾸벅대는 모습을 보니 또 먹은 것이 얹히려 했다. 진짜 뭣 같은 상황이다.

이야기를 마친 윤채훈이 하준을 꼬리처럼 달고 다시 무겸에게로 다가왔다. 제 눈에는 머리부터 발끝까지 평범 그 자체인데 이런 놈이 뭐가 좋았을까? 얼굴을 가까이서 마주하니 새삼스럽게 재수가 없다.

무겸은 여전히 표정을 풀지 않고 그를 고깝게 보았지만 채훈은 이런 사태를 겪는 것이 한두 번도 아니라는 듯, 상큼하기까지 한 태도로 무겸에게 물었다.

"발목 좀 봐도 될까?"

"…그러시든가."

지는 기분에 이가 갈렸지만 어쩔 수 없다. 협조하기로 약속했으니까.

⚽

무겸이 비교적 얌전히 훈련에 협조하기 시작하며 전지훈련지는 정상적인 분위기를 되찾았다. 먹구름이 물러가자 선수들은 웃음을 되찾았고, 채훈과 무겸은 여전히 서로 인사도 제대로 하지 않았지만 더 이상 그 모습을 어색하게 여기는 사람도 없어졌다.

사흘에 걸쳐 선수들을 꼼꼼하게 체크한 채훈은 마지막 날 각 선수들의 개별 훈련 프로그램을 짜 하준에게 건넸다. 그때 하준이 천하의 보물이라도 얻은 듯 얼마나 좋아하며 웃었는지, 무겸은 그것이 코치로서 칭찬해야 마땅할 훌륭한 태도임을 알면서도 밸이 뒤틀릴 지경이었다.

전지훈련지에서의 4일째. 내일이면 팀은 다시 서울로 가야 했다. 마지막 날 훈련은 오전 나절에 끝나고 점심시간 이후부터는 자유시간이 주어졌다. 선수들은 각자 관광을 가기도 하고 해수욕을 즐기기도 하는 등 나름대로 휴가 분위기를 짜내기 위해 애쓰고 있었다.

보기 좋게 그을린 몸 좋은 청년들이 옷을 벗고 해변에 나서자 사람들은 눈이 휘둥그레져 그 광경을 지켜보았다. 어떤 사람들은 웃으면서 그들이 바다에 뛰어들어 노는 모습을 구경했고, 어떤 사람들은 사진을 찍기도 했다.

정규도 튼튼한 상반신을 훤히 드러내고 수영복 겸 반바지 한 벌만 걸친 차림이었다. 그는 모래사장에서 스트레칭을 하다가 옆에서 무료한 표정으로 파라솔 그늘 속, 해변용 간이 벤치에 앉아 있는 무겸을 향해 물었다.

"너는? 안 들어가냐? 바다 좋아하잖아."

"이런 곳은 취향 아니야. 프라이빗 비치도 아닌 데서 무슨."

"어후, 김무겸 선수. 매사에 시시콜콜 재수 없는 비결 좀 알려 주시겠어요?"

정규가 마이크를 들이대는 척 인터뷰하는 흉내를 내더니 파도를 향해 달려갔다. 그런 정규를 무시하고 무겸은 선글라스 너머 신이 난 사람들을 구경만 했다.

무겸도 바다나 물놀이라면 남 못지않게 좋아하는 편이었으나 지금은 저 애새끼들처럼 깔깔대는 동료들 사이에서 구를 기분이 아니었다. 사람들 앞에서 웃통을 까 갑작스러운 촬영회를 개최하고 싶지도 않았다.

원래 여름휴가라고 하면 태평양이나 남유럽의 휴양지 정도는 가 줘야 한다. 요트를 타고 파파라치나 사람들의 시선을 피할 수 있는 바다 깊은 곳까지 들어가 그 안에서 수영을 하든 스노클링을 하든 해야지, 이런 북적북적 동네 시장통 같은 해수욕장에서 누구 좋으라고 옷을 벗고 나댄단 말인가?

하지만 계속 파라솔 아래 누워만 있으려니 지루하기도 하고 덥기도 해서, 바람이나 쐬기 위해 바다 가까이 다가갔다. 조금 걷다 보니 모래사장에 앉아 있는 하준이 보였다. 훈련 기간 내내 유부남 놈에, 선수들에, 코치들에 여러 사람에게 둘러싸여 정신없어 보이더니 드디어 혼자였다.

"물에 안 들어가냐?"

가까이 다가가서 그렇게 물으니 앉은 채로 고개를 들어 무겸을 올려다보았다.

"어. 나는 좀."

"왜? 수영 못해? 내가 가르쳐 줄까?"

반쯤 진담으로 물었는데 하준은 햇살이 부신지 살짝 눈살을 찌푸리고 웃으며 대답했다.

"아니. 사람들 많은 데서 옷 벗기가 그래서. 옷 젖는 것도 싫고."

또다. 왜 자꾸 요즘 저렇게 웃는지 모르겠다.

이하준은 원래 자기 앞에서 잘 웃지 않았다. 뚱해 보일 정도로, 우울해 보일 정도로 표정을 굳히고 있을 때가 더 많았다.

윤채훈 때문에 잠깐 말다툼을 할 때가 차라리 무겸에게는 익숙한 표정이었다. 한 팀이 된 지도 오래됐고 몸을 맞춘 지도 오래됐으니 저를 편하게 여겨서 이제는 자꾸만 웃는 걸까. 그러나 왠지 마음에 들지 않는다.

"흉터 때문에?"

"아, 응. 조금……."

"그거 별로 보기 나쁘지 않아. 남자 몸에 흉터 한두 개쯤 있으면 어때."

"…네 눈에 그러면 다행이고."

하준은 좀 더 크게 미소 지었다. 웃고 있는 옆모습이 햇살을 받아 반짝이다시피 희었다. 그런데도 살짝 씁쓸한 듯, 썩 밝아 보이지는 않아 무겸은 그 오묘한 간극을 관찰하는 양 빤히 내려다보았다.

"…내 얼굴에 뭐 묻었어?"

"아니."

하준이 뺨을 제 손으로 더듬기 시작하고 나서야 무겸은 시선을 돌렸다.

'너 거기 어쩌다가 다쳤냐?'

그렇게 물어보고 싶었지만 관뒀다. 유쾌한 이야기일 리가 없을 뿐더러 대뜸 물어보기도 뭣한 주제였다.

"윤 뭐시기는?"

"선물 사러 갔어."

"선물?"

"딸 선물."

참 나, 꼴값 떨고 있네. 코웃음이 절로 났다. 그렇게 예뻐하는 척 물고 빨 것처럼 주접을 떨더니 시간이 생기자마자 혼자 내버려 두고 자식 선물이나 사러 가는 그것이 유부남의 한계다.

그래서 이렇게 오도카니 앉아서 궁상을 떨고 있었던 거야? 염병…….

따가운 햇빛과 바닷가의 습기 때문인지 점점 후덥지근해진다. 물에 들어가지 않을 거라면 호텔 방에 박혀 있는 편이 나을 듯했다.

"난 들어갈 건데."

"그래. 들어가서 쉬어."

"더운데 안 놀 거면 너도 그냥 호텔 들어가지 그래?"

"아냐. 구경만 해도 좋다."

턱을 괴고 바다를 바라보는 하준을 결국 뒤로하고 무겸은 호텔로 향했다. 좀 걸어오다가 돌아보니 혼자 앉아 있는 뒷모습이 어째 짠하다.

진짜 보기 나쁘지 않은데 그냥 물에서 놀기라도 할 것이지. 티셔츠만 벗는 정도로는 그리 크게 눈에 띌 흉터도 아닌데.

무겸은 하준의 등을 바라보며 서성이다가 몸을 돌렸다. 에어컨 켜 놓은 룸에서 낮잠이나 자는 게 최고일 성싶었다.

밤이 되자 술판이 벌어졌다. 선수들은 MT 온 대학생들처럼 이 방 저 방을 돌아다니며 장난을 쳤고, 몇몇 코치들과 원로 선수들은 감독의 방에서 함께 술을 마셨다. 파티라면 모를까 방구석에서 술판을 벌이는 취미는 없는 무겸은 딱히 흥미를 느끼지 못하고 전지훈련 동안 수고했다는 인사만 짧게 나눈 뒤 방으로 돌아왔다.

정규 역시 무겸을 따라 다른 자리를 마다하고 방에 처박혔다. 굳이 저를 상대하느라 그럴 필요 없다고 말해 주고 싶었으나 정규도 한 고집 하는 성격임을 알기에 무겸은 그냥 입을 다물었다.

"우리는 우리끼리 한잔하자."

발코니 근처 놓인 테이블에 정규가 맥주를 내려놓았다. 그것까지 거절할 생각은 없어 무겸도 맞은편에 앉았다.

방은 바다가 내다보이는 오션 뷰였다. 깜깜한 지금은 파도 소리가 들려오는 게 전부였지만 창에서 불어오는 선선한 바닷바람이 기분 좋았다. 칙, 맥주 캔을 따는 소리가 작게 오가고 둘은 간단하게 건배를 했다.

"어쨌든 고마웠다. 처음에는 분위기 거지같이 만드나 했더니 중간에라도 마음 고쳐먹어 줘서."

"딱히 그 인간이 마음에 든 건 아니야."

"마음에 들건 안 들건 일할 때 그게 뭐 중요하냐? 너한테야 어차피 오래 볼 사람도 아니잖아."

이야기를 나누던 중 징, 정규의 휴대폰이 짧게 진동했다. 정규가 메시지를 확인하더니 슬금슬금 웃음을 지으며 무겸에게 그것을 내민다.

"우리 희망이 좀 봐라. 아빠 보고 싶다고 이렇게."

"치워."

"…하여간 인정머리 없는 새끼. 얌마, 너한테도 희망이 정도면 조카 아니냐."

"그래서 꼬박꼬박 돈 보냈잖아."

정규는 할 말이 없는 듯 입맛을 다시며 휴대폰을 거뒀다. 무겸은 그의 딸이 태어나고 나서 출산을 축하한다는 뜻에서, 그리고 백일과 첫 돌 때도 매번 꽤 거액을 축하금으로 보냈던 것이다. 비록 한국에 들어온 지금까지도 아직 한 번 직접 만나본 적 없었고 생일잔치에 오지도 못했지만 어쨌든 충분한 호의를 표현한 셈이었다.

둘은 밤바다 바람을 즐기며 느릿하게 대화를 이어 갔다. 중학생 때 이야기로 시작해 각자 선수로 뛰며 겪었던 이런저런 이야기로 흘러갔고, 정규는 무겸의 여성 편력을 놀렸고 무겸은 정규의 고지식함을 놀렸다. 그렇게 이야기가 돌다가 3년 전 월드컵까지 대화가 거슬러 올라갔고, 정규는 대단하다는 듯 고개를 절레절레 저었다.

"너 진짜 남들한테 관심 없구나. 하준이 못 알아보는 것 보고도 깜짝 놀랐다. 그래도 한 달을 같이 있었던 사람들인데 그렇게 잊어버리냐. 그것도 재주야."

"내가 관심이 없는 게 아니라 상황이 특수했지. 몰라서 그래? 그때 짜증 나서 눈에 들어오는 게 없었어."

무겸에게 3년 전 월드컵은 그의 첫 번째 월드컵이었다. 원래라면 그 전 월드컵에도 출전할 수 있었지만 당시 경미하게 입은 부상을 치료 중이었고, 부상을 파악하고 있는 그린포드에서는 무겸이 월드컵에 나가지 않기를 원했다.

부상 투혼 따위도 옛말이다. 국가 대표라고 하면 그 무엇보다 우선하며 달려왔던 예전과는 다르다. 무겸은 어렸고, 프리미어 리그 커리어를 시작한 지 얼마 되지 않은 때였다. 굳이 위험을 무릅쓰며 소집에 응할 이유가 없었다. 그보다 2년 앞서 있었던 올림픽에서 병역도 면제받은 다음이었으므로 더욱 그랬다.

그래도 월드컵은 모든 축구 선수들의 꿈의 무대다. 그다음 월드컵 예선전에 무겸은 한국 국가 대표로서 참가했고 1년 후에는 본선에 출전했다. 우승 같은 허황된 꿈은 꾸지 않았지만 김무겸이 있으니 16강 정도는 무조건 진출하게 하리라 마음먹었었다.

하지만 불운이 겹쳤다. 아시아 지역 예선에서 함께했던 여러 주전 선수들이 줄부상을 당하며 본 대회에 나오지 못하게 된 것이다. 어쩔 수 없이 후보 선수들이 주전으로 나서야 했다. 그렇지 않아도 간신히 레벨을 맞추고 있던 팀이었으니 당연히 그들이 무겸의 마음에 찰 리 없었다.

첫 훈련을 할 때부터 팀은 삐걱거렸고 무겸은 화가 났다. 그는 1회전을 마친 직후 가진 인터뷰에서 "수준 차이가 너무 난다. 이런 상태의 팀을 끌고는 예선도 통과할 수 없다." 따위의 발언을 아무렇게나 해 대 언론과 대중의 비난 폭격을 당했다.

물론 그중에서도 괜찮은 선수가 몇몇 있었을 것이다. 하지만 무겸은 자의 반 타의 반으로 이미 팀에서 고립되었고, 사적인 시간 중에는 물론 훈련을 할 때조차도 다른 선수들과 거의 이야기를 나누지 않았다. 그나마 그때도 정규만이 무겸과 소통했으나 정규 역시 어렸으므로 분위기를 완화하기에는 짬밥이 모자랐다.

끔찍한 첫 월드컵이었다. 잊어버린 것도 있지만 기억하기 싫어 일부러 외면했던 부분도 없지 않다. 내년이면 또다시 월드컵이 돌아온다. 운동선수에게 3년이면 짧지 않은 시간이다. 스스로를 되돌아보면 혼자 의욕이 과해 지나치게 예민해졌다 생각하는 지점도 있어서, 내년에는 같은 실수를 반복하진 않겠다고 내심 다짐하고 있었다. 이 한 시즌의 한국 생활이 어쩌면 도움이 될지도 모른다.

"하준이가 처음에 얼마나 당황했겠냐? 어시스트도 한 녀석을 그렇게 까맣게 잊어버리고."

하지만 이하준은 경우가 다르다. 그때도 살살 피해 다녔는지 알 게 뭔가? 만일 그랬다면 그렇잖아도 당시의 인간들을 일일이 뇌리에 남겨 놓지 않은 자신이 이하준이라고 따로 기억할 수 있을 리가.

"하준이한테 좀 잘해 줘. 마음고생 많이 하는 애니까 괜히 거기다 짐 하나 얹지나 말고."

정규가 핀잔주듯 일렀다. 찔리는 구석이 없는 말도 아니라 무겸은 얼굴을 찌푸렸다.

"이하준은 다쳐서 은퇴한 것 같던데."

"맞아. 부상 때문에."

"왜 바로 코치로 돌아섰지? 재활이 안 될 정도였어?"

정규가 맥주를 한 모금 마시고 말을 정리하려는 듯 침묵하더니 입을 열었다.

"그냥 그때 좀 많이 지친 것 같았어. 그래도 반짝했던 때가 있긴 했는데, 하준이 어머니가 몸이 좀 불편하시거든. 간이던가 신장인가가 만성으로 안 좋으셔서 지금도 계속 치료 중일걸. 재활도 뭐 받쳐 주는 게 있어야 하지. 한국 프로 축구가 다친 선수 안고 기다려 주면서 갈 만큼 여유 있진 않잖아."

"그럼 돈 때문에?"

"돈도 돈이고 시간이나 뭐나. 난 이해 간다. 돈 버는 사람 저뿐인데 막막하지 않았겠냐? 선수 다시 하겠다고 기약 없이 재활하느니 빨리 밥벌이할 궁리 한 거지. 어머니도 어머닌데 동생이 둘이나 있잖아. 애들한테 돈이 좀 들어가냐. 내가 애 키워 보니까 이건 정말 밑 빠진 독에 물 붓기야. 다행히 선수 경력이 탄탄하니까 맨땅에서 시작하는 것보다야 여러모로 훨씬 낫고."

맥주를 몇 모금 더 들이켠 정규의 표정이 씁쓸해졌다.

"예전에 하준이가 자기보다 힘든 사람도 많다고 한마디 하더라. 그 말도 틀린 건 아냐. 선수에서 코치로 전향해서 빨리 자리 잡는 것도 절대 쉬운 건 아니지."

"……."

"너 모르지? 하준이도 그때 월드컵 끝나고 프랑스에서 오퍼 들어왔었어. 2부 리그긴 했지만 너도 그랬고 처음엔 뭐 그렇게 시작하는 거니까. 여차하면 골문 앞까지 치고 올라와서 골도 제법 넣고, 애가 조용조용해도 센스가 좋았거든. 아까워. 얘는 한국보다는 유럽에서 먹힐 타입이었는데……. 다치는 바람에 다 물 건너갔지."

"그만 말해."

무겸이 말을 잘랐다. 한창 이야기를 풀던 정규가 머쓱한 얼굴이 되었다.

"왜? 이런 것도 뒷담인가?"

"이하준 얘기 별로 알고 싶지 않아. 들어서 기분 좋을 얘기도 아니고. 누구 잘됐다는 이야기면 모를까 힘들었고 실패했다는 이야기 들어 봤자 기운만 빠지지."

"……."

"내 인생만 해도 충분히 구질구질한 사연 많아서 남 구질구질한 인생사 얘기 관심 없어. 성공하려면 남 얘기도 성공했다는 이야기나 많이 들어야 하는 거야. 사람들이 괜히 성공담, 자기 계발서 같은 걸 돈 주고 보는 게 아냐."

"하여튼 인정머리 없기는."

구박 한마디를 뱉으면서도 정규는 수그러들었다. 그는 무겸의 '구질구질했던' 시절을 박준성 감독 다음으로 잘 아는 사람이었으니까. 괜히 심술 부리느라 하는 말이 아니라는 것 또한 누구보다 잘 알 테다. 남은 맥주를 꿀꺽꿀꺽 비운 무겸이 자리에서 일어섰다.

"어디 가게?"

"바람 좀 쐬고 올게. 너는 다른 놈들이랑 더 마시려면 마시든지."

"어디 멀리 가려는 건 아니지? 너무 늦게 들어오지 마라. 내일 올라가는 날이니까."

"말 안 해도 그 정도는 알아서 해."

정규는 무겸이 여자라도 만나려 외출을 한다고 생각하는 듯했다. 그럴 계획은 없었지만 굳이 아니라 해명할 필요를 느끼지 못하고, 무겸은 리조트 건물을 나와 다시 바닷가로 향했다.

그럴 것 같더라니 선수 몇몇이 밤바다에 나와 술을 마시고 있다가 우르르 고개를 쳐들고 인사를 했다.

"어, 무겸 형님! 나오셨습니까."

"저희랑 한잔하세요!"

한창 신이 난 듯 졸라 대는 어린애들을 향해 무겸은 손을 내저었다.

"됐으니까 너희끼리 놀아."

그렇게 말하고 발을 떼려는데, 모래사장에 앉은 선수들 사이에서 갑자기 흰 두부 덩어리 같은 것이 불쑥 튀어나와 무겸을 향해 종종종 다가왔다. 털이 흰 개 한 마리가 무겸의 발목 언저리까지 다가와 꼬리를 흔들며 헥헥거렸다. 무겸이 미간을 찌푸렸다.

"웬 개새끼야?"

선수들이 앞다투어 대답했다.

"주인이 있는 갠지 돌아다니는 갠지 아까부터 여기 있었어요."

"귀여워서 놀아 주고 있었어요."

"형님이 좋은가 봐요."

털이 깨끗한 것을 보니 바깥 생활을 하는 개는 아닌 듯했다. 무겸은 제게 들러붙으려는 강아지를 향해 가볍게 발을 굴렀다.

"저리 가."

저를 위협하는데도 꼬리를 흔들며 무겸에게서 좀처럼 멀어지려 하지 않았다.
"쉿."
그러나 무겸이 눈을 부라리며 몇 번인가 더 쫓아내려는 시늉을 하자 결국은 깨갱거리며 선수들에게로 돌아갔다. 한 녀석이 방어적으로 강아지를 안아 올리더니 눈치를 보며 물었다.
"개 싫어하세요?"
"어."
귀여운데……. 아쉬운 듯 중얼대는 목소리를 뒤로하고 무겸은 긴 모래사장을 천천히 걷기 시작했다. 사람이 적은 곳으로 가고 싶었다.
해수욕장이다 보니 근처 가게의 빛이나 조명이 있어 밤에도 그리 깜깜하지만은 않았다. 그래도 바닷물은 먹처럼 새까매 보였다. 낮은 파도가 밀려오고 바스러지는 포말 정도만이 빛을 받아 바다와 모래밭의 경계선을 확인할 수 있게 한다. 그리고 철썩이는 물소리를 통해 이곳이 바다라는 것을 인지할 수 있을 뿐.
리조트 건물이 멀어지며 인적도 점차 드물어졌다. 가게들이 모여 있는 구역도 벗어나 조명이 약해지자 검은 바다 위로 떠 있는 작은 달빛이 새삼 눈에 들어왔다. 계속 걷다 보니 종내는 사람 목소리라고는 전혀 들리지 않는, 오직 파도만이 쏴아 아스라한 소리를 내며 주변을 채우는 곳에 도착했다.
무겸은 그제야 걸음을 늦추다가 어느 순간 완전히 멈추었다. 걸음을 멈춘 것은 꼭 원하던 장소에 도착해서는 아니었다. 이쯤 오면 아무도 없으리라 생각했던 곳에 사람이 있었던 것이다.
무겸은 먼저 온 손님의 옆모습을 바라보았다. 어두운 탓인지 파도 소리 때문인지 그는 무겸이 왔다는 것을 눈치채지 못하고 있는 듯했다.

이하준이었다. 어둠 속에 홀로 서 있는 모습을 보자 언젠가 보았던, 어두운 거실에서 산토끼처럼 서 있던 그가 떠올랐다.

그러나 오늘의 하준은 길 잃은 토끼 같은 분위기가 아니었다. 여기까지 와서도 드문드문 놓인 인공조명과 의외로 밝은 달빛이 하준의 얼굴을 파리하게 비췄는데, 그는 밤에 덮여 지워진 수평선이 보이기라도 하는 듯 표정 없이 먼 곳을 보고 있었다.

무겸은 말을 걸지도 않고, 더 다가가지도 않고 다소 멀찍이서 그를 응시했다. 하준 역시 움직이지 않고 서서 먼 바다만 바라보았다.

먼저 움직인 것은 하준이었다. 그가 신고 있던 신발을 벗었다. 스륵 빠져나와 모래 위를 딛는, 몇 번이나 본 그의 맨발이 오늘따라 무겸에게는 잘못된 그림의 한 조각처럼 느껴졌다. 해변에서도 신발은 신는 것이 좋다. 다칠지도 모르니까.

맨발을 드러낸 하준이 앞으로 걸어 나갔다. 한 걸음 한 걸음 소리 없이 고운 모래사장 위를 밟던 흰 발과 발목이 부서지는 검은 파도 사이로 사라졌다.

이하준 역시 어디선가 술이라도 한잔한 모양이다.

윤채훈 그 자식과 마셨을지도 모르지.

그러다 보니 바람이라도 쐬고 싶어졌을 테고, 아까 저와 마찬가지로 어린놈들이 같이 놀자며 귀찮게 굴었을 테고, 사람 적은 곳을 찾다가 여기까지 거슬러 올라왔을 것이다. 조금 더워서 발이라도 담그고 싶어졌을 수도 있고.

무겸은 그렇게 생각하며 꼼짝하지 않고 서 있었다. 사람 둘 정도의 존재감 따위 아무것도 아니라는 듯 일정하게 울려 퍼지며 다른 소리를 지우는 파도가 귀를 먹먹하게 했다.

그러는 동안에도 하준은 천천히 바다 안으로 걸어 들어갔다. 발목 정도를 담갔다 생각했는데 어느새 무릎 깊이가 되었고 검은 바다는 허리까지 삼켰다. 작작 가고 멈췄으면 싶은데 하준은 자꾸만 자꾸만 앞으로 나아갔다. 파도 소리가 너무 큰 탓에 그가 물을 헤치는 소리는 들리지도 않아 하준은 마치 바다에 빨려들고 있는 것처럼 보였다.

"저 미친 자식이."

보다 못한 무겸이 결국은 욕지거리를 뱉으며 발을 뗐다. 신발을 벗을 생각도 못 하고 달려 바닷속으로 풍덩 뛰어들었다.

밤이라 해도 더운 공기 속에 놓여 있던 몸이 갑자기 찬물에 둘러싸이자 으스스 소름이 돋았다. 그러나 한기마저도 제대로 느껴지지 않았다. 첨벙첨벙 물소리를 내며 하준의 뒷모습을 쫓아가던 무겸이 목소리를 높여 그를 불렀다.

"이하준!"

아까까지만 해도 허리 정도였는데 지금은 가슴 언저리까지 잠겼다. 무겸은 헤엄쳐 다가가다가 거리가 어느 정도 좁혀지자 몸을 바로 세워 물을 가르며 걸었다.

"이하준!"

답답한 마음에 이름을 한 번 더 외치며 팔을 뻗었다. 하준의 티셔츠 자락이 간신히 손가락에 걸리고, 그제야 하준이 뒤를 돌아보았다. 흰 얼굴 위의 눈이 동그랗게 커졌다.

"김무겸?"

무겸은 어느새 가쁜 숨을 쉬고 있었다. 90분 풀타임을 뛰고도 금세 숨을 바르게 고르는 무겸이다. 아무리 바닷속이라지만 고작 몇 미터 이동했다고 해서 이렇게 숨이 찰 리가 없었다.

사람을 놀라게 해 놓고 아무 일 없는 듯 태평한 얼굴에 화가 불끈 치솟는다. 하준이 방향을 틀어 무겸을 향해 물을 가르고 다가왔다.

"여기는 언제 왔어?"

그러나 혼자 오버하는 사람이 되어 화를 내고 싶지는 않다. 별스럽게 쿵쿵 뛰는 가슴을 억누르며 무겸은 높아지려는 목소리도 의식적으로 잡아 내렸다.

"…너 뭐 하는 거야."

"바람 쐬러 나왔다가 지금이라도 잠깐 수영하려고 했지. 낮에 안 했더니 아무래도 아쉬워서 한번 들어왔다 가려고."

"밤에 이렇게 깊이 들어오면 위험해."

그랬더니 하준의 젖은 얼굴에 속없이 웃음이 돌았다.

"날씨 좋아서 파도도 별로 없는데 뭘. 이 정도는 괜찮아. 나 수영 잘해."

"수영장이 아니라 바다라고!"

억지로 눌렀던 목소리가 결국은 커졌다. 갑자기 노성이 터지자 웃던 하준의 눈이 둥글게 커지더니 빰이 굳었다.

무겸은 젖은 얼굴을 손으로 한 번 쓸어 올렸다. 소금물인 탓에 눈이 따끔거린다. 당황한 하준이 반사적인 태도로 사과를 했다.

"어, 미안……."

"나와, 빨리."

영문도 모르고 우물쭈물 사과를 하는 하준의 팔목을 붙들고 죄인을 체포한 형사라도 되는 것처럼 무겸은 다시 해변을 향해 걸었다. 혼자가 아니라 이번에는 수영을 하는 대신 첨벙첨벙 걸어 나갔다.

한마디 말도 없이 그렇게 모래사장으로 나서고 나니 물을 먹은 옷이 축축 아래로 늘어졌다. 하준이 입고 있던 티셔츠 자락을 들어 올려 비틀어 짜자 물이 줄줄 흘렀다. 무겸은 이를 갈며 젖은 티셔츠를 벗어 땅 위로 집어 던졌다. 아무렇게나 던져진 티셔츠가 지면 위에 나뒹굴며 모래가 들러붙었다.

신발을 신은 하준이 눈치를 보다가 그 티셔츠를 주워 들어 제 것과 마찬가지로 비틀어 짰다. 물이 좌악 소리를 내며 모래 위로 쏟아졌다. 버려도 그만인데 웬 궁상인지, 그 모습을 보고 있으려니 열만 더 받는다.

그래도 더 성질부리고 싶지 않아 무겸은 말없이 하준의 몇 발짝 앞에서 있기만 했다. 티셔츠의 물기를 짜낸 하준이 가까이 왔다. 그 후에야 걸음을 옮기기 시작하자 이제 팔목을 잡아끌지 않아도 하준은 옆에서 따라 걸었다. 한참을 그렇게 말없이 걷던 중, 하준이 기가 죽은 목소리로 말을 걸어왔다.

"야… 놀랐으면 미안. 물에 빠진 줄 알았어?"

놀라기는 누가.

밤에 그렇게 바다 깊이 들어가면 위험하다는 건 초등학생도 안다. 놀란 게 아니라 어이가 없어 화가 난 거다.

대답 없이 계속 걷자 하준도 더 이상 말을 걸지 않았다. 아까는 기분 좋게 귀를 식혀 주던 파도 소리가 지금의 무겸에게는 신경을 득득 긁는 소음처럼 들려 미칠 것 같았다. 걷다 보니 다시 주변이 밝아졌고 사람들도 드문드문 늘어났다. 술을 마시며 강아지와 놀던 선수들은 여전히 그 자리에 있었다.

"어, 코치님, 형님! 수영하셨어요? 와, 둘이서만 치사하게."

닥쳐.

사정도 모르고 놀리듯 말하는 녀석들의 입술을 비틀어 주고 싶었지만 무겸은 얼굴만 살짝 찌푸리고 묵묵히 건물 쪽으로 향했다. 뒤쪽에서 그들을 타이르는, 웃음 섞인 목소리가 들렸다.

"미안. 너희들 술 너무 많이 마시지 마라."

사람 속 터지게 만들어 놓고 아무 생각도 없지.

짜냈다고는 하지만 여전히 옷은 축축했고 오는 사이 조금 말랐다 해도 몸 역시 젖어 있었다. 한밤중에 체격 좋은 두 남자가 머리부터 발끝까지 젖어 안으로 들어서자 로비의 직원들은 조금 당황하는 듯했지만 별말 없이 엘리베이터 쪽으로 안내했다. 어차피 해수욕장 근처의 리조트라 이 정도는 익숙한 듯 보였다.

하준이 팀의 숙소가 모여 있는 층수를 눌렀다. 사각형 상자가 위로 쭉 올라가는 동안에도 둘은 말이 없었다. 칭, 벨소리를 내며 열린 문 사이로 빠져나와 물방울을 떨구며 카펫이 깔린 긴 복도를 걷다 보니 하준이 묵는 방 앞에 먼저 도착했다. 하준이 머뭇대며 힐끔거리다가 말했다.

"김무겸, 옷 내가 빨아 줄게. 잠깐 들어왔다 가."

"…윤채훈은."

"형 없을걸. 아까 코치님들이랑 술 마신다고 나가서."

하준이 문 옆 인식기에 키를 가져가자 삐익 찰칵, 소리와 함께 잠금이 해제됐다. 문을 열자 정말로 방은 텅 비어 조용했다. 하준이 먼저 방에 들어서고 무겸도 뒤따랐다. 들어오자마자 욕실로 들어선 하준은 그제야 몸에 들러붙은 셔츠를 벗어 올리고 샤워기로 물을 뒤집어쓰며 투덜거렸다.

"바닷물 먹으면 빨래하기 귀찮아서 낮에도 안 들어갔던 건데. 윗옷이라도 벗고 들어갈 걸 그랬다."

욕실 문을 훤히 열어 놓은 채라 옷을 벗은 하준의 몸이 그대로 무겸의 눈에 들어왔다. 바닷물에 젖은 채로 한참을 걸어와 그런지 여름인데도 체온을 빼앗긴 듯 피부가 유달리 희어 보였다.

그리고 그놈의 흉터. 처음에는 보여 주기 싫은 듯 두 손으로 감싸고, 보기 싫으면 옷을 입고 하겠다며 티셔츠를 잡아 내려 가리던 검붉은 자국과 그 옆으로 길게 이어지는 꿰맨 흉터에 무겸의 시선이 닿았다.

희고 고운 피부 위에 확실히 이질적인 흔적이다. 전체적으로 검붉지만 얼룩덜룩하고, 울퉁불퉁하게 얽은 부분도 있다. 자세한 연유야 모르겠지만 겉보기에는 화상 흉터로 보였다. 골반에 가까운 허리에서 시작해 허벅지 윗부분까지 타고 내려오는. 지금은 바지에 가려져 아랫부분은 보이지 않는다.

"김무겸. 속옷이랑 바지도 벗어서 주고 네 방에는 가운 입고 가라. 내가 빨아서 말려 놨다가 내일 가져다줄게."

평소와 다를 바 없이 평온하기 짝이 없는 말투. 무겸은 말없이 시키는 대로 했다. 젖은 바지를 벗고 속옷까지 벗자 실오라기 하나 걸치지 않은 탄탄한 나신이 드러났다. 욕실 안의 하준에게 옷가지를 건네자 그가 여상스러운 표정으로 그것을 받아 들었다.

그렇게 옷을 건넨 무겸이 욕실 안으로 성큼 걸어 들어서며 문을 닫았다. 신축 리조트의 욕실은 꽤 넓었지만 평균 이상으로 큰 남자 둘이 들어서자 꽉 차게 느껴졌다. 하준이 얼굴을 올려다보며 물었다.

"여기서 씻으려고?"

방에 들어와라, 옷을 벗으라며 부추겨 놓고 또 능청을 떤다. 오늘따라 그 수작에도 무겸은 아무 감흥이 일지 않았고 대답하기도 귀찮았다. 말없이 하준의 허리를 한 팔로 끌어안아 당겼다. 몸이 덜컥 흔들린 하준의 손에서 젖은 옷들이 툭툭 무겁게 떨어져 내렸다.

젖은 앞머리 사이 동그란 이마, 그 옆의 매끈한 귓바퀴가 눈 아래 놓였다. 일주일이 넘도록 일이 끝나자마자 튀어 버리는 바람에 씹어 본 지가 오래됐다. 이를 세워 질근 씹자 하준은 놀라며 무겸을 손으로 밀어내려 들었다. 물론 무겸은 꼼짝도 하지 않았고 하준의 허리를 안은 팔에 더 힘을 주었을 뿐이다.

"너, 너 뭐 해… 흐!"

귓속까지 혀를 뾰족하게 세워 찔러 넣어 작게 넣었다 빼기를 반복하자 그 작은 애무에 팔 안에 갇힌 몸의 힘이 빠진다. 무겸은 그런 하준을 전신으로 천천히 밀어 타일 벽에 기대어 서게 했다.

입술을 떼지 않고 귀에서 이어지는 턱선을 따라 그리듯 내려왔다. 서두르지도 않았다. 마른침이라도 삼키는 듯 울렁대는 목울대 위, 쇄골 위, 가슴뼈 위를 혀로 쓸다가 옆으로 슥 미끄러지며 벌써부터 일어선 유두 위를 길게 핥았다. 그새 바닷물이 다 씻겨 나갔는지 살갗에서는 수돗물 맛만 났다.

"으, 으응……."

하준의 몸이 움찔거리고 가슴이 빠르게 들썩인다. 무겸은 재차 유두 위를 길게 핥으면서 바짝 일어선 물방울 같은 그것을 관찰했다. 처음에도 입을 가져다 대기도 전부터 이렇게 뾰족하게 일어섰었나?

기억이 잘 나지 않았다. 무겸은 조금 급하게, 눈앞의 것을 빨리 먹어 치우려는 사람처럼 이번에는 약하게 이를 세우고 작은 돌기와 유륜을 긁어 댔다.

"앗, 아, 아……."

이로 긁고, 그 끝을 찌르고 문지르고, 그것도 모자라 나중에는 유두 근처의 많지 않은 살까지 입 전체로 쪽쪽 소리가 나도록 빨아들이고 돌기를 혀로 거의 덮듯이 짓눌러 핥았다. 그러자 하준은 가슴이 아니라 성기라도 빨리는 것처럼 허리를 비틀며 신음했다.

"하지 마……. 안, 돼. 여기서, 는……."

무시하고 나머지 한쪽 유두로 입술을 가져갔다. 실컷 빨려 붉게 부어오른쪽을 손가락으로 짓이기다시피 굴리고 만지작대며 똑같은 애무를 남은 한쪽에 반복하자 하준의 손이 어깨를 밀어내려 했다.

평소에는 완력이 약한 편이 아닌데 일단 시작하면 힘이 빠져서인지 그런 척하는 것인지 하준은 그다지 힘을 쓰지 못했다. 그 점은 오늘도 별다르지 않았다. 그저 어깨 위에 얹힌 모양새가 된 손에 갑자기 힘이 들어가며 손끝이 무겸의 피부를 약하게 긁었다.

"하, 아으, 아파, 아파……!"

갑자기 터져 나온 애원에 무겸이 슬쩍 고개를 들어 하준을 올려다보았다. 정말로 아픈 듯 찌푸린 눈썹. 얼굴이 붉다.

무겸은 이미 한참을 물고 빨았던 돌기를 자신의 손이 너무 세게 짓이기고 있음을 알았다. 유두는 물론 근처의 피부까지 발갛게 익었다. 손을 내리자 하준이 안도하며 가늘게 한숨을 쉬었다.

그러고 보니 이렇게 얼굴을 올려다보는 각도는 낯설었다. 그의 머리 아래를 애무한 적이야 여러 번이지만 대체로 눕혀 놓거나 엎어 놓고 하다 보니 결국은 내려다본다는 느낌이었다.

가슴을 괴롭히는 것을 관두고 더 아래로 내려왔다. 명치와 늑골, 그리고 무겸의 것에 비하면 희미하지만 미끈하게 자리 잡은 복근 위를 따라 그리기 놀이라도 하듯 혀로 덧그렸다. 그러자 색색대며 신음을 참는 숨소리가 들려온다.

아직 벗지 않고 있던 바지를 속옷까지 한 번에 끌어 내렸다. 몸의 중심을 확인하자 성기는 일어서 있지 않았다. 최근에는 몇 번 만지고 여기저기 대충 입 맞추다 보면 금방 세우고 할딱대는 모습밖에 본 적이 없어서인지 저도 모르게 미간이 슬쩍 찌푸려졌다.

아파.

방금 하준이 내뱉은 목소리가 머릿속에 재생된다. 그래도 느끼는 것 같았는데 아파서 제대로 못 세운 걸까. 아니면 윤채훈과 쓰는 방 욕실이라 불안해서? 그놈은 술이나 처먹으러 가서 지금 이곳에 없다. 좆도 못 세울 이유가 뭐 있나.

"뭐 해……. 이제 그만해."

바지를 끌어 내려놓고서 아무것도 하지 않고 성기와 하반신을 감시하듯 살피는 모습이 의아했는지 하준은 민망함 섞인 목소리로 만류했다. 다시 옷을 끌어 올리려고 숙이는 허리를 무겸은 뒤로 밀어 움직임을 막았다.

그 손끝에 흉터가 닿았다. 남달리 곱고 매끄러운 피부 위, 그 부분만 작은 폐허로 존재하는 것 같다. 다른 곳과 촉감부터 차이가 난다. 말랑하거나 부드러운 맛이 없이 뻣뻣하고 겉은 조금 울퉁불퉁하다. 옆으로 놓인 꿰맨 흉터는 길고 비죽비죽해 그곳에서 뻗어 나온 나뭇가지나 선로처럼 보였다.

무겸은 그 부정형의 얼룩을 빤히 바라보다가 천천히 얼굴을 가까이 가져갔다. 처음에는 가볍게 스치는 듯했던 입술이 곧 거친 살결 위를 힘주어 눌렀다. 그의 몸에 입을 한두 번 맞춘 것도 아닌데 미개척지에 처음 발을 내딛는 듯 묘한 기분이었다. 하준이 놀란 사람처럼 허리를 움찔 떠는 것이 그 위에 맞춘 입술과 붙들고 있는 양손 안에 전해져 왔다.

쪽. 잠시간 맞대고 있던 입술을 들어 올리자 살과 살이 떨어지며 생기는 작은 접촉음이 욕실에서 유달리 크게 울렸다. 입술을 거두자마자 혀를 내밀었다. 축축한 살덩어리가 얼룩 위를 살살 핥아 나가자 하준은 피하고 싶은 듯 몸을 움츠렸지만 무겸의 손아귀는 그를 단단하게 가두고 있었다.

꿀이라도 바르고 그 위를 핥듯, 몸 위에 새겨진 무늬 위를 모조리 다시 칠해 버리려는 듯 무겸의 혀는 느리고 진득하게 그 위를 오갔다. 계속 핥다 보면 오래된 흉터 위로 새살이 돋아나고 모든 상처가 없어질 것이라고 믿기라도 하는 사람처럼.

손에 닿는 허리는 변함없이 부드럽고 매끈하다. 오직 이 작은 영역만이 덧대 기운 천처럼 색도 촉감도 다를 뿐.

아파.

조금 전에 들은 하준의 하소연이 다시 한번 귓가를 빙빙 맴돌았다. 그 목소리와 함께 낮에도 스쳤던 질문이 무겸의 머릿속을 연기처럼 채웠다.

여기 어쩌다가 이렇게 됐어?

젖꼭지만 좀 세게 만져도 아프다고 엄살을 떠는 놈이. 어디든 손만 살짝 스쳐도 느껴서 벌벌댈 정도로 살갗도 예민한 놈이.

어쩌다가 이렇게 크게 다쳐서.

"김무겸……."

그렇게 최면이라도 걸린 사람처럼 한참을 흉터 위로 입을 맞추고 혀를 미끄러뜨리던 무겸은 저를 부르는 목소리에 동작을 멈췄다. 이름을 부른 목소리가 평소보다 작았다. 살짝 떨리는 것 같기도 했다.

무겸은 고개를 들어 하준과 눈을 마주쳤다. 먼저 불러 놓고도 하준은 바로 말을 잇지 못하고 어딘가 멍하게 무겸을 내려다보았다. 그 표정은 한마디로 정리할 수 없도록 복잡했고 또 낯설었다.

울고 싶은 것 같기도 하고 웃고 싶은 것 같기도. 그런가 하면 아무 표정이 없는 것 같기도 하고, 바로 눈앞의 무겸을 보는 것 같지만 조금 전 바다에서 먼 곳을 바라보던 시선을 닮기도 한.

왜 그따위 얼굴로 사람을 봐.

이유 없이 불만스러웠다. 오늘 낮, 채훈과 함께 서 있던 그가 떠올랐다. 윤채훈이 짜 준 훈련 프로그램을 받아 들고 환하게 웃던 이하준. 그 미소는 팀에서 일을 할 때 의례적으로 사람들에게 보여 주는 웃음과는 달랐고 당연히 무겸 앞에서 보여 주는 웃음과도 달랐다.

그딴 게 그렇게 대단해? 그린포드에는 그놈보다 더 우수한 코치도 많아.

무겸은 하준이 말을 잇기를 더 기다리지 않았다. 허벅지에서 시작하는 흉터의 아래쪽 끝에서 허리로 이어지는 위쪽 끝까지를 길게 혀끝으로 핥아 올렸다. 그 애무를 재촉으로 받아들였는지, 달싹이기만 하던 입술에서 조금 더 작아진 목소리가 흘러나왔다.

"나 거기, 감각이 죽어서… 아무것도 못 느껴……."

그러고는 잠시 침묵이 흘렀다. 무겸이 표정 없는 얼굴을 들어 올렸다. 말을 마친 하준의 입술이 약하게 떨리는 것이 보였다. 부끄러운 비밀이라도 고백한 사람처럼.

저와 눈을 마주치지 않는 흰 얼굴을 응시하던 무겸은 다시 한번 혀를 내밀어 흉터 위를 짓눌렀고, 천천히 문지르며 핥아 나갔다. 입에서 나온 무겸의 목소리는 표정만큼이나 무덤덤했다.

"너 느끼라고 하는 거 아니야."

그렇게 말하며 조금 전 유두를 애무할 때처럼 이를 세웠다. 턱에 힘을 주지 않고 긁작대자 하준의 입에서 탄식 섞인 한숨이 새어 나오는 것이 들렸다.

쵭춥 소리를 내며 그 위를 빨아 댔다. 아무것도 느끼지 못한다면서 하준의 몸은 소리가 날 때마다 흠칫거렸다. 허리를 붙잡고 있던 손이 저도 모르는 사이에 미끄러져 허벅지 위를 쓰다듬었다. 바깥쪽을 미끄러지다가 허벅지 안쪽으로 더듬어 들어가 부드럽고 탄력 있는 살을 주무르고 쓸었다.

그러던 무겸의 시선이 문득 얼굴을 박고 있는 골반께 옆, 여전히 제대로 일어서지 않은 하준의 중심으로 향했다. 무겸은 한참을 핥아 대던 흉터에서 혀를 떼지 않은 채 가로로 지익, 혀로 붓질이라도 하듯 얼굴을 옆으로 가져갔다.

골반과 허리 사이에 있던 입술이 배꼽 방향으로 미끄러졌다. 하준은 무겸이 무엇을 하려는지 모르겠다는 듯, 여전히 난해하고 멍한 얼굴로 그가 하는 모습을 내려다보기만 했다.

“하으, 읏!”

하준이 한순간 눈을 크게 떴다. 불안정한 숨만 내쉬던 입에서 신음이 터져 나왔다. 허벅지 안쪽을 꾹 눌러 다리 사이를 벌린 무겸이 갑자기 하준의 성기를 빨아들이듯 삼킨 것이다. 아직 열을 띠기 전인 살덩어리가 순식간에 뜨거운 입 안으로 들어갔다.

무겸은 이제까지 하준에게 일일이 셀 수도 없을 정도로 여러 번 구음을 받았다. 처음에는 서툴렀던 하준이 먼저 펠라티오 이야기를 꺼내게 되고 목구멍 깊이 성기를 조이며 무겸의 것을 빨아 주는 동안 무겸은 한 번도 같은 행위를 돌려준 적이 없었다.

이하준은 원래 남자 좋아하는 놈이니까. 그러니까 상관없겠지만 나는 아니다. 적당히 손으로 대딸이나 쳐 주고 뒷구멍에 박는 것까지야 괜찮아도 같은 남자 좆까지 빨아 줄 정도의 비위는 없다.

그런 생각을 하며 그의 말캉한 혀가 귀두를 핥고 점막이 기둥을 감싸 쭉쭉 빨아올리는 감촉을 즐겼다. 때로는 좁고 매끄러운 목구멍을 마치 뒤쪽처럼 쓰며 성기를 처박으면서도 한 번도 하준의 것에 입을 댈 생각을 해 보지 않았다.

그런데 왠지 오늘은 할 수 있을 것 같았다. 조금은 충동적으로 입에 담은 성기는, 생각 밖으로 아무런 거부감도 들지 않았다. 더럽지도 않고 냄새도 나지 않았다. 고운 살갗이나 흉터나 머리카락, 그런 다른 부분들과 똑같은 이하준의 일부일 뿐이었다.

"흐으, 왜… 왜 그, 래, 앗……!"

고개를 앞뒤로 움직이며 곧게 뻗은 기둥을 빨아올렸다. 오늘따라 애무를 해도 둔하게 굴던 성기가 직접적인 자극에는 곧바로 반응했다. 좆도 꼭 저처럼 생겨서 휘어진 부분 하나 없이 쭉 뻗었고 색도 옅은 편이었다. 이렇게 표현하면 좀 우스울지도 모르겠으나 잘생긴 자지였다.

뒤로 처박히면서도 매번 곧잘 세웠지만 역시 직접 빨아 주는 느낌은 또 다른지 하준의 것이 평소보다 좀 더 단단하게 서는 듯한 느낌이 들었다.

해 준 적은 없지만 받은 적은 많다. 풍부한 간접 경험 탓에 무결의 구음은 처음치고 능숙했다. 귀두와 기둥이 이어지는 부분에 혀를 대고 문질문질 핥으면서 깊이 삼켰다 빨아올리고, 귀두 위로만 혀를 돌리며 손으로 쩍쩍 소리가 나도록 기둥을 쳐올리다가 다시 덥석 삼키기도 했다.

연신 들뜬 신음을 흘리며 움찔거리는 몸의 반응은 처음 시도하는 펠라티오에 대한 칭찬처럼만 느껴졌다.

"으응, 흐, 하지 마, 하지… 아, 아!"

깊게 물었던 것을 빨아올리며 혀로 길게 쭉 훑어 주자 허리를 꿈틀대며 타일에 기댄 머리를 젖힌다. 하준의 손이 무겸의 머리 위로 덥석 올라왔지만 머리카락을 움켜쥐려다 마는 듯 손가락 끝만 바들거렸다. 무겸은 성기를 뱉어 내 젖은 그것을 커다란 손아귀에 가두었다. 거칠게 훑어 올리며 따졌다.

"왜 해 줘도 난리야?"

"으, 하윽! 왜, 왜 그래, 흣, 갑자기, 왜……."

"너랑 처음 잤을 때는 뭐 따로 이유가 있었나?"

하고 싶으면 할 뿐이지 충동과 욕망에 이유 따위는 없다. 어제는 절대 못 할 것 같았던 일이 오늘은 끌릴 수도 있는 거다. 손으로 빈틈없이 감싼 기둥을 쓰다듬어 올리면서 무겸은 그 아래 놓인 동그란 고환 위에까지 입술을 미끄러뜨렸다.

성기를 문지르는 속도를 올리며 열매 같은 그것을 입에 넣고 굴리듯 빨자, 아까는 차마 힘주어 쥐지 못하는 듯 머뭇거리기만 하던 하준의 손이 짧은 머리카락을 꽉 붙잡아 왔다. 허벅지가 부들부들 떨리는 것이 다 보였다.

"아흑, 아! 아!"

손안에 있는 것이 움찔댄다. 곧 토정할 듯 흔들리는 것을 무겸이 다시 삼켜 뿌리부터 혀로 쓸며 세게 빨아올렸다. 역시 한계였는지 곧바로 입안에 뜨끈한 액체가 후드득, 쏘듯이 뿌려진다.

정액이 입속에 튀는 감각이 생생했다. 손에 받아도 그만인 것을 굳이 입으로 받아냈다. 무겸은 저 자신의 행동을 속으로 조롱했다. 김무겸, 분위기 타서 아주 미쳤구나.

"하아, 헉, 흐으읏……."

사정을 해서 힘이 빠졌는지 무너지듯 숙어지는 상체를 무겸이 다시 손으로 밀쳐 제대로 서게 했다. 정액 냄새를 수영장 물 냄새라고 표현했던 하준의 말이 생각 나 피식 웃음이 나왔다.

같은 남자의 것을 빠는 걸로도 모자라 정액을 입에 받다니. 상상도 하지 못했다. 거짓말로라도 좋다고는 못 하겠지만 생각보다 나쁘지 않다. 엄청나게 역겨울 줄 알았는데 성기를 물었을 때처럼 이것도 그저 받아들일 수 있을 정도였다.

무겸은 입 안에 뿌려진 체액을 대충 삼키고 손등으로 입술을 훔치며 몸을 불쑥 일으켰다. 무겸을 올려다보던 하준의 머리가 천천히 아래로 처진다. 고개를 숙인 하준의 목덜미부터 거의 가슴까지가 발갛게 물들어 있었다.

부끄러운 것인지 놀란 것인지 하준은 고개를 들지 못하고 움찔댔다. 잘못을 저질러 몸 둘 바를 모르는 사람처럼 굴었다. 다독여 줄 마음은 전혀 들지 않았다. 잘못했으니까. 밤바다에 뛰어들어서 사람을 놀라게 했다는 죄를 지었으니까.

벽에 기댄 몸에 바짝 붙어 서 은근히 체중으로 짓눌렀다. 한 번 사정해 살짝 수그러든 하준의 성기와 배 위로 우뚝 일어선 무겸의 성기가 맞닿았다. 뜨겁고 단단한 것의 끝이 아랫배를 쿡쿡 찔러 대다가 늘 그 안쪽에서 이루어지는 움직임을 상상하게 만들 듯 몇 번 길게 미끄러졌다. 하준이 고개를 들지 못하고 어깨를 떨었다. 까만 정수리를 내려다보던 무겸이 명령조로 말했다.

"세면대 잡고 서."

"…김무겸, 여기……."

무겸이 하준의 대답을 더 듣지 않고 팔을 끌어당겨 세면대 앞에 세웠다. 허리까지 비치는 커다란 거울에 하준의 붉게 달아오른, 당황하는 얼굴이 훤히 비쳤다. 저 자신과 눈이 마주친 하준이 깜짝 놀라며 고개를 아까보다 깊이 숙였다.

뒤쪽에 선 무겸은 거울 속 하준을 응시하며 선반에 있던 로션을 집어 들어 손에 몇 번 짜냈다.

"갑자기 좆은 왜 빼는지 물어봤지? 네가 한 번 싼 다음에 넣으면 느낌이 더 좋거든."

질감이 묽은 흰 로션이 하준의 허리와 엉덩이 위로 뚝뚝 떨어졌다. 눈으로 보기에는 정액을 뿌린 모습 같아 무겸의 입술 끝이 희미하게 올라갔다.

희고 끈적한 점액이 탱탱한 볼기 위, 양옆으로 보조개가 파인 꼬리뼈 위로 천천히 흘러내렸다. 그 흘러내리는 로션을 아래로 펴 바르던 무겸의 손가락이 엉덩이 사이, 깊이 숨은 입구 사이로 망설임 없이 파고들었다.

"흐……!"

"제대로 잡고 서."

입술을 몇 번씩 잘근잘근 깨물며 뻿뻿이 서 있던 하준이 결국 팔을 뻗어 세면대를 붙잡았다. 손등 뼈가 도드라지게 서고, 손가락에 힘이 들어가 그 끝이 희게 변했다. 긴장했는지 엉덩이가 꽉 다물려 있었다. 무겸이 그 위를 손가락으로 더듬으며 귓가에 입술을 가져갔다.

"힘 빼. 이런다고 안 그만둬."

"김무겸, 진짜 안 돼. 이러다 형 들어오면……."

초조하게 이어지는 말을 막으려는 듯 중지가 닫혀 있는 입구 사이로 꾸욱 밀려 들어갔다.

"으……!"

일주일 정도 쉬어서인지 서 있는 자세 때문인지, 아니면 정말 긴장해서인지… 평소에는 잘 풀어 주면 손가락 네 개를 전부 삼키는 하준의 구멍은 엄청나게 비좁아져 손가락 하나를 밀어 넣기도 힘겨웠다.

이 상태에서 발기한 물건을 꽂아 넣는 것은 불가능해 보였다. 아니, 하려면 할 수는 있겠지만 그랬다가는 한 사람이든 둘 모두든 다치고 말 것이다. 피를 보는 취미는 없다. 무겸은 윤활제의 힘을 빌려 일단 안쪽까지 밀어 넣는 데 성공한 중지로 하준의 느끼는 지점을 더듬으며 은근히 짓눌렀다.

긴장해서 굳었을 뿐 이미 한 번 사정한 이후다. 몸에는 이미 성감이 번져 있었다. 손가락으로 전립선 위를 문지르며 얕게 추삽질하듯 움직이자 역시나 하준은 작고 가쁜 숨을 내쉬며 허리를 떨기 시작했다.

"하, 하아."

"이럴 때 다른 놈 이야기 꺼내지 마. 기분 잡쳐."

"아, 읏, 그게, 아니라……!"

"전훈 기간 동안 네가 협조하래서 협조했어."

"-흑, 아!"

"내키지도 않았는데 시키는 대로 했으니 막판에는 돌아오는 게 있길 바라도 되지 않나?"

나머지 한쪽 손을 가슴으로 옮겨서 조금 전 퉁퉁 부어오르도록 빨아 댄 유두를 툭툭 튕기자 하준이 매질이라도 당하는 사람처럼 전신을 들썩였다. 어차피 느끼기 시작했으면 중도 포기는 이하준에게도 괴로운 일일 것이다. 협박이라도 하는 사람처럼 목소리를 낮추어 귓전에 속삭였다.

"이번에는 네가 협조할 차례야. 허리 뒤로 빼."

"흐읏……."

"네가 협조하면 빨리 끝날 수 있어."

무겸이 유두를 만지던 손을 주욱 미끄러뜨려 하준의 골반을 잡아 뒤로 당겼다. 그러자 하준도 숨을 한 번 크게 들이마시고 내쉰 뒤 천천히 몇 걸음 물러섰다. 세면대를 붙잡은 채로 다리를 무르자 허리가 자연스럽게 뒤로 빠지며 엉덩이가 무겸을 향해 내밀어졌다.

어느 정도 여유가 생기자마자 무겸은 검지까지 밀어 넣었다. 빨리 안을 넓히고 싶어 안에서 가위 모양을 만들 듯 손가락 사이를 쭉 벌리자, 입을 꾹 다물었던 하준이 다시 신음을 토해 냈다.

"으흣! 흐으, 아."

분명히 제대로 느끼고는 있는데, 그러나 평소처럼 빨리 풀어지는 느낌이 없다. 무겸이 입술을 가볍게 씹었다. 처음에는 그냥도 박았었다. 그때처럼 해 버릴까. 그날은 이하준이 급해서. 오늘은 김무겸이 급해서.

붓기 시작한 전립선 근처를 계속 문질러대면서 무겸은 남은 한 손으로 제 성기를 붙들었다. 로션을 다시 한번 듬뿍 발랐다. 많이 바른다고 발라도 젤에 비하면 아무래도 매끄러움이 떨어지지만 어쩔 수 없다. 안쪽을 애무하던 손가락을 주르륵 빼내고 그대로 귀두를 입구에 쿡 찔렀다.

"아, 아."

느끼는 것인지 겁먹은 것인지 하준이 허리를 흠칫흠칫 떨었다. 성기의 진입을 막으려는 듯 도리어 볼기에 힘이 들어가는 것이 눈으로도 보였다. 달아오른 성기 끝으로 몇 번인가 입구를 쿡쿡 찌르며 무겸이 말했다.

"빨리 끝내려면 이제 슬슬 넣어야겠는데."

색색대는 숨소리만 대답으로 돌아왔다. 재촉하듯 조금씩 허리를 밀자 등만 내보인 채로 하준이 물었다.

"진짜… 해?"

"그럼 가짜로 할까?"

"…다른 걸로 해 주면 안 돼?"

입이라도 쓰겠다는 소리겠지. 처음에는 제대로 삼키지도 못하더니 최근에는 툭하면 빨겠다는 소리를 한다. 이쯤 되니 처음의 서툴렀던 모습은 역시 연기가 아니었나 의심스러워진다.

지금까지 몇 놈의 좆을 빨며 끙끙댔을지 모른다고 생각하니 평소라면 웃었을 말에 무겸은 오히려 속이 뒤틀리는 것을 느꼈다. 말투가 더 단호해졌다.

"다치기 싫으면 힘 빼."

꼭 그르렁대는 것처럼 나온 목소리에, 하준의 입에서 새는 긴 한숨이 무겸의 귀에까지 들렸다. 동시에 딱딱하게 굳었던 몸의 힘이 풀린다.

이런 걸 보면 확실히 운동을 했던 놈이 맞다. 고통과 부상을 최소화하기 위해 필요할 때 숨을 내쉬며 전신의 힘을 빼는 것은 오랫동안 몸을 써 온 사람들에게는 체화된 요령이다.

골반을 붙잡고 허리를 밀자 덜 풀린 듯했던 안으로 그래도 굵은 귀두가 움푹 밀려 들어갔다. 한껏 피가 몰린 성기가 좁고 뜨거운 내벽에 빠듯하게 파묻힌다. 무겸도 다문 잇새로 소리 없이 숨을 들이마셨다.

원래라면 후배위로 관계를 가질 때는 하준의 얼굴이 보이지 않는다. 하지만 지금은 둘의 앞에 거울이 있었다. 하준이 얼굴을 숙이는 바람에 살랑대는 앞머리가 표정을 가리고 있었지만, 그래도 가쁘게 숨을 쉬느라 벌어져 달싹대는 젖은 입술은 눈에 들어왔다. 그 모습을 보고 있자니 아래쪽에 한층 힘이 들어갔다.

"움직인다."

"…흣… 으, 응."

양손으로 세면대 모서리를 꽉 쥐고, 하준도 결국은 고개를 주억거렸다. 일단 한번 진입하고 나니 급해졌던 마음도 다소 가라앉는다. 무겸은 서두르지 않고, 불끈대는 기둥을 안쪽 깊은 곳까지 꾹꾹 누르듯 밀며 들어갔다.

"흐… 윽, 읏."

더 이상 거부의 말이 나오지 않는 입술 사이로 내뱉어지는 작은 신음도 흥분을 부추기기는 마찬가지. 고작해야 일주일 조금 넘는 동안 맛보지 못했을 뿐인데 무척 오랜만에 이 몸 안에 잠기는 기분이었다.

손가락 하나도 잘 들어가지 않는 꽉 잠긴 몸.

…정말 다른 일이 없기는 했었나 보군.

그런 생각부터 드는 저 자신을 비웃고 싶어져 무겸은 괜스레 허리를 세게 치고 들었다. 천천히 내벽을 늘리며 들어가던 성기가 갑자기 푹 안쪽으로 박히자 하준이 괴로운 듯 허리를 앞으로 당겼다.

"아윽!"

이어 '하아, 하', 입술 사이로 비어져 나오는, 평소와 크게 다르지 않은 숨소리가 이상하게 오늘따라 무겸의 가슴을 술렁이게 했다. 어쩌면 긴장하고 있는 사람은 이하준 혼자가 아닐지도 모른다.

무겸은 하준의 귀에 들리지 않을 정도로 숨죽이며 길게 심호흡을 하고 하준의 등을 쓸어내리며 재차 말했다.

"힘 빼."

거의 끝까지 들어간 성기는 이제 뿌리 부분 정도만 남았다. 하준의 골반을 단숨에 끌어당기며 무겸은 남은 것을 끝까지 찔러 넣었다.

"흐! 으읏!"

눌러 참는 듯한 짧은 신음. 세면대를 힘주어 쥔 손에서부터 이어진 팔과 어깨, 호흡과 함께 떨리고 꿈틀대는 날갯죽지가 삽입의 충격을 버텨 내는 모습을 고스란히 보여 줬다. 무겸은 그렇게 깊이 박아 넣은 채로 잠시 움직이지 않고 기다렸다.

그러나 윤채훈이 언제 들어올지 모른다는 하준의 우려는 실없는 것이 아니었고, 빨리 끝내야 하는 것도 사실이었다. 몸속 깊은 곳까지 꿰뚫린 감각에 익숙해질 시간을 길게 줄 수가 없다. 무겸은 곧 너무 빠르지 않게, 그렇다고 결코 사정을 봐주는 것도 아닌 허릿짓을 시작했다.

삽입은 거칠지 않은 대신 길고 깊었다. 무겸은 귀두가 입구에 걸칠 때까지 성기를 죄다 빼냈다가 그것이 내벽 가장 안쪽의 좁아지는 지점을 짓누를 때까지, 치골과 볼기가 딱 붙어 뭉개지는 느낌이 날 때까지 느리게 쑤셔 넣었다.

어쨌든 무겸의 것을 셀 수 없이 품었던 몸이었다. 한번 시작하면 서너 번은 기본으로 그 안에 정액을 쏟아 붓고서야 놓아주던 몸. 하준의 마음이 이 상황을 초조하게 느끼더라도 몸은 무겸을 기억했다. 그렇게 몇 번을 끝까지 오가고 나자 안쪽에는 무겸의 성기 모양대로 길이 생겼고 저항감도 서서히 사라져 갔다.

"하읏… 으, 으응, 흐……!"

길게 빠지고 다시 밀려 들어갈 때마다 하준의 잇새에서 억누른 신음이 흘렀다. 빠르게 쳐 대는 것도 좋지만 느리게 움직이는 것도 내벽이 성기를 조이는 느낌을 더 진득하게 즐길 수 있어 나쁘지 않다.

처음에는 잉덩이를 살짝 뒤로 밀었을 뿐, 거의 바로 서 있던 하준의 상체가 점점 무너지며 허리를 뒤로 쭉 뺀 자세로 변했다. 말로는 안 된다더니 결국은 좆을 원하는 듯 엉덩이를 들이미는 모습에 무겸의 입꼬리가 보일 듯 말 듯 올라갔다. 덕분에 삽입이 수월해졌다.

그러고 보면 서서 하는 건 처음이던가? 무겸은 슬쩍 비껴 서서 일부러 각도를 비틀어 넣었다. 익숙지 않은 지점을 자극받은 하준이 놀란 듯 뒤를 꾹 조이며, 이제는 숨길 수 없을 정도로 열이 오른 목소리를 내보냈다.

"아, 앗!"

"하아… 바로 박아도 쩍쩍 달라붙는데."

입구부터 내벽 가장 깊은 곳까지를 성기로 몇 번씩 쓸리는 사이 하준의 부드러운 안쪽은 이미 불이 붙었다. 익숙한 성감을 완전히 기억해 낸 듯 온통 움찔대며 떨리고 있었다. 입으로야 뭐라고 하든 몸은 더 쑤셔 달라며 조른다.

그 몸이 요구하는 대로 내처 박고 싶은 욕망을 참으며 천천히, 하준이 자지러지는 지점의 바로 직전까지 찔러 넣었다.

"이러면서 일주일 넘게 안 쑤시고 어떻게 버텼지? 정말 아무하고도 안 했어?"

"흐으으……!"

딱 그 앞까지. 더 진입하지 않고 느끼는 곳을 찌를 듯 말 듯 얕게 허리를 움직였다. 처음에는 신음을 참으며 세면대만 부여잡더니 진입해 들어온 두툼한 막대가 쾌감점까지 이르지 않고 근처만을 맴돌자 점점 숨소리가 거칠어졌다.

"대답해야지."

"아, 으, 흑……. 안 했, 안… 하아, 아… 대체, 누구랑……."

글쎄 누구와든 할 수 있겠지.

윤채훈이 아니라도 누구든. 이 팀 안에 한창때의 남자는 널렸고 그들은 모두 이하준을 좋아한다. 여자만 상대했던 무겸 자신도 딱 하룻밤 이후 하준과만 관계를 가지고 있지 않나. 하준이 마음만 먹으면 이 팀의 어린애 한둘쯤 꾀는 일은 우스울 것이다.

그렇게 생각하자 이가 갈렸다. 지금까지 별 의문 없이 하준에게도 저만이 유일한 스테디 섹스 파트너일 거라 생각했는데 그게 아닐지도 모른다 생각하자 앞에 놓인 흰 등이, 엉덩이가 다른 사람의 것처럼 느껴진다. 꼭 그러겠다고 약조한 것은 아니지만 공평하지 않다는 생각이 든다.

나는 요즘 너하고만 하니까 너도 나하고만 해.

그렇게 말하기는 싫지만 그랬으면 좋겠다는, 스스로도 유치하고 불합리하다고 여겨지는 억지.

이제까지 단 한 번도 상대방에게 자신이 유일한 파트너이길 바란 적 없었다. 오히려 이상한 착각에 빠지거나 저에게 매달리느니 그들 역시 얼마든지 자유롭게 즐기기를 원했다. 고인 물이 썩듯 감정 또한 한곳에만 고이게 되면 상하지 않을 리 없고, 상한 감정은 골치 아픈 상황을 불러오니까.

한 사람과 고정적인 관계를 가져 본 적이 없어서 몰랐던 것이다. 명분이나 논리를 떠나 나와 상대방의 전제된 포지션이 다르다는 건 상당히 자존심이 상하는 일이라는 것을.

"흐읏, 하으……."

계속해서 결정적인 자극을 주지 않고 근처만 맴돌자 급기야는 하준이 스스로 허리를 움직였다. 작은 반경을 그리며 앞뒤로 흔들리는 엉덩이를 무겸의 손이 연거푸 내리쳤다. 짝짝 살을 치는 소리가 욕실인 탓에 평소보다 크게 울렸다.

"아, 아!"

작은 비명이 터졌다. 굳이 얌전히 있으라고 경고하지 않아도 하준은 곧바로 움직임을 멈췄다. 흔들리려다 움칫 멈춘 허리가 가늘게 떨렸다. 엉덩이에 발갛게 번지는 손자국을 무겸은 가만히 내려다보았다.

마음 같아서는 몇 대 더 때려 이 손자국이 며칠 정도는 남아 있게 만들고 싶다. 그러면 어디 가서 함부로 속옷을 벗기도 힘들 테니.

"얌전히 있어."

그러고는 갑자기 푹 성기를 깊이 찔러 넣었다.

"읏, 아, 아!"

열심히 죽이던 신음이 순식간에 비명처럼 변하고, 입구를 달구는 동안 한껏 쾌감을 기대하며 부풀었던 내벽이 미친 듯이 성기를 조이며 들러붙었다.

그럴수록 무겸은 더 거칠게 드나들며 저에게 들러붙는 습하고 여린 살을 함부로 짓이겼다. 그렇게 좆이 좋으면 어디 한번 얼마든지 먹어 보라는 듯 퍽퍽 안쪽으로 쳐들었다.

"흐으, 흐, 읏, 으읏……!"

제 목소리에 놀란 것처럼 하준의 신음이 이 악문 소리로 변하고, 떨리는 등과 허리가 완전히 뒤로 빠지며 상체가 거의 세면대에 들러붙듯 낮아졌다.

무겸은 아무렇게나 성기를 질러 박았다. 세면대 위로 몸을 숙이고 엉덩이만 뒤로 쭉 뺀 채 서 있는 하준의 몸을 내려다보며 깊은 안쪽까지, 그다음에는 절반 정도만, 위아래로, 좌우로.

계획되지 않은 그 거칠고 성의 없는 움직임이 오히려 하준에게는 더 큰 쾌감을 가져다주는지, 계속해서 등이 크게 움찔거리고 안쪽의 살이 유독 성기에 착착 감겨 왔다. 들이칠 때마다 약하게 뒤채는 허리의 긴 근육이 수면에 떠올랐다 사라지는 파문처럼 드러나고 또 가라앉았다. 그 뒷모습을 내려다보는 무겸은 문득 갈증이 이는 기분에 한숨을 쉬었다.

"흐윽, 으읏, 김, 무겸……."

동아줄이라도 붙드는 듯 간절한 부름에 대답하는 대신, 굵고 단단한 것을 몽둥이처럼 안쪽 깊은 곳에 힘껏 찍어 넣었다. 헉 소리가 나도록 숨을 들이쉬는 소리가 들리고 시야 아래 허리가 부르르 떨렸다.

얘기해 봐. 그렇게 답하듯 잠시 허리를 멈추자 허덕이던 하준이 간신히, 그렇게 말을 이었다.

"너, 왜… 왜 화났어……?"

"…내가?"

"진짜… 후읏, 안 했, 어……. 왜, 왜 화났는지 말해 주면, 흑!"

끝까지 기다려 주지 않고 무겸이 허리를 쳐올리자 하던 말이 끊기며 괴로운 듯 긴 신음이 새어 나왔다.

"흐아, 아……."

"몰라서 물어? 씨발, 너 때문에, 달밤에, 삽질했잖아."

혼이라도 내는 것처럼 허리를 빠르고 강하게 쳤다. 흰 세면대 위로 기울어진 몸이 소리도 내지 못하고 기침이라도 하듯 크게 들썩인다. 살과 살이 부딪히는 철썩이는 소리가 욕실 벽에 부딪혀 튕기고, 신음이라기보다는 두드려 맞아 흩어진 숨소리 같은 것만이 하준의 입술 사이로 터져 나왔다.

엉덩이와 치골이 세차게 부딪힐 때마다 하준의 목이 흔들리며 자꾸만 얼굴이 가라앉는다. 세면대에 물이라도 차 있었다면 벌써 그 안으로 처박혔을 정도로 낮게. 무겸이 손을 뻗어 하준의 턱 아래를 잡아 올렸다. 발갛게 익은 얼굴, 젖어 들기 시작한 눈과 벌어진 입이 거울에 비치자 턱을 잡은 무겸의 손아귀 힘이 조금 더 억세졌다.

"하준아?"

다른 사람의 목소리가 들린 건 그때였다. 무겸이 우뚝 움직임을 멈췄다. 하준의 몸도 순간 뻣뻣해졌다.

"방에 있니?"

행위에 열중하느라 밖에서 사람이 들어오는 소리를 듣지 못한 모양이다. 거울에 비친 하준의 달아오른 얼굴에 질린 빛이 떠오르더니 허겁지겁 자세를 바로 세우려 들었다.

그러나 무겸은 미간을 찌푸리고 하준의 골반을 팔 전체로 힘주어 붙잡았다. 하준이 허리를 앞으로 당겼지만 무겸의 잡는 힘이 더 강했고, 여전히 내벽 끝까지 파고들어 있는 성기는 빠져나오지 않았다.

놔! 하준이 입속말로 그렇게 외쳤다. 무겸은 그를 놓아주는 대신 옆에 걸린 샤워기 레버를 올렸다. 쏴아, 물이 쏟아져 바닥을 치는 소리가 갑자기 욕실을 가득 채웠다. 똑똑. 그와 거의 동시에 밖에서 누군가 문을 두드렸고 윤채훈의 목소리도 이어졌다.

"하준아, 욕실에 있어?"

무겸과 하준의 눈이 거울 속에서 마주쳤다. 사색이 된 하준의 얼굴을 보던 무겸의 입꼬리가 어느 순간 슬그머니 올라갔다. 몸을 숙인 무겸이 하준의 귓바퀴 위를 혀로 스윽 핥았다. 믿을 수가 없다는 듯 떨리는 눈과 차분히 시선을 맞추며 무겸이 속삭였다.

"얼른 대답해."

"…흐……!"

그러고는 안쪽 깊이 박혀 있던 성기가 천천히, 차지게 붙어 딸려가는 내벽을 뭉개듯 슬쩍슬쩍 짓누르며 빠져나갔다. 몸속을 젓는 듯한 감각에 하준의 머릿속은 순식간에 수증기 어린 거울처럼, 그렇게 희뿌옇게 변했다.

하지만 그것은 욕실 안의 사정일 뿐, 바깥에 서서 대답을 기다리는 사람은 연유를 모르고 한 번 더 문을 똑똑 두드려 왔다.

"하준아?"

"네……! 안에, 있어요!"

"씻는 중이야?"

허겁지겁 대답하는 하준의 목소리는 떨리고 있었지만 물소리가 섞여 문 너머의 채훈은 그 가느다란 불안까지는 감지하지 못할 것이다. 짧은 대화가 이어지는 동안 무겸의 성기는 거의 끝까지 빠져나갔다.

이대로 완전히 빼 주기를, 삽입을 마치고 허리를 놓아주고 제 몸을 바로 세워 주기를 하준은 간절히 바랐다. 한 욕실에 있는 것 정도야 툭하면 한 공간에서 몸을 씻는 운동선수들 사이에서는 아무런 의심 살 일이 못 된다. 같이 바다에서 밤 수영을 했다고, 그래서 빨리 씻고 싶어 같이 들어왔다고 설명하면 그만이었다.

"네, 씻고……."

그렇게 말하는데 성기가 다시 밀려든다. 어찔한 감각에 머릿속이 흔들려 하준은 저도 모르게 눈을 감았다.

긴장한 몸이 갑작스레 몇 배는 예민해져 두툼하게 불거진 귀두는 물론 성기 기둥에 돋아 있는 핏줄까지 또렷하게 느껴졌다. 굵고 비뚤게 그려진 선 같은 그것들이 내벽을 으득으득 긁으며 주르르 밀고 들어오는 감각. 몸이 격하게 떨리고 입을 다물어도 작게 신음이 새어 나오려고 들었다.

"대답해야지."

귓가에 입술을 붙여 속삭인 무겸이 시간을 주겠다는 듯이 잠시 허리를 멈추었다. 헉, 숨을 토한 하준이 서둘러 대답했다.

"씻고 있어요."

"그렇구나. 형은 다시 나가 보려고."

대답이 끝나자마자 멈췄던 무겸의 것이 안쪽 가장 깊은 곳까지 쓸고 들어온다. 소리 없는 탄성과 함께 하준의 입이 크게 벌어졌다.

턱이 바르르 떨리고, 초점이 흔들린 눈이 제정신을 잡으려는 모양으로 급하게 깜박였다. 그러나 무겸은 더 기다려 줄 생각이 없는 듯 평소처럼 허리를 흔들기 시작했다. 살 부딪히는 소리가 날 정도로 강하지 않을 뿐이지 속도는 전혀 줄어들지 않았다.

미칠 것 같다는 말이 이처럼 실감 난 적이 없다. 무겸의 성기가 뒤가 아니라 머리를 휘젓고 있는 것만 같다. 하준의 아랫배가 꿈틀거리고 다리는 거의 흔들리다시피 떨리기 시작했다. 문 너머에서 채훈의 목소리가 계속해서 들려왔다.

"오늘 감독님 방에서 거의 밤새울 것 같다. 혹시 형 안 들어와도 먼저 자. 심심하면 감독님 방 놀러 와서 같이 마셔도 되고."

"네……. 아, 알, 겠어요!"

도로 빠져나가던 것이 예고도 없이 갑자기 전립선 위를 찌르며 안으로 파고들 때는 저도 모르게 허리가 들썩 크게 흔들리며 목소리까지 덜걱댔다.

그만, 제발 그만해. 하준이 속으로 그렇게 외치며 다시 거울을 향해 고개를 저어 보지만 엉망으로 떨리는 하준의 눈에 비해 무겸의 눈은 평소보다도 더 침착했다.

채훈의 목소리가 점차 멀어졌다. 욕실을 지나쳐 방 안으로 들어선 것이다. 목소리가 멀어지자마자 무겸의 움직임은 곧바로 거세졌다. 깊이 꽂아 넣은 채로 허리를 앞뒤로 빠르게 흔들며 길게 빠져나갔다가 난폭하게 처박았다.

"-아읏, 읏, 으, 으……."

이를 악물고 참아도 목소리를 완전히 참을 수가 없었다. 물소리에 묻힌 작은 신음이 하준과 무겸의 귀에만 들릴 정도로 새어 나왔다.

핏줄 돋은 기둥에 긁힐 때마다 뜨거워진 안쪽에서 피어오르는 감각이 귓전까지 타고 오른다. 깊은 곳의 점막을 짧게 문지를 때는 그 작은 움직임이 온몸을 집어삼키는 것만 같다. 둥글고 굵은 끄트머리가 안쪽을 쿡쿡 치받자 균형 감각이 죄다 무너져 제대로 서 있기조차 힘들었다. 반쯤 기대어 선 세면대가 아니었으면 벌써 쓰러졌을 것이다.

이건 김무겸의 탓만이 아니었다. 하준이 입술을 깨물었다.

왜……. 이런 상황에 도대체 왜 이렇게까지 느껴지는 거야…….

눈가가 한층 붉게 물들기 시작하는데 무겸이 갑자기 팔을 앞으로 감아 하준의 상체를 거의 바로 서게 했다. 무겸의 것에 꿰뚫린 몸이 비틀대며 일어섰다. 등 뒤에서 앞으로 다가온 손이 그사이 새로 숙인 하준의 턱을 치켜들었다. 쾌감에 흐려진 얼굴이 거울에 낱낱이 비쳤다.

힘이 들어가지 않는 턱을 애써 앙다물어 이를 살짝 악물고, 곧 울 것처럼 젖어 든 눈, 붉어진 눈가, 쾌감을 견뎌 내느라 울상이 된 눈썹. 달아오른 뺨.

단 한 번도 눈으로 직접 본 적 없는 섹스 중의 자기 자신.

바보 같고 멍청해 보인다. 보기 싫어 눈을 감는데 무겸이 귀 위에 쪽, 소리가 나도록 입을 맞췄다. 귀 안쪽을 울리는 그 소리마저 예민해진 성감을 자극해 하준은 입술을 꽉 깨물며 신음을 참았다. 그러자 무겸이 입술을 귓가에 붙인 채 낮은 목소리로 저속한 말을 속삭이기 시작한다.

"하아… 밖에 사람 있으니까 구멍이 환장을 한다. 너 이런 거 좋아하지."

"…흐윽, 흐, 빼 줘, 빼……."

"어떡하냐. 네 구멍은 나가지 말라는데."

저항하는 하준의 목소리는 자그마했고, 그럼에도 불구하고 어느 때보다 크게 떨리고 있었다. 성기를 깊이 묻은 채로 무겸이 허리를 작게 흔들었다.

"들어올 때 문 안 잠갔어. 갑자기 윤채훈이 문 열면 우리 들키겠다."

"응, 으, 흐으. 움직이, 지 마, 제발……."

오히려 즐겁다는 듯, 장난기까지 머금고 아무렇지 않게 지껄이는 말에 하준의 눈에 어쩔 수 없이 눈물이 고였다. 저도 모르게 훌쩍훌쩍 우는 소리가 나오려 했다.

하지만 우는 소리라도 냈다가는 채훈이 정말로 들어와 버릴지도 모른다. 무슨 일 있냐며 그가 벌컥 문을 여는 상상만 해도 주저앉아 엉엉 울고 싶어진다.

"확 보여 줘 버릴까?"

갑자기 튀어나온 무겸의 말에 하준은 저도 모르게 눈을 커다랗게 뜨고 마구 고개를 저으며 애원했다.

"아, 안, 안 돼, 안 돼……. 그러지 마."

"원래 스릴 있는 섹스가 제일 짜릿한 거거든."

"싫어, 난 싫어, 싫… 으, 아……!"

예고 없이 길게 내벽을 쓸며 딱 한 번 드나든 성기의 감각에, 하준은 입을 벌리고 덜덜 떨며 몸을 젖혔다. 뒤통수가 무겸의 쇄골과 어깨맡에 비벼졌다.

"싫은 사람 반응이 아니잖아."

응? 무겸은 빙글빙글 놀리며 건반이라도 치듯 제 것이 가득 들어차 있는 하준의 아랫배 언저리를 툭툭 두드렸다. 하아, 하아, 하아. 숨만 몰아쉬던 하준의 뺨 위로 결국은 눈물이 주르르 흘렀다.

무겸이 그런 하준의 얼굴을 내려다보더니 금세 빠르게 추삽질을 시작했다. 성기가 젖은 안쪽을 오가며 찌걱대는 소리가 너무 크게 들렸다. 물을 틀어 놨다지만 정말 이 소리가 바깥까지 들리지 않을지 하준은 자신이 없었다. 오감이 엉망진창으로 엉켜 버렸다.

"으, 으읏, 으……! 흐, 으, 으……!"

들킬까 봐 무서웠다. 그러면서도 무겸의 말대로 평소보다 몇 배는 더 느끼는 몸이 믿기지 않을 정도로 가증스러웠다.

두려움과 쾌감이 한 뭉치로 몸속을 구르고, 그런 자신에 대한 부끄러움이 몰려들어 그것이 다시 또 쾌감이 된다. 저들끼리 뭉쳐 구르며 점점 커지는 눈덩이처럼.

무겸이 뜨겁고 굵은 성기로 안을 긁을 때마다 배 속이 확확하게 뜨거워지고 전신을 울리는 짙고 날 선 감각이 머리에 전류처럼 직격했다. 성대를 마구잡이로 그어 대며 튀어나오는 목소리를 참으려고 하는데, 제대로 참고 있는 건지도 이제 잘 알 수가 없었다. 혹시 자신이 되는 대로 소리를 지르고 있는 것은 아닐까?

소리를 죽이기 위해 깨문 하준의 입술에 피가 맺히려 들었다. 하준이 하는 양을 지켜보던 무겸이 귓가에 대고 물었다.

"소리 들릴까 봐 겁나면 입 막아 줘?"

막아 줘, 그렇게 해 줘.

눈물로 흐려진 시선을 떨구며 거칠게 고개를 끄덕이자 가슴 위에 있던 커다란 손이 목을 타고 올라와 입술 위를 덮쳤다. 물기에 젖었음에도 뜨거운 손바닥이 입가를 꾹, 무게를 살며시 실어 누른다. 그와 동시에 뒤로 들어와 안을 문지르는 것의 속도가 더 빨라졌다.

"읍, 으……!"

쾌감에 목을 울리며 나온 목소리는 넓고 두꺼운 손바닥에 먹혀 제대로 새어 나가지 못했다. 가벼운 호흡 곤란이 가져오는 약한 현기증과 소리가 감추어졌다는 안도감에 하준이 힘없이 눈을 내리떴다. 눈꺼풀을 약하게 떨며 눈물만 뚝뚝 흘렸다.

흘러내린 눈물이 무겸의 손가락 위를 타고 내렸다. 작고 가느다란 물고기가 헤엄칠 때처럼 손가락과 손가락 사이를 간지럽혔다.

"하아……."

손가락 위를 흐르는 느리고 가는 물줄기. 그 약하고 작은 감각이 미치도록 무겸을 자극했다.

"울지 마. 너 울면 더 꼴려."

그 말에 하준의 눈동자가 흔들리더니 눈두덩을 꽉 닫는다. 무겸도 입술 안쪽을 깨물며 허리를 빠르고 크게 쳐올렸다. 예고 없는 강한 추삽질에 무겸에게 등을 기댄 몸이 파드득 튀며 안쪽이 세게 오므라든다. 후, 무겸이 헛웃음 비슷한 낮은 신음을 내보냈다.

나도 나름대로 참고 있으니까 너무 자극하지 마.

마음 같아서는 밖에 소리가 들리든 말든 허리를 붙잡고 부서져라 쳐올리고 싶다. 이를 부드득 가는데 드디어 똑똑, 문 두드리는 소리가 났다. 그러더니 다시 한번 밖에서 말을 걸어왔다.

"하준아, 그럼 형은 나갈게. 이따 보자."

입이 막힌 하준은 더 이상 그 말에 대답하지 못했지만 다행히 채훈은 별로 개의치 않고 그대로 욕실 앞을 벗어나는 것 같았다. 삐리릭, 룸의 문이 여닫히는 소리가 또렷이 무겸의 귀에 닿았다.

마음에 드는 게 없는 놈. 빨리빨리 안 꺼지고 질질 끌기는. 무겸은 속으로 그를 욕하며 입술을 덮었던 손을 미끄러뜨려 하준의 가슴 위로 감고, 기다렸다는 듯 그 몸속을 깊고 강하게 파고 들어갔다.

"흐아, 아앗……!"

무겸의 가슴에 등을 바짝 붙이고 선 하준의 엉덩이가 긴장으로 탄탄해졌다. 안쪽까지 힘이 들어가 성기를 아플 정도로 죄었다. 하준은 고개를 마구 저으며 여전히 목소리를 죽이고 신음했다.

"흐읏, 살살, 살살 해, 줘, 아으, 으……!"

절박하고 다급한 요청에 무겸이 고개를 숙여 그의 귓가에 속삭였다.

"이하준, 괜찮아. 윤채훈 나갔어. 우리 안 들켰어."

"…흐, 흑, 나, 나갔어……?"

"그래. 인사하는 소리 못 들었어? 그러니까 이제 다시 소리 내도 돼."

타이르듯 설명하자 정말이냐는 표정으로 속눈썹이 젖은 눈을 깜박이며 올려다본다. 불긋해진 그 얼굴을 말없이 마주 보다가 무겸은 이제까지 참았던 것을 보상이라도 받으려는 듯 거칠게 허리를 쳐 댔다. 손바닥에 막혔던 하준의 신음이 터져 나왔다.

"아으, 으윽! 아아, 아아! 아!"

샤워기 물소리 사이 젖은 살끼리 철퍽대며 부딪히는 소리가 작은 메아리를 만들었다. 갑작스러운 제삼자의 방해에 움직임을 작게 하느라 무겸의 것은 여느 때보다 더 단단하게 곧추섰고 내보내지 못한 열 때문에 뜨겁게 달아올랐다.

"흐으, 아, 응, 너무 빨, 라, 너무! 아, 아, 아!"

"후, 너무 뭐. 너무, 좋아?"

제멋대로 되물으며 무겸이 허리 치는 속도를 더 붙였다. 하준은 이제 비명도 지르지 못하고 부딪히는 대로 흔들리다가 계속 몸을 밀어 대는 반동의 충격을 견디지 못하고 다시 털썩 세면대 위로 쓰러졌다. 책상 위에 엎드릴 때처럼 세면대에 팔을 받치고 상체를 숙인 채 엉덩이만 내밀어 마구잡이로 꽂히는 굵은 것을 받아 낸다.

하준의 골반을 구속구처럼 붙잡은 무겸의 커다란 손에 점점 힘이 들어갔다. 정말 뜨거운 것을 안쪽에 밀어 넣었다 뽑아내기라도 하는 것처럼 내벽의 살이 오그라들며 성기에 다닥다닥 붙어 나오려 들었다.

"응? 하아, 좋냐고, 묻잖아."

안쪽을 때릴 때마다 엉덩이부터 척추를 타고 올라간 떨림이 날갯죽지와 목덜미까지 바르르 흔드는 몸을 치고, 치고, 또 친다. 달게 엉겨 붙으며 저를 자꾸만 안쪽 깊이 끌어들이려는 내벽의 감촉에 무겸의 입에서도 거친 숨이 연신 터져 나왔다.

"흐으, 으응, 좋, 아! 흑, 좋아."

"하아, 아, 후우."

항상 똑같이 돌아오는 대답이 만족스러웠다. 귀를 통해 머릿속까지 미약처럼 흘러 들어온 그 대답이 몸을 저릿하게 만드는 달콤한 쾌감에 섞여 들었다. 헝클어진 말투와 목소리에 홍겨워진다. 어린애처럼 마구 치대며 물어보고 싶어졌다.

이하준, 나하고 하는 게 제일 좋지 않아? 나는 너랑 할 때가 제일 좋아. 말했잖아. 요즘은 경기를 하다가도 너한테 박고 싶어진다고.

촉촉하고 매끄럽고, 그러면서도 뜨겁고 차진 이하준의 안쪽 살은 너무나 달다.

아, 좆으로만 맛보는 것은 모자라다. 아예 입에 넣어 보고 싶다.

내가 다 먹어 버릴 거야.

욕정과 쾌감이 지배한 무겸의 머릿속에 이성이 희미해지며 오직 본능만 남았다. 안쪽을 무자비하게 들이치던 기둥이 갑자기 쑥 몸속을 빠져나갔다. 배 속을 틈 없이 짓뭉개고 있던 것이 갑자기 빠져나가자 허기 같은 감각이 덮쳐 와 하준은 몸서리를 쳤다.

끝난 건가?

하준은 멍해진 머리로 의문을 품었다. 그러나 끝이라기에는 토정의 감각이 없었다. 마지막은 항상 한 겹 벗겨진 듯 민감해진 점막 위로 무겸의 뜨거운 체액이 쏟아지는 생생한 열감으로 고해졌다. 무겸은 사정을 하고도 끝의 끝까지 몸속에서 미적대다 나가는 것을 좋아하지, 이렇게 갑작스레 빠져나가지도 않는다.

끝이 통보되지 않았기에 몸을 일으킬 생각도 못 하고 신음하며 숨만 고르는데 볼기를 타고 내려와 허벅지 뒤쪽을 더듬는 크고 뜨거운 손이 느껴졌다. 역시 아직 끝이 아니다. 손길은 그저 쓰다듬거나 만지는 것이 아니라 분명한 열기를 띠고 살갗을 주무르고 있었다.

그 손이 양쪽 볼기를 잡아 벌렸다. 막 굵은 것에 쑤셔지고 있던 뒤쪽이 완전히 닫히지 않고 벌어져 있을 것이다. 엄지손가락 끄트머리가 입구에 닿자 붉게 부어올랐을 젖은 살갗은 그 뭉툭한 질감을 칼날처럼 예민하게 느끼고 손이 닿으면 잎을 접는 식물처럼 본능적으로 오므라지려 들었다.

손가락이거나 성기거나, 어느 쪽이든 처음부터 안쪽을 가르며 헤집고 들어올 단단하고 날카로운 감각을 예상하며 하준은 눈을 질끈 감고 입술을 깨물었다.

"- 하읏, 아아!"

그러나 감았던 하준의 눈이 곧 크게 뜨였다. 발끝부터 시작해 온몸이 감전이라도 된 듯 부르르 떨렸다.

"뭐, 하아……."

뭐 하는 거야.

그렇게 말하려고 했는데 말이 제대로 이어지지 않았다. 입술과 턱까지 덜덜 떨려 추운 날 밖에 서 있는 사람처럼 윗니와 아랫니가 가볍게 부딪혔다. 그러나 곧 견디지 못하고 절로 튀어나오는 목소리를 높였다.

"흐읏! 으, 흐, 아아!"

뒤쪽에 닿은 것은 마디 선 손가락도 단단한 성기도 아니었다. 축축하고 부드럽고 말랑한 것, 마음대로 형태를 바꾸는 탄력 있는 살덩어리가 벌어진 입구를 쓰다듬고 있었다.

뾰족해진 끝이 붓이나 펜처럼 뒤쪽 주름 위를 찌르듯이 덧그리다가 갑자기 납작해져 회음부터 시작해 아래에서 위로 쓸어 올린다. 펼쳐진 살덩이가 입구를 죄다 덮듯이 밀착해 몇 번이고 구멍 위를 핥아 올리자 그 부드러운 감촉이 쇼크처럼 몸을 잠식해 눈앞이 핑 돌며 새하얘졌다.

아무것도 들어 있지 않은 아랫배가 찌릿찌릿 울리며 커다란 손에 잡힌 엉덩이가 들썩였다. 허리와 다리에 힘이 풀려 사정없이 떨렸다.

"하아……."

낮게 목을 울리는 소리와 뜨거운 숨결이 엉덩이 사이에 바로 닿았다. 꼬리뼈 아래를 찌르는 것은 우뚝한 코끝이 분명했다.

하준은 눈만 급하게 깜박이며 사태를 파악하려 애썼다. 뒤를 쓰는 것은 착각이 아니라면 무겸의 혀였다. 그때마다 위아래로 부딪히는 부드러운 것은 입술이었다.

왜, 왜 거기를. 입으로 왜.

"아, 아, 하, 하지 마……! 저리, 가! 아으읏!"

"가만히, 하아, 있어 봐."

붉은 속살을 드러낸 채 뻐끔대는 안쪽을 잠시 가만히 바라보던 무겸이 그대로 엉덩이 사이로 입을 묻었다. 하준은 허리를 비틀어 보았지만 아무 소용없었다. 굵은 것에 처박히던 구멍은 쉽게도 열렸다.

살짝 입술이 멀어진다 싶더니 다시 깊이 얼굴을 파묻는 무게감에, 세면대 위에 놓인 손이 꽉 주먹 쥐어지며 파르르 떨리고 손등 위로 그 뼈의 형태가 불끈 드러났다. 동시에 더 열이 찬 신음이 속절없이 입 밖으로 빠져나갔다.

"흐, 흑, 으! 하으으, 읏……!"

위를 쓸던 혀가 이제는 입구를 벌리듯 안쪽까지 파헤치고 들어왔다. 끝을 뾰족하게 세운 살덩이가 내벽의 축축한 살을 장난처럼 찌르고 느직하게 핥았다.

하준의 시야가 흐려졌다가 돌아오기를 반복했다. 몸을 조금이라도 일으켜 허리를 빼 보려고 하지만 볼기부터 골반까지 둥글려 붙잡은 손의 힘은 강하고, 세면대 아래로 늘어진 다리에는 제대로 힘이 들어가지 않았다.

"아으윽! 그만, 하읏, 그……!"

도망치려 하면 할수록 뒤를 쫓는 혀는 끈질겨졌다. 성기에 비하면 작은 살덩어리가 앞뒤로 짧게 드나들며 안쪽을 애무한다. 단단하게 안을 찔러 드는 손가락이나 성기와는 다른, 내벽에 밀착해 형태를 바꿔 가며 들러붙어 온몸을 기어오르는 덩굴줄기 같은 쾌감에 하준은 도저히 정신을 차릴 수가 없었다.

그렇게 한참을 안쪽을 핥던 혀가 간신히 빠져나간다 싶었던 다음 순간이었다. 숨도 제대로 내쉬지 못하고 있던 하준이 막 길게 날숨을 쉬는데 입술 전체가 구멍 위를 덮고서는 축축 소리를 내며 입구를 빨아올렸다.

"아, 아……! 아!"

아, 안 돼. 안 돼.

이제 말이 되지도 않는 흐물흐물해진 발음이 입술 사이로 힘없이 샌다. 시야에 희미한 빛무리 같은 것이 번지며 눈시울이 뜨거워졌다. 그나마 잠시 멈추었던 눈물이 다시 울컥울컥 흘러내렸다.

안쪽의 속살이 무겸의 입속으로 빨려 들어가는 것만 같다. 몸이 뜨겁게 달아올라 그대로 녹아내린다. 인간의 몸이 아니라 무겸의 입속에서 녹아 가는 무기물이 된 것처럼.

성기를 받을 때와는 달랐다. 뒤에서 나기에는 지나치게 습기 찬 소리가 계속해서 귓전까지 철썩철썩, 마치 해변에서 들었던 파도 소리처럼 밀려오고 혀와 입술이 닿은 부분에 불이 붙어 그곳부터 시작해 몸이 타들며 녹아내렸다.

전신이, 머릿속이 뜨거워진 촛농처럼 허물리는 기분에 하준은 더 이상 아무 생각도 하지 못했다. 되는대로 신음하며 오히려 엉덩이를 더 내밀고 무겸의 구음에 저를 죄다 내맡기고 있을 때쯤, 부드럽게 빨리던 구멍 안으로 갑자기 굵고 긴 손가락이 깊이 미끄러져 들었다.

"…아, 으……!"

손가락을 뒤에 넣은 것이 한두 번도 아닌데 곧바로 소리도 내지 못할 정도의 쾌감이 배 속에서 목구멍으로 거슬러 올라오는 열 덩어리처럼 치밀었다. 저릿한 감각이 전류처럼 발끝을 타고 올라 정수리까지 관통한다.

골반이 꿈틀거리고 손가락을 문 엉덩이에 힘이 꽉꽉 들어갔다. 하준에게 또 한 번 절정이 찾아온 것이다.

"앗……! 아, 흐으, 시, 러, 하으… 아!"

침대 위에서였다면 지금쯤 발로 시트를 밀어 대고 허리를 젖히며 온몸을 떨었으리라. 그러나 지면을 딛고 일어서 있는 지금, 덜덜 경련하는 하준의 다리는 자꾸만 발끝을 세우려 드는 것 외에 할 수 있는 일이 없었다.

무겸이 찌걱대는 소리가 나도록 손가락으로 안을 흔들며 몸을 일으켰다. 짧지 않은 시간 동안 뒤쪽을 빨고 핥은 입술과 크게 벌리고 있던 턱이 슬쩍 아릿했다.

축축한 내벽이 손가락 두 개마저 강하게 빨아 당기며 벌벌 떨린다. 지금 이 안쪽에 처넣으면 얼마나 기분이 좋을까. 상상만 해도 물건이 벌써부터 불뚝대며 꿈틀거렸다.

멋대로 흔들리는 엉덩이의 양쪽 살을 손바닥 전체로 감싸 길게 잡아 벌리고, 무겸은 지금껏 공들여 애무한 뜨거운 안쪽으로 단숨에 허리를 밀어 들어갔다.

"아아! 하아, 하……! 아, 아!"

하준의 몸이 채찍이라도 맞은 사람처럼 몇 번씩 튀더니 내벽이 지나칠 정도로 꽉 조여들었다. 더 들어가기 힘들게 느껴질 정도로 꽁꽁 묶으려 드는 안쪽의 움직임에 무겸은 저도 모르게 이를 악물었다.

"또, 후우, 끊어 먹으려고 하지."

"아아아……! 앗, 앗, 아!"

적당히 하라고 꾸짖듯 단번에 뿌리까지 때려 넣었다. 떨리는 비명이 연거푸 터지고 손으로 주무르기라도 하듯 내벽이 꾸물거리며 성기를 쥐어짠다.

"하아……."

무겸은 하준이 뒤로 절정을 맞을 때 자주 그러듯이 깊이 묻은 채로 허릿짓을 느리게 바꾸었다. 더 움직이면 자신도 사정하고 말 것 같았다. 아직 안 된다. 중간에 방해를 받아서인지 부족했다. 아직 더 이 몸을 느끼고 싶다.

"아, 으… 흐, 앗, 아, 아, 아……!"

안에 깊이 파묻혀 느리게 내벽을 휘젓고 가끔씩 불끈거리기만 할 뿐인 성기를 꽂고도 하준은 거듭 찔리기라도 하는 사람처럼 계속해서 신음했다. 두 번째 절정이 덮친 몸이 흰 세면대 위에 절반으로 접힌 채 널브러져 거의 들썩이다시피 경련했다.

발뒤꿈치가 완전히 들리자 미끈한 다리 근육이 도드라지며 허벅지와 종아리에 세로로 선이 섰다. 팔 전체로 세면대를 붙들었지만 그것만으로는 떨리는 몸을 지지하기에 역부족이었다.

"흐으, 으……!"

쾌감을 버티는 것만으로도 벅찬데 멋대로 경련하는 몸을 제대로 받쳐주는 자리가 없었다. 평소라면 침대 위에서 떨림이 멈출 때까지 쾌감을 견디면 그만이지만 지금은 아니었다.

하준은 어쩔 줄 모르고 허리를 비틀고 등을 떨다가 팔로 몸을 지지하고 고개를 젖혔다. 조금이라도 제대로 일어서 보려고 애를 쓰는 모습이었다. 그러나 힘이 빠진 다리가 휘청, 흔들리며 몸이 무너지려 들었다.

"아직 안 돼."

쑥 내려가려는 골반을 잡은 무겸의 손이 아예 하준의 치골 근처, 아랫배 위를 덥석 붙잡았다. 그대로 두 손을 깍지 끼고 처지는 허리를 위로 훽 끌어당긴다. 하준의 몸이 무너지면서 덩달아 빠져나오려던 성기가 가장 깊은 곳까지 푹 꽂혀 들었다.

"흐아아!"

곱아드는 발끝으로 바닥을 꾸물꾸물 밀어내며 하준이 소리를 질렀다. 우는 아이를 달래듯 따라붙는 무겸의 목소리는 대조적으로 낮고 소곤거렸다.

"알아, 알아. 힘들지?"

아니, 무겸의 팔에 붙들려 다리가 거의 지면에서 뜨다시피 했다는 것이 좀 더 정확한 표현일 터였다. 발끝은 그저 땅에 닿아 있을 뿐, 더 이상 체중을 제대로 지탱하지 못했다.

"조금만, 더, 하아, 버텨 봐."

"으흣… 흐아! 아, 아, 아! 아!"

"하아, 아!"

허리를 무겸의 팔에 잡혀 공중에 띄우다시피 하고 세면대에 팔과 머리를 박고 엎드린, 불안정한 자세로 선 하준의 뒤쪽에 무겸은 다시금 냅다 박기 시작했다.

절정감에 잘게 떨며 끈적하게 성기에 들러붙는 내벽은 제 주인의 사정 따위는 알 바 없다는 식이다. 그저 무겸의 것을 더, 좀 더 달라는 듯 빨아들이고 물어 댈 뿐.

쾌감의 꼭대기를 향해 퍽퍽 엉덩이를 치던 무겸의 눈에 푹 숙인 하준의 뒤통수가 들어왔다. 치는 대로 덜컹대며 흔들리다가 자칫하면 모서리에 머리를 부딪힐 것만 같았다. 무겸이 하준의 아랫배를 고정했던 팔을 가슴 쪽으로 쭉 밀어 올려 상체를 일으켜 세웠다. 하준의 발이 이제야 제대로 지면에 닿으며 몸이 바로 일어섰다.

"하윽!"

안쪽에서 성기가 찌르는 각도가 바뀌자 하준이 고개를 젖히며 신음했다. 하준의 손이 허겁지겁 제 가슴을 누르고 있는 무겸의 팔을 붙잡았다.

"이하준, 나 꽉 잡아."

선 자세 그대로 한쪽 다리의 허벅지를 들어 올려 팔에 걸쳤다. 전라가 되어 한 다리를 들어 올린, 마치 오줌 싸는 개 같은 자세가 된 하준은 거울에 비친 제 모습을 마주하고 눈물을 흘리며 울먹이다가 눈을 감아 버렸다. 그 표정이 또 무겸의 아랫배를 뜨겁게 만들었다.

무겸도 이제는 끝을 보고 싶었다. 아까부터 싸고 싶어 불끈대는 성기를 이를 악물고 거세게 찔러 들었다. 선 자세에서 미끄러져 들어간 귀두가 정확히 하준의 전립선 위를 콱콱 찍어 올리며 가장 깊은 곳까지 들이쳤다.

한쪽 다리로 서 마음껏 몸부림도 치지 못하는 하준이 제 머리를 무겸의 몸에 마구잡이로 비볐다. 뚝뚝 끊기는 말을 섞어 신음을 뱉어 댔다.

"아, 흐으…! 아읏, 싫, 이, 거, 싫어… 아으, 흐윽!"

양다리가 넓게 벌어져 훤히 드러난 사타구니에서 하준의 발기한 성기가 곧 또 사출할 듯 흔들거렸다. 거울을 바라보며 허리를 움직이던 무겸은 갑자기 웃음이 나왔다.

오늘 처음으로 입에 넣고 빨았던 하준의 흔들리는 좆이 이제는 꽤 예뻐 보이기까지 했던 것이다. 세상에 아무리 몸정이라는 것이 있다지만 이 정도면 그 콩깍지도 너무 심하지 않나.

느껴서 눈물을 줄줄 흘리는 얼굴도, 박을 때마다 꿈틀대는 복근도, 세게 빨고 만져 대서 붉게 변한 언저리 색이 아직도 연하게 돌아오지 않은 유두도, 심지어 이제는 뻐끔대는 구멍과 흔들리는 자지까지.

"씨발, 어이가 없네……."

그래, 인정한다. 머리부터 발끝까지 존나 예쁘다.

자신이 느끼는 감상이 스스로 황당해진 무겸이 웃음을 머금고 하준의 귓바퀴를 이로 슬근슬근 쓸었다.

"이하준, 너는 왜, 좆도 예뻐."

"읏, 으! 흐, 흐으… 그마, 안. 그만! 이상해……! 이상, 해, 아, 아, 아……!"

"오늘도, 흣, 같이 쌀까?"

끝을 알리듯 과격하게 안쪽을 연속으로 때려 박으며, 마침내 무겸도 하준의 안에 꽤 오래 참은 절정의 흔적을 마음껏 내보냈다. 뜨거운 체액이 흩뿌려진 몸 안쪽이 마치 받은 것을 가두려는 것처럼 바짝 좁아지며 마지막까지 무겸의 것을 쪽쪽 애무했다.

전신에 짜릿하게 번지는 쾌감을 만끽하며 무겸이 손으로 하준의 것을 쥐어 잡았다. 함께 사정에 이르기 위해서. 그뿐이었다.

"아, 아앗… 아, 흐아아!"

손이 하준의 것에 닿자마자 가슴에 닿은 등이 감전이라도 된 듯 잘게 부르르 떨렸다. 손안에 갇힌 성기가 울컥, 한 번 움찔댄다 싶더니 그 끝에서 갑자기 물이 퍽 터져 나왔다.

무겸의 눈이 휘둥그레 커졌다. 그렇게 성기에서 터져 나온 물이 무겸의 손을 타고 줄줄 흘러내려 욕실 바닥까지 떨어졌다. 색이 투명하고 양도 많았다. 정액은 분명히 아니었다.

"흐으응… 으, 하윽, 아, 아……!"

그렇게 물을 싸는 중에도 축 처진 흰 몸은 쾌락의 여진을 버티지 못하고 헐떡거렸다. 무겸의 목덜미와 가슴팍에 기대 등과 머리를 비비적댔다. 그 체중을 단단히 받치고 서면서도, 무겸은 눈도 한 번 깜박이지 않고 거울에 비치는 분출 사태를 멍청하게 보았다.

조금씩 숨을 고르던 하준도 무겸에게 기대어 젖혔던 머리를 바로 세웠다. 제 앞의 거울로 망연하게 시선을 옮겼다.

"읏……."

새빨개진 얼굴을 손으로 가린 하준은 성감 때문이 아닌 울먹임을 이제 숨기지도 못했다. 무겸은 당장 눈앞에 일어난 사태에 당황해 그런 하준에게 뭔가 말을 거는 것도 잊고, 아직도 물을 조금씩 흘리는 성기를 놓지 않은 채 어깨 아래를 유심히 보았다.

'이게 뭐야……. 오줌을 싼 건가?'

하준의 다리를 내려놓은 무겸이 흘러내린 물로 젖은 성기를 몇 번 더 손으로 척척 쳐올렸다.

"후아, 아! 하지, 하지 마!"

하준이 비명을 지르며 허리를 비틀었다. 살짝 미끈한 느낌도 있는 것이 오줌과는 달랐다. 냄새 역시 달라서 역한 느낌이 전혀 없었다.

이거 혹시…….

헛웃음이 절로 나왔다. 남자도 분수가 가능하다는 얘기를 들은 적이 있지만 당연히 관심을 가져 보진 않았다. 이하준 덕분에 진심으로, 생전 볼 일 없을 줄 알았던 여러 가지를 구경하게 된다. 너무 신기해서 무겸은 당장이라도 하준을 붙들고 호들갑을 떨고 싶은 기분이었다.

그렇다고 여기서 그렇게, 너 분수도 싸냐고 정직하게 물어서야 재미없지 않을까. 무겸은 입술을 길게 휘어 웃으며 하준을 놀렸다.

"오줌 싼 건가?"

"흑, 아, 아니야, 아닌……."

"맞는 거 같은데. 내 손에 오줌 질질 쌌어, 너."

"윽, 으흑……."

무겸이 목소리를 조금 낮춰 귓가에 속삭였다.

"너 싸는 거 보니까 나도 오줌 싸고 싶다."

"하아, 읏."

"아직 빼기 싫은데 그냥 네 안에 쌀까?"

그 말에 하준의 몸이 긴장한 듯 살짝 굳어 들었다. 무겸은 정말 소변이라도 볼 것처럼 사정을 하고도 단단함을 유지하고 있는 성기를 조금 흔들었다.

하지만 하준은 무겸이 그러는 동안에도 몸만 뻣뻣이 굳힌 채로, 계속 튀어나오는 울먹임을 씹어 삼키며 얌전히 있었다. 무겸이 미간을 찌푸리며 잔뜩 조여든 내벽 깊은 안쪽을 콱 쳐올렸다. 이미 두 번이나 절정에 달하고 물까지 싼 하준은 이제 작은 자극에도 부르르 떨며 몸서리를 쳤다.

"아읏……!"

"너 왜 가만히 있어. 진짜 싸면 어쩌려고."

하준이 여전히 울먹이는 사이 어처구니없다는 듯 탓하는 말을 흘리며, 무겸의 성기가 미끄러지더니 아예 몸 밖으로 빠져나갔다.

"……."

하준이 그제야 훌쩍이면서 고개를 들었다. 무겸은 이제 쓴웃음을 짓고 있었다. 그 표정이 저를 한심하게 여기는 것 같아 하준은 얼른 시선을 내리깔았다. 섹스를 하다가 오줌을 싸다니. 대여섯 살 어린애도 아니고 자기가 생각해도 정말 말도 안 됐다.

무겸이 화가 난 것 같아 졸아붙었던 마음도, 채훈에게 들킬까 봐 긴장했던 것도, 그 바람에 불안해서 울기 시작했던 것도 지난 일처럼 뇌리에서 희미하게 증발해 버렸다. 섹스를 하다가 오줌을 쌌다는 희대의 덜떨어진 짓거리가 지금 무겸과 저의 사이에 지울 수 없는 현실로 놓여 있었으니까.

"이제 놔줘……."

힘이 다 빠진 목소리로 그나마 용기를 내서 조르자 무겸은 놓기는커녕 허리를 더 세게 안았다.

"왜? 창피해?"

대답할 기운도 없어 입을 다무는데 무겸은 하준을 돌려세워 안은 채로, 마치 어린아이를 제 발등 위에 올려놓고 한 걸음 한 걸음 걷는 사람처럼 끌고 걸어갔다.

둘은 아직 사람 없는 공간에 물을 뿌리고 있는 헤드가 커다란 샤워기 아래 섰다. 크고 둥근 샤워기에서 뿌려지는 물이 두 명의 몸을 동시에 적셨다. 딱 좋게 따뜻하게 느껴질 정도로 미지근한 물이 기분 좋았지만 하준은 도저히 부끄러움이 가시지 않아 무겸의 어깨에 얼굴을 기대고 시선을 마주치지 않았다.

격투기의 클린치 기술 같은 것이다. 공격을 막기 위해 몸을 붙여 서서 아예 린치를 날릴 간격을 지워 버리기. 그러나 무겸이 하준에게 날리는 공격 수단은 단단한 주먹이나 무시무시한 킥력을 가진 다리가 아니라 늘 그놈의 주둥이였다. 그래서 또 무슨 놀림을 당하려나, 내심 자포자기하고 기다리는데 무겸은 아무 말이 없었다. 물에 몸을 적시려는 듯 한참 하준을 안고 있더니 욕조 가장자리에 앉혔을 뿐.

그러더니 손에 샴푸를 짰다. 하준이 멍하니 그가 하는 모습을 지켜보는데, 무겸이 손을 하준 쪽으로 뻗더니 머리를 감기기 시작했다. 갑작스러운 친절에 하준의 어깨가 움츠러들었다. 손가락 끝이 두피를 문지르는 느낌에 속이 간지러웠다. 하준이 고개를 뒤로 물리며 말했다.

"내가."

"좀 닥치고 있어라."

그렇게 말하며 머리를 감기는 손은 좋게 봐주려 해도 솜씨가 없었다. 하준은 왼쪽 뒤통수를 좀 더 샴푸로 문지르고 싶었지만 차마 말을 할 수가 없었고, 헹굴 때 역시 이마 부근을 좀 더 씻어 내고 싶었지만 마찬가지로 말하지 않았다.

거품이 얼굴 위로 흘러내려 눈에 들어올까 봐 눈을 꾹 감고 무겸이 제 머리를 멋대로 문지르는 시간이 끝나기만을 기다렸다. 무겸은 머리를 감기고 나서도 몸 여기저기에 물을 뿌리고 비누질을 하고, 또 그것을 헹궈 내며 바삐 굴었다. 덕분에 어설프게 남은 거품도 그럭저럭 모두 씻겨 나갔다.

"다 됐다. 먼저 나가."

갑자기 왜 이러는지 알 수가 없어 하준은 붉어진 눈만 깜박였다. 그래도 마지막에는 고개를 저을 수밖에 없었다.

"…내가 나중에 씻고 나갈게. 너 먼저 정리하고 나가."

"왜? 머리도 감고 몸도 다 씻었잖아."

하준이 마른침을 삼켰다. 오늘 대체 몇 번이나 김무겸 앞에서 창피해야 하는 거지.

최대한 아무렇지도 않은 척 무표정을 가장하고 설명했다.

"안도 씻어야 해서."

"안?"

"안쪽에, 있잖아. 정액……."

무겸이 미간을 찌푸렸다. 말하고 싶지 않은 것을 말한 하준은 쌓이는 수치심을 참기 힘들어 시선을 피했다.

"그걸 꼭 씻어야 돼? 저절로 나오는 거 아니야?"

"…내가 할 테니까 먼저 나가."

"대답이나 해."

"안 씻어 내면 나중에 배가 아파서 그래."

포기하고 한 번에 모든 걸 다 설명한 하준이 '알겠지?'라고 다짐받는 표정으로 무겸과 눈을 마주쳤다.

"그러니까 먼저 씻고 나가."

무겸의 찌푸림이 더 깊어졌다. 그 표정에 겨우 가라앉힌 마음이 또 술렁거렸다. 왜 또 기분이 상해 저러는 걸까. 하준이 속으로 가늠하는 사이, 무겸의 목소리가 조금 커졌다.

"배가 아프다고?"

"…어."

"또 시위하냐? 그걸 왜 이제 말해?"

"안 씻어 내면 아프고, 씻어 내면 안 아파."

"지금 그걸 말이라고 하는 거야?"

겨우 기분 풀린 것 같더니 왜 또 화를 내지. 뭐가 문제인지 모르겠다. 씻어 내지 않으면 아프지만 씻어 내면 문제가 없다. 그냥 그게 다다. 씻는 과정이 민망해서 말하고 싶지 않았을 뿐.

피곤하기도 하고, 그가 화를 내는 이유를 알 수가 없어서 하준은 그냥 모른 척 표정 없이 입을 다물었다. 그러자 무겸이 한숨을 한 번 쉬더니 조금 전 펠라티오를 할 때처럼 하준의 아래에 무릎을 굽혀 앉았다. 움찔 놀란 하준이 반사적으로 뒷걸음질을 쳤다.

"돌아서서 엉덩이 내밀어."

"-됐어. 내가 한다니까?"

"계속 사람 열 받게 할래?"

"싫어."

대체 왜 네가 열을 받느냐고, 그렇게 묻고 싶은 것을 참고 입 안쪽 살만 깨물었다. 오늘 김무겸은 처음부터 화가 나 있었다. 하준이 바다에 빠진 줄 알고 제풀에 놀라 물에 뛰어든 것이 마음에 안 드는 모양이었다.

그렇잖아도 아까 그곳에 입을 대고 빠는 바람에 죽을 만큼 창피했다. 그런데 그 비슷한 짓을 또 하라니. 심지어 섹스는 끝났는데.

"아니… 뭘 이제 와서 부끄러워하고 그래?"

난 항상 부끄러워. 하준이 그 말을 속으로 삼키는데 무겸이 포기한 듯 몸을 일으켰다. 살짝 안도의 한숨을 내쉬자마자 무겸이 하준의 허리를 끌어안아 왔다.

가슴과 가슴이 다시 조금 전처럼 딱 붙는다. 무겸이 뭘 하려는지 눈치 챈 하준이 몸을 비틀었다.

"하지 마. 내가, 내가 한다고!"

"가만히 있어 봐, 좀."

샤워기에서 흘러내린 물이 엉덩이 사이를 적셨다. 아직 녹진하게 풀려 있는 입구에 무겸의 손가락이 비집고 들어온다. 어쩔 수 없이 하준은 무겸의 어깨에 붉어진 얼굴을 묻고 이 새로운 절차가 끝나기를 기다렸다.

왜 부끄러운 일은 계속 늘어나기만 하는 걸까. 겨우 익숙해졌다 싶으면 또 하나, 거기에도 익숙해졌다 싶으면 또 하나.

하지만 긴장했던 하준의 몸도 무겸의 손가락이 안을 매만지는 동안 조금씩 풀어졌다. 느끼는 부분을 짓누르거나 문지르거나, 손가락을 몇 개씩 넣어 안쪽을 휘젓거나 드나들거나.

그는 그러지 않았다. 정말로 자신이 안에 내보낸 정액을 빼내려는 듯 조심스럽게 내벽을 긁어내리고 있을 뿐.

그러자 더 기분이 이상해졌다. 부어오른 안쪽에 길고 단단한 뼈마디가 스칠 때마다 뒤를 괴롭힐 때의 성감과는 다른 간질간질하고 미묘한 감각이 몸을 기어올라 심장까지 닿았다. 무겸은 그저 저를 씻기고 있을 뿐인데 혼자만 이상한 기분을 느끼는 것이 싫어서 하준은 입술을 깨물었다. 오늘은 정말, 정말로 처음부터 마지막까지 부끄러운 일뿐이다.

겨우 힘이 돌아온 다리가 떨렸다. 무겸을 안은 팔에 힘을 주며 어떻게든 버티는데 뒤쪽을 매만지던 손가락이 천천히 빠져나가는 것이 느껴졌다.

"다 나온 것 같은데."

그렇게 말하는 목소리가 들려온다. 눈앞이 어질어질해 하준은 곧바로 무겸의 어깨에서 머리를 들지 못했다. 무겸이 그런 하준의 허리를 받치듯 안아 오며 물었다.

"이렇게 하면 되는 거 맞아?"

하준은 숨을 몰아쉬고 고개를 끄덕이며 몸을 일으켰다. 빨리 이 더운 욕실을 탈출하고 싶었다. 무겸이 멀어진다 싶더니 머리 위로 보송보송 잘 마른 수건이 내려앉았다. 얼른 그것을 끌어 내려 얼굴까지 덮었다.

"먼저 나간다."

"그래."

하준은 서둘러 걸음을 옮겼다. 정신없이 무겸을 뒤로하고 욕실 문고리를 돌리는데 딸칵, 잠금이 풀린다. 그 작은 소리가 하준의 귀에는 종소리처럼 크게 들렸다. 순간 얼이 빠져 가만히 서 있자 무겸의 웃음기 섞인 목소리가 뒤에서 들려왔다.

"놀라기는. 진짜 열어 놨을까 봐?"

대꾸하기도 지친다. 하준은 말없이 욕실을 나와 비틀비틀, 제대로 말리지도 않은 몸에 잠옷용 티셔츠와 반바지를 대충 걸친 후 침대 위에 풀썩 쓰러졌다. 에어컨 냉풍에 차게 식은 방이 몸이 젖은 탓에 더욱 서늘하게 느껴졌다. 이불을 둘둘 감은 뒤 베개를 끌어당겨 머리를 고이고 아무렇게나 누웠다.

무겸과의 섹스를 마치고 나면 매번 마지막에는 녹초가 되지만 오늘은 조금 다른 의미로 피곤했다. 공중에서 몇 번씩 이리저리 휘날리다 젖은 땅에 떨어져 바닥에 들러붙은 낙엽이 된 기분이다.

욕실에서 아직 물 쏟아지는 소리가 희미하게 들렸다. 무겸이 아직 저곳에 있다. 그래도 아직 무겸이 가까이에 있었다. 그의 집은 너무 넓고 1층에만 욕실이 세 개나 된다. 방을 나가 몸을 씻으러 가 버리면 무겸이 집 안에 있는지 없는지, 작은 소리조차 들리지 않았다.

따지고 보면 피곤한 것도 김무겸의 탓이지만 그 와중에도 그의 소리가 들려서, 그래도 혼자 있는 것보다는 좋았다. 조금 쉬다가 그가 방으로 돌아가고 나면 바닷물에 젖은 옷을 제대로 빨아야겠다고 생각했다. 그리고 어디든 널어놓고, 그런 다음에 자야지.

멍하니 할 일을 생각하는데 물소리가 끊어지고 문 열리는 소리가 났다. 방으로 들어서는 인기척이 느껴졌다. 딱히 자는 척을 할 생각은 없었지만 하준은 침대 위에 누운 채 꼼짝하지 않았다.

슬리퍼를 끌고 무겸이 걷는 소리가 이어졌다. 옷장 문이 끼익, 열리는 소리도. 그러고 보니 이 방에는 그가 갈아입을 옷이 없으니 아까 자신이 한 말대로 가운을 입고 돌아가야 할 것이다. 옷이 공기를 스치며 펄럭대 짧게 침묵을 흔들고, 그러고는 잠시 조용해졌다가 다시 무겸이 걷는 발소리가 들렸다. 그 소리는 문이 아니라 하준이 누워 있는 침대로 다가오고 있었다.

“자냐?”

하준은 대답하지 않았지만 그렇다고 눈을 감지도 않았다. 무거운 것이 내려앉자 매트리스가 살짝 한쪽 방향으로 울렁였다. 옆에 앉은 무겸이 누워 있는 하준과 눈을 마주쳤다. 혼자 몸을 씻는 사이 또 기분이 좋아졌는지 무겸의 낯은 가벼운 미소를 머금은 평온한 표정이었다.

오늘따라 변덕이 대단하시다. 그 표정에 괜히 하준이 골이 났다. 아무리 기분이 상했기로서니 화풀이한답시고 사람을 이렇게 피곤하게 만들어 놓고 저는 이제 기분 다 풀렸다 이건가.

“오늘은 좀 힘들었지?”

조금 미안하기라도 한 듯 헛기침을 한 번 하더니 그렇게 물어 온다. 마음이 슬쩍 삐뚜름해졌던 것이 무색하게도, 은근히 눈치를 보는 그 표정에 하준은 그만 웃음이 피식 나 버렸다. 웃어 버렸으니 더 화난 척하기는 글렀다.

그래도 무겸이 먼저 눈치를 보는 것은 흔치 않은 일이었기에 괜스레 한마디 쏘아붙였다.

“언제는 안 힘들었는 줄 알아?”

무겸이 몸을 숙여 하준에게로 좀 더 가까이 얼굴을 가져왔다. 감추지 못한 머쓱함이 말투와 표정에 드러나 있었다.

“말을 안 해서 안에 싸면 배 아픈 줄 몰랐잖아.”

“말하면? 안에 안 할 거냐?”

“그건 보장 못 하겠지만… 아까처럼 씻겨 줄게.”

“진짜로 됐어. 내가 하는 게 훨씬 편해.”

매번 김무겸에게 몸속에 남은 정액을 씻어 내랍시고 엉덩이를 내맡길 생각을 하니 벌써부터 머리가 아팠다. 무겸은 그러고도 몸을 일으키지 않고 하준을 빤히 보더니 불쑥 물었다.

"너 다른 놈하고 할 때도 분수 쏜 적 있어?"

"…분수?"

"왜 또 모른 척이야. 아까 내 손에 쌌잖아."

아, 그 얘기는 좀 넘어가 주지. 하준의 얼굴이 순식간에 붉어졌다.

섹스하다 싸는 오줌은 분수라고 부르나. 낯선 단어를 알아듣기 힘든 것은 물론이고 민망함에 어물어물 대답을 할 수가 없었다. 하준이 눈 둘 곳을 찾지 못해 시선을 피하자 무겸이 씩 웃으며 몸을 일으켰다.

"없지?"

"당연하지! 한 번도 그런 적 없어. 다시는 그럴 일도 없고."

"왜? 나오면 참지 마."

"아, 그만 얘기해라, 좀."

자기 일 아니라고 잘도 떠든다. 원망을 담아 노려보자 그는 약 올리듯 눈을 가늘게 뜨고 하준을 내려다보더니, 뭔가 잔뜩 즐거운 투로 혼잣말처럼 말했다.

"그러게 모자란 놈들하고는 아무리 많이 만나 봤자 득 되는 게 없어. 뭐든 양보다는 질이거든."

또 무슨 모를 소리를 하는 건지…….

그래도 눈에 띄게 뿌루퉁하던 조금 전에 비하면 완연히 기분이 좋아 보인다. 하는 내내 신경 쓰였던 것을 하준은 조심스레 물었다.

"이제 화는 풀렸어?"

하준이 묻자 무겸의 표정이 멋쩍어졌다. 화를 냈다는 자각이 있긴 한가 보다. 그러나 곧 무겸은 되레 눈꼴을 세우더니 화풀이에 대한 책임을 떠넘기려는 말투로 툴툴거렸다.

"깜깜한 밤에 그렇게 바다 깊은 곳까지 들어가는 걸 보면 안 놀랄 사람 없어."

"…네 말이 맞아. 미안하다. 나 수영 잘하는 편이라서 별생각 없었어."

무겸의 말대로 수영장과 바다는 다르다. 아무리 수영을 잘하는 사람이라도 어두운 바다에서 자칫 실수하면 큰일이 생길 수도 있다. 안전 요원은커녕 주변에 아무도 없는 상황이었으니 만에 하나라도 잘못됐다면 도움을 요청할 수도 없었을 것이고.

그렇게 생각하자 놀랐을 무겸에게 미안한 마음이 들었고, 주의 없이 위험한 짓을 벌였던 자기 자신에게 약간 간담이 서늘해졌다.

처음에는 좀 한적한 곳까지 산책을 하려고 했을 뿐 꼭 수영을 할 생각은 아니었는데 바다를 보고 서 있자니 어느 순간 홀리듯 그 안으로 들어가고 싶어졌다. 밤바다와 파도 소리의 마력이었을까. 그때는 왜인지 위험하다는 생각도 들지 않았다.

"이하준."

잠시 말이 없던 무겸이 하준을 불렀다. 묘하게 딱딱한 어조였다.

"왜."

"섹스만 하는 사이에 따로 약속이나 구속 같은 건 없는 쪽이 맞지. 그건 잘 알아. 그래도 서로 깔끔한 게 찝찝하지 않고 좋으니까… 만나는 동안에는 우리 둘만 하는 게 어때."

갑작스러운 말에 하준이 눈을 깜박였다. 무슨 소리인지 잘 알 수가 없었다. 대답을 하지 못하고 있자 무겸은 조금 다급한 기색으로 덧붙였다.

"당분간 여자 만날 생각 없어서 너랑 하기로 한 거잖아. 너도 그동안에는 나하고만 하는 게 어떻겠냐는 거야."

"굳이 그런 약속 안 해도 너하고밖에 안 해……."

무슨 소리인가 했더니. 하준은 어이가 없어 대꾸했다. 채훈과 섹스를 했냐고 묻지를 않나, 정말 아무하고도 안 했냐고 묻지를 않나. 괜한 의심을 해 댄다.

그의 눈에 자신이 그럴 만한 사람으로 보이는 것까지야 이해한다지만 제가 다른 사람과 관계를 가지는지 마는지의 여부 따위에 신경을 쓰는 것은 조금 의외였다.

"그래?"

"그래."

"아냐. 지금은 그렇더라도 상황이 변할 수도 있지. 그러니 약속, 아니, 나랑 자는 동안에는 다른 놈 안 만나기로 맹세해."

하긴 김무겸도 사람이다. 밥 주던 개가 다른 이를 따라도 서운한 것이 사람 마음이라는데.

병… 같은 것이 걱정돼서 그러는 걸 수도 있겠고.

"알았어."

하준은 굳이 다짐을 받고자 하는 무겸에게 원하는 대답을 해 주었다. 하지만 약속을 하고 말 것도 없이 다른 남자를 만날 생각 따위는 해 보지도 않았다. 남녀를 가리지 않고 제게서 연애 감정이나 성적 충동을 끌어낸 사람은 여태껏 무겸밖에 없었으니까.

하지만 이렇게 말한다는 건 김무겸도 정말 그동안 다른 여자와 관계를 가지지 않았다는 뜻일까? 한동안 스캔들이나 소문은 잠잠했지만 정말로 무겸이 저하고만 잠자리를 하리라는 기대는 하지 않았다. 근래 무겸의 상대가 저뿐이었다 생각하자 기분이 이상해진다.

그러고는 잠시 조용하다가 갑자기 풀썩, 하준의 옆에 크고 무거운 것이 떨어졌다. 매트리스가 출렁였다.

하준의 눈이 커졌다. 어느새 무겸이 바로 옆에 드러누워 하준과 얼굴을 마주하고 있었다. 확실히 화는 풀렸는지 장난기 맺힌 눈동자와 시선이 마주치자 그 눈에 비친 제 딱딱한 얼굴이 보였다.

자신이 물에 빠진 줄 알았을 때의 무겸보다도 더 놀라지 않았을까. 순간 심장이 두근두근두근, 고장 난 게 아닌지 의심스러울 만큼 빠른 속도로 뛰었다. 희미한 웃음을 실은 잘생긴 얼굴이 하준을 빤히 바라본다. 제 심장 소리가 다 들려서 저렇게 웃고 있는 것은 아닐까 불안해 점점 시선을 맞추기 힘들어지는데 때마침 무겸이 물었다.

"윤채훈도 안 들어온다는데 그냥 여기서 자고 갈까?"

속닥이듯 건네 온 질문에 하준은 눈도 깜박이지 못하고 무겸을 빤히 마주 보았다. 웃음을 머금은 눈매가 어렴풋이 길어지고, 입꼬리는 슬쩍 올라가고, 베개도 베지 않고 옆으로 누워 갸웃거리기라도 하듯 한쪽으로 살짝 기울어진 얼굴.

이대로 와락 끌어안아 멋대로 키스하고 싶은 충동을 한계치까지 끌어올리는.

'어떡할래?'

그러나 그렇게 묻는 듯한 이 매력적인 표정을 하준은 똑똑히 기억했다.

먼저 입을 맞추고서는 지금처럼 옅게 웃으며 고개를 한쪽으로 슬쩍 떨어뜨렸었다. 이다음에는 어떻게 할 거냐 묻는 것처럼.

떠보기 위해 그랬다고 했다. 어떻게 나오는지 보려고 일부러.

"네 방 놔두고 왜 여기서 자. 형 놀다가 들어올 수도 있어. 안 돼."

새벽녘 저를 찾아와 대뜸 고양이 인형을 건넨 날이 고작 얼마 전이었다. 밤새 마법에 빠진 기분으로 두근거리다가 날이 밝아 올 때쯤에야 간신히 잠들었던 날, 선물을 받아야 할 원래의 주인에게 차마 전하지도 못하고 침대 위에 모셔 놨던 그 인형을 다음 날 곧바로 민경에게 건넸다. 바로 주지 않아 미안하다는 말과 함께.

민경은 왜 그러냐고, 정말 주지 않아도 괜찮다고 몇 번이고 사양했지만 하준이 괜찮지 않았다. 그 인형을 볼 때마다 죽을 만큼 부끄럽고 창피했으니까.

제 것이 아닌 물건을 욕심내면 늘 끝이 그렇게 졸렬해진다. 사람은 학습을 하는 동물이다. 앞에 놓인 미끼가 아무리 탐스러워 보이더라도 같은 함정에 몇 번씩 빠지지는 않아야 했다.

"들어오면 어때서. 섹스만 안 하고 있으면 되는 거 아냐?"

"너 진짜. 아까 내가 얼마나 놀랐는지 알아?"

무사히 넘어갔으니 농담 따먹기를 하는 것이지, 아까는 정말 어떻게 되는 줄 알고 눈물이 절로 났다. 그러나 무겸은 코끝으로 웃을 뿐이었다.

"좋아서 환장을 해 놓고 내 탓만 하지."

"김무겸… 그냥 빨리 가라."

진심으로 울컥 분기가 치밀었다. 목소리를 깔며 대놓고 쫓아내자 무겸은 기분 나빠 하긴커녕 킥킥거리더니 몸을 일으킨다.

"걱정 마라. 목소리만 들어도 벌써 취했던데 뭘. 너야 정신없어서 몰랐겠지만."

두 번 묻지도 않는 걸 보니 역시 떠보는 것이었다. 문가로 다가가던 무겸이 생각났다는 듯 덧붙였다.

"옷은 네가 가져갈 테니까 잠이나 자. 궁상맞게 또 욕실에서 옷 빤다고 땀 뻘뻘 흘리지 말고."

"그냥 놔둬. 내가 내일이라도 빨게."

“이런 일을 왜 직접 해? 아침에 맡기면 출발 전에 다림질까지 마쳐 서 줘.”

무겸의 말에 하준은 더 만류하지 않았다. 더 입씨름하고 싶지도 않았고, 사실 이제 너무 지쳐서 꼼짝하고 싶지 않기도 했다. 무겸이 욕실에 잠시 들어섰다 나서고, 문을 열며 인사를 했다.

“내일 보자.”

“너도.”

찰칵, 삑. 기계음과 함께 문이 여닫히고 방은 완전히 조용해졌다.

경기가 이루어지는 그라운드 안에서의 언어는 경기가 끝나고 그라운드 밖으로 나서면 통용되지 않는다. 무겸이 침대 위에서 하는 말도 그와 같다.

수많은 사람과 밤마다 달콤한 말을 공처럼 주고받았을 김무겸. 그 말은 그저 그때그때의 분위기를 위한 것이거나 일종의 놀이일 뿐 아무 의미가 없다. 그것을 알면서도 받아들이지 못하고 침대를 빠져나온 뒤에까지 그에게 매달렸던 사람들의 이야기를 하준은 알고 있었다.

그 이야기의 끝에서 무겸이 늘 얼마나 차가웠는지도. 무겸의 사랑을 얻고자 했다가 파탄을 맞이하는 구애자들의 스토리는 황색언론의 기자들이 무척 좋아하는 블랙 코미디의 소재였으니까.

하준은 두어 번 눈을 깜박이다가 누운 채로 불을 끄고 눈을 감았다. 조금 전에 본 밤바다 같은 검은 수마가 금세 그를 덮쳤다.

하준은 아침햇살에 눈을 떴다. 언제인지 채훈은 돌아와 있었다. 옷도

갈아입지 않고 엎드린 자세로 침대에 널브러져 있는 걸 보니 꽤 고주망태가 돼서 들어온 것 같다. 역시 무겸을 방으로 돌려보내기를 잘했다.

사람 들어오는 소리도 듣지 못하고 잤으니 꽤 피곤하긴 했나 보다. 하준은 채훈이 깨어나지 않도록 살금살금 움직여 욕실로 들어섰다. 머리를 제대로 말리지 않고 자는 바람에 뒤통수 쪽 머리가 살짝 곤두섰다. 대충 빗질을 하고 옷을 갈아입은 다음 방을 나섰다. 어제 김무겸과 난리 법석을 쳐서인지 일어나자마자 배가 고팠다.

조식을 먹기 위해 식당에 도착했을 때 가장 먼저 눈에 띈 것은 팀에서도 최장신인, 190센티미터가 넘는 두 남자가 창가 자리에 앉아 있는 모습이었다. 커다란 남자 둘이 붙어 있으니 보지 않으려 해도 곧바로 눈에 띌 수밖에 없다. 지나다니는 사람들이 힐끔대며 그들을 훔쳐보고 있었다. 하지만 식당이라는 장소 때문인지, 앉아만 있어도 박력이 넘치는 둘의 분위기 때문인지 다가가서 사인을 해 달라거나 사진을 찍자고 말하는 사람은 없어 보였다.

무겸이야 말할 것도 없지만 함께 앉아 있는 정규 역시 인상 좋은 미남이다. 농담이랍시고 너희 사이에 끼면 오징어네 어쩌네 투덜대지만 하준은 전혀 그렇게 생각하지 않았다. 그런 농담을 할 수 있는 성격 자체가 정규의 장점이고, 그래서 주장도 맡고 있는 것이다.

그릇에 적당히 음식을 담는데 정규가 하준을 발견하고 손을 흔들었다.

"하준아, 왔냐?"

하준이 음식을 담던 집게를 흔들며 맞인사했다. 정규의 맞은편에 앉아 신문을 읽던 무겸은 정규의 말에 그제야 고개를 들어 하준을 바라보았다. 씩, 자연스럽게 휘어지는 입술. 김무겸이 언제부터 저를 보고 저렇게 자주 웃었더라.

하준은 어쩐지 속이 덥고 답답해져 눈인사만 하고 다시 접시에 음식만 주워 담았다. 달걀 프라이, 토스트, 베이컨, 샐러드, 아침부터 탕수육, 팔보채 등등.

다른 자리에 앉는 것도 이상하니 둘이 마주 앉은 테이블에 다가갔다. 생각해 보니 구단 식당에서는 늘 여럿이 점심을 먹는 편이라 무겸이 있는 테이블이라 해도 적당히 끼어 앉으면 그만이었는데 지금은 정규 아니면 무겸의 옆. 두 자리밖에 선택권이 없었다.

어디 앉을지 고민이 된다. 김무겸 옆에? 정규 옆에? 역시 정규 옆이 덜 어색하지 않을까? 결국 정규 옆에 앉기로 결심하고 발을 딛는데 갑자기 무겸이 옆에 놓인 의자를 뒤로 뺐다.

"이 코치, 앉아."

"오, 웬일로 매너 있어."

아무 생각 없을 정규의 농담 한마디도 어쩐지 의식하게 된다. 하준은 말없이 무겸이 꺼낸 의자에 앉아, 곧바로 반숙 노른자를 포크로 자르며 물었다.

"너희는? 아침 다 먹었어?"

"아니. 잠 깨려고 잠깐 앉아 있었어. 이제 먹어야지."

정규의 말에 하준은 고개를 끄덕이고 가져온 음식을 차례차례 입으로 가져갔다. 시장이 반찬이라서인지 조식 맛이 괜찮은 것인지 술술 목으로 넘어간다.

"우리 코치님 아침부터 잘 먹네."

갑자기 들려온 목소리에 하준이 막 입으로 넣으려던 탕수육을 내려놓았다. 잠시 먹는 데 집중하느라 주변을 살피지 않은 사이, 무겸이 턱을 괴고 아예 고개를 돌려 앉아 저를 빤히 구경하고 있었다.

하준이 설핏 미간을 찌푸리며 물을 한 모금 마시고 타박했다.

"왜 먹는 사람을 구경하고 있어? 너희도 가서 밥이나 가져와."

"알겠습니다, 코치님."

그렇게 대답한 뒤 커다란 놈들이 동시에 일어나 식사를 가지러 갔다. 의자를 밀고 일어나는 순간 식당 안에 있는 사람 모두가 이쪽만 쳐다보는 것을 하준은 알 수 있었다. 정말 움직임 하나하나가 너무 눈에 띈다.

식사를 마치고 방으로 돌아와 짐을 정리했다. 어제 술을 많이 마신 채훈은 머리가 아픈지 아침도 먹지 않고 침대에 누워 끙끙거리고 있었다. 하준은 그의 짐까지 함께 정리하고 커다란 가방 두 개를 들고 일어섰다. 출발 시각이 다 되어 간신히 몸을 일으킨 채훈에게 걱정이 되어 물었다.

"형, 괜찮아요?"

"아우, 죽겠다. 모처럼이라고 너무 마셨어. 괜찮으니까 나가자. 이제 슬슬 버스 타러 가야지."

올 때는 따로 왔지만 서울로 돌아갈 때는 함께 가기로 했다. 채훈이 몸을 일으켜 으으, 죽는소리를 하며 하준의 옆을 걸었다.

"술 깨는 약 좀 사 올까요?"

"아니야. 약국 찾으려면 또 밖으로 나가야 하는 거 같더라."

"그래도요."

"말만이라도 고맙다. 어딜 가든 형 생각해 주는 건 우리 하준이밖에 없다니까."

채훈이 웃으며 하준의 어깨에 팔을 걸치고 기대어 왔다. 하준도 웃으면서 그런 채훈의 어깨를 토닥이며 엘리베이터 앞에 다다랐다.

"어, 하준아. 형."

엘리베이터 앞에는 정규와 무겸도 있었다. 그들 역시 이제 막 버스를 타러 가려는 듯 가방을 하나씩 어깨에 멘 모습이었다.

"형, 괜찮으세요? 피곤해 보이시는데."

"솔직히 안 괜찮다. 머리 깨질 것 같아."

"버스 타셔도 되나?"

정규와 채훈이 이야기를 나누는 동안 무겸은 하준과 채훈을 번갈아 가며 보더니 눈썹 사이를 좁혔다. 그가 채훈을 마뜩치 않게 생각하는 거야 이제 누구나 아는 상황이다. 하준은 또 무슨 이상한 소리를 할까 봐 긴장해 얼굴을 굳히고, 제발 그가 닥쳐 주길 바라며 마주 보았다.

"줘."

하지만 무겸은 다른 말 않고 하준이 손에 들고 있던 가방 하나를 낚아채 갔을 뿐이다.

"짐꾼도 아니고 뭘 남의 짐까지 들고 있어."

"김무겸. 오늘 계속 매너 좋아."

"닥쳐."

시시덕대는 정규의 말에 무겸은 웃지도 않고 대꾸했다. 정규는 아랑곳하지 않고 이번에는 하준을 향해 손을 내밀었다.

"하준아, 그것도 이리 줘. 내가 들게. 넌 형이나 잘 챙겨."

"아냐, 내 건데 뭘."

정규의 말처럼 매너가 좋아서 베푼 호의가 아니다. 술이 덜 깨 하준의 어깨에 기대어 축 처진 채훈을 마음에 안 드는 듯 흘기는 꼴을 보면 왜 그러는지 알 것 같았지만 무겸이 투덜대는 내용에는 어폐가 있었다.

'그렇게 말하면 너도 짐꾼이 되잖아…….'

그것도 그가 질색팔색하고 있는 윤채훈의 짐꾼. 하지만 생각나는 말을 그대로 꺼내 봤자 행복할 사람은 아무도 없다. 하준은 그저 작게 한숨을 쥐고 엘리베이터에 올랐다.

버스 근처에는 이미 선수들과 스태프들이 모여 있었다. 돕겠다고 말하는 채훈을 얼른 올라가 쉬라고 다독인 다음, 하준은 다른 코치들을 도와 구단 공용 짐을 버스 짐칸에 실었다. 그러고 나서 버스에 올라 빈자리를 찾았더니 눈에 띄는 자리는 두 군데였다. 채훈의 옆과 무겸의 옆. 어디에 앉지? 또 한 번 망설이는데 무겸과 눈이 마주쳤다. 그는 마치 식당에서 의자를 뺄 때와 같은 표정을 하고 짧게 손짓했다.

'…형이 서운해하진 않겠지?'

이미 눈을 감고 창에 고개를 기댄 채 졸고 있는 채훈을 스쳐 지나, 하준은 무겸의 옆자리에 앉았다.

사람들이 하나둘 자리를 채우고 부르릉, 시동을 건 버스가 천천히 리조트를 빠져나가기 시작했다. 결국 밝을 때는 한 번도 들어가지 못한 바다가 햇빛에 반사되어 반짝이고 있었다. 창밖으로 비치는 바깥 풍경을 보는데 무겸이 목소리를 낮춰 귓가에 속삭였다.

"약속 기억하지?"

"…약속?"

"서울 가면 바로 하기로 했잖아."

하준이 눈을 크게 떴다.

"어제 했잖아."

"한 번 싸고 끝나는 거 봤어? 남은 건 가서 할 거야."

하준은 말려든 기분에 얼굴을 찌푸렸다가 여기서 그 문제로 더 티격태격할 수도 없어 고개를 돌렸다. 통로 쪽에 앉았으니 도착하자마자 일등으로 내려서 튀어 버리면 그만이다.

어찌 됐든 모든 것이 잘 마무리됐다. 들어가 있는지도 몰랐던 어깨의 힘이 빠진다. 이번 전지훈련을 끝으로 시티서울은 시즌 후반기 개시까지 짧은 휴식에 들어간다. 당분간은 경기는 물론 훈련 일정도 없었다.

08

훈련이 없는 동안에는 조금 한가할 줄 알았는데 대단히 큰 착각이었다. 짧은 휴식기 동안 무겸은 분신술을 배우고 싶다고 소망할 정도로 바빴다.

기다렸다는 듯이 몰려오는 국내의 각종 인터뷰나 촬영, 런던을 포함 유럽 등지에서부터 들어오는 요청은 말할 것도 없고 한국에 들어온 틈을 타서 가까운 중국과 일본, 동남아의 스폰서들에게서까지 초대장이 날아왔다. 그중 우선순위를 정해 몇 가지에 응하고 나니 어디 한숨 돌리러 떠날 틈도 없이 금세 휴가가 거의 사라져 버렸다.

한여름의 중간, 방문하는 곳마다 숨 막히도록 더웠으나 그래도 무겸은 이런 팬 투어를 싫어하지는 않았다. 자신이 살고 있는 집, 입고 있는 옷, 운전하는 차……. 무엇 하나 팬들 없이는 가질 수 없는 것들이다. 프로 스포츠는 팬을 빼놓고 성립되지 않는다. 아이들이 많이 참가하는 행사장에 방문할 때는 특히 더 신경을 쓰는 편이었다.

세상에 악마가 실재한다 믿었고 유일한 목표가 그저 제자리에서 탈출하는 것뿐이었던 시절이 있었다. 아무리 허우적대도 늪 바닥에 잠긴 듯 도저히 위로 올라갈 수 없던 나날이. 준성을 만난 뒤 축구라는 삶의 도구를 손에 쥐며 무겸은 '사람' 같은 삶을 살 수 있게 되었고 이제는 누구나 선망할 만한 인생의 주인이 되었다.

모두가 저와 같은 행운아가 될 수 없다는 것은 알지만 그래도 혹시 모르는 일 아닌가. 누군가는 저를 보고 비슷한 희망을 얻게 될지. 시작하기 전까지는 무엇도 알 수 없는 일이니 말이다. 아이를 좋아하느냐 묻는다면 그렇다고 답하기 어렵지만 아이들이 괜찮은 미래를 맞이하길 바라느냐 묻는다면 자신 있게 그렇다고 대답할 수 있었다.

각종 행사가 몰려드는 바람에 한동안 하준을 만나지 못했다. 섹스와는 별개로, 이렇게 오랫동안 하준을 만나지조차 못한 것은 이곳에 온 뒤로 처음이었다.

무겸은 몇 년째 모델을 하고 있는 스포츠 브랜드 홍보를 위해 대만과 중국 방문을 연달아 마치고 저녁나절이 되어서야 서울에 떨어졌다. 마지막 행사였다. 비록 며칠이었지만 이제야 다음 훈련 개시까지 정말로 휴가가 주어졌다.

"푹 쉬세요."

에이전시 측에서 공항으로 보낸 마중 기사를 돌려보내고 무겸은 피로한 몸을 끌어 엘리베이터에 올랐다. 얼른 들어가 몸을 씻고 쉬고 싶었다. 그러나 막상 현관에 들어서니 오랫동안 비운 집 특유의 적막함에 기분이 어째 더 적적해졌다.

말이 집이지, 한 시즌 동안 머물기 위해 직접 보지도 않고 구한 곳인 데다 요즘 계속 비우기 일쑤다 보니 집이 아니라 임시 숙소로 돌아온 느낌만 들었다. 무겸은 물을 한 잔 마신 뒤 휴대폰 액정을 켰다.

"왜 답이 없어."

벌써 몇 번째 휴대폰 메신저를 확인한 무겸의 미간이 혼잣말과 함께 구겨졌다. 베이징에서 비행기를 타기 전부터 메시지를 보냈지만 상대에게서는 답이 오기는커녕 메시지를 읽었다는 수신 확인 표시조차 뜨지 않고 있었다.

투어를 도는 동안에도 무겸은 문득문득 장기적이고 안정적인 관계를 맺고 있는 섹스 협업자의 안부가 궁금해졌다. 전지훈련지에서 출발한 버스가 서울에 도착하자마자, 잠시 가방을 내리는 사이를 틈타 하준이 잽싸게 튀어 버리는 바람에 결국 한 번 하지도 못하고 바로 해외로 떠나야 했던 것이다.

함께 훈련을 하고 경기를 뛰는 동안에야 늘 서로의 시야 안에 있었고, 섹스를 하기로 한 날에는 보통 훈련이 끝나자마자 바로 집으로 함께 왔으니 틈새 시간이라고는 없었다. 그 말이 거짓이라면 아무 소용없는 일이기는 하지만 무겸의 제안을 거절할 때면 하준은 늘 타당한 이유를 미리 설명해 주었다. 어머니나 동생들의 일정 때문인 경우가 대부분이었고, 가끔 팀 내 코치진들의 잔업이나 코칭 스터디나 워크숍 때문일 때도 있었다.

훈련도 경기도 없는 이 휴가 기간 동안 하준은 완전히 무겸의 시야 바깥에 놓였다. 전훈 기간부터 시작된 찝찝함이 이어진 것쯤이야 말할 것도 없다. 서로의 관계가 이어지는 동안에는 다른 사람과는 하지 않기로 구두 약속 따위를 했다지만 그쯤이야 마음만 먹으면 얼마든지 속일 수 있는 일이니까.

그렇다고 서로 만날 수 없는 것이 뻔한 상황에, 해외에까지 가서 별 용건도 없이 뭐 하고 있냐 묻거나 오늘 일정을 시시콜콜 캐묻기라도 할 것인가? 사람을 붙여 감시라도 할 텐가?

그럴 리가. 당연히 무겸은 투어를 소화하면서 이하준 따위는 전혀 생각도 나지 않는 사람처럼 굴었다. 그러나 귀국 직전 베이징 공항에서부터는 더 이상 찝찝함을 참을 수가 없어 미리 메시지를 보내 놓은 상태였다. 그러나 몇 시간째 돌아오는 답은커녕 읽었다는 흔적도 보이지 않는다.

뭐 하느라 이렇게 오랫동안 답이 없어?

너하고만 자겠다고 눈 가리고 아웅 해 놓고 어디서 몰래 뒹굴고 있는 거 아냐?

- 여보세요.

"나야."

결국 답이 없는 하준 대신 다른 사람에게 전화를 걸었다.

- 귀국했냐? 어제 TV에 너 나오더라.

오랜만이라서인지 오지라퍼의 목소리도 오늘따라 정겨웠다.

"이제 막 도착했다."

- 그럼 푹 쉬지, 어쩐 일이야?

자연스럽게. 어디까지나 일 때문인 것처럼.

"이 코치한테 무슨 일 있어?"

- 하준이? 무슨 일은 왜?

"물어볼 게 있어서 메시지를 보냈는데 한참 답이 없어."

- 글쎄, 무슨 일이 있다는 이야기는 못 들었는데… 아.

정규가 뭔가 생각난 듯 짧게 돌 깨지는 소리를 냈다.

- 요새 걔 엄청 바빠. 연락 바로 안 될 수도 있어.

"왜?"

- 하준이 이번에 스포츠학회 세미나에서 발표하거든. 이제 얼마 안 남아서 준비하느라 다른 데 정신 팔 여유가 없을걸. 전훈 다녀오자마자

그것 때문에 계속 바빠, 지금.

그 말에 무겸이 수화기 저편에 들리지 않을 정도로 작게 한숨을 쉬며 소파에 등을 기댔다. 그렇게 바쁘셨다니 공사다망한 코치님이라 해도 다른 불장난을 할 시간은 없었겠다.

"언제 하는데?"

- 사흘 뒤에. 우리 팀도 참석할 거야. 감독님이랑 코치진에서도 몇 명. 나도 갈 거고.

"선수들도 가는 자리야?"

- 의무는 아닌데 그래도 같은 팀에서 좀 가 줘야지. 하준이가 첫 발표라 부끄럽다고 다른 선수들은 안 왔으면 하길래 대표로 나만 가기로 했어.

무겸이 얼굴을 설핏 찌푸렸다.

"나는 왜 몰랐지?"

- 너한테는 말 안 했나 보지.

"끊어."

뭔가 더 말하려는 듯 구는 오지라퍼와의 통화를 일방적으로 종료한 뒤 무겸은 찌푸린 얼굴을 펴지 않고 휴대폰 창을 인터넷으로 전환했다. 스포츠학회, 세미나 등 몇 가지 키워드를 넣어 검색하자 과연 3일 후의 일정과 발표자 명단, 장소 따위가 정리된 공식 블로그가 떴다.

작년에 이루어진 세미나의 사진도 있었다. 얼굴 모를 남자들이 정장을 입고 단상에 서서 발표를 하는 따분해 보이는 모습을 휙휙 손가락으로 밀어 올리며 블로그를 대충 훑어본 무겸은 인터넷 창을 껐다.

잠시 생각에 잠겨 허공을 응시하던 무겸은 메시지 보내기를 관두고 바로 전화를 걸었다. 신호가 제법 길게 울렸다. 그러나 무겸은 끈질기게 휴대폰을 귀에 대고 기다렸다. 어느 순간 신호음이 끊기더니 마침내 건너편에서 사람 목소리가 들려온다.

- 김무겸?

대뜸 이름부터 부르는, 받자마자 어쩐 일이냐는 뉘앙스가 넉넉히 배어 있는 귀에 익은 목소리. 진작에 전화를 할 걸. 속으로는 겨우 듣는 목소리가 반가우면서도 입으로는 인사말 한마디 없이 불만부터 튀어 나갔다.

"코치, 왜 메시지 확인 안 해?"

- 어? 아, 미안해. 요즘 휴대폰을 제대로 안 보고 살았더니 메시지 온 것도 몰랐어.

알고는 있었지만 참 담백하다. 쿨한 이 코치는 저와 떨어져 있는 동안 휴대폰 한 번 만지작대지 않았나 보다.

"중요한 일 때문에 연락한 걸 수도 있는데 선수 관리에 너무 소홀한 것 아니야? 나한테 무슨 일이라도 있으면 어쩌려고?"

- 왜 그래? 무슨 일 있어?

"나 투어 다 돌고 오늘 서울 왔다."

- …어, 그래. 고생했어. 푹 쉬어.

맥빠진 듯 답하고는 이제야 메시지를 확인했는지 달래는 말투로 말을 이었다.

- 김무겸, 나 사흘 뒤에나 시간이 날 것 같아. 지금 일이 있어서 좀 바쁘거든.

왜 바쁜지 설명을 해 주려나 싶어 조금 기다려 보았으나 하준도 무겸이 대답하길 기다리는지 조용했다. 결국 무겸이 먼저 운을 뗐다.

"알아. 너 학회 세미나에서 발표한다며."

- …….

"나도 가려고."

그 말에 작은 한숨이 들리고, 놀랍지도 않다는 듯 반문했다.

- 정규가 말했어?

"나한테는 말하지 말라는 말을 빠뜨렸나 보지?"

- 숨긴 게 아니라 첫 발표라 창피해서 그랬어. 그리고 너는 투어 때문에 계속 바빴잖아.

"지금 시간 되면 잠깐 봐."

- 지금은 내가 바쁘다니까.

"잠깐만 봐. 오래 안 걸려."

그 말 뒤로 꽤 길게 침묵이 이어졌다. 뭔 고민을 이리 길게 하는지, 그럴 시간에 그냥 '응.' 하고 간단히 대답하고 할 일을 하는 게 낫겠다 싶었다. 기다리다가 답답해진 무겸이 한마디 더 하려는데 막 대답이 돌아왔다.

- 알았어. 대신 진짜 잠깐이야.

"집 앞으로 가서 전화할 테니까 나와."

- 응.

무겸은 곧바로 차 키를 들고 다시 주차장으로 내려갔다. 투어를 다녀온 직후였지만 그다지 피곤하지도 않았다. 이제 그의 집까지 가는 길이 제집 가는 것처럼 친숙했다. 아파트 단지에 도착한 무겸이 전화를 걸고 나서 3분 정도 지나, 하준이 차를 타러 내려왔다.

"오랜만이다. 잘 다녀왔어?"

조금 어색한 듯 인사하며 조수석에 오르는 하준은 저의 말대로 오랜만에, 근 2주 만에 무겸과 만나는 것이었다.

이게 뭐라고 오랜만에 보니까 반갑네. 흡족해진 무겸이 조수석 쪽으로 몸을 기울여 그의 목을 끌어당기는데, 하준은 어깨를 움츠리며 버텼다. 무겸의 미간에 절로 주름이 잡혔다.

"왜 이래?"

"아직 밝아. 집 근처잖아."

하여튼 비싸게 구는 데는 일가견이 있다. 무겸은 그런 하준을 노리듯 빤히 보다가 목을 가린 옷깃을 홱 잡아당겨 젖혔다.

"김무겸, 여기서는 안 된다니까."

하준의 항의를 무시하고 무겸은 옷깃 아래 숨은 흰 목덜미를 눈으로 꼼꼼히 살핀 다음에야 그를 놓아주고 핸들을 잡았다. 숨기고 싶은 것이라도 있어 빼는 건가 싶었는데 목은 깨끗했다.

서론도 생략해야 할 정도로 바쁘시다 이거지.

곧바로 시동을 건 차가 천천히 움직여 도로로 나아가는 동안, 어딘가 멍하니 시선을 아래로 떨군 하준은 어디 가느냐 묻지도 않고 조용했다. 무겸도 굳이 목적지를 설명하지 않았다.

한참을 달려 차가 멈춰 서고서야 하준은 살짝 숙이고 있던 고개를 들었다. 무겸이 시동을 끄고 운전석 문을 열며 말했다.

"내려."

하준은 창밖을 내다보며 여기가 어딘가, 의문스러운 표정을 지으며 무겸을 따라 내려섰다. 도착한 곳은 무겸의 집도, 그렇다고 지난번과 같은 야외 주차장이나 다른 인적 없는 장소도 아니라 불을 밝힌 가게들이 모여 있는 번화가였다. 모텔이나 호텔 같은 숙박업소라도 있나 싶어 하준은 슬쩍 두리번거려 봤지만 그럴 만한 건물도 없어 보였다.

이런 곳에는 왜 온 거지? 하준이 속으로만 궁금해하는데 무겸이 손짓했다.

"이리 와."

그러더니 크고 호화로운 건물의 유리문을 열고 들어선다. 하준도 서둘러 그 뒤를 따랐다. 굳이 무엇을 파는 곳인지 묻지 않아도 한눈에 그곳이 어떤 가게인지 알 수 있었다. 쇼윈도에서부터 남성용 정장을 입은 마네킹들이 보였으니까.

'옷이라도 사러 왔나?'

하준은 이런 종류의 옷을 별로 사 본 적이 없어 보는 눈도 그다지 없었다. 쇼핑 도우미로는 별 도움이 되지 않을 텐데 왜 하필 바쁘다는 저를 붙여 왔는지 모르겠다.

인테리어에 군더더기라고는 없이 넓은 실내, 단정하고 고급스러운 정장들이 작품처럼 전시된 가게의 거울에 대충 옷을 걸쳐 입고 나온 모습이 비쳤다. 하준은 부끄러워져 그 잔상으로부터 눈을 돌렸다.

캐주얼한 차림인 것은 무겸도 마찬가지인데 신기하게도 그는 이 공간에 전혀 이질적인 존재로 보이지 않았다. 걸친 옷이 비싼 물건이기 때문일까 옷거리가 좋아서일까. 새삼 멋진 그를 보며 멀뚱히 서 있는데 무겸이 다시 한번 손짓해서 얼른 가까이 다가섰다. 하준이 다가가자 점원이 물었다.

"이쪽 분이 입으실 겁니까?"

하준이 아니라고 고개를 저으려는데 무겸이 먼저 대답했다.

"네."

"일단 사이즈 측정부터 하겠습니다. 이쪽으로 오시죠."

하준이 눈으로만 무겸에게 무슨 일인지 물어보았으나 무겸은 말없이 점원을 따라가라는 듯 손만 내저었다. 대체 뭐냐고, 무슨 일이냐고 소리 내어 묻고 싶었으나 생전 처음 들어와 보는 조용하고 우아한 가게의 분위기가 하준의 목소리를 막았다. 하준은 그저 고삐를 잡혀 끌려가는 동물처럼 말없이 점원의 뒤를 따랐다.

줄자를 꺼낸 점원이 하준의 몸 이곳저곳을 측정하기 시작했다. 살짝 얼어붙은 표정으로, 그래도 점원이 시키는 대로 몸을 움직이며 사이즈를 재는 사이 점원이 아쉬운 듯 설명했다.

"사흘 후에 입으실 거라 수선만 가능하세요. 그래도 체형이 좋으셔서 기성복도 잘 소화하실 것 같습니다."

그러더니 잠시만 기다려 달라는 말과 함께 어디론가 사라졌다. 그제야 하준이 얼떨떨한 표정을 가볍게 찡그리고 사태 파악을 시작했다.

"뭐 하는 거야?"

"뭐긴 뭐야. 옷 사러 왔잖아."

"옷은 왜? 이런 옷 필요 없어."

"발표할 때 정장 입어야지."

하준의 눈과 입이 동시에 벌어졌다.

"발표 20분 정도면 끝나. 예전에 입던 거 그냥 입으면 돼."

"예전 언제? 산 지 몇 년은 됐을 것 같은데."

정확한 지적에 하준은 그만 입을 다물었다. 무결이 성큼 다가서더니 눈을 길게 만들며 좋은 장난이 생각난 아이처럼 웃었다.

"예전부터 너 정장 입고 하는 일도 어울릴 것 같다고 생각했어."

"……."

"그 세미나 나도 보러 갈 거고, 내 맘에 드는 걸로 입혀야겠으니까 조용히 하고 받아."

뭐라 대답하기도 전에 점원이 돌아왔다. 바퀴가 달린 커다란 이동용 옷걸이를 끌고서였다.

"몇 가지 골라 왔는데 한번 보시겠습니까?"

무겸이 고개를 끄덕이며 다가섰다. 아직도 어떻게 대처해야 할지를 몰라 멍하니 서 있는 하준에게도 턱짓을 했다.

"와서 봐."

어쩔 수 없이 가까이 갔지만 아직도 어리둥절했다. 한 번도 제 돈 주고 사 본 적이 없는 옷을 눈으로 본다고 뭐가 좋고 나은지 알 수 있을 리가. 그러나 원단만 봐도 비싼 물건이라는 건 알 수 있었다.

정장이라면 대표 팀 시절 단체복으로 맞춘 것 말고는 하준에게도 괜찮은 오퍼가 들어왔을 시기, 당시 매니지먼트를 맡고 있던 회사 대표가 축하 선물로 사 준 것 한 벌뿐이었다. 어느 쪽이든 그의 말대로 이미 몇 년 전의 것이다.

이제는 다시 꺼내 보기도 다소 울적한 물건이 되었지만 어차피 정장을 입을 일이 거의 없어 굳이 새로 살 생각은 해 보지 않았다. 직업상 정장을 해마다 새로 사 입을 필요도 없었고 그때부터 체형이 크게 변한 것도 아니니 필요하면 그냥 그것을 입으면 된다.

"이거 어때?"

무겸의 질문에 하준이 입을 열기도 전에 점원이 먼저 대답했다.

"이런 투 버튼의 베이직 디자인이야말로 커버할 단점이 없는 체형이 좋으신 분에게 어울리시죠. 호주산 최고급 양모로 이태리에서 제작한 원단입니다. 백 퍼센트 블랙이 아니라 짙은 그레이에 가까워 포멀하면서도 답답해 보이지 않고요. 조명에 따라 톤도 자연스럽게 변해 어떤 분위기에서도 착용하실 수 있습니다."

그러고는 웃으며 하준에게로 고개를 돌린다.

"정확한 수선을 위해 시착을 해 보셔야 하니 이 옷부터 입어 보시겠어요?"

괜찮다고 말하려 했지만 점원의 기대감 어린 반짝이는 눈이 하준의 마음을 약하게 했다. 열심히 영업 중인 그의 앞에서 필요 없다, 가진 것을 입으면 된다고 계속 우길 수도 없어 하준은 어쩔 수 없이 고개를 끄덕이고 안내를 받아 탈의실로 들어섰다.

사방에 거울이 붙은 탈의실은 생화가 꽂힌 꽃병에 작은 소파까지 놓여 있었고, 옷가게 탈의실이라기보다는 거의 조그만 방처럼 보였다. 머뭇대다가 티셔츠를 벗고, 부담스러울 정도로 흰 드레스셔츠부터 입기 시작했다.

정장은 답답한 옷이라고 생각했는데 막상 입기 시작하자 의외로 착용감이 편했다. 어깨선이나 손목 위로 떨어지는 소매 라인 같은 부분이 확실히 남달랐다. 모르는 사람의 안목으로 봐도 잘 만들어진 옷임을 한눈에 알 수 있었다.

셔츠에 바지, 베스트, 재킷까지 걸치고 나서 거울을 보자 솔직히, 자기가 봐도 썩 괜찮았다. 머리를 쓸어넘겨 이마를 드러내 보았다. 오랜만에 차림새가 번듯해진 거울 속 자신의 모습에 살짝 도취되어 있는데 점원의 목소리가 들려왔다.

"시착 도와드릴까요?"

"아, 다 입었습니다."

탈의실의 문을 열고 나섰다. 앞에서 기다리던 점원의 미간이 확 펴지며 얼굴에 진심 어린 화색이 돌았다. 그가 셔츠 칼라와 재킷 라펠을 정리해 주며 말했다.

"정말 잘 어울리십니다. 그래도 더 시착해 보시겠어요? 조금 밝은 그레이나 블루 계열도 어울리실 것 같은데요. 가벼운 패턴이 있는 원단도 좋으실 것 같고요."

무겸이 천천히 다가왔다. 그는 하준의 머리부터 발끝까지 한 번 눈으로 쓱 훑고는 만족스러운지 옅게 미소 지었다.

"더 입어 볼 필요 없겠는데. 타이 보여 주십시오."

"알겠습니다."

점원이 재빨리 미리 준비해 놓은 타이 진열대를 들고 왔다. 그중 몇 가지를 하준의 얼굴 아래 번갈아 갖다 대며 무겸은 제법 진지한 얼굴로 색을 골랐다.

그러는 동안 하준은 몹시 난감한 기분이 되어 가볍게 주먹 쥔 손만 꿈질댔다. 아무것도 없는데 손바닥 안쪽으로 무언가가 기어 다니듯 간질거리는 기분이었다.

"얼굴이 하얘서 이런 색도 어울리죠."

무겸이 코럴색과 연보라색 타이를 들고 물었다. 잠시 멍하니 다른 생각에 잠겨 있던 하준은 지레 놀라 뭔가 대답을 하려 했지만 동의를 구하는 그 말은 점원에게 건네진 것이었다. 점원이 웃으며 화답했다.

"그럼요. 피부색도 밝으시고 이목구비가 또렷하셔서 이런 화려한 색도 어울리세요. 슈트 색이 어두워서 분위기를 눌러 주는 편이니 아주 무거운 자리가 아니면 타이는 밝은색으로 고르시는 것도 좋으십니다. 또, 그런 색 타이는 아무래도 나이가 들면서 점점 손이 잘 안 가게 되니 지금 많이 착용하시는 게 좋고요. 이런 버건디 컬러도 어울리시겠는데요?"

하준을 인형처럼 세워 놓고 점원과 이야기를 나누며 무겸은 몇 개의 타이를 골라 포장을 부탁했다. 점원이 진열대를 가지고 카운터로 가는 동안 무겸이 일렀다.

"발표회장은 점잖은 분위기일 테니 아까 그 네이비색 솔리드 타이로 해. 나머지는 가지고 있다가 필요할 때 하면 되고."

"정장 입을 일 거의 없어. 하나만 있으면 돼."

그러나 무겸은 대답도 하지 않고 카운터로 향했다. 따라가려 했지만 점원이 수선을 위한 측정이 한 번 더 필요하다며 하준을 붙잡았다. 점원은 몸 여기저기를 줄자로 측정하며 옷에 수선을 위한 표기를 한 다음에야 다음 환복을 안내해 주었고, 하준은 탈의실에서 반쯤 넋이 빠진 채 다시 옷을 갈아입었다.

탈의실을 나오니 그사이 계산을 마친 듯 무겸은 쇼핑백을 들고 다른 것들을 쉬엄쉬엄 구경하는 중이었다. 그가 잠시 물건 구경에 정신을 판 사이, 하준은 목소리를 줄여 점원에게 물었다.

"다 해서 얼마인가요?"

"계산은 이미 마치셨습니다."

"네. 그러니까 가격만……."

"아."

점원이 웃으며 계산서를 보여 주었다. 계산서 위에 박힌 숫자를 보며 망연해져 있는데 무겸이 깜박했다는 듯 목소리를 키웠다.

"그러고 보니 구두를 안 봤잖아."

"구두도 필요하십니까?"

점원이 묻기에 하준이 단호하게 대답했다.

"아니요. 괜찮습니다."

가까이 다가오는 무겸의 팔을 붙잡았다.

"나 이제 진짜 시간 없어. 나가자."

"구두도 사야지."

"있는 거 신으면 돼. 어차피 단상 뒤에서 발표할 거라 발은 제대로 보이지도 않아."

더는 안 된다. 계산서에 찍힌 가격에 빈혈처럼 가벼운 어지럼증이 일었다. 무겸이 가게에 들어와 짧은 시간 동안 쓴 돈은 거의 하준의 반년치 연봉이었다. 물론 하준도 한때는 프로 선수였으니 보통 직장인들보다야 더 벌었고 한창 잘 풀릴 때는 억대 계약도 추진해 보았지만 지금의 저에게는 전혀 합당치 않은 가격이다.

갑작스러운 쇼핑에 어버버 휘둘려 옷을 받아 든 것까지는 그렇다 쳐도 빚을 더 이상 늘리고 싶지는 않았다. 막무가내로 무겸을 끌고 나와 차에 올라타자 무겸은 끝까지 영 아쉬운 기색이었다.

"사 준다고 할 때 한 켤레 사지 그래."

하준이 창백해진 얼굴을 무겸에게 향했다. 선물을 받은 사람의 태도와는 거리가 멀었으나 짚지 않고서는 넘어갈 수 없었다.

"너무 비싸."

"기성복이라 싼 거야. 시간만 있으면 맞춤으로 했을 텐데."

"나한테 한 벌에 천만 원 넘는 정장이 왜 필요해?"

"맞춤으로 했으면 그 세 배는 나왔어."

무겸은 코웃음만 쳤다.

"비싸면 뭐? 이미 산 걸 환불하라고? 계산할 때까지 아무 말 없다가 왜 딴소리야. 나는 그딴 짓 못 하니까 알아서 해."

"그런 말이 아냐. 그냥……."

세미나 준비를 하다가 잠깐 보자고, 오래 걸리지 않는다고 해서 가벼운 기분으로 나왔다. 아니, 가벼운 기분으로 나오려고 노력했다.

오래 걸리지 않는다. 그 말에는 이제 두 가지의 분기점이 생겼다. 갑작스러운 섹스 아니면 돌발 이벤트. 오늘은 두 번째였고 지난번만큼이나 당황스러웠다. 오늘 무겸은 술에 취하지도 않았으니까. 어디에 가는지도, 왜 가는지도 모른 채 될 대로 되라는 마음으로 어영부영 따라왔다가 분수에 넘치는 물건을 덥석 받아 버렸다.

"별 쓸데없는 스캔들은 꿰고 있으면서 내가 얼마 버는지는 몰라? 뭘 이딴 걸 가지고 유난이야."

기분이 상한 듯 툴툴대는 무겸에게 하준은 뒤늦게 정신을 차리고 인사부터 했다.

"고마워. 그냥… 너무 갑작스럽잖아. 생각지도 못해서."

"임정규였으면 돈 많은 친구 둬서 좋다며 신나서 받았을 거다."

"……."

"친구도 아니고 섹스하는 사이에 이런 거 하나 못 받아?"

하준의 마음이 갈팡질팡 어지러워졌다. 뭐라고 대답해야 할지도 쉽사리 결정할 수가 없다. 지금 이것이 기뻐해야 하는 말인지 슬퍼해야 하는 말인지, 화를 내야 하는 말인지 웃어넘겨야 하는 말인지. 김무겸에게 한번 휘둘리기 시작하면 간단한 선택지조차도 고를 수가 없는 바보가 된다. 자신이 느끼는 감정이 무엇인지도 가끔은 알 수가 없어진다.

핑그르르 빠른 속도로 돌아가며 여러 가지 색이 하나로 뭉개져 버리는 룰렛 판. 그중에서 맞는 답을 골라내야 하는데 지금은 확신이 없었고, 그래서 하준은 가장 기본이라 여겨지는 무난한 답을 선택했다.

"미안해."

이어서 한마디 더.

"고마워."

그러자 무겸이 표정 없이 하준을 보다가, 마침내는 픽 웃어 버린다. 틀린 답을 내놓지는 않았나 보다. 그가 시동을 걸었다. 핸들을 돌려 차를 빼면서 구두 이야기를 할 때처럼 아쉬운 어조로 입을 열었다.

“그렇게 바쁘다니 오늘은 그냥 들어가라. 세미나 끝나면 너, 그날 그렇게 튄 거 보상해야 돼.”

“네가 전날 했는데 또 하려 하니까 그랬던 거잖아.”

“그렇다고 하기로 한 게 없어져?”

“또 억지 부린다.”

무겸이 쇼핑백을 턱으로 가리키며 일렀다.

“잘 챙겨. 두고 내리지 말고.”

하준이 쇼핑백을 들어 품에 안고 안을 들여다보았다. 포장된 타이 박스가 몇 개씩 들어 있었다. 얼떨결에 받기는 했지만 제게 고급 넥타이라니, 정말이지 돼지 목의 진주였다. 하준은 가방 안쪽에서 눈을 들지 못하고 망설이다가 무겸의 눈치를 보며 입을 뗐다.

“김무겸.”

“왜 또.”

“나 넥타이 잘 못 매는데…….”

하준의 자신 없는 목소리에 무겸은 잠시 조용하다가 높낮이 없는 말투로 되물었다.

“그럼 원래는 어쩌려고 했어.”

“조이기만 하면 되는 타이 있잖아. 그거 하려고 했어.”

무겸이 기가 막힌다는 듯 작게 탄식했다.

“애새끼들 교복 입을 때나 하는 물건?”

“멀리서 보면 별로 티 안 나.”

“어머니는? 매실 줄 몰라?”

“그날 엄마 병원 예약 시간이 빨라서 일찍 나가는 날이라.”

“예전엔 어떻게 했어? 국대 행사에 타이 할 일 있었을 텐데.”

"그냥 그때그때 할 줄 아는 사람한테 부탁해서 맸어. 급하면 그냥 내가 할 때도 있었고……."

신호에 걸리며 차가 멈춰 섰다. 무겸이 고개를 돌리더니 눈을 가늘게 뜨고 씩 웃으며 하준을 봤다. 왜 또 갑자기 저렇게 웃는지, 항상 그렇지만 그의 생각을 바로 알 수가 없다. 하준은 그 얼굴에 잠시 시선을 향하다가 눈을 피했다.

"매 달라는 소리네."

"…뭐? 아냐!"

무겸이 운전석에 천천히 등을 기대며 물었다.

"세미나 몇 시에 시작하는데? 들어가기 전에 잠깐 봐. 매 줄 테니까."

"됐어. 그런 뜻으로 한 말 아니야."

"그럼 어쩌려고. 정말 그 가짜 타이나 매고 들어갈 거야? 천만 원짜리 정장 입고?"

"……."

"아니면 뭐, 할 줄 아는 다른 놈한테 매 달라고 부탁하려고?"

신호가 녹색으로 변하며 차들이 움직이기 시작한다. 무겸이 전방으로 시선을 돌리며 덧붙였다.

"하나 꺼내서 매 봐. 어느 정도인지 한번 구경 좀 하자."

"싫어."

"왜 또."

"놀릴 거잖아."

"진짜 심각한가 본데."

무겸이 키득거렸다. 하준의 얼굴이 붉어졌다. 엄마는 가끔 하준더러 손끝이 무디다며 웃었다. 기능적으로 손을 움직일 때는 하준도 특별히 남들에게 뒤지는 편은 아니었지만 자잘한 솜씨를 부려야 할 때는 갑자기 열등생이 되어 버린다. 아무래도 어릴 때 너무 엄마 아빠가 다 해 줘 버릇하는 바람에 손재간이 발달하지 못한 것이 아닐까, 하준은 가끔 추측했다.

무겸을 처음 마주했던 그날, 아무리 손이 떨리기로서니 괜히 신발 끈 하나를 단단히 못 매서 넋을 빼고 있던 것이 아니었다. 아빠가 돌아가시기 전까지는 운동화 끈을 직접 매 본 적조차 없는 하준이었다. 대충 매고 나가자면 못 할 것도 없겠지만 그러기에는 비싼 넥타이가 아깝다는 생각이 들었다.

"그럼 그냥 나한테 맡겨. 기왕 사 준 옷이니 애프터서비스라 생각해."

운전 중인 사람과 더 티격태격하기도 싫어 하준은 입을 다물었다. 그의 말대로 천만 원이 넘는 정장에 싸구려 페이크 타이라니 어불성설인 것도 사실이었다. 정체를 알 수 없는 감정들 사이에서 하준이 헤엄치는 사이 차는 빠르게 달려 하준이 사는 아파트 단지 앞에 도착했다.

"옷은 시간 맞춰 가게에서 보내 줄 거야. 준비 잘해라."

무겸은 그 말을 끝으로 짧은 인사만 남기고 정말 다른 요구 없이 돌아가 버렸다. 오늘이야말로 무겸이 어떻게 생각하든 아랑곳없이 하준은 차가 보이지 않을 때까지 단지 입구에 서 있었다. 은회색 차의 뒤꽁무니가 점점 조그마해지다가 다른 차량들과 길 끝에 묻혀 시야에서 완전히 사라지고 나서야 몸을 돌려 쇼핑백을 들고 터덜터덜 걸었다.

하경과 민경은 학원에서 아직 돌아오지 않았고 엄마는 약속이 있어 집을 비운 참이라 모처럼 혼자 집을 지키던 중이었다. 방으로 돌아오자 책과 노트를 이리저리 펼쳐 놓아 어지러운 책상이 눈에 들어왔다.

필요한 데이터를 수집하고 정리해 결과를 만드는 데는 자신 있는 하준이지만 일상적인 정리정돈을 그리 깔끔히 하는 편은 못 되었다. 그러다 보니 책상은 대체로 엉망이었는데 그중 어떤 것이 중요한 물건이고 어떤 것이 버려도 되는 물건인지 알 수 없어 다른 사람이 함부로 정리를 할 수도 없었다.

그런 환경에 익숙해 딱히 고칠 필요를 느껴 본 적도 없는데 오늘따라 책상이 보기 싫었다. 너저분하게 이것저것 질서 없이 늘어놓은 책상 위가 딱 이하준이라는 인간의 진짜 모습을 보여 주는 것 같아서.

하준은 의자 대신 침대에 앉아 쇼핑백을 열었다. 포장부터 고급스러운, 검푸른 빛을 띤 세로로 긴 박스 중 하나를 열자 그 안에 무겸이 제 얼굴 아래 갖다 대며 짐짓 진지하게 색을 가늠하던 라일락색 타이가 있었다.

하준은 쇼핑백 안의 박스를 세어 보았다. 평생 정장을 몇 번이나 입을지도 모르겠는데 오늘 산 타이만 모두 여덟 개나 되었다. 꺼내 들어 보자 마음이 불안해질 정도로 지나치게 매끄럽고 부드럽다. 실크의 촉감이 손가락 사이를 모래처럼 빠져나갔다.

이것들은 정말 김무겸이 이하준에게 준 것이다. 다른 이에게 전해 주라고 건넨 것도, 술에 취해 찾아온 것도 아니다. 일일이 제 얼굴 아래 타이를 대 보면서, 김무겸이 직접 고른 물건들.

"섹스하는 사이에 이런 것 하나 못 받아?"

그런 거 나는 몰라.

섹스하는 사이면 원래 이런 것도 받는 건가?

섹스하는 사이니까 더 받으면 안 되는 거 아닌가?

그럼 뭐지. 인형은 되고 옷은 안 되나? 비싸니까?

"…하나도 모르겠다."

늘 기분 따라 제멋대로 구는 인간의 행동을 유기적으로 해석하려고 해 봐야 아무 소용없다. 너무 갑작스러워서인지 너무 비싸서인지 모든 것이 다 현실감이 없었다.

하준은 침대 위에 털썩 드러누워 타이 하나를 눈 위에 얹고 그 뒤에서 눈을 깜박였다. 형광등 불빛이 타이와 코뼈 사이로 생겨난 틈을 타고 흘러들었다. 선물을 받고 이렇게 마음이 복잡한 것은 처음이었다.

많은 이가 그렇겠지만 하준도 어릴 때는 사람들 앞에 나서는 것을 좋아했고 발표도 곧잘 하는 아이였다. 초등학교 3, 4학년 정도까지는 학급 회장을 맡은 적도 있었다.

그러던 아이들이 주입식 교육 때문인지 무엇 때문인지, 점차 선생님이 찾아도 손을 들지 않게 되고 서로의 눈치만 보며 나서기를 꺼리게 된다. 하준은 딱 그맘때쯤 아버지가 세상을 뜨며 집안 환경이 급변하는 바람에 조금 더 바쁘게 그 변화를 겪었다.

비싼 정장을 입는다고 해서 자신감이 절로 솟아나지는 않는다. 코치 경력도 길지 않고 대단한 성과도 없는 자신이 과분한 자리에 초대를 받았다는 초조함이 목구멍까지 차올랐다. 학회 측에서도 큰 기대를 하고 부르지는 않았을 것이다. 국가 대표 선수 출신 젊은 코치에 대한 호의에서 비롯된 자리임을 알지만 그렇기 때문에 더더욱 저 정도구나, 싶은 적당한 모습을 보여 주고 싶지는 않았다. 덥석 초대에 승낙을 하고 나서부터는 그 선택을 후회하며 자료를 계속 재작성하고 검토하고 또 발표를 연습하는 나날의 연속이었다.

하준은 원래 도착해야 할 시간보다 조금 일찍 회장에 도착했다. 입구에 서서 잠깐 두리번거리는데 주차장에 눈에 익은 차 한 대가 멈춰 서는 것이 보였다. 넥타이를 매 줄 테니 10분 일찍 만나자고 제안한 남자가 도착했다. 하준은 누가 볼세라 차 쪽으로 달려가 조수석에 올랐다.

"안녕."

인사를 하며 눈을 마주치자 무겸은 벌써부터 웃고 있었다.

"이 코치님, 오늘 너무 멋있잖아. 발표 보러 온 사람들이 다 반하겠어."

"놀리지 말고 이거 빨리 매 줘."

하준이 얼굴을 연하게 붉히며 타이가 든 케이스를 내밀었다. 비싼 정장을 입고 타이를 하지 않고 있으려니 차림새가 단정하지 못한 기분에 아까부터 더욱 초조했던 것이다. 평소에야 늘 캐주얼한 복장이니 신경 쓸 것도 없다지만 오늘은 달랐다. 발표에 대한 불안감 때문에 작은 부분까지 크게 느껴지는 것일지도 몰랐다.

"이리 가까이 와 봐."

네이비색 타이를 꺼내 든 무겸이 몸을 기울이며 손짓했다. 하준도 운전석 쪽으로 몸을 숙였다.

무겸의 손이 셔츠 깃 뒤쪽으로 잠깐 둘러졌다가 곧 타이를 늘어뜨리며 앞으로 빠져나왔다. 슥슥 좌우로 당기며 양쪽의 길이를 맞추는 듯하더니 곧 긴 손가락을 움직여 솜씨 좋게 타이를 매기 시작한다.

그의 시선이 하준의 얼굴이 아니라 목덜미쯤을 향했다. 눈을 내리깔자 늘 날이 선 듯 보이는 눈매 위로 눈꺼풀과 속눈썹이 커튼처럼 드리워져 조금은 유순해 보인다. 그래서 하준은 마음껏 무겸의 얼굴을 바라볼 수 있었다.

잠시 말없이 타이의 양 끝을 이리저리 들어 올리며 모양을 잡던 그가 매듭을 지으면서 조용한 목소리로 말을 걸었다.

"타이를 맬 때는 이 부분이 중요해. 매듭 바로 아래 말이야. 여기를 되는대로 내버려 두는 사람들이 있는데 그러면 안 되거든."

그렇게 말해도 제 얼굴 아래의 모습이 하준의 눈에 보일 리가 없다. 그래도 시선을 내리깔고 소곤소곤 설명하는 무겸이 좋아서, 하준은 응, 짧게 대답하며 고개를 끄덕였다.

"이렇게 주름을 잡아 줘야지. 옷이 투 버튼이니까 정중앙에 하나만 잡자."

무슨 말인지도 잘 모르겠지만 하준은 또 작게 얼굴을 끄덕였다. 무겸이 하준의 목을 응시하며 매듭을 조였다. 셔츠 깃 아래가 살짝 모여드는 것이 느껴졌다. 그제야 무겸은 흘끔 시선을 올려 하준을 마주 보며 물었다.

"답답하지는 않아?"

"응. 고마워."

열여섯 살 그때, 신발 끈을 매 주던 무겸이 떠오른다고 하면 너무 과장하는 것일까. 발표 자료를 차곡차곡 채워 정리해 놓은 머릿속에 혼자만의 추억이 상자를 실수로 쏟았을 때처럼 와르르 흐트러졌다. 첫사랑에 빠졌던 순간의 설렘과 앞둔 발표에 대한 초조함이 뒤섞여 초장부터 머리가 어찔어찔했다. 맑은 공기가 필요하다.

"이제 내려도 돼?"

"날씨도 더운데 그 옷 입고 일찍 나가서 뭐 하려고."

듣고 보니 그 말이 맞는 것 같아 하준은 작게 한숨만 쉬고 앞을 보았다. 무겸이 그 옆모습을 보더니 쓴웃음을 지었다.

"떨려?"

"…조금."

"손 줘 봐."

무겸이 오른손을 내밀며 말한다. 하준은 머뭇대다가 운전석에 가까운 왼손을 그 위로 내밀었다.

그는 손을 붙잡더니 손가락 끝을 꾹꾹 눌렀다. 무겸의 손길이 엄지와 검지를 지나 중지에 이를 때 하준이 그 모습을 바라보며 입을 열었다. 그러나 하준이 묻기 전에 무겸이 먼저 설명하기 시작했다.

"어릴 때 엄마가 가르쳐 준 거야. 불안할 때 효과가 있다고."

"……."

그가 '엄마'라는 단어를 말하는 것이 낯설게 느껴졌다.

하준이 알기로 무겸은 열한 살쯤에 부모를 잃었다. 하준이 아버지를 떠나보낸 것보다 조금 빠른 시기였다. 어머니 아버지 모두 사고로 동시에 세상을 떠났다고 했다. 다른 친인척도 없어 곧 보육원에 맡겨졌고, 그곳에서 무겸의 '악동 시절'은 본격적으로 시작되어 언젠가 그의 입으로 직접 말했듯이 '온갖 잔짓거리' 때문에 경찰서를 두 자릿수로 들락거렸다.

사고뭉치이긴 했지만 그때쯤 무겸은 이미 독보적으로 발이 빠르고 공을 잘 찼다. 아이들은 그를 무서워하면서도 반 대항 축구 시합 따위가 있으면 눈치를 보며 다가와 시합에서 뛰어 달라 부탁했다고 한다.

그랬던 그가 가진 재능의 가치를 처음 알아본 사람은 널리 알려진 대로 박준성 감독. 중학교에서 만난 박 감독의 인도를 받아 무겸은 운명과도 같이 그라운드에서의 첫발을 뗀다. 여기까지는 무겸이 인터뷰나 방송에서 때때로 밝힌 그의 이야기이며 하준은 이미 몇 번이고 읽고 들어 외우다시피 한 사실이었다.

발단 부분만 살펴보자면 사실 하준과 무겸의 이야기는 크게 다르지 않았다. 그러나 시작이 같다고 해서 누구나 빛나는 승리자가 될 수는 없는 법이다. 셀 수 없이 많은 사람이 같은 지점에서 출발하지만 각자 다른 전개, 위기, 절정을 거치고, '그리하여 그는 꿈을 이루었다'라는 결말에 도달하는 사람의 숫자는 손가락으로 꼽을 수 있을 만큼에 그친다.

무겸은 손가락으로 꼽을 수 있는 소수의 사람 중 하나였다. 걸맞은 자리를 찾은 그는 더 이상 싸움이나 도둑질 따위에 자신을 내놓을 필요가 없어졌고 시간이 흐른 뒤에는 누구나 아는 빛나는 승리자가 되었다.

그리고 그 반짝이는 별 옆에 영영 나란히 설 수 없으리라 생각했던 이하준은 지금 그의 옆자리에 앉아 손을 붙잡혀 있다. 승리까지는 못 되더라도 꽤 비약적인 발전이라고는 할 수 있지 않을까.

그의 어머니가 어떤 사람이었는지는 모른다. 하지만 제 손을 내려다보는 무겸의 속눈썹 아래에 희미하게 그리움이 감도는 듯도 보여, 흔들리던 하준의 마음은 조금씩 평형을 되찾았다.

이 강인한 몸의 어딘가에 말랑하고 약한 부분이 있기는 한 것인지 의심스러운 자신만만하고 오만한 남자. 항상 머리 꼭대기에서 내려다보며 손아귀 안에 저를 쥐었다 폈다 하는 그가 아주 살짝 보여 준 속살 같은 과거의 조각에 묘하게도 하준은 위안받는 기분이 되었다.

열 살 언저리에나 들었을 이야기를 아직 기억하고 있다는 것은 무겸도 때때로 자신의 손가락 끝을 이렇게 눌러 보았기 때문일까. 그도 긴장되고 불안할 때가 있어서.

"이제 괜찮아."

손끝을 누르는 지압에 정말 효과가 있기라도 한 것인지 가슴속을 갈팡질팡 핀볼처럼 튀어 다니던 불안이 잠잠해졌다. 무겸이 천천히 손을 놓았다. 잠시 차에 머무는 사이 아까까지 한산하던 회장 입구에는 오가는 사람들이 부쩍 늘어나 있었다.

시계가 이제 슬슬 들어갈 시간임을 알렸다. 하준이 문 손잡이를 붙들며 인사했다.

"고맙다. 여러 가지로. 나 먼저 들어갈게. 발표자들은 따로 모이기로 해서."

"이하준."

"응?"

"끝나고 내 집으로 가기다. 오늘은 진짜 곱게 안 놔줄 거니까 각오해."

그 말에 하준은 멋쩍은 듯 눈동자를 좌우로 주춤대며 시선을 피하더니 결국 미소를 한 번 짓고, 고개를 두어 번 끄덕인 다음 차에서 내려섰다. 반듯하게 일어선 모습이 차창 밖으로 비치자 역시 옷을 잘 골랐다 싶어 무겸은 소리 없이 웃었다.

창에 선팅이 되어 있어 밖에서는 무겸의 모습이 제대로 보이지도 않을 텐데 하준은 운전석을 향해 손을 흔들고서 바삐 걸음을 옮겼다. 긴장해서 굳은 표정으로 손을 흔드는 꼴에 무겸이 조금 쓰게 웃었다. 몸만 컸지 학교에 첫 입학하는 꼬맹이를 보는 기분이 이와 비슷하지 않을까.

그러나 이하준이 정말 꼬마는 아니다. 몸에 딱 맞는 정장을 입은 뒷모습이 눈을 즐겁게 만들었다. 세미나가 끝나면 바로 집으로 데려갈 것이다. 저 옷을 입힌 채로 한 번 하지 않고서는 선물한 보람이 없다. 옷을 선물하는 이유는 결국 벗기기 위해서 아니겠는가?

단 사나흘이라도 휴가를 즐겨 볼까 싶었는데 하준이 세미나를 준비하느라 바쁜 동안 그 짧은 기간도 끝이 났다. 하반기 시즌 첫 경기까지야 조금 시간이 남았지만 당장 내일부터 훈련 개시다. 그러니 오늘은 절대 놓아줄 수 없었다. 새로이 다짐하며 무겸도 차에서 내리는데 정규에게서 전화가 걸려 왔다. 도착했다는 이야기였다.

정규와 함께 들어선 발표회장은 생각보다 번듯하고 컸으며 모인 사람도 상당히 많았다. 소규모 세미나 정도를 생각했는데 예상 이상으로 공식적인 행사였다. 무겸은 조금 의외로운 기분으로 자리를 찾아갔다.

좌석에 도착한 그는 곧 미간을 찌푸렸다. 당연히 시티서울의 사람들만 모여 있으리라 생각했던 자리에 의외의 인물이 앉아 있었던 것이다.

"안녕하세요, 형."

"안녕."

정규의 인사를 받는 남자의 모습을 무겸은 짧게 노려보고 인사도 없이 제자리에 앉았다. 생각해 보면 원래 윤채훈과 공부하며 코치직을 준비했다 했으니 이런 자리에 그가 오는 것은 자연스러웠다. 채훈 역시 무겸이 저에게 인사를 하리라 기대하지 않았는지 정규와만 인사를 나눈 후 차가운 분위기로 고개를 돌렸다.

'임정규한테도 말하고 윤채훈한테도 말했으면서 나한테만 귀띔도 안 했다 이거지.'

괘씸하기가 하늘을 찌른다. 이 대가는 오늘 몸으로 치르게 해 주겠다고, 무겸은 속으로 이를 갈며 팔짱을 끼고 정면을 보았다.

같은 업계라고 해도 스포츠 이론에 대해 무겸은 큰 관심이 없었다. 원 소속 팀인 그린포드에서도 조금 나이가 있는 선수들 중에는 은퇴 후 진로를 위해 코칭이나 스포츠 마케팅, 또는 연계된 다른 학문을 공부하는 사람들도 있다. 그러나 무겸에게는 아직 거리가 있는 이야기였고, 조금은 따분한 기분으로 다른 발표자들의 차례를 지나쳐 보내며 하준을 기다렸다.

[다음은 시티서울의 이하준 코치가 유소년 축구 선수의 모티베이션 성향 연구에 대해 발표해 주시겠습니다.]

사회자의 낭랑한 목소리에 무겸은 자세를 고쳐 바로 앉았다. 그러고 보니 시티서울에 오기 전까지는 유소년 팀에 있었다고 했던가.

시청각 자료를 이용하는 발표가 많은 관계로 발표자가 선 단상 부근을 제외한 회장의 조명은 어두웠다. 참관자들보다 높은 자리에 서서 꾸벅 고개를 숙여 인사하는 하준의 흰 얼굴에는 긴장한 기색이 감돌았지만 모르는 사람이 보면 그마저도 고상하다 여길 만한 분위기였다. 선물한 옷이 열심히 일을 하는 중이다. 무겸은 흐뭇해져 입꼬리를 올렸다.

[발표자 이하준입니다. 훌륭한 자리에 부족한 사람을 불러 주셔서 감사합니다.]

하준은 그렇게 인사를 마치고 바로 본론으로 들어갔다.

[보여 드릴 자료는 약 2년 동안 유소년 축구를 코칭한 경험을 바탕에 두고 작성한 것으로, 코칭의 방향과 성격이 선수들의 동기 부여에 어떠한 방식으로, 얼마나 많은 영향을 미치는지를 분석하고 규명하는 데 목적을 두고 만들어졌습니다. 사례 분석 이후에는 해외의 여러 유소년 축구 팀과 비교해 개선점을 살펴볼 것입니다. 성별과 나이, 선수 개개인의 학습 성향을 변인으로 고려했다는 점을 미리 말씀드립니다.]

마이크를 통해 듣는 차분한 목소리와 말투는 늘 듣던 때보다 좀 더 사무적이고 정중했다. 간단한 전체 요약 이후 첫 화면을 넘긴 하준이 세부 발표를 시작했다.

아까까지는 따분했는데 지금은 너무 재미있었다. 사실 그가 발표하는 내용에는 별 흥미가 없는 무겸이었지만 예쁜 옷을 입고 마이크를 들고 서는 조잘조잘 이야기하는 하준을 보고 있자니 무겸은 학회 발표라기보다 아이돌 공연 같은 것을 보고 있는 기분이 들었다.

한 손에 작은 리모컨을 든 하준은 자료 화면을 천천히 넘겨 가며 차근 차근 이야기를 해 나갔다. 목소리가 떨리거나 발음이 엉키지도 않았고, 중간중간 사람들을 웃게도 해 가며 편안하게 진행하는 모습은 차 안에서 제게 차가워진 손을 내맡기고 있던 이하준과는 다른 사람 같았다.

옷을 사 줘서인지, 타이를 매 줘서인지, 손 마사지를 해 줘서인지. 어쨌든 무겸은 자신이 이 자리에 무슨 공헌이라도 한 것처럼 슬며시 뿌듯해졌다.

[부족한 발표 들어 주셔서 감사합니다. 이만 마치겠습니다.]

하준의 말대로 발표는 약 20분 정도가 걸렸고, 단상에서 내려갈 때쯤에는 얼굴에 맺혔던 긴장도 풀려 오히려 살짝 상기되어 있었다. 짝짝짝, 점잖은 박수 소리가 회장을 채웠다. 무겸 역시 손뼉을 치는데 정규가 몸을 슬쩍 기울이더니 속삭여왔다.

"오늘 하준이 옷 태 엄청 좋지 않냐? 무슨 슈트 모델 같다."

오지라퍼 놈이 보는 눈은 있어서. 무겸은 속으로 웃으며 적당히 고개를 끄덕이고 이제는 발표회가 끝나기만을 기다렸다. 다른 사람들의 발표에는 일말의 관심도 없었다. 전부 끝나려면 얼마나 더 기다려야 할까. 잠깐 나가서 바람이라도 쐴까 싶어 무겸이 막 손목시계로 눈길을 보낸 때였다.

따르르르르르르!

시계를 보려던 무겸이 갑작스러운 굉음에 고개를 들었다. 아직 단상에서는 한창 발표가 진행 중인데 뜬금없이 회장이 떠나가라 비상벨 소리가 울리고 있었다.

처음에는 고장인가 화재인가 상황을 가늠하며 앉은 채로 모두 고개만 이리저리 돌리던 중, 한 명이 벌떡 일어났다. 그 사람을 시작으로 사람들이 우왕좌왕 자리에서 일어서기 시작했다. 회장 안이 뿌연 연기로 차오르고 있었던 것이다.

"불이야!"

누군가 그렇게 외치면서 회장의 분위기는 일순간에 소란스러워졌다. 무겸도 자리를 박차고 일어섰다. 발표를 위해 조명을 어둡게 해 놓은 실내는 연기가 차오르자 금세 앞이 제대로 보이지 않았다.

"김무겸, 먼저 나가라! 내가 하준이 데리고 나갈게."

정규가 다급한 말투로 말했다. 그러자 채훈이 나섰다.

"둘 다 먼저 나가 있어. 내가 하준이 찾아서 데리고 갈 테니."

이것들이 쌍으로 왜 이래……. 무겸이 인상을 찌푸렸다.

"그쪽 둘이나 먼저 나가. 감독님 잘 모시고."

무겸은 툭 쏘듯이 대답하고 연기 때문에 시야에 잡히지도 않는 단상을 향해 선 뒤, 출구가 아닌 그쪽으로 걸음을 옮겼다. 발표자들의 자리는 단상 근처에 준비되어 있었다.

"이하준!"

우르르 빠져나가는 사람들을 연어처럼 거슬러 올라가며 무겸이 소리쳤다. 어쩌면 하준은 이미 비상구나 다른 곳으로 빠져나갔을지도 모르겠지만 확인하기 전까지는 저도 나갈 수 없다.

"이하준! 이 코치!"

만에 하나 진짜 불이 크게 났는데 하준 혼자 못 빠져나왔다면 어떻게 할 것인가. 회장 밖으로 나갔는데 그곳에 있는 사람이 저와 정규와 윤채훈, 다른 스태프들뿐이라면.

같이 나가야 한다. 누구 하나 낙오될 수는 없었고, 지금 가장 빠져나가기 어려운 사람은 출구에서 가장 먼 발표자석에 있는 하준이었다.

"이……."

한 번 더 그의 이름을 외치려던 무겸의 입에서 목소리가 나오다가 끊어지듯 멈추었다. 어둠과 연기로 한 치 앞이 제대로 보이지 않는 회장 안, 누군가 무겸의 손목을 덥석 붙잡은 것이다.

무겸이 눈을 가늘게 뜨고 시선으로만 빠르게 그 손의 주인을 확인했다. 아무리 연기 때문에 시야가 뿌예졌다 해도 바로 앞에 선 사람 정도는 보였다.

"이하준."

괜찮냐?

그렇게 물으려는데 휙, 손의 주인은 한마디 말도 없이 무겸의 손목을 세게 잡아끌었다. 키는 물론 체중을 따져도 만만치 않은 무겸이 저도 모르게 약간 몸을 휘청 굽힐 정도로 강한 힘이었다.

그러더니 등을 보이고 앞서 걷기 시작한다. 아니, 걷는다기보다는 뛴다고 표현하는 것이 적절할 듯 성급하고 커다란 걸음걸이였다. 그를 데려가려고 단상 앞까지 왔는데, 정작 이하준이 무겸의 손목을 잡아채 출구를 향해 서둘러 나아가고 있었다.

손목을 꽉 틀어쥔 손은 얼음장처럼 차가운데도 땀이 배어 축축했다. 그럴 리 없겠으나 하준의 가슴속에서 불안정하게 뛰고 있을 심장 박동이 손바닥과 맞닿은 손목을 타고 무겸에게까지 전해지는 것 같았다.

하하.

그럴 때가 아닌데 무겸의 입에서 작은 웃음이 나왔다. 너 나 할 것 없이 먼저 빠져나가겠다고 좁은 비상구며 출구로 몰려드는 뿌연 회장 안, 키가 자신보다 반 뼘은 작고 체구는 더 작은 남자가 저를 구하기라도 하겠다는 듯 비장하게 손목을 잡고 사람들을 헤치며 앞서 걷는 모습에.

위기 상황에 느껴야 할 불안이나 초조함보다 먼저 치밀어 오르는 유쾌함을 맛보며 무겸은 얌전히 제 손목을 내맡기고 하준의 뒤를 따라 걸었다. 이거야 아무래도 무사히 빠져나가고 나면 목숨을 구해 준 값이라도 치러야 할 듯싶다.

갑자기 몰려든 사람들로 조금 혼잡했지만 그래도 회장 안의 사람 수가 아주 많지는 않았던 관계로 건물을 빠져나오기가 어렵지는 않았다. 창문에서 연기가 새는 건물 밖으로 빠져나오자, 현관에서 조금 떨어진 곳에 정규와 채훈이 서 있었다. 정규가 둘을 보자마자 "하준아! 무겸아!" 하고 이름을 외치더니 버럭 소리를 질렀다.

"너희 괜찮냐? 아니, 갑자기 사라지더니 한참을 안 나와서 어떻게 된 줄 알았잖아!"

"괜찮아. 멀쩡해."

무겸이 여유롭게 대답했다. 그제야 손목이 허전해졌다. 그는 꽤 오랫동안 힘주어 잡혔던 손목을 힐끗 내려다보았다. 어찌나 세게 쥐었는지 그을린 피부 위로도 제법 손자국이 선명하게 남았다. 가까이 온 정규가 등을 굽혀 가며 하준부터 살폈다.

"하준아, 괜찮아?"

"응. 괜찮아. 바로 나와서."

"불이 난 건 아니고 누전인지 뭔지 때문에 연기만 난 거래."

"그랬구나. 다행이다."

세 사람의 곁으로 채훈이 다가왔다.

"어쨌든 건물 상태가 이래서 남은 발표 일정은 나중에 다시 잡는다니까 지금은 돌아가는 게 좋겠다. 하준아, 가자. 형이 바래다줄게."

"네. 고마워요, 형."

뭐야, 이 상황은? 대뜸 눈살을 찌푸린 무겸이 순순히 대답하는 하준의 어깨에 서둘러 팔을 걸쳤다.

"이하준. 오늘 나랑 약속 있잖아."

"아……."

하준이 힘없는 목소리를 내며 눈을 살짝 크게 뜨고 무겸을 돌아보았다. 정말로 까맣게 잊고 있었던 듯한 태도에 슬쩍 빈정이 상했지만 정규와 채훈이 보고 있었으므로 점잖은 태도를 유지했다.

하준이 얼핏 떨어뜨렸던 고개를 들어 채훈을 보며 말했다.

"그랬지. 형, 오늘은 김무겸이랑 같이 갈게요."

"약속? 너희끼리 무슨 약속인데? 나 빼놓고 둘이 술이라도 마시고 그러냐?"

정규가 서운하다며 징징거렸다. 이래서 임정규한테는 들키기 싫었는데 오늘은 상황이 상황인지라 어쩔 수가 없다. 무겸은 일부러 심각한 표정을 짓고 그에게 가까이 다가가 목소리를 낮췄다.

"그런 거 아니야. 나중에 말해 줄게. 다음에 셋이 같이 술 한잔하면 되잖아."

심각한 척 무게를 잡으며 말하자 예상대로 무슨 말 못 할 사정이 있다 생각했는지, 정규는 미심쩍은 표정을 지으면서도 곧 입을 다물었다. "가자." 무겸이 하준에게 속삭이며 어깨에 팔을 두른 채로 몸을 돌렸다.

"그럼 살펴 가십시오."

고개를 가볍게 까닥여 채훈에게 인사를 하자 인사를 받을 거라 예상하지 못했는지 그가 한쪽 눈썹을 살짝 끌어 올렸다.

무겸은 괜스레 조수석 문까지 열어 주며 하준을 태우고 운전석에 올랐다. 먼저 차에 타 놓고도 하준은 벨트를 맬 생각도 안 하고 앉아 있었다.

데려와서 앉혀 놓고 보니 얼굴이 도자기 인형처럼 파리한 것이 아까부터 시선에도 힘이 없다. 화재인 줄 알고 많이 놀랐나? 무겸이 말없이 조수석 쪽으로 등을 숙이자 하준이 소스라치며 몸을 움츠렸다.

“왜, 왜?”

“아니. 벨트 매라고.”

“아…….”

무겸이 벨트를 죽 잡아당겨 허리맡에 있는 잠금장치에 딸각 소리가 나도록 끼웠다. 하준이 머리를 쓸어 올렸다.

“고마워.”

“좀 자라. 여기서 가는 데 20분은 더 걸릴 텐데.”

고개를 끄덕이고도 눈을 감는 기색이 없더니 몇 분 후에야 차창을 뭔가가 툭 가볍게 치는 소리가 들렸다. 눈길로만 옆을 보니 하준이 머리를 창에 떨구어 기대고 있었다.

줄지은 차들의 뒤꽁무니를 바라보는 사이, 무겸은 그동안 하준이 수없이 제 차에 오르는 동안 한 번도 잠을 자거나 졸거나, 하다못해 지금처럼 차창에 머리를 기대며 자세를 푼 적조차 없었다는 것을 깨달았다.

차에서 잠을 못 자거나 졸지 않는 타입인가 하면 구단 버스를 탈 때는 그렇지 않았다. 조수석에 앉으면 졸지 않는 게 예의라고는 하지만 장거리 운전을 하는 것도 아니니 그렇게까지 칼같이 지킬 필요는 없는데 말이다. 그러나 깨어 있으려는 사람에게 굳이 자라고 요구하는 것도 우스운 일이라 무겸은 말없이 운전에 집중했다.

집에 도착한 무겸은 하준이 신발을 벗고 먼저 올라서는 모습을 지켜

보며 뒤따라 들어갔다. 돌아와도 집 같지 않던 집에 두 사람이 들어서인지 그제야 이 공간이 좀 친숙하게 느껴졌다.

발표 전, 차에서부터 시선을 앗아 가던 늘씬한 뒷모습이 이제 오롯이 둘만의 공간에서 잡아먹히기를 기다리는 사슴처럼 무겸을 유혹하고 있었다. 늘 캐주얼한 티셔츠 아니면 트레이닝용 저지를 입은 모습만 보다가 오늘은 정말 새롭다. 매일같이 운동복 차림으로 잔디밭에서만 뒹굴기에는 역시 아까운 얼굴과 몸이다.

최근의 2주 남짓은 그와 이런 관계가 된 이후 가장 긴 금욕 기간이었다. 해외 투어를 도는 동안 기다렸다는 듯 손을 뻗쳐 오는 유혹이야 당연히 셀 수도 없이 많았다. 그러나 스스로 정한 '당분간'은 아직 끝나지 않았기에 전혀 응하고 싶은 마음이 생기지 않았다.

투어를 도는 중에는 물론, 요 며칠간 특히 절실하게 이 순간만을 기다렸다. 뜨거워진 시야에 하준은 머리부터 발끝까지 저를 위해 준비된 먹이처럼 보였다.

거실 중간쯤 다다랐을 때 무겸은 하준을 등 뒤에서 잡아채듯 끌어안고 바로 목덜미에 얼굴을 묻었다. 거의 보름 만에 제대로 맡는 체취가 소나기처럼 갈증을 달랬다. 오랜만이서인지 체향도 오늘따라 조금 더 강하게 느껴졌다. 곧바로 피라도 빨 것처럼 이를 세워 매끈하면서도 탄력 있게 일어선 목덜미를 씹었다.

"흐……."

기다리지도 않고 새어 나오는 흐릿하고 달콤한 목소리.

켜켜이 쌓였던 인내심이 흔들리는 지층처럼 쩍쩍 갈라졌다. 가장 아래에 가라앉아 있던 욕망이 손과 입술과 숨결로 다급하게 나타났다. 단정하게 잠긴 재킷 안쪽, 셔츠 위로 마구 손을 문지르며 한쪽 손은 아래를 거칠게 잡아 쥐었다. 팔 안에 갇힌 몸이 흔들리다가 뒤로 손을 뻗어 무겸의 허벅지를 붙잡으려 든다.

"앗, 아."

거친 손길에 하준은 느낀다기보다 당황한 듯 놀란 목소리를 냈다. 무겸은 그를 끌고 가다시피 침실로 데리고 들어섰다. 그대로 침대에 밀치려다가 문득 생각이 바뀌어 마주 본 자세로 몸을 밀었다.

하준이 덜컹대며 뒤에 놓인 책상 앞으로 밀려 선다. 그대로 가슴을 누르자 그의 엉덩이가 책상 끝에 걸쳐졌다.

"오늘 같은 차림에는 침대보다 책상이 어울려. 안 그래?"

하준은 종종 이 책상 위에 노트며 태블릿 따위를 펼쳐 놓고 남은 일을 하고는 했다. 일을 하다가 침대에 엎드려 잠든 꼴이 궁상맞아 사 두었던 책상을 이렇게 쓰게 될 줄은 몰랐다.

"이 코치, 오늘 나 구해 줬잖아. 진짜 불이라도 났던 거면 내 생명의 은인이었어. 상 받아야지."

재킷부터 벗겨 던진 무겸의 손이 먼저 셔츠 위로 유두 근처를 매만졌다. 눈으로만 볼 때는 드러나지 않지만 손으로 더듬자 작은 돌기가 걸린다. 그 위를 쓸다가 꼬집듯이 꽉 쥐자 어깨가 튀며 하준이 크게 숨을 토해 냈다. 으응, 비음 같은 작은 신음도 뒤따랐다.

서두르지 않고 셔츠 단추를 하나하나 풀어 나갔다. 마음은 급했지만 여기서 우악스럽게 단추를 잡아 뜯거나 손을 헛짚거나 하는 것은 재미없다. 기왕 입힌 예쁜 옷 아닌가. 조금 천천히 벗겨 내도 괜찮다. 무겸은 흰 셔츠 안쪽에 숨은, 숱하게 봐 이미 형태를 외우다시피 한 단단하고 늘씬한 맨몸을 머릿속에서 먼저 스케치하며 빠르면서도 여유롭게 손을 움직였다.

네 번째 단추를 풀자 명치까지 드러났다. 무겸의 커다란 손이 단추를 푸는 것을 멈추고 열린 셔츠 앞섶 사이로 불쑥 파고들었다. 엄지손가락이 유두를 문지르고, 남은 네 손가락이 몸 여기저기를 주변을 간지럽히듯 작게 오르내렸다.

"후으, 으……."

하준은 밀려 나오는 신음만 작게 내뱉을 뿐 오늘따라 유독 얌전했다. 하지 마라, 간지럽다, 천천히 하라, 싫다 같은 으레 하는 튕기는 멘트 하나 없이 넓은 책상에 앉은 채로 순순히 무겸의 손길을 받아들였다. 어차피 결국은 다 할 거면서 괜히 빼는 척하는 것도 나름대로 귀엽지만 지금처럼 고분고분한 분위기도 나쁘지 않다.

무겸이 천천히 몸을 기울여 체중을 실었다. 앉아 있던 하준의 몸은 반대로 점점 뒤로 넘어가 결국 책상 위에 눕다시피 늘어졌다. 턱 아래부터 드러난 가슴께까지를 손으로 죽 쓸어내리자 손길이 닿는 대로 신음한다.

"하아, 아."

벌어진 입에서 입김이 나와도 어색하지 않을 정도로 창백해진 얼굴은 여전히 힘이 풀린 듯 멍했다. 무겸은 단추를 두어 개 더 푼 다음 잠시 그 모습을 내려다보다가, 조금 전 자신이 직접 매 준 넥타이 매듭을 한 손으로 쥐어 쭉 잡아당겼다. 이미 헐렁해져 있던 네이비색 실크 타이가 풀어지며 모양을 잃고 원래의 긴 천 조각으로 돌아온다.

"눈을 가려 볼까?"

무겸은 타이를 하준의 눈 위로 가져가 시야를 가렸다. 재빨리 머리 뒤로 헐겁게 매듭을 지어 버리자 숨은 눈 아래 입술이 가늘게 떨리며 더 크게 벌어졌다.

"아니면 손 묶어 볼래?"

눈 위에 타이를 얹어 놓은 채로, 이번에는 책상 위에 늘어져 있던 양 손목을 모아 잡아 올렸다. 커프스 위로 뻗은 곧은 손목이 커다란 손아귀에 잠기듯이 붙들렸다. 마디마디가 살아 있어 남자다우면서도 길고 부드러운 흰 손가락 끝을 혀로 할짝이며 무겸이 물었다.

"어느 게 좋아, 코치님? 골라 봐. 마음에 드는 쪽으로 해 줄게."

돌아오는 것은 색색대는 숨소리뿐. 하준은 대답하지 않았다.

"아니면 눈도 가리고 손도 묶을까? 타이는 나도 많이 가지고 있거든."

무겸은 대답 없는 질문을 되풀이하며 애무를 이어 나갔다. 셔츠 앞섶을 손으로 벌려 헤치고 공기 중에 드러난 유두를 혀로 핥아 올렸다. 누운 몸이 흠칫흠칫 떨렸다.

붙잡은 손목을 책상 위에 바짝 붙인 채 무겸은 좀 더 본격적으로 셔츠 안을 헤집기 시작했다. 손으로 문질러 놓아 바싹 일어선 유두를 혀끝으로 톡톡 건드렸다. 그때마다 하준의 허리가 작게 움찔거렸다.

양쪽 유두를 번갈아 가며 혀끝으로 쓰다듬고, 매끈하면서도 탄탄하게 잡힌 가슴 근육 사이를 기어 올라가 쇄골과 목덜미에 닿았다. 턱과 목이 이어지는 연한 살 부분을 소리가 나도록 빨자 몸이 낮게 흔들린다. 빨아 댄 부분이 짙은 분홍색으로 물들어 작은 꽃잎이 그 위에 앉은 듯 보였다.

"으… 흐읏, 하아."

아직 적당히 애무만 했을 뿐인데 하준의 전신이 눈에 띄게 떨렸다. 입술 사이로 새는 숨소리가 급해지고 있었다.

이하준도 상황이 색다르다 느끼는지 평소보다 감도가 좋은 것 같다. 무겸은 한쪽 입술 끝을 올리고 웃었다. 하준이 입은 바지 단추를 풀어 속옷까지 함께 끌어내려 던졌다. 셔츠는 아직 앞섶도 다 열리지 않은 채라 흰 맨다리부터 드러났다.

아… 옷차림이 신선해서 그런가? 오늘따라 많이 꼴리는데.

책상 위에 누워 있는 하준은 문자 그대로 먹음직스러워 보였고, 무겸은 입술을 핥으며 어디부터 뜯을지를 가늠하는 짐승처럼 몸 이곳저곳을 눈으로 훑었다.

역시 가장 먼저 손을 대고 싶은 곳은 어쩔 수 없이 정해져 있다. 음식을 먹을 때도 무겸은 좋아하는 것부터 먼저 먹는 타입이었다. 책상 아래로 반쯤 떨어진 한쪽 다리를 들어 올려 어깨에 걸치고, 다리가 벌어지며 드러난 사타구니 사이 뒤쪽을 내려다보며 손을 들었다.

하나 정도는 젤 없이 넣어도 되겠지.

젤이 들어 있는 서랍은 바로 옆에 있었으나 그를 여닫는 것마저 번거롭게 느껴진다. 무겸은 가운뎃손가락을 제 혀로 핥은 뒤 입구 위를 몇 번 문지르다가 불쑥 안으로 진입을 시도했다. 풀리지 않은 입구는 손가락 하나도 경계하는 듯 꽉 조여들었다.

"앗, 아……!"

갑작스러운 삽입에 하준이 놀란 듯 허리를 튕기며 비틀었다. 난잡한 풍경 위로 책상 앞에 앉아 열심히 펜을 움직이고 키보드를 두드리던 성실한 코치의 모습이 오버랩된다. 무겸의 하반신이 온통 뜨거워졌다.

곧바로 좆을 쑤셔 넣고 싶은 욕망을 이를 악물고 누르며 손가락을 움직였다. 꼭 그러겠다 의도한 것이 아님에도 손짓은 바쁘고 거칠어졌다. 마음은 급한데 윤활제를 바르지 않은 뒤쪽은 평소보다 오히려 늘어나는 속도가 느렸고, 자연히 하준의 가빠진 숨소리에 괴로움의 색이 섞였다.

"아윽… 흐, 하……!"

"하아, 씨발."

뜻대로 안 된다. 결국 신경질적으로 손가락을 빼내고 무겸이 서둘러 젤을 꺼내 들었다. 서랍이 세게 여닫히는 소리가 방을 울렸다.

그래도 약간이나마 느슨해진 구멍 위에 곧바로 젤을 마구 짜 내리고 급하게 제 바지 버클을 풀어 아플 정도로 단단하게 일어선 성기를 끄집어냈다. 열이 찬 물건을 질척대는 손으로 몇 번 쓸어 준 다음, 젖은 기둥 전체로 성급하게 입구 위를 비벼 댔다.

여물어 벌어진 과일 같은 부드러운 틈새와 주름 위를, 단단하게 불거진 굵은 살 기둥으로 빠르고 세차게 문질렀다. 허덕대는 하준의 숨소리가 신음처럼 커져 귀를 적셨다. 책상 위에 늘어진 몸이 점점 크게 떨렸다. 맞댄 몸의 진동이 욕구를 점점 더 부풀리고, 구멍 위를 미끄러지던 무겸은 어느 순간 이를 갈며 귀두를 푹 꽂아 넣었다.

"아… 흑!"

젤만 뭉텅 발랐을 뿐, 전희가 제대로 이루어지지 않은 안은 아직 닫혀 있었다. 하준의 입에서 다시 한번 아픔이 묻어나는 신음이 터졌다. 몸은 타 버릴 듯 뜨거운데 막상 그 소리를 들으니 또 바로 허리를 칠 수가 없다. 무겸은 누운 몸의 골반 옆이며 엉덩이를 달래는 시늉이라도 하는 것처럼 쓰다듬었다.

"후우, 많이 아파?"

"아, 아…니야……."

책상 위에 놓인 머리가 느리게 가로저어진다.

"천천히 하면 괜찮겠어?"

"흐, 흐으, 응……. 괜찮, 아……."

타이로 가려진 눈 아래, 달싹대는 입술에서 힘없이 목소리가 샜다. 무겸이 마른침을 삼키며 한숨을 쉬었다.

네가 괜찮다고 했어. 그렇지?

아까 마신 연기가 뇌로 들어가기라도 했는지 김이 서린 머리는 합리화를 쉽게 받아들였다. 무겸은 허리에 힘을 실었다. 미끄러져 든다기보다는 욱여넣듯 안쪽으로 성기가 꾸역꾸역 진입해 들어간다.

열리지 않은 만큼 차지게 엉겨 붙는 맛은 적었지만 평소보다 좁은 내벽이 전신을 감싸 조이는 감각이 만족스러웠다. 무겸은 끝까지 자신을 밀어붙인 다음 잠시 그대로 멈추고 기다렸다.

"으, 허억… 하……."

크게 열린 하준의 입술 사이로 버거운 숨결이 빠져나온다. 타이를 덧씌워 놓은 눈은 보이지 않았다. 전신을 덜덜 떠는 하준의 무릎부터 허벅지 안쪽까지, 일부러 쪽쪽 소리를 크게 내며 입을 맞췄다. 입술이 닿을 때마다 허리와 다리에 힘이 들어가며 안쪽이 움찔거렸다. 박히는 데 길이 든 구멍이니 몇 번만 오가면 몸도 풀릴 거다. 늘 그랬으니까.

무겸은 허리를 뒤로 뺐다가 재차 안으로 박아 넣었다. 흐아, 한숨과 신음이 절반씩 섞인 무른 목소리가 흘렀다. 허벅지를 좀 더 제 쪽으로 끌어당겨 몸과 몸을 더 밀착시키자 삽입이 조금 더 깊어진다.

"아읏, 읏, 흐읏……!"

"이하준, 하아, 힘 좀, 빼 봐."

안쪽 깊숙한 곳까지 찔러 들며 허리를 앞뒤로 크게 움직일 때마다 하준의 전신이 들썩이며 울컥대는 신음을 뱉었다. 그러나 안쪽은 빠져나오는 대로 다시 급하게 좁아지며 조인다기보다는 거의 경직되듯 단단해졌다. 몇 번을 드나들어도 매번 굳어 드는 벽을 뚫고 들어가는 기분이 들자 무겸은 초조해졌다.

전희가 좀 부족했다고는 해도 오늘따라 풀리는 것이 너무 늦다. 오랜만이라서? 차라리 지금이라도 뒤를 더 푸는 것이 낫지 않을까 생각하면서도 무겸은 이미 시작한 행위를 쉽사리 멈추지 못했다. 오히려 점점 빠르게 추삽질을 했다. 자꾸만 틈 없이 좁아지려 드는 여린 안쪽 살을 단단한 기둥이 절굿공이처럼 짓찧었다.

둘의 거친 숨소리, 살과 살이 부딪히는 소리가 방 여기저기에 반사된다. 마침내 인내심이 바닥난 무겸이 더 못 참겠다는 듯 퍽, 소리를 내며 인정사정없이 강하게 들어갔다.

"…아……!"

다다를 수 있는 거의 가장 깊은 곳을 세게 두드려 맞은 하준이 입을 크게 벌렸다. 꽉 막혔다 터지는 듯 작은 비명이 한 번 나온 후 조용해졌다.

벌어진 입술 사이로 소리가 제대로 되지 않은 떨리는 날숨이 튀어나온다. 오직 몸만이 사시나무처럼 떨렸다. 그렇게 덜덜 떨리는 몸속, 밀고 들어가도 자꾸만 닫히려고만 하는 안쪽으로 고집스럽게 몇 번인가 더 강하게 박아 넣기를 반복하고 나서야 무겸은 혀를 차며 서서히 동작을 멈췄다.

아무래도 이상하다.

"이하준."

"아으, 윽……!"

무겸이 몸을 구부렸다. 삽입된 채로 상체를 숙이는 바람에 성기가 더 깊이 파고드는지 하준은 아픈 사람처럼 이를 살짝 악물며 고개를 젖혔다. 무겸은 수상한 것을 살필 때처럼 눈을 가늘게 뜨고 얼굴을 얕게 갸웃하다가, 느리게 허리를 물러 아직 흉흉하게 서 있는 것을 빼냈다. 빼고 나서 보니 다소 억지로 뭉개고 들어갔던 입구가 조금 부어 있었다.

무겸은 잠시 못마땅한 표정을 짓고 그 모양을 내려다보았다. 어깨에 걸쳤던 다리를 내리고 다시 등을 굽혀 하준의 얼굴 위로 제 얼굴을 가까이 했다.

추삽질을 받아내며 몸이 흔들리는 사이, 하준의 눈 위에 허술하게 묶어 놓은 넥타이는 미끄러져 처음처럼 단정하게 놓여 있지는 않았으나 그래도 아직 눈을 가리고 있었다. 얼른 타이부터 치워 버렸다. 무겸이 마른침을 삼키고 물었다.

"…너 괜찮아?"

섹스를 할 때면 늘 발갛게 익던 얼굴은 아까보다 더 창백해져 있었다. 둥근 이마 위로 식은땀이 축축하게 뱄다. 눈꺼풀이 내려와 반쯤 가려진 눈동자는 초점을 잃고 어두워졌다.

처음에는 그저 섹스를 할 때 으레 그렇듯 자극을 받아 몸을 떠는 것이라 생각했는데 아니었다. 하준은 꼭 추운 곳에 있는 사람처럼 몸을 굳히고 계속해서 떨고 있었다. 이미 무겸은 그의 몸을 빠져나와 손가락 하나 대지 않고 있는데도.

"그렇게 아팠어?"

조금 무리하게 삽입했다는 것은 알고 있었지만 이 정도로 아파할 거라고는 생각하지 못 했다. 그도 그럴 것이 처음 할 때는 이보다 더 우악스럽게 넣었어도 끝까지 잘 마치지 않았나.

무겸은 진심으로 당황스러워져 처음으로 어찌할 바를 모를 심정이 되었다. 두 번째로 관계를 가졌던 날, 하준이 대뜸 눈앞에서 자위를 하기 시작했을 때도 제법 얼떨떨함을 맛보았지만 지금과 같은 기분은 아니었다.

단순히 섹스에서의 방향이나 주도권을 잃었을 때와는 달랐다. 무겸은 당장 눈앞의 하준을 어떻게 만져야 할지도 알 수가 없었으니까. 저보다 고작 10센티미터 정도 작을 뿐인 건장한 남자인데, 지금 잘못 건드렸다가는 수수깡 인형처럼 어딘가 한 군데 툭 부러져 버릴 것만 같다. 말도 안 되는 생각이지만 무겸의 기분은 그랬다.

한동안 말없이 숨만 몰아쉬던 하준이 저를 곤혹스럽게 내려다보는 얼굴을 마주 보았다. 그가 힘겹게 고개를 저었다.

"아파서 그런 거 아니야……."

목소리도 꺼질 듯 힘이 없다. 무겸의 미간에 더 깊게 주름이 새겨졌다.

"그럼?"

하준이 가쁜 숨을 죽이며 고통을 참아 보려는 사람 특유의 멀고 멍한 시선을 던지더니 결국은 눈썹 끝을 떨어뜨리고 고개를 돌렸다.

"미안. 나 몸이 좀 안 좋은 것 같아……."

말끝이 목이 메는 사람처럼 무겁게 가라앉으며 흐려졌다. 하준은 조금 전 타이를 덮어 놓았던 눈가를 이제 손등으로 가렸다. 무겸은 멍하니 그 모습을 내려다보다가 번뜩 정신을 차리고 손을 뻗었다. 몸도 좋지 않다는데 책상 위에 계속 누워 있게 둘 수는 없다.

"이하준. 침대로 가자. 응?"

"괜찮아. 나 잠깐 이대로 있을게."

"여기 너무 딱딱하고 불편해. 바로 옆이잖아."

무겸이 하준의 등 뒤로 팔을 둘렀다. 셔츠 한 장만 걸치고 책상에 오래 닿아 있던 등이 차가웠다. 하준은 어쩔 수 없다는 듯 무겸의 어깨를 붙잡고 몸을 일으켰다.

다시 앉은 자세가 된 하준을 부축해 일으키려 하던 때, 그가 급하게 몸을 앞으로 굽혔다. 등이 낮게 들썩였다.

"이하준?"

헉헉 가쁜 숨을 내쉬던 하준의 입에서 더 못 참겠다는 듯 작은 신음 같은 소리가 흘러나왔다.

"욱……."

우웩. 구역질을 하는 소리에 무겸이 깜짝 놀라 하준에게로 바싹 다가섰다.

"어어."

급한 마음에 얼빠진 소리를 내며 하준의 입 아래에 넓은 손바닥을 받치자 간발의 차이로 그 위에 토사물이 뚝뚝 떨어졌다. 발표 준비 때문에 긴장해서 끼니도 챙기지 않았는지 위액에 가까운 그것을 보고 무겸의 표정은 한층 심각해졌다. 그가 하준의 안색을 살피면서 혼잣말처럼 뇌까렸다.

"너 아까 많이 놀랐나 본데."

그러나 하준은 아무 대답 없이 무겸의 얼굴만 올려다보고 있었다. 구역기 때문에 숨이 찰 법도 한데 호흡을 멈춘 사람처럼 가늘게 벌어진 입술 사이에선 제대로 숨소리조차 새어 나오지 않았다. 눈물이 그렁그렁 맺힌 눈은 커다랗게 벌어져 거의 경악하는 듯 보였다.

놀랄 일이야 한참 전에 벌어진 것인데 왜 지금 와서 사람을 눈이 튀어나오게 쳐다보는지. 무겸은 일단 하준의 등을 쓸며 일렀다.

"다 토했어? 속 안 좋으면 더 뱉어 내."

"…괜찮, 아."

"그럼 손 씻고 올 테니까 잠깐만 기다려. 너 물에 몸 좀 덥히고 눕는 게 좋겠다."

무겸은 서둘러 방을 나와 욕실로 향했다. 쏴아, 물 쏟아지는 소리가 귀를 식히고 손에 물이 닿자 그래도 조금 정신이 들었다. 손을 씻으며 생각하니 이게 무슨 상황인가 싶어졌다.

몸이 좋지 않으면 처음부터 말을 할 일이지 왜 제가 하는 짓을 그대로 내버려 두었으며… 그러다가 진짜 크게 아프기라도 하면 어쩌려고. 처음에 그냥 넣으라고 했던 것이나 넣은 채로 오줌을 싸겠다고 놀렸는데 가만히 있던 행태도 그렇고, 되짚어 생각해 보니 꽤 막무가내인 면이 있다.

방으로 돌아가자 하준은 책상에 앉은 모습 그대로였다. 아까는 제대로 다 받아 냈다 생각했는데 들어가며 살펴보자 셔츠에 토사물이 조금 묻었다. 무겸이 하준의 앞에 바싹 다가가 그의 팔을 들어 올렸다.

“내 목 뒤에 팔 둘러 봐. 그 정도 힘은 남아 있지?”

“어? 어…….”

몸을 숙이자 하준이 시키는 대로 엉성하게 팔을 둘렀다.

“제대로 좀 잡아 봐.”

작게 불평하며 무겸이 한번에 하준을 안아 올렸다. 엉겁결에 몸이 들려 올라간 하준이 놀란 듯 무겸의 등 뒤로 팔을 허둥지둥 두른다. 그러나 안긴 몸은 뻣뻣했고, 안은 사람에게 협조할 생각이 그다지 없이 느껴져 무겸은 툴툴댔다.

“이하준, 제대로 붙어. 그래야 안기 편하지.”

“놔, 놔줘. 걸어갈게.”

“부축해서 가는 것보다 이게 더 편해.”

“안 해 줘도 돼. 혼자 갈 수 있어……. 무겁잖아.”

무겸이 코웃음을 치며 문을 통과해 나갔다.

“너 나보다 무겁냐?”

“…아니.”

“그럼 조용히 해.”

운동을 하는 남자라면 체중의 두 배 정도까지는 아무렇지 않게 들어

올려야 한다고 생각하는 무겸이었다. 훈련할 때 자신이 끌고 드는 중량을 모르지도 않는 녀석이 흰소리를 한다.

하준도 납득했는지 이제 말없이 무겸의 어깨에 얼굴을 기대고 팔을 제대로 감아 와 매달리다시피 안겨 있었다. 이렇게 순순하니 얼마나 예쁘냔 말이다. 그렇다고 해서 통통 튕겨 댈 때가 싫다는 건 아니지만.

무겸이 쓰는 욕실 욕조는 입주 전 시공을 마친 자쿠지형 특수 욕조로, 관리자가 따로 있어 대부분 늘 일정한 온도의 물이 차 있었고 넓은 욕조 가장자리는 한 사람이 누워도 될 만큼 넓었다. 무겸은 하준을 그곳에 앉히고 아직 풀지 않았던 셔츠의 남은 단추를 빠르게 끌렀다. 아직 옷도 벗지 않은 무겸을 보고 하준이 열없는 목소리로 말했다.

"너 다 젖어."

"옷이야 빨면 그만인데 뭐 하러 신경 써."

무겸은 하찮다는 듯 대답하고 샤워기를 끌어와 하준의 다리에 물을 뿌렸다. 따뜻한 물이 차가워진 발끝부터 시작해 서서히 몸을 데웠다.

물은 곧 허리와 등, 가슴, 목까지 흘러내렸고 무겸이 젖은 엄지손가락으로 하준의 입술 위를 닦아 내듯 몇 번 문질렀다. 그러더니 샤워기를 잠시 내려놓고 거울 뒤의 선반에서 새 칫솔을 꺼내 치약을 짜 내밀었다.

"양치질 한 번 해라. 찝찝할 거 아냐."

하준은 그것을 받아 입속에 넣었다. 치카치카 작은 소리가 공기까지 솔질하는 동안 무겸은 저도 옷을 벗어 나갔고 하준은 그 모습을 멍하니 보며 이를 닦았다. 벗은 옷과 하준의 셔츠와 양말을 모두 대충 욕실 구석에 던져 놓는 무겸을 보며 하준은 옷가게에서 보았던 계산서를 생각했다. 셔츠 한 벌만 해도 만만치 않은 가격이었는데 입자마자 더럽혀 버렸다.

한참을 칫솔질한 끝에 무겸이 물을 따라 건넨 컵으로 입을 헹구고, 그다음엔 뭘 해야 하는지 몰라 바보처럼 앉아 있었다. 그러자 무겸이 하준의 손을 제 손안에 가뒀다. 손끝을 몇 번 주무르듯 쥐더니 미간을 찌푸렸다.

"손이 차다. 체했나?"

"이제 괜찮아."

"그냥 놀라서 그래? 병원 가 봐야 하는 거 아냐?"

"정말 아니야. 아침부터 긴장했는데 아까는 진짜 불이라도 난 줄 알고……. 그럴 때 있잖아. 놀라서 울렁대는 거."

"얼른 들어가서 몸 좀 담가라."

무겸이 어깨를 토닥이며 재촉했다. 하준은 잠시 말없이 앉아 있다가 고개를 끄덕이고 욕조 안으로 들어갔다.

따뜻한 물이 전신을 감싸 안자 잠시 밀려왔던 경직이나 울렁임도, 지진처럼 깊은 곳부터 몸을 흔들던 떨림도 씻겨나가는 듯 거짓말처럼 잠잠해졌다. 아플 정도로 긴장했던 근육이 부드럽게 풀리며 하준은 저도 모르게 눈을 감고 고개를 젖혔다.

문득 약한 물결이 몸에 와 닿고 첨벙이는 소리가 들렸다. 하준이 눈을 뜨며 뒤로 젖혔던 목을 바로 세웠다. 무겸도 욕조에 들어오고 있었다. 눈이 마주치자 그가 씩 웃더니 욕조에 붙은 버튼을 가리켰다.

"거품 목욕도 되는데 할래?"

"아니야."

"아깝네. 너 몸만 괜찮으면 이럴 때 욕조에서 한 번 하는 건데."

하준은 그 말에 옅게 웃었다.

"해도 돼."

"아파서 토해 놓고 말은. 몸이 안 좋으면 바로 말을 해야지 하는 대로 내버려 두면 어떡하냐? 놀랐잖아."

"아까 잠깐 그랬던 거야……. 이제 괜찮아."

그렇게 말하고 하준은 잠시 말없이 무겸을 응시했다. 제 말에 반발을 하거나 튕길 때가 아니고서야 하준이 그렇게 저를 빤히 보는 경우는 많지 않다. 무겸은 조금 어색한 기분을 느끼며 물었다.

"왜?"

"아니……."

하준의 작은 목소리가 비눗방울처럼 욕실을 떠돌았다.

"그걸 왜 손으로 받고 그래. 더럽게."

"그까짓 거 씻으면 그만이지. 네 좆도 빨고 구멍도 빨았는데 이제 와서 그 정도로 더러울 건 뭐 있어?"

자조 반 놀림 반이 섞인 말투에 하준이 킥킥 소리를 내며 웃었다. 그 얼굴을 보던 무겸도 점차 짙은 미소를 띠고 몸을 가까이 가져갔다.

"이하준, 이리 와. 머리 감겨 줄게."

"내가 할게."

"뭐든 해 준다고 할 때는 좀 가만히 있어 봐."

"너 머리 잘 못 감기던데."

"뭐? 왜? 어땠는데?"

투덜대면서도 무겸은 기분이 나쁘지 않았다. 그만큼 뒹굴어 놓고도 항상 어딘가 뻣뻣함이 남아 있던 하준이 지금은 유독 제게 편하게 구는 느낌이 들었던 것이다. 아까는 어떻게 되는 줄 알고 긴장했지만 정말 일시적인 증상이었는지 금방 좋아진 것 같다.

"눈에 거품 다 들어와서 따갑더라."

"그건 내가 못 감기는 게 아니라 네가 잘못한 거지. 고개를 뒤로 살짝 젖혀 줘야 거품이 안 흐를 거 아냐."

뒤쪽으로 돌아 나간 무겸이 욕조 턱에 앉아 손에 샴푸를 짜는 동안 하준은 그런가, 중얼대며 고개를 뒤로 젖혔다. 축축해진 뒤통수가 무겸의 배 부근에 닿았다. 젖은 앞머리가 뒤로 미끄러지며 희고 둥근 이마가 다 드러났다.

더운물에 몸을 담그고 있는 사이 창백해졌던 뺨에도 살짝 홍조가 돌아 아까의 부러질 것 같은 인형 같은 모습은 온데간데없어졌다. 그 얼굴을 내려다보는 무겸의 입가에 미소가 감돌았다.

근 2주를 넘겨 안는 몸이었다. 솔직히 말해 어제부터 하준을 집에 데려와 품는 순간만을 기다려 왔다고 해도 과언이 아니지만 시체처럼 늘어진 상대를 붙들고 혼자 빼는 악취미는 없다. 당장 조금 나아졌다고 해도 무리시키면 또 어떨지 모르니 오늘은 포기할 수밖에.

터질 듯 부풀었다가 불발된 욕구를 다스리는 것이 괴롭기는 했지만 그리 불쾌한 기분은 아니었다. 폭신한 거품이 묻은 두피 위를 문지르자 손가락 사이로 파고드는 부드러운 머리카락의 감촉도 즐거웠다.

흘러내린 거품 덩어리가 흰 목덜미 위로 툭툭 떨어진다. 내키는 만큼 마사지를 하고 샤워기 레버를 올려 가늘게 떨어지는 물줄기로 거품을 씻어 내는 동안 하준은 눈을 감고 말이 없었다.

"오늘은 어때?"

깨끗이 거품을 씻겨 내고 묻자 하준이 그제야 눈을 떴다. 까만 눈동자가 무겸을 올려다보더니 물방울이 맺혀 더 희어 보이는 얼굴에 미소가 번졌다.

반면 그 얼굴을 내려다보던 무겸의 얼굴에서는 웃음기가 점점 사라지고, 어떤 장면을 집중해서 보는 사람 특유의 순수한 무표정이 드리워졌다.

"백 점."

하준이 입을 열자 잠시 넋 나간 사람처럼 시선을 고정하고 있던 무겸은 정신이 든 듯 곧 입술 끝을 올렸다.

"그것 봐. 내가 손재주는 있는 편이거든. 역시 지난번에는 네가 잘못한 거라니까."

"그랬나 보다."

하준은 금세 수긍하고는 고개를 더 뒤로 젖혔다. 제 뒤편에 올라앉은 무겸을 올려다보면서도 한참 아무런 말이 없었다. 그러더니 희미하게 웃으면서 혼잣말처럼 중얼댄다.

"참 모르겠다……."

"뭘?"

하준은 대답 대신 천천히 얼굴 위의 웃음기를 지우고 무겸에게 가만한 시선만 보냈다. 뒤로 한껏 젖힌 목이 아플 것 같다. 그렇게 생각하며 내려갈 테니 바로 앉으라고 말하려는데 하준이 먼저 무겸을 불러 왔다.

"김무겸."

무겸은 눈썹을 살짝 위로 당겼다.

"왜?"

하준은 눈을 두어 번 깜박이더니 어조 하나 바꾸지 않고 뒷말을 이어갔다.

"나 너 좋아한다."

욕실 천장을 수다스럽게 울리던 목소리들이 일순 지워지며 시간이 멈춘 듯 조용해졌다.

샤워기에서 흐르는 물소리만이 가는 빗소리처럼 계속해서 바닥을 두드렸다.

무겸은 하준에게 시선만 고정한 채로 말이 없었다. 그런 그를 덤덤하게 바라보는 하준 역시 마찬가지. 갑작스러운 고백을 터뜨린 그는 훈련 프로그램이나 구단 식당 점심 메뉴 중 무엇을 좋아한다는 이야기를 하고 난 뒤 같은 표정이었다.

무겸이 정정할 기회를 주겠다는 듯, 말을 건넨 사람과 마찬가지로 덤덤하게 물었다.

“잘못 들었나? 뭐?”

“내가 너 좋아한다고.”

그러나 하준은 물러서지 않았다. 그를 내려다보는 무겸의 목울대가 짧게 한 번 울렸다.

그답지 않게 당황이라도 하는 것일까. 지금 무슨 소리를 하냐고 화를 내려는 것일까. 아무렇지 않은 척 말을 꺼냈지만 하준의 신경은 잔뜩 곤두서 무겸의 작은 표정 변화 하나하나에 모두 기울어져 있었다. 겨우 몇 초간의 침묵이 영원처럼 느껴진다.

딱딱해진 분위기도 잠시였다. 무겸의 굳은 눈과 입매가 천천히 풀어졌다. 날카롭게 하준을 응시하던 눈 끝이 곡선을 그리고 입술도 부드럽게 휘어지며 얼굴에 약한 쓴맛이 밴 미소가 퍼진다.

“언제…….”

그렇게 말하다가 무겸은 말을 끊고, 농담이라도 하듯 좀 더 가벼워진 말투로 물었다.

“몸정이라도 들었어?”

“…그런가 봐.”

알고 있었어.

또는 그럴 줄 알았어.

제 기분 탓인지 꼭 그렇게 말하는 듯한 무겸의 표정에 하준은 어쩐지 더 웃음이 났다. 웃는 무겸을 보며 함께 웃는데, 커다란 손이 막 샴푸를 마친 머리를 흐트러뜨렸다.

"머리 졌네, 이 코치. 아플 때 말하면 내가 뭐라고 못 할 거 알고 약해진 틈 타서 은근슬쩍 터뜨리고 말야."

"맞아."

"우리 같은 사이에 그런 말 하면 반칙인 건 알지? 오늘은 아프니까 한 번만 봐준다."

하준이 웃으며 고개를 끄덕였다.

"응."

말을 끝낸 무겸이 몸을 미끄러뜨리며 물속으로 들어왔다. 하준의 등에 탄탄한 배와 가슴이 닿았다. 하준은 고개를 옆으로 돌렸다. 거의 바로 옆에 놓인 잘생긴 얼굴이 신기하고 재미있는 생물을 관찰할 때 같은 눈초리로 자신을 보고 있었다.

무겸으로서도 같이 몸을 씻다가 이처럼 뜬금없이 좋아한다는 고백을 들은 것은 처음이 아닐까. 그렇다면 저렇게 신기하다는 눈으로 저를 바라볼 만도 했다. 아니나 다를까 그는 피식 웃더니 당황스러움을 과장되게 드러내며 농을 걸었다.

"알면 알수록 우리 코치님 참 특이해. 세상 누가 사람 앞에서 토하고 샤워하다가 그런 말을 하나."

"그러게."

고백을 거절당했음은 물론 구경거리로 전락한 자신의 처지를 알면서도 하준은 어쩐지 아무렇지도 않았다. 아니, 오히려 웃음 가스라도 들이켠 사람처럼 자꾸만 실없이 웃음이 나오고, 마치 제 고백에 긍정적인 대답을 돌려받기라도 한 듯 따스한 기분에 잠기고 있었다. 무안한 상황에서 도망치고 싶은 사람의 합리화 같은 것일까?

그러나 무겸이 웃고 있지 않나. 준비되지 않은 채로 튀어 나간 고백에 무겸은 화를 내지도, 불쾌해하지도 않았다. 얼굴을 싸늘하게 굳히고 경멸하거나 당장 집에서 나가라고 소리치거나 이제 이 관계도 끝이라고 엄포를 놓지도 않았다. 생각했던 어떤 최악의 반응도 지금 이 자리에는 존재하지 않았다.

이 자리에 있는 것은 웃고 있는 무겸과 저. 그리고 한 욕조 안에서 몸을 맞대고 있다는 변치 않는 사실뿐.

부정확하고 막연한 감정과 상상이 체에 걸러지는 잡티처럼 흘러 나가고, 실재하는 사실들만이 갑자기 눈에 들어왔다. 힘껏 숨기고 고민하던 모든 것의 의미가 사라졌다. 시야를 가리던 색안경이 갑자기 벗겨지며 명명백백한 '진짜'들만이 눈에 들어왔다.

그와 저 사이에 실제로 일어난 일들을 정리하자면, 무겸은 천만 원이 넘는 옷을 저에게 선물해 주었다. 초대하지도 않은 발표회장에 와 주었고, 제 토사물을 맨손으로 받아 주었으며 안아서 욕실에 데려와 저를 씻겨 주었다.

얼굴빛에 맞는 타이를 하나하나 골라 주었고 그것을 직접 매 주었다. 긴장한 제 손끝을 눌러 주었다. 술에 취해 새벽녘 찾아와 인형을 건넸었다. 결국 저를 위한 선물은 아니었다지만 이제 와서는 그마저도 아무래도 좋았다. 어쨌든 그를 향한 적도 없이 곁을 스쳐 지나간 이야기를 주워듣고 기억했다가 제게 돌려준 것은 사실 아닌가.

설레발의 끝에 느꼈던 사소하고 작은 아픔들은 그저 혼자만의 서운함일 뿐이다. 처음부터 무겸은 하준에게 무엇도 약속한 적도, 지켜야 할 의리도 없었으니까.

"슬슬 나가자. 너무 오래 있어도 어지러워."

무겸의 말에 하준은 고개를 끄덕이며 욕조를 나섰고, 다시 한번 샤워기로 몸을 씻어 내렸다. 피부의 온기는 이제 완전히 돌아와 있었다.

얼굴 위로 물을 뿌리며 하준은 어느새 흐르고 있는 눈물을 지웠다. 아무리 무겸이라도 이 눈물을 보면서까지 웃어 주지는 않을 것이다. 이제 와서 괜스레 분위기를 심각하게 만들고 싶지 않았다.

욕실을 나와 흰 가운을 입고 머리를 말린 다음 무겸이 시키는 대로 침대에 누웠다. 그런 하준을 내려다보던 무겸이 여전히 희미하게 미소 띤 얼굴로 말했다.

"좀 자라. 아직 몽롱한 것 같은데 자고 나면 정신 좀 들겠지."

갑작스러운 고백을 흔들린 컨디션의 여파라 생각하는 말투였다. 하준은 얌전히 베개에 머리를 얹고 고개를 끄덕이다가, 책상에 올려놓은 휴대폰을 집어 들고 방을 나가려는 듯 등을 돌리는 무겸을 불러 세웠다.

"김무겸."

이제 자신의 의지라기보다는 충동처럼 입이 열린다. 꾹꾹 눌렀다 한번 내보낸 마음은 바깥 공기 맛을 보았는지 멈출 줄 모르고 자꾸만 밖으로 빠져나가고 싶어 했다. 무겸이 시선을 돌리자 하준의 말이 빨라졌다.

"같이 자자."

이번에야말로 무겸이 당황한 기색으로 얼굴을 찌푸렸다. 아까 전 욕실에서 고백을 했을 때보다 더 의외라는 분위기로 무겸이 되물었다.

"여기서?"

"침대도 넓잖아."

"왜?"

"같이 자고 싶어. 오늘 아파서 혼자 있기 싫어."

숫제 칭얼대는 아이처럼 술술 나오는 말에 하, 무겸이 소리를 내며 실소했다. 비딱한 미소를 걸친 얼굴로 하준을 내려다보더니 어깨를 으쓱하고 걸어와 침대에 걸터앉았다.

"또?"

"어?"

"계속 말해 봐. 아주 오늘 몸 좀 안 좋다고 애처럼 떼써 보려는 모양인데, 응? 해야 할 일은 하지도 못해 놓고 바라는 것만 많아서."

하준은 사양하지 않았다.

"옆에 누워서 안아 줘. 그리고 키스도 해 줘."

"너 아까 토했잖아."

"양치질 깨끗이 했는데……."

놀리는 말투에 더 우기지 못하고 하준은 조금 풀이 죽었다. 아무리 그래도 토한 뒤에 키스를 해 달라고 계속 조르기는 힘들다. 누구라도 찝찝할 테니.

"끝이야?"

"…응."

"왜 판 깔아 주니까 약한 모습이야. 더 해 봐."

그가 빈정댔지만 한번 기세가 꺾이자 더 이상 할 말이 생각나지 않았다. 사실 더 바라는 게 없기도 했다.

무겸은 그런 하준의 얼굴을 빤히 내려다보더니 코웃음인지 한숨인지 잘 알 수 없는 작은 숨소리를 냈다. 그러고는 알겠다는 듯 고개를 끄덕이고 침대 위로 올라왔다. 완전히 몸을 침대에 붙이고 저를 마주 보는 방향으로 돌아누운 무겸을 하준은 숨소리를 죽이고 바라보았다.

"자."

그러고는 하준을 향해 양팔을 벌린다. 막상 먼저 말을 꺼내 놓고도 하준은 다가가지를 못하고 눈만 깜박였다.

"뭐 해."

바로 뛰어들지 않는 하준이 마음에 들지 않는 듯 무겸이 약하게 눈썹 사이를 찌푸리며 재촉했다. 그제야 정신이 든 하준이 꾸물꾸물 그의 품으로 기어 들어갔다.

곧 단단한 팔과 커다란 손이 등 뒤를 감싼다. 스스로를 작다고 생각해 본 적 없는데 무겸의 가슴과 어깨는 하준보다 훨씬 넓고 탄탄해 마치 지면처럼 몸을 받쳤다. 얄밉고 냉정한 입과는 달리 구릿빛으로 그을린 단단한 몸은 저에게 뿌리를 내려도 끄떡없다고 말하는 땅처럼 강하게만 느껴졌다.

"안아 줘."

목소리가 바보처럼 떨려서 나왔다. 이미 등 뒤를 감싸고 있던 무겸의 팔에 힘이 들어가며 품속으로 하준을 강하게 끌어안았다.

키스도 해 달라고, 그렇게 말하고 싶었는데 갑자기 목이 메었다. 기껏 씻어 내고 말린 눈물이 다시 흐를 것 같아 입을 열지 못하고 무겸의 어깨와 가슴이 이어지는 사이쯤에 얼굴을 파묻었다. 무겸이 그런 하준의 뒤통수를 쓰다듬으며 말했다.

"얼굴 들어. 키스하게."

"조금만 있다가."

"아니, 먼저 해 달라 한 게 누군데. 튕기는 게 아주 습관이지."

어이가 없다며 혼잣말처럼 중얼대는 목소리가 귀를 간지럽힌다. 자꾸만 입 밖으로 나올 것 같은 울음을 애써 내리누르는데, 목 안쪽을 부풀리는 듯 뜨겁게 차오르는 열은 좀처럼 식지를 않았다.

오늘만이다. 무겸이 이런 자신을 두 번이나 보아 넘기지는 않을 것이다. 그러니 울지 말고 좋은 시간을 보내고 싶은데 멍청한 몸이 마음을 배신한다.

"으……."

결국 흐느낌이 입술 밖으로 새어 나오고, 봇물이 터진 듯 눈물이 울컥울컥 쏟아지는 것은 정말로 순간이었다. 아무리 애써 누르려 해도 소용없었다. 오히려 참으려 할수록 눈물은 점점 더 쏟아졌고 입 안으로 삼킨 울먹임은 가슴과 어깨만 더 들썩이게 만들었다.

얼굴을 묻은 가슴에 금세 뜨거운 눈물이 묻어나고, 심상치 않음을 느낀 무겸이 미간을 찌푸리며 하준을 살짝 밀어냈다. 방금 샤워를 마쳐 보송보송했던 흰 얼굴이 어디 가릴 것 없이 젖어 든 것을 보고 무겸이 혀를 찼다.

"왜. 계속 뻔뻔하게 굴지 않고."

"흑, 흐윽, 미안, 윽."

하준이 서둘러 손등으로 눈물을 문질러 닦았다. 그러나 눈물이 너무 많이 흘러 손으로 닦아 봐야 여기저기 번지기만 할 뿐 마르지를 않았다. 꽉 막힌 목에서는 나오는 목소리도 멍멍했다.

"미안, 해, 금방, 윽, 그칠게."

"됐어. 고백했다가 차이면 눈물 좀 날 수도 있지."

덤덤한 말에 하준이 물기를 매단 눈으로 무겸을 마주 보았다. 그는 처치하기 곤란한 애물단지를 바라보는 표정으로, 그러나 아까 전 욕조에서와 같이 흥미롭다는 눈빛으로 저를 보고 있었다. 문득 그가 지난번에 했던 말이 생각 나서 물었다.

"기, 김무겸, 섹스, 흑, 할래?"

무겸의 미간이 좁아졌다. 무슨 소리를 하느냐 되묻는 것처럼 손가락으로 하준의 이마를 쿡쿡 찔렀다.

"너 같으면 지금 이 분위기에 서겠냐?"

"나, 으음, 우는 거 보면, 꼴…린댔잖아."

"그때 우는 거랑 지금 우는 게 같아?"

"뭐, 뭐가, 다른데?"

"이게 사람을 완전 쓰레기로 모네."

무겸은 기가 막힌다는 듯 코웃음을 치고, 잠깐 실눈을 뜨고 하준을 보더니 고개를 저었다.

"내가 꼴린다 해도 오늘은 안 돼. 너 컨디션 안 좋잖아."

"지금은 안 돼. 너무 늦었어. 지금은 잘 시간이지. 너는 나보다 체력도 약하잖아."

술에 취했던 그때와 비슷한 말을 한다. 티끌만큼이라도 기대하고 착각했던 것이 부끄러워 다시 떠올리기도 힘겨웠던 날의 한 장면이 불쑥 끄집어내졌다. 살짝 잦아들었던 눈물이 다시 흘렀다.

"네가 왜 쓰레기야. 그런 적 없어……."

"그만 말하고 입이나 벌려 봐. 키스해 줄게."

계속되는 울먹임 때문에 하준은 거의 딸꾹질을 하며 입을 벌렸다.

"혀 내밀어."

시키는 대로 혀를 내밀자 무겸이 몸을 일으켜 하준의 위로 상체를 굽혀 왔다. 얌전히 기다리던 혀를 부드럽게 빨아올려 삼키고 동시에 입술을 더 깊게 눌러 온다. 무겸의 입속에 갇힌 혀가 또 다른 살덩이에 점령당하고, 끄트머리와 옆과 아래까지 간지럽히듯 쓸렸다.

"흐, 응……."

간질간질, 혀만이 아니라 심장 가까운 곳에 누군가가 가느다란 바람을 불어넣어 간지럽히는 것만 같다. 전지훈련장에서 무겸이 자신의 머리를 감기고 뒤에 손을 집어넣어 체액을 씻겨 낼 때와 비슷한 기분이 된다. 섹스를 하지 않을 때 키스를 하는 것은 그가 술에 취했던 날 이후로는 처음이었다. 그리고 아마 이제 다시는 기회가 없지 않을까.

무겸이 쪽, 소리를 내며 입술을 놓아주더니 이번에는 혀를 물고 고개를 작게 움직이며 마치 구음을 할 때처럼 혀를 빨았다. 그 끝이 저릿저릿해지면서 입술과 턱까지 가늘게 떨렸다. 눈물로 흐려진 시야 위로 작은 먼지 같은 빛이 반짝이며 번져 나갔다. 벌어진 입술 사이로는 울먹임과 신음이 섞인 달뜬 목소리가 샜다.

"후으, 하."

"흥분하지 마. 오늘 안 한다."

약을 올리며 무겸이 다시 깊이 입술을 눌러 왔다. 부드러운 입술의 감촉, 혀와 혀끼리 문질러지며 피어나는 짜릿하고 간지러운 쾌감, 그러는 동안 제 목을 받친 단단한 팔, 머리를 감싸 쥐듯 놓인 커다란 손의 온기까지 하준은 무엇하나 놓치고 싶지 않았다.

한쪽 팔을 들어 무겸의 등 뒤를 감자 무겸은 마음껏 안으라는 듯 상체를 더 들어 주었다. 무겸의 품에 안겨 있느라 움직이지 못하던 남은 한 팔까지 자유로워져 하준은 힘껏 무겸을 끌어안았다.

이렇게 또 하나 사실이 추가된다. 무겸이 저를 안아 주고 키스를 해 주었다는 사실. 침대 바로 옆에 놓여 있는, 오늘 집에 들어오자마자 드러누웠던 책상이 문득 시야 끝에 잡힌다. 그것 역시 무겸이 준비해 준 것이었다.

남은 일은 이곳에서 하라며 방에 없던 책상을 놓아주고, 집에 왔을 때 입을 옷도 마련해 주었다. 그의 집에서 자고 가는 다음 날이면 아침도 준비해 주었다. 바로 그런 것들이 무겸과 하준 사이에 존재하는 '실제로 있었던 일'들이었다.

그가 저를 어떻게 생각하는지, 조금이라도 다른 마음을 가지고 있지는 않을지, 이 관계의 끝은 어떻게 될 것인지, 혹시라도 제 마음을 알게 되면 무겸이 어떻게 반응할지…….

하루에도 몇 번씩 마음을 좀먹으며 저를 지치게 만들던 생각들은 모두 하준의 상상이나 추측일 뿐 단 한 번도 사실이나 진실인 적 없는, 일어나지 않은 일에 불과했다.

꿀처럼 달콤한 키스가 계속해서 이어진다. 무겸은 마치 하준이 그만하자고 하기 전까지는 멈추지 않겠다고 말하는 것처럼 끝없이 입술을 비비고 혀를 감아 왔다. 부둥켜안은 몸의 온기, 마주친 부드러운 입술, 서로의 입속을 헤엄치는 혀가 전달하는 쾌감은 막연하고 어두운 상상과 정반대로 원색적이고 생생했다.

숨결이 가빠졌다. 무겸의 등 위에 가만히 얹혀 있던 손은 어느새 옷자락을 붙들고 그 위를 천천히 긁어내리고 있었다. 혀끝이 입천장을 문지를 때면 허리까지 움찔움찔 흔들린다. 때때로 숨통을 틔워 주는 것처럼 무겸이 입술을 놓고 고개를 들어 올리면 젖은 입술 사이의 붉은 혀는 그런 그를 붙잡으려는 듯 더 길게 내밀어지고, 무겸은 허덕대는 하준의 모습을 옅게 웃으며 내려다보다가 다시 깊숙이 입술을 눌러 왔다. 그때면 하준의 머릿속에 총천연색 불꽃이 터졌다.

"하으, 하아."

"이하준, 너 이러다 여기 설 것 같아. 오늘 안 한다니까."

"해도, 해도 되는…데, 으응."

"안 해. 네 맘대로 지른 벌이야."

아까는 멋대로 상을 주겠다더니 이제는 벌을 준다고 한다. 그러나 그런 말을 얄밉다고 느끼기에 하준의 의식은 마약을 탄 물을 채운 듯 축축하고 몽롱해져 있었다. 눈물샘은 고장 났고 판단력마저 흐릿해져, 상이든 벌이든 무겸이 저에게 준다고 하는 모든 것이 그저 좋아서 지금은 당장의 쾌감에만 빠지고 싶었다.

순간과 현실에 충실하자고 생각하며 살아왔다. 추억은 추억으로 남겨 놓고 매달리지 말자고. 포기하기로 한 것은 처음부터 내 것이 아니었다 생각하자고.

언젠가부터 하준에게 삶이란 속도를 줄이지 않고 몸과 손으로 굴려야 하는 거대한 수레바퀴와 같아졌다. 그것은 저를 굴리는 이에게 어떤 일이 일어나건 한순간도 기다려 주지 않았고 잠깐이라도 쉬려고 하면 당장 일어나라 종용하며 멈추지 않았다.

그 바퀴를 굴리는 것에만 집중하다 보면 하루하루가 지나간다. 그 하루의 조각들을 기워 엮어 일 년이 되고 인생이 된다. 하준만이 아니라 수많은 사람이 그렇게 살아가고 있기에 특별한 일도 아니었다.

지나간 빛에 미련을 가져 봤자 마음 아픈 사람은 자신이다. 당장 눈에 보이는 실물과 자신을 둘러싼 상황만을 보자고 다짐한 지 오래되었는데 왜 무겸에 대해서만큼은 그러지 못했을까. 잘못된 길을 가고 있었다.

길고 긴 키스의 한중간, 갑자기 무겸이 고개를 들더니 섹스를 할 때 자주 묻던 것과 비슷한 질문을 물어 왔다.

"이하준, 그렇게 좋아?"

눈물 때문에 그의 웃는 얼굴이 꼭 반짝이는 것처럼 보였다. 하준은 마주 웃으면서 고개를 끄덕였다.

"좋아. 너무… 너무 좋아."

사랑하는 사람들이라고 해서 항상 제게 힘이 되어 주지만은 않았다. 때로는 그들과 함께 굴려야 하는 바퀴가 너무 무거워서 그대로 놓아 버리고 싶었다. 누구든 잠깐이라도 대신 그 무게를 버텨 주었으면 바란 적이 몇 번이고 있었다.

하지만 자신이 잠시라도 손을 놓으면 그 바퀴가 제 길을 가지 못하고 비틀대다 넘어질 것을 알고 있어서, 사랑하는 이들이 그 아래 깔려 다칠 것이 뻔해서 한눈을 팔 생각도 하지 못하고 여기까지 왔다.

혼자 품어 왔던 마음을 마침내 풀어 버렸기 때문일까? 사랑을 고백했다 허무하게 차여 버린 직후, 우습게도 제 마음을 민들레 홀씨 불듯 가볍게 날려 버린 바로 그 남자의 품에서 하준은 삶을 책임지기 시작한 이래 처음으로 잠시나마 그 무게를 내려놓고 이제껏 없던 마음 편한 휴식을 즐기는 기분에 젖어 들었다.

눈을 감자 감각이 엉키며 머릿속에 숱하게 올려다보았던 화창한 하늘의 색이 퍼져 나갔다. 학교 선수로 뛰던 시절, 종일 훈련을 하고 땀에 젖은 몸을 잔디밭에 뉘어 한숨 돌릴 때면 파란 하늘을 올려다보며 런던으로 떠난 무겸을 그려 보고는 했다. 귀가 후 텔레비전이나 컴퓨터 모니터로 그가 골을 넣고 그라운드를 질주하는 모습을 보고 있자면 다음 날을 준비할 기운이 생겼다.

열심히 하다 보면 제게도 좀 더 넓은 세계로 나아갈 기회가 오지 않을까 희망도 품어 보았다. 언젠가 한 번쯤은 그의 옆에서 동료로 인정받으며 뛰어 보고 싶었다.

축구란 어쩌다 약간의 재능을 타고나 비루해질 것이 뻔했던 미래를 어느 정도 보장해 줄 만한 생계 진로의 수단일 뿐, 열정의 대상이 못 되었던 저에게 꿈이나 목표라는 것을 가지고 보듬는 법을 알려 준 이가 김무겸이었다.

열여섯 살, 안하무인격으로 굴던 소년이 갑자기 몸을 굽혀 풀린 신발끈을 묶어 주고 제 눈앞에서 승리자의 찬란함이 무엇인지 보여 주었던 그날 이후 하루도 변함없이.

무겸을 보며 내일을 준비하고 용기를 얻는 사람들이 제가 아니라도 전 세계에 셀 수 없이 많다는 것쯤은 알지만 우상을 사랑하는 일이란 본래 그런 것이다. 모두가 같이 하는 경험이라 해도 나의 것이 가장 특별하다는 달콤한 착각에 중독되어 간다.

저를 좋아하지 않아도 괜찮다. 자신의 존재를 알지도 못하던 시절부터 김무겸은 언제나 이하준에게 힘과 용기를 주는 사람이었으니까. 이긴 짝사랑은 처음부터 무겸이 모르는 일방적인 물물교환 같은 것이었다. 얻는 것 없이 사랑한 적 없다.

무겸의 키스가 영원히 이어지기를 바라면서도 하준은 그의 얼굴을 또다시 보고 싶어졌다. 양 뺨을 감싸 살짝 밀어내자 그가 웃음 맺힌 입술을 거두며 멀어진다.

"이제 질렸어?"

질렸냐니, 그럴 리가.

그러나 뭐라 대답할 여유도 없이 하준은 홀린 듯 그의 얼굴만 바라보았다. 갖가지 상념들이 머릿속을 물살처럼 흘러간다.

너한테 사랑받는 사람은 정말 행복하겠지?

좋아하지 않는 내게도 이렇게 느닷없이 다정한데 좋아하는 사람에게는 얼마나 다정할까.

그래서 어쩌면 내게도 가능성이 있는 것은 아닌가 욕심이 나고 기대를 하게 됐었나 보다. 그런데 이제 알 것 같다. 나한테는 이 정도로 충분하고 더 괴로울 필요도 없다는 걸. 잠시나마 네게 몸을 맡길 수 있다면 그 자체를 행운으로 받아들이면 된다는 걸.

처음에는 분명히 너와의 하룻밤도 깜짝 선물이라 여겼는데 사람의 욕심이란 한 방울씩 떨어져 모르는 사이 커다란 구멍을 만드는 낙숫물 같다. 그래서 무슨 일에든 초심이 중요하다고 하는 것일까. 하지만 이제는 확실하게 말할 수 있어.

너를 좋아한 것은, 네 섹스 파트너가 된 것은 내 인생 최고의 행운이야.

고백하기를 잘했어. 절대로 후회하지 않을 거야.

10년이라는 세월 동안 꽁꽁 싸매어 왔던 마음을 전했고 깔끔하게 거절당했다. 긴 시간 혼자 옹송그리며 품고 있던 마음은 막상 꺼내 들고 나니 가볍게 날아가 가슴속을 날아다니는 빛깔 고운 풍선일 뿐 저를 짓누르는 무거운 짐이 아니었다.

좋아한다고 말하고 싶었다. 말한 다음이 어떻게 되든 오늘, 그러고 싶었다.

7월 말이었다. 곧 후기 시즌이 시작된다. 11월이면 무겸의 임대 계약은 끝이 나고, 그는 지체 없이 원래 있던 자리로 돌아가 가장 치열할 시기의 전쟁에 투입될 것이다. 그때까지 하준은 더 이상 쓸데없는 생각은 하지 않을 작정이었다.

고백을 거절하면서도 무겸은 섹스까지 그만두자고는 하지 않았다. 제게 주어진 역할까지 빼앗아 가지는 않았다. 얼마나 다행인지 모른다.

하준은 무겸에게 사랑을 고백했던 이들이 맞이했던 끝을 불필요할 정도로 잘 알았다. 실연을 당한 것도 모자라 무겸의 차가운 시선을 받고 때로는 세상의 조롱거리가 되기까지 했던 많은 이들의 이야기를. 마음을 들키고 나면 저도 그렇게 될까 봐 언제나, 얼마나 두려웠던가.

무겸이 떠나는 그날까지 그와 몸을 나눌 수 있다는 사실, 늘 응원하는 그에게 조금이나마 도움 되는 존재로 남을 수 있다는 사실에 감사하며 이제부터는 당장의 현실에 충실하고 싶었다.

미련과 그리움은 다르다. 지금은 어쩔 수 없이 울지만 지나고 나면 이 시간은 분명히 남은 생을 버티게 해 줄 원동력이 되어 주리라는 것을 안다. 두 번 다시 돌아오지 않을 꿈결 같은 나날, 삶이라는 바퀴를 굴리다가 힘이 들면 한 번씩 꺼내 들고 다시 힘을 낼 수 있는 그런 추억으로. 아빠가 살아 있던 시절의 조각들을 아직도 되돌아보면 웃음이 나듯이.

〈2권에서 계속〉

하프라인 1

초판 1쇄 인쇄 2021년 11월 1일 **초판 1쇄 발행** 2021년 11월 17일

지은이 망고곰
펴낸이 이승현

웹소설 본부장 이진영
편집 최은정
디자인 윤정아

펴낸곳 ㈜위즈덤하우스 **출판등록** 2000년 5월 23일 제13-1071호
주소 서울특별시 마포구 양화로 19 합정오피스빌딩 16층
전화 02) 2179-5600 **홈페이지** www.wisdomhouse.co.kr

ISBN 979-11-6525-916-7 04810
979-11-6525-915-0 (세트)

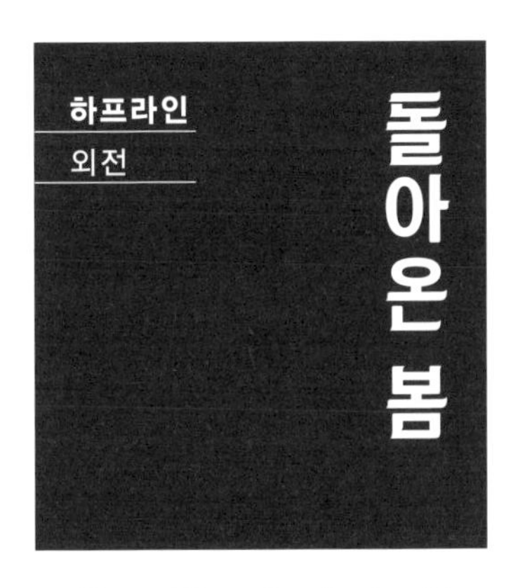

망고곰 장편소설

차례

돌아온 봄

1.

4월 말, 날씨가 맑고 훈풍이 불며 색색의 꽃이 피는 계절이었다.

서울에서 A매치 일정이 잡히며 해외파 선수 몇몇은 경기를 일주일가량 남겨 놓고 입국을 시작했다. 오늘 인천공항에는 아침부터 기자와 사람들이 북적거렸다. 오랜만에 짧은 귀국을 하는 김무겸을 맞이하려는 인파였다.

"나왔다!"

그가 게이트에 모습을 드러내자 새벽부터 공항에서 대기하고 있던 기자와 팬들이 우르르 몰려들어 개의치 않고 전진하는 그의 옆을 따라 걸었다.

"김무겸 선수, 저 지난번에도 왔었어요! 사인 한 번만요!"

"이하준 코치님, 이쪽 좀 봐 주세요!"

카메라 셔터 소리 사이사이로 마중 나온 팬들의 외침이 끼어들었다. 무겸이 손 가는 대로 펜을 집어 들어 사인을 해 주는 사이, 그와 함께 입국한 국가 대표 팀 코치 이하준은 난처함이 살짝 섞인 미소를 지으며 사람들에게 손을 흔들었다. 한 팀에서 일하고 한 집에 살며 한 명은 선수,

한 명은 스태프로서 나란히 국가 대표 팀의 일원이자 절친한 친구인 두 사람이 동반 입국을 하는 풍경은 이제 사람들의 눈에 익숙했다.

때때로 현역 시절 유니폼을 내밀며 사인을 요청하는 사람들을 만나면 하준도 웃으면서 사인을 해 주었다. 선수로 뛸 때도 공항까지 나와 주는 팬은 많지 않았는데 슈퍼스타의 동거인으로 지내는 일의 파급력은 이만저만이 아니다.

“코치님, 악수 한 번만 해 주세요!”

“어…….”

한 팬이 그렇게 외치며 손을 내밀었다. 저돌적인 공세에 당황한 하준이 짧게 망설이는 사이, 불쑥 끼어든 구릿빛 커다란 손이 그 대신 팬의 손을 잡았다.

“여기요.”

“앗, 김무겸 선수!”

사람들이 소란스러워진 사이 무겸은 재빨리 하준의 어깨에 팔을 걸쳐 제 쪽으로 끌어당겼다. 셔터 소리가 끊임없이 이어졌고, 두 사람은 인파 사이를 헤치고 공항을 빠져나와 미리 대기하고 있던 차에 올랐다.

곧바로 달리기 시작한 차 뒷좌석에서, 하준은 고개를 절레절레 저으며 생수병을 열었다.

“후우, 정신없어.”

“경기 있어서 입국할 때는 일정이 다 알려지니까 별 수 없지.”

“너는 정말 대단하다. 이런 생활을 벌써 몇 년씩 했으니.”

“하다 보면 익숙해져. 코치님은 적응력도 좋잖아? 그래도 이런 데는 너무 안 익숙해졌으면 좋겠어.”

물을 마시던 하준이 그를 흘끗 돌아보았다.

"왜?"

"익숙해지면 아까 그런 사람들 손도 다 덥석덥석 잡아 줄 거 아냐. 그러지 마. 닳으니까."

"피부 튼튼해서 안 닳아."

구박하듯 대답했지만 하준은 웃고 있었다. 둘은 운전기사의 눈을 피해 아래쪽으로 손을 잡고 서로의 손바닥과 손목을 간지럽히며 장난을 쳤다. 간지럼에 약한 하준이 결국 소리를 내어 웃어 버리는 바람에 그 장난도 중단할 수밖에 없었지만.

인천공항에서 서울로 이어지는 긴 도로를 달리는 동안 하준은 창밖을 바라보았다. 런던에서 살기 시작한 지 얼마나 지났다고, 한국의 봄이 유독 반갑게 느껴졌다.

튼튼한 나무로 만들어진 대문을 열고 들어가자 정원에도 봄이 활짝 피어 있었다. 하지만 그리운 풍경을 감상하는 것도 잠시 미루고 둘은 곧바로 집 안으로 들어갔다.

"어서 와라, 얘들아."

"엄마! 잘 지냈지?"

오랜만에 들른 집에서는 벌써부터 맛있는 냄새가 진동을 했다. 모처럼 두 아들이 돌아온다는 소식에 들뜬 어머니가 또 다 먹지도 못할 만큼 잔뜩 음식을 해 놓은 것이 분명했다. 짐을 들여놓은 하준은 예상대로의 부엌 광경을 앞에 놓고 한숨을 쉬었다.

"음식 많이 하지 말라니까. 무겸이 어차피 한국 있는 동안 식단 관리해야 돼."

"그럼 너라도 많이 먹고 가면 되지."

"엄마 힘드니까 그러지."

그러자 무겸이 등 뒤에서 불쑥 끼어들며 웃어 보였다.

"괜찮습니다, 어머니. 제가 다 먹고 갈 거니까 걱정하지 마세요."

"어머, 무겸이는 어째 키가 더 큰 것 같니? 내 눈이 이상한가?"

"정말요? 얼마 전에 쟀을 때는 그대로였는데. 크는 사람은 20대 후반까지도 큰다던데, 정말 컸나?"

하준은 두 사람의 대화를 옅은 쓴웃음과 함께 바라보았다. 운동선수 중에는 늦게까지 성장이 끝나지 않는 사람들도 흔하니 정말로 김무겸의 키가 자란 것일 수도 있지만 그보다는 엄마가 작아졌을 가능성이 더 높을 것이다.

함께 살며 매일 붙어 있을 때는 몰랐는데 1년에 몇 번 만나는 사이가 되니 볼 때마다 변하는 모습에 시간의 흐름이 실감난다. 요즘은 집에 올 때마다 조금씩 달라져 있는 엄마나 동생들의 모습에 얼떨떨할 때가 적지 않았다.

그때 문 쪽이 소란스러워졌다. 조용하던 집 안에 갑자기 활기찬 목소리가 짜랑짜랑 퍼졌다.

"오빠 왔어?"

"무겸이 형, 왔어요?"

"야. 너는 무슨 네 친형보다 김무겸 선수부터 찾냐?"

"너야말로 아직도 김무겸 선수가 뭐냐. 오빠라고 불러, 좀."

"나는 우리 오빠 아닌 남자는 오빠라고 안 부르거든?"

대학생이 되고 나서도 얼굴만 부딪치면 눈을 흘기는 쌍둥이가 앞다투어 현관으로 들어서고 있었다. 어머니가 건넨 갈비를 한입 씹어 삼킨 무겸이 끼어들었다.

“괜찮아. 오빠라고 안 불러도 돼. 나도 김무겸 선수가 더 듣기 좋아.”

“그쵸? 얘는 뭣도 모르면서.”

서로 맞장구를 치는 둘의 대화를 뒤로 하고, 하경이 미소를 지으며 하준의 앞으로 다가왔다. 대학생이 되더니 더 훤칠해진 것 같다. 하경은 이번 학기에 입대할 예정이라 휴학 신청을 하고 날짜를 기다리는 중이었다.

“형, 오랜만.”

“잘 지냈어?”

“나 머리 염색한 거 어때? 어울려?”

“그래. 어차피 곧 다 밀어야 할 텐데 지금을 즐겨.”

“아, 놀리지 마. 형들은 군대도 제대로 안 갔다 왔으면서.”

무겸이 제 입 앞까지 내밀어지는 사과를 얼른 씹어 삼키고 하경에게 말했다.

“군대 가거든 나 많이 팔아먹어.”

“말씀 안 하셔도 그러려고요.”

남동생 하경의 밝게 웃는 모습이 무엇보다 하준의 마음을 흐뭇하게 했다. 무겸과의 관계를 고백한 후 한동안 둘을 피하며 연락도 뜸하던 하경이었다.

굳이 이해해 달라 강요하거나 설득하고 싶지는 않았다. 받아들여 주길 바랐지만 거절당하더라도, 예전의 사이좋은 형제로 돌아갈 수 없다고 해도 어쩔 수 없다고 생각했다.

가족을 부양하고 동생들을 제대로 공부시켜 한 사람 노릇을 하게 하는 일이 인생의 목표였던 때도 있었다. 하지만 그 고비를 넘어선 이하준에게는 이제 더 중요한 관계, 더 큰 인생의 과업이 놓여 있었다.

하지만 결국은 이해받을 수 있을 거라고 내심 믿었기 때문에 여유를 부렸던 걸지도 모른다고, 하준은 속으로 생각하며 미소 지었다.

어린 동생은 구태여 긴 심경을 써 보내지 않았다. 어느 날 갑자기 '역시 나한테는 형이 최고야'라는 짧은 메시지를 보내왔을 뿐. 그것만으로도 하준은 더 이상 아무런 걱정이 되지 않았다.

"너희 정말 좋은 계절에 왔다. 정원 좀 봐. 요즘 정말 보기가 너무너무 좋아. 하준이는 기억하지? 마당에 있는 꽃나무."

하준의 어머니가 창문을 열었다. 한창 피어나기 시작한 라일락의 짙은 향기가 잔잔한 물결처럼 거실까지 밀려들었다. 하준은 한순간 말을 잊고 꽃향기에 감싸였다. 어릴 때 살던 집에서 사랑하는 가족들, 연인이 된 김무겸과 모두 함께 모여 있는 순간이 새삼스레 꿈만 같았다.

그때 무겸이 뒤에서 어깨를 폭 끌어안았다.

'가족들 다 있는 데서.'

깜짝 놀란 하준은 재빨리 그를 만류하려 들었지만, 가족들 앞에서는 더 이상 둘의 관계를 숨길 필요가 없다는 데 생각이 미쳤다.

사람들 앞에서 하는 스킨십은 아직 어색하지만… 이 정도는 빨리 익숙해져야겠지. 하준이 작게 헛기침을 하며 멋쩍음을 달래는 사이, 무겸은 아무렇지도 않게 하준의 어머니와 대화를 이어갔다.

"저도 봄에 정말 와 보고 싶었는데. 상상했던 것보다 더 멋지네요. 이 코치가 봄이면 정원이 멋지다고 몇 번 자랑했거든요."

"누구 덕분에 다시 볼 수 있게 됐는데 무겸이한텐 백 번 천 번이라도 고맙다고 해야지. 있는 동안 편하게 쉬다가 가. 나는 맛있는 거 많이 만들어 주는 것밖에 할 줄 아는 게 없네. 일단 짐부터 올리고, 씻고 옷 갈아입고 내려와. 저녁 먹어야지."

가족들을 뒤로하고 위층 방에 들어서자 변함없이 놓여 있는 2인용 침대가 둘을 반겼다. 하준의 시선이 짧게 방황했다.

"이제 진짜 이상하게 생각할 것 같아."

"뭐가?"

"우리 사이 얘기하고는 집에 처음 오는 거잖아. 방에 들어오니까 좀… 민망하네."

"코치님, 또 야한 생각하세요?"

"야한 생각이 아니라 자연스러운 생각이지."

하준이 투덜대는 사이 무겸은 짐을 한곳에 세워 두고 가까이 다가왔다. 하준을 끌어안은 얼굴에 작은 장난기가 어려 있었다.

"그래서 후회해? 우리 사이 밝힌 거?"

"아니. 적응을 해야 할 거 같다는 거지, 후회한다는 뜻은 전혀 아니거든."

"나도 너도 가족들도 다 천천히 적응해야지. 어쩔 수 없잖아. 살다 보면 상황은 계속 변하는 법인데 모른 척 묻어 둔다고 능사는 아니니까."

결국 하준도 픽 웃어 버릴 수밖에 없었다. 그의 말대로 묻어둔다고 해결되는 일은 아무것도 없었으니까.

본심을 숨기면 관계는 마음을 숨긴 그 자리에 머무를 뿐이다. 살다 보면 그쯤에 머무르게 하는 편이 이로운 관계가 더 많다는 생각이 들 때도 있지만 반대로 위험을 무릅쓰고라도 진심을 보여 주고 싶은 사람들도 있다. 김무겸이라든가, 가족이라든가. 무겸이 창가 앞에 섰다.

"와, 꽃이 정말 예쁘네. 한창 좋을 때 온 것 같다."

"그렇지? 그런데 해 질 때가 다 돼서 색이 잘 안 보이네. 제대로는 내일 봐야겠다."

"원래는 바로 이런 분위기에서 너 처음 만났던 때 얘기를 하고 싶었다고."

"무슨 말인지는 알겠는데, 살다 보면 상황은 계속 변하니까 어쩔 수 없지."

하준이 웃자 무겸은 다시 가까이 왔다. 둘의 입술이 소리 없이 맞닿았고, 쪽쪽 작은 소리를 내며 몇 번인가 베이비 키스를 했다.

입맞춤을 갈무리한 무겸이 조금은 조심스럽게 말을 꺼냈다.

"하경이도 이제 기분 괜찮아 보이던데."

"응. 따로 메시지도 보냈고……. 전에 보여 줬잖아."

"그럼 이제 나, 너희 가족한테 정말 환영받는 거야?"

"너는 처음부터 환영받았잖아. 하경이도 너보단 나 때문에 고민한 것 같았어."

하준은 웃으며 창밖을 내다보았다. 비쳐 들어온 노을이 얼굴 위로 졌다.

"이제 괜찮아. 나는 처음부터 별로 걱정 안 했어. 시간이 좀 필요할 뿐이지, 이해해 줄 거라 믿었거든. 단순히 남자끼리라는 이유만으로 우리를 정말 끝까지 못 받아들였으면… 내가 더 실망했을 거야."

"역시 우애가 깊어. 부럽다니까."

"부럽긴. 이제 너도 하경이 형이잖아. 너나 나나 똑같아. 민경이도 말만 저러지, 이제 너 친오빠처럼 생각해."

"아니, 하경이가 부럽다고. 너한테 이런 무한 신뢰를 받잖아. 솔직히 나는 이 코치님한테 아직 그만한 믿음은 못 받지. 아, 내 기분 맞춰 주려고 마음에 없는 소리는 하지 마. 아닌 거 다 아니까."

"아냐, 그리고 너는……!"

하준은 곧바로 반발해 목소리를 높였지만 말을 다 맺지 못하고 입만 벙긋댔다. 무겸이 그의 말꼬리를 잡았다.

"나는 뭐?"

"…사, 사랑을 받잖아……."

하준이 쑥스러워하면서도 끝끝내 말을 완성하는 동안, 무겸은 유심히 귀 기울이다가 마지막에서야 환하게 웃었다. 하준을 꼭 끌어안으면서 졸라댄다.

"와, 다시 말해 줘. 응? 한 번만."

"됐어. 툭하면 가지가지로 엄살이야. 두 번은 안 해."

장난스레 티격태격하던 목소리는 곧 웃음으로 변했다. 기어코 제가 듣고 싶은 말을 또 한 번 얻어낸 무겸이 신이 나 쪽쪽 입을 맞추는 소리도 몇 번씩 귀를 간지럽혔다. 그러고 나니 역시나 1층에 있을 가족들이 의식되어 함께 작게 웃고는 옷을 갈아입기 시작했다.

반가운 풍경은 집에만 있지 않았다. 오랜만에 방문하는 국가 대표 트레이닝 센터는 매년 변함없이 좋은 의미로 사람을 들뜨게 만들었다. 자주 만나기 힘든 동료들과 어제 본 사이처럼 인사를 나누고 있자면 시간이 되돌아간 기분에 멀리 떠나 지내고 있다는 사실도 잠시 잊힌다.

"잘 지냈냐? 표정 좋아 보이네."

오랜만에 만난 친구의 안부 인사에 하준은 활짝 웃으며 대답했다.

"그럼. 우리야 항상 잘 지내지. 너도?"

"응. 희망이 이제 어린이집 다니는데, 거기 원복이 진짜 귀여워. 볼래?"

"됐어."

"너한테 말한 거 아니고 하준이한테 말한 거야, 짜샤."

인사를 나누던 중에 툭 끼어든 무겸과 정규는 만나자마자 입씨름이었다. 전화나 메신저로야 자주 연락하지만 실제로는 근 반년 만에 만난 정규는 여전했다.

연일 화창한 봄날, 모처럼 방문한 파주 훈련장에서 셋은 청소년 팀에 속한 학생들이라도 된 것처럼 옹기종기 모여 수다를 떨고 있었다. 비록 그 화제는 이제 학생과는 거리가 멀어졌지만.

"희망이가 말야. 벌써 공 차고 잡는 자세가 나온다. 하… 결국 아빠의 재능을 물려받은 잘못으로 이 힘든 길을 가게 해야 하는 건지……."

"아직 만으로 세 살도 안 되지 않았냐?"

감상에 잠길 시간도 주지 않고 구박을 날리는 무겸에게 정규도 굴하지 않고 눈을 흘겼다.

"될성부른 나무는 떡잎부터 안다는 말 몰라? 하준아, 어때? 희망이 지금부터 축구 영재 교육을 시켜야 할까?"

"아니. 더 잘하는 일을 찾을지도 모르는데 서두르지 마. 유소년 팀에서 가르칠 때 느낀 건데, 애들 일은 정말 몰라."

"봤지? 이 코치님 말 들어라. 이 코치만한 코치가 어딨냐."

"그렇긴 하지……. 코치를 넘어서서 거의 인간 교정사지. 김무겸도 사람 만들었는데."

발끈한 무겸이 뭔가 한마디를 더 하려고 했지만 감독이 소집을 명했다. 예전이라면 말려야 하나 고민도 했겠지만 두 사람이 말싸움을 하는 풍경도 하준은 그저 반가웠다. 이제 각자의 자리를 찾아 가야 할 때였다.

"이따 봐."

하준이 속삭이자 무겸의 입 끝이 씩 올라가며 호쾌한 미소가 돌아왔다. 하준은 얼른 호루라기와 타이머 등을 챙겨 스태프들이 모인 자리로 달려갔다.

스트레칭과 러닝으로 시작한 훈련은 곧 본격적인 실전 준비와 발맞추기로 들어갔다. 조금 전 동료들과 수다를 떨 때만 해도 싱글벙글 웃고 있던 하준의 표정 역시 진지해져서, 선수들에게 지시를 내리고 독려하느라 바빴다.

"좋아! 힘 빠진다고 마무리 놓치지 말고 끝까지 간다!"

오랜만에 호흡을 맞추는데도 한 번 드높아진 국가 대표 팀의 팀워크는 쉽사리 약해지지 않았다. 새로 선발된 선수들의 실력도 좋아서, 이대로라면 당장 앞둔 친선전은 물론이고 3년 후를 또 한 번 기대해 봐도 좋을 것 같았다.

피지컬과 테크니컬 트레이닝까지 끝나고 연습 게임으로 넘어가자 감독은 하준을 비롯한 몇몇 코치를 소집했다. 전달 사항을 듣기 위해 잠시 실내 사무실로 모였다. 감독을 중심으로 원형으로 모여 앉아 이번 경기의 훈련 전략에 대해 들으면서도 하준은 창밖으로 살랑살랑 흔들리는 연두색 이파리에 종종 눈길이 끌렸다. 여기저기 피어난 봄이 자꾸만 마음을 들뜨게 한다.

'오늘은 퇴근하면 바로 집에 가서 무겸이랑 어제 못한 꽃구경이나 실컷 해야지.'

수업 시간에 딴생각을 하는 아이처럼 속으로 웃음을 삼키려니 어느새 짧은 전략 회의도 마무리 단계였다. 다들 몸을 일으켜 자리를 정리하는데 갑자기 문이 벌컥 열렸다.

고개를 돌리자 숨을 가쁘게 몰아쉬는 정규가 서 있었다. 스태프 회의 중에 노크도 없이 문을 열 사람이 아닌데 무슨 일일까. 심상치 않은 분위기에 하준이 미간을 살짝 모았다.

"정규야, 왜 그래? 무슨 일 있어?"

마음이 급한지 손짓부터 하던 그는 대뜸 반말로 목소리를 높였다.

"얼른 나와 봐! 김무겸이 조금 다쳤어."

"뭐?"

하준은 물론 다른 스태프들도 사색이 되었다. 이 중요한 시기에 김무겸이 부상을 입는다면 국가 대표 팀과 그린포드 양쪽에 큰 사고였다.

하준과 정규가 가장 앞서서 나란히 복도를 달렸다. 정규가 뛰어가면서 바삐 설명했다.

"훈련 중에 선 지키라고 아무리 말을 해도 놈들이 들어 처먹어야지. 공중볼 경합하던 중에 한놈이 떨어지는 바람에 무겸이도 같이 넘어졌어."

정규의 말에 답할 틈도 없었다. 설명이 끝났을 때쯤 둘은 이미 건물을 빠져나와 훈련장에 나와 있었고, 하준의 시야에 골대 근처에 모여 있는 사람들이 들어왔다. 그들 틈새에 쓰러져 있는 김무겸의 모습도.

다쳤다는 말에 골절이나 열상 같은 외부적 부상만 생각했던 하준의 눈이 한층 커졌다. 창백해진 얼굴로 더 속도를 내 달려가며 외쳤다.

"김무겸!"

하준의 목소리에도 무겸은 눈을 감고 아무런 대답이 없었다. 술렁이는 선수들 사이에서 의료팀원들이 그를 들것에 옮겼다.

"골대에 머리를 부딪혀서 뇌진탕을 일으킨 것 같은데, 다른 외상은 없는 것 같으니 빨리 병원으로 옮기고 지켜봐야겠습니다."

하준은 반사적으로 고개를 끄덕이면서, 절박한 눈으로 그들을 바라볼 뿐이었다.

"네, 알겠습니다. 큰일은 없겠죠?"

"호흡은 정상이고 응급처치도 곧바로 했습니다."

뒤에서 정규가 소리 높여 화를 내고 있었다. 공중볼을 욕심내다가 무겸에게로 떨어졌다는 선수에게 꾸중을 하는 분위기였다. 선수들이 고개를 푹 숙이고 어쩔 줄 몰라 하는 모습이 스쳐 보였다.

하지만 하준은 무슨 이유에서건 다른 사람을 신경 쓸 겨를이 없었다. 병원에 따라가겠다 감독에게 허락을 받고 서둘러 차에 올라타는데 걱정이 되었는지 정규도 뒤따랐다.

"너무 걱정 마, 하준아. 괜찮을 거야."

"응."

축구 경기나 훈련 중에 머리를 부딪히거나 추락하는 사고는 위험하면서도 흔하다. 축구 선수라면 누구나 충격을 받고 쓰러졌을 때의 응급처치 방법을 숙지하고 있을 정도로.

훈련 중 사고가 정말 위험한 단계로 진행되는 경우는 소수다. 하준도 이론은 알고 있었지만 정작 무겸이 의식을 잃고 쓰러진 모습을 보자 가슴부터 머리까지 바싹바싹 타 들어가는 것만 같았다. 하준은 얼굴을 한 번 쓸어올리고, 여전히 눈을 뜨지 못하는 무겸을 애타게 내려다보았다.

무겸은 멍하니 눈을 깜박였다.

정신이 든 그를 맞은 것은 기억에 없는 장소였다. 살풍경한 흰 천장을 바라보다가 시선을 이리저리 돌리며 상황을 살피기 시작했다. 누워 있는 침대는 병원에서나 쓸 법한 멋 없는 모양새였고, 마찬가지로 병원에서 쓸 것 같은 커튼이 어설프게 시야를 가리고 있었다.

'병원? 훈련 중에 무슨 일이라도 있었나.'

모든 것이 낯선 가운데 커튼 건너편에서 들리는 목소리만이 귀에 익었다. 질긴 인연의 친구, 임정규의 목소리였다.

무겸은 지친 한숨을 내쉬면서 커튼을 열어젖혔다. 정규가 깜짝 놀라며 고개를 돌렸다.

"어, 김무겸! 깼냐?"

"뭐야……? 여긴 어디야. 무슨 일 있었어?"

"어디긴 임마, 병원이지. 너 아까 훈련장에서 머리 박고 쓰러져서 기절했어. 괜찮냐? 머리는 좀 어때?"

"기절했었다고? 내가?"

정규와 함께 침대 근처로 다가온 간호사가 몸을 일으키려는 무겸을 다급하게 제지했다.

"잠깐만 일어나지 말고 기다리세요. 몇 가지 더 확인할 게 있으니까."

갑작스러운 상황에 무겸은 다소 불만스러운 듯 뚱하니, 하지만 말없이 간호사의 지시에 따랐다. 다시 침대에 드러눕는 무겸의 옆에서 정규가 고개를 끄덕였다.

"그래, 기다려 봐. 하준이도 불러올게. 의사가 불러서 잠깐 나갔어."

"뭐? 아, 그래……."

문을 벌컥 열고 나가는 정규의 뒷모습을 무겸은 멀뚱히 바라보았다. 얼마 지나지 않아 다시 문이 열리더니 이번에는 의사와 하준이 함께 들어왔다.

무겸의 시야에 가장 먼저 잡힌 것은 하준의 표정이었다. 그는 누구보다 황급하게 무겸에게로 다가와서, 누워 있는 무겸 옆에 무릎을 굽혀 눈높이를 맞추며 물었다.

"무겸아, 괜찮아? 정신 들었어?"

"음? 어……."

"하… 그래도 금방 깨어나서 다행이다. CT 대기하고 있어. 조금만 쉬다가 촬영하러 가자."

만면에 불안과 걱정이 가득한 하준과 달리 무겸의 표정은 낯설고 신기한 것이라도 보는 양 멀뚱멀뚱했다. 그는 하준이 아니라 정규에게 시선을 힐끔 넘기며 말했다.

"이 코치까지 따라왔어?"

하준은 한숨을 내쉬었다.

"당연하지, 무슨 소리야. 두통은 없고? 다른 아픈 데는?"

"조금 욱신거리긴 하는데 심하진 않아."

"정말 다행이다. 목이나 두개골에는 이상 없는 것 같대. 그래도 정밀검사도 해 봐야지."

하준이 그제야 마음이 놓이는지 옅게나마 미소를 지었다. 무겸은 그런 그를 여전히 가만히 바라보다가, 뒤늦게 미소에 응답하는 것처럼 피식 웃으며 대답했다.

"의료 팀도 아닌 이 코치까지 따라올 일은 아닌 것 같은데. 어쨌든 걱정해줘서 고맙다."

"…응?"

"음? 너 왜 그러냐? 꼭 남한테 말하는 것처럼."

둘의 대화를 듣고 있던 정규가 끼어들었다. 무겸은 별소리를 다 듣는다는 듯 눈썹을 치켜올렸다.

"코치면 남이지. 같은 팀에서 일한다고 다 가족처럼 생각이라도 해야 되냐?"

“뭐?”

하준과 정규의 입에서 거의 동시에 반문이 터져나왔다. 정규가 너 무슨 말을 그렇게 하냐며 잔소리를 시작하려는데, 하준이 갑자기 엉뚱한 질문을 던지며 선수를 쳤다.

“김무겸, 너 지금 소속팀이 어디야?”

“뻔한 걸 왜 물어? 지금은 시티서울 소속이지. 원래는 그린포드고.”

“허? 야, 너 지금.”

“정규야, 잠깐만.”

황당해서 말을 얹으려 드는 정규를 하준은 잽싸게 말렸다. 그의 머릿속이 빠르게 복잡해졌다.

김무겸이 시티서울의 임대 선수 신분이었던 것은 벌써 2년 전의 일이다. 1년간의 임대를 마치고 그린포드로 복귀해 한 시즌을 마친 것이 작년. 올해 하준은 그린포드에서 두 번째 시즌을 보내는 중이었다.

생각할 수 있는 가능성은 명확하게 한 가지다. 경기나 훈련 중에 추락이나 충돌로 뇌진탕을 일으키는 선수가 드물지 않은 만큼, 이런 사례가 발생할 수 있다는 것도 이론으로는 배웠다. 하지만 그게 저와 김무겸의 이야기가 될 줄은…….

‘일단 침착하자.’

상황을 알면 제일 당황할 사람은 무겸이니까 다른 사람들이 우왕좌왕 놀라게 하면 안 된다. 그렇게 생각하며 빠르게 마음을 다스리려는데 정규가 걱정스레 물었다.

“하준아, 괜찮냐? 너 손 떨리는데.”

“응? 아… 괜찮아.”

하준은 어느새 살짝 떨리고 있는 손을 서로 맞잡고, 심호흡을 한 뒤 다시 무겸에게 물었다.

"김무겸, 너 지금 몇 살이야?"

"스물여섯."

그 대답에는 정규조차 아연해졌다. 더 이상 질문도 없이 무거운 적막이 흐르자 무겸은 의심스럽다는 표정으로 둘을 번갈아 살피더니, 마뜩잖은 듯 눈살을 찌푸리고 빈정거렸다.

"왜 자꾸 이런 걸 물어보는데? 설마 삼류 소설처럼 머리 부딪혀서 기억상실 같은 게 생겼다고 하려는 건 아니지? 너희들 이러기냐? 요즘 그런 건 몰카로도 안 써먹어."

"두부 충격으로 인한 기억장애입니다."

"하, 정말 어이가 없어서……."

의사의 진단에 무겸은 어처구니없음을 감추지 않고 후우, 크게 한숨을 쉬었다. 하지만 의사는 환자의 이런 반응에도 익숙한 듯 대꾸도 없이 하준과 정규만 바라보며 설명을 이었다.

"드물지 않게 발생하는 일이니까 지레 걱정하기보다는 기다려 봅시다. 일시적일 가능성이 높기도 하고요. 검사 결과 다른 외상이나 이상은 없으니까 지켜보기로 하죠."

"다른 주의사항이나 치료에 도움이 될 만한 방법은 없나요?"

"오늘 하루 정도는 안정을 취하시고, 기억을 자극할 만한 일이나 물건이 있다면 환자에게 보여 주고 이야기를 나눠 보세요. 아, 지나치게 자극적이거나 충격적인 일이 아니라 일반적인 부분에서요. 가능하면 평소랑 똑같이 생활하면서 일상의 감각을 유지하는 게 좋습니다. 두부 충격에 의한 단기적인 기억 장애는 시간이 지나면서 자연스럽게 돌아올 때가 더 많아요."

"안 돌아오는 경우도… 있나요?"

그러지 않으려고 애써도 어쩔 수 없이 말끝에 불안이 묻는다. 침착한 척하지만 동아줄을 붙잡는 심정일 하준을 정규가 안타까운 눈초리로 바라보았다.

"간혹 있습니다만 극소수니까 너무 걱정 말고, 일단은 환자의 안정에 집중하는 게 좋겠습니다."

"네, 감사합니다."

무겸의 안정과 사생활 보호를 위해 빈 병실 하나를 빌린 상태였다. 병원에서는 입원을 하거나, 통원을 원한다면 하루 정도는 간호인과 함께하고 조금이라도 이상이 느껴지면 곧바로 비상 연락을 취하라며 번호를 안내해 주었다. 당사자도 입원을 하기보다는 병원 밖에서 쉬기를 원해서 오늘은 퇴원할 생각이었지만 조용히 이야기를 정리하기에 지금의 병실만큼 좋은 공간은 없을 것이다.

하준과 무겸 두 사람만 이야기할 시간이 필요하다고 생각한 듯, 정규가 전화기를 꺼내 보이며 둘에게 일렀다.

"그럼 일단 감독님한테 전화 좀 드리고 올게. 얘기 나누고 있어."

"응, 부탁해."

정규까지 병실을 나가자 드디어 무겸과 하준 둘만이 남았다.

하지만 둘 중 누구도 선뜻 이야기를 시작하지 못했다. 하준은 무슨 말부터 해야 할지 머리가 복잡했고, 무겸 역시 특별히 할 이야기가 생각나지 않는지 무뚝뚝한 표정으로 앉아만 있다가 먼저 입을 열었다.

"무슨 일인데?"

"어?"

"이 코치, 아까부터 내 보호자처럼 굴잖아. 내 머리가 지금 좀 이상해진 건 알겠는데, 무슨 일인지 설명은 해 줘야지."

"응, 잠시만. 나도 지금 생각 정리 중이거든."

하준은 입 안쪽 살을 잘근거렸다. 김무겸의 기억은 시티서울에 막 임대해 왔던 시기 초반으로 돌아갔다. 박준성 감독이 뇌출혈로 쓰러졌던 것도 기억하지 못하고, 하준과는… 잠깐 인사를 나누고 한 팀에서 일하게 된 동갑내기 코치와 선수. 그 시점에 멈춰 있었다.

그러니 무겸으로서는 제게 할 말이 없을 것이고, 하준은 변한 상황을 어떻게 납득시켜야 할지 난감했다.

어디서부터 설명해야 하지? 대뜸 사귀는 사이라고 해도 안 믿을 텐데. 일단 그 이야기는 미뤄 두고 적당히 둘러대는 게 나을까?

하준이 열심히 고민하는 사이 무겸은 슬슬 침묵이 지루해진 듯 허공 여기저기 시선을 돌리다가 물었다.

"뭐, 할 이야기 더 없으면 슬슬 나갈까? 퇴원해도 괜찮다는데."

"아, 그런데 아직 정규가……."

"임정규도 근처에 있겠지."

무겸이 의자에서 일어섰다. 몸을 일으킨 그는 곧바로 걸음을 옮기지 않고 우뚝 가만히 서 있었다. 현기증이라도 나는 건지, 아니면 제 상태를 스스로 가늠하는 중인지 잘 구분이 가지 않았다. 하준도 얼른 일어서서 그의 곁에 다가갔다.

"괜찮아? 혹시 어지러워?"

무겸은 대답 없이 걱정 가득한 하준의 얼굴을 빤히 마주 응시했다. 다소 침울해진 하준과 대조적으로 무겸은 말도 표정도 없었다. 하지만 그 나름대로 상황을 파악하느라 노력 중인 것만큼은 분명했다.

머리를 부딪혀 쓰러진 사람은 김무겸인데 왜인지 하준은 제 쪽에서 현기증이 나는 것만 같았다. 무겸이 이렇게 무뚝뚝하고 방어적인 표정으로 저를 보는 것이 너무 오랜만이라 기분이 이상하다. 지금이라도 사실은 장난이었다며 평소처럼 웃을 것만 같았다.

…이런 망상이나 하고 있을 때가 아닌데. 김무겸한테 상상하는 버릇이 옮았나. 하준은 마른침을 한 번 삼키고 무엇이든 말을 더 잇기 위해 입을 열었다. 하지만 다른 사람의 목소리가 먼저 끼어들었다.

"검사 결과 이상은 없다고 말씀드렸어. 와 보신다고 하는 걸 의사가 안정 취하라고 했다니까 일단 오늘은 푹 쉬고 내일 아침에 보자신다."

정규가 문을 열고 들어왔다. 감독의 전언을 전한 그는 서로를 곧 끌어안기라도 할 것처럼 가까이서 마주 서 있는 무겸과 하준을 바라보고, 눈을 크게 뜨며 반색했다.

"아, 너희 사귀는 사이라는 얘기 했어?"

"뭐?!"

무겸이 깜짝 놀라며 목소리를 높였다. 하준의 눈도 휘둥그레지고, 분위기를 착각하고 성급하게 말실수를 했음을 깨달은 정규가 제 입을 턱 틀어막았다.

"야, 임정규. 너 미쳤어?"

"미안, 하준아……. 내가 말실수한 거지?"

펄펄 뛰는 무겸은 본체만체 정규는 하준만 바라보며 어찌할 바 몰라 했다. 하지만 하준은 오히려 어깨에서 힘을 빼고 안도의 한숨을 내쉬었다. 긴장을 터뜨려준 정규가 차라리 고마웠다.

“아니야. 어차피 말하려 했으니까.”

저만 빼놓고 이루어지는 대화에 무겸은 더 화가 난 듯 미간을 크게 찌푸렸다.

“너희 지금 뭐 하냐? 이때다 싶어서 장난이나 치고 말야. 임정규 너는 10년지기 친구가 골대에 머리 박고 기억이 없어졌다는데 그러고 싶냐?”

“아냐, 인마. 진짠 걸 어쩌라고.”

우물쭈물 답하는 정규에게 무겸이 또 뭔가 따지고 들려던 때 하준이 끼어들었다. 하준은 무겸을 가로막고 정규의 어깨를 툭툭 두드리며 그를 문 쪽으로 이끌었다.

“정규야, 오늘은 내가 마저 정리할게. 오늘은 일단 돌아가고 나중에 더 얘기하자.”

“미안하다, 하준아. 내가 너무 성질 급하게.”

“아냐. 조심해서 들어가. 오늘 같이 와 줘서 고마웠어.”

정규는 난처해하면서도 도망치듯 잽싸게 자리를 피했다. 문을 닫자 또다시 병실에는 둘만 남았다.

하준은 깊게 심호흡하고 몸을 돌렸다. 무겸은 여전히 어이없고 화가 난 표정으로 하준을 바라보고 있었다. 아무 말 없이 진지한 눈빛으로 마주보고 있자니 무겸은 숫제 시비조로 입을 열었다.

“왜 무게를 잡아? 너까지 임정규 장난에 장단 맞추려고?”

“장난 아니야. 정규 말이 맞아.”

“이 코치님.”

“물론 지금 네가 받아들이기 힘든 이야기인 거 알아! 우리 처음 만났을 때쯤에는 별로 친하지도 않았고, 너는 한 번도 남자한테 관심 가져 본 적 없으니까. 그래도.”

하준의 말은 무겸의 웃음소리에 끊어졌다. 무겸은 알았으니 이제 그만하라는 듯, 어린애 장난에 당한 사람처럼 쓴미소를 짓고 있었다.

"도대체 너까지 왜 그러냐? 이 코치, 진지한 사람으로만 봤는데 시침 뚝 떼고 농담도 할 줄 아네. 임정규랑 짜고 이러는 거 다 알아."

그러고는 혼자 뭔가 생각하며 고개를 끄덕이더니 왜인지 홀가분한 표정이 된다. 뾰루퉁한 비웃음을 담고 있던 표정이 설핏 눈을 굽히더니 씩, 담백하면서도 매혹적인 미소로 변했다. 저를 떠본다며 처음 키스를 해 왔을 때쯤 간혹 보여 주던, 언뜻 상냥해 보이지만 냉담한 미소였다. 그때는 잘 몰랐는데 오랜만에 다시 마주치니 요즘 보여 주는 웃음과는 많이 다르다.

어색하고 싫냐면 그렇지는 않다. 오히려 갑작스레 저를 향한 잘생긴 표정에 하준은 상황에 맞지 않는 주책이라 생각하면서도 살짝 설레고 말았다.

"그래도 차라리 이 편이 낫네. 나는 그동안 이하준 코치가 왜 이렇게 나만 살살 피해 다닐까? 내가 엄청 맘에 안 드나? 그렇게 생각했었거든."

"아… 그랬…어?"

"이러고 있으니까 너랑도 동갑이란 실감이 든다. 알았다, 알았어. 이제 농담 그만하고 진짜 말해 봐. 우리가 그동안 좀 친해졌어?"

말로는 도저히 통할 분위기가 아니었다. 의사가 충격 주지 말라고 했는데……. 조금 걱정이 되었지만 하준은 별수 없이 손을 내밀었다.

"김무겸, 네 휴대폰 좀."

"내 폰? 자."

무겸이 제 옆에 놓여 있던 휴대폰을 넘겼다. 하준은 말없이 비밀번호를 터치해 둘만이 공유하고 있는 비밀 폴더를 열었다. 그것을 무겸에게 다시 내미는 하준의 표정은 꽤 비장했다.

“여기부터 봐.”

“뭐야, 너. 내 폰 비번은 어떻게…….”

무겸은 의아한 눈빛으로 휴대폰을 받아들어 시선을 쓱 내렸다. 무심하던 표정에 순식간에 놀라움이 들어차고 눈동자가 커다래졌다. 입까지 살짝 벌리고 말없이 화면을 바라보는 모습을, 하준 또한 덩달아 긴장해서 지켜보았다. 혼잣말처럼 흘러나오는 목소리는 조금 떨리고 있었다.

“뭐야, 이게……. 이거 너야? 나랑, 너라고……? 뽀… 입술 부딪히고 있는데?”

“그러니까 말했잖아.”

“사진이 대체 몇 장이야……. 아니, 이하준. 이건 뭐야? 너 왜 이런 걸 찍게 놔두는데?”

무겸이 한층 놀라며 언뜻 보여 준 사진은 침대에서 찍은 사진이었다. 허벅지에 정액을 흩뿌린 상태로 누워 있는 제 모습을 하준은 아무렇지도 않게 바라보았다. 보통은 몸속에서 절정을 맞길 좋아하는 무겸이지만 가끔 저렇게 제 피부 위에 사정할 때도 있었는데, 자주 있는 일은 아니다 보니 같이 키득대다가 몸에 그림을 그린 기념이라며 사진으로 찍었다.

사진을 앞두니 그날 밤 제게 입 맞추던 김무겸의 목소리나 웃음소리, 함께 몸을 맞대고 느끼던 체온이나 맨살의 촉감이 저절로 떠오른다. 남는 건 사진이라던 무겸의 말이 틀리지 않았나 보다.

“네가 찍고 싶다고 해서.”

“미친놈 아냐?”

하준의 간략하고 무덤덤한 대답에 무겸은 혼잣말처럼 그렇게 중얼거리더니, 제 말에 스스로 당황한 듯 다시 하준 쪽으로 고개를 돌렸다.

"아니, 이하준. 너한테 한 말 아냐."

"……."

"하, 그만 봐야지. 깜짝 놀랐네."

무겸은 휴대폰을 내려 들고 눈을 감았다. 미간을 설핏 찡그리고 고개를 부르르 흔드는 표정은 끔찍한 장면을 본 뒤에 기억을 소거하고 싶은 사람처럼 심각했다.

충격받을 거라고 예상은 했지만 저렇게까지 보기 싫어할 줄이야……. 충분히 그럴 수 있다고 생각하면서도, 혐오스러운 장면이라도 본 것처럼 얼굴을 찌푸리는 반응에 어쩔 수 없이 마음이 조금 언짢아진다. 그런 하준의 속내를 알 리 없는 무겸은 이제 기가 막힌다는 표정으로 눈매를 날카롭게 떴다.

"너 보기보다 성격이 허술하다. 요즘 세상이 얼마나 무서운데 이런 사진을 태평하게 남의 폰에 저장해 놨어?"

"얼굴도 안 나왔는데 그 정도로 뭘. 네 사진도 내 폰에 많아."

"뭐?"

처음보다 도리어 담담해진 하준에 비해 무겸은 또 한 번 놀란 듯 눈을 크게 떴다. 하지만 뭔가 납득되는 지점이 있는 듯 곧 고개를 끄덕인다.

"아, 서로 배신 못 하게 미끼 잡고 있는 거야? 여차할 때 터뜨리기용?"

"도대체 무슨 소리야? 됐어, 사진 얘기는 그만해. 의사가 너무 자극적인 일은 얘기하지 말랬는데……. 어쨌든 이제는 알겠지? 너랑 나 사귄다는 말, 진짜라는 거."

"진짜 사귀는 사이 맞아? 사진 얘기 들어 보니 상당히 계산적인 사이 같은데."

"네가 먼저 찍자고 했거든?"

증거를 보여 줬는데도 계속 의심을 받자 하준의 말투는 이제 거의 퉁명스러워지고 있었다. 기억나지 않는 제 행동에 그다지 떳떳한 점이 없다고 판단한 듯, 무겸은 멋쩍게 헛기침을 한 번 하더니 화제를 바꿨다.

"더 얘기해 봐. 아직은 잘 믿기지가 않아. 조금 전에 했던 얘기 정리하자면 지금은 벌써 내가 서울에 임대를 왔던 때부터 2년이나 지났고, 월드컵도 끝났고, 그런데도 우리가 아직 사귀고 있다는 거야? 원거리 연애로?"

"원거리 아냐. 나도 그린포드 코치로 일해."

"뭐? 네가?"

"응, 네가 자리 마련해 줘서. 그리고……."

무겸이 또 한 번 충격을 받을 것임을 직감하고, 하준은 작게 심호흡한 뒤 말을 이었다.

"우리 같이 살아."

예상대로 무겸은 곧바로 대답이 없었다. 그렇다고 조금 전처럼 눈을 크게 뜨거나 외마디로 반문하며 놀라지도 않고, 힘 빠진 눈으로 무표정하게 하준을 마주 보더니 한 박자 늦게 정신이 들었는지 가볍게 손을 들어 올렸다. 두통이라도 느끼는 듯 미간을 옅게 찌푸리고 관자놀이를 짚는다.

"…음, 잠깐 기다려 봐. 머리 복잡하니까 차례대로."

"응."

"일단 궁금한 게 있는데… 어떻게 사귀게 된 거야? 먼저 사귀자고 한 사람은 누군데?"

"글쎄. 사귀자고 말하고 사귀기 시작한 건 아니라서."

"먼저 좋아한다고 고백한 사람이라도 있을 거 아냐."

"아."

기억이 백지가 된 무겸을 상대로 지나간 이야기를 하려니 새삼스럽게 부끄러워진다. 하준은 눈가와 뺨이 뭉근히 달아오르는 것을 느끼며 시선을 피했다.

"고백은… 내가 먼저."

대답이 떨어진 직후 잠깐의 침묵이 찾아왔다. 무겸은 아무런 말도 없었지만 그의 표정이 대신 반응하고 있었다.

불쾌한 듯 좁아졌던 미간이 서서히 펴지더니 눈이 살짝 커졌다가 다시 가늘어졌다. 그러고는 갑자기 뭔가 흡족한 듯 턱을 살짝 치켜들고 어깨를 펴며 미소를 짓는다. 그 미소에는 하준에게도 익숙한… 거만함이 설핏 어려 있었다.

"아~ 이 코치가 먼저?"

"그랬…지."

"얌전해만 보였는데 먼저 고백을 했단 말야?"

말투에 감추지 못한 흥이 배었다. 무겸은 이제 입을 살짝 가리고 피식피식 웃고 있었다. 웃음을 참으려고 하는데 어쩔 수 없이 새어 나오는 것 같기도 했다.

"뭐라고 했는데?"

"특별한 말은 안 했어. 그냥, 좋아한다고."

"그래? 와… 이 코치가 나한테 제대로 빠졌나 보네. 남자 대 남자 사이에서 먼저 좋아한다고 말하는 게 그렇게 쉬운 일은 아니잖아."

그 반응에 하준은 이제 와서 무겸이 의심스러워졌다. 김무겸이야말로 기억을 잃은 척 장난을 치고 있는 건 아닐까?

"너 진짜 기억 없어진 거 맞아? 혹시 장난치는 거 아니지?"

"이런 일로 누가 장난을 쳐. 빨리 얘기나 더 해 봐. 왜 나 좋아하게 됐는데? 무슨 이유가 있을 거 아냐."

"그게 지금 뭐가 중요해서."

"아까 의사 하는 말 못 들었어? 기억을 자극할 만한 일이나 물건이 있으면 환자한테 보여 주고 이야기를 나눠 보라잖아. 사진 보여 줬으니까 이야기도 풀어 봐야지."

틀린 말은 아니었지만 옛날이야기를 구구절절 풀어야 하는 민망함은 여전했다. 하준은 무슨 말로 설명을 시작할지를 고민하다가 입을 열었다.

"옛날부터 좋아했어. 현역 시절부터. 처음부터 지금처럼 좋아했던 건 아니고, 원래는 그냥 네 팬이었는데."

"내 팬? 네가 내 팬이었다고?"

사사건건 말을 끊으니까 좀 번거롭다. 하준은 말투에 힘을 실어 대답했다.

"응, 그랬는데! 네가 서울에 임대를 오는 바람에 같이 일을 하게 됐잖아. 그래서 지금 같은 사이가 된 거야."

"요약정리가 뭐 이래? 중요한 내용이 다 잘렸잖아. 내가 기억하는 이하준 코치는 나 피해 다니기만 하고 쌀쌀맞았거든. 그럼 뭐야. 내가 좋아서 일부러 쌀쌀맞게 군 거야? 쑥스러워서?"

"그래……. 내가 너 좋아해서 피해 다니기도 하고, 먼저 들이대고, 고백도 하고, 쫓아다니고, 사귀자고 졸라서 사귀게 됐다. 이제 됐지?"

하준이 힘없이 빈정거리며 줄줄 내뱉는데도 무결은 전혀 신경 쓰지 않는 기색이었다. 그는 여전히 피식피식 웃으며 중얼거렸다.

"아무리 그래도 그렇지, 내가 남자랑? 그것도 2년이나? 잠깐, 아까 그 사진들 생각하면… 그럼 우리, 잠도 자?"

"잠 안 자는 사람이 어딨어."

"내숭은……. 그 잠 말고, 섹스."

아. 하준이 말뜻을 알아듣고 당황하자 무겸은 대답하기도 전에 손사래를 쳤다.

"아니야! 말하지 마. 아직 거기까지 받아들일 준비는 안 된 것 같으니까. 이건 나중에 얘기하자."

"…응."

"서울에서 살던 집도 처분했겠네. 나 어디서 숙박하고 있어? 호텔?"

"음, 그게… 원래는 우리 집에 묵기로 했었는데."

"너희… 집?"

"지금 너 보면 가족들이 당황할 것 같아. 가족들 놀라면 너도 불편할 거고. 오늘은 네 말대로 가까운 호텔에서 자는 게 좋겠다."

그 말에 무겸은 또 한 번 놀란 목소리를 높였다.

"잠깐, 가족이라고? 내가 너희 가족이랑도 얼굴 보면서 지내는 사이야?"

"긴 이야기는 천천히 하고 일단 돌아가자. 계속 병실에서 얘기할 순 없잖아."

"너도 자고 가게?"

"그래야지. 너 오늘 혼자 자면 안 돼. 의사도 하룻밤 정도는 지켜보랬어. 여기, 네 소지품."

검사를 받는 동안 대신 보관하고 있던 소지품 몇 가지를 건넸다. 휴대폰은 무겸이 가지고 있었지만 지갑이나 자동차 키 같은 물건들은 아직이었다.

무겸은 남은 물건들을 받아 들더니 제 것이라기엔 어색한 공중전화

박스 모양 장식품을 툭툭 건드리며 중얼거렸다.

"이 관광지 기념품 같은 열쇠고리는 뭐야? 나 이런 거 안 달고 다니는데."

"아, 그거. 예전에 같이 놀러 갔다가 산 거야. 싫으면 떼."

"너랑? 음… 아냐. 떼기도 귀찮은데 그냥 놔두지 뭐."

그래도 무겸이 생각보다 상황을 유연하게 받아들여서 다행이었다. 진짜 크게 충격받고 난리법석이라도 칠까 봐 걱정했는데…….

예상보다 온건하게 대화를 마친 하준은 속으로 작은 안도의 한숨을 내쉬며 무겸과 함께 병실을 나섰다.

병원 근처 호텔에 체크 인을 마치고 쉴 준비를 끝냈을 때쯤에는 벌써 밤이었다. 하준은 그 사이 무척이나 바빴다. 국가대표 감독은 물론 무겸의 에이전트와도 통화를 마치고 그린포드 쪽과도 연락을 취해야 했다.

가족들에게도 사정을 설명했다. 엄마는 그래도 집에 와서 쉬는 편이 낫지 않겠냐며 걱정을 했지만 하준은 큰일은 아니니 며칠만 기다려 달라 통화를 마쳤다.

유별나게 길게 느껴지는 하루였다. 샤워를 마치고 나자 피로가 훅 밀려드는 것 같다. 하준은 타월로 머리를 말리며 욕실을 나섰다. 먼저 씻고 나와 있던 무겸이 창가 쪽 침대에 앉아 있다가 시선을 돌렸다.

"트윈베드 괜찮지? 내가 다른 사람이랑 한 침대를 못 써서."

"그래. 너 편한 대로 하면 돼."

하준은 다 쓴 타월을 정리하며 대답했다. 그러자 무겸은 어깨를 으쓱했다.

"되게 점잖네. 분위기 보니까 우리가 그쪽으로 별로 뜨겁지는 않은 것 같다. 아니면 혹시 그런 사이야? 플라토닉 러브."

플라토닉 러브?

무겸과 사귀면서 한 번 떠올려 본 적도 없는 생뚱맞은 단어였다. 예상 밖의 질문에 하준은 재빠르게 대답을 고민했다.

어제도 했다고 하면 뭐라고 할까? 놀라겠지? 사진 몇 장만 보고도 그렇게 놀랐는데 더 충격을 주는 것은 좋은 처사가 아닌 것 같다.

하준은 고개를 끄덕였다.

"응, 맞아. 플라토닉. 그래서 우리 그런 거, 잘… 안 해."

"아까 보여준 사진들은 플라토닉이 아니던데."

"좀 예전에 찍은 사진들이야. 요즘은 안 해."

섹스를 할 때마다 촬영을 하지는 않아서 다행이었다.

"음, 하긴 남자끼리기도 하고, 2년 정도 사귀었으면 이제 그럴 시기는 지났겠네. 그렇지?"

"그래. 그러니까 얼른 약 먹고 자."

하준이 병원에서 처방해 준 약과 물을 내밀자 무겸은 순순히 그것을 받아 들었고, 빠르게 삼킨 뒤 자리에 누웠다.

"그럼 잘 자, 이 코치."

"응, 불 끌게. 편하게 자. 푹 자야 회복도 빨리 될 테니까. 혹시 자다가 안 좋으면 꼭 나 깨워."

혹시 밤중에 무슨 일이 있을지 모르니 하준은 작은 무드등을 남기고 침대에 누웠다. 정신없이 지나간 하루의 마지막, 푹신한 침대에 누우니 이제야 불안이 스멀스멀 마음을 괴롭혔다.

침대에서 혼자 잠을 청해 본 지가 참 오래된 것 같다. 바로 옆 침대에 무겸이 있는데, 저는 한국에 그는 런던에 있을 때보다도 멀리 떨어진 기분이었다.

잠이나 제대로 잘 수 있을지 모르겠네. 하준은 작게 한숨을 쉬고 저편에 누운 무겸의 실루엣을 바라보며 눈을 깜박였다. 오늘 밤은 무척이나 길 것만 같았다.

한참을 누워 있던 무겸은 옆 침대 쪽을 향해 몸을 돌렸다. 눈을 감고 새근새근 고른 숨을 내쉬는 하준을 바라보다가 살짝 코웃음을 치며 다시 돌아누웠다.

'빨리도 잠드네.'

요 2년 치의 기억을 죄다 잃어버린 저는 심란해서 잠도 안 오는데, 애인이었다고 주장하는 놈은 쿨쿨 잘만 자고 있다. 연애하는 사이였다는 말의 신빙성이 또 한 번 떨어지는 순간이다.

…하지만 부정할 수 없는 증거가 남아 있지 않은가. 그것도 잔뜩. 무겸은 내려놓았던 휴대폰을 들어올려 조용히 화면을 터치했다. 이제껏 하준이 옆에 있어 오히려 제대로 보지 못했던 사진들을 하나하나 확인했다.

모든 사진이 침대에서의 음탕한 순간만을 포착한 것은 아니었다. 바다에서 찍은 사진이나 그린포드 훈련장에서 찍은 사진도 있었다. 같은 팀 코치로 일하고 있다는 말도 거짓이 아닌 듯 피지컬 코치 해리와 하준이 함께 찍은 사진도 버젓이 무겸의 사진첩 안에 자리잡고 있다. 파티에라도 함께 갔었는지 슈트를 차려입고 찍은 사진도 보였다. 슈트에 맞춰 머리까지 만져 놓은 하준은 평소의 수수한 느낌이 사라져 딴 사람 같았다.

빠르게 넘기다 보니 국가대표 유니폼을 입고 대표팀 선수들과 찍은 사진, 퍼레이드 카에 올라 하준과 얼굴을 맞대고 신이 난 표정으로 찍은 사진도 나왔다. 월드컵 준우승을 했다더니 퍼레이드까지 했던 모양이다. 월드컵 준우승이라니 또 무슨 소설 같은 소리인가 했는데 인터넷에는 기사가, 제 휴대폰에는 사진이 남아 있었다. 평생 또 언제 누릴 수 있을지 모를 일인데 다른 것은 몰라도 이때의 기억만큼은 제발 다시 떠올라 줬으면 좋겠다.

왜 찍었는지 모를 사진도 많았다. 잠을 자는 이하준, 밥을 먹는 이하준 같은 시답잖은 일상의 모습들. 뭐하러 이런 별것 아닌 사진까지 다 찍어 놨는지 모를 일이었다. 어쨌든 다양한 장소에서 찍은 다양한 사진들은 김무겸과 이하준이 일상을 공유하는 사이임을 명명백백 증명하고 있었다. 이래서야 부정하고 싶어도 할 방법이 없다.

사진을 한 장 한 장 무심히 넘기던 그는 하준이 확실히 잠들었는지 힐끔 확인한 다음 병원에서 봤던 비밀 앨범을 열었다.

어디까지나 순수한 호기심일 뿐이다. 무겸은 괜스레 저 자신에게 변명하며 작은 헛기침을 하고 화면을 터치하기 시작했다. 몇 장을 넘기기도 전에 무겸은 소리 없이 감탄하며 입을 살짝 벌렸다.

봐도 봐도 믿기지가 않는다. 이게 진짜 이하준이라니? 머리는 저렇게 숱도 많고 새까만데 아래는 백자지인가 보다. 까만 끈팬티를 입고 찍은 사진, 엉덩이에 웬 토끼 꼬리처럼 흰 털뭉치를 달고 있는 사진도 있다. 일반 앨범이나 이쪽이나, 정말 별별 것을 다 찍었다는 말밖에 나오지 않았다.

하지만 나름대로 철저하게 규칙을 지켰는지, 더 넘겨 봐도 얼굴이 나온 사진은 한 장도 없었다.

계속 보고 있으니 기분만 싱숭생숭해진다. 무겸은 곧 사진 관찰을 포기하고 휴대폰을 내려놓은 다음 눈을 감았다. 하지만 방금 본 사진은 어수선하던 마음을 더 심란하게 휘저어 놓았고 그러잖아도 깨어 있던 정신을 더 명료하게 만들었다. 결국 무겸은 침대에서 몸을 일으켰다.

"음… 김무겸? 왜 그래. 머리 아파?"

인기척에 눈을 뜬 하준은 졸음이 덜 깬 목소리로 물었다. 어느새 무겸이 그의 침대로 와 거의 달라붙다시피 누워 있었다.

"…이상하게 잠이 잘 안 든다. 2년새 잠버릇이 바뀌었나. 나 좀 제대로 봐봐."

하준이 돌아누워 무겸 쪽을 바라보았다. 무겸은 그런 하준의 얼굴을 빤히 응시했다.

도덕책처럼 반듯하게 생겨서 저런 사진을 찍다니 상상이 안 된다. 무겸은 얼른 화제를 바꿔 투덜거렸다.

"2년 동안 무슨 일이 있었는지는 모르겠는데… 혼자 누워 있으니까 어색하네. 같이 산다더니 침대도 같이 써?"

"응. 침대도 운동장만 하니까 같이 잘 때 불편한 점 없어."

"진짜긴 한가 보네. 침대 사이즈를 다 알고. 더 얘기해 봐. 우리 집 구조라든지. 정말 같이 살면 알고 있겠지."

"큰 현관 열고 들어가면 정원이고 정원에서도 한참 더 들어가면 집이잖아. 좀 오래된 저택인데 네가 리모델링 해서 지금은 차고도 안에 있고 부엌 같은 곳도 완전히 현대식이야. 다이닝룸도 따로 있는데 너는 그냥 부엌에서 간단하게 식사하는 거 좋아해. 2층에는 네 트로피랑 메달이랑 유니폼 모아 놓은 방도 있고… 음… 침실 창문으로 주목나무랑 너도밤나무랑 물푸레나무, 장미 덩굴도 보이고. 너는 원래 라일락꽃을 제일 좋아해서 라일락 나무도 심고 싶었는데 그쪽에서 자라는 라일락은 향기가 좀 달라서 굳이 안 심었다고 했어."

망설이지 않고 술술 나오는 대답에 무겸이 도리어 당황하고 말았다. 이하준은 정말 제대로 알고 있었다. 이런 이야기는 임정규도 모르는데.

답을 마친 하준은 눈만 깜박이는 무겸과 시선을 맞추고 나른하게 미소 지었다.

"거짓말 아냐. 너랑 나 사귀는 사이 맞아."

"이 코치 참 착한가 봐."

"갑자기 왜?"

"나 같은 놈 2년이나 만나려면 고생 많았을 텐데."

"말이라고 하냐? 고생 엄청 많았지."

하준이 헛웃음을 치며 대꾸했다. 농담으로 한 말인데 진심 어린 맞장구를 받자 무겸은 조금 뿌루퉁해졌다.

"왜? 내가 뭐 어쨌는데?"

"네가 했던 말들 생각하면 지금도 아주……. 굳이 풀자면 너무 길고, 꿀밤 백 대쯤 때리고 싶어."

"너한테 무슨 이상한 얘기 했어?"

"내가 몰래 다른 남자를 만난다고 오해를 하질 않나, 오해를 했으면 했지 나한테 막말하고 화를 내지를 않나. 혼자 얼마나 상상의 나래를 펼치던지."

"내가… 그랬다고?"

웃음 섞은 푸념이었는데 무겸의 표정은 심각해졌다. 하준은 아차 싶은 듯, 달래기라도 하는 어조로 조용조용 말했다.

"김무겸. 그런데 다 해결됐어. 나 너한테 있었던 일도 다 알고, 그리고

음…….”

“있었던 일?”

“그러니까… 네 부모님, 아버지 이야기 같은 거.”

“정말?”

무겸은 놀라움을 감추지 않고 되물었다. 굳이 긴 설명을 붙이지 않아도 그가 하려는 말이 무엇인지는 명백했으니까. 하준은 고개를 끄덕이며 무겸의 어깨를 토닥였다.

“우리 사이에 비밀은 아무것도 없다고 생각하면 돼. 궁금한 거 있으면 천천히 설명해 줄게. 지금 너한테는 낯설겠지만 당장 복잡하게 생각한다고 우리 힘으로 해결할 수 있는 일이 아니잖아. 의사가 좋아질 거라고 했으니까 너무 걱정 말고, 오늘은 자자.”

안정적인 말투, 아이를 어르는 듯 부드러운 목소리에 무겸은 뭔가를 더 의심하거나 캐물을 의욕을 빼앗겼다.

박씨 아저씨가 우수한 코치라고 소개하더니 정말 사람 마음을 편하게 해 주는 면이 있었다. 함께 이야기하고 있자니 기억 조금 없어진 것쯤 별일 아니게 느껴질 정도다.

‘이런 놈인 줄 알았으면 처음부터 오해할 필요도 없었는데 괜히 까칠하게 굴었잖아?’

몇 초에 한 번씩 이리저리 틀어져 가지를 뻗는 무겸의 생각을 알지 못할 하준은 미소 지으며 말했다.

“그럼 잘 자, 김무겸.”

그렇게 밤 인사를 하더니 피곤했는지 또 무겸보다 먼저 잠이 든다. 이 녀석은 걱정도 안 되나? 성격 한번 천하태평이었다. 어쩔 수 없이 무겸은 저도 잠을 청하기 위해 바로 누웠다가 깜박 잊은 질문을 생각해 냈다.

맞다. 궁금한 게 하나 더 있었는데. 저런 사진을 찍다가 플라토닉 러브를 하는 사이가 됐다니, 무슨 일이 있었길래?

사귄다면서 섹스는 잘 안 하는 사이라면 그쪽 욕구는 어떻게 해결하는 걸까? 고작 2년 만에 김무겸이 수도승이라도 되었다는 소리인가. 도통 사연을 알 수가 없었다.

입술과 입술이 맞닿았다. 거듭된 입맞춤에 살짝 젖어 촉촉하고 부드러운 입술은 분명 아무 맛이 나지 않을 텐데도 달콤하게 느껴졌다.

무겸은 단맛에 취한 듯 자꾸만 자꾸만 그 입술을 탐닉했다. 겹쳐 누르고 핥고 느릿하게 깨물다가 혀를 밀어 넣어 도톰한 사이를 벌렸다. 안쪽에 숨어 있던 말랑한 혀가 무겸을 반기는 것처럼 내밀어진다.

키스를 하면서 무겸은 잠시 멈추고 있던 허릿짓을 재개했다. 깊숙이 파묻고 있던 것을 길게 빼냈다가 퍽, 한 번에 밀어 넣자 그의 품에 안겨 있던 사람은 혀를 물린 채로 퍼뜩 몸을 달싹이며 어쩔 줄 몰라 했다. 들이닥치는 쾌감을 수습하지 못하고 덜덜 떠는 그가 귀여워서 무겸의 추삽질은 점점 더 빨라졌다. 울먹이는 목소리가 귓가를 적신다.

"아읏, 하아… 김무겸, 기분 좋아……."

울음 섞인 목소리를 듣는 것만으로도 그의 몸속에 잠긴 것이 불끈, 한 층 더 단단해지며 부피를 키웠다. 무겸은 거친 숨을 몰아쉬며 흰 목에 쪽 쪽, 바쁘게 입을 맞췄다.

입술이 닿을 때마다 움찔거리며 신음하면서도 부끄러움을 타는 것인지 아래에 누운 사람은 팔을 교차시켜 얼굴을 가리고 있었다.

"하아, 이하준, 얼굴 보여줘."

"아아, 아! 으흣, 흐윽."

"이하준, 네 얼굴……."

흥분에 살짝 갈라진 무겸의 목소리가 절박해지던 때였다.

삐리리리, 따라라라- ♪♬♩

한창 뜨거운 시간을 보내던 중 갑작스레 끼어든 경박한 음악 소리에 무겸은 깜짝 놀라 눈을 떴다. 그는 눈을 끔벅이며 한동안 움직이지 않았다.

눈을 뜬 무겸의 품속은 썰렁했다. 달게 귀를 간질이던 신음도, 팔에 안겨 떨리던 몸도, 맞닿던 살결도, 달아오른 체온도 아무것도 없었다.

그는 다소 흐트러진 정자세로 침대에 누워 있을 따름이었다. 계속 울리는 휴대폰 알람을 끌 생각도 못 하고 멍하니 천장만 보고 있자니 그 소리에 하준도 깨어 버린 듯 뒤척거렸다.

"으음… 김무겸, 일어났어?"

무겸은 그제야 다급하게 알람을 껐다. 그는 도망치듯 침대 밖으로 빠져나와 여전히 비몽사몽하고 있는 하준에게 황망하게 일렀다.

"어, 어. 너는 좀 더 누워 있어. 나부터 씻을게!"

무겸은 욕실로 뛰어들어 문에 기대어 선 채로 숨을 골랐다. 그러는 동안에도 마음속에서는 끊임없는 절규가 이어지고 있었다. 소리 없는 비명과 저 자신을 향한 갖은 욕설이 머리 안쪽에서만 폭발하다가 서서히 잦아들었다. 아침 일찍부터 무겸은 숨을 몰아쉬며 스스로에게 물었다.

…꿈?

지금 이하준이랑 섹스하는 꿈을 꾼 건가?

제정신이냐, 김무겸? 남자 누드 사진 몇 장 봤다고 뒤숭숭하게 이딴 꿈을 꿔? 급식 먹는 사춘기 소년도 아니고, 이게 무슨…….

곧바로 샤워기를 가장 세찬 수압으로 틀고 그 아래 섰다. 아침부터 찬물 아래 서서 정말 수도승이라도 된 것처럼 머리를 식혔다. 미쳐 버린 꿈 탓인지 오늘따라 아침 발기가 좀처럼 가라앉지 않고 있었다.

무겸은 제 물건을 죽일 듯이 노려보았다. 아침마다 성기가 일어서는 것은 당연한 생리 현상임에도 오늘은 도무지 납득이 되지 않는다. 세울 때가 따로 있지 지금 같은 때는 섰다가도 죽어야 정상 아니냔 말이다.

'몰래 한 번 뺄까?'

문득 그렇게 생각한 무겸은 사악한 잡념을 쫓아내기 위해 머리를 저었다.

예전에야 그런 사진까지 찍었든 어쨌든 요즘은 아니라고 하지 않았나. 심지어 저쪽은 잠 한번 설치지 않고 쿨쿨 숙면할 정도로 태평하다. 남자를 상대로 저 혼자 발정이 나서 그런 꿈까지 꾸고 세웠다는 사실을 인정하기 싫다!

정신 차리자, 정신. 팔자에 없는 욕망과의 싸움을 한차례 벌이고 몸을 식힌 뒤 욕실을 나오니 그 사이 하준도 정신을 차렸는지 창가에 서서 바깥 날씨를 보고 있었다. 무겸은 그의 뒤통수에 퉁명스레 말을 걸었다.

"이하준, 씻어."

"응. 금방 나올게. 같이 조식 먹으러 가자."

젠장, 이하준 얼굴을 똑바로 못 보겠다. 무겸은 고개를 끄덕이면서도 하준의 시선을 피했다.

욕실로 가기 위해 무겸의 옆을 스쳐 지나가던 하준이 깜짝 놀라며 발을 멈췄다. 놀라는 이유를 알 수 없어 멀뚱히 바라보고 있으려니 갑작스레 손을 뻗는다.

무겸의 눈이 휘둥그레졌다. 하준의 손이 가운 사이로 드러난 제 가슴팍을 마구 더듬고 있었던 것이다.

"너 몸이 왜 이렇게 차? 찬물로 씻었어?"

"마, 막 그렇게 더듬지 마!"

저도 모르게 목소리가 커진다. 무겸은 화들짝 제 가운 앞섶을 모으며 이번에는 팔자에 없던 조신한 척을 했다.

아침부터 당황스러워 얼굴에 열이 확 오르는데 하준은 그런 무겸의 반응에 어? 하며 눈을 크게 뜨더니 상황을 한 박자 늦게 이해한 듯 하하, 아무렇지 않게 웃었다.

"아, 지금은 좀 어색한가? 알았어, 미안 미안. 하여튼 찬물 샤워는 훈련 직후가 아닐 때는 피해. 아침에는 따뜻한 물로 씻어야 근육이 풀리지. 잘 알면서."

"알았어. 알았으니까 너도 얼른 씻기나 해."

하준이 욕실로 들어가고 나서야 무겸은 옆에 놓여 있던 의자에 털썩 주저앉았다. 출근도 하기 전에 기운이 다 빠질 지경이었다.

다 이놈의 사진 때문이다. 이딴 뒤숭숭한 사진은 실수로라도 두 번 다시 들춰보지 않도록 몽땅 지워 버려야 한다. 무겸은 기세등등하게 휴대폰을 들어 올렸지만 짧게 생각에 잠긴 뒤 앨범을 열어 보지도 않고 몇 초 만에 내려놓았다.

어쨌든 자신은 지금 기억이 사라진 상태다. 나중을 생각해서라도 기존의 상태를 함부로 바꾸는 짓은 하지 않는 편이 좋을 것 같았다. 만에 하나 정말 서로의 약점을 확보하기 위해 이런 사진을 찍어 놓았다면 제

쪽만 일방적으로 말소해서도 안 될 일이고.

무겸은 가운을 벗어 던지고 옷을 갈아입었다. 머리를 손질하고 창가 의자에 앉아 밖을 바라보며 욕실에서 들려오는 희미한 물소리를 들었다. 하준이 샤워를 마치고 나오기를 기다리고 있자니 정말 애인의 외출 준비를 기다리는 평범한 남자가 된 기분이다.

무척 멋쩍고 어색하고, 조금은 신선했다.

아침부터 개꿈을 꿔서인지 입속도 껄끄러웠다.

조식 뷔페가 차려진 레스토랑에서 무겸이 토스트와 두유, 샐러드와 햄 몇 조각을 가져와 깨작거리는 사이 하준은 풍년을 맞은 평야처럼 갖가지 음식으로 가득 채운 접시를 두 개나 들고 식탁에 앉았다. 무겸의 접시를 보고는 걱정스레 눈길을 향한다.

"김무겸, 걱정돼도 식사는 제대로 해야지."

"아침은 이 정도면 돼. 많이 먹어 봐야 몸만 무거워."

"훈련량 생각하면 너무 적은데… 이거라도 먹어."

그렇게 말하며 조리대에서 받아온 지 얼마 안 된 오믈렛 접시를 내밀었다. 달걀 조금 더 밀어 넣는 것쯤 어려운 일도 아니라 무겸도 말없이 그것을 받아 들었다. 무겸이 시큰둥하게 식사를 재개하자 그제야 제 접시를 비우기 시작하는 하준은 배가 고팠는지 넙죽넙죽 골고루 잘도 먹었다.

얘는 축구 코치가 아니라 요즘 유행하는 먹방 인플루언서 같은 일을 해도 인기 있을 것 같은데. 그런 실없는 생각을 하며 무겸은 하준이 먹는 모습을 힐끔거렸다. 앞에 앉은 사람이 맛있게 먹어서 그런지 말라붙었던 식욕이 조금 도는 것도 같다.

"더 가져오게?"

빈 접시를 밀어 놓고 몸을 일으키는 무겸을 하준이 반갑게 올려다본다. 무겸은 고개만 끄덕거리고 음식이 늘어선 뷔페 테이블로 향했다.

적당히 배를 채운 다음에는 곧바로 병원행이었다. 특별한 이상은 없었지만 그래도 바로 훈련에 투입되면 위험할 수 있으니 한 번 더 방문해 진료를 받으라는 의사의 지시를 따른 것이었다.

갑작스러운 사고를 당하는 바람에 무겸의 차는 어제부터 훈련장 주차장에 홀로 1박을 보내고 있었다. 사람들 눈에 띄지 않을 테니 차라리 잘되었다 생각하며 택시를 타고 이동했는데, 차에서 내리자마자 병원 앞에 포진해 있는 사람들이 보였다. 카메라를 들고 있는 기자들이었다.

그린포드의 에이스 공격수이자 아시아 축구의 별, 한국 축구의 희망 월드 스타 김무겸이 훈련을 하다가 골대에 장렬히 머리를 박고 기억을 잃었다는 소식은 하룻밤 사이 모르는 사람이 없어진 낌새였다.

공개한 적도 없는 병원 이름까지 알고 미리 찾아와 있을 정도라니 협회의 언론 대응은 여전히 구멍투성이였다. 당사자인 김무겸은 내심 자랑스럽게 떠들고 싶은 사연이라기보다는 꼬락서니가 우스운 이야기에 가깝다고 생각해 최대한 숨기고 싶었지만 현실은 가차 없다.

뒷문으로 돌아서 가야 하나? 잠시 고민하는 사이, 그 짧은 틈을 놓치지 않고 기다리던 사람을 발견한 기자들이 달려들었다.

"김무겸 선수, 기억을 잃었다는 게 사실인가요?"

"심한 부상인가요? 경기 출전 가능한 겁니까?"

번호표 드릴 테니 순서대로 물으세요. 삐딱한 농담이라도 던지려던 차, 하준이 무겸의 앞에 나서서 기자들을 가로막았다.

"선수가 안정을 취해야 해서 문의는 협회 쪽으로 부탁드립니다."

몰려오던 기자들이 주춤 멈춰 섰다. 무겸은 무심하게 눈만 깜박이며 제 앞에 선 하준의 뒷모습을 바라보았다.

"공식 리포트도 나갈 거고 궁금하신 부분에 대해 다 답해 드릴 겁니다. 경미한 부상이니까 너무 걱정하실 필요 없습니다."

"하지만 이하준 코치님, 저희한테도 알 권리가."

"병원 앞이잖아요. 김무겸 선수 아니더라도 안정을 취해야 할 분들이 많습니다. 경기 앞두고 잡음이 나올 만한 일은 자제하는 편이 좋겠습니다."

하준의 말에 몰려 있던 사람들은 그제야 주변의 눈치를 보는 듯 두리번거렸다. 병원으로 들어서는 입구를 막고 있는 그들에게 눈총을 주는 사람들이 여기저기 있었다. 둘은 그 틈을 타 사람들을 헤치고 나아갔다.

"그럼 좀 지나갈게요."

"김무겸 선수, 그래도 걱정하는 팬들한테 한마디만 해 주십시오."

병원으로 들어서는 순간에도 미련을 떨치지 못하고 따라붙는 요청에 무겸은 뒤돌아보며 손가락을 모아 하트를 만들어 보였다. 사람들은 뭔가를 더 묻는 대신 찰칵찰칵 바삐 사진을 찍었고, 그 사이에 병원 문이 닫혔다.

이틀째도 진료 결과는 별다르지 않았다. 두부 충격으로 기억 손상까지 온 것에 비해 전체적인 컨디션과 외상 징후는 아주 긍정적이었고, 의사는 검진 결과 훈련에 투입되어도 큰 무리는 아닐 것 같으며 통상적으로도 일주일 정도면 정상 상태로 돌아오므로 경기 당일에 뛰는 것은 문제없을 거라는 소견을 내놓았다.

문제가 없다는 결과를 받아들자 마음이 가벼워진다. 다시 택시를 타고 훈련장으로 향하는 길, 무겸은 휴대폰을 켜 인터넷에 접속했다. 기자들이 왔었으니 무슨 이야기든 한 줄은 보도됐을 테니까.

[속보] 김무겸 훈련 중 기억상실, 출전에는 문제없어
[사진] 김무겸, "팬들 걱정 마" 기억 없어져도 팬사랑은 포에버
[사진] 김무겸 기억상실? 공 차는 법은 안 잊어버렸어?

제목으로 농담하는 척 어디서 반말이야? 무겸이 미간을 슬쩍 찌푸리며 화면을 내리자 아니나 다를까 도발 당한 사람 몇몇이 댓글을 달며 투닥대고 있었다.

- 큰 부상 될 뻔했는데 장난치나
- 기레기야 김무겸이 니 친구야?
- 그럼 김무겸님이라고 함? 검사 결과 별거 아니라는데 김무겸보다 무빠들 유난이 월클
- 대가리 박았든 말든 축구선수는 축구만 잘하면 됨
- 너 같은 놈들 때문에 발전이 없다 스포츠 중에 축구가 뇌진탕 프로토콜 제일 안 지킴

"뭐 이상한 기사 떴어?"

옆에 앉아 있던 하준이 고개를 살짝 기울이며 물었다. 무겸은 얼른 화면을 끄고 창밖을 바라봤다.

"아냐."

"편하게 봐. 너 사람들 반응 은근히 신경 쓰는 거 알아."

"…아는 게 많아서 먹고 싶은 것도 많겠어."

"그렇다니까."

비꼬는 말에도 웃으며 대답하는 하준을 힐끔거리다가 휴대폰을 끄려는데 무겸의 시야에 새로운 것이 잡혔다. 사고 기사 하단의 관련 기사 섬네일이었다.

조용히 터치하자 공항에 들어오는 저와 이하준의 사진이 곧바로 화면을 차지했다. 자신은 하준의 어깨에 팔을 걸치고 있었고 하준 또한 익숙한 듯 제 품에 반쯤 안겨 사람들에게 손을 흔들고 있었다.

[사진] 이번에도 함께 입국한 두 절친, 축구장 '브로맨스'에 팬들 환호

…오지라퍼의 증언이나 휴대폰 사진이 아니더라도 이하준과 김무겸이 보통 친한 사이가 아니라는 증거는 이처럼 곳곳에서 발견할 수 있었다. 굳이 손가락 아프게 찾아보지 않아도 비슷비슷한 사진이 인터넷에 넘쳐흐르리라는 점은 쉽게 예상 가능했다. 이쯤 되니 오히려 무서워서 검색도 못 해 볼 지경이다.

나이와 성별 불문, 기자나 팬들이 제일 좋아하는 화제 중의 하나가 그라운드 위에서 선수들 사이의 끈끈하다 못해 끈적한 우정이다. 구단들도 그것을 잘 알아서 인기 있는 콤비가 생기면 놓칠세라 일부러 둘을 함께 인터뷰에 내보내거나 밀착해 있는 훈련 사진을 공식 홈페이지에 게재하는 등, 구단의 인지도를 올리기 위해 갖가지 수단을 이용하는 경우가 부지기수였다.

비록 이하준은 현역은 아니지만 한때 프로 선수였고 나이도 저와 비슷한 데다 같은 해외 구단에서 일하고 있으니 사람들의 호응이 있을 만했다.

서로의 비밀스러운 사진을 소지하고 있는 것도 수상한데… 역시 비즈니스를 위한 관계가 아닐까 잠시 의심해 보다가도 한숨을 쉬며 이번에도 창밖만 내다보았다. 실력과 재능과 인기를 두루 갖춘, 축구 선수로서 성공이라면 아쉬울 것 없을 정도로 이룬 자신이 이제와서 마음에도 없는 남자와 사이좋은 척을 한다고?

더군다나 휴대폰에 남은 흔적은 사진만이 아니었다. 메신저에는 이하준과 주고받았을 대화 내역도 남아 있었는데 무겸은 그 대화창이 판도라의 상자라도 되는 것처럼 차마 열어 보지 못하고 있었다. 하준의 휴대폰 저장명이 '코치님♡'이었기 때문이다.

코치님까지는 그럭저럭 무난하지만 뒤의 하트가 신경 쓰인다. 아직은 사진만으로 충분했다. 대화창에서까지 혹시라도 받아들이기 힘든 내용물이 튀어나오면 정신적인 타격을 버틸 수 없을 것 같았다. 무겸은 하준의 휴대폰 저장명을 평범하게 '이하준'으로 고쳐 놓은 상태였다.

심란한 마음으로 도착한 훈련장에는 예상대로 기자들이 도착해 있었고, 무겸은 짧은 인터뷰를 마친 다음 정식 훈련을 시작했다. 무리하지 않기 위해 컨디셔닝 중심으로 훈련을 진행하는 동안 하준은 그의 옆을 떠나지 않았다. 감독이나 스태프들이 그것을 자연스럽게 여기는 모양새가 무겸을 더 심란하게 만들었다.

뿐인가. 동거하는 사이라는 말을 또 한 번 증명이라도 하려는 것처럼 하준은 무겸의 신체 컨디션과 성향, 사소한 습관마저도 속속들이 이해하고 있어서 운동을 하는 내내 무겸은 어느 때보다 섬세한 코칭을 받는 기분을 만끽할 수 있었다.

훈련을 마치고 주차장으로 향하자 하루 동안 방치되어 있던 차가 두 사람을 반겼다. 자연스럽게 운전석으로 다가가는 무겸을 보고 하준이 눈을 살짝 크게 떴다.

"네가 운전할 거야?"

"2년 치 기억 좀 날아갔다고 운전하는 방법까지 잊어버리지는 않았는데."

"그래도 오늘은 내가 하는 게 낫지 않을까?"

"뭐, 정 불안하면 그러든지."

키를 휙 던지자 하준은 그것을 한 손으로 받았다. 무겸은 조수석에 앉아 하준을 지켜보았다. 무겸의 습관이나 체격에 맞게 세팅돼 있던 의자를 자연스럽게 제게 맞춰 조절하는 폼, 거리낌 없이 사전 준비를 하는 모습에서 단순히 운전을 잘한다기보다는 단둘이 한 차에 탄 상황 자체에 익숙하다는 느낌이 물씬 풍겼다.

밑바닥을 전전할 뻔했던 김무겸이 가진 부는 오직 두 발로 잔디밭 위를 달리고 공을 차서 쌓아 올린 것이다. 그만큼 '제 것'에 대한 애착도 깊어서, 도움이 필요한 사람들에게 재산을 나눠 주거나 베풀지언정 일단 스스로 골라 자기 것이라 점찍으면 함부로 맡기거나 공유하지 않는 것이 무겸의 습성이었다. 자동차도 그런 물건들 중 하나다.

'분위기를 보니 이하준한테는 핸들을 자주 맡겼었나 본데.'

이러니저러니 불평하고 재 봐도 지금은 이하준 옆이 제일 편하기는 한 것 같다. 무겸은 상황을 완전히 받아들이고 남은 경계심 한 올마저 풀어버린 채 시트에 등을 기댔다.

2.

반복된 검진 결과 최근 2년 정도의 기억이 사라진 걸 빼면 신체 컨디션에는 아무런 문제가 없다는 것이 없다는 것이 거의 확실해졌다.

단기 기억장애란 말에 사람들은 처음에는 깜짝 놀라며 앞다투어 말을 걸고 온갖 매체에서 취재를 왔었지만 그런 관심도 팬들 사이에서만 오갈 뿐 곧 잠잠해졌다.

축구선수는 축구만 잘하면 다른 부분에는 관심 없다던 댓글처럼, 어차피 축구를 할 때 선수의 과거사나 기억이 중요하지는 않으니까. 코앞에 둔 경기에서 문제없이 뛸 수만 있다면 보통 사람들에게 나머지는 부차적인 일일 뿐이다.

훈련은 평소대로 진행되었고, 무겸은 그간 있었던 일도 조금 더 알게 되었다. 예를 들어 박 감독이 한 번 쓰러져서 감독직에서 물러났었다는 얘기 같은 것. 그 밖에도 이하준에게 들은 크고 작은 이야기는 모두 사실이었다.

훈련 한중간, 무겸은 벤치에 앉아 잠시 휴식을 취하고 있었다. 정규도 벤치로 다가와 물을 몇 모금 들이켜더니 말을 걸었다.

"오늘은 좀 어때?"

"어제랑 똑같아."

무겸은 덤덤했다. 주변 사람들의 걱정에 비해 정작 당사자는 이 상황에 큰 문제를 느끼지 못하고 있었다.

2년 사이 이하준과 그렇고 그런 사이가 된 것을 빼면 생활에 특별히 달라진 점도 없는 것 같은데, 몸에 이상만 없다면 급하게 생각할 필요 없지 않나?

"컨디션이 좋아서 다행이긴 하다만… 그런데 뭘 그렇게 열심히 봐?"

"보긴 뭘 본다고 그래."

정규는 눈으로 무겸의 시선을 따라가더니 화들짝 놀라며 다시 고개를 돌렸다.

"너 하준이 보고 있었냐? 와… 너 진짜 하준이 사랑하나 보다. 기억을 다 잃어도 그렇게 애틋하게 바라봐져? 평생 너한테 이런 말을 하게 될 거라고는 상상도 못 했는데, 김무겸도 제 짝 만나더니 꽤 순정파다."

"누가 애틋하게 바라봤다고 그래? 한꺼번에 이런저런 얘기를 많이 들으니까 정리가 안 돼서 멍하게 있었던 거야. 우연히 내 눈 닿는 곳에 이 코치가 있었나 보지."

"어차피 사귀는 사이에 정색하기는. 칭찬한 건데."

사귀는 사이……. 그 말에 무겸은 고개를 푹 숙이고 제 머리를 쓸어올렸다.

"아, 적응 안 돼."

"너희 사귀기 전에 하도 염병을, 아니, 하준이 말고 네가 염병을 떨어서 나까지 아주 피곤했어요. 까탈스럽게 굴지 말고 있는 대로 받아들여."

그 말에 무겸은 눈을 살짝 가늘게 뜨고 저쪽 편의 하준을 응시하다가, 납득했다는 표정으로 고개를 끄덕였다.

"하긴 말야. 같이 있어 보니까 참 괜찮은 사람 같기는 해."

"어쭈, 이 와중에 애인 자랑까지?"

"그게 아니라 인간 대 인간으로서 괜찮다는 소리야. 사귀는 사이라며. 애인이 기억상실이라고 하면 보통은 당사자보다 더 당황할 만도 하잖아. 그런데 내 생각해 주느라 그러는지 정말 편하게 대해 줘. 처음에는 왜 다른 놈들이 이 코치 앞에만 서면 오버를 하는지 궁금했는데, 겪어 보니까 그럴 만해."

"하준이는 진짜 괜찮은 놈이지. 저렇게 괜찮은 녀석이 어쩌다 너한테 코 꿰여서……."

안타깝다는 듯 끝을 맺는 정규의 말에도 무겸은 대꾸하지 않고 곰곰이 생각했다.

그래. 무슨 심경의 변화였는지는 모르겠지만 연애는 절대 하지 않겠다고 결심했던 자신이 2년이나, 그것도 남자를 사귀었다면 보통 녀석은 아닐 거다.

게다가 제 온갖 사연까지 다 알고 있다지 않나. 이해심이 남다른 게 틀림없다. 무겸은 고개를 작게 끄덕끄덕 기울이며 요사이 신중하게 고민하던 일에 대한 결론을 내렸다.

'역시 나야. 뭐든 성공하는 김무겸이 애인까지 잘 고른 게 분명해.'

머리가 백지인 상태에서 뭔가를 새롭게 생각하고 상황을 바꾸려 들기보다는 일단 기억이 없어지기 전의 제 판단을 믿고 따르는 게 현명할 것이다.

그렇게 생각하며 훈련장을 주시하고 있자니 선수 한 명이 하준에게 자꾸만 어깨를 치대며 장난을 거는 모습이 보였다. 무겸이 미간을 찌푸리고 중얼거렸다.

"저놈 장난이 심하다? 임자 있는 남자한테 왜 저렇게 껄떡대?"

정규가 대답도 하기 전에 무겸은 자리에서 벌떡 일어서서 무게를 실어 소리쳤다.

"거기! 코치님한테 그렇게 함부로 장난치면 안 되지!"

"너 진짜 기억 없어진 거 맞냐?"

쩌렁쩌렁한 호통에 놀란 선수는 하준에게 고개를 꾸벅 숙이고 사과를 하더니 다른 곳으로 물러가고, 그 바람에 냉랭해진 표정의 하준이 벤치 쪽으로 저벅저벅 걸어왔다.

"김무겸, 애들한테 쓸데없이 소리 지르지 마."

"운동하는 놈들은 군기를 좀 잡아야 돼. 오냐오냐 하다가 버릇 나빠져."

"군도 면제받은 놈이 군기 타령은……. 알았어. 오늘부터 너한테도 군기 바짝 잡아 줄게. 둘 다 그만 쉬고 훈련하러 들어와."

짐짓 엄격하게 낮춘 목소리로 지시하고 다시 잔디밭 위로 올라선다. 정규가 벤치에서 일어서며 어이없다는 듯 투덜거렸다.

"너 때문에 왜 나까지……."

"신경 써서 훈련 봐준다는데 좋은 거 아니냐?"

훈련 재개를 위해 간단히 몸을 풀던 중 정규가 고개를 갸웃하더니 소근거렸다.

"야, 그런데… 기분 탓인가? 너희들 말하는 게 확실히 담백해지긴 한 거 같다. 옆에서 보고 있으면 그렇게 눈꼴실 수가 없었는데. 특히 김무겸 너는 하준이 옆에만 가져다 놓으면 어찌나 닭살 돋는 소리를 줄줄 읊는지, 어우……."

"내가? 거짓말하지 마. 남들도 다 너처럼 팔불출인 줄 알아?"

"진짜야, 인마. 말마따나 하준이가 정말 마음이 편해서 저러겠냐? 불안해도 네 생각해서 티를 안 내는 거지. 말 한마디를 하더라도 자상하게, 따뜻하게 해. 그래야 너 기억 돌아오기 기다리는 동안 하준이도 덜 불안할 거 아냐."

흠. 무겸이 짧은 침음을 삼켰다. 비록 임정규의 말이지만 일리가 있는 얘기였다. 매사에 오지랖을 부리는 놈과 가까이 지내다 보면 가끔은 이렇게 쓸모 있는 조언이 얻어걸리기도 한다.

스트레칭을 마무리할 때쯤 새 스태프가 훈련장으로 들어왔다. 뒤늦게 합류하기로 한 인원인 모양이었다. 저쪽 편에 있던 하준이 반색하며 그쪽으로 다가갔다.

"훈이 형, 오셨어요?"

"어, 하준아. 잘 지냈어? 오랜만에 얼굴 보네."

"그럼요. 형도 잘 지내셨죠?"

한쪽에서 이루어지는 화기애애한 대화와는 반대로 그 모습을 바라보는 무겸의 표정은 시베리아 벌판처럼 차가워졌다. 눈살을 찌푸린 무겸이 몸을 숙여 정규에게 수근거렸다.

"야, 저 사람은 누구냐? 본 기억이 없는데."

"어. 저 분은 윤채훈 코치님이라고, 하준이랑 아~주 친한 형이야. 엄청 엄청 친해. 재작년부터 국대 경기 코치로도 자주 소집돼서 너도 벌써 몇 번 봤어."

딴청을 피우며 답하는 꼴이 마음에 들지 않는다. 어째 빈정빈정 놀리는 것 같기도 하고……. 하지만 무겸은 더 따지는 대신 떨떠름하게 대답했다.

"그래? 나랑도 친해?"

"뭐, 썩 친하다고 하기엔."

"그렇지? 사람은 좋아 보이는데 이름이 좀 별로다."

"이름이 왜?"

"훈이 형, 할 때 히읗이 두 번 들어가니까 발음이 어색하지 않냐?"

"김무겸, 너는 기역이 두 번 들어가고 미음은 세 개나 들어가거든? 네

이름 진짜 어색하다. 신소리 말고 인사할 준비나 해."

어떻게든 트집을 잡으며 농담 같은 진담을 주고받는 사이, 따지고 보면 이름에 히읗이 두 번 들어가지도 않는 윤채훈 코치가 이쪽으로 다가오고 있었다. 정규가 활짝 웃으며 인사를 건넸다.

"형님, 안녕하세요!"

무겸도 뒤따라 고개를 까닥 숙였다. 평범한 코치일 뿐인데 왜 이렇게 가까이 하기 싫은 걸까? 주는 것 없이 싫은 사람이 있다더니 딱 그 꼴이었다.

하지만 그것은 무겸만의 일방적인 감정인 듯, 미소 지으며 무겸에게 말을 거는 윤채훈 코치의 태도에는 전혀 거리낌이 없었다.

"김무겸, 2년간 기억이 없어졌다면서?"

"네, 뭐. 그래도 훈련하는 데는 문제 없다고 합니다. 잘 부탁드립니다."

"기억이 없는 편이 나랑 훈련하기에는 편하겠는데?"

그는 왜인지 유쾌해 보였다. 사람이 기억이 없어졌다는데 이 심각한 상황에 웃어 가면서 헛소리라니. 역시 좀 재수 없는 인간 같았다.

한눈에 봐도 고급스러운 샹들리에가 높은 천장에서 은은하게 빛났다. 개인적인 시간을 방해받지 않도록 만들어진 아늑한 레스토랑 룸, 티끌 하나 없이 깨끗한 테이블 위 정갈한 접시에는 정성스레 플레이팅 된 요리가 놓여 있었다.

오늘 훈련을 무사히 마친 두 사람은 호텔로 돌아가는 대신 함께 식사를 하기 위해 유명한 레스토랑에 방문했다. 하준은 테이블에 앉아서도 어색한 표정이었다.

"무슨 날도 아닌데 갑자기 이런 데는 왜? 대충 먹어도 되는데."

"애인이랑 밥 먹을 때 대충이 어디 있어."

무겸은 덤덤하게 대답했다. 임정규의 말에도 일리가 있었다. 어쨌든 사귀는 사이라고 하니 할 일은 하는 편이 좋겠지.

사람을 적게 만나 본 편은 아니지만 연애라고 이름 붙일 만한 관계는 맺어본 적 없다. 하지만 연인들이 무엇을 하며 어떻게 시간을 보내는지 정도는 인터넷 검색만 해도 쏟아져 나온다. 분위기 좋은 레스토랑에서 식사하기, 같이 영화나 공연 보기, 거리를 산책하며 대화하기, 각종 명소나 관광지에 여행 가기 등등.

나름대로 길게 유지했던 제 신념을 꺾고 이 남자와 사귀기로 결심했다면 분명 이유가 있을 터. 기억이 돌아올 때까지 김무겸은 애인으로서 맡은 바 책임을 다할 생각이었다. 무겸의 입장에서는 자연스러운 의식의 흐름처럼 느껴졌는데 하준은 무겸의 대답이 놀라웠는지 눈에 띄게 당황하고 있었다.

"어… 고마워. 김무겸, 너 생각보다 적응이 빠르다."

의외라는 심정이 노골적으로 내비치는 말투에 무겸은 작게 코웃음 치며 와인 잔을 기울였다.

"적응력이 떨어지면 어릴 때 혼자 해외 건너가서 에이스로 뛸 수 있었겠어? 네가 무슨 음식 좋아하는지는 생각이 안 나서, 그냥 입소문 괜찮은 곳으로 골라서 예약했다."

"나는 가리는 거 없이 다 좋아해. 나 밥 많이 먹는다고 네가 자주 놀렸는데."

살짝 웃으며 하는 말에 무겸은 머쓱해졌다.

"내가? 왜 사람 먹는 걸로 구박을 했지?"

"응? 아냐, 아냐. 구박한 게 아니라 그냥 장난친 거야."

"그럼 너 먹는 게 내 눈에 보기 좋았나 보네."

"어?"

"자, 아 해. 내가 먹여 줄게."

"됐어. 내가 먹을게."

뭔가 애인 같은 행동을 하려고 할 때마다 당황하고 놀라면서 쑥스러워만 하는 모습이 영 마음에 들지 않았다.

도대체 지난 2년간의 김무겸은 이하준에게 어떤 사람이었던 걸까? 같이 살기까지 한다면서 아직도 낯을 가리고 거리를 두게 할 정도로, 김무겸이 그렇게 연애를 못 하는 무능한 인간이었단 말인가? 믿고 싶지 않았다.

"사귀는 사이라면서 이런 짓도 안 하고 살았어? 너무 건조한데. 일부러 룸으로 예약했는데 썰렁하게."

"하, 하기야 했지. 알았어. 아."

쑥스러워하면서도 입을 벌리는 모습은… 나쁘지 않다. 무겸의 기억에 남아 있는 이하준은 잘생기고, 사교적이면서도 무례하지 않아 인기도 좋고, 신입인 데 비해 일도 시원시원하게 하는 유능한 코치였다.

그런 사람이 제게만 은근히 새침떼기처럼 꽁하고 차갑게 굴어서 소외당하는 기분에 무척 거슬렸더랬지.

그랬던 이하준이 저한테 좋아한다고 먼저 고백을 했다니…….

'아, 이거 자꾸 우쭐해지잖아.'

제 손으로 입에 넣어 준 음식을 오물오물 씹는 하준의 얼굴을 바라보면서 무겸은 마음 깊이 흡족해졌다. 전채로 나온 새조개 카르파치오를 꿀꺽 삼킨 하준은 이제 정말로 기분이 풀어진 듯 웃었다.

"진짜 맛있다. 김무겸, 너도 얼른 먹어 봐."

"너도 먹여 줘야지."

그러자 하준은 소리를 내어 웃었다. 방심한 사이에 터진 웃음이었다. 기억에 전혀 없는, 그리고 요 며칠 동안에도 본 적 없는 그 순수하고 맑은 표정에 무겸은 그만 살짝 멍해지고 말았다.

하준은 무겸의 반응을 아랑곳하지 않고 재미있는 양 킥킥거리며 포크를 움직였다.

"너는 정말 기억이 없어져도 그대로다. 네가 솔직한 사람이라는 건 이번 기회에 잘 알았어. 자, 아."

무겸은 하준이 포크로 찍어 올린 음식을 여전히 반쯤 멍한 기분으로 받아 씹었다. 그의 감상대로 음식 맛은 흠잡을 곳 없이 좋았지만 어쩐지 입 안이 얼얼해진 기분에 맛을 제대로 느낄 수가 없었다.

"맛있네."

짧고 간단한 대답이었을 뿐인데 하준은 또 한 번 미소를 지었다. 역시 연인 사이에 데이트란 서로의 거리를 좁힐 수 있는 효율적인 방법이었다. 마음이 많이 풀어졌는지 이제 괜스레 당황하거나 눈치를 보지 않고 사근사근 잘 웃는다.

그래. 이렇게 계속 해 나가면 된다. 설령 기억이 아주 늦게 돌아오거나, 혹시 영영 돌아오지 않는다 하더라도 김무겸의 인생은 변함없이 굴러갈 것이다. 2년 정도의 구멍쯤 앞으로의 긴 인생을 생각하면 얼마든지 메울 수 있는 사소한 빈틈이다.

무겸은 만족스러운 기분으로 식사를 이어갔다. 차례대로 서빙되는 음식들의 맛은 모두 훌륭했고, 곁들인 가벼운 술의 향도 더할 나위 없었다.

너무 밝지도 어둡지도 않은 조명 아래 앉아 있는 이하준은 보면 볼수록 미남이라 테이블에 장식된 흰 생화에도 밀리지 않을 것 같았다.

굳이 한 가지, 티끌만 한 흠이 있다면 옷차림이다. 훈련이 끝나고 바로 레스토랑으로 오는 바람에 하준은 평범한 티셔츠에 면바지를 입고 있었다. 기왕 오는 건데 좀 더 예쁜 옷을 사 입혀서 올 걸 그랬다. 어제 사진 속에서 본 정장 같은 것.

식사 중에 하준을 너무 자주 바라본 탓인지 하준 또한 무겸과 몇 번씩 시선을 마주치더니 눈을 살짝 내리깔고 혼자 생각에 잠긴 표정이 되었다. 그러더니 다소 조심스럽게 묻는다.

"기억, 돌아오겠지?"

"돌아오겠지. 의사도 그랬잖아. 이러다가 갑자기 돌아오는 경우도 많다고. 왜? 태평해 보이더니 걱정돼?"

"그냥 조금……. 너는 걱정 안 돼?"

"안 돌아와도 앞으로 생활에 큰 지장은 없을 것 같아서. 솔직히 한국에서 보낸 1년이야 커리어에서 덜어내도 그만인 시간이고, 심지어 아저씨도 쓰러져서 같이 리그 보내지도 못했다며. 그럼 남은 건 작년 한 해인데, 1년치 기억쯤 날아갔다고 해서 내 인생에 변하는 게 있겠어?"

딱 하나 아쉬운 점이 있다면 준우승이라는 쾌거를 거두었다는 월드컵 당시를 기억하지 못하는 것뿐이었다.

선수 생활 동안 앞으로도 월드컵에 두어 번 더 출전할 수야 있겠지만 그런 성적은 실력과 운, 팀워크와 같은 축구의 모든 요소가 하나로 맞아떨어질 때 나올 수 있는 기적과 같은 것이다.

"월드컵 기억이 날아간 게 아깝기는 한데… 아, 걱정 마. 기억이 안 돌아와도 헤어지자고 할 생각은 없으니까. 너는 지금까지처럼 마음 놓고 편하게 지내면 돼. 2년 동안 있었던 일을 잊어버린 건 아쉽지만 난 우리 관계 마음에 들어. 지금도 별문제 없잖아."

물론 문제가 전혀 없지는 않았다. 말하다 보니 데이트 중이라 잠시 잊고 있던 말초적 의문이 슬몃 뇌리에 떠오른다.

이참에 어쩌다 섹스리스가 되었으며 그쪽은 어떻게 해결하며 지내는지에 대한 논의를 진지하게 해 보고 싶지만… 이제 데이트 첫 코스다. 여기서 성생활 이야기를 꺼내는 건 너무 분위기를 깨는 짓이겠지. 무겸은 조금만 더 기다리기로 마음먹었다.

"헤어지자고 할까 봐 걱정한 적은 없어."

하준은 방금 전보다 조금 가라앉은 말투로 대답했다. 무겸이 되물었다.

"그럼?"

"아냐. 밥 먹자. 내가 쓸데없는 소리 했다. 돌아오겠지. 잘 먹을게."

하준이 다시 미소를 지어 보였다. 무겸은 식사를 재개하며 곰곰이 생각했다. 하긴, 하준의 입장에서는 애인이 함께 보낸 시간을 까맣게 잊어버렸다는 사실이 쓸쓸한 일일 수 있겠다. 앞으로 연인 관계가 변하지 않는다 하더라도 심정적인 서운함은 어쩔 수 없으리라.

하지만 추억이란 얼마든지 새로 만들 수 있다. 이 생활을 무리 없이 지속한다면 김무겸과 이하준은 2년을 훨씬 넘어서는 긴 시간을 함께하게 될 테니까. 새 추억을 만들기 위해서 굳이 오래 기다릴 필요도 없었다.

"밥 먹고 같이 쇼핑 갈까? 아니면 공연 어때? 혹시 가고 싶을까 봐 뮤지컬 티켓 예약해 놨는데 이런 거 좋아해? 아니면 영화도 괜찮고."

준비해 놓은 레퍼토리를 계획보다 성급하게 꺼내 들자, 하준은 조금 어이가 없는 듯 웃었다.

"김무겸, 갑자기 왜 그래?"

"왜냐니. 데이트하자는 거지. 애인으로서의 의무잖아."

"의무?"

"기억은 안 나도 2년이나 사귄 사이라고 하니까. 그리고 기억이 돌아오든 아니든 나는 이 관계 깨고 싶은 생각은 없으니까. 적응하려면 노력해야지."

"노력……."

하준은 미처 생각지 못한 말을 들은 것처럼 놀란 얼굴로 무겸을 바라보았다. 그러더니 쓴웃음을 지으며 테이블 위로 시선을 떨군다.

"그러네. 기억이 돌아오지 않으면… 노력해야 하는구나."

"왜? 노력하기 싫어?"

"아니, 노력해야지. 인간관계에 노력은 항상 필요한 거잖아."

쓸쓸함이 스치는 듯 싶던 표정이 다시 단정한 미소로 돌아왔다. 마지막으로 서빙된 디저트까지 맛있게 비우고 둘은 레스토랑을 나섰다.

굳이 차에 다시 오를 필요도 없이 가까이에 백화점이 있었고, 백화점에서 멀리 떨어지지 않은 곳에 뮤지컬 극장이 있었다. 모두 무겸이 열심히 계산해서 짠 데이트 동선이었다.

걷기 좋은 날씨였다. 해가 거의 졌는데도 따스한 바람이 불었고, 먼 산 어디선가 실려 온 꽃향기가 도심까지 밀려와 풍기는 것 같았다.

하준은 말없이 봄바람을 맞으며 걸었다. 원래는 봄에 서울에 오게 된다면 이런 바깥 데이트를 하기보다는 집에서 무겸과 꽃 구경을 하며 시간을 보내고 싶었는데, 아무래도 또 나중을 기약해야 할 것 같다.

"신상품인가 본데? 한번 차 봐."

"시계 지금도 많아. 자주 쓰지도 않는데 이제 안 사도 돼."

"차 보기만 하는 건데 뭐 어때. 이것 봐. 어울리네."

백화점에 들어서서는 구경하는 사람도 많지 않은 고가의 명품 매장만 방문하며 무겸이 고르는 물건 이것저것을 시착했다. 보통 사람들의 1년 연봉도 넘을 금액이 순식간에 영수증으로만 남았지만 하준은 어쩐지 그의 과소비를 적극적으로 말릴 의욕도 나지 않았다.

필요도 없는 비싼 물건들을 담은 쇼핑백을 들고 거리를 걷는데, 갑자기 무겸이 멈춰 섰다.

"이하준, 잠깐만 여기서 기다려."

기다리라는 말에 하준은 굳이 뒤따라가지 않고 한 자리에 서서 눈으로만 그를 좇았다. 작은 노점 앞에 성큼성큼 다가가 잠깐 머무르던 무겸은 오래지 않아 되돌아왔다. 손에 새로운 물건을 들고.

"첫 데이트 기념 선물."

남들이 들리지 않게 속삭인 말에 하준은 놀란 눈을 떴다. 무겸의 손에 들린 것은 장미 꽃다발이었다. 하준은 멍하니 그것을 받아 들고 빨간 꽃을 내려다보았다.

"왜 첫 데이트야?"

"기억 잃고는 첫 데이트잖아. 데이트라고 하면 역시 꽃 선물이지."

무겸은 농담조로 대답하며 어깨를 으쓱했다.

로맨틱한 이벤트를 좋아하는 그는 평소에도 꽃을 선물하기 좋아한다. 런던에 처음 도착했던 날에도 무겸은 작은 꽃다발을 들고 공항까지 하준을 마중 나왔다. 동거 후 처음 맞는 생일에는 집 안을 정원처럼 장미로 가득 채워 하준을 기함시킨 적도 있었다.

골을 넣은 뒤 세리머니로 둘만 아는 메시지를 전달하기도 하고, 사귄지 1년째가 되었음을 기념하기 위해 경고를 무릅쓰고 이너셔츠에 문구를 써 보여 주기도 하기도 하고, 몰래 피아노를 연습해서 쳐 주기도 하고…….

그때마다 가끔은 부끄럽고, 때로는 늘 선수를 빼앗기는 저 자신이 안달 나고, 어떤 때는 놀라고, 당연히 무척 설레기도 했다. 무겸의 노력 덕분에 매일이 깜짝 선물 상자 같았던 나날을 언젠가부터 평범한 일상으로 받아들이고 있었음을 깨닫는다.

짧은 시간 동안 꽃을 내려다보며 지난 일을 되짚은 하준은 천천히 미소를 지었다. 꽃향기를 맡으려는 듯 꽃다발로 얼굴을 반쯤 가리고, 제 연인과 눈을 마주치며 인사했다.

"고마워."

"맘에 들어?"

"그럼. 꽃 싫어하는 사람이 어디 있어."

화사한 응답에 무겸은 뿌듯한 미소를 짓더니 쇼핑백을 모조리 빼앗아 들고는 걸음을 옮기기 시작했다. 저도 힘이라면 남 부러울 것 없는 남자에다 무거운 물건은 하나도 없는데. 이 또한 애인으로서의 친절이리라.

칭찬할 만한 자상함 앞에서도 하준은 어쩐지 마냥 기뻐하기가 어려웠다.

일정이 빡빡하게 들어찼던 긴 하루였다. 호텔로 돌아온 하준은 오랜만에 욕조에 물을 받아 몸을 담갔다.

기억을 잃은 김무겸과의 첫 번째 데이트는 성공적이었다. 맛있는 식사와 사치스러운 쇼핑을 마친 뒤에는 예매해 두었다는 뮤지컬까지 끝까지 관람하고 돌아왔다.

무대는 정말 멋있었다. 다른 생각을 하느라 가사를 다 놓쳐서 내용은 하나도 머리에 안 들어왔지만.

고민을 녹여버리고 싶은 기분으로 괜스레 물을 휘휘 저었다. 매번 그렇지만 사람의 마음은 뜻처럼 움직이지 않는다. 생각하지 않으려 하면 할수록 레스토랑에서 무겸이 했던 말이 자꾸만 둥실 떠올랐다.

“적응하려면 노력해야지.”

하준에게 지금의 상황은 그저 정상적인 생활이 돌아올 때까지 기다리는 임시 기간에 불과했지 적응까지 해 가며 받아들여야 할 영구적인 일상이 아니었다.

그러나 그것은 저만의 생각이었을 뿐, 무겸은 이미 앞서서 현실을 수용하려 하고 있었다. 초조해하지 말고 마음 편히 기다리자고 자기 자신을 북돋던 말이 오늘은 힘을 잃는다.

기억도 없다는 녀석이 잘해 주려고 애쓰니까 기특하기도 하지만… 이러다가 평생 기억이 돌아오지 않으면 어떻게 해야 할지 어쩔 수 없이 걱정이 된다. 계속 사귈 수만 있다고 해서 다는 아니니까.

‘기다리기만 할 게 아니라 나도 먼저 뭘 좀 해 봐야 하나?’

하지만 뭘 어떻게? 하준은 답을 구하려는 듯 곰곰이 생각에 잠겼다가 절레절레 고개를 저었다.

“이하준, 물에 빠졌어? 왜 이렇게 나올 생각을 안 해.”

“아, 응. 나가.”

너무 오랫동안 욕조에 들어와 있었나 보다. 정신을 차려보니 물도 꽤 식어 있었다.

샤워를 마치고 벽에 걸어 놓았던 가운을 걸쳤다. 이렇게 되고 나니 옷을 벗고 마주치는 것도 왠지 창피하다. 문을 열자 침대에 앉아 휴대폰을 보고 있던 무겸이 피식 웃었다.

“2년이나 만났다면서 샤워하고도 꼭 그렇게 꽁꽁 가리고 나오네.”

“늦게 들어와서 그런지 피곤하다. 오늘은 이제 그만 잘까?”

불을 끄고 오늘도 각자의 침대에 누웠다. 하준이 먼저 굿나잇 인사를 건넸다.

“잘 자.”

“그래. 코치님도.”

인사를 마치고도 하준은 까만 밤과 커튼이 살짝 열린 틈으로 새어드는 불빛을 번갈아 바라보며 눈을 깜박였다.

이상한 일이었다. 김무겸은 곧 잠이 든 것 같은데, 웬만큼 고민이 있어도 밤에 잠만큼은 늘 잘 자던 저는 오늘 좀처럼 졸리지 않았다. 온종일 이곳저곳을 돌아다녔으니 피곤하지 않은 것도 아닌데 정신만큼은 또렷했다.

결국 하준은 몸을 일으켜, 무겸이 깨어나지 않도록 조심조심 어두운 방을 나서 호텔을 빠져나왔다.

삑, 소리와 함께 바코드를 찍은 점원이 카드를 돌려주었다. 하준은 카드와 담배, 라이터를 한꺼번에 집어 들고 고개를 살짝 숙여 인사했다.

“감사합니다.”

하준은 편의점 유리문을 열고 밖으로 나섰다. 봄의 한중간, 깊은 밤인데도 바깥 온도는 여전히 미지근했다. 평소라면 이맘때가 제일 좋은 계절이라며 기꺼워했을 텐데 기분이 울적해서인지 덥지도 춥지도 않은 미온이 조금 갑갑하게 느껴졌다.

흡연 구역으로 쓰이는 구석진 곳에 다가간 그는 새 담배를 하나 꺼내 물고 라이터를 들었다. 찰칵찰칵, 두어 번 부싯돌을 굴리자 불꽃이 인다. 입술 끝에 빨간 불이 맺혔다가 검붉게 잦아들었다.

깊이 들이마신 연기를 한 번 내보낸 하준의 표정은 씁쓸해졌다. 이제 완전히 끊었다고 생각했는데 마음이 복잡해지자 마지막으로 피운 지도 오래된 담배가 생각나고 말았다.

마지막으로 딱 한 번, 오늘까지만 피우자. 하준은 다짐하며 휴대폰을 꺼내 사진첩을 열었다. 앨범에는 무겸과 보낸 지난 2년의 흔적이 불과 며칠 전의 것까지 빼곡하게 남아 있었다. 하나하나 넘기며 생생한 기억을 들여다보고 있자니 저도 모르게 희미하게 미소가 지어진다. 하지만 그마저도 꺼져가는 담뱃불처럼 힘이 없었다.

사진 속의 김무겸과 지금의 김무겸이 다른 사람 같다. 아니, 실은 김무겸 때문이 아니라 자신의 심란한 마음 탓에 그렇게 느껴지는지도 몰랐다.

"차라리 처음처럼 못되게 굴면 덜 답답할 것 같다……."

한숨 섞어 그렇게 중얼거리는데 불쑥 다른 사람의 목소리가 끼어들었다.

"뭘 처음처럼?"

"아, 깜짝이야."

귀신처럼 나타나 어느새 지척에 서 있는 남자를 보고 하준은 놀란 가슴을 쓸어내렸다. 입에 물고 있던 담배를 떨어뜨릴 뻔했다.

하준은 손사래를 쳐 연기를 흩트리며 물었다.

"안 잤어? 여기까지 왜 나왔어."

"자다가 깼어. 욕실에도 없고 아무 데도 없길래 바람도 쐴 겸 호텔 밖까지 나와 봤더니……. 담배도 피워? 의외네. 안 그렇게 생겨서."

"담배 피우게 생긴 건 뭔데. 그런 얼굴이 따로 있어?"

무겸은 눈을 굴리더니 납득한 표정이 되어 고개를 끄덕거렸다.

"그렇긴 하지. 피곤해서 일찍 자자더니 왜 갑자기 나왔냐?"

"그냥. 오랜만에 한 대 생각나서. 들어가자. 너 연기 마셔서 좋을 거 없어."

"아직 장촌데?"

"상관없으니까 가자."

무겸을 재촉하며 걸음을 옮기려는데 그는 따라오는 대신 하준을 불러세웠다.

"이하준."

"응?"

"할 말 있으면 똑바로 해. 자려고 누웠다가 일어나서 담배까지 피우러 나와 놓고 아무 일 없었던 척하지 말고."

"무슨 일이 있어서가 아니라 바람 쐬고 싶어서 나온 거야."

난처하게 웃으며 둘러댔다. 실상 갑갑한 사람은 제 쪽이었다. 할 말이 있으면 똑바로 하고 싶지만 지금 느끼는 미묘한 심란함을 논리적인 말로 포장해 무겸에게 제대로 전달할 자신이 없다.

무겸은 고개를 살짝 기울이더니 의심스러운 말투가 되었다.

"지난번부터 궁금했는데… 기억 없어지기 전에 우리 사이에 무슨 일 있었어?"

"어?"

"내가 헤어지자고 할까 봐 걱정은 안 한다며. 보통 이런 상황이면 관계가 잘못되는 게 제일 큰 걱정거리여야 할 것 같은데. 혹시 기억 없어지기 전에 우리 사이가 이미 엉망진창이었거나, 권태기라서 헤어지려고 정리하던 중이었던 거 아냐? 억지로 사이좋은 척하려니까 스트레스 받는 거 아니냐고."

하준은 어리둥절하게 무겸을 바라보았다. 생각지도 못한 이야기가 한 번 막히지도 않고 길게 펼쳐지자 어디서부터 지적을 해야 할지 감도 잡히지 않는다.

대답 없이 입만 몇 번 벙긋대던 그는 결국 감탄으로 이야기를 끝맺고 말았다.

"기억이 없어져도… 네 창의력은 어디 안 가는구나. 그런 거 아냐. 오히려 예전에는 몇 번씩 싸웠어도 요즘은 말다툼도 제대로 한 적 없어."

"몇 번씩 싸웠다니 왜?"

요즘은 말다툼을 한 적 없다는 말보다 그쪽에 더 관심이 기우는지 무겸은 꼬치꼬치 캐고 들었다. 하준은 피식 쓴웃음을 지으며 고개를 돌렸다.

"일일이 이래서 싸웠다고 설명할 의욕은 없다. 재미있는 얘기도 아닌데."

"너는 성격 좋아서 남들이랑 싸울 일도 없을 거 같은데. 역시 나 때문인가?"

"아니라고는 안 하겠지만… 꼭 그렇지만도 않아."

"흠… 궁금한데? 얼른 들어가자. 방에 들어가서 왜 싸웠는지 얘기해줘."

대화가 생각보다 길어지려는 낌새였다. 하준은 그제야 난감해져 웃음을 지웠다.

"꼭 해야 돼?"

"안 하면 못 자."

마음이 급해진 무겸이 막 하준에게 손을 뻗으려던 때였다.

쨍그랑!

뭔가가 깨지는 소리가 들렸다. 쌓여 있던 물건들이 쓰러지는 듯 우당탕 시끄러운 소음도 이어졌다. 큰길가가 아니라 편의점 옆으로 나 있는 좁은 골목에서 나는 소리였다.

"뭐지?"

눈도 깜박이지 않고 가만히 귀를 기울이던 하준이 곧바로 소리가 난 쪽을 향해 걷기 시작했다. 무겸이 서둘러 그의 앞을 막아섰다.

"잠깐만. 내 뒤로 와."

화가 난 사람의 고성이 어렴풋이 들리는 것이 취객끼리 싸움이 난 분위기였다. 만일 진짜 싸움이라도 났다면 하준이 휘말려서는 위험하다. 하지만 하준은 어이없는 표정으로 도리어 무겸을 제 쪽으로 잡아끌었다.

"네 몸값이 얼만데 뒤로 오래? 경기까지 앞두고. 너야말로 내 뒤에서 따라와. 아냐, 넌 여기서 기다려. 괜히 사람들 눈에 띄면 시끄러워질 수도 있으니까."

그러더니 성큼성큼 앞서서 발걸음을 뗐다. 뒤도 돌아보지 않고 어두컴컴한 골목으로 향하는 하준의 뒷모습을 무겸은 어처구니없는 눈길로 바라보았다.

무슨 일일지 알고 저렇게 무작정 가까이 가려 드는지 이해가 안 된다. 위험한 상황이면 어쩌려고 저래? 혹시 경찰에 신고를 해야 하는 상황일지도 모른다는 생각에 무겸은 휴대폰을 꺼내 들고 황급히 하준을 따라갔다.

소리의 정체는 애써 찾을 필요도 없이 금세 시야에 들어왔다. 재활용

쓰레기를 모아 놓는 곳에서 한 남자가 술에 취해 소리를 지르고 있는 중이었다.

"무슨 일 있으세요?"

하준이 짐짓 예의 바르게 끼어들었다. 정말 무슨 일인지 몰라서 묻는 질문은 아니었다. 눈앞의 장면은 굳이 설명을 듣지 않아도 상황을 뻔히 알 수 있을 만큼 노골적이었으니까.

싸움이 아니었다. 술에 만취한 중년 남자가 폐지 따위를 줍는 노인에게 일방적으로 시비를 걸고 있었다.

이런 일은 신고해야지. 무겸은 곧바로 112를 눌렀다. 그러는 동안에도 하준은 그들에게 다가가 말을 걸고 있었다.

"선생님, 많이 취하신 것 같은데 이만 집에 들어가시죠."

"이하준! 내가 신고할 테니까 그만하고 이쪽으로 와."

무겸이 112를 누르고 연결이 되기를 기다리는 사이에도 하준과 남자의 실랑이는 계속됐다. 전화 건너편에서 곧 경찰의 목소리가 들렸고, 상황을 묻는 그의 질문에 무겸은 성실하게 대답했다. 길에서 술에 취한 사람과 노인이 시비가 붙었고, 신고를 하기 위해 전화를 걸었다고.

취객이 노인에게서 목표물을 바꿔 하준을 향해 빽 목소리를 높였다.

"남의 일에 상관 말고 꺼지라니까! 이 양반이 내 옷에, 어? 이런 더러운 걸 묻혀서 내가 지금 논리적으로, 엉? 과실을 따지는 중인데."

"세탁비는 제가 드리겠습니다. 어르신이 일하시다 실수하신 거잖아요. 그러니까 이만 진정하시고."

취해서 횡설수설하는 인간에게 곱게 말한다고 먹힐 리가 있나. 그만하고 이쪽으로 오라니까 끈질기다. 무겸은 하준의 옷자락을 잡아당기며 위치를 설명하기 시작했다.

"네. 정확한 주소는 모르겠는데 그랜드 호텔 정문 근처 편의점 바로 옆 골목……."

쾅!

조리 있게 이어지던 무겸의 설명은 갑작스레 주변을 울린 굉음에 끊어졌다. 눈이 휘둥그레진 무겸은 설명을 이어갈 생각도 하지 못하고 소리가 들린 현장만 멍하니 바라보았다.

- 여보세요? 신고자님?

경찰이 설명을 재촉했지만 무겸은 이미 신고 전화에 대한 관심을 잃은 뒤였다.

갑작스러운 굉음은 이하준의 주먹 끝에서 나온 소리였다. 취객과 말다툼을 벌이다가 화가 치밀었는지 대형 쓰레기로 버려져 있던 나무 문짝을 후려친 것이다. 낡은 문짝이 부서지지 않은 것이 다행일 만큼 큰 소리였다.

순간 모두가 조용해졌다. 취객과 폐지를 모으는 노인, 그리고 김무겸까지.

"그만 좀 하시라니까요! 나이 드신 분한테 꼭 이렇게 행패를 부려야겠어요?!"

정적 속에서 하준이 버럭 목소리를 높이자 사지를 허우적대던 취객은 허둥지둥 몸을 바로 세웠다. 그는 비틀비틀 뒷걸음질을 치면서도 끝끝내 삿대질을 했다.

"거, 거 젊은 놈이 성질 하고는……! 가면 될 거 아니야, 가면!"

하준의 기세에 취객은 우물쭈물하더니 곧바로 몸을 돌려 도망쳤고,

폐지를 줍던 노인마저도 적지 않게 놀랐는지 고맙다는 인사만 남기고 황급히 자리를 떠났다.

무겸은 결국 신고를 다 마치지도 않고 전화를 끊었다. 취객과 노인이 떠난 자리에 혼자 서 있는 하준에게 다가가 그의 손목을 홱 잡아챘다.

"이하준! 너 미쳤어?"

"김무겸……."

주먹까지 휘두르며 분노를 터뜨리더니 도리어 맥이 빠진 듯, 하준은 조금 울상이 되어 무겸을 바라보았다. 이제 와서 약한 척 내숭이라니 우습지도 않았다. 무겸은 문을 친 하준의 손을 들여다보며 굳이 화를 숨기지 않고 눈살을 잔뜩 찌푸렸다.

"하, 여기 까져서 피 난다. 다치려고 환장했냐? 왜 가만히 있는 문짝을 두드려, 두드리길."

"사람 칠 순 없잖아."

"보기보다 다혈질이네. 이 코치님, 정의로운 것도 좋은데 방법을 생각해야지. 잡아 놨다가 경찰에 넘겼으면 혼쭐 좀 났을 텐데 네가 갑자기 화내는 바람에 튀었잖아."

"네 말이 맞아. 내가 화가 나면 가끔 이래. 안 그러려고 하는데 참……. 놀라게 해서 미안."

일면식도 없는 사람에게 언성을 높일 때는 언제고 곧바로 풀이 죽어서는 넙죽넙죽 대답은 잘했다. 본인이 먼저 저자세로 나오자 뭐라고 더 잔소리할 수도 없어서 무겸은 그의 어깨만 토닥토닥 두드렸다.

"이리 와. 편의점 가서 밴드라도 사 붙이자."

하준은 고개를 끄덕이며 순순히 따라왔고, 조금 앞서 걷고 있는 무겸의 표정은 전에 없이 딱딱했다. 마냥 상냥하고 예의 바른 줄만 알았던 이

하준 코치의 돌발행동이 당황스럽기도 했지만 그 때문만은 아니었다.

두근 두근 두근.

하준이 문짝을 치는 장면을 봤을 때부터 이상할 정도로 심장이 크고 빠르게 뛰고 있었다.

왜일까? 기분 탓인지 머리도 좀 아픈 것 같다. 성깔 부리는 모습에 새삼스럽게 반한 건 아닐 텐데…….

무엇보다 지금 무겸이 느끼는 두근거림은 설렐 때나 들떴을 때 느끼는 즐거운 떨림과는 농담으로도 비교할 수 없을 만큼 그 성격이 달랐다. 어딘가에 빗대자면 무서운 영화가 시작되기를 기다릴 때 느끼는 긴장과 가장 비슷하지 않을까.

'내가 지금 설마… 이하준한테 쫀 거야? 아니, 나한테 화를 낸 것도 아닌데 내가 왜……?'

기억을 잃었다고 해서 겁이 많아진다는 이야기는 들어 본 적도 없다. 무겸은 기묘하게 두근대는 속내를 감추고 하준을 편의점까지 이끌었고, 깜짝 놀라 흥분을 감추지 못하는 편의점 점원에게 사인까지 한 장 해준 뒤 연고와 밴드를 사서 나섰다.

편의점 앞 테이블에 마주 앉아 무겸은 밴드 상자를 뜯으며 말했다.

"손."

하준은 순순히 손을 내밀었다. 쓰레기로 버려진 낡은 문짝은 코팅이 벗겨져 거친 표면이 다 드러나 있었다. 그런 것을 주먹으로 갈겼으니…….

손등과 손가락이 이어지는 돌출된 부분 두어 군데에서 피가 배어 나왔다. 밴드를 붙이기 쉽지 않은 부위라 무겸은 고개를 살짝 숙이고 하준의 손만 응시하며 부상 치료에 집중했다. 여느 때라면 다치는 사람은 선수, 돌보는 사람은 코치일 텐데 오늘은 반대였다.

꼼꼼하게 밴드가 붙은 제 손을 내려다보며 하준은 쑥스럽게 인사를 건넸다.

"고마워. 살짝 까진 거라서 안 붙여도 될 것 같은데."

"많이 안 다쳐서 다행이다. 너 자주 이래? 다시는 하지 마. 잘못하면 뼈에 금 가."

거의 으름장을 놓다시피 말했는데 하준은 그 말이 뭐가 우스운지 갑자기 작게 웃음을 터뜨렸다. 무겸의 미간이 다시 좁아졌다.

"왜 웃냐?"

"아냐."

"너 나랑 사귀면서도 이렇게 성질부려?"

"아냐……. 너한텐 안 그래. 진짜 가끔. 가끔만."

변명하는 하준의 말투는 그다지 당당하다고 보기 어려웠다. 남들한테는 매사 상냥하고 관대하면서 가족이나 애인한테만 사나워지는 인간들이 있는데 혹시 그런 타입인가? 툭하면 벌컥벌컥 화를 내던 놈이 제 기억이 없다고 내숭을 떠는 것은 아닌가 눈을 살짝 가늘게 뜨고 살피는데 하준의 표정이 점차 씁쓸해졌다.

"괜한 사람한테… 화풀이를 한 것도 같다. 속이 조금 답답했거든."

"답답해? 왜?"

"왜겠냐?"

"내 기억 안 돌아올까 봐? 신경 많이 쓰여?"

"안 쓰일 순 없지."

그렇게 대답하는 하준은 요 며칠 본 적 없을 만큼 새침하고 통명스러웠다. 속마음을 이야기하는 기분이 쑥스러운지 어느 순간부터 시선도 피하고 있었다. 처음에도 저를 마주치는 것이 부끄러워서 피했다더니, 평소에는 둥글둥글하면서 쑥스러울 때는 뚱해지는 것이 성격인 모양이다.

애인의 2년치 기억이 날아갔다고 하는데 함께 있는 며칠 내내 무슨 일이 일어나기는 했나 싶도록 태연하던 이하준이다. 드디어 조금 인간적인 반응을 보이는 것 같아서 무겸은 빠르게 흥미가 일었다. 빨리 호텔로 돌아가자고 재촉하려는데 테이블 가까운 보도로 또 한 사람의 취객이 지나갔다. 술 취해 돌아다니는 사람이 많을 시간이었다.

"으응, 이제 들어가고 있어요. 늦어서 미안. 대신 내가 자기 좋아하는 치킨 사서 들어갈게. 우리 병아리, 조금만 기다려요오."

회사원으로 보이는, 나이가 적지 않은 남자였다. 일을 할 때는 근엄할 것 같은 사람이 아마도 애인일 사람에게 애교를 부리며 걸어가는 모습에 실소가 절로 났다. 무겸은 피식 웃고 목소리를 낮춰 말했다.

"다 큰 어른들이 연애하면서 병아리라니, 모르는 사람이지만 웃긴다."

"웃겨? 왜?"

"그렇지 않냐? 난 저런 애칭 같은 거 오글거리더라. 뭐 본인들만 좋으면 그만이긴 하지만… 임정규는 연애하면 다 그렇게 변하는 거라고 하던데, 세상 사람들이 다 임정규처럼 주책은 아니잖아?"

그러자 하준은 또 한 번 아까처럼 웃었다. 웃으라고 한 이야기가 아닌데 영문 모를 웃음이 자꾸 돌아오니 기분이 좋지만은 않다. 무겸은 그를 찌릿 노려보았다.

"왜 자꾸 웃어?"

"너는 만약에 나한테 애칭을 붙인다면 뭐라고 하고 싶어?"

"애칭? 글쎄."

무겸은 그리 오래 고민하지도 않고 멋쩍게 되물었다.

"이름으로 충분하지 않아? 코치님은 이런 거 좋아해?"

"나는… 음… 좋은지 싫은지 생각해 본 적이 없었는데, 지금 생각해 보니까 좋았던 것 같기도 하고……."

"뭐? 설마 너도 나한테 저런 애칭 붙였었어?"

"아니."

"그렇지? 쿨해 보여서 안 그럴 것 같았어."

하준은 대답 대신 먼저 몸을 일으켰다. 나온 지 오래된 것 같지 않은데 생각보다 시간이 꽤 지나 있었다.

"이제 들어갈까?"

무겸도 따라 일어섰다. 편의점 앞을 떠난 둘은 더 한눈팔지 않고 호텔 입구로 들어섰다.

걷는 동안 하준은 무슨 생각을 하는 것인지 말이 없었다. 아까부터 하고 싶은 말이 있는 낌새였는데 잠깐 속마음을 꺼내 보여 주는 것 같더니 다시 묵묵해졌다.

밤이 깊어서인지 호텔로 이어지는 길목에는 사람이 전혀 없었다. 멀지 않은 편의점 앞만 해도 제법 번잡했는데, 호텔이 시작되는 입구 너머부터는 잘 정돈된 보도를 밝히는 가로등과 깔끔하게 손질된 넓은 잔디밭과 정원만이 둘을 둘러쌌다.

"손 좀."

"어? 여기."

갑작스러운 무겸의 말에 하준은 이번에도 경계 없이 손을 내밀었다. 그 손을 무겸이 곧바로 낚아채 잡자 하준의 목소리에 뒤늦은 당황이 묻었다.

"김무겸."

"사귀는 사이라면서 남들 없을 때는 손이라도 잡고 다니자. 어떤 사람들은 애칭도 붙이는데 삭막하다, 삭막해. 우리는 정말 어른스러운 연애를 하는 사람들이었나 봐."

빈정거리자 하준은 이번에도 이렇다 저렇다 대꾸하는 대신 피식 웃기만 했다.

"그래. 그러면 얼마나 좋겠냐."

무겸은 눈을 살짝 내리뜨고 하준을 살폈지만 대답은 그게 끝이었다. 잡은 손을 뿌리치지는 않았지만 같은 악력으로 마주 잡아 오지도 않는다.

오늘 하루 데이트를 할 때부터 지금 이 순간까지 이하준의 태도는 일관적이다. 이래도 좋고 저래도 좋지만 대단한 감흥은 없는.

뭘 해도 반응이 시원찮으니 맥이 빠진다. 취객과 시비가 붙었을 때는 주먹에 피가 나도록 문짝을 치며 화를 냈으면서 정작 애인 앞에서 보여 주는 감정이라고는 물결 없는 호수처럼 잔잔하기만 했다.

기억을 잃기 전의 제 판단이 틀렸다고 생각하고 싶지는 않지만 역시 궁금해진다. 착하고 속 깊고 좋은 녀석인 건 알겠지만 그런 남자와는 친구로 지내도 충분하지 않았을까? 이렇게 매사에 심심한 놈과 2년이나 만난 데다 영국에 데려가서 플라토닉한 동거까지 하고 있다니, 기억을 잃기 전의 김무겸은 도대체 무슨 생각이었을까?

먼저 고백까지 했다면서 저를 그렇게까지 좋아하는지도 잘 모르겠고……. 하긴, 이제 막 그와 연애를 시작한 기분에 흥미로움과 신선함을 동시에 느끼는 저에 비하면 이하준에게 김무겸은 사귈 만큼 사귄 식상한 애인에 불과할 테니 처음 고백을 할 때 같은 열정은 식어버렸대도 이상한 일은 아니었다.

호텔 건물이 가까워지며 조명이 더 밝아지고 사람이 늘어나자 둘의 손은 자연스럽게 멀어졌다. 약하게나마 연결되어 있던 손가락이 스륵 풀어져도 이하준의 표정에는 아무런 변화도 없었다.

엘리베이터에 올라 방으로 돌아가는 무겸의 얼굴은 딱딱했다. 자꾸만 불쑥불쑥 치미는 감정을 부정하려고 해 봤지만 쉽지 않았다. 아무래도 자신은 연인이 기억을 잃었다는 비상사태에도 불구하고 시종일관 무덤덤한 이하준 때문에 조금, 정말 아주 조금일 뿐이지만 서운함을 느끼고 있는 것 같았다.

그래도 편의점 앞에서는 빈틈을 살짝 보여줬으니까.

'지금 밀어붙여서 2년 동안 무슨 일이 있었는지 알아봐야겠어.'

호텔 방문을 열면서, 무겸은 오늘 밤은 그냥 넘어가지 않겠다고 단단히 마음먹었다.

3.

방에 돌아온 무겸과 하준은 다시 한번 간단히 씻고 잘 채비를 마쳤다. 이번에도 제 침대에 누워 잠을 청하려는 하준을 무겸은 내버려두지 않았다.

“너도 이리 와서 누워.”

“어?”

“호텔 돌아와서 무슨 일 있었는지 얘기하기로 했잖아. 안 하면 못 잔다니까.”

하준은 살짝 한숨을 내쉬더니 어쩔 수 없다는 듯 무겸의 침대에 천천히 몸을 뉘었다. 옆에 눕고도 무뚝뚝해 보이는, 이제는 무겸의 눈에도 익숙해진 쑥스러운 낯으로 꿍얼거린다.

“어차피 기억 돌아올 텐데… 서로 아는 이야기를 입 아프게 할 필요가 있어? 의사 말로는 보통 빠르면 일주일, 늦어도 한 달 정도 안에는 돌아온다잖아.”

“한 달이 짧아? A매치 끝나고 런던으로 돌아가서 몇 경기를 뛰고도 남는 시간이야. 일단 그, 현역 시절에 내 팬이었다는 이야기부터 시작해 봐.”

하준은 생각을 정리하는 듯 눈을 몇 번 깜박이더니 감독에게 훈련 일정을 보고할 때와 비슷한 표정이 되었다.

“음… 그럼 정리해서 얘기할게. 전에 말했던 것처럼 나는 어릴 때부터 네 팬이었어. 특별한 일은 아니지. 너는 너무 유명한 선수고, 지금도 한국에서 축구를 하는 10대 소년이라면 네 팬이 아닐 확률이 더 적을 거야. 그런데 나는 그냥 팬이 아니라 너랑 같이 소집되기도 하는 선수였으니까. 너를 가까이서 자주 볼 일이 많았지. 아무래도."

"얼마나 어릴 때부터?"

"오래……됐어. 청대 시절부터니까. 중3 때부터."

잔잔한 이하준에 비해 번번이 놀라는 사람은 무겸이었다. 그는 이번에도 그냥 들어 넘기지 못하고 눈을 커다랗게 떴다.

"중3? 그렇게 오래 됐다고? 아니, 청대 소집도 됐으면 만난 적도 있겠는데, 나는 왜 기억을 못 했지?"

"내가 너 피해 다녀서. 대표팀에서는 어차피 후보일 때가 많았고, 마음먹고 피하려면 뭐……. 너는 네가 관심 있는 사람 아니면 안중에도 없잖아. 지나친 적이야 있지만 네가 일일이 기억을 안 했겠지."

"그래도 그렇지. 아니, 좋아했으면 말이라도 좀 걸어 보지 그랬어? 나는 정말 까맣게 몰랐잖아."

어이가 없어 탓하는 어조가 되고 마는데, 하준은 다른 말을 하는 대신 조금 우울한 표정이 되었다. 잘못을 고백하는 것처럼 목소리에 자신감이 없어진다.

"네가 정규랑 얘기하는 걸 들어서……."

"임정규? 그놈이랑 내가 무슨 얘기를 했는데?"

"너 런던 가고 나서, 파티 같은 곳에서 남자들한테도 가끔 그쪽으로… 접근을 받아서 기분이 너무 나빴다고 했어."

무겸은 할 말을 잃고 멍해졌다. 그린포드로 이적했던 시기 초반에는 너무 많은 사람들을 만났고 너무 많은 일들이 있어서 이제는 흐릿해진 기억도 많다. 당시에는 선명했지만 시간이 지나며 색채를 잃어버린 과거의 조각들.

이하준을 처음 만났을 때 어디선가 본 듯 만 듯 아리송했던 것처럼, 지금 들은 이야기도 무겸에게는 그랬던 듯 아닌 듯 어렴풋하기만 했다.

"그런 얘기를 했었나? 난 기억도 잘 안 나는데……. 그런 놈들이 있기야 했지."

"그 말을 들으니까 나도 비슷한 사람이 된 것 같아서… 그날 뒤로는 웬지 말을 못 걸겠더라. 마주치거나 얘기 나누면 티만 날 것 같고. 그래서 피하게 됐어."

"시티서울에서 만날 때까지 그랬단 말이야?"

"어려울 거 없어. 1년에 몇 번이나 본다고. 나야 텔레비전이나 인터넷으로 거의 매일같이 널 봤지만 너는 이번처럼, 어쩌다 한 번씩 한국 들어오는 건데."

무겸은 고개를 끄덕이며 트릭을 깨달은 탐정 같은 표정을 지었다.

"이제 대충 스토리를 알겠네. 그랬는데 한 팀에서 일하게 되니까 더 피해 다닐 수가 없었지? 그래서 좋아한다고 고백했고."

"응."

"그랬더니 내가 바로 사귀자고 오케이 했어?"

"아니. 네가 나 찼어."

"오……."

"그래서 난 그냥 포기하려고 했는데……."

"아니, 한 번만에? 이하준, 너무 쉽게 포기하는 거 아냐?"

하준은 무겸의 맞장구에는 대답하지 않고 피식 웃으면서 설명을 이어 나갔다.

"너는 내가 코치들 모임에 나간 걸 가지고 다른 남자랑 잤다고 오해를 해서 얼마나 화를 내던지. 내가 선수들이랑 자고 다니면서 코칭을 한다나 뭐라나. 참… 다시 생각하니까 이제 그냥 웃긴다."

"뭐야, 제대로 돌았잖아? 그런 놈을 그냥 놔뒀냐? 정신 차리게 훈련장 불러내서 흠씬 패지 그랬어."

하준은 이제 킥킥 소리를 내서 웃었다. 차분하고 단정한 인상이 웃으면 해사해지면서 인상이 확 밝아진다.

좀 더 자주 이렇게 웃으면 좋을 텐데 어찌 된 일인지 이하준은 일을 하는 훈련장에서보다 같이 사는 애인이라는 김무겸과 단둘이 있을 때 더 웃지 않는 것 같았다.

"꼭 남 얘기처럼 한다?"

"기억에도 없는데 남이지. 나는 걔 아냐."

하준이 계속 웃자 무겸의 말투는 점점 더 농담처럼 익살맞아졌다. 누군가를 웃기려고 남 앞에서 일부러 건들대는 일 따위, 아저씨네 가족과 함께 있을 때 정도가 아니면 한 번도 해 본 적 없는데 지금 무겸은 저도 모르게 하준을 웃게 만들고 싶어 애쓰고 있었다.

"패지는 않았지만… 네가 화내니까 나는 황당했지. 먼저 차 놓고, 내가 다른 남자랑 자든 말든 무슨 상관이야?"

"…진짜 다른 남자랑 잤어?"

웃음기를 잠시 내려놓고 다소 경직되어 묻자 하준 역시 웃음을 멈추고 정색했다.

"아니야! 네 오해였다니까. 하여튼 그 일 때문에 엄청 싸우고… 서로 껄끄러워졌었는데 네가 먼저 사과했어. 너도 나 좋아한다고도 했고……."

하준의 말끝이 수줍게 흐려졌다. 세심하게 설명해 준다 싶더니 또 한 번 급전개다. 여전히 여러 가지가 생략된 이야기 같기는 하지만 그것만으로도 충분히 충격적이었다.

"그래서 사귀게 된 거야. 이제 됐지? 끝."

"지난번에도 그러더니 중요한 부분 다 빼내고 요약을 하네."

"2년 동안 있었던 일을 어떻게 다 이야기해."

쑥스럽고 난처하고, 살짝 씁쓸하게 웃음 짓는 하준의 얼굴을 마주보며 무겸은 대화 내용과는 관계없는 생각에 빠져들고 있었다.

이상하다. 이하준 웃는 얼굴이 이랬었나…….

"2년 정도 기억 없어도 네 생활에 지장 없을 거 같다고 했지?"

"……."

"절반은 맞는 말이야. 나는 너를 정말 오랫동안 봐왔고, 네 기억이 조금 사라져도 내가 좋아하는 너는 그대로일 테니까. 하지만 나는… 지난 2년이 없으면 너한테 완전히 다른 사람일 텐데."

하준의 웃음기가 완전히 사라지고, 흰 얼굴 위로 슬픔과 불안의 윤곽이 서서히 드러났다.

"만약에 정말 기억이 안 돌아오면… 어떻게 해야 할지 모르겠다, 솔직히."

"너무 걱정할 필요 없어. 헤어질 생각 없다니까. 지금까지처럼 지내면 돼."

"지금까지처럼이 지금도 안 되고 있잖아. 우리가 어떻게 지냈는지도 모르면서 자꾸 지금까지처럼 지내라고만 하면……."

하준은 답답한 마음을 이기지 못하고 일어나 앉았다. 무겸도 그를 따라 누워 있던 몸을 일으켰다.

침대 옆 스탠드만을 밝혀 놓은 깜깜한 방, 제대로 보이는 것도 없는 어둑한 정면을 응시하던 하준은 저만큼이나 답답해 보이는 무겸을 돌아보고 나서야 시선을 떨궜다.

사고로 기억을 잃은 것이 잘못도 아닌데 말투가 자꾸만 타박조로 변한다. 지금 누구보다 힘들 사람은 증상을 겪고 있는 김무겸이니까 제 불안을 전가해서는 안 되는데 그만 못 참고 입 밖으로 꺼내 버렸다.

이제 혼자만의 감정으로는 만족할 수 없는데. 서로 사랑하고 싶지 쇼윈도 커플처럼 사귀는 관계를 유지할 수 있다고 다는 아닌데. 기다리기만 할 것이 아니라 먼저 뭔가를 해봐야 하지 않을까. 한다면 무엇을 어떻게. 그렇게 고민하던 그는 효과적인 해결책을 진작 깨달은 상태였다.

어떤 상황에서도 둘의 관계가 흔들리지 않을 방법을 모르는 건 아니다. 지금이라도 옛날이야기를 꺼내서, 어릴 때 만났던 그 아이가 자신이라고 얘기하면 된다. 그러면 보은을 중요하게 여기는 무겸은 무슨 일이 있어도 저를 놓지 않을 테니까.

하지만… 자신이 원하는 게 그런 방식은 아닌 것 같았다.

조금만 별스러운 일이 있으면 자랑하고 내세우기를 좋아하는 무겸이 함께 나눌 가장 좋은 시기를 기다리고 싶었다며 입 밖에도 내지 않고 소중하게 아끼던 기억이었다. 챔피언스리그에서 맞은 화려한 패배의 후유증과 돌아온 월드컵을 맞는 씁쓸함에 살짝 감상적이 되었던 저를 위로하기 위해 결국은 갑작스레 꺼내고 말았지만. 다른 사람들의 눈에는 우연의 일치겠지만 당사자들은 운명이라 이름하고 싶은 그런 이야기.

그것을 관계를 이어가기 위한 무기처럼 무겸의 앞에 내밀고, 그러니 너는 계속 나를 사랑해야 한다고 강요하고 싶지는 않다. 결국은 그래야 하는 순간이 올지도 모르지만 아직은 시간의 힘을 믿고 싶었다.

"의사가 괜찮을 거라고 했으니까 걱정 안 하려고 노력 중이긴 한데 어쩔 수 없이 걱정이 돼. 네가 이해해. 나도 사람이라 어쩔 수가 없어."

"이하준……."

조금 전만 해도 웃는 얼굴이 보기 좋다 생각했는데 하준의 얼굴은 요며칠 중에서 제일 침울해져 있었다. 무겸으로서는 괜한 말을 꺼냈다 후회하게 될 정도로.

이 위기 상황에 천하태평이라며 속으로 몇 번씩 하준을 비꼬았던 무겸이지만 막상 그 모습을 마주하자 덩달아 울적해지고 말았다.

"…이제 그만 자자. 시간이 너무 늦었네. 내일은 기억이 돌아올지도 모르잖아."

대화를 차분히 마무리하며 하준은 먼저 침대에 누웠다. 머뭇대던 무겸도 곧 옆에 따라 누웠다.

저렇게 말하니까 뭘 더 묻지도 못하겠다. 그래도 속내를 조금이나마 털어내서일까, 밤중에 몰래 호텔을 빠져나가기까지 했던 하준은 조금 뒤척거리다가 나중에는 고른 숨을 쉬었고 이번에는 무겸 혼자만 잔뜩 심란해졌다.

잠을 못 이루고 뜬눈으로 밤이 흘러갔다. 30분쯤 지났을까, 아니면 한 시간쯤? 내일 훈련을 생각하면 얼른 자야 하는데 정신은 갈수록 말똥말똥해진다. 시계도 보지 않고 하염없이 어두운 밤을 헤아리는데, 옆에 누운 하준이 무겸 쪽으로 돌아누우며 중얼거렸다.

"으음, 김무겸……."

잠꼬대였다.

무겸이 눈을 깜박였다. 깨어 있을 때와는 달리 둔하게 뭉개진 발음으로 이름을 부른다. 머리가 뒤숭숭해 딱딱하게 굳었던 마음이 순식간에 말랑하게 풀어진다. 무겸은 씩, 소리 없이 웃으며 아직도 입술을 달싹대는 하준을 마주보았다.

'꿈이라도 꾸나? 내 꿈? 안 어울리게 귀여운 구석이 있네.'

하준의 잠꼬대는 끝이 아니었다. 방금까지도 천진하리만치 평온하던 표정은 미간이 천천히 움찔거리고 눈썹이 살짝 처지면서 연한 울상으로 변했다. 벌어진 입술에서 이번에는 이름이 아니라 다른 말이 흘러나왔다.

"가지 마……."

"……."

"가지… 마……."

무겸은 벌떡 몸을 일으켰다. 잡다한 고민과 심란함이 빛의 속도만큼 빠르게 저 멀리 날아간다. 더 아무것도 생각하지 못하고 끌어안다시피 하준에게 상체를 기울여 그의 어깨를 살짝 흔들었다.

"이하준."

"…어, 어……?"

막 꿈에서 깬 하준은 눈만 간신히 떴을 뿐, 비몽사몽 멍해 보였다. 무겸은 그런 하준을 내려다보며 손을 꽉 붙잡았다.

"나 여기 있어. 네 옆에. 아무 데도 안 가."

"응, 무겸아……."

여상하게 흘러나오는 짧은 대답을 무겸은 바로 받아치지 못하고, 숨을 한 번 고른 다음에야 그 부름에 응할 수 있었다.

"…하준아."

그러자 하준은 무겸을 끌어안았다. 아무 설명도 없이. 잠결에 하는 행동인 듯 어딘가 느릿하고 스스럼이 없었다.

사귀면서는 이름으로만 불렀던 걸까? 두근 두근 두근. 또다시 심박수가 빨라진다. 하지만 취객과 싸우는 그를 봤을 때처럼 심장이 졸아드는 느낌과는 달랐다.

기분이 너무… 이상했다. 아무것도 하지 않고 함께 누워 있을 뿐인데 숨이 조금 가빴다. 무겸은 잠시 망설이다가 역시 아무런 말도 질문도 없이 하준을 마주 안았다.

잠꼬대는 자기가 해 놓고서 하준은 무겸을 재우려는 것처럼 등을 가볍게 토닥거렸다. 은은하게 웃음이 밴 목소리는 잠이 덜 깬 그의 얼굴만큼 나른하고 상냥했다.

"왜 갑자기 일어났어. 꿈이라도 꿨어?"

"아니……. 네가 잠꼬대를 하길래 내가 깨운 건데."

"아, 내가? 그랬구나."

하준은 민망하게 웃더니 부드러운 미소를 지으며 무겸을 마주보았다.

"나 때문에 깼어? 미안."

무겸은 대답 대신 넋 빠진 눈길만을 돌려주었다.

또다. 또 그의 웃는 얼굴이 처음과 달라 보인다. 잘생겼다는 생각은 예전부터 했지만… 왜 점점 예뻐 보이지?

홀린 듯 하준을 빤히 마주보던 그는 곧 속으로 격렬하게 고개를 저었다. 아니야, 아니야. 정신 차려, 김무겸. 우리는 플라토닉한 사이라고 했어!

"무슨 꿈 꾼 거야? 내 이름 부르던데."

속으로는 절규를 이어가는 중이었지만 무겸은 필사적으로 침착을 가장하며 물었다. 다행히 하준은 무겸의 내적 갈등을 전혀 눈치채지 못한 듯 여전히 졸린 투로 착실하게 대답했다.

"시합이 얼마 안 남아서 그런가. 꿈에서 경기를 하고 있더라. 네가 자꾸 감독님 지시랑 다른 방향으로 가려고 해서 내가 가지 말라고 소리쳤어."

그 대답에 무겸의 목소리에서 힘이 쭉 빠졌다. 이번에는 연기가 아니라 진심 어린 허탈함이 말투에 묻어 나왔다.

“아… 축구하는 꿈?”

“응. 진짜 경기에서는 그러면 안 된다.”

“하라고 해도 안 해.”

난 또 무슨 꿈을 꾸길래 사람을 그렇게 애절하게 부르나 했네.

허무해진 무겸은 더 묻지 않고 눈만 끔벅였다. 하준은 조용해진 무겸을 여전히 끌어안고서 등을 토닥였다. 꿈 생각이라도 났는지 작게 웃으면서 잠을 재촉한다.

“다시 자자. 내일 또 훈련해야지.”

옳은 말이었지만 무겸은 전혀 졸리지 않았다. 밤이 깊어질수록 눈은 또랑또랑해지고 정신은 명료해지기만 한다.

잠든 하준이 제 이름을 부른 이유가 예상에서 빗나갔음을 확인하고도 무겸은 하준을 품에서 떨어뜨리지 않았다. 도리어 조금씩 팔에 힘을 주며 하준을 제 품에 자꾸만 더 밀착시키고 있었다.

답답할 법도 한데 하준은 그만 놓으라고 투덜대거나 밀어내는 시늉도 한번 하지 않고, 본래 그 자세로 잠드는 것이 익숙한 사람처럼 고른 숨만 쉬고 있었다. 무겸은 억울해졌다. 자신은 아닌 밤중에 가슴이 뛰어 숨도 제대로 못 쉴 것 같은데 이하준은 오늘 밤도 천하태평으로 쿨쿨 잘만 자고 있다니.

이건 불리한 게임이다. 잃어버린 2년 동안 이하준은 김무겸에게 지나칠 만큼 익숙해져 버린 것 같은데 저만 지금의 이하준이 낯설다. 시작은 하준이 먼저였다고 하지만 어디까지나 지나간 일일 뿐, 자존심 상하게도 당장은 김무겸 혼자 안달이 나 어쩔 줄 모르고 있었다.

이럴 때 억지로 잠을 청해 봤자 피곤만 더해진다. 밤은 아직 길었으므로 무겸은 품 안의 이하준을 천천히 살펴보기로 했다.

한창 자다가 깨어서인지 맞닿은 하준의 살은 체온이 올라 따뜻했다. 끌어안고 있으니까 냄새도 좋다. 똑같이 햇빛을 받으며 필드에서 일하는 사내 녀석이 피부도 하얗고 보들보들하고, 아무래도 이런 건 정말 타고 나는 부분인 모양이다.

'옷 안쪽은 더 그렇겠지?'

문득 거기까지 생각이 미친 무겸은 또 한 번 속으로 격렬하게 고개를 저었다. 지금 무슨 미친 상상을 하려는 건가? 남자를 안고서 엉뚱한 데 관심을 갖다니.

하지만 부동자세로 누워 두뇌활동을 멈추려 애쓰던 무겸의 표정은 왜인지 점점 침착해졌다. 저 자신을 부정하던 그는 천천히 생각의 방향을 바꿔 가고 있었다.

'…아니야. 남자면 어때?'

애인이라잖아. 2년이나 사귀었다잖아.

어울리지도 않게 김무겸이 무슨 플라토닉 러브야. 하고 싶으면 하면 되지, 참을 필요 있어?

"하준아."

마음속 외침은 호기로웠지만 막상 이름을 부르는 목소리는 여전히 망설임이 남아 그답지 않게 낮고 작았다. 그러나 하준은 완전히 잠들지 않았던지 무겸의 부름을 무시하지 않고 대답했다.

"응."

막 잠이 제대로 들려다가 깨어 졸린 기운이 가득한 목소리였다. 무겸은 얼굴을 조금 더 가까이하고 속삭였다.

"뽀뽀하고 싶어."

그러자 하준은 눈도 제대로 뜨지 않은 얼굴로 픽 웃고는 고개를 살짝 치켜올렸다.

"으응. 하면 되지."

쪽.

말이 끝나자마자 귀를 꼬집듯 간질이는 소리, 준비할 시간도 없이 입술에 닿은 온기에 무겸의 눈은 커다랗게 열려 깜박이는 것도 잊고 굳었다.

잠을 깨우면서도 못내 머뭇대던 무겸과 달리 하준의 입맞춤은 거침없었다. 비록 입술과 입술이 짧게 맞닿았다 떨어지는 어린애 장난 같은 키스였지만 키스는 키스. 그러잖아도 두근대던 무겸의 심장이 곧 터질 것처럼 쿵쾅거렸다.

입을 맞춘 하준은 여전히 옅게 웃으면서 눈을 느릿하게 떴다. 그나마 잠이 덜 깨어 반쯤만 뜬, 같은 남자에 생판 남이라면 못나 보일 수도 있는 표정이 지금 무겸에게는 완전히 다르게 와닿았다.

'씨발… 눈이 어떻게 됐나?'

이제 예쁘다 못해 심지어 귀여워 보이기 시작했다……!

말도 안 된다. 오늘 밤이 통째로 거짓말 같다. 무겸은 이를 악물고 평정심을 되찾기 위해 노력했다. 귀신에 홀린 기분이라는 말의 의미를 완벽하게 이해할 수 있을 것 같았다.

휴식을 취할 때나 다 같이 장난을 칠 때는 방긋방긋 웃는 얼굴로 잘 받아주지만 코치님일 때는 여지없이 끊어내며 상대방을 조여매는 맛이 있어 만만하다는 느낌을 주지 않는 이하준이다. 나이 차이도 얼마 나지 않는 선수들이 그의 지시에 토 한 번 달지 않고 곧잘 따르는 이유이기도 할 것이다. 훈련 중에는 전혀 그러지 않으면서 지금은 사람이 엄청나게 말랑말랑했다.

하지만 어찌할 바를 모르고 우물쭈물하는 것도 잠깐이었다. 짧은 당황이 가라앉자 또 새로운 질문이 머릿속에 비죽 솟아났기 때문이다.

'나한테만 이러는 거겠지?'

순두부처럼 말랑해진 이하준의 모습은 어디까지나 김무겸 한정으로만 드러나는 비밀 같은 것이리라 생각하자 점점 기분이 좋아지기 시작했다. 무겸은 애써 태연을 가장하며 헛기침을 했다.

"의사가 평소처럼 생활하라고 했는데."

"의사?"

무슨 소리냐는 듯 어리둥절 중얼대던 하준은 갑자기 눈을 크게 떴다. 계속 절반쯤 잠의 저편에 걸쳐져 있던 의식이 순식간에 돌아와 발음이 선명해졌다.

"아, 맞다. 너 지금 기억이 없지."

상황 파악할 시간을 줘 봤자 솔직해지기 힘들기만 할 뿐이다. 무방비하게 제 앞에서 웃던 하준이 쓸데없는 방어전을 펼치기 전에 무겸은 곧바로 그를 더 세게 끌어안아 거리를 지우며 물었다.

"우리 정말 아무것도 안 하고 자? 손만 잡고 잔다는 말도 있는데 우리는 손도 안 잡고 자잖아."

"마, 말했잖아. 그런 거 잘 안 해."

"그러니까 왜 2년 만에 그런 사이가 됐냐고. 휴대폰에는 야한 사진도 꽤 있던데. 내가 밤일을 그렇게 못하는 편은 아니라고 생각했는데… 벌써부터 손도 안 잡고 잘 정도로 나랑 하는 게 시시했어? 역시 기억 없어지기 전에 우리 사이에 문제가 있었던 거지?"

"아니, 문제가 있는 게 아니라."

심문처럼 몰아붙이는 질문이 순식간에 분위기를 역전시켜 이제 당황하는 사람은 하준 쪽이 됐다. 그는 뭐라 대답해야 할지 망설이는 것처럼 입만 달싹대다 풀이 죽었다.

"의사가 자극적인 얘기는 하지 말랬잖아."

"의사가 말한 자극적인 이야기가 이런 뜻은 아닐걸?"

서로의 속눈썹이 맞닿을 듯 얼굴이 가까웠다. 가슴이 뛰어 잠을 못 이루던 무겸의 심장 박동이 이번에는 하준에게 그대로 옮겨간 듯, 길고 촘촘한 속눈썹의 미세한 떨림을 바라보는 것만으로도 무겸은 하준이 느끼는 두근거림을 온전히 전달받을 수 있었다.

잠이 덜 깬 상태에서도 의문 한번 없이 주어졌던 입맞춤은 서로의 접촉이 얼마나 잦은 일이었는지를 백 마디 말보다 분명하게 증명해 주었다. 몸에 익은 일상처럼 아무렇지 않게 제게 맞닿았던 하준의 입술이 코앞에 있었다.

색이 너무 짙지 않은 부드러운 색깔의 그것은 촉감 또한 매끄럽고 포근포근했다. 너무 노골적으로 입술을 응시했는지 집요한 눈길을 눈치챈 하준은 못내 부끄러워하면서도 소근거렸다.

"그, 키스 정도는… 해."

"그럼 우리 키스하자."

이번에도 틈을 주지 않고 기다렸다는 듯 대꾸했다. 하준은 조금은 불안하고 조금은 의심스러운 표정으로 무겸을 살폈다.

"할 수 있겠어? 지금 네가, 나한테……."

"해 봐야지. 평소에 하던 일을 계속 유지하는 게 기억을 빨리 돌아오게 도와준다잖아."

결론을 내리자 무겸은 망설이지 않았다. 곧바로 상체를 일으켜 누워 있는 하준의 위로 다시 몸을 기울였다.

얼굴이 순식간에 가까워지자 침대 시트 위로 늘어져 있던 하준의 손에 살짝 힘이 들어가며 손가락이 움찔거렸다. 그 손끝이 무겸의 팔뚝 어딘가를 건드려, 무겸은 손을 잡아달라는 신호를 받기라도 한 것처럼 하준의 손가락 사이사이 깍지를 껴 붙잡았다.

입술이 맞닿았다. 처음에는 살짝, 이어서 천천히 깊게. 기억 속에서 사라진 이하준을 처음부터 다시 기억하려는 것처럼 무겸은 신중했다. 태어나서 이처럼 천천히 입을 맞춰 본 적이 없다는 생각이 들 만큼.

몇 번씩 쪽쪽 부딪히고 형태와 촉감을 더듬는 것처럼 입술로 입술을 문지르고, 혀로 천천히 핥아나갔다. 갑작스러운 키스가 어색한 듯 다물려 있던 하준의 입술도 진득한 입맞춤을 이기지 못하고 벌어지며 작은 신음이 샜다.

"흣……."

통증을 참을 때와 비슷한 것 같으면서도 달콤한 숨결이 선명하게 스민 소리였다.

그 목소리가 귀를 자극하는 순간 무겸 또한 낮은 한숨을 내쉬며 지금껏 탐색하듯 느릿하던 입맞춤을 빠르게 포기하고 혀로 입술을 벌렸다. 이미 힘이 빠져 있던 입술은 조금의 저항도 없이 순순히 무겸을 받아들였다.

"으읏, 응……."

입이 혀로 막히자 신음에는 살짝 콧소리가 섞였다. 처음에는 시험 삼아, 또는 기억을 되살리기 위해서라는 명분을 주워섬기던 무겸의 머릿속에서 애초의 목적은 표백된 지 오래였다. 그는 입맞춤에 점점 흐트러지는 하준의 모습과 귀를 녹일 것만 같은 목소리, 깍지를 끼고도 움찔거리는 손가락의 움직임 같은 것에 모든 정신과 감각을 집중하고 있을 뿐이었다.

혀로 이의 형태와 치열을 훑고 잇몸 안쪽과 입천장 전체를 빠짐없이 핥았다. 입천장이 예민한지 위를 긁듯이 애무하다가 혀를 조금 깊이 밀어 넣으면 턱을 바르르 떨면서 끙끙 앓는다.

그때마다 하준의 입속에 자리한 작고 말랑한 살덩이는 무겸을 쫓아오다가, 또 쾌감을 이기지 못하고 떨다가, 멍하니 넋을 놓고 있다가, 축축하게 젖어 무겸의 입속으로 건너와 쾌락을 더 맛보려 들었다.

무겸은 쪽쪽 소리가 나도록 하준의 혀를 빨았다. 하준은 눈을 감고 신음하면서도 자꾸만 답답한 듯 손을 움찔거렸다. 무겸이 손을 풀어 주자 매달리듯 등 뒤로 팔을 감아온다.

목 뒤와 등에 실리는 체온과 무게가 달아오르고 있던 욕망에 또 한 번 불을 질렀다. 시작할 때에 비하면 농밀해졌지만 여전히 하준의 반응을 살피며 이루어지고 있던 키스가 순식간에 깊어졌다.

"흐으, 으읍……!"

부드럽게 맞닿던 입술이 서로를 짓이기듯 겹쳐지고, 크게 벌어진 하준의 입술 사이로 무겸의 혀가 깊이 파고 들었다. 입천장을 핥을 때보다 더 밀려 들어간 혀가 목구멍 근처의 여린 살을 성급하고 거칠게 헤집자 둘의 호흡 또한 더 가빠졌다.

으읍, 으응, 숨이 막히는지 반쯤 틀어막힌 목소리를 내보내면서도 무겸의 등 뒤에 감긴 하준의 팔은 풀릴 줄 몰랐다. 깊고 급한 입맞춤에 미처 삼키지 못한 타액이 작게 질척이는 소리를 내다가 급기야 겹쳐진 입술 사이로 번지자 그제야 무겸은 고개를 들었다. 하준은 눈을 반쯤 감고 젖은 입술을 살짝 벌린 채로 열 섞인 숨을 받게 내쉬고 있었다.

가쁜 숨소리 사이사이 섞인 달콤한 신음을 무겸은 도로 집어삼키고, 혀와 입술을 부드럽게 빨아당기다가 하준이 어깨와 허리까지 움찔거리기 시작할 때쯤에야 입술을 놓아주고 귀와 뺨에 입을 맞췄다. 귀가 예민한지 귓바퀴에 입술이 닿을 때마다 온몸이 흠칫거렸다.

"하아… 기분 좋아?"

그렇게 묻는 무겸의 목소리는 키스를 하기 전보다 더 뜨거웠고 호흡 또한 잔뜩 팽창했다.

하준은 고개를 끄덕였다. 매사 멋쩍고 부끄러워하더니 막상 좋으냐고 묻자 느꼈던 것을 감추지도 않고 열심히 주억거리는 모습에 무겸은 슬쩍 웃음이 나왔다.

"응… 좋아……."

"너 키스 좋아하네. 키스 한 번 했다고 이렇게 풀어지고."

놀리듯 말하자 넋이 나갔던 표정에 다시 부끄러운 기색이 감돈다. 침대에 누워 얼굴을 붉히고 있는 이하준은 더 이상 애인의 기억상실에도 무덤덤하던 그 남자와 똑같아 보이지는 않았다.

"오랜만에 해서 그래."

"그렇게 뜸했어?"

"너 기억 없어지고 나서는 처음이잖아……."

은근한 원망이 묻어나는 말투였다. 무겸은 빈정대듯 웃으며 손을 뻗었다.

"며칠이나 지났다고."

"어… 옷은 왜 건드려. 더 할 거야?"

그럼 키스만 한 뒤에 얌전히 손만 잡고 잘 줄 알고 시작한 걸까? 당황한 기색이 역력한 물음을 무겸은 무시하고 하준의 티셔츠 아래로 손을 밀어 넣었다.

잠옷 대신 입고 있던 종잇장처럼 얇은 티셔츠는 무겸의 손장난을 전혀 제지하지 못했다. 곧바로 옷을 벗기는 대신 무겸은 잠시 멈췄던 애무를 재개했다.

“아, 흐읏…….”

민감하게 반응하던 귓바퀴를 아프지 않게 깨물고, 안쪽의 연골까지 혀로 끈적하게 핥자 역시나 참지 못한 듯 신음을 흘린다. 작은 귓구멍을 혀끝으로 괴롭히다가 그대로 미끄러져 내렸다. 긴 목과 턱 아래쪽의 여린 피부, 쇄골까지의 형태를 혀로 짚어 나가자 내지를 뻔하던 목소리를 간신히 삼키는 것이 눈에 보였다.

옷 아래 숨은 손으로는 상반신 여기저기를 탐색하듯 더듬었다. 매끄럽고 탄력 있는 피부는 만지는 것만으로도 기분이 좋아진다. 유두 근처와 늑골 부근, 늘씬한 허리, 골반 언저리까지 구석구석 빠뜨리지 않고 손길이 지났다.

몸 여기저기를 쉴 틈 없이 매만져지자 하준은 초점 잃은 눈으로 멍하니 허덕대다가 어느 순간 참을 수 있는 범위를 넘어선 듯 허리를 달싹이며 가쁜 신음을 뱉었다.

“하아, 아아……!”

쉽게 동요하지 않던 남자가 제 손끝과 혀끝에서 어쩔 줄 모르고 몸을 들척이는 모습에 무겸의 가슴이 다시 두근두근 뛰기 시작했다. 이 설렘은 멋진 경기를 앞두고 있을 때의 기분 좋은 고양감과도 닮았다.

좋은 음식과 술을 사다 바쳐도, 꽃과 온갖 비싼 물건들을 선물해도, 좋은 곳에서 멋진 것을 보며 데이트를 할 때도 반응이 미적지근하던 이하준이 드디어 제 앞에서 흐트러지고 있었으니까. 얌전한 척은 혼자 다 하더니, 야한 짓을 이렇게 좋아하는 줄 알았으면 처음부터 다른 방법을 시험해 볼 게 아니라 몸부터 맞춰볼 것을 까맣게 속을 뻔했다.

얼굴색 하나 변하지 않고 플라토닉한 관계라며 거짓말을 하던 이하준이지만 지금 이 반응은 연기가 아니었다. 입술로 피부를 덧쓸면서 더듬은 아래쪽은 손이 살짝 스치기만 해도 뚜렷이 느껴질 정도로 단단하게 일어서 있었다.

무겸은 바지 위로 하준의 성기를 잡고 천천히 윤곽을 따라 문질러 보았다. 제법 크고 모양이 곧다. 손 안에서 살 기둥이 움찔거렸다.

"아, 김무겸… 거기 만지면……."

옷 위로 주어지는 자극인데도 아래쪽까지 손이 닿자 더 예민하게 느끼는지 하준이 몸을 약하게 비틀었다. 그만하라 말리는 것인지 더 만져달라 조르는 것인지 애매한 말과 함께.

무겸은 뜨거워진 숨을 하준의 목덜미에 흘리며 따지고 들었다.

"이렇게 잘 느끼는데 섹스를 안 했다고?"

하준은 시선을 어물쩍 돌리면서 얼버무렸다.

"안 했다고 한 적은 없어……. 자주 안 했다는 거지."

"거짓말이지?"

같은 남자의 성기를 만지는 데 불쾌하지 않다니, 모르는 사이에 생긴 애인의 존재를 머리는 잊었어도 몸이 기억하고 있는 걸까.

슬금슬금 문지르던 성기를 꽉 힘주어 쥐자 하준이 숨을 들이마시며 헉, 놀란 소리를 냈다. 그 얼굴을 빤히 마주 보며 무겸이 투덜거렸다.

"보기만 해도 꼴리는데 왜 안 했다는 거야. 이 정도면 매일 해도 모자랄 것 같은데."

투정 섞인 다그침에 하준은 조금은 어색한 표정으로 조심스럽게 물었다.

"…지금도 나 보면서 흥분돼? 기억도 없다면서."

"네가 섹시한 걸 어떡해."

이대로 끝 간 데 없이 흐트러뜨리고 싶다. 수치심이나 이성 따위는 부스러기를 그러모을 정신도 없도록 몰아붙여 신음하고 소리 지르게 만들고 싶었다.

처음부터 이하준과의 관계가 어떻게 돌아가고 있는지 궁금하기는 했지만 제 욕망이 이렇게까지 빠르게 달아오를지는 미처 예측하지 못했다. 하지만 무겸은 지금의 자신이 낯설되 불쾌하지는 않았다.

그는 쪽쪽, 가벼운 입맞춤을 계속하며 하준의 손을 붙잡아 아래쪽으로 끌어당겼다.

"안 믿기면 만져 봐. 너 때문에 섰어."

"정말?"

하준은 사양 한 번 하지 않고 옷 위로 무겸의 것을 만지작대더니 뭔가 재미있는 양 웃었다.

"그러네. 신기하다. 처음에도 그러더니."

"처음? 처음에 어떻게 했는데."

"그때도 나 때문에 섰다고……."

"아냐, 됐어. 다른 놈 얘기하는 것 같아서 기분 이상해."

단호하게 하준의 말을 끊어낸 무겸은 그의 뺨에 입술을 문지르며 새로운 제안을 했다.

"우리… 섹스도 한 번 해볼까? 내가 기억이 없어져서 네가 좀 가르쳐 줘야 할 것 같긴 하지만……."

하준의 눈가가 옅게 붉어졌다. 2년이나 만난 볼 장 다 본 사이라면서 당장 침대에서 하는 행동만 보면 이제 막 몸을 합치기 시작한 풋풋한 연인 같다.

그런 점도 나쁘지 않다고 생각하는 사이 하준은 고개를 작게 끄덕였다.

"나는… 좋아. 너만 괜찮으면."

"그럼 이번에는 네가 먼저 키스해 줘."

그러자 하준은 긴장한 듯 마른침을 꼴깍 삼키더니 무겸의 뒷목을 지긋이 끌어당겼다. 하준의 힘에 몸을 맡기고 온순히 고개를 숙인 무겸의 입술에 또 한 번 부드럽고 얇은 살갗이 살포시 닿았다.

입술을 맞대고 문지르다 쪽쪽 부딪히는 것만으로도 좋은지 하준은 좀 전보다 가쁜 숨을 쉬었다. 무겸에 비하면 소극적이고 조심스러운 키스였지만 그래서 더 감질났다. 당장이라도 입술을 헤집고 들어가 축축하고 여린 안쪽을 성에 차도록 괴롭히고 싶었지만 무겸은 꾹 참았다.

치미는 욕망을 발산하지 않고 견디는 행위는 가진 열정을 최대치로 폭발시키는 것만을 미덕으로 여기며 살아온 김무겸에게 쉬운 일이 아니었다. 매끄러운 혀가 마침내 입술을 열었을 때는 저도 모르게 낮은 신음을 흘렸다.

흥분이 역력한 무겸의 반응에 하준 역시 들뜬 것 같았다. 그는 열 오른 숨을 내쉬고, 목 뒤로 감고 있던 손을 무겸의 양 뺨 위에 올렸다.

"음……."

말캉한 혀가 입속으로 건너와 무겸의 혀와 얽히다가 입천장과 잇몸 안쪽을 문질렀다. 처음에는 얌전하던 무겸도 가만히 입맞춤을 받고만 있지 않고 자꾸만 하준의 입술을 삼키려 들며 덤벼들었다.

그 바람에 츱츱대는 습한 소리와 중간중간 뱉어내는 숨소리가 첫 번째 키스에서보다 더 크고 잦게 입술 사이를 오갔다.

"하으, 흐읍."

"하아……."

키스란 오늘 밤을 함께 보내자는 일종의 짧은 신호일 뿐 입 맞추는 행위 자체에 흥분해 본 적은 없는데, 무겸의 머릿속은 기절했다가 깨어난 직후보다도 어찔어찔 어지럽게 흔들렸다.

맞물린 입술과 질척대며 서로를 핥고 빠는 혀보다도 이하준과 부둥켜안고 키스를 하고 있다는 상황 자체가 저를 전에 없이 흥분시키고 있음을 무겸은 한발 늦게 깨달았다.

서로의 입술을 놓아주었을 때는 둘 모두 달리기라도 마친 사람들처럼 헐떡대고 있었다. 하준의 입술 색이 처음보다 훨씬 짙어졌다. 그는 숨을 고르면서, 입속만큼 물러진 눈빛으로 무겸을 마주 보며 물었다.

"어때……? 네가 나 키스 못한다고 자주 놀렸는데."

"못한다고? 모르겠는데. 하아… 지금 너무 좋아."

기억에 없는 지난 이야기를 꺼내는 하준과 달리 이제 무겸은 마음이 급했다. 웃음기라고는 없이 진지하게 대답하고 하준의 옷 아래로 다시 손을 밀어넣었다.

"젖꼭지 빨아 주는 거 좋아해?"

"응……. 좋아해."

발갛게 익은 얼굴을 하고도 대답만큼은 솔직했다. 무겸은 하준의 티셔츠를 이제 목 아래까지 밀어 올렸다.

키스를 할 때와 똑같이, 처음에는 입술을 맞대고 작게 솟은 돌기를 문지르는 것부터 시작했다. 표정을 살피면서 유두를 혀끝으로 슬슬 문지르다가 갑작스레 살덩이 전체로 덮어 유륜까지를 이리저리 핥았다.

"아, 하아, 흣… 아……."

그때마다 허리를 살짝살짝 흔들며 얼굴을 붉히던 하준은 쪽, 소리가 나도록 빨아올리는 데는 더 참지 못하고 팔로 얼굴을 반쯤 가리며 소리를 질렀다.

"아, 아!"

유두를 빼는 동시에 무겸은 밀어 올렸던 하준의 옷을 이제 머리 위로 벗겨냈다. 얇고 헐렁하던 옷은 쉽게 벗겨졌다.

가슴도 판판하고, 키도 크고, 어깨도 넓고, 근육이 적당히 잡혀서 마냥 마르기만 한 몸도 아니고, 아래에는 저와 똑같은 게 달린 남자가 맞는데…….

이렇게 꼴릴 수가 있나? 목소리도 좋고 냄새도 좋고, 무엇보다 행위도 감각도 어색하지가 않다. 머리보다 몸이 먼저 움직이는 이 느낌. 안 하고 살았다니 말도 안 된다. 속았어.

"자주 안 한다고 했던 것도 거짓말이지?"

한참을 애무한 유두 양쪽이 이제 통통하게 부어올랐다. 그 위를 혀로 진득하게 짓이기자 하준은 으음, 몸서리를 치면서도 무겸의 질문에 대답했다.

"하아, 의사가 너무 놀랄 이야기는 하지 말라고……. 그리고 네가 아직 받아들일 준비가 안 됐다고 했잖아. 머리 부딪혀서 그러는 건데, 내가 먼저 이런 얘기 꺼내기도."

"선수가 잘 모르면 코치님이 가르쳐서 이해를 시켜줬어야지."

말을 자르며 항의하자 하준의 말투도 샐쭉해졌다.

"다 내 탓이야?"

"또 어디 빨아 줄까? 평소에는 어디 좋아했어?"

"음… 귀나 목이나……."

귀도 목도 여태까지 실컷 물고 빨았던 곳이다. 좀 더 색다른 대답을 기대했지만 말 잇기를 망설이던 하준은 결국 쑥스럽게 웃어버렸다.

"내가 일일이 설명을 해 줘야 하나. 김무겸은 하나를 가르치면 열을 아는 선수 아니었어?"

곤란한 질문을 어물쩍 넘기려는 수작 같지만 옳은 지적이었다. 무겸은 피식 웃고 재차 고개를 숙였다. 그렇다면 여기저기 뒤져서 제 힘으로 찾아내는 수밖에.

벗은 상반신 위를 이번에는 손이 아니라 입술과 혀가 기어다녔다. 느릿하고 꼼꼼하게 피부를 훑는 움직임은 눕힌 몸을 샅샅이 탐색하리라는 의지가 가득하게 느껴졌다.

"으응, 흐, 하……."

하준은 간지럼을 참을 때처럼 약하게 꿈틀거리다가 윗팔 안쪽, 옆구리나 골반 근처, 허벅지 안쪽 같은 연약한 부분을 애무할 때면 때때로 깜짝 놀라듯 몸을 움찔거렸다. 그러면 무겸은 그 부근에 거듭 입술을 깊게 묻거나 이를 세워 끈덕지게 집어삼켜 붉은 자국을 만들고, 하준의 몸짓과 신음은 숫제 떨리다가 거세졌다.

특별할 것 없는 전희에 불과한데, 상대를 공들여 애무하는 게 전부인데 이렇게 흥분될 수가 있다니. 기억을 잃은 무겸에게는 모든 것이 새로웠다. 머리가 뜨거워진다. 무겸은 하준의 몸에 입을 맞추면서 아래를 감추고 있는 바지와 속옷까지 벗겨 냈다.

한 호텔 방에서 며칠을 함께 보냈지만 하준은 샤워를 마치고도 꼭꼭 가운이나 옷을 걸치고 나오는 바람에 제대로 벗은 나신을 본 적이 없었다. 무겸은 열띤 얼굴을 들어올려 하준을 내려다보았다.

하얀 시트 위에 누운 하준은 축 늘어져 허덕거렸다. 키스를 마쳤을 때의 넋 나간 표정보다 좀 더 흐트러졌고, 조금은 괴로워 보이기도 했다. 긴 시간 온몸을 무겸의 입술에 내맡겼던 하준은 거의 울먹이듯 신음하고 있었다. 무겸은 저도 모르게 감상적으로 중얼거렸다.

"느낄 때 네 얼굴 이렇구나."

"흑, 하으, 읏……."

"궁금했는데… 상상했던 것보다 더 야하다."

그 말에 하준은 겨우 정신을 차리고 무겸을 마주 보았지만 오래 가지 못했다. 눈을 이리저리 굴리더니 결국은 오롯이 집중되는 시선을 버티지 못하고 손으로 벌게진 얼굴을 가렸다.

"너무 뚫어져라 보지 마……."

무겸은 청개구리처럼 하준의 몸 구석구석에 더 치밀해진 눈길을 보내다가, 문득 새로운 부분을 발견하고 그 부근을 가볍게 쓰다듬었다.

"여기 왜 이래. 다쳤었어?"

하준은 얼굴을 덮었던 손을 조금 끌어내렸다. 눈만 내놓고 무겸의 기색을 살핀다.

"응, 옛날에……. 보기 싫어?"

그 말에 무겸은 가당찮다는 듯 코웃음을 쳤다.

"이하준, 사람 다친 걸 놓고 보기 싫다고 지껄이는 놈은 2년씩 끼고 살면 안 돼. 설마 내가 그렇게까지 돼먹지 않은 소리를 하진 않았겠지?"

"응, 그런 적 없어."

그러더니 이제야 얼굴에서 손을 치우고 미소를 짓는다. 왜인지 뿌듯함이 실린 표정에 무겸도 그만 같이 피시시 웃고 말았다.

"여기도… 예쁘다고 했어."

"음, 과거의 나. 잘했어. 칭찬해."

왜 저렇게 웃나 했는데 하준은 제 애인의 배려를 자랑하고 싶었던 모양이다. 무겸도 그에 장단 맞춰 스스로 어깨를 토닥이며 잠시 자기 자신을 칭찬하는 시간을 가졌다.

다친 이유도 궁금해졌지만 둘 사이에는 비밀이 없다고 했다. 분명 저도 아는 이야기이리라. 언젠가 기억이 되살아나면 함께 돌아올 지나간 사연보다는 당장 눈앞의 이하준에게 집중하고 싶었다.

"또 어딜 빨아 줄까……. 여기?"

진열된 디저트를 고를 때처럼 일부러 느릿하게 시선을 옮기다가 덥석, 몸을 숙여 한 곳을 입으로 물었다. 하준이 깜짝 놀라며 숨을 집어삼켰다.

"헉, 아윽……!"

예고도 없이 무겸이 입에 넣은 것은 하준의 성기였다. 긴 애무에 빳빳이 일어서 어느새 투명한 선액이 고여 있던 것이 갑작스레 축축한 입안으로 빨려 들어가자, 생각지 못했던 자극에 하준은 정신없이 목을 젖혔다.

무겸은 주저하지 않았다. 성기를 입안에 가둔 채로 귀두 부근을 훑고 기둥을 힘 있게 빨아올렸다. 입맞춤을 할 때보다 거센, 살 기둥을 쭉쭉 빨아올리는 소리가 거침없었다.

"앗, 아! 하아, 흐으……."

하준의 허벅지 안쪽에 벌써부터 움찔움찔 떨림이 일기 시작했다. 구음을 받는 곳은 앞인데 무겸을 받으며 쾌락을 구할 때처럼 자꾸만 다리 사이와 엉덩이에 힘이 들어가며 허리가 흔들렸다.

배 속까지 뭉근하게 달구는 쾌감에 하준은 울고 싶어졌다. 오랜만이라고 해 봐야 무겸의 말대로 고작 며칠 만이었다. 그가 기억을 잃은 지 일주일도 채 지나지 않았으니까.

하지만 다시 이렇게 침대에서 끌어안고 서로의 살갗에 입 맞출 날은 요원할지도 모른다고 생각하고 있었기 때문일까? 제 몸을 더듬는 손과 입술의 감촉은 불길이 몸을 스치는 것처럼 평소보다 선명했고, 오감 또한 그에 비례해 예민해졌다.

단단한 성기를 뿌리까지 깊숙이 물고서 무겸이 시선을 들어 올렸다. 하준은 신음하면서도 당황한 눈으로 무겸을 바라보았다.

"너, 흣, 거기까지……."

"남자니까, 하아, 여기 빨아 주는 건 당연히 좋아할 거 아냐."

숨을 몰아쉬며 답한 무겸은 매끈한 치골 부근을 손끝으로 더듬었다.

"그런데 너 원래 백자지야?"

"아니. 이것도 네가 해 준 건데……. 왁싱."

"내가? 내가 왁싱을 해 줬어?"

무겸은 눈을 크게 뜨고 황당한 표정으로 되물었다. 놀랄 만도 하지만 거짓말로 속일 만한 이야기도 아니니 별 수 없다.

"응. 다른 사람이 손 대는 거 싫다고."

"…싫긴 하네."

무겸은 납득한 말투로 중얼대더니 침대 옆 긴 테이블에 올려두었던 가방을 끌어당겨, 운동선수의 가방이라면 으레 하나쯤 들어 있는 마사지용 젤을 꺼냈다. 이쯤이면 전희는 충분하겠지만 밤새도록 애무를 퍼부어 봐야 남자의 뒤가 저절로 젖지는 않을 테니.

무겸의 옷도 금세 벗겨져 침대 밑으로 떨어졌다. 봄을 맞아 일찍부터 그을리기 시작한 탄탄한 몸은 옷 아래에서 어느새 후끈한 열기를 뿜어내고 있었다. 그는 젤 뚜껑을 열어 손바닥에 투명하고 미끈한 점액을 넘칠 만큼 짜냈다.

남자끼리의 섹스라고 해서 좆을 구멍에 박는다는 기본적인 방법이 달라질 이유는 없다. 어떻게 해야 하는지 방법쯤은 말해 주지 않아도 짐작이 갔지만 그래도 굳이 물어보고 싶었다. 대답이 듣고 싶었으니까.

"어떻게 해야 돼?"

그러자 하준은 제 손을 사타구니 쪽으로 내리더니 주춤주춤 볼기 사이로 가져갔다.

"손으로 뒤를 풀어 줘야 돼. 안 그러면 할 때 아파서……."

무겸의 손이 하준의 팔을 타고 미끄러졌다. 젖은 손끝이 팔을 간질이는 감각에 하준은 작게 숨을 들이마셨다.

손과 손이 겹쳐지자 무겸은 구멍을 가린 하준의 손을 가볍게 밀어내고, 젤을 잔뜩 발라 축축해진 손가락으로 아직 단단히 다물린 입구를 톡톡 두드렸다. 들어가겠다고 노크라도 하는 양 장난스러운 손짓에 하준의 눈가가 조금 더 달아올랐다. 무겸이 얼굴을 가까이 기울여 웃음기를 머금고 속삭였다.

"여기저기 빨아 보니까… 너는 혀 빨아 주는 걸 제일 좋아하는 것 같아."

말이 끝나자마자 또 한 번 입술이 맞물리고 기다림도 없이 곧바로 혀가 하준의 입속으로 비집고 들었다. 탄력 있는 혀는 이미 몇 번씩 침범당해 예민해진 점막을 부드럽게, 하지만 끈적하고 집요하게 더듬고 핥았다.

입술은 꽉 겹쳐진 채로 혀로만 깊이, 그리고 얕게 들어갔다가 살짝 빠지기를 되풀이하자 입천장이 짙게 긁힌다. 입 안에서 퍼지는 쾌감에 하준은 미간을 옅게 찡그리고 헐떡이며 억눌린 신음만 흘렸다.

"하읍, 읏……."

접촉은 입술에서만 이루어지는 것이 아니었다. 입맞춤을 이어가는 동안 무겸의 손은 다물린 구멍의 조밀한 주름을 위아래로, 원형으로 쓰다듬다가 천천히 구멍을 벌려 냈다. 중지에 힘을 신자 젤 때문에 미끄덩거리던 구멍은 그다지 마찰을 일으키지 않고 매끄럽게 손가락을 삼켰다.

"으, 으웅, 응, 흐… 으으읍!"

마디마디 선 손가락뼈가 아직 풀리지 않은 내벽을 툭툭 긁는다. 멈추지 않고 끝까지 찔러 넣자 하준은 허리를 가볍게 들썩이며 목소리를 높였다.

무겸은 중지 하나만을 깊이 꽂아 넣은 채 움직이지 않고 기다렸다. 흐으, 흐으, 눈을 감은 하준이 몸을 가늘게 떨며 가쁜 숨을 쉬었다.

아직 손가락 하나라서인지 생각보다 진입은 어렵지 않았다. 손가락에 달라붙는 안쪽 살이 뜨겁고 진득했다. 손가락을 느리게 돌리며 안쪽을 덧쓸자 격해졌던 하준의 숨결도 단 신음으로 변하며 천천히 잦아들었다.

그러자 이번에는 약지까지 가세했다. 손가락이 두 개가 되자 내벽이 꽉 조여들며 빠듯하게 압박한다. 겨우 진정했던 하준의 호흡과 몸이 다시 달싹대며 흐트러졌다.

하지만 무겸은 처음만큼 오래 기다려 줄 생각이 없었다. 만지지도 않고 있는데 혼자 꺼덕대는 하준의 반듯한 성기가 뒤를 헤집어지는 지금을 기꺼이 즐기고 있음을 알려 주고 있었다.

입으로는 잘게 떠는 혀를 느릿하게 빨고 손가락으로는 축축한 속살을 쓰다듬었다. 내벽을 문지르는 짧은 왕복운동을 시작해 서서히 속도를 올렸다.

"흐읍, 읍, 으, 읏……!"

하준의 다리에 빳빳하게 힘이 들어가고 얼마 지나지 않아 질꺽이는 소리가 귀를 적셨다. 뒤가 좀 더 부드러워졌을 때 검지까지 동원해 손가락 세 개를 밀어 넣자 하준은 고개를 젖히며 골반 부근을 바르르 떨었다. 무겸의 어깨에 닿아 있던 하준의 손끝에까지 떨림이 번졌다.

"흐아, 아……!"

하준이 고개를 젖히는 바람에 입술을 놓쳤다. 무겸은 굳이 다시 그것을 집어삼키는 대신 손가락으로 내벽 안쪽 한 부분을 지긋이 압박했다.

"네 안, 좁다……."

"아, 후으, 읏… 하, 하다 보면, 괜찮아져."

"그런 것 같네. 손가락, 열심히 씹어 삼키는데… 내 거 많이 먹어 봤어?"

"응, 응… 아앗, 아!"

다급하게 고개를 끄덕이며 대답하던 하준의 목소리가 갑자기 커졌다. 느끼는 곳을 가만가만 누르던 무겸이 갑자기 손을 거세게 흔들며 도톰하게 부은 그곳을 마구 짓이기기 시작해서다.

"여기가, 좋은 거 같은데……."

"아흣! 하아, 아!"

완만하게 커지던 쾌감이 갑작스럽게 뾰족하게 치솟아 짜릿짜릿 온몸을 찔렀다. 아직 손가락 몇 개를 받았을 뿐인데 벌써 절정이 찾아오려는 것처럼 허리가 멋대로 흔들렸다.

"아… 앗, 기, 김무겸……."

"왜."

"아읏, 거기만, 하아, 거기만 계속, 하면 안 돼… 흐아!"

하준이 탄식했다. 그만하라거나 안 된다고 말하면 더 신이 나 달려드는 것은 기억이 없어도 여전했다. 알면서도 매번 만류하고 마는 자신도 마찬가지.

팔뚝에 힘줄이 서도록 전립선 위를 억세게 찍어 누르는 무겸은 하준의 반응이 마음에 드는지 웃고 있었다. 굵고 긴 손가락이 몸 안에서 배꼽 쪽을 찔러 올릴 때마다 하준은 정신없이 자지러졌다.

"하윽, 흣… 하아, 그만, 그, 아으, 아아!"

손과 엉덩이 사이에 지나치다 싶게 발랐던 젤이 녹아 물처럼 흘러 나왔다. 허벅지 사이가 흠뻑 젖어 하준이 흘린 체액이라 해도 믿을 광경이었다. 무겸이 손가락을 위로 꺾어 올릴 때마다 구멍 안쪽에서 나는 질퍽대는 소리가 시끄러울 만큼 같이 새어나왔다.

그만하라 말리는 것을 포기하고 울먹이다시피 신음하는 하준을 한 팔로 끌어안고, 무겸은 아무렇지 않은 척 입을 열었다. 하지만 그 역시 목소리에 잔뜩 도사린 열기를 감출 수는 없었다.

"손으로도 이렇게 좋아하면, 후우, 좆으로는, 어쩌려고 이래."

"흐, 흐으, 아으……!"

"이제 넣을까?"

낮은 속삭임과 함께 굵직한 핏줄이 곤두선 성기를 매끈한 서혜부에 문질렀다. 살갗 위에서 삽입하는 흉내를 낸 것뿐인데 손가락을 감쳐 물고 있던 내벽이 한층 단단하게 꽉 조여들었다. 무겸은 그 반응이 재미있어 웃었다.

"좆 받을 상상만 해도 좋아?"

"흐읏, 응……. 얼른… 흑, 빨리 해 줘."

예상하지 못한 재촉이었다. 무겸의 들뜬 날숨이 열풍처럼 하준의 목덜미를 달궜다.

한참을 안에 파묻혀 있던 손가락이 빠져나가고, 뒤가 비어 버린 감각을 채 느끼기도 전에 단단한 귀두가 입구를 슬슬 문지르다가 주름을 팽팽히 펴며 푹, 안으로 잠겨 들었다. 하준의 허리가 또 한 번 들썩이며 튀었다.

"아……!"

무겸은 하준의 양다리 오금을 제 팔 사이에 끼웠다. 발기한 성기가 느리게, 하지만 멈추지 않고 꾸역꾸역 볼기 사이로 밀려 들어갔다. 배 속에 묵직한 열기가 들어차는 감각에 하준은 가볍게 진저리치며 신음을 흘렸다.

손가락으로만 느끼던 촉촉하고 진득한 속살이 살 기둥 전체를 쥐어짜듯 들러붙는다. 무겸은 낮게 한숨을 쉬고 그 몸 안으로 완전히 빨려들고자 허리에 꾸욱 힘을 실었다.

"이렇게 급하면서, 며칠간, 흣, 어떻게 참았어. 응?"

"으읏, 응, 으……."

말로는 하준을 타박하는 무겸도 여유가 없기는 매한가지였다. 그는 흥분을 숨기지도 않고 거친 숨을 내쉬며 허리를 밀어붙였다.

손으로 만질 때는 완전히 흐드러진 것 같더니 팔뚝처럼 일어선 성기를 찔러 넣자 뒤는 생각만큼 쉽게 벌어지지 않았다. 더군다나 손가락으로 넓힐 수 있는 길이에는 한계가 있어서 입구부터 이어지는 내벽은 제법 풀어져 있다가도 조금 깊이 들어가자 금세 빡빡하게 좁아졌다.

밀어 넣을 수야 있겠지만 아프지 않을까. 하지만 설핏 찾아든 걱정을 다 끝내기도 전에 하준의 몸이 부르르 떨렸다. 목 언저리까지 발갛게 물든 그는 삽입이 깊어지자 오히려 지금까지보다 더 크게 느끼는 듯 고개를 옆으로 떨구고 헉헉거렸다. 벌어진 다리 사이, 배꼽 쪽으로 일어서 비딱하게 기울어진 성기에서는 투명하고 끈적한 선액이 뚝뚝 흐르고 있었다.

…좆을 빨아 줄 때도 이만큼 좋아하지는 않았던 것 같은데.

더 기다려야 할지 어쩌면 좋을지 물어볼 필요도 없었다. 무겸은 이를 악물고 허리를 퍽, 쳐올렸다.

"아흐……! 으, 아아……!"

아직 다 풀리지 않은 내벽 통로를 완력으로 벌리자 하준이 눈썹을 처뜨리며 머리맡의 시트를 구깃구깃 감아쥐었다. 허벅지에 발끈 힘이 들어가며 안쪽도 꽉 조여든다.

"하."

무겸은 열띤 실소와 함께 허리를 힘 있게 쳤다. 추삽질을 반복하며 더 깊이 박아 넣을 때마다 하준은 숨넘어가는 소리를 내며 침대 위에서 버르적댔다.

무겸은 하준의 다리 한쪽을 제 어깨에 걸쳐 그의 사타구니를 더 넓게 벌리고, 숨을 몰아쉬며 물었다.

"이런 게 좋아?"

"으응, 조, 좋……."

"버릇을 아주… 끝내주게, 읏, 들여놨네."

"아흐흑! 아아!"

이렇게 되기까지 깜깜한 기억 속에 묻힌 여러 번의 밤이 있었으리라 생각하자 무겸의 기분은 묘해졌다.

잊어버린 밤에 대한 호기심이라기보다는… 옷을 벗기 전까지는 누구보다 반듯한 이하준을 금세 쾌락에 무너지도록 길들였을 남자에 대한 시기에 가까운 기분.

툭하면 부끄러워하던 하준은 다리를 한껏 열고 무겸을 받아들이면서, 이제는 수치심마저도 행위의 원동력으로 삼는 것 같았다. 제게 침범당하는 것을 명백히 쾌락으로 받아들이는 몸짓, 서로를 안기 전까지만 해도 단단히 무장되어 있던 표정이 허물어지는 순간순간에 무겸은 정신없이 빠져들었다. 단순히 육체적인 자극 때문이라고 하기에는 형언할 수 없는 쾌감이 머릿속을 혼미하게 만든다.

성기를 제대로 뿌리까지 묻기도 전에 무겸은 성급한 허릿짓을 시작했다. 불거진 귀두가 아직 완전히 무르익지 않은 내벽을 긁어내리고, 다 열리지 않은 안쪽을 빠르게 쑤시고 들었다.

"흐읏, 아으, 하, 아아……!"

손가락과는 비교가 되지 않는 압박감도, 배 속을 가득 채우며 꾸역꾸역 안으로 밀려드는 첫 삽입의 감각도 하준에게는 익숙한 것이었다.

하지만 오늘은 어쩐 일인지 이마저도 평소보다 생경하게 다가와 하준은 정말로 오랜만에 무겸과 결합하기라도 하는 것처럼 힘겹게 앓았다.

살과 살이 문질러지고 부딪히는 소리와 둘의 거친 숨소리가 질서 없이 엉켰다. 계속해서 덩치를 키워 덮치는 감각을 추스를 틈이 없다. 때로는 감당할 준비가 되지 않은 쾌감이 고통보다 견디기 힘들다.

하준은 연신 신음하며 입술을 달싹이다가 무겸의 어깨를 끌어안았다. 그러고는 간신히 그에게 속삭였다.

"기, 김무겸, 김무겸……."

"하아, 왜."

"처, 하아, 천천, 히……."

"…천천히."

무겸은 알았다는 대답처럼 말을 따라 하고, 하준의 양 팔뚝을 앞으로 꽉 모아 붙잡았다. 느릿하게 허리를 물러 꽤 깊이 파묻었던 것을 길게 빼냈다.

조급한 침입을 방어하려는 양 잔뜩 좁아졌던 내벽이 주르르 긁혀 내린다. 마구잡이로 밀려드는 쾌감을 경계하고자 도리어 촉각이 촘촘히 곤두서 있던 점막을 단번에 쓸어 내리자, 저릿한 감각이 하준의 배 속을 할퀴었다.

목소리까지 삼켜 버리는 혼미한 쾌감이었다. 하준이 소리도 지르지 못하고 힘없이 신음하는 사이 무겸의 것은 느리게 물러나 귀두만 빠질락 말락 입구에 간신히 걸쳐졌고, 이어 천천히 다시 안쪽으로 거슬러 올라왔다.

"아, 아, 아아아……."

"천천히."

무겸의 손에 붙잡힌 팔이 움찔거렸다. 하준이 청한 대로 성기는 아주 느릿느릿 안으로 밀고 들어왔다. 하지만 하준의 떨림은 그 전보다 심해지고 있었다.

끈적하게 젖은 내벽을 천천히 가르고 들어온 살 기둥은 이번에는 훨씬 안쪽까지 미끄러져 들어왔다. 아직 닿지 않았던 깊숙한 곳을 귀두가 푸욱 찌르고 들자 그곳에서 물결처럼 퍼진 쾌감이 온몸 구석구석까지 닿아 발끝을 웅크리게 만들었다.

잠시 안쪽에 머무르던 무겸은 또 한 번 천천히, 길게 빠져나갔다. 방금 전과 똑같이 귀두만 입구에 걸칠 만큼 물러났다가 같은 속도로 밀고 들어온다. 이번에는 더 깊이까지. 하준이 입을 벌리고 몸을 떨었다. 제대로 된 목소리 대신 가쁘고 습기 찬 숨만 흘러나왔다.

세 번, 네 번, 다섯 번……. 무겸은 속으로 숫자라도 세는 것처럼 일정한 추삽질을 반복했다. 느리고 점점 깊게. 엉덩이와 허벅지 살이 맞닿을 때 나는 마찰음은 느긋했지만 신음과 숨소리만큼은 점점 불규칙하고 가팔라졌다.

“아앗, 아, 흐으으, 아으……!”

추삽질 횟수가 채 열 번이 되기 전에 묽은 액을 흘리던 하준의 성기가 불투명한 정액을 툭툭 쏘아냈다. 무겸의 손에 팔뚝을 붙잡힌 그대로 온몸을 바들바들 떨었다. 푹, 찌르고 들어가자 벌어진 입에서 마침내 인내를 잃은 비명이 터져 나왔다.

“흐아, 아아! 아아아!”

“후으…….”

힘이 들어간 엉덩이가 무겸이 움직이기도 전에 먼저 잘게 흔들렸다. 절정을 맞은 내벽이 성기를 단단하게 죄었다. 무겸도 미간을 찌푸리며 잠시 동작을 그쳤다.

움직임은 느려졌지만 둘의 호흡은 엉망이었다. 무겸은 손을 뻗어 땀이 송글송글 맺힌 하준의 흰 이마 위로 흐트러진 머리카락을 쓸어넘겼다.

깊이 박은 채로 빠르고 짧게 허리를 흔들었다. 손바닥으로 엉덩이를 토닥일 때처럼 바쁜 소리가 났다. 조금씩만 움직여도 격한 추삽질을 당할 때처럼 하준은 허벅지를 부르르 경련하며 신음했다. 빽빽하게 좆을 조이던 내벽은 부드럽게 풀려 들어갈 때와 나올 때를 정확히 알고 이완과 수축을 반복했다.

절정을 지나고도 자극이 계속되자 온몸의 감각신경이 각성이라도 한 듯 예민해졌다. 하아, 하아, 점점 가쁜 숨을 쉬던 하준이 더 참지 못하고 짧게 울먹였다. 검은 눈에 수막이 낀 듯 젖어드는 것을 본 무겸은 하준의 팔을 놓아주고 어깨를 끌어안았다. 성기를 깊이 박아 넣어 허리를 둥글게 돌렸다.

움직임은 부드러워졌는데 하준의 흐느낌은 도리어 애달프고 길어졌다. 묵직하게 파고든 귀두가 내벽을 느리게 누르고 찌르며 쓰다듬자 몸이 체중을 잃고 붕 떠오르는 듯 어지러움 같은 쾌감이 절로 눈을 감겼다.

감각이 완만해지자 몸의 힘도 빠졌다. 하준은 소리 지르며 들썩이는 대신 작게 앓고 가늘게 떨면서 무겸의 등 뒤로 팔을 둘렀다.

매달린 하준에게 무겸이 몸을 숙였다. 입술이 또 한 번 이제는 기다렸다는 듯이 열리고, 열기에 데워진 혀가 서로를 할짝대며 핥았다. 무겸은 한숨 쉬며 저도 모르게 뇌까렸다.

"아, 좋아……."

그 말에 하준은 눈물이 배어 젖은 눈을 떴다. 어딘가 신기하고 감상적인 눈빛으로 무겸을 올려다보던 하준은 쑥스럽게 입을 열었다.

"이상해."

"뭐가?"

"꼭… 너랑, 하아, 처음 하는, 기분이야."

그 말에 무겸은 허릿짓을 하면서도 웃음을 터뜨렸다. 따뜻하게 익은 하준의 뺨에 입술을 쪽쪽 부딪히며 재미있다는 말투로 물었다.

"아… 김무겸 따먹는 기분이야? 감상이 어때?"

"좋은 것… 흣, 같아."

"나한테는 지금이, 하아, 처음 맞는데… 우리, 진짜로 처음 할 때도, 이렇게 좋았지?"

이번에는 하준이 웃음을 터뜨렸다. 쾌락에 앓던 중이라 우는 것도 웃는 것도 아닌 표정이 되었지만 그것은 분명 허를 찔리는 바람에 어이가 없어 튀어나온 웃음소리였다.

무겸이 미간을 살짝 찌푸리며 눈을 마주쳤다.

"왜 웃어. 아냐?"

그러자 하준은 이제 완연한 미소를 띠고 무겸의 뺨을 어루만졌다.

"아니긴……. 그때도 정말 좋았어."

"그래?"

"앗, 아, 아……!"

대답이 끝나자마자 무겸은 조금 전보다 빠르게 허리를 치기 시작했다.

끈덕지게 길들인 덕에 하준의 내벽은 작은 움직임도 큰 쾌감으로 받아들였다. 묵직하고 깊게 박아 넣어도, 얕은 곳을 살살 문질러도 가리지 않고 벌벌 떨며 허리를 뒤트는 탓에 무겸은 하준의 다리를 꽉 힘주어 붙잡아야 했다.

혼자만 기억하지 못하는 이하준과의 진짜 처음. 지금과 비슷하면서도 달랐을 하준을 상상하니 기억이 있을 때의 저 자신이 부러워진다.

아마 지금보다 더 귀여웠겠지? 먼저 좋아한다는 고백도 받았다니, 부러운 자식…….

"지금 나랑, 기억 있을 때 나랑, 후우, 누가 더 좋아?"

"흣, 뭐? 둘 다 넌데, 똑같지… 앗, 흐아아, 아!"

갑자기 퍽퍽 치고 드는 바람에 하준이 참지 못하고 비명을 올렸다. 무겸은 제 무릎 한쪽을 세워 앉아 거의 수직으로 쿵쿵 내리박으며 짓씹었다.

"지금은, 그냥, 흣, 내가 더, 좋다고, 해 줘."

"하읏, 좋아해. 으응, 좋아……!"

신음 섞어 다급하게 뱉어낸 말로는 김무겸이 좋다는 것인지 섹스가 좋다는 것인지 구분도 가지 않았다. 칫, 무겸은 혀를 차며 살 때리는 소리가 울리도록 하준의 다리 사이를 찍어 눌렀다.

"으흑, 아아읏! 흐으, 아아아, 아아!"

미처 풀리지 않은 안쪽을 천천히 달래주던 상냥함은 흔적도 사라진 격렬한 교합이었다.

무겸은 비명 같은 신음을 내지르는 하준을, 열이 올라 초점이 흐려진 눈동자를, 또 한 번 울컥울컥 체액을 내보내는 곧바른 성기를, 마찰에 발개진 흰 볼기 사이로 울퉁불퉁 성이 난 색 짙은 제 물건이 물소리를 내며 치덕치덕 오가는 모습을 놓칠세라 응시했다.

이를 악물고 크게 힘을 붙여 하준의 안을 콱 짓쳤다. 일순 목소리도 내지 못하고 하준이 몸을 경련했다.

"…아, 흐……!"

"이하준… 내가 너, 많이 좋아했지?"

그는 숨을 고르느라 쌔근거리면서도 망설임 없이 대답했다. 목소리에는 울음이 묻어나 있었다.

"응, 좋아했어. 많이……."

"그렇겠지. 기억이 없어도, 이렇게, 하아, 예쁜데."

"앗, 아……."

"하고 싶은 거, 다 말해 봐. 다 해 줄게."

딴에는 다정하게 하준과 시선을 마주치려 했던 무겸은 실소할 뻔했다. 제게 꿰뚫리는 동안 한참을 울부짖다시피 자지러져 놓고서도 까만 눈은 눅눅하게 젖어 있을 뿐 아직 기진한 낌새라고는 없었던 것이다.

나가떨어지려면 멀었다 이거지. 무겸이 속으로 흡족해하는 사이 하준은 무겸의 어깨를 붙들고 그를 밀었다.

"그럼 내가, 흣, 위에서 할래……."

"와… 코치님이 나를 제대로 잡아먹으려나 보네."

무겸은 낮게 키득거리더니, 사양하지 않고 하준의 허리와 엉치 근처를 안아 올렸다.

"누워만 있으려니까 지루했나 봐?"

"아, 하아……."

이미 두 번이나 사정한 하준에 비해 무겸은 아직 여유로웠다. 허벅지 안쪽이 저절로 부들부들 떨렸지만 하준은 숨을 고르면서 무겸의 골반 위에 자리를 잡고 앉았다. 차라리 위로 올라오니 한숨 돌릴 틈이 생긴다.

비스듬히 누워 저를 올려다보는 무겸을 내려다보고 있자니 조금 전 무겸이 했던 말이 뇌리에 거듭 떠오른다.

"아… 김무겸 따먹는 기분이야?"

정말 좀… 그랬다.

저는 이 관계에 대해 하나부터 열까지 아는데 김무겸은 아무것도 몰라서일까? 이상하게 흥분된다. 어떻게 해야 하냐며 묻는 모습에도, 제 표정이나 반응 하나하나를 관찰하고 새로운 듯 바라보는 눈길에도 자꾸만 몸이 달아올랐다.

'미쳤어. 무겸이는 다쳐서 그런 건데 심각한 상황에 도대체 무슨 생각을 하는 거야?'

엉덩이를 조금씩 움직여 자세를 조절하는 척 시간을 끌며 하준은 속으로 저 자신을 꾸짖었다. 늘 무겸의 뻔뻔함을 놀리기만 해 봤지, 자신이 그런 입장이 되리라고는 상상해 본 적도 없었는데.

"가만히 앉아서 무슨 생각해?"

한창 열띠던 섹스가 갑자기 끊어졌으니 무겸이 얌전히 기다릴 리 없다. 아니나 다를까 그는 먼저 골반을 터억 쳐올리며 하준을 재촉했다.

"읏, 기, 기다, 려……."

하준은 무겸의 어깨 부근을 누르며 날뛰려는 그를 제지하고 허리를 움직이기 시작했다.

체중을 실어 허리를 좌우로 돌리자 아래에서 툭툭 쳐올리는 무겸의 것이 누워 있을 때보다 한층 밀려 들어와 아직껏 닿지 않던 깊은 곳에 닿았다. 새롭게 번지는 감각에 시야가 흐릿해진다.

"하아, 하, 아으, 안 돼……."

쾌감이 지나치자 뜨거운 몸 위로 갑작스레 한기를 끼얹은 듯 으슬으슬 추위가 느껴졌다. 저도 모르게 안 된다고 중얼거리자 무겸은 가쁜 숨을 쉬면서도 웃으며 하준의 골반을 쓰다듬었다.

"네 마음대로 움직이고 있으면서, 뭐가 안 돼?"

"으읏, 하아."

하준은 몸을 기울였다. 허리를 계속 위아래로 찧으면서 무겸의 입술에 제 입술을 겹쳤다. 혀를 내밀자 무겸은 그것을 집어삼켜 쪽쪽 빨아 당기고 질척하게 핥았다.

머리가 핑핑 돈다. 혀를 빨리고 동시에 아래를 찔리자 몸이 녹아내리는 것 같다. 하지만 누워 있을 때보다도 움직임의 폭은 더 좁아져서, 하준은 제 허리를 이리저리 돌리고 흔드는 것으로 뒤척임을 대신해야 했다.

"으흡, 으, 으으응, 흐으……!"

"아, 하아."

자꾸만 찾아오는 얕은 절정에 골반에 발끈발끈 힘이 들어가 그때마다 볼기가 가늘게 떨렸다. 무겸은 키스를 잠시 멈추고 감탄하듯 말했다.

"아, 우리 코치님… 허리 흔드는 실력이 장난이 아닌데."

"전부, 아으, 다… 네가, 앗, 가르쳐 준, 거야……."

그러자 무겸의 미간이 살짝 찌푸려지더니 커다란 손이 제 위에서 흔들리는 엉덩이를 붙잡았다. 그는 갑자기 무작스러울 정도로 세게 아래에서 제 것을 퍽퍽 박아 올리기 시작했다.

"다른 놈 얘기, 흣, 꺼내지, 말라니까."

"아흐, 아아, 하아!"

배 속을 흔들고 정수리까지 찌릿하게 전달되는 쾌감에 하준은 참지 않고 소리를 질렀다. 울컥 새어 나오는 눈물도 흐르게 내버려두고 무겸에게 애원했다.

"무겸아, 나… 가슴 만져 줘……."

안쪽 깊이 파묻힌 무겸의 굵은 성기에 힘이 더 들어가 꿈틀거렸다. 그을린 목줄기에도 힘줄이 선다. 무겸은 욕설을 억지로 참아낸 듯 씹으며 낮은 한숨을 길게 쉬었다.

"하… 미치겠네, 정말……."

비스듬히 누워 있던 무겸이 몸을 벌떡 일으켰다. 튼튼한 팔뚝이 등허리를 꽉 끌어안았다. 달려들다시피 하준의 가슴에 얼굴을 붙이고, 게걸스레 유두를 쩍쩍 빨아대기 시작했다.

먼저 부추겨놓고서 하준은 깜짝 놀라며 허리를 굽혀 몸을 뒤로 빼려 들었다.

"아, 소, 손으로 만져 달라고……!"

"손보다, 하아, 낫잖아?"

작은 돌기를 이를 세워 꽉 깨물기까지 한다. 깨문 채로 유륜까지 빨아올리자 눈앞에 별이 반짝 튀는 것 같다. 하준이 떨리는 숨을 들이마셨다.

성감이 예민해지자 하준의 배가 더 탄탄해지며 복근의 형태가 뚜렷해졌다. 안쪽까지 압박이 더해져 품고 있던 것을 단단하게 조였다. 무겸은 그릉그릉 앓으면서도 물고 있던 유두를 놓지 않았다. 도톰하게 부어오른 돌기를 혀로 짓눌러 핥으며 말을 이었다.

"계속 하고 싶은 대로 해 봐. 나는 시키는 대로, 여기, 빨 거니까……."

"앗, 아, 흐."

성기를 문 구멍 입구부터 배 속까지 멋대로 힘이 들어가 민감해진 내벽이 무겸의 것에 빠듯하게 들러붙는다. 움직이지 않아도 느끼는 곳이 세게 짓눌렸다.

기분이 너무 좋았다. 너무……. 하준은 무의식중에 허리를 잘게 흔들면서, 흐릿해진 눈으로 무겸을 바라보다가 그의 손을 잡았다.

"그럼, 흣, 그럼 손은, 이리 줘……."

하준은 멍하니 무겸의 손을 제 입으로 가져가 혀를 내밀어 검지와 약지를 핥았다. 무겸은 움직이던 것도 잠시 잊고 헐떡이며 하준이 하는 양을 바라보았다.

손끝을 핥던 하준은 무겸의 손가락을 제 입속에 넣었다. 점막 여기저기에 손가락이 닿도록 고개를 조금씩 돌리고 혀로 손가락을 문질러가며 펠라티오라도 하는 것처럼 빨아올린다. 입 안 여기저기가 긁히자 달큰한 쾌감이 축축하게 배어나왔다. 느끼는 곳이 전부 무겸에게 닿아 몸도 마음도 가득 차오르고 있었다.

"으흣, 흡, 하으……."

성기와 손가락으로 위아래를 모두 채우고, 이제 부끄러워하지도 않고 쾌락에 젖어드는 하준을 바라보느라 무겸은 한동안 정지 상태였다. 곧 질세라 유두를 계속 애무해 나갔지만 이미 집중력이 흐트러졌다.

무겸은 하준이 멋대로 손가락을 빨도록 마냥 맡겨 두지 않고 저도 움직이기 시작했다. 손가락 사이에 혀를 끼워 어루만지고 키스를 할 때 좋아하던 부분들, 입천장과 치열 안쪽, 혓바닥 가운데 같은 곳을 문질러주자 하준은 턱을 바르르 떨고 앓는 소리를 내며 입을 벌렸다. 말간 타액이 손가락을 타고 흘렀다.

"으응, 하……."

넋 잃은 하준을 바라보며 무겸은 입술을 깨물었다. 좀처럼 속내를 보여주지 않던 그였는데 지금은 만개한 커다란 꽃이 사람이 된 것 같다. 간지럼 같기도, 전류 같기도 한 가느다란 찌릿함이 또다시 무겸의 심장을 쿡쿡 찔러 심박수를 올리고 호흡을 거칠게 만들었다. 손가락이 성기보다 예민할 리 없는데 지금만큼은 온몸의 신경이 하준의 입에 물린 손끝에 다 모여든 기분이었다.

무겸은 허리를 크게 쳐올리기 시작했다. 사타구니 위에 얹힌 엉덩이가 살짝 떠올랐다가 내려앉을 때마다 나는 철퍽철퍽 소리가 빨라졌다.

하준의 흐느낌도 점차 격해졌다. 뜨겁고 민감해진 내벽이 온통 쓸렸다가 어디라고 짚기 힘든 기분 좋은 곳에 서로의 체중이 동시에 실려 짓이겨진다. 쾌감이 온몸에 쉴 틈 없이 퍼져 나갔다.

"아, 하아, 후읏, 아아, 아, 아!"

"너 뭘 믿고, 이렇게, 헉, 야하게 굴어?"

무겸은 화라도 난 사람처럼 윽박질렀다. 하지만 하준은 그저 신음하고 흐느끼느라 정신을 차리지 못하고 제 할 말을 할 뿐이었다.

"아, 좋아… 흐윽, 무겸아, 거기, 거기 너무 좋아……!"

무겸의 턱에 딱딱하게 힘이 들어갔다. 그는 잇새로 씹듯이 욕을 뱉었다.

"씨발… 더는 못 참아."

"아!"

무겸은 제 위에 앉아 있던 하준을 그대로 다시 풀썩 깔아뭉개다시피 눕혀 버렸다. 허벅지를 밀어 올려 구멍을 훤히 드러나게 한 자세로, 여유라고는 없는 허릿짓이 재개되었다.

호텔의 침대는 무겸의 집에 있는 것만은 못하더라도 튼튼하고 푹신한 매트리스를 사용하고 있었다. 그런데도 무겸이 허리를 치받는 대로 작게 끽끽대는 소리가 났다.

“아아! 흐으, 흐……! 앗, 아! 아! 아윽……!”

삽입은 이전보다 과격해졌음에도 완전히 무르익은 안쪽은 무겸의 것을 부드럽게 받아들였다. 굵고 긴 성기가 더는 나아갈 수 없을 만큼 비좁아지며 굽어드는 내벽 안쪽을 푹푹 찔러 올리다가 기어코 그 틈새까지 비집고 들었다.

하준의 신음이 비명처럼 변했다. 몸이 짧게 경직되었다가 곧 덜덜 떨며 풀어졌다. 반사적으로 무겸의 골반 부근을 밀어내려 들었지만 밀려나기에는 이미 결합이 너무 깊었다. 뭉툭한 귀두가 여린 속살을 벌리자 예민한 끝을 꽉 물어 조이는 감각에 무겸의 미간이 찌푸려졌다.

“크읏…….”

무겸의 어깨와 등 근육이 불끈불끈 성을 내며 꿈틀거렸다. 아랫배에까지 힘줄이 서며 빳빳해졌다. 그는 하준의 가장 깊은 곳에 말뚝처럼 제 것을 박아 넣은 그대로 미루고 있던 토정을 시작했다.

뜨거운 체액이 울컥울컥 쏟아져나와 이제 막 갈라진 내벽 사이로 흘렀다. 하준이 고개를 젖히며 흐느꼈다.

“아, 아, 아아아……!”

여기저기 열꽃이 핀 몸이 덜덜덜 크게 경련을 일으켰다. 허벅지와 엉덩이에 힘이 들어가며 하반신을 자꾸만 시트에서 들썩 띄웠다. 두 번이나 먼저 사정한 하준의 것에서는 묽어진 체액이 조금 흘러나올 뿐, 제대로 된 사정도 이루어지지 않았다.

그런데도 그가 지금까지 중 가장 큰 절정을 맞고 있다는 것을 무겸은 결합된 부분에서 전해지는 떨림으로 알 수 있었다. 하준이 좋아해서 저도 그만큼 더 좋았다. 사정이 계속 이어지고 있는데도 멈추지 않고 움직였다.

하준의 골반을 붙들고 주르르 뒤로 제 것을 빼냈다. 느릿하게 빠져나왔다가 빠르게 짓쳐들고, 빠르게 빠져나왔다가 느리게 들어갔다. 무겸의 정액으로 깊은 안쪽까지 푹 젖은 내벽은 무겸이 아무리 강하게 짓이기려 들어도 부드럽게 그것을 받으며 달게 익은 쾌감만을 느꼈다.

"하아! 아아! 흐으으, 으흐윽, 앗, 앗! 아……!"

하준의 얼굴은 눈물로 흠뻑 젖어, 이제 다른 말로 표현할 수 없을 만큼 소리 내어 울고 있었다. 밀어붙일 때마다 비명을 지르며 벌벌 떠는 모습에 무겸은 중독된 듯 계속해서 안을 깊게 가르고 들었다. 거칠어진 숨과 자제 없이 튀어나오는 신음이 한 데 엉켜 누구의 것인지 구분이 가지 않을 정도였다.

하지만 누운 몸을 들썩이게 하고 볼기치는 소리가 나던 허릿짓도 조금씩 속도를 떨어뜨렸다. 사정하는 내내 지치지 않고 하준의 안을 들쑤시던 무겸은 마침내 눈을 감고 앓으며 그 위로 엎드렸다.

오랜 절정의 여운은 강렬했고 길었고, 둘은 한동안 아무런 말도 못하고 끌어안고 누운 채로 숨만 골랐다. 무겸의 것을 품은 하준의 엉덩이는 가만히 누워서도 때때로 움찔거리며 안쪽을 조이고 그럴 때면 무겸의 등허리를 감은 다리에도 힘이 들어갔다. 무겸의 구릿빛 전신이 아직 식지 않은 풀무처럼 불끈거리고 있었다.

"흐아, 아, 아, 하아아, 아……."

"흑, 아, 하아."

100분이 넘는 경기를 풀타임으로 뛰었을 때도 이렇게까지 무너진 적은 없는 것 같은데, 힘이 들어서가 아니라 전신을 달구는 쾌감이 끝도 없이 밀려와 정신이 혼미했다.

무겸은 이마를 쓸어올리며 하준을 내려다보았다. 앞이 깜깜해진 것은 하준도 마찬가지인 듯 그는 눈을 감고 헐떡대고 있었다.

기절했나?

처음에는 눈만 감은 줄 알았는데 아닌 것 같다. 아직도 몸은 깨어 있는 사람처럼 바쁘게 움찔거리는데 의식은 없어 보였다. 무겸은 하준의 이마에 입을 맞추며 그를 불렀다.

"이하준."

"으응……."

잠꼬대처럼 앓는 남자의 뺨에 끈질기게 입을 맞추자 하준이 스륵 눈을 떴다. 깜박 정신을 잃었다는 자각도 없는 표정으로 무겸을 바라보며 힘없이 웃는다.

절정의 열기가 여실히 남아 있는, 하지만 본래의 단정함과 상냥함이 돌아온 얼굴이었다. 무겸은 마주 웃었다.

"힘들었어?"

"조금……? 오랜만이라서."

그래, 그렇겠지. 고작해야 며칠이 오랜만이라 느껴질 정도로 틈만 나면 붙어먹었다는 증언이었다.

자주 하지 않았다는 것은 말도 안 되는 거짓말이다. 제 주제에 이런 사람을 매일 밤 건드리지 않고 참을 수 있었을 리 없다고 무겸은 피식거리며 속으로 저 자신을 비웃었다. 그는 스스로를 잘 안다는 자부심이 있는 편이었다.

"나도 좋았어, 이하준."

무겸의 말에 하준의 미소가 더 짙어졌다. 대단한 이유도 없이 자꾸만 웃느라 꼬리가 올라가는 예쁜 입술을 무겸은 엄지 끝으로 살짝 문지르며 물었다.

"왜 웃어."

"그냥… 좋아서."

"알고 보니 웃음이 참 헤프네? 다른 사람한테는 이렇게 웃어 주지 마."

더 말하는 대신 입술을 겹쳤다. 아직도 떨림이 완전히 가라앉지 않은 입술 사이로 젖은 소리를 천천히 주고받다가, 서로를 간지럽히며 시시덕거렸다.

샤워를 마치고 나온 무겸의 얼굴은 개운했다. 그는 커다란 배스타월로 몸을 닦으며 신이 나서 종알거렸다.

"처음부터 같이 씻을 걸. 시간도 절약되고 좋네."

"따로 씻는 편이 시간은 더 절약되는 것 같은데……."

씻겨 주겠다는 무겸 때문에 욕실에서 또 한바탕 시달린 하준은 조금 지친 기색이었다. 하지만 눈을 또렷하게 뜨고 무겸을 바라보는 표정에는 새로운 결심이 서려 있었다. 뭔데 그래? 무겸이 시선으로 묻자 하준은 심호흡을 마치고 입을 열었다.

"너, 이렇게 됐으니까 약속해."

"무슨 약속?"

"기억 안 돌아와도 안 헤어진다며. 그런 건 걱정도 안 해. 너 나 없이 못 산다는 거 내가 제일 잘 아니까. 함부로 헤어졌다가 나중에 기억 돌아오면 얼마나 유난 떨지 안 봐도 뻔하거든? 그 꼴 보기 싫어서라도 헤어질 생각 없어. 그런데, 안 헤어지는 것만으로는 안 돼."

"그럼?"

무겸이 어깨를 으쓱하며 묻자 하준은 미간을 살짝 찌푸렸다.

"기억이 안 돌아와도 계속 나 좋아해 줘야 돼. 나한테 지금까지처럼 지내라며. 네가 안 변하고 계속 날 좋아해야 나도 지금까지처럼 지내지."

변치 않을 애정을 약속하라 요구하는 하준은 강경한 말투와는 달리 쑥스러운 표정이었는데 오히려 무겸의 얼굴이 진지하고 엄격해졌다. 그는 들고 있던 타월을 고쳐 쥐며 억울함을 토로하는 사람처럼 목소리를 높였다.

"당연하지! 나는 이제 너만 볼 거야. 벌써 네가 너무 좋단 말야."

그 말에 하준의 표정에서 머쓱함이 사라지고 녹녹한 미소만 남았다. 그는 무겸의 바로 앞까지 다가와 거리를 좁히며 다짐했다.

"김무겸, 믿는다."

"네가 나 처음부터 안 피했으면 더 빨리 이런 사이 됐을 거야. 보나마나 너한테 금방 반했을 거라고."

"정말?"

"어."

눈을 크게 뜨고 되묻는 하준에게 무겸은 단호하게 대답했다. 하준은 그 말에 눈을 몇 번 껌벅이더니, 뭔가 감회가 새로운 듯 쓴웃음을 지었다.

"고마워. 만약이긴 해도 그렇게 말해 주니까… 좋다. 사실 그런 생각해 본 적도 있거든. 내가 피하지 않고 먼저 말 걸었으면 어땠을까 하고."

둘은 나란히 침대에 걸터앉았다. 무겸은 말없이 안절부절못하다가 더 참지 못하고 하준의 어깨를 끌어안으며 졸랐다.

"나한테도 말해 줘. 너도 내 기억 안 돌아와도 계속 나 좋아해 줄 거지?

네가 알던 김무겸 아니라도, 그래도 안 변할 거지?"

"지금 아는 너도 처음에 내가 생각했던 너는 아니야."

웃으면서 대답하던 하준의 표정이 진지해졌다.

"내가 나 자신보다 좋아해 본 사람은 너밖에 없어."

"……."

"네 기억이 아니라 더한 게 없어져도 나는 안 변해."

사랑을 이야기하는 태도라기에는 냉정하게 느껴질 만큼 단호한 말투였다. 자신에 대한 확신에서 나오는 차갑고 날카로운 기세에 무겸은 오히려 주눅이 들고 말았다.

"너 취향 좀 문제 있다. 나 같은 놈을 뭐하러 그렇게까지……."

궁얼거리자 하준은 웃으면서 무겸의 어깨를 툭 쳤다. 그의 말투가 이제야 농담조로 돌아와 있었다.

"야, 김무겸 욕하지 마. 까도 내가 깐단 말 몰라?"

"죄송합니다, 코치님."

무겸도 키득거리며 쪽쪽 입을 맞췄다. 둘은 서로를 끌어안고 침대 위를 빈둥빈둥 뒹굴었다. 한밤의 여유로운 풍경 속에서 무겸의 가슴만이 곧 터질 듯 두근거리고 있었다.

쉽게 믿기지 않았다. 제게 사랑하는 사람이 생겼다니. 같이 살고 한 팀에서 일하고, 한 식탁에서 밥을 먹고 한 침대에서 자면서 하루 종일 붙어 있는 사람. 2년이나. 심지어 같은 남자를.

감히 꿈꾼 적도 없는 일, 상상도 못 해 봤던 일 아닌가. 무겸이 기억하는 자기 자신은 평생 다른 이와 인생을 함께하지 않겠다는 결심을 굳건히 유지하던 남자였다.

그러니까 이하준은 제게 정말로 소중한 사람일 것이다. 기억이 돌아오든 말든 상관없다. 혹시 영영 돌아오지 않더라도, 기억을 잃기 전의 김무겸이 그립지도 않을 만큼 지금부터 잘하면 된다.

마음을 굳게 다잡던 무겸이지만 결국 속 깊은 곳에서 솟아오르는 억울함을 견디지 못하고 미간을 찌푸렸다.

상관없다는 말은 거짓이다. 신을 믿은 적은 없지만 이번만큼은 빌고 싶었다. 부디 기억이 돌아오게 해 달라고. 다른 기억은 모두 사라져도 좋으니 이하준에 대한 것만큼은 제발.

이렇게 사랑스러운 사람의 지난 2년간의 모습을 몽땅 잊어버리다니 그건 너무 억울하다. 게다가 연애는 초반 한두 해가 가장 뜨거운 법이라는데.

"나 이제 졸려."

무겸의 들끓는 속내는 나 몰라라 하준이 중얼거렸다. 무겸은 그의 이마에 입을 맞추며 밤 인사를 속삭였다.

"자자. 내일 봐, 이하준."

"응, 너도 잘 자."

하준은 눈을 감고 온화한 혼미함에 빠져들었다. 긴 시간 이어지는 섹스는 몸을 지치게 만들지만 늘 그렇듯 그 끝에 기다리고 있는 것은 어느 때보다 편안한 휴식과 따스하게 데워진 마음이었다.

아무것도 기억하지 못하는 무겸과 밤을 치른 기분은 평소와 조금 달랐다. 왠지 욕망에 더 솔직해질 수 있었던 것 같은 기분. 노곤한 기분으로 잠에 빠지면서 하준은 무겸이 살아온 방식을 처음으로 가까이서 이해할 수 있을 것 같았다.

그와 첫 입맞춤을 했던 비 오는 날, 그때는 고민 한번 없이 하룻밤을 보내자는 제안을 건네는 김무겸이 놀랍기만 했다.

욕망과 충동에 그토록 대범하고 정직할 수 있다는 사실이 조금은 부러웠고, 무겸의 의도를 착각한 저 자신의 서투름 때문에 기가 죽었다. 실수가 부끄러워지자 상황을 돌이키고 싶다는 후회 또한 성급하게 피어올랐다.

하준에게 제 욕망이란 가장 뒷전으로 미루는 것이 당연해진 지 오래였다. 그날은 달랐다. 원하는 것이라면 탐욕스러울 정도로 충실한 김무겸의 기세에 압도되어 저답지 않은 충동에 몸을 맡겼다.

놀라운 제안에 고개를 끄덕일 수 있는 용기를 불어넣어 준 배후에는 한마디로 정의할 수 없는 여러 가지 감정들이 있었다. 숨긴 자리에 박제된 듯 머물러 있던 마음을 한 발짝 내딛게 만든 보이지 않는 힘.

어설픈 일탈의 대가로 주어진 육체적 고통까지도 기껍게 받아들일 수 있었던 이유는 무겸과 밤을 보냈다는 사실에 더해 자신이 모처럼 앞뒤를 재지 않고 만용을 부렸던 상황 자체에 만족했기 때문이었을지도 모른다.

두 사람 모두 생각하기 전에 움직이는 방식으로 살아왔다. 몸이 시키는 대로 따랐을 때의 결과가 머리로 내리는 판단보다 못한 적이 없었고 오히려 종종 옳을 때가 많았다. 그런 삶에서 먼저 물러난 하준도 아직 지난 시절의 육감을 기억하는데 하물며 무겸이라면.

셀 수 없이 몸을 겹쳐 피부에 익은 체온, 기다렸던 감촉, 익숙한 입술과 손길, 온갖 고민이 증발되고 오직 서로와 현재에만 충실할 수 있었던 시간.

끌어안고 입 맞추며 하나가 되는 순간이 미래가 안개에 휩싸인 듯한 불안을 걷어 냈다. 무겸이 안겨 준 꽃다발, 값비싼 선물들, 백 마디 말이나 맹세보다도 지금 맞닿아 있는 육신이 가장 믿음직스럽다.

두 사람이 함께 발붙이고 있는 한 마음 또한 떠나지 않을 것이다. 적어도 김무겸과 이하준에게 있어 몸과 마음이란 언제나 거짓 없는 하나였으니까.

처음부터 조금만 더 용기를 낼 수 있었더라면. 생각만 하다가 포기하기보다는 원하는 것을 따라 움직였더라면……. 이제 와서는 곱씹기에도 너무 오래전의 일이었지만 무겸에게 그런 말을 들어서일까, 잠이 든 뒤 하준은 어렴풋이 꿈을 꾼 것도 같았다.

열아홉 살 그때로 돌아가 용기를 내어 김무겸에게 말을 걸어 보는.

여럿이 모여 있는 대기실에서 하준은 시선을 움직여 보고 싶었던 사람을 찾았다.

뒷모습만 봐도 알아볼 수 있는 남자는 금세 시야에 들어왔다. 올해 김무겸은 프리미어 리그 상위권 팀인 그린포드로 이적하며 한층 더 유명세를 높였다. 이런저런 일정 때문에 한동안 한국에 들어오지 못하던 그였으므로 국가대표 소집에 응해 입국한 것도 오랜만이었다.

하준은 무겸의 널따란 등을 바라보며 걸음을 옮겼다. 몇 걸음 가까워지자 그와 친구가 나누고 있는 대화가 들려오기 시작했다.

"뭐? 진짜? 남자들이 너한테?"

"그럼 가짜겠냐. 이딴 농담을 왜 해."

"외국이라 그런 것도 개방적인가 보다. 그래서 어떻게 했냐?"

"뭘 어떡해, 거절했지. 속으로는 소름 돋는데 씨발……. 연회나 파티에서 그런 인간들 싫은 티 내지 말라고 에이전트가 100번쯤 잔소리했어."

무겸은 런던에서 있었던 일을 놓고 투덜거리고 있었다. 모르는 사람과 함께 있거나 혼자였다면 가까이 갈 엄두도 내지 못했을 텐데 그와 나란히 앉아 이야기를 나누고 있는 정규는 하준과도 국내 대회나 훈련에서 여러 번 만나 꽤 가까워진 사이였다.

하준은 마른침을 한 번 삼키고 그들의 등 뒤로 다가갔다.

"안녕?"

"음?"

갑작스레 들려온 인사에 무겸이 뒤를 돌아보았다. 하준과 그의 시선이 마주쳤다. 중학생 때는 코앞에서 제 신발 끈을 묶어 준 적도 있었고 청소년 국가대표 팀에서 지나친 적도 몇 번 있었지만 그는 완전히 처음 만나는 사람을 보는 눈초리였다.

다행히 어색한 침묵이 길어지기 전에 정규가 웃으면서 몸을 일으켰다.

"어, 하준아! 명단에 있는 거 봤는데 왔구나."

"응, 오랜만이네. 반갑다."

정규와 인사를 나누고 있자니 무겸도 따라 일어서서 그에게 소근거렸다.

"누군데? 아는 사이야?"

"어. 전에 상비군끼리 다같이 모인 적 있었는데 그때 친해졌어. 신록고 이하준이라고, 우리랑 동갑이야. 너도 인사해."

무겸은 여전히 무뚝뚝한 표정으로, 정규와 친하다고 하니 무난하게 소개를 마치자는 속내가 다 비치는 얼굴을 하고서 인사를 건넸다.

"나도 만나서 반갑다. 어, 그런데 포지션이……."

"수비. 풀백."

"오… 풀백? 한국에서 풀백으로 나가기 힘들잖아. 너 잘하나 보다."

"아직은 그냥 그래. 열심히 해야지. 김무겸, 나 네 팬이야. 경기도 맨날 챙겨 봐."

그러자 무겸은 곧바로 경계심이 풀린 듯 씩 웃으면서 대답했다.

"정말? 하긴 뭐, 요즘 내 팬이 워낙 늘었어야지."

"초면에 잘난 척부터 하는 거 봐라. 하준아, 띄워 주지 마. 얘는 굳이 안 띄워줘도 항상 공중에 떠 있어."

"잘난 게 사실인데 뭐."

하준은 무겸의 편에서 말을 거들었다. 그러자 무겸은 몹시 만족스러운 표정이 되더니 하준에게 다가와 어깨동무를 걸쳤다.

"맘에 든다 너. 내가 뭐 특별히 줄 건 없고, 음… 사인이라도 해 줄까?"

"진짜? 그럼 너무 고맙지!"

하준이 신이 나서 반색하자 무겸도 기분이 좋은지 웃었다. 뭔가 더 말을 하고 싶은 기색이었지만 더 이야기를 나누기 전에 감독의 소집 명령이 떨어졌다. 다들 이제 그만 놀고 집합하라는 외침에 무겸은 다급하게 소근거렸다.

"끝나고 내가 유니폼에 사인해 줄게. 먼저 가지 말고 기다려."

"응!"

하지만 두 사람은 훈련 중에 또 한 번 이야기를 나누게 되었다. 프리스타일 패스 훈련에서 무겸이 먼저 하준과 짝을 짓자며 말을 건 것이다.

하준은 두근두근 뛰는 심장을 주체하지 못하고 거리를 둔 채 그와 마주 섰다. 공을 차고 받고, 또 차고 받고. 나름대로 기교를 부리며 공을 주고받는 훈련을 하던 중, 무겸이 공을 발끝으로 세우더니 고개를 갸웃 기울였다.

"우리 합이 잘 맞는 기분인데, 나만 그러냐?"

"내가 네 경기를 자주 봐서 그런가 봐."

"잠깐 이리 와 봐."

무겸이 손을 까닥거렸다. 하준이 냉큼 곁으로 뛰어가자 그는 이번에도 어깨에 팔을 걸치며 속삭였다.

"이러고 있으면 아마 감독님도 널 좀 더 눈여겨 볼 거야. 축구도 요령이 있어야지, 나 정도 천재가 아니면 실력만으로는 안 돼. 필요한 사람한테는 잘 보이고, 눈도장도 찍고, 대중들 관심도 끌어야 되거든."

하준은 눈을 크게 뜨고 감탄했다. 역시 이른 나이에 프리미어 리그 상위권 팀에 입단한 사람은 뭐가 달라도 달랐다.

"어떻게 알았어? 내가 그런 걸 잘 못 해."

"훈련 기간 동안 내 옆에 붙어 있어. 관심은 내가 끌 테니까 너는 운동이나 열심히 해."

말을 마친 무겸은 장난기 가득한 얼굴로 웃었다. 저와 눈을 마주치고 웃는 그의 얼굴을 바라보면서 하준은 가슴 깊이 차오르는 기쁨에 뿌듯해졌다. 용기를 내기를, 말을 걸어 보기를 정말로 잘했다고.

알람 소리가 몇 번 울리다가 끊어졌다. 촤악 커튼 걷히는 소리와 함께 쏟아져 들어온 환한 햇빛이 감은 눈꺼풀 너머까지 찔렀다. 하준은 몸을 돌려 베개에 얼굴을 파묻었다.

"으, 눈부셔……."

"코치님, 그만 일어나. 이제 훈련 가야지."

무겸의 기운찬 목소리가 들려왔다. 오랜만에 섹스를 한 데다 한참을 노닥거리다 늦게 잠들어서인지 몸을 일으키기 힘들어하는 하준과 달리, 무겸은 역시 그쯤은 아무렇지 않은지 오늘도 쌩쌩했다.

"응, 일어날게……."

"왜 이렇게 피곤해해. 안 일어나면 배에 뽀뽀한다. 이렇게."

무겸이 침대 위로 훽 올라오더니 하준의 티셔츠를 걷어 올리고 얼굴을 파묻었다. 부르르르, 배에 입술을 붙이고 바람을 세게 불자 요란한 소리가 났다. 하준은 고개를 젖히며 푸하하 폭소를 터뜨렸다.

"하지 마! 간지러워."

"송아지, 이제 잠 깼어?"

그 말에 찬물을 뒤집어쓴 것처럼 잠이 완전히 깼다. 하준은 벌떡 몸을 일으키며 되물었다.

"뭐?"

"이제 잠 깼냐고."

"그거 말고."

"그럼 뭐? 송아지?"

"그래! 나한테 송아지라고 했잖아."

하준이 목소리를 높이자 무겸은 어리둥절한 표정이 되었다.

"매일 부르던 사랑의 애칭인데 갑자기 왜 그래? 앞으로는 송아지라고 하지 마?"

"김무겸! 기억 돌아왔어?"

"무슨 기억?"

"어? 그게, 너 훈련하다가 넘어지면서 머리를 부딪혔거든? 그래서 2년 치 기억이 없어졌었어. 우리 사이에 있었던 일도 다 잊어버리고. 어제까지만 해도 그랬는데."

마음이 앞선 하준이 허둥지둥 두서없이 설명을 늘어놓자 무겸은 피식 웃으면서 말을 끊었다.

"뭐야. 애인님, 꿈 꿨구나?"

"이 방도 봐. 호텔이잖아. 여기서 잔 기억 있어?"

"그러잖아도 그게 좀 이상했는데……. 어제 내가 취하기라도 했었나? 경기 앞두고 술 안 마시는데."

"그러니까 기억이 없어졌었대도."

답답해진 하준이 아무리 설명해도 무겸은 전혀 믿는 기색이 아니었다. 오히려 우스운 이야기를 들었다는 듯 하하 웃더니 아이를 가르치는 선생님처럼 조근조근 일렀다.

"아침부터 장난을 다 치고 코치님 기운이 넘치네. 그런데 하준아. 머리를 부딪쳐서 기억상실이라니, 상상력이 너무 부족한 거 아냐? 요즘은 소설에서도 그런 진부한 스토리는 잘 안 써먹어."

"김무겸! 너 기억 돌아왔다며? 와, 그래도 의사 말대로 진짜 일주일 안에 돌아왔네. 경기 전에 돌아와서 다행이다, 야!"

"하, 정말 어이가 없어서……."

국가대표 선수로서 맡은 바 소임을 다하기 위해 출근한 파주의 훈련장, 화창한 하늘을 배경 삼아 반갑게 인사를 해오는 정규와 대조적으로 무겸은 아침부터 불쾌한 표정이었다.

그는 훈련장에 오기 전에 하준과 함께 병원부터 들러 진료를 받았다. 결과는 모두 정상. 기억장애에 뒤따르기 쉬운 각종 후유증도 전혀 없었다.

문제없이 상황이 돌아왔으니 기뻐하기만 해도 모자랄 판국에 뭐가 불만일까. 10년을 무겸과 친구로 지냈지만 여전히 그 복잡하고 변덕스러운 속내를 짐작할 길이 없는 정규는 의아해져 물었다.

"뭐가 어이가 없어?"

"혹시 나랑 하준이 같이 있을 때 녹화해 놓은 거 없냐?"

"무슨 녹화? 훈련 영상은 스태프들한테 물어보면 있을지도 몰라."

그러자 무겸은 아끼던 것을 잃어버린 사람처럼 애통하게 관자놀이를 짚으며 이를 갈았다.

"닷새나 기억이 없어졌었다잖아! 그럼 내가 닷새나 하준이를 놓친 거 아니냐고. 내가 기억이 없어져서 많이 당황했을 텐데……. 얼마나 귀여웠을 거야?"

비통해하던 그는 정규를 찌릿 노려보고는 난데없이 책임을 돌렸다.

"야, 네가 알아서 좀 찍어 놨으면 좋았잖아."

"지랄염병으로는 벌써 발롱도르 탔다, 탔어……. 아, 너 떼놓고 하준이 혼자 며칠 여행이라도 갔었다고 생각하면 되잖아!"

"쯧, 이상한 소리 하지 마라. 하준이가 나 떼놓고 여행을 왜 가?"

"됐다. 그냥 더 대화하지 말자. 우리 앞으로는 오로지 일 얘기만 하는 사이로 지내자."

"어. 바라는 바야."

두 사람이 투닥거리는 사이 훈련이 시작되었다. 감색 스태프 티셔츠를 입은 하준이 호루라기를 삐익- 길게 불어 선수들을 주목시켰다.

"훈련 시작합니다. 모두 집합! 이제 경기까지 정말 며칠 안 남았으니까 컨디션 관리에 마지막까지 집중합시다. 어제 훈련 끝나고 술자리 가지신 분 몇 계시다고 들었는데… 오늘부턴 경기 끝나기 전까지 아무리 가벼운 회식이라도 절대 안 됩니다."

본격적인 운동에 들어가기 전 주의를 촉구하는 목소리는 다정하면서도 엄격했다. 그런 하준을 바라보는 무겸의 눈빛은 홀로 존경심이 가득 차 넘실거렸다. 며칠 동안 저 때문에 걱정이 많았을 텐데 의연한 모습 좀 보라지. 역시 프로페셔널하기로는 따라갈 사람이 없었다.

개인 훈련에 들어가 한 사람씩 살펴보던 하준이 무겸에게 다가왔다. 여럿이 모인 가운데 둘만 아는 이야기를 소근대는 이 시간은 훈련 중의 낙이다. 무겸의 훈련을 살피면서 오늘도 하준은 목소리를 살짝 죽여 말을 걸었다.

"컨디션 어때?"

"몸이 가뿐한 게 좋은데. 어제 뭐 좋은 거라도 먹였어?"

"어느 날 갑자기 돌아올 수도 있다더니 의사 말이 정말 맞았어."

하준은 기분이 좋은지 오늘따라 배실배실 새어나오는 웃음을 제대로 단속하지 못했다. 훈련 중에는 애정 표현을 자제하는 하준인데 며칠 동안 얼마나 마음고생이 심했으면. 무겸은 안쓰러워져 그의 손을 덥석 붙잡았다.

"훈련 시간 때문에 아침에 별로 이야기도 못 나누고… 많이 걱정했지?"

"조금은 했지. 이제 괜찮아. 너 기억 돌아오니까 기분 너무 좋다. 자, 이제 운동하자. 스트레칭은 이만하고 오늘은 서킷 트레이닝부터 시작할까?"

"알겠습니다, 코치님."

구령 섞어 숫자를 외치는 사람들의 목소리, 뻥뻥 공을 걷어차는 소리, 웃음소리와 장난치는 소리가 뒤섞여 파란 하늘까지 솟아올랐다. 여느 때와 똑같은 훈련 풍경이었다.

4.

넓은 마당 한쪽에 차가 정차했다. 멈춰 선 차 위로 어룽어룽 꽃그늘이 지고 있었다. 무겸이 시동을 끄고 허탈하게 웃었다.

"그래서, 기껏 한국에 와서 며칠을 계속 호텔에서만 잤단 말이야?"

"응. 조용하게 지내는 게 좋을 것 같아서. 너 괜찮냐고 집에서 몇 번이나 전화 왔는지 몰라. 같이 있었으면 엄청 시끄러웠을 거야."

부담이 될까 봐 말을 하지 않을 뿐, 아들이 한국에 들어오는 날만을 손꼽아 기다릴 하준의 어머니였다. 오랜만에 입국해서 가족과 함께 보낼 시간을 통째로 빼앗아 버렸으니 면목이 없다. 마찬가지로 걱정이 많았을 박 감독과 사모도 찾아가고, 어머니는 조만간 영국 집에 장기간 초대해야겠다 생각하며 무겸은 안타깝게 말했다.

"어머님이 걱정 많이 하셨겠네. 가기 전에 선물이라도 많이 사 드려야겠다."

"돌아와도 수선 떨지 말라고 내가 미리 단단히 주의 줬어."

"단단히 주의를 줬어? 대장 토끼가 김무겸 걱정하느라 사랑하는 가족들한테 주의도 주고."

"당연한 거 아니냐? 경기도 코앞인데."

둘은 차에서 내려섰다. 내리자마자 봄바람에 흔들리는 라일락 꽃송이들이 시야를 장악했다. 작은 꽃들이 모여 만든 연보라색 구름이 장관이었다.

짙은 향기가 혼곤할 만큼 밀려든다. 바람에 따라 느릿하게 흔들리는 꽃송이를 보고 있자니 시간이 멈춘 듯 현기증이 일었다. 무겸은 그 아래에 서서 감탄했다.

“와… 도착한 날에는 해가 다 져서 잘 안 보였는데. 오늘 이렇게 보니 꽃이 아주 만개했네.”

“그렇지? 드디어 같이 볼 수 있게 됐어. 어때, 예쁘지?”

“응. 어릴 때 봤던 풍경이랑 하나도 안 변했다. 향기도.”

무겸은 하준에게로 고개를 기울여 속삭였다.

“이하준 너도.”

“뭐래.”

하준은 구박하듯 키득거렸지만 기분 나쁘지 않은 기색으로 꽃나무 앞에 놓인 벤치를 가리켰다.

“날씨도 좋은데 잠깐 밖에 앉아 있다 들어갈래? 바람도 쐬고 꽃구경도 할 겸.”

“좋지.”

둘은 나란히 걸터앉았다. 하준이 어릴 때 살던 집 마당에 이런 벤치는 없었는데 돌아온 집에 생긴 작은 변화였다. 봄여름이면 마당에 앉아 시간을 보내기 좋을 것 같아서 이사를 오고도 치우지 않았다.

긴 시간에 걸쳐 집주인이 여러 번 바뀌었음에도 불구하고 라일락 나무를 비롯해 마당의 큰 나무 중에는 베어 내거나 갈아 심은 것이 없었다. 다행스럽게도 이 집을 거쳐 간 사람들은 모두 하준의 가족이 처음 꾸몄던 정원을 아껴 주었던 모양이다. 이곳에 살았던 누군가가 여기 벤치를 놓고 꽃을 올려다보며 한적한 시간을 보냈으리라 생각하면 하준은 얼굴 모를 사람의 행복을 빌고 싶어졌다.

바람이 살랑일 때마다 향기도 함께 움직여 무디어지려는 후각을 새롭게 자극했다. 아직 해가 밝아 하늘은 온화하고 푸르렀다. 머리와 뺨을 쓰다듬는 봄바람이 기분 좋다. 둘은 잠시 아무런 말도 하지 않고 아름다운 풍경을 눈에 담느라 여념이 없었다. 처음 서로를 만났다는 어린 시절 그날처럼.

하준은 풍성한 꽃무더기에 시선을 고정하고 느리게 눈을 깜박였다. 그의 머릿속에서 여러 상념이 꽃송이처럼 하나둘씩 피어올랐다.

김무겸은 무슨 생각을 하고 있을까? 저는 사실 그때의 일이 무겸만큼 정확하게 기억나지는 않는다. 하지만 둘 사이에 몰랐던 인연이 존재한다는 사실은 당연히 마음에 든다. 이제 무겸과의 관계 때문에 고민하는 일은 없어졌지만 우연이든 운명이든 인력을 넘어선 힘으로 그와 자신이 단단히 묶여 있다는 느낌은 좋았으니까.

…하지만 이번 일을 겪고 나니 역시 옛날 일에 관계를 의지하고 싶지는 않다. 그것이 설령 운명 같은 일이었다고 해도, 이제는 정말 지금의 무겸과 자신이 가장 중요하다는 생각이 든다. 지나간 한때를 추억하며 바라보고 있는 이 꽃도 실은 매년 새로 피어나는 것처럼.

"아까 임정규가 말야."

문득 무겸이 입을 열었다. 하준은 그에게로 시선을 흘렸다.

"응?"

"기억 없어졌던 동안의 기억은 또 날아간 거잖아. 5일이나 되는데……. 너랑 무슨 일 있었는지 기억 못하는 게 아까워서 좀 툴툴거렸더니 너 혼자 나 떼놓고 며칠 여행 갔었던 거라 생각하래. 이걸 말이라고."

"그게 왜? 틀린 말은 아닌데."

"틀린 말이지. 너 혼자 나 떼놓고 여행을 왜 가?"

"아, 그래……."

당당한 무겸의 되물음에 하준은 픽 웃으며 대꾸하고 말을 이었다.

"좀 기다려 봐. 의사 말로는 시간이 지나면 기억 없어졌을 때 일이 떠오를 수도 있대."

"정말 별일 없었어? 내가 기억 없어졌다고, 또 예전처럼 너한테 싸가지없이 굴지는 않았고?"

"전혀. 귀여웠어. 너무 착하게 굴어서 나도 의외였다."

그러자 무겸의 눈이 휘둥그레 커졌다가 슬쩍 찡그리며 가늘어졌다.

"귀여웠다고? 설마 기억 없는 내가 지금 나보다 더 귀여웠던 건 아니지?"

"음… 아니야. 너는 기억이 있으나 없으나 똑같아."

여전히 웃으면서 고개를 끄덕이는 하준을 바라보다가, 무겸은 눈에서 힘을 풀고 함께 미소를 지었다.

"나만 그런 게 아니던걸? 사람들 말로는 내가 기억 없는 동안에도 우리 이 코치님은 평소랑 똑같이 침착했다고 하던데."

"환자는 넌데 내가 대놓고 불안해하면 안 되잖아."

"그래도 걱정 많이 했지?"

"그거야 뭐……."

하준은 멋쩍게 얼버무리더니 잠시 조용했다. 꽃도 아니고 무겸도 아닌 어딘가를 바라보던 옆모습이 왜인지 조금 쓸쓸해졌다. 말을 고르는 듯 꽉 다물렸던 입이 조심스레 벌어졌다.

"그런데, 음… 걱정도 했지만 기분이 점점 묘해졌었어."

"어떻게?"

"네가 아는 내가 네 기억 속에서 사라졌다고 하니까… 나라는 사람의 일부분이 정말 세상에서 통째로 없어진 것 같더라. 막연한 기분이긴 했지만 그래도 불안하더라고."

하준의 미소가 씁쓸하게 변했다. 진지하게 하준을 바라보고 있는 무겸과 눈을 마주치면서.

"이제 너밖에 모르는 내가 너무 많아졌나 봐. 너 없으면 반쪽짜리가 된 기분이야."

"……."

"이상하지? 예전에는 혼자서도 꽤 단단하게 살았던 것 같은데. 마음이 바빠서 그랬는지 외롭다는 느낌도 잘 몰랐고, 연애를 하고 싶었던 적도 없고."

"무슨 소리야. 너는 지금도 완벽해."

"왜 그렇게 정색해. 나쁜 뜻으로 하는 이야기 아닌데. 그만큼 우리 두 사람이 가까워졌다는 게 실감 났다는 얘기야."

하준은 심각해진 분위기를 무마하려는 듯 웃었다. 하지만 잠시나마 스쳐 지나간 쓸쓸한 표정이 신경 쓰여 무겸은 몸을 더 가까이 붙였다.

"나도 그래. 예전에는 혼자서도 어디든 가고 뭐든지 다 했는데 이제 너 없으면 아무 데도 가기 싫어. 집 앞 마켓에 아이스크림 사러도 이제 혼자 가기 싫단 말이야. 일 약속 때문에 혼자 나가서 돌아다니고 있으면 왜 그렇게 어색한지……. 덩치는 산만 해서 다 큰 남자가 점점 혼자서는 아무것도 못하고, 김무겸이 아주 등신 다 됐어."

늘어놓는 하소연에 하준은 고개를 끄덕였다. 흰 얼굴에 잠시 감돌던 버석한 기운이 사라지고 평소의 투명한 온화함이 돌아와, 연보라색 꽃그늘에 그대로 녹아들어도 이상하지 않을 부드러운 미소를 지었다.

"맞아……. 우리는 너무 나약하다."

동조해 주길 바라며 투정을 부려 놓고서도 무겸은 하준의 말에 곧바로 응수하지 못하고 그를 바라보았다. 어, 하고 대답도 질문도 아닌 당황한 목소리만 짧게 흘리자 하준은 눈을 둥글게 떴다.

"왜 그래?"

"아무것도 아냐."

잠시 침묵하던 무겸은 몸을 옆으로 기울여 하준의 어깨에 얼굴을 기대고 투정을 이었다. 그의 키가 더 컸으므로 몸을 잔뜩 웅크려야 했다.

"이제는 둘이 항상 붙어 있어야 돼. 우리는 너무 약해졌거든. 그래도 둘이 같이 있으면 상관없어. 마음 놓고 약해져도 돼."

"조금 약해졌어도 괜찮아. 두 사람이니까 합치면 그래도 한 사람보다 강할 거야."

"맞아. 내 생각이 코치님 생각이랑 같아."

하준은 무겸의 머리를 쓰다듬으며 장난스럽게 대답했지만 무겸은 그의 말에 진지하게 동의하고 있었다.

그도 예전의 저와 비슷한 생각을 했나 보다. 혼자서도 완전하던 각자가 서로를 사랑하면 할수록 점점 불완전하고 약한 존재가 되어 가는 것만 같다는. 그가 자신과 똑같은 고민을 했다는 사실만으로도 어쩐지 하나가 된 것 같아 기쁘다.

그러나 하준은 결정적인 부분에서 저와 달랐다. 쓸데없이 혼자 고민하다가 엉뚱한 결론을 내리거나 헛발질을 하는 대신 서로가 많이 가까워진 것 같다며 금방 평소처럼 웃어 버리지 않는가.

처음부터 무슨 고민이든 혼자 안고 있지 말고 함께 나눴어야 했다. 똑똑한 애인님과 이야기를 나누면 뭐든지 빨리 해결되고 마음이 편해지니까. 그는 저와 다르게 허세 따위를 부리지 않는 진짜 강한 사람이기에 조금 약해지는 것쯤은 신경 쓰지 않는 것이다.

거기까지 생각한 무겸은 고개를 들어 하준과 시선을 마주치고 물었다.

"그래도 너는 허세 부리는 나를 좋아하지?"

"갑자기 무슨 소리야? 음… 싫진 않지. 나는 그런 걸 잘 못하잖아. 사람은 자기한테 없는 부분을 가진 사람을 좋아하게 된다던데, 정말 그런가 봐."

진심을 담아 성실하게 대답하는 하준의 얼굴을 빤히 바라보다가 무겸은 대뜸 입을 열었다.

"하준아."

"응."

"사랑한다."

"나도 사랑해."

누가 먼저랄 것도 없이 얼굴을 가까이해 입술을 부딪쳤다. 장소가 장소인 탓에 하준이 금세 쑥스러워해 입맞춤은 두어 번 가볍게 마주치는 것으로 끝났지만 둘은 별다른 이야기도 나누지 않으면서 서로를 바라보면서 계속 웃었다.

꽃향기를 실은 봄바람이 분다. 나무들이 파도 소리를 내며 흔들리더니 작은 라일락 꽃송이가 떨어져 하준의 머리 위에 살포시 내려앉았다. 무겸은 그것을 떼어 주지 않고 꽃을 장식한 자신의 송아지를 열심히 감상했다. 하준이 그의 머리에 묻은 꽃을 떼어 주면서 웃을 때도 모른 척만 했다.

"완전히 봄이네."

무겸의 말에 하준도 맞장구를 쳤다.

"응. 날씨 정말 좋다."

집 안에서 이제 그만 들어오라며 부르는 어머니의 목소리가 들려온다. 여러 가지 일들이 있었지만 결국은 무사히 일상으로 돌아왔다. 날씨가 따뜻하고, 드디어 함께 보는 라일락 꽃이 잔뜩 피었고, 이제 곧 새로운 경기가 있다.

둘이 함께 돌아와 맞는 완벽한 봄이었다.

cookie
임정규 주장님의 입국 축하 우정 선물

임정규는 휴대폰으로 시험 촬영한 훈련장 영상을 재생해 보았다. 와글와글한 목소리, 잔디밭 위를 오가는 사람들의 모습이 제대로 녹화되었다. 화질도 좋다.

K리그 프로축구팀 시티서울의 주장이자 올해부터는 대한민국 국가대표 팀의 주장, 한 가정의 남편이자 아버지, 콧대 높고 성격 까다롭기로 유명한 김무겸의 10년지기 친구 역할을 동시에 맡고 있는 그는 공사가 다망한 사람이었다.

그가 남들보다 바쁜 이유에는 여러 가지가 있다. 일단 임정규는 대체할 후보를 찾기 힘들 정도로 훌륭한 골키퍼였고, 성격이 호방하고 여럿이 어울리며 소통하는 것을 좋아해 어딜 가도 자연스럽게 무리를 통솔하는 입장이 되어 버리고는 했다.

책임을 부담스러워 하기보다는 긍정적으로 받아들이는 편인 데다가 가까운 사람에게 원하는 것이 있으면 들어 주고 싶어 하는 경향은 타고난 천성이었다. 그러다 보니 맡은 일은 자꾸 늘어나기만 한다.

“내가 생각해도 나는 너무 착해서 탈이야.”

그는 혼잣말로 중얼거렸다. 김무겸이 싹퉁머리 없이 던진 말에도 은근히 신경이 쓰여서 이러고 있으니 말이다.

"야, 네가 알아서 좀 찍어 놨으면 좋았잖아."

염병을 떤다며 서로 툴툴대다가 끝난 대화였지만 막상 뒤돌아서니 정말 그랬으면 좋았겠다는 생각이 든 것이다.

꼭 김무겸을 위한 후회는 아니었다. 기억을 잃은 무겸이 "세상 사람들이 다 너처럼 팔불출인 줄 아느냐" 따위의 망언을 내뱉는 장면을 남겨 놓았더라면 100년짜리 놀림감이 되었을 텐데 그 좋은 기회를 놓쳤으니 아까울 수밖에.

놀림감을 만들 기회는 날아갔지만 임정규는 오늘 하루, 선의를 베풀어 오랜만에 입국한 친구들을 위한 선물을 준비하기로 했다. 맡겨 놓은 양 투덜대던 김무겸은 얄미웠지만 고등학생 무렵 친해진 하준도 정규에게는 절친한 친구였으니까.

모처럼 한국에 들어왔을 때 훈련장에서 두 사람의 자연스러운 모습을 찍어 놓으면 좋은 기념 선물이 될 것 같았다. 두 사람이 붙어 있는 사진이나 영상은 기자들도 선호해서 찾으려 들면 많지만 그래도 바로 곁에서 친한 친구가 찍어 주는 느낌은 또 다를 터. 아이를 키우다 보니 순간순간을 포착해 영상이나 사진으로 남겨 놓는 능력이 탁월해진 상태였다. 그 능력을 오늘은 친구들을 위해 써 보기로 한다.

정규의 시야에 훈련장 한쪽에 서 있는 무겸과 하준이 들어왔다. 쉬는 시간이라 선수들은 여기저기 흩어져 있었고 두 사람도 마주 서서 뭔가 이야기를 나누는 중이었다.

언뜻 보면 가까이 지내는 선수와 코치가 평범하게 잡담을 하는 모습으로 보이지만 오랫동안 김무겸을 알고 지낸 정규만큼은 알아볼 수 있었다. 그가 낯설 정도로 꿀이 뚝뚝 떨어지는 시선으로 제 앞에 선 하준을 바라보고 있다는 걸.

'새삼 신기하네.'

성격이나 뭐나 전혀 맞는 구석이 없어 보이는 두 사람이다. 처음 둘이 사귀기 시작했다는 이야기를 들었을 때는 축하하는 마음 반, 걱정이 반이었다.

하준이야 자타가 공인하는 모범적인 남자지만 김무겸은 솔직히 말해 정규의 기준에서 하자투성이였으니까. 말본새는 거칠어 성격도 제멋대로, 번번이 사귀지도 않는 사람과 선을 넘는 것도 정규로서는 이해가 되지 않는 취미였다.

물론 친구로서가 아니라 어디까지나 연애를 할 경우의 얘기다. 장점도 많은 녀석이지만 애인감으로는 기준 미달이라고나 할까. 정착하라는 잔소리를 하면서도 자력구제를 재촉할 뿐, 선뜻 소개팅 같은 자리를 마련하지 못한 데는 그런 이유도 있었다.

친구와 친구의 눈이 맞는 것은 중간에 낀 입장에서 나름대로 흥미진진한 일이다. 하준과 무겸이 아니라 다른 친구들에게 비슷한 상황이 닥쳤다면 정규는 자신이 중간에서 다리를 잘 놓아보겠다며 수선을 떨었을 것이다.

하지만 급하게 마신 술에 취해 혀끝이 풀어진 하준이 무겸을 오랫동안 좋아했다고 울적하게 털어놓았을 때는 도저히 응원이 나오지 않았다. 얘가 어쩌려고 이러지? 말려야겠다는 생각부터 먼저 들었던 이유는 남자와 남자 사이 때문이라서가 아니었다. 상대가 하필 김무겸이라서였지.

그러니 사귄다는 말에 진심으로 기뻐져 축하를 보내면서도 이러다가 금세 헤어져서 서로 돌아보지도 못하는 사이가 되어 버리면 어떡하나, 그런 걱정이 조금쯤 되었던 것도 사실이다. 하지만 다행스럽게도 둘의 관계는 어긋나기는커녕 나날이 깊어지기만 하는 것 같았다.

정규는 무심한 척 두 사람의 이야기가 들릴 만큼 가까이 다가갔다. 어디, 얼마나 애틋한 대화를 주고받는지 조금 들어 볼까.

"런던 돌아가기 전에 짜장면 먹고 싶은데 엄마가 자꾸 요리를 많이 해 놓으니까 외식하고 싶다고 말을 못 하겠어."

"좋은 데 모시고 가서 같이 먹으면 되지. 전에 같이 갔던 호텔 중식당 괜찮았잖아."

"아니, 호텔 같은 데 말고 그냥 동네 중국집 가고 싶은데."

"그럼 둘이 몰래 먹고 들어가서 어머니 밥도 또 먹지 뭐."

"과식하게 되잖아. 나야 상관없지만 넌 안 돼."

…애틋하다기에는 생활감이 넘쳤다. 정규는 포기하지 않고 조금 더 들어보았다. 하준이 새로운 화제가 생각났다는 듯 무겸과 눈을 마주쳤다.

"그러고 보니 너는 짜장면이랑 짬뽕 중에 뭐가 더 좋아?"

"그때그때 다른데 지금은 더워서 그런지 짜장면."

"맞아. 짬뽕은 좀 추워져야 먹고 싶잖아."

평소에는 닭살 돋는 말만 늘어놓는 것 같더니 모처럼 기념 영상을 찍어 주려고 마음먹자 실없는 소리만 하고 있었다.

대화는 양념치킨과 후라이드 치킨, 물냉면과 비빔냉면, 쌀떡볶이와 밀떡볶이에 관한 토론으로 점점 확장되었고, 그러자 지나가던 선수들도 둘의 대화에 흥미를 느꼈는지 제 취향을 얘기하며 끼어들기 시작했다.

좋은 장면 건지기는 글렀네. 정규는 혀를 차며 휴대폰을 치웠다. 아직 훈련 시간이 많이 남아 있으니 기회는 또 잡기 나름이었다.

“그럼 코치님은 군만두랑 찐만두 중에서는 뭐가 좋으세요?”

“하준이는 군만두지.”

각자 취향을 이야기하던 대화가 어느새 조금 방향을 바꾸어 선수들의 질문에 무겸이 대답을 모조리 대신하고 있었다. 하준이 옆에서 “맞아” 하고 거들자 질문은 끊이지 않고 이어졌다. 이하준의 음식 취향을 김무겸이 맞추는 퀴즈 대회라도 열린 분위기였다.

“그럼 콜라랑 사이다는?”

“하준이는 탄산음료 잘 안 마시는데 굳이 고르면 사이다.”

“그럼 탕수육은 찍먹, 부먹?”

“찍먹.”

“민트초코 좋으세요, 싫으세요?”

“좋아하진 않아.”

그러자 하준은 웃으며 정정했다.

“싫어하는 건 아니야. 일부러 사 먹지는 않는 정돈데.”

“그래서 싫어한다고는 안 했잖아. 좋아하진 않는다고 했지.”

선수들은 감탄한 표정으로 무겸을 바라보았다.

“외국에서 같이 사셔서 그런지 진짜 빠삭하다. 코치님도 무겸 형님 입맛 맞추실 수 있어요?”

“어? 나도 그 정도는 알지. 같이 사는데.”

“그럼 형님은 아메리카노파, 라떼파?”

“커피 안 마셔. 카페 음료 중에서는 딸기 주스나 딸기 라떼.”

“피자에 파인애플 좋다, 싫다?”

“싫어해.”

선수들은 재차 감탄하며 이번에는 둘을 번갈아 보았다.

"두 분 다 대단하시다. 나는 내 여자친구 입맛도 이렇게 자세히는 모르는데."

"애정이 부족해서 그런 거 아니냐?"

웃지도 않고 대답하는 무겸에게 선수들의 항의가 쏟아졌다.

"에이, 그럼 뭐 형님은 코치님 사랑해서 다 아시는 거예요? 친해서 그런 거지."

"맞아. 나도 연애할 때 만나는 사람보다 오래 알고 지낸 친구 놈들 일을 더 잘 알게 되더라고."

사람들이 한마디씩 보태며 하하하 웃었다. 하준의 웃음이 조금 난처하게 변했고 뒤쪽에서 그들의 대화를 듣던 정규도 간담이 서늘해졌다. 미친놈, 저러다 들키면 어쩌려고. 어릴 때부터 저 잘난 맛에 사는 놈이라 그런지 세상 무서운 줄을 모른다.

갑작스레 열렸던 퀴즈 대회도 곧 끝이 났다. 무겸과 하준 주변에 몰려들었던 선수들이 제각기 흩어지고 다시 둘만 남자 무겸은 하준을 마주 보며 또 한 번 질문을 던졌다.

"코치님은 송아지가 좋아, 꽃사슴이 좋아?"

뜬금없이 송아지랑 꽃사슴? 음식 이야기를 하다가 튀어나온 엉뚱한 질문에 정규는 어리둥절해졌다. 하지만 하준은 그 괴상한 질문의 의미를 알아들은 듯 쑥스럽게 웃었다.

"먹는 거 아니잖아."

"왜 아냐? 얼마나 맛있는데."

송아지랑 사슴을 먹는다고? 고기 얘기 같은데 사슴을 먹기도 하나?

갈수록 대화 내용이 알쏭달쏭해지고 있었다. 정규의 혼란을 뒤로 하고 하준은 흠, 짧게 고민하더니 곧 선택을 포기했다.

"난 둘 다 좋아."

"그럼 꽃사슴이랑 토끼 중에서는?"

"그것도 둘 다 좋아."

"하긴 뭐 하나 버릴 수가 없기는 하지."

하준은 보기보다 먹성이 좋고 편식을 전혀 하지 않는다. 알고는 있었지만 그래도 놀라운 대답이었다. 하긴 유럽에서는 토끼고기도 닭이나 돼지고기만큼 많이 먹는다는 이야기를 들었던 것도 같고…….

정규가 혼자 잡다한 생각을 하는 사이, 무겸이 씩 웃으면서 하준의 귀에 얼굴을 가까이했다. 귓속말을 하기 위해 목소리를 줄이는 바람에 뒷내용은 정규에게도 제대로 들리지 않았다.

"이번에는 어떻게 해서 먹을 거냐면……."

그러더니 하준의 귀에 얼굴을 바싹 붙이고 뭔가를 소곤거렸다. 저한테는 귓속말하지 말라고 펄펄 뛰던 놈이 애인한테는 저러다가 아주 귀를 삼켜버릴 기세였다.

귓속말이 길어질수록 하준의 얼굴은 조금씩 붉어졌다. 무겸이 말을 멈추고 킥킥거리자 하준은 그제야 제정신을 차린 듯 널따란 등짝을 쳤다.

"아야!"

"이런 데서 그런 말 하지 마. 누가 듣겠다."

"이게 들리면 도청한 거지. 엄청 작게 말했는데 어떻게 들어?"

맞는 말이었다. 그들의 대화에 주의를 기울이고 있던 정규도 이번 귓속말은 전혀 듣지 못했으니까. 김무겸이 무슨 이야기를 했는지 알 수가 없으니 둘 사이에 떠도는 분홍빛 기류도 애틋해 보이기보다는 찝찝해 보였다.

굳이 깊이 알려고 하지 말자……. 정규는 다음 촬영 기회를 엿보기로 하고 친구들과 철저히 거리를 벌렸다.

✽

쉬는 시간이 끝나자 선수들은 곧바로 훈련으로 돌아갔다. 전체적인 스트레칭은 앞서서 이미 마쳤지만 아무리 기억이 회복되었다고 해도 김무겸의 컨디션이 신경 쓰이는 듯 하준은 그에게 붙어 서서 개별 워밍업 겸 근력 훈련을 시키고 있었다.

훈련장의 추억이 될 만한 좋은 장면이다. 정규는 빠르게 휴대폰을 꺼내 들어 둘에게 프레임을 맞췄다. 찍히고 있음을 모르는 두 사람은 평소처럼 몸을 푸는 중이었다.

"각도가 좀 틀어졌어. 왼쪽으로 더 와."

"이렇게?"

"응. 좋다. 1분씩 잴게. 3세트 하자."

무겸은 하준의 지시에 따라 팔을 오른쪽과 왼쪽으로 번갈아 바꿔 버티며 플랭크 자세를 유지하고 있었다. 다른 동작도 많은데 하필 플랭크라니. 역동적인 맛이 부족하지만 정규는 일단 촬영을 유지했다.

…같은 운동선수가 봐도 김무겸은 확실히 축구와 훈련 하나에만큼은 진심이었고 그 점만큼은 정규를 포함한 많은 사람들이 높이 사는 바였다. 엎드려 체중을 싣자 힘이 들어간 상완이 굵직하게 부풀면서 힘줄이 섰다. 훈련에 집중하는 옆모습은 날카롭고, 어깨와 등은 조각한 바위 같고, 쭉 뻗은 다리는 길고 탄탄하다.

정규도 몸이라면 남부럽지 않게 좋은 편이었지만 그래도 김무겸만은 못했다. 웨이트 훈련을 좀 더 늘려볼까도 싶지만 공을 막기 위해 툭하면 몸을 날려야 하는 골키퍼가 무작정 덩치를 키울 수도 없는 일이다.

그때였다. 플랭크를 하는 무겸의 앞에 쭈그려 앉아 시간을 재던 하준도 비슷한 생각을 했는지 갑자기 손을 뻗어 무겸의 팔을 꾹꾹 찔렀다. 땅을 바라보던 무겸이 고개를 살짝 들어 올리며 웃었다.

"왜 그래?"

"너는 근질이 정말 좋은 거 같아."

"나만큼 운동하면 다 이렇게 되지."

"다 이렇게 되지는 않아. 너도 알면서."

하준은 웃으면서 무겸의 팔은 물론 평소보다 넓게 부푼 광배근, 힘이 들어간 허리까지 더듬었다. 그러자 무겸이 웃는 얼굴 그대로 미간을 찌푸린다.

"코치님이 이제 나를 갖고 노네?"

"다 코치님 업무거든."

"사랑을 담아 만질 때랑 일하느라 만질 때랑 손길이 달라."

"어떻게 다른데?"

어휴, 소름…….

둘의 대화 내용은 가관이었다. 이런 끔찍한 대화를 견디면서 돈도 받지 않고 서프라이즈 촬영을 해 주다니 정말 저놈들은 임정규라는 훌륭한 친구를 둔 것을 하늘에 감사해야 한다.

정규가 듣고 있는지도 모르고 두 사람은 훈련장 한복판에서 알콩달콩 둘만의 세계를 꾸리고 있었다. 목소리만 낮추면 다 되는 줄 아는지, 의외로 하준도 무겸보다 조금 나을 뿐 제3자 입장에서 보기에는 그다지 조심성이 없었다.

하긴 뭐 친한 놈들끼리는 서로 애인이라 농담하고 뽀뽀도 예사로 하는 것이 축구판이니……. 아직 둘의 관계를 들키지 않고 있는 이유는 당사자들이 주의해서가 아니라 직업을 잘 고른 덕분이 훨씬 클 것이다. 정규는 어릴 때부터 같은 남자들끼리 그런 장난을 치는 것이 질색이라 동참해본 적이 거의 없었지만 말이다.

"세트 끝. 푸쉬업으로 넘어가자."

"그럼 코치님, 여기 얼굴 대고 누워 봐."

"안 돼."

"왜."

"왜긴 왜야. 너 뭐 하려는지 내가 모르겠냐?"

"뭐 어때. 잠깐만."

아무리 그래도 하준이 김무겸보다는 제정신이었다. 잠깐 실랑이를 벌였지만 하준이 끝끝내 거절하자 무겸은 아쉬운 듯 흠, 침음을 삼키더니 양손을 뻗었다.

"그럼 푸쉬업은 조금 이따가 하고 비행기부터 타자."

"여기서?"

"그 정도는 괜찮잖아. 이것도 다 훈련이야. 코어 훈련, 밸런스 훈련."

"하긴……."

하긴? 하준아, 이게 '하긴'이란 말로 넘어갈 일일까?

정규가 어이없이 바라보고 있는 것도 모르고 무겸은 신이 나서 웃으며 벌렁 드러누워 팔을 뻗었다. 하준 또한 웃으면서 몸을 일으켜 무겸의 손을 잡자, 아래에 누운 무겸은 양발을 뻗어 하준의 골반 언저리를 단단히 짚었다.

"하나, 둘."

숫자를 세더니 그대로 번쩍 다리를 위로 뻗어 하준을 들어 올린다. 하준이 소리 내서 웃음을 터뜨렸다. 정규가 딸인 희망이에게도 자주 해 주는 속칭 '비행기' 놀이였다.

몸이 가벼운 아이를 들어올릴 때와 달리 성인 두 사람이 같은 동작을 하면 들어올리는 사람이나 들리는 사람이나 전신에 고루 힘이 들어가고 불안정한 자세에서 몸의 균형을 잡아야 하기 때문에 훌륭한 운동이 되기는 한다.

하지만 만면에 웃음이 가득한 두 사람의 표정을 보고 있자면 지금 저 동작을 하는 목적이 운동이 아니라는 것쯤은 누가 봐도 알 것 같았다. 정규는 속으로 탄식했다.

'저것들이 아주 사귄다고 광고를 하는구나.'

그러고 있자니 다른 선수들도 둘에게 다가왔다. 그들은 이색적인 훈련 동작을 바라보며 웃었다.

"어, 이거 오랜만에 본다."

"나도 해봤어. 사이에 짐볼 끼우고 하면 더 힘든데."

"야, 우리도 할래? 누가 더 오래 버티는지 해 봐."

그러더니 몇몇 놈들이 짝을 지어 주변에 같이 드러누워서는 같은 자세를 취하기 시작했다. 갑자기 훈련장 한 곳에 몸으로 비행기를 타는 선수들이 몇 쌍씩 늘었다. 정규의 걱정과는 달리 아무도 무겸과 하준의 표정이나 그들의 관계에는 의심을 품지 않는 것 같았다.

그래, 모르고 보면 못 느낄 수도 있지…….

어쩐지 쓸쓸하게 그렇게 생각하면서 정규는 군중 속의 고독을 느꼈다. 언제 어디서나 둔할 만큼 무던하기로 이름 높은 임정규이건만 지금만큼은 마치 멀쩡한 친구들을 홀로 이상한 필터를 장착한 시선으로 바라보는 예민한 사람이 된 기분이다.

"하준아, 개인 트레이닝 끝났으면 형 일 좀 도와줄래?"

"아, 네. 그럴게요."

이후로도 눈꼴시게 이어지던 개인 훈련 시간이 끝나자 윤채훈 코치가 하준을 찾았다. 단체 훈련을 위해 다른 선수들과 줄을 서서 뛸 차례를 기다리던 무겸이 그쪽을 힐끔 바라보고는 불만스러운 표정을 지었다.

정규도 채훈과 하준을 바라보았다. 둘은 함께 훈련 장비의 배치를 바꾸며 이야기를 나누고 있었는데 내용까지는 당연히 들리지 않았다. 각자 일을 하다가 서로의 거리가 벌어지자 하준은 몸을 일으켜 목소리를 높였다.

"훈이 형! 여기 간격 이 정도면 될까요?"

"그래. 그렇게 계속 부탁해!"

그 말만큼은 선수들이 있는 곳까지 정확히 들려왔다. 무겸이 미간을 홱 찌푸리는 것도 거의 동시였다. 그는 혼잣말로 작게 중얼거렸다.

"그놈의 훈이 형은 절대 입에서 떨어지질 않네."

무겸의 험악한 표정에 어쩐지 묵은 체증이 내려가는 기분을 느끼며 정규는 미소 지었다. 찌푸린 무겸의 얼굴을 인자하게 바라보며 말했다.

"오래 친하게 지냈으니까 입에 배서 그렇지."

"누가 뭐랬냐?"

"이게 괜히 나한테 성질이야."

마주 쏘아붙이면서도 정규의 미소는 사라지지 않았다. 그래, 이렇게 남들 눈치 안 보고 매일이 꽃밭인 놈에게 이 정도의 시련은 필요하다. 심통 가득해진 무겸을 옆에 두고 있자니 오늘 하루 두 녀석의 행복한 생태를 관찰하느라 몇 번씩 오그라들었던 마음에 약간의 보상이 되는 것 같왔다.

테크니컬 훈련 동안에는 무겸과 하준이 붙어 있을 일이 없다. 정규도 잠시 둘을 찍던 것을 잊고 새 훈련에 집중했다.

아무래도 오늘 촬영의 가장 큰 성과는 둘이 함께하는 훈련 시간을 찍은 것으로 끝날 것 같았다. 대단한 장면은 아니었지만 나중에 런던에 돌아간 두 사람에게 보내 주면 반가워할 거다. 이번 평가전이 끝나면 대표팀 소집이 되기까지는 또 시간이 걸릴 테니까.

코치가 10분 휴식을 지시했다. 계속 달리고 공을 차느라 지친 선수들은 제자리에 주저앉거나 드러눕거나 벤치로 가 물을 마셨다.

아직 봄이라 여름만큼 힘들지는 않았지만 훈련을 하다 보면 땀이 나는 것만큼은 한겨울만 제외하면 별 차이가 없다. 그래도 국가대표 팀 훈련은 힘들기보다는 뿌듯함이 더 컸다.

정규는 물을 마시고 팔을 스트레칭하기 위해 바로 섰다. 그때, 쉬는 시간 10분을 각자 보내지 못하고 또 달라붙은 두 친구가 눈에 들어왔다. 무겸과 하준이 벤치에서 조금 떨어진 한편에서 뭔가 이야기를 나누고 있었다.

무슨 얘기를 하는 거지? 혹시 다른 사람이 들어서 곤란한 내용이면 자리를 피해줄 생각으로 정규는 슬금슬금 가까이 다가갔다. 무겸의 목소리가 먼저 들려왔다.

"오래 계속 부르다 보면 입에 밴대."

"아니, 입에 배도 곤란하지. 사람들 있는 데서 그렇게 부르면 어떡해."

"뭐 어때? 친해서 그런가 보다 하겠지. 훈이 형은 괜찮으면서 왜 이건 남들 들으면 곤란해?"

"억지 부리지 좀 마. 왜 안 되는지 모르지도 않으면서."

전혀 자리를 피해줄 필요가 없어 보이는 대화가 이어지고 있었다. 둘 모두 진지하게 투덜대고 있지만 내용은 여전히 소름 돋을 뿐이다.

하지만 오늘의 목적에 충실하게 정규는 조용히 휴대폰을 꺼내 들었다. 결혼 생활을 해봐서 알지만 이런 유치한 주제로 투닥대는 순간도 나중에 돌아보면 꽤 좋은 추억이 된다.

"윤채훈을 훈이라고 부를 거면 김무겸도 겸이라고 해야 돼."

"형을 그렇게 부르는 거랑 널 그렇게 부르는 게 어떻게 같냐고."

맞아. 저놈은 진짜 지랄염병 발롱도르 줘야 돼. 정규는 쯧쯧 속으로 혀를 차며 둘의 대화를 녹화해 나갔다. 구경꾼이 있는 것을 모르는 무겸은 계속 고집이었다.

"그럼 여기서 한 번만 연습해 봐. 뭐가 어려워? 겸아, 한 번만 하면 되는데."

"너는 앞으로 계속 그렇게 불러달라며."

"알았어. 그럼 계속은 포기할 테니까 일단 불러나 봐."

"갑자기 왜 그래. 형이랑도 이제 잘 지내는 거 같더니."

"그 인간이랑 어쩌겠다는 게 아니라 나도 듣고 싶어서 그런다니까."

하준은 멋쩍게 한숨을 쉬었다. 무겸의 요구를 들어 주기가 창피한지 머뭇거림이 길었다. 그들의 대화를 엿듣던 정규는 생각했다.

'하기야 무겸이나 겸이나 그게 그거잖아. 저렇게 듣고 싶어 하는데 못 해 줄 것도 없지 않나?'

평소 무뚝뚝한 녀석이면 모를까, 성격도 살가운 편인 데다 앞서서 김무겸과 온갖 닭살 돋는 짓을 함께해 놓고서는 이 부분에서만 갑자기 소극적이 되는 것도 신기했다. 하준에게는 그 나름대로 부끄러움을 느끼는 기준이 있는 것 같은데 그 사고의 흐름 또한 정규로서는 온전히 이해할 수 없었다.

사람이 참 다양하다는 걸 이렇게 깨닫는구나. 친구 녀석들에게 깜짝 선물을 해 주고 싶었을 뿐인데 여러 가지 험한 꼴을 보고 다양한 생각을 하게 되는 날이었다.

"진짜 싫어? 내가 이렇게, 이렇게 부탁하는데?"

"아니, 싫은 게 아니라."

어처구니없게도 김무겸은 훌쩍훌쩍 눈 아래를 주먹으로 닦는 시늉을 곁들여 우는 척을 하면서 임정규는 10년 넘는 세월 동안 단 한 번도 본 적 없는 애교까지 부리고 있었다.

우정을 위해 애썼을 뿐인데 이런 흉측한 경험을 하게 될 줄이야. 정규는 두 번 다시 이런 깜짝 선물은 하지 않으리라 결심했다.

그나저나 진짜 안 불러 줄 건가? 김무겸의 애교가 흉물스러운 것과는 별개로 정규도 안타까운 기분이 되어 이번에는 심정적으로 무겸의 편을 들게 되었다.

"다들 그만 쉬고 집합!"

하준이 망설이는 사이에 쉬는 시간이 끝나 버렸다. 어쩔 수 없다. 무겸은 우는 시늉을 뚝 그치고 하준에게 손을 흔들더니 다른 선수들과 함께 집합했다. 정규도 촬영을 멈추고 서둘러 훈련장 한가운데로 달려갔다.

오후 느지막한 시간에서야 하루치 훈련이 끝났다.

선수들은 몸을 씻고 옷을 갈아입기 위해 앞다투어 로커룸이 있는 사무동 건물로 향했다. 정규도, 무겸과 하준도 모두 마찬가지였다.

"수고하셨습니다."

"어, 잘 들어가라."

인사를 건네오는 후배 선수들에게 손을 흔들고 정규는 터벅터벅 걸었다. 무겸과 하준은 정규보다 몇 발짝 앞에 있었다.

평소라면 둘 사이에 끼어들어 훼방을 놓았을 법도 하지만 오늘 정규는 철저히 자신을 죽이고 마지막까지 관찰자의 입장에 충실할 생각이었다. 둘은 아침에 하던 대화를 잊지도 않고 끈질기게 이어가는 중이었다.

"짜장면 먹고 싶으면 오늘 저녁은 먹고 들어간다고 말씀드릴까?"

"아냐. 그냥 엄마 밥 먹고 차라리 출국하는 날 점심에 먹자."

"우리 코치님 먹고 싶은 거 참느라 이틀은 더 고생해야겠는데?"

그러는 사이 세 사람은 모두 사무동 건물 현관 앞에 도착했다. 하준은 사무실로 가 스태프들과 업무 정리를 해야 하고 무겸과 정규는 로커 룸으로 가 퇴근 준비를 해야 했다. 무겸이 하준의 어깨에 툭, 손을 얹으며 말했다.

"그럼 이따 앞에서 봐, 하준아."

"응. 나중에 봐."

평범하게 인사를 받은 하준이 얼굴을 살짝 굳힌다 싶더니 재빠르게 덧붙였다.

"겸아."

무겸의 눈이 커다래졌다. 살짝 거리를 두고 뒤따라가던 정규 또한 마찬가지였다.

둘뿐인 좌중이 당황해 굳은 사이 하준은 얼른 뛰기 시작했다. 그제야 정신을 차린 무겸이 그를 뒤쫓았다.

"하준아! 이하준, 잠깐만!"

"이따 봐!"

큰소리로 외치며 건물 안으로 뛰어 들어간 둘은 금세 정규의 시야에서 사라졌다.

멍하니 혼자 남은 정규의 손에는 휴대폰이 들려 있었다. 녹화 버튼이 눌린 휴대폰은 지금은 아무도 없어진 사무동 건물 현관만을 조용히 담아내는 중이었다.

그는 녹화를 멈추고, 새로 저장된 영상을 재생시켰다. 앞서 걷던 두 사람의 비스듬한 옆모습이 비치고 목소리가 흘러나왔다.

[그럼 이따 앞에서 봐, 하준아.]

[응, 나중에 봐. …겸아.]

그리고 이어지는 무겸과 하준의 술래잡기까지, 완벽한 포착이었다.

이럴 수가. 사랑스러운 외동딸의 순간순간을 잡아내느라 고도로 발달한 촬영 감각이 하루의 마지막에 백 퍼센트 발휘되고 말았다.

무겸이든 유겸이든 둘 사이의 호칭 따위 정규의 입장에서는 아무래도 좋았다. 단지 오늘 목적에 가장 부합하는 최고의 장면을 오직 순발력 하나로 건져냈다는 사실에 그는 희열을 느꼈다. 희망아, 네 덕분에 아빠가 해냈다!

그는 무척이나 뿌듯하고 가벼워진 기분으로 사무동 복도를 걸었다.

'김무겸 놈이 보면 좋아서 뒤집어지겠는데? 이쯤 되면 영상 넘기는 조건으로 차 한 대쯤은 바꿔 달라고 할 수도 있겠어.'

절친한 친구들을 위해 깜짝 선물을 장만하고자 했던 정겹고 소박한 마음에 사사로운 계산이 피어오르고 있었다.

물론 진짜 그러겠다는 건 아니었다. 친구 사이에 그럴 수야 있나. 앞으로 1년 동안 형님이라 부르고 존댓말을 쓰라고 하는 정도면 몰라도.

정규는 콧노래를 흥얼거리며 로커룸에 들어섰다. 제 자리를 찾아가 장갑을 벗는데, 결국 하준을 붙잡는 데 실패했는지 조금 퉁명스레 부은 얼굴의 무겸이 유니폼 상의를 벗다가 입을 열었다.

"무슨 일 있냐? 오지라퍼 놈이 웬일로 오늘 하루 종일 조용해."

정규는 이번에도 인자하게 미소 지으며 대답했다.

"김무겸, 나한테 잘하는 게 좋을 거다."

"뭐?"

무겸이 의아하게 되물었지만 정규는 대답하지 않고 로커 앞에 서서 유니폼을 정리하기 시작했다.

"갑자기 뭐야. 무슨 뜻인데?"

"나중에 알게 될 거야."

보람 있는 하루를 마치고 퇴근 준비를 하는 시간이 무척이나 즐거웠다. 야, 무슨 소리냐니까? 무겸이 의심스럽게 채근하는 말에도 그는 모르는 척 웃기만 했다.

손발이 오그라들고 소름 돋는 고충이 여러 차례 있었지만 결국은 최고의 순간을 남기는 데 성공했다. 희망이는 쑥쑥 자라고, 팀 성적도 훈련도 순조롭고, 이제 곧 새로운 경기도 있다.

프로축구팀 시티서울과 대한민국 국가 대표 팀 주장, 한 가정의 남편이자 아버지, 이번만큼은 그 높은 콧대를 꺾을 수밖에 없을 김무겸의 10년지기 친구, 임정규의 완벽한 하루였다.

돌아온 봄 – 하프라인 외전

지은이 망고곰
펴낸이 이승현

웹소설 본부장 이진영
편집 최은정
디자인 윤정아

펴낸곳 ㈜위즈덤하우스 **출판등록** 2000년 5월 23일 제13-1071호
주소 서울특별시 마포구 양화로 19 합정오피스빌딩 16층
전화 02) 2179-5600 **홈페이지** www.wisdomhouse.co.kr

ISBN 979-11-6525-919-8 04810
979-11-6525-915-0 (세트)